太安堂演义

卞正锋 著

作家出版社

【上】

人物关系表

明朝时期：

柯玉井 —— 太安堂创始人，举人出身，入过太医院，后为官。

翁万达 —— 兵部尚书，柯玉井挚友。

薛中离 —— 王阳明学说传播人，柯玉井恩师。

陈一松 —— 工部侍郎，翁万达连襟。

林大钦 —— 文状元，柯玉井好友。

万邦宁 —— 太医院院判，柯玉井老师。

许　绅 —— 太医院院使。

杨济时 —— 太医院太医。

顾定芳 —— 太医院太医。

李时珍 —— 太医院太医。

杨继盛 —— 兵部员外郎。

海　瑞 —— 朝廷重臣，人称"海青天"。

杨　慎 —— 发配充军到云南的言官。

刘道长 —— 蓬莱道士。

智臻长老 —— 开元镇国禅寺长老。

道　济 —— 智臻长老弟子。

孙老员外 —— 孙二小姐之父。

孙二小姐 —— 林大钦之妻。

隐　娘 —— 杨继盛之女。

冯　保 —— 太监。

严　嵩 —— 吏部尚书，奸臣。

严世蕃 —— 严嵩之子。

赵文华 —— 刑部主事，严嵩义子。

俺答汗 —— 蒙古军首领。

黄薇淑 —— 黄员外之女，柯玉井之妻。

柳　烟 —— 黄薇淑的贴身丫头。

红　棉 —— 柯玉井四堂姐。

柯潜庵 —— 柯玉井阿爸。

柯杰庵 —— 柯玉井大伯。

柯南山 —— 柯玉井叔叔，后出家。

林　氏 —— 柯玉井阿妈。

柯成玉 —— 柯玉井长子。

柯醒昧 —— 柯玉井次子。

柯　胜 —— 柯府的管家。

旺　仔 —— 柯玉井的小书童、弟子。

张　全 —— 南少林寺弟子，柯玉井的护卫。

飞燕子 —— 江湖武林高手，柯玉井的护卫。

李　鲜 —— 朝鲜太子，柯玉井的弟子。

高　桥 —— 日本国太医，柯玉井弟子。

芍　药 —— 柯玉井女弟子。

甘　草 —— 柯玉井女弟子。

卢　鸣 —— 地方恶霸。

赫　闯 —— 武林高手，善使一对板斧。

庞　通 —— 武林高手，江湖人称"鬼面判官"。

牛　七 —— 武林高手，善使银枪。

宝琳娜 —— 彝族少女。

地杀星 —— 赫闯的师父。

海　鹏 —— 初为苍梧县教谕，后为该县知县。

海　燕 —— 海鹏之妹。

丁知县 —— 好色的贪官。

杨承闵 —— 潮州知府。

薛　清——翁万达妹夫，薛中离族弟。

薛小妹——薛清之女，柯成玉之妻。

清朝时期：

柯夫人——太安堂第七代女传人。

柯仁轩——太安堂第八代传人，柯夫人之子，人称"柯半仙"。

柔　玉——柯府大小姐，柯夫人之女。

楚　青——朝鲜太子李鲜的后裔，柯夫人的弟子。

馨　怡——柯夫人的女弟子。

文　慧——柯夫人的女弟子。

陈国立——原翰林院编修，后辞官归隐潮州府，为柯仁轩恩师、岳父。

陈惠兰——陈国立之女，柯仁轩第一任妻子。

小　翠——陈惠兰贴身小丫头。

胡　恂——潮州知府。

荣　氏——胡恂之妻。

刘　塘——潮州首富。

岳　氏——刘塘之妻。

张秉成——原工部侍郎，后归隐潮州府。

元　氏——张秉成之妻。

林小姐——张秉成与元氏之女，柯仁轩第二任妻子。

柯府丫头——莲花、菊花、菱花、牡丹、百合、玫瑰。

柯耀武——柯府管家。

郑　虎——柯仁轩师弟。

小迷糊——柯仁轩的小书童。

孙　七——旺仔的后人，柯仁轩的弟子。

索　英——飞燕子的后人，武林好汉。

吴石明——名医，别名人称"赛医仙"。

柯春强——柯仁轩长子。

柯春盛——柯仁轩次子。

仇天海——江湖人称"疯癫老怪"，化名九叔，系柯仁轩师父。

柳婉如——仇天海之女。

蓉　儿——柳婉如的贴身丫头。

洪万年——苏州府知府。

洪　春——洪知府的儿子。

洪青云——洪知府的女儿。

周　童——船公。

应保、刘顺——江湖混混。

姜　豹——武林高手，江湖人称"通臂长老豹子头"。

刘天保——江湖人称"鬼见愁保二爷"，系姜豹的二师弟。

龙少鹏——江湖诨名"游龙"，姜豹的小师弟。

静　慧——出家的尼姑，郑虎之母。

心　隐——开元镇国禅寺住持。

黄成勇——京师御林军总兵，柯仁轩舅舅。

柯国栋——都察院左右都御史，柯仁轩堂伯父。

查必图——广州总兵。

和　珅——宰相。

刘　权——和府管家。

马　常——宰相和珅的门生，钦差大臣。

李猫儿——马常的师爷。

吴　谦——太医院院判。

后宫妃嫔——富察皇后、令妃、秦答应、张常在。

李　玉——太监总管。

洪二和尚——天地会总舵主。

方世玉——南少林寺弟子。

洪熙官——系方世玉同门师兄。

张无敌——张全后人。

无　极——玄真观女道长。

高桥太郎——高桥后人。

民国时期：

柯老太爷 —— 太安堂第十代传人的阿爸。

柯廷儒 —— 字子芳，太安堂第十代传人。

柯廷山 —— 柯廷儒四弟，后参加革命。

柯廷凯 —— 柯廷儒五弟，人称小五。

柯　保 —— 柯府管家。

佟大麻子 —— 保安大队长，后投靠了日军。

范　晴 —— 贫苦少女，后改名大凤，短枪护送队队长。

王尚书 —— 前清遗老。

王多多 —— 王尚书之女。

张汉洋 —— 江西"剿共"南路总司令。

吉　越 —— 张汉洋的副官。

章化腾 —— 中共地下党，后叛变了革命。

老　陈 —— 中共汕头地下党。

"大个李" —— 中共短枪护送队队员，拳法精湛，以一敌十。

"小刀张" —— 中共短枪护送队队员，使得一手飞刀。

"飞毛腿"铁彪 —— 中共短枪护送队队员，善长跑。

谭三炮 —— 土匪头子。

宫　本 —— 日潮州特高课课长。

乔　远 —— 人称乔公子，鬼子翻译官。

高桥井一 —— 高桥后裔。

目 录

楔子　病魔出逃八卦炉　道长仙驾潮州府

诗曰：

无才可去补青天，娲氏弃之在古原。

日精月华灵性显，天长地久怨恨添。

不为良善离鬼域，化作病魔到人间。

生灵涂炭难为计，救死扶伤看太安。

话说盘古开天辟地，女娲黄泥造人，日月星辰各司其职，子民安居乐业，四海歌舞升平。

本是天下太平，却不想，那共工与颛顼因争帝位，连年战火不熄。共工因性情急躁，见久持不胜，一头撞向不周山。只这一撞，却是四极废，九州裂，天不兼覆，地不周载，火蔓延而不灭，水浩洋而不息，猛兽食颛民，鸷鸟攫老弱，病魔更是肆无忌惮，以致百姓苦不堪言。这正是：

> 白骨露于野，千里无鸡鸣。

女娲见子民如此，遂游四海，遍涉群山，炼五色石以补苍天，断鳌足以立四极，杀黑龙以济冀州，积芦灰以止淫水。苍天补，四极正；淫水涸，冀州平；狡虫死，颛民生。

然，病魔未绝，魔头销声匿迹，不知所踪。女娲遂告至天帝，天帝震怒，令钟馗与雷神下凡界捉拿。

如今且说那潮州山清水秀，人物多杰，真可谓人杰地灵。然，偏有一人，虽满腹才学，却不思正道，仗着阿爸当朝一品大员，整日横行乡里，干尽欺男霸女之事。

此人乃潮州有名富户，人唤刘阿霸。

这刘阿霸年届三旬，满脸横肉，一身霸气，平生好色。一日，邻村小妹茶花在溪流边清洗衣物，刘阿霸正好打此路过，因见茶花生得几分姿色，顿生淫心。心道："如此漂亮小娘子，何不纳入府中，也好成就满园春色，任我赏玩。"想到此，刘阿霸遂上前戏道："小娘子，你生得如此娇嫩，怎好做如此粗活？你若嫁了我刘某，保你一生荣华富贵，如何？"

茶花听了，只当疯人痴语，并不理会，一心专注清洗衣物。那刘阿霸以为小女子脸薄，不好意思答话，遂胆大起来，欲行非礼。茶花见状，急急收了衣物，转身上桥而去。刘阿霸哪里肯罢手，亦随其后相追。二人一前一后，走到桥上，刘阿霸又要行非礼之事，岂料茶花本性刚烈，见刘阿霸不肯罢休，便怒火顿生，用力一推，刘阿霸猝不及防，一个悬空，摔下桥去。

冥冥之中，只听有人道："此厮作恶多端，今日正好了结一段孽缘。"言毕，架起刘阿霸便走。刘阿霸只觉耳边风声呼呼，遂睁开眼睛，见是杀妖除魔的钟馗和雷神两位天神。

刘阿霸道："二位天神爷爷要带我去何处？"

雷神冷笑道："病魔头，亏你还识得我二人，却不记得自己前身，如今你孽缘已满，带你去天庭交差。"

刘阿霸听了，顿时清醒。

原来，刘阿霸乃病魔头投胎。想当年，数千病魔祸乱人间，人们纷纷告于天帝，那天帝遂下令天兵天将将病魔全部收到天宫八卦炉中，由天神看护。一日，两看护天神无事闲聊。一天神道："都道天上神仙好，岂知人间更比天上好。"另一天神道："若是投胎下凡，投在那富裕人家，生在温柔之乡，给个神仙也不换。"这些话恰被病魔头听见，心道："先前在凡间，只知戏耍，却怎么不知道做一回儿人，也好享受一下男欢女爱呢？"

却说病魔头正自心下懊恼，只听一天神道："今日乃王母娘娘寿辰，天帝有旨，所有天神尽皆前去祝寿。"另一天神喜道："既如此，你我何不早些去，也好多吃些美酒。"

于是，两守护天神美滋滋地去了。

病魔头见周围再无动静，便对八卦炉中的众病魔道："孩儿们，如今天神远去，正是我等逃离好时机。"

众病魔一听，齐声欢呼。

　　病魔头施展法术，将八卦炉打开，众病魔纷纷逃离。病魔头也不敢怠慢，急急从八卦炉中逃了出来，却忽然想起天神的话，寻思道："何不投胎，寻那风流快活？"却又暗道："但凡投胎做人，天上、阴间皆有名册可查。如今若我投了胎，天神岂不很容易将我拿获？"

　　正自纠结，忽听一人道："大胆妖孽，你不在八卦炉中，竟敢逃离，如今见了本神，还不速速就擒？"

　　病魔头大吃一惊，定睛看时，却是魂飞魄散。原来说话之人正是死对头钟馗，另有雷神站于一侧。

　　病魔头吓得跪于二神身前道："我非逃离，只因先前在凡间做了些许孽事，如今只想着投身凡胎，做回凡人，再也不敢作孽。"

　　雷神对钟馗道："如此魔头能思悔改，实在不易，今日你我何不成全于他，也算是美事一桩。"

　　钟馗冷笑道："那是你的一厢情愿，雷兄若是不信，今日把他投到富裕之家，温柔之乡，看他日后又会怎样？"

　　病魔头一旁听了，喜不自胜，连忙叩谢。

　　钟馗将手中长剑往空中一抛，立时化作一柄拂尘，再将拂尘轻轻一挥，病魔头立时不见。雷神见了，哈哈一笑，于是携了钟馗赴宴而去。

　　且说病魔头想起自己前世，想到自己投胎之后所作所为，知道自己此回必将受到严惩，于是苦苦哀求二神放过自己。

　　钟馗道："王母寿辰之后，已有天神告之天帝，而你又在凡间恶贯满盈，如今天帝震怒，命我二人速来拿你，今日又如何能放你？"

　　病魔头听了，知道此去难逃一劫。

　　恰此时，乌云密布，病魔头心中暗道："此时不逃，更待何时？"于是，化身一团乌云，令二位天神再也寻他不着。无奈，钟馗与雷神只得回天庭复命不提。

　　话说又是若干年过去，一日，韩湘子因思念潮州，遂携了师父吕洞宾一道前往。

　　韩湘子乃韩愈侄孙，当年韩愈因上疏谏迎佛骨，触怒宪宗，被贬为潮州刺史，韩湘子跟随韩愈来至潮州，虽为贬官，但潮州百姓甚是热情，令韩湘子甚是难忘。

师徒二人来至湘子桥上，但见韩江水涨，河面增阔，湘子桥好似长龙卧波，又有那桃花绿柳皆浮水面，景色甚是宜人。有诗云：

> 湘桥春涨水迢迢，十八梭船锁画桥。
> 激石雪飞梁上鹭，惊涛声彻海门潮。
> 鸦洲涨起翻桃浪，鳄渚烟深濯柳条。
> 一带长虹三月好，浮槎几拟到层宵。

吕洞宾道："好去处。"又对韩湘子道："我之所以收你为徒，皆因你修桥有功。"韩湘子听了，笑道："多谢师父夸奖。"

二人离桥来至"韩祠橡木"。

蜿蜒起伏的笔架山，山上岩石层叠，苍松翠柏，浓荫蔽日，沿中峰石阶直上，山腰处，庄严静肃的韩文公祠便耸立眼前。因韩愈当年常登此山，筑亭游览，并亲手植下橡树，后人便将笔架山称为"韩山"，将亭称为"侍郎亭"。宋淳熙十六年，知军州事丁允元认为韩公尝游于此并手植橡木，遂将城南韩文公祠迁至于此。

韩文公祠虽简朴雅致，却是潮州之人祠吊先哲、木卜科名之地。更有那橡树形如华盖，遮蔽屋檐之景观。后人有诗云：

> 高植一株耸翠峦，侍郎手泽倚栏干。
> 根深八月蟠祠古，叶毓双旌度岁寒。
> 棱影参差侵曲水，奇花多少映祠坛。
> 游人若问科名事，为指芳林旧姓韩。

韩湘子连忙跪下祭拜，想起当年韩公贬至潮州送自己的那首《左迁至蓝关示侄孙湘》时，不禁泪流满面。"一封朝奏九重天，夕贬潮阳路八千。欲为圣明除弊事，肯将衰朽惜残年！……"诗犹在，而人已去。

吕洞宾怕韩湘子伤心，遂将其劝起，别处看景。潮州好去处委实很多，"金山古松"、"凤凰时雨"、"龙湫宝塔"、"西湖渔筏"……样样风景皆令人流连忘返。

且说二人游历一番，吕洞宾道："如此人间美景，我二人何不开怀畅饮一番？也不辜负这大好风光。"韩湘子道："师父所言极是。"二人见一村外有棵古树，树冠若伞盖一般，于是，二人便在树下对饮起来。一边饮，一边聊天上与人间的一些异闻趣事。

两人正聊到尽兴处，忽然一阵黑风刮过，韩湘子生气道："真是扫兴，如此风光，竟让妖孽污了。"吕洞宾道："刚才定是病魔头无疑，钟馗与雷神寻他数年，却不能将其拿获归案。"话犹未了，就听从村东传来哭声。韩湘子道："病魔头又作祟了。"吕洞宾道："正是。这都是钟馗与雷神一时心慈所致。"韩湘子道："你我今日何不去将其收了？"吕洞宾哈哈大笑道："若今日捉了，明日它又逃了，又该如何？"韩湘子道："依你之见，又将如何？"吕洞宾道："这有何难。"言毕，往东一指，立时，有一只美丽的凤凰凌空飞起。吕洞宾再用手一指，口中轻道："回去吧。"凤凰立时便收了翅膀，伏于地面。韩湘子看时，地面并无凤凰踪影。心中甚觉奇异，问师父凤凰何来，又去了何处。吕洞宾道："女娲当年历时九天九夜，炼了三万六千五百零一块五色巨石，补天之时，不曾想有一块巨石落于此处，日久天长，此石有了灵性。"

韩湘子道："此为何处？"

吕洞宾道："井里村是也。"

韩湘子道："师父是用此灵石去擒病魔头吗？"

吕洞宾道："非也。"

韩湘子道："师父意欲何为？"

吕洞宾笑道："此为灵性之石，若在此凤凰的翅膀上建造一座医馆，若此医馆的主人受了这灵石的灵气，便能医术变化无穷，子子孙孙都有很强的驱病逐魔之本领，又何愁那病魔再扰乱人间？"

韩湘子道："如若再将医病之药方形成著作，以秉德济世之精神代代相传，则可永远药济苍生矣！"

吕洞宾笑道："不错，正合我意。"

韩湘子听了，抚掌笑道："此法甚妙！"忽又叹道："只不知道这医馆的主人是何样人物。"

吕洞宾道："蓬莱山顶有一株仙草，此仙草曾是天帝伴读仙童，生性聪明，天帝甚是喜欢。因其前身是蓬莱仙草，天帝常令宫廷众仙女以琼浆浇灌。日久，仙草常以美男形象示之，且善诗词文章，仙女们甚是喜欢，皆钟情于他。然，仙草独喜九妹一人，令其他仙女甚是伤心。"

韩湘子感叹道："没想到仙草如此痴情。"

吕洞宾道："此事后被天帝知晓，天帝震怒，令天神将仙草丢入蓬莱山药草之中，不得重返天庭。"

韩湘子听了，叹道："自古情爱多别离。"又道："仙草现在如何？"

吕洞宾道："此仙草长年与群山药草为友，受周遭药草熏染已近千年，若是将其带入凡间，投到那悬壶济世人家，日后学得医术，再造了医馆，又得灵石灵气佑护，你道会如何？"

韩湘子笑道："此仙草堪当此任。"

于是，师徒二人脚踏祥云，来到蓬莱。果真在药草之中见到那棵仙草。但见仙草挺拔可爱，吕洞宾对仙草道："你在此日久，想不想到凡尘走一遭？"仙草笑道："我虽是仙草，且文采盖世。但，天帝却将我弃此若干年不曾问津。道长若肯引我凡尘中走一遭，自然是求之不得。"吕洞宾笑道："仙草兄，我带你下凡，是有一件功德事要你去做。"遂将事情原委一五一十说了。仙草笑道："我能识百草，且知它们习性功效，若我去得人间，定能完成除病祛疾之功德。"吕洞宾道："如此甚好。待你功德圆满之后，我定向天帝荐你为药王星。"仙草点头答应，吕洞宾遂携了仙草下凡间而去。

此一去，人间从此多了一代名医及著名医馆太安堂，《太安堂演义》便就此开始。

列位看官或觉此事甚奇，然，此只为本书楔子。

欲知后事如何精彩，且看下回分解！

第一回　听讲学少年交友　避风雨凉亭赋诗

诗曰：

生在岐黄室，苦读晓复暝。

拜师桑浦寺，才竞避雨亭。

诗文含毓秀，语谶贯长虹。

今古贤才性，轻吟雨霖铃。

且说明朝，中医鼎盛，文化繁荣，医圣、名士辈出。嘉靖年间，潮州井里村的柯玉井自小跟着阿爸学医，他不仅天性聪慧，且志向远大。这日，他又背着阿爸，偷偷跑去桑浦山听当朝名士薛中离讲学。

俗话说最美不过五月天。

五月的桑浦山，一片姹紫嫣红。

远远望去，但见桑浦山，上有奇峰异洞，胜景如珠；下有湖光山色，亭台若砌。

此时此刻，辞官回乡的薛中离正在白云岩寺里为众士子讲解心学，传播恩师王阳明的思想。

话说薛中离正讲到精彩处，忽被一少年打断。

只听少年道："学生柯玉井，可否问先生一个问题？"

薛中离把眼望向坐在最前面的这位叫做柯玉井的少年，只见他面若秋月，剑眉星目，儒雅斯文，举止适度，不由心中暗叹："好一个英俊少年！"遂微微一笑，点头应允。

柯玉井道："皆说天下一家，官民亦可以成为一家否？"

薛中离听罢，眉梢一扬，朗声大笑。

薛中离乃是明朝著名哲学家王阳明的得意门生，"万物一体"、"天下一家"自有他的妙解。不曾想，眼下的这位少年却别有一番释说，这令薛中离十分欣慰。

薛中离用手一指后排的一位少年道："林大钦，下课后，这个问题便由你来帮我解释了吧。"

柯玉井转身望去，只见一个与自己年龄相仿，飘逸出尘的少年正冲着自己点头微笑。

此人便是大名鼎鼎的林大钦？今日既聆听了薛中离的讲课，又能见到林大钦，柯玉井真是喜不自胜。这林大钦天赋高超，才华横溢，有关他曾经作诗巧对薛中离的传闻，柯玉井自然是听过，没想到今日能够得一相见。

下课后，柯玉井与林大钦向老师薛中离辞别。

望着两位学子远离的背影，薛中离心中暗叹："后生可畏也！"

柯玉井和林大钦同路，一路上两人谈笑风生，相见恨晚。但林大钦没有忘记老师的嘱托，遂将他和薛中离是如何相识的，如此这般地一一细说了一番。

薛中离乃潮州龙溪都薛陇村人，正德十二年中进士，次年请旨在东莆都桑浦山麓兴修水利挖新溪。消息传出，令林大钦的父母十分难过。原来，这林家有一块维持生计的"香丁田"亦围在挖溪标签之内，这块田一旦被挖，日后将无田收租，生计艰难。

八岁的林大钦决定去找薛中离说情。

薛中离见是一个身着一身绿衣服，稚气未消的孩童，便戏谑地笑道："原来是一只小青蛙，我还以为是一个什么大人物来见我。"

林大钦一听，也不示弱，他见薛中离穿着大红的官服，便随口说道："我是小青蛙来找大熟蟹！"

薛中离听了，十分好笑，便道："早出日头不成天！"

林大钦反应十分敏捷，脱口说道："日落西山无久时！"

薛中离心中暗吃一惊，再也不敢小视眼前的这个小娃娃。他冲林大钦微微一笑，问道："你找我何事？"

林大钦便将事情如此这般地说了。见薛中离沉默不语，林大钦急了，说山脚下本有荒地可挖溪，无须占用良田，当官的应该爱惜百姓才是。

林大钦的一番话把薛中离给说笑了。

薛中离道："你我作诗，若你赢了，我就依你之言。如何？"

林大钦毫不犹豫地答道："好！"

薛中离笑道："不过，这作诗得有个条件。我们每人四句，都要以三字同头起句，三字同旁承句，二四两句中，而且一定要含有头两句中的那三个字。"

林大钦点头同意。

于是，薛中离吟道：

> 三字同头官宦家，
>
> 三字同旁绸缎纱，
>
> 如今穿着绸缎纱，
>
> 乃为官宦家。

林大钦听罢，略一沉吟，朗声诵道：

> 三字同头大丈夫，
>
> 三字同旁江海湖，
>
> 将来走遍江海湖，
>
> 便是大丈夫。

"哈哈哈！——"

薛中离开怀大笑，连连击掌喝彩道："好！好！好！"

就这样，薛中离把溪道改向山脚下的那一片荒地中去了，后人为感谢薛中离体恤民情，称之为"中离溪"。

从此以后，薛中离便与林大钦成了忘年之交。

柯玉井听罢，忽然顿悟，道："这就是官民一家，做官务须如此！我若他日做了官，一定爱惜百姓！"

林大钦笑道："这也正是我钦佩他之处，虽然他当年是用做诗的方式来解决问题，那不过是逗逗我而已。其实，他是个真正为民的好官。"

两个人正说着，天忽然暗沉了下来。

一阵风吹过之后，下起了雨。

林大钦一把拉过柯玉井："前面有一座亭子，避避雨去！"

两人一路小跑，不远的山坡处果真有一座破旧的亭子，两人走进时，头上脸上已被雨水淋湿。两人相视，开怀大笑。

此时，雨水被风扬起，满山遍野一片雨雾蒸腾，袅袅如炊烟一般。

望着漫山的好景致淹没于烟雨之中，柯玉井诗兴大发：

> 如织春雨润群芳，草木欣欣流水长。

没待柯玉井吟完，林大钦抢过：

> 待到日出滴翠处，高歌欢庆状元郎。

两人相视大笑。

"好诗！"

两人正自大笑，忽听有人拍掌喝彩。不知何时，有两位少年挤进亭中。

柯玉井见那抚掌喝彩之人一身绫罗绸缎，俨然一副公子哥的打扮，但见他粉面朱唇，身姿俊俏，宛如玉树临风。而跟在他身后之人虽也十分的英俊，却是身着一身布衣。

小小破亭子，本也可容纳多人，只因年久失修，已是多处漏雨，若是四人挤挤，却也可以避避。只是这后进来的两人偏要与柯玉井和林大钦拉上一段距离，这就逃脱不了被淋的命运了。

柯玉井见状，说道："二位贤弟何不与我俩挤挤，也好避避风雨。"

柯玉井本是好意，谁知此语一出，却让那两位少年十分的反感。只听布衣少年道："一身的臭气，才不要和你们挤在一处！"

林大钦很是生气，对柯玉井道："柯公子，此等事情还是少管为好，不然的话，可就有狗咬吕洞宾不识好人心之嫌了。"

林大钦的话刚一说完，那布衣少年双目一瞪，怒视林大钦道："你骂人？"

林大钦把头一扬："我有骂人吗？"

那布衣少年正要发作，只见那位公子哥拉了拉他的衣襟，对林大钦笑道："适才刚走进时，听二位兄长在吟诗，想必也是读书之人，大家又何必为了一言而失和呢?"

布衣少年把嘴一撇,挖苦道:"哼,假斯文,真是有辱孔子门风!"

"你!……"

林大钦正要与布衣少年理论,被柯玉井一把拉住,好言劝慰一番,林大钦这才止住。

此时,雨越下越大,亭子上方愈发地漏雨。

公子哥和布衣少年不由自主地向柯玉井和林大钦这边拢了过来。

林大钦见状,嘲笑道:"刚才不是有人还在说我们这边臭吗,怎么这会儿就不嫌弃我们臭了呢?"

布衣少年知道是在说他,反唇相讥道:"你认为你很香吗?"没等林大钦说话,就又说道,"别认为你先到这里就可以不淋雨,难道你以为这样公平吗?"

林大钦反问道:"那你认为怎样才公平?"

布衣少年道:"你们既然都是读书人,我们不妨来联诗,谁若联不出就从这座亭子里走出去。"

林大钦心中暗笑:好一个不知天高地厚之人,竟敢在孔子面前卖弄学问?

柯玉井一听也是十分着急,心道:如你二人作诗附庸风雅逗逗趣倒也罢了,却要拿出来一比高下,这不是不识趣吗?到时还要弄个落汤鸡。于是,便出言阻止,谁知那布衣少年偏不领情,竟然冷言相讽,那公子哥也在一旁帮忙。

林大钦知道柯玉井是好意,只是今日遇见这两个不识好歹之人。于是,问道:"怎么个联法?"

公子哥道:"就依这雨和这山为题,如何?"

林大钦道:"好,你们先来吧。"

只听布衣少年道:"先来就先来,听好了:雨水一片砚池波。"

公子哥联道:"抓起青山当墨磨。"

林大钦眉毛一扬,接道:"嶙峋巨石似斗笔。"

事已至此,柯玉井也只得往下接,于是朗声说道:"挥写青天八行书。"

"好!"

柯玉井刚一联好,林大钦就鼓起掌来。

公子哥暗叹眼前这两人诗句的语气比他们大得多，但又不好说。就在这时，只听布衣少年道："大家作的句子都差不多，分不出高低，大家应重新来联。"

林大钦笑笑："那你们就再出个题吧。"

公子哥道："就依这亭子和雨水为题。"说完，先自吟道："人生旅途路漫漫。"

布衣少年接道："问君能有几多烦？"

林大钦知道这两少年故意不说主题，是要把题扔给他和柯玉井，于是联道："亭顶不补水不止。"

柯玉井接道："五月雨水犹带寒。"

吟罢，柯玉井不由得对眼前的这两位少年钦佩起来，自己刚才还在为他们担心，没想到这两位少年竟也如此的有才华。想到此，柯玉井不觉惭愧起来，于是，冲那两少年道："两位小弟才高八斗，玉井惭愧，我这就给二位让出地方。"说罢，就要走出亭子。

林大钦一见，急了，一把拉住柯玉井："柯公子，你这是何苦？"

此时，不远处，一头戴斗笠、身披蓑衣之人将这一切尽收眼底，只见他连连颔首，脸上露出欣赏的微笑。

欲知后事如何，且看下回分解！

第二回　坦荡荡人神共仰　长戚戚官民同忾

诗曰：

脚步未离桑浦山，三人同在有师焉。

苍天垂泪悲壮举，瑞霭添妆显巨岚。

非凡人物风尘外，自古英雄草莽间。

流寇行凶化日下，金针没羽救人还。

话说柯玉井刚要走出避雨的凉亭，却被林大钦一把拉住。只听林大钦埋怨道："柯公子，你这是何苦，我们又没有输给他们！"

柯玉井冲林大钦微微一笑，甩开林大钦的手，执意站到亭子外，直把林大钦气得一个劲儿地跺脚，就连那公子哥和布衣少年也被眼前的一幕惊得是目瞪口呆。

说也奇怪，就在柯玉井站到亭外的那一刹那间，只见乌龙止雨，天空放晴，一道彩虹高挂云天。

亭内的三人奔出来，仰首惊叫。

这正是：

热心感动天和地，彩虹一道书壮举！

林大钦一把抓住柯玉井的衣袖，颤声道："柯公子，这真是东边日出西边雨，道是无情却有情啊！"

林大钦话刚说完，只听那布衣少年气从鼻子眼里哼了一声，然后作声作调道："天若有情天亦老，不是上天有情，而是柯公子有情！"

此次，林大钦没有再反驳，他仰首望望碧蓝的天空，心中甚是觉奇，虽未看到天上有什么异样，但林大钦的心里着实还是吃惊非小。林大钦心道，要么这柯公子的善情真的是感动了上天，要么就是这柯公子并非凡夫俗子……一时间，林大钦对刚才的异象也猜不出什么端的。不过，林大钦有一点可以肯定的是，大仁者修治天下，以今日天象来看，这柯公子他日绝非等闲之辈。

"公子，天放晴了，我们可以回去了。"

正当林大钦胡思乱想之际，只听布衣少年在对公子哥说话。

公子哥没有回应布衣少年的话，而是径自走到柯玉井面前，双手一抱拳，笑道："柯公子人品才华人神共睹，敢问柯公子家住何方，日后也好登门打搅。"

柯玉井连忙回礼，道："公子言重了，我乃潮州井里村人氏。"

公子哥笑道："柯公子过谦了。"言罢，又冲林大钦一抱拳，"在下孙三，还未领教这位公子尊姓大名。"

林大钦回道："姓林，名大钦。"

孙公子笑道："原来是林公子，林公子大名在下早有耳闻，今日得以相见，幸会！幸会！"

站在一旁的布衣少年道："林公子的学问，薛老爷都不敢小觑，怪不得刚才要联诗欺负我和孙公子。"

林大钦一听，显得十分的委屈："这联诗明明是你提出来的，怎么倒怪罪起我来了？"

孙公子忙过来解围，用手一指那布衣少年，对林大钦道："这位是在下的家人，名唤孙庆，刚才多有冒犯林公子，还望多多恕罪。"言罢，转过脸去，对孙庆道，"还不快向林公子道歉？"

那孙庆一脸的不悦，刚要过来道歉，被林大钦止住。林大钦对孙三笑道："这孙庆实在是有趣，何罪之有？"

孙公子听林大钦这么一说，忙连声替孙庆谢过。

几个年轻人又说了一会儿话，眼见太阳渐渐西斜，孙公子提出要家去，其他几人也随声附和。先是孙公子领着孙庆一同离去，接着，柯玉井亦向林大钦辞别。林大钦有些不忍，一再邀请柯玉井家中玩耍，柯玉井便将今日是如何瞒着阿爸偷偷前来听学之事向林大钦说了，林大钦便不再坚持，把自己的住址告诉柯玉井，希望他日能前来一同读书上进。柯玉井答应了，于是两人依依惜别。

却说柯玉井独自一人急急往回赶，眼看着就要走到村庄，忽见一匹快马从自己身边疾驰而过。正惊异间，就听身后马蹄阵阵，柯玉井转过身去，不由大吃一惊。只见十余匹快马风驰电掣一般正由远及近而来，转眼间，为首的一匹快马已行至柯玉井身旁。柯玉井见那马上之人，剃着光头，一身奇装异服。只见此人忽然从身后拽过一张硬弓，搭上箭，用力一拉，前面那马上之人应声摔下马来。

柯玉井一见，甚是惊讶，光天化日，朗朗乾坤，此人真是胆大妄为，竟做起这杀人的勾当。就在柯玉井惊讶之际，后面的几匹快马也都陆续赶到，他们围着那倒地之人转了几圈，随后，个个仰面朝天狂笑。笑声未落，光头手持利剑忽地朝那地上之人的头颅砍去。

眼见着就要手起剑落，地上之人即将身首异处，恰在此时，就见一块石子飞来，正中光头持剑的手腕，光头就觉手腕一阵剧痛，他怪叫一声，急忙收剑。其余人等脸色大变，急忙四下去寻是何人所为。

大道上，柯玉井凛然而立，怒目而视。

众匪徒忽然醒悟，各执兵器，催马直奔柯玉井杀过来。柯玉井本是读书之人，刚才之举实为正不容邪，才不思后果抛石相助，这回儿见众匪徒提马向自己冲过来，不免心下慌乱，但事已至此，却也无可奈何。柯玉井心道："今日我命休矣！"

众匪齐齐举了兵器纷纷向柯玉井的头顶砍来，眼见就身首异处，忽然，斜刺里飞过一顶斗笠，那斗笠如一阵旋风一般，在几个匪徒的头顶上一阵狂旋，将他们手中兵刃俱各扫落。众匪徒好不吃惊，没待醒转过来，一道人影飞至，柯玉井定睛看时，一英俊男子的宝剑已抵住光头胸口。

柯玉井仔细看那青年男子，但见他浓眉高鼻，光洁白皙的脸庞，透着棱角分明的冷峻，手中一柄长剑闪着逼人的寒光。真个是英姿勃勃，仪表不凡。

匪徒们一见这阵势，早已软了三分，没了威风，一个个提马狂奔，一哄而散，只眨眼的工夫便都不见了踪影。

那英俊男子径直走到那倒在地上之人身旁，蹲下，仔细地查看伤势。此时，那人紧闭双眼，已是晕了过去。英俊男子伸出两指放在他的鼻子底下探了探，一旁的柯玉井道："他尚有气息。"说着，亦蹲下身去，指着那人身上的伤势对英俊男子道，"他刚才并未受伤，他身上的伤应是早些时候留下的。"

英俊男子冲柯玉井微微点头。

柯玉井道："待我把他救醒，也好知道那些人究竟为何事追杀他。"说着，从袖口处探出两枚银针来，对着那负伤之人身上两处穴位刺过去。说来也奇，那人经这一刺，竟从鼻子眼里哼了一声，接着慢慢睁开眼来。柯玉井问道："这位兄长，那些人为何事追杀你？"对方听问，吃力地说道："快些报……报告官府……潮州富豪王良……勾结倭寇要血洗潮州城……"

柯玉井和那英俊男子听了，俱各一惊。英俊男子问道："此事当真？"那受伤之人用力点了点头。

事不宜迟，英俊男子起身，对柯玉井道："此人就交与你了，我速去城中报信！"言罢，不待柯玉井回话，径自骑上马去，两腿用力一夹，那马负痛，一声长嘶，前蹄腾空，一溜烟地跑得没了踪影。

花开两朵，各表一枝。按下柯玉井这边暂且不表，且说那英俊男子进城后，直奔潮州知府衙门而来，那尹知府一见英俊男子，连忙赔笑问道："东涯兄何事如此匆忙来见？"

书中交代，被唤作东涯兄的英俊男子不是别人，而是潮州名士翁万达。

翁万达，字仁夫，号东涯，潮州揭阳人士。翁万达博学敏思，才气纵横，善诗文，且武功高强。后来先后历任广西梧州府知府、四川按察使、兵部尚书、宣大总督等职，当然，这些自是后话，暂且按下不提。且说翁万达和潮州尹知府原是好友，如今两人相见自然不多俗套。翁万达就将路上发生之事如此这般地说了。

尹知府一听，大惊失声，忙问翁万达此事如何处置。翁万达浓眉一扬，道："先抓内贼，再备兵反击倭寇！"

尹知府依言而行，先是抓了城中富豪王良，又集结兵马三千，以击来袭之敌。

刚刚准备就绪，探马来报，倭寇千余人正向城中杀来。

原来，城中富豪王良勾结一支藏在南澳岛上的倭寇，经常奔袭潮州城中商铺，原本想今日再做一桩大买卖，不料被抓去的马夫听到，那马夫找到一个逃走的空当，不料被倭寇发现，死命追赶。也是苍天有眼，那马夫被柯玉井和翁万达救下。倭寇见事已败露，干脆提前行事，一路杀了过来。

且说翁万达和尹知府高站城墙之上，翁万达把城中的三千精兵分成四路，自己亲率一路殿中，其他三路分别从两翼和敌后出击。时间不长，倭寇杀至城下。翁万达一声令下，城门大开，翁万达头戴金盔，身披金甲，胯下一匹白龙战马，手执银枪，腰悬羽箭雕弓，率兵迎敌。

再看倭贼，个个气势汹汹。贼首年约五旬，光头，淡眉，目露凶光，身披铠甲，手持月牙弯刀，正端坐马上。翁万达见了，心中暗道："擒贼先擒王！"于是，将手中银枪悄悄放于桥鞍之上，拔出羽箭，拽满雕弓，只听"嗖"的一声，那箭不偏不倚，正中贼首咽喉。尹知府在城墙之上看得明白，立时擂鼓进军，鼓声激越，振荡天宇，两下交战一处。霎时间，刀光剑影，喊杀阵阵。但见：刀砍的脑浆迸出，枪戳的鲜血乱流，人马皆为肉泥，骨皮俱为齑粉。

翁万达手持银枪，上下翻飞，真可谓沾者亡，碰者死。一时间，直杀得天昏地暗，倭贼抛戈弃甲，鬼哭狼嚎。

两军杀至正酣，明军其他三路兵马齐出，倭寇大败，全军覆没。

明军凯旋而归。

尹知府一面摆酒宴犒劳三军，一面奏报朝廷邀功，不在话下。

再说柯玉井把受伤的马夫背到家中，阿爸柯潜庵亲自开药为其疗伤。这边刚安顿好一个伤者，忽见有村人来传，说那倭寇一路烧杀抢掳，沿途村民伤者无数。柯潜庵一听，急忙领了柯玉井沿途救治。

凡倭寇经过之处，村民无不遭殃。此时，哭嚎之声，随处可闻。真个是：

倭人所行处，何处不哭声？

柯玉井暗压悲愤，为村民治伤。不知医了多少人，疗了多少伤，柯玉井正自埋头处理伤口，忽然听到身旁有人叫他，他抬头一看，不禁大喜，脱口说道："原来是你？"

欲知来者何人，且看下回分解！

第三回　识英才面授机宜　显神通医治恩师

诗曰：

十年磨一剑，霜刃未曾试。

今日把示君，谁有不平事！

话说柯玉井正在为伤民们处理伤口，忽然听到身旁有人叫他，他抬头一看，不禁大喜，因为来者正是救过他性命的翁万达。

此时此刻，柯玉井能为再次见到自己的救命恩人，心中十分的喜悦。看看身边的伤者已经得到救治，就对翁万达道："恩公与我一起家中小聚如何？"翁万达笑道："还是不要去府上打扰了吧，你我兄弟有缘，不妨就在此处叙上一回。"

柯玉井听翁万达这样说，哪里肯依，一定要翁万达去家中小坐，吃上一杯茶，略表谢意。翁万达见柯玉井如此坚持，也不好再多说什么，于是两人来到井里村的柯府。

井里村位于潮州西南方，韩江下游西岸，乃山环水抱的风水宝地。元末明初，老祖宗柯辛吾从福建莆田只身来到此地，并从此定居下来。

此时，天色已晚，柯府大门两侧的大红灯笼把夜色照得通亮。翁万达见柯府十分的气派，门前卧着一对石狮子，一副朱漆大门上贴着一副对联，上联是：春满杏林门第；下联是：福临济世人家。而门首上则是一块鎏金的匾额，上书"天安堂"三字。翁万达看罢，微微点头，心中暗道："难道这里便是闻名潮州城的天安堂？"

翁万达正自想着，就见柯玉井上前拍打门环，时辰不大，大门吱呀一声开启，老家人柯胜见是柯玉井，惊喜道："是大少爷啊，老爷正在厅上候着呢。"说着，提了灯笼在前引路，翁万达和柯玉井随后紧跟。及至走到院内，翁万达只见柯府房宇数重，皆是雕梁画栋，绿树繁花种植于鹅卵石铺就的小路两旁。

三人穿堂过院，绕过一道大理石屏风，来到后院厅堂。

柯胜所说的老爷，便是柯玉井的阿爸柯潜庵，此时正坐在厅堂里品工夫茶。柯玉井的爷爷共有三子，老大柯杰庵，老二柯潜庵，老三柯南山，柯潜庵虽在兄弟中排行老二，但因他是家中主事者，下人们便都称他老爷。兄弟三人中，只有柯潜庵继承了父亲柯逸叟的医术，且医术十分的高超，方圆百里大名鼎鼎，难怪翁万达一见"天安堂"三字便肃然起敬。

柯潜庵不仅有扁鹊之术，华佗再世之风，且他为人正派豪爽，侠肝义胆，深得百姓喜爱。此次倭寇血洗潮州城，沿途百姓遭劫，柯潜庵便与儿子玉井前往治疗伤者。后父子东西各不相顾，直等到天色向晚，已无伤者可治，这才回到家中。听到玉井尚未回来，便坐下静等。

翁万达见柯潜庵四十上下的年纪，方脸浓眉，身躯岸然，相貌堂堂。正要抱拳行礼，柯潜庵也看见了翁万达，柯玉井忙上前向阿爸介绍翁万达，说此位兄长便是今日救儿性命之人。柯潜庵听了，自然感激翁万达，急忙起身给翁万达鞠躬行礼，翁万达急忙还礼道："翁万达进府上打搅，还望见谅。"柯潜庵父子一听"翁万达"三字，不由得互望一眼，柯潜庵道："敢问先生可是那位新科进士翁万达？"翁万达笑道："小生不才，正是在下。"

柯潜庵一听，十分惊喜，翁万达之名可是如雷贯耳，今日他不仅救了小儿，还到了自己的府上，真是蓬荜生辉，三生有幸。柯潜庵父子赶忙过来行礼，被翁万达拦住。于是，柯潜庵急忙命下人准备酒菜，又传唤妻子林氏并大哥柯杰庵夫妇及弟弟柯南山到厅堂见过翁万达。

大家聊了一会儿今日发生之事，翁万达极力称赞柯氏父子此次剿倭所付出的辛苦。柯潜庵回说，一个马夫尚能不顾个人生死，况且我辈乎？正自聊着，早有下人撤去茶具，端上酒菜，另有春桃、夏荷、秋菊、冬梅等丫鬟们侍立一旁伺候着。

林氏等人早已用罢晚餐，只是坐着相陪，待用罢晚餐，柯潜庵对翁万达道："犬子愚钝，望先生能指点一二，也好让他将来能如同先生一样光宗耀祖。"

翁万达回道："先生过谦了，令郎天资聪慧，勇毅过人，何谈愚钝？"

此言一出，柯潜庵顿时急了，以为翁万达是在委婉推辞，便道："难道是先生嫌弃小儿吗？"

　　柯潜庵一向为人正直，说话不绕圈儿。翁万达一听，知道是柯潜庵误解了自己，于是便把今日所发生之事的前前后后如此这般地说了。

　　原来翁万达和薛中离是好朋友，当他拜会完薛中离正待离去时，在窗下正好听到柯玉井向薛中离提问。柯玉井提的问题让翁万达对柯玉井产生了浓厚的兴趣，于是，他一路跟随，柯玉井、林大钦等人在凉亭避雨赋诗，这一切，翁万达尽看在眼中。及至后来柯玉井抛石救人，也没离开翁万达的视线。

　　翁万达如此一说，柯潜庵方才释然，脸上露出欣慰笑容。

　　柯玉井官名柯文绍，后取字玉井。话说柯玉井出生之时，遍体通红，满室红光，出生十日有余不睁双眼，柯潜庵虽为名医，却难查其因。一日，正愁闷之际，忽见老管家柯胜走进来道："老爷，外面有一道士说要见您。"柯潜庵心下疑惑，不知道士来访何意。

　　待走进上房，果见一道士闲坐一旁，品茗工夫茶，见到柯潜庵，笑道："恭喜柯施主，贺喜柯施主。"柯潜庵强笑道："不知道长何来恭喜？"道士哈哈一笑道："施主喜得贵子，难道不是大喜事一件？"柯潜庵道："道长所言极是，只是犬子自生下以来却双眼一直未开，我正为此事烦恼。"道士笑道："施主不妨将贵子抱出，让贫道一视。"柯潜庵闻言，遂令奶娘将小儿玉井抱出。那道士将玉井抱在怀中，呵呵笑道："小施主，混沌已开，天地亦分，何必闭目不睁？"言罢，用手轻轻一点玉井额头。再看，小玉井顿时张开两眼，笑声如铃。

　　柯潜庵甚是惊疑，正要问道士缘由，只听道士道："施主莫问天上事。"又道："此儿日后乃大器之材。"

　　柯潜庵又想问小儿来历，道士却笑着离屋而去。柯潜庵追出房去，却哪里还能见到道士身影？正诧异间，忽闻半空传来一阵笛声。柯潜庵顿悟，此道士必是韩湘子无疑。

　　柯潜庵因记住韩湘子之言，从此把玉井看作掌上明珠，在众兄弟姐妹中颇受溺爱。柯玉井也不负父望，三岁读经、五岁背文、八岁著诗，十二岁时考中生员，可谓餐英披秀，凤冠人群。乡人赞道："井儿原是王佐才，何但文心一路开。"十岁时，柯潜庵又让他开始学医，柯潜庵先是教他背诵《十问歌》，柯玉井十分聪明，别说是《十问歌》背得滚瓜烂熟，就是那《黄帝内经》也能过目不忘。阿爸柯潜庵虽喜爱儿子，但他从不喜形于色，对柯玉井一直是宽严相济，他既希望儿子能子承父业，又希望儿子能取得功名光宗耀祖，取舍之间，很是纠结。今日翁万达上门，正好请他指教一二。

此时，柯玉井更是心潮澎湃，没想到救自己的大英雄竟是他一直崇拜的翁万达，能向翁万达讨教，那是再美不过的事了。柯玉井站起身来，对阿爸并众长辈道："我想请先生去书房中相叙。"

柯潜庵一听，很是高兴，遂吩咐家人打扫书房，又命下人去叫四侄女红棉也一同去听翁万达的教诲。一会儿下人来报，说四小姐已经睡下了，就不来了。

四小姐是大哥柯杰庵之女，大哥无子，共有四朵金花，前三个女儿都已出嫁，唯这四女红棉最小，尚待字闺中。而三弟柯南山一直未娶，尚无子嗣。柯潜庵在心中微微叹了口气，起身亲自把翁万达送出厅门，由老家人柯胜提着灯笼引路，径直去了书房。

春桃和夏荷早已把书房收拾了出来，书桌上也早已放了工夫茶并两盘水果。进了书房，柯玉井笑着对春桃和夏荷道："两位姐姐辛苦，这回我要和老师叙谈，你们也早早地歇息去吧。"春桃和夏荷退出书房，翁万达道："你我今后就以兄弟相称，休要再言老师。"柯玉井听了，笑道："那就依翁兄之言。"言罢，两人相视哈哈大笑。

柯玉井从书桌上拿起一本自己写的诗递与翁万达点评，翁万达看了，不住地点头称赞，说玉井的文品和人品已是见过了的，今日再看习作，果然篇篇都是好文章。柯玉井听见翁万达不住地称赞自己，不禁红了脸，不好意思起来。

翁万达把目光望向柯玉井道："你有如此的才华，何不将来去考取功名？"柯玉井道："阿爸也有这个意思，他把光宗耀祖的希望都寄托在我身上了。"翁万达道："考取功名并非仅为光宗耀祖。"见柯玉井正期待地望着自己，又道："大丈夫当修身、齐家、治国、平天下！"

柯玉井的神情一下子肃然起来。

两人正聊着，小丫头秋菊和冬梅进来，在书房里搭了一张床，又在书桌上添了几根红烛，柯玉井见状，知道是阿爸用心良苦，便对翁万达笑道："今夜我要和兄长挑灯长谈了。"翁万达道："那是最好不过的事情了。"

是夜，长烛燃夜色，知心话儿吐不尽。

次日天明，翁万达辞行，柯玉井远远地相送，直到看不到翁万达的人影方回。

却说这日，柯玉井正独坐书房，凝神作诗，忽听窗外有人说道："大少爷在书房里做学问呢。"柯玉井听出说话的是小书童旺仔。旺仔的话刚一说完，书房的门吱的一声就被推开了。

"贤弟，你让我找的好苦！"

柯玉井凝视着门口说话之人，一下子就从椅子上跳了起来，张开双臂，一下子把来人抱住："林兄，是你啊！"

站在门口的正是林大钦。

林大钦笑道："贤弟，你失言了，不去寒舍找我玩耍，却一个人躲在家中作休闲文章。"

柯玉井松开双臂，将林大钦迎进书房，落座。旺仔奉上工夫茶，柯玉井吩咐旺仔，将房门掩上，可以出去自由玩耍，喜得旺仔，一面连声说大少爷是天底下最好的少爷，一面给柯玉井和林大钦斟茶。然后，掩上房门一溜烟地跑了出去。

这边，柯玉井和林大钦诉说着分手之后发生的一些事情。林大钦道："我后来多次去听薛恩师讲学，却不见你去。一日恰遇万达兄去拜会薛恩师，才知道你为国为民立了大功。"柯玉井笑道："万达兄过奖了，那日要不是万达兄出手相救，你我兄弟就再不能相见了。"林大钦忙问详情，柯玉井便将那日发生之事如此这般地说了。林大钦听了，唏嘘不已，忙说好险。

林大钦道："今日是来向贤弟辞别，几日后我要去银湖书院做私塾先生去了。"说罢，兀自笑了起来。

柯玉井连忙贺喜，问起他去银湖书院的一些情况，林大钦一一地说了。

原来，林大钦考中秀才时，大受提学使的夸奖，更加才名远播。一日，近邻银湖乡的乡绅们慕名而来，要聘请他去银湖书院执教，林大钦欣然应允。

但是，族长见他如此年轻，颇有些不放心，就有意要考考他，便命人将准备在银湖书院门首的独脚上联搬上，让林大钦作对。往日，想来银湖书院教书的人不少，但一个个都被这句上联给难住了。

上联是：银湖院后虎耳草

面对这独脚上联，林大钦一下子也被难住了，正思忖着如何对答间，忽然想起路过金石乡时，见过金石宫前面有一株高大的龙眼树。那龙眼树花香四溢，实在令人赏心悦目。

林大钦心中一喜，笑道："有了！"

于是，林大钦对出了下联：金石宫前龙眼花。

林大钦的妙对，让族长钦佩不已，当场答应，待三日后就可来书院执教。

柯玉井连连感叹林大钦的文采。

林大钦忽然站起，拿过书桌上墨迹未干的诗笺，见是一首《满江红》，仔细地吟诵了一会儿，连声称赞。柯玉井笑道："林兄才华横溢，不如和上一首如何？"林大钦朗声道："好！"旋即蘸墨挥毫，笔走龙蛇之间，一挥而就。柯玉井惊道："昔有曹植七步而诗，今有林兄瞬间成句。佩服，佩服！"

"什么诗如此让我兄弟佩服？！"

随着声音，书房门呀然而启。一个女孩儿站在门口处，林大钦见她鸭蛋脸儿，削肩细腰，柳眉弯弯，俊眼清纯。真个是：

清水出芙蓉，天然去雕饰。

林大钦在心里暗暗赞道："好一个俊姑娘！用'媚眼含羞合，丹唇逐笑开。风卷葡萄带，日照石榴裙'来形容她，是再合适不过的了。"

女孩儿手里托着一盘点心，款步而入。

柯玉井忙对林大钦道："这是我四姐红棉，来去总像一阵风儿似的。人家都管她叫'四疯子'。"又向四姐红棉介绍林大钦。红棉放下点心，给林大钦行礼，然后责备弟弟道："有贵客来，应该通知一声，也好让厨子们备些好吃的招待。"林大钦忙道："到府上打搅，已是不安，望姐姐千万不要说这样见外的话。"红棉道："那怎么行？我这就去厨房，吩咐他们安排一下。"说着，风一般轻盈地去了。

这里，林大钦很感不安，柯玉井再三地劝慰方止。两个人又聊到听学之事，柯玉井因问起薛恩师状况，林大钦叹了一口气道："薛恩师入狱时曾受过刑，身体一直有恙，前几回因头痛病发，卧床了好几日。"柯玉井忙问："没有请郎中医治？"林大钦道："倒是请过几回，可每位郎中说法不一，药也不一，薛恩师的病也就那么一直耽搁着。"柯玉井道："这怎么行？待用过饭，我要亲自去给他医病。"林大钦听了，忙抚掌叫好："贤弟乃杏林世家，我却忘记了。如今你去给他医病，恩师的福分也就来了。"

吃罢饭，柯玉井向阿爸柯潜庵说了情况，柯潜庵听了，连连点头，又嘱咐了几句。红棉听说弟弟要去桑浦山，急忙安排马车，柯玉井却坚持要和林大钦一起步行前往。两个人走到大门口之时，又被红棉叫住，吩咐柯玉井带上旺仔，也好有个照应，柯玉井冲四姐摆了摆手，然后和林大钦一起走了出去。

一路无话。话说两人来到白云岩寺，只见大门紧闭，里面偶尔传来几声怒吼声。两人相视一望，待推门走入，方发现薛中离的卧房里有几位郎中默默相视无语。卧榻上，薛中离双手抱头，痛苦呻吟不堪。

柯玉井看了，一步跨入房内，对几位郎中怒喝一声："滚！"

欲知后事如何，且看下回分解！

第四回　受恩惠黄家提亲　得喜讯玉井泣泪

词曰：

相逢欲话相思苦，浅情肯信相思否。

还恐谩相思，浅情人不知。

忆湔携手处，月满窗前路。

长到月来时，不眠犹待伊。

却说柯玉井见薛恩师因被病痛折磨，而一帮郎中却束手无策，心中难过至极。送走众郎中，急步走到薛中离面前，掏出一枚银针刺在百会穴上，只听薛中离长长吐出一口气道："不再痛矣！"

林大钦见状，叹道："真是名不虚传，贤弟一针就除去了恩师数年的病症。"

薛中离笑道："早知玉井乃华佗再世，我也不至受苦到今日。"

柯玉井道："要想根治洪灾，还得治理上源，疏通河道才是。适才只是封住了穴道，暂时止住了疼痛，如今还需探出病源。"

薛中离和林大钦听罢，连连点头称是。

柯玉井伸手按在薛恩师左脉上，凝神细诊了一会儿，换过右手，亦复如是。

诊毕，柯玉井道："脉息左沉，寸沉迟而芤。此为气血两虚。"

林大钦急忙问道："可有法子治得？"

柯玉井点头："开副方药，定能根治。"

言罢，提笔开方：

当归二两，附子三钱。

林大钦见只有两味药，有些不放心地问道："只此两味药吗？"柯玉井点头，吩咐林大钦速去取药。时辰不大，林大钦将药取回，煎好药汤，薛中离喝了，不在话下。

且说柯玉井离开家门不久，柯潜庵正坐在厅中用工夫茶，忽然见老家人柯胜慌慌张张地领着黄老先生的家人黄沙走进来。柯潜庵见黄沙一脸汗水，站在厅中直喘气儿，遂吩咐柯胜端过一把椅子看坐。那黄沙不坐，待喘过一口气，又用衣袖抹了一把脸上的汗水，这才说了过来请柯二爷去府上给黄老先生看病的事。

柯潜庵也知道黄沙是过来请医的，这黄老先生多病，每病必吃柯潜庵的药方能见好。黄老先生祖籍福建邵武，乃南宋名臣黄中之后。黄中，绍兴五年榜眼，端明殿大学士，封江夏郡开国公，为南宋主战派大臣，当年岳飞被害，黄中当众质问秦桧："岳飞何罪？"后因秦桧追捕，全家从京城迁到潮州府，从此安家定居下来。

黄老先生虽然才高八斗，学富五车，但他无考功名之心，靠着祖上留下的殷实田产过日。每每在书房里或悬腕走笔，写诗作词；或泼墨山水花鸟，自得其乐。

黄老先生和柯潜庵结缘并成为知心好友，缘于医治好黄老先生的头痛顽疾。黄老先生有每年逢春就头痛的毛病，虽经多方医治，总也不见好，待到夏日鸣蝉之际，人如同虚脱了一般，从地狱里走出。是年，又是春暖花开之时，黄老先生的"故友"不期而至，照例又请了许多大夫来医治，照例又是无功而返。黄老先生躺在床上，被病痛折磨得枯瘦如柴，家人们陪伴一边，无奈地叹气。

这日，老家人柯胜因回乡探望远房哥嫂，正巧碰到黄沙，两人小时曾是玩伴，多年不见，甚是亲切。柯胜问黄沙何事匆匆忙忙，黄沙叹了口气，就把黄老先生得了什么样的病，家里的下人们又是如何四处请医的事，一五一十地对柯胜说了。柯胜道："黄老爷子有这个毛病已有多年了，只是没有想到到如今还没医好。"黄沙复又叹道："可不是，黄老爷子一向仁善，只没想到会得这样的病。"柯胜知道黄老先生一向慈悲为怀，自己家里的人也曾得到过黄老爷的照顾。

两个人正叹息间，柯胜忽然惊叫了一声，把站在一旁的黄沙吓了一跳。柯胜道："我家二爷医术一向高明，你何不去把我家二爷请来？"黄沙一听，也十分的高兴，喜道："若你家二爷能妙手回春，倒是我家老爷的造化。"黄沙一面说，一面速跑回府，把事情和黄夫人说了。当下，黄府备了轿子，直奔天安堂，接来柯潜庵，柯玉井也一并跟了来。

柯潜庵见黄老先生面黄肌瘦，眼窝深陷，一副昏昏沉沉的样子。黄夫人一旁泣道："老爷子昼夜头痛，不得安息。"

柯潜庵又问病状。黄夫人道："初患头昏闷微痛，郎中以伤寒医治，汗后愈加疼痛，再后来就痛不堪言。"

柯潜庵给黄老爷子切脉，但觉六脉垂弱，又见其气短，懒言语，便已了然于胸。《内经》有云：春气者，病在头。黄老先生这是年高气弱，清浊不分，浊邪上了头面所致。遂开下一方：

> 黄芪钱半，人参一钱，炙甘草七分，白术、陈皮、当归、白芍各五分，升麻、柴胡各三分，细辛、蔓荆子、川芎各二分。

此方法以补中气，分清浊……当下，黄夫人吩咐下人们照方拿药不提。再说柯玉井见阿爸为黄老爷子开了方药，便退出房中，在黄家大院里散起步来。

这黄府的气派不弱于柯府。柯玉井见黄府亭台楼榭，花鸟绿树十分的有趣，不知不觉间走进了一座花园。忽然一阵风起，一方手帕飞到柯玉井的脚下，柯玉井弯腰捡起，但见一绣花手帕，上书一首小诗，字体俊秀，墨迹未干。柯玉井仔细诵读：

> 独立寒窗看斜阳，暮云深处雁字长。
> 别后不知君远近，一年一度菊花黄。

看罢，柯玉井四处张望，不知手帕是从何处飞来。正张望间，忽见从亭子里走出一个小丫头来，十二三岁的样子，面容姣好，鬓发低垂，斜插一枝蝴蝶花。她三步两步走到柯玉井面前，一把夺过手帕，杏眼圆睁，斥道："哪里来的小子，一点儿规矩也不懂，小姐用的东西，岂是你能碰得的？"

柯玉井争辩道："这是风吹过来的，又不是我去你小姐那儿拿的。"

小丫头还要抢白，被后面走出的一个女孩止住。柯玉井见这女孩长得十分的标致，有倾国倾城之貌。怎见得？有诗为证：

> 名花倾国两相欢，长得君王带笑看。
>
> 解释春风无限恨，沉香亭北倚阑干。

但见她，十四五岁的年龄，肩若削成，腰似约素，柳眉如烟，脸若凝脂，明眸皓齿，身披翠水薄烟纱，恍如天仙下凡一般。

柯玉井见了，心道：此女子怎生得如此面善，好似在哪里见过？

小姐款步走过来，拉了拉小丫头的衣袖，轻声责备道："柳烟！"又对柯玉井道："小丫头不懂事，还望公子见谅。"说罢，心道："此公子好似在哪里见过？"却又一时想不起，亦不便多问，遂拉着小丫头柳烟便走。

柯玉井道："小姐且慢走！"

小姐回过头来，迷惑地望着柯玉井："公子还有何事？"

柯玉井道："手帕上的诗可是小姐所作？"

小姐点头称是。

柯玉井道："现在正值春暖花开，小姐的诗好像不合时令。"

小丫头柳烟杏眼一瞪道："你尽胡说，小姐那是为《西厢记》里的红娘而作！"

此语一出，小姐顿时羞红了脸，冲小丫头嗔道："就你多嘴！"

小丫头不明白小姐的意思，争道："本来就是，谁让他乱说！"

柯玉井笑道："是我误会了小姐，要不我给你再续上一首，以示谢罪如何？"
"你？"

小丫头本想嘲讽几句，被小姐拦住，小姐笑道："公子请。"

柯玉井吟道：

> 又是一年菊花黄，登高远眺过重阳。
>
> 倚尽栏杆无倦意，望江亭上雾茫茫。

柯玉井刚一吟罢，小姐笑道："公子果然好才华，不知公子姓甚名谁，这会儿怎么会在我家的花园里？"

柯玉井听闻，就把自己随阿爸一起前来府上给黄老先生治病及自己闲步至此的事前前后后的说了。刚一说到这里，忽然想起，阿爸这会儿也应该要回去了，忙冲小姐一施礼："玉井告辞。"

果然，柯潜庵这会儿正由管家陪着，一边吃茶，一边聊天，见到柯玉井进来，柯潜庵冲他狠狠瞪了一眼，然后站起辞别。

黄家依旧备轿送行。

黄老爷子吃了柯潜庵的药，不久病愈，很是感激，遣管家送来五百两银子并四匹锦缎答谢。柯潜庵全部退回，回说已经收了诊费，这份外的就不能再收，又再三嘱咐管家替自己向黄老先生道谢。

自此以后，黄家钦佩柯潜庵的人品，加之柯潜庵医术高超，逢家中人身体有恙俱请柯潜庵来医。一来二往，柯潜庵和黄老先生也就成了至交好友。

且说柯潜庵不知黄老先生这回又生了何病，急急忙忙赶到黄府，只见黄老先生并黄夫人早在客厅候着，见柯潜庵进来，急忙令下人看坐。柯潜庵见黄老先生和黄夫人满面春风，神采飞扬，丝毫看不出是有病的样子，便问道："黄兄急急忙忙把我叫来，不知黄兄身体何处有恙？"

黄老先生哈哈一笑，用手一指自己的脑袋道："这里，这里痛啊！"

柯潜庵一听十分纳闷：虽说这黄老先生总爱在春日生头痛病，但今日却丝毫看不出痛苦的样子。

黄夫人看出了柯潜庵的心思，就笑着对黄老先生道："你不要让柯兄弟着急猜了，就实话相告吧。"

黄老先生这才道出实情。

原来黄老先生是为爱女终身大事在发愁。

黄老先生四十得女，取名黄薇淑。黄小姐自幼聪慧伶俐，拜高人为师，琴棋书画样样精通，诗词歌赋无所不能，性情又十分温婉，被老先生视为掌上明珠。

俗话说，男大当婚女大当嫁，偏这黄小姐又生得国色天香，直把方圆百里的富家公子、官宦子弟们馋得日思夜想，遣媒婆踏烂黄府门槛。然而，黄小姐自恃才高人俊，哪里能把这些纨绔子弟放在眼里？黄小姐这边不急，可黄老先生和黄夫人却坐不住了，一再追问女儿想要个什么样的夫婿。黄小姐开始支吾搪塞，后来逼急了，才道出实情，说天安堂的柯公子才是她理想的夫婿。

黄老先生和黄夫人一听，笑了，其实，他们早就看出女儿对柯玉井有意。自从结识柯潜庵来府看病以来，柯玉井也随父来过多次，一人单独来府也有过几回，每次柯玉井离开时，黄小姐都会凭窗远送。黄夫人心细，女儿的那点心思她早就看在了眼里。

黄小姐把话挑明，黄老先生和黄夫人就商量着如何促成这段姻缘。黄老先生说找个媒婆去柯府提亲不就行了吗？黄夫人说，你真是个老糊涂，哪有女方上门提亲的道理？黄老先生问如何行事，方为端正。黄夫人说，你和柯老爷是挚友，无话不谈，何不把他请到府上细商。

就这样，黄老爷假使管家黄沙，以黄老先生生病为由，把柯潜庵诳到黄府。柯潜庵一听是此事，心中甚是欢喜，当场答应这门亲事。

再说薛中离吃了柯玉井开的方药，不消半个时辰，就病痛全消，薛中离连夸柯玉井好医术。三人正在说话，忽见小书童旺仔闯进门来，他把柯玉井叫至一旁，耳语了几句。柯玉井先是惊讶，继而惊喜，忽又泪水盈眶，直把一旁的薛中离和林大钦看得是目瞪口呆。

欲知小书童都说了什么话，且看下回分解！

第五回　解花痴一箭双雕　荐好友两全其美

诗曰：

劝君莫惜金缕衣，劝君惜取少年时。

花开堪折直须折，莫待无花空折枝。

话说小书童旺仔把柯玉井叫过一旁，低声耳语了几句，直说得柯玉井脸上表情变化不断。薛中离和林大钦忙问发生了何事，柯玉井嘻嘻笑道："好事，好事。"一边说，一边忙着向二位辞行。薛中离和林大钦也不好多问，就把柯玉井送出大门外。

回到家中，柯潜庵及妻子林氏早已在厅中候着，见着柯玉井就把黄家提亲的事，简略地向柯玉井说了一遍。言罢，又问柯玉井有无别想，柯玉井忙说一切听父母安排。

其实，柯黄两家联姻之事，小书童已经告诉了柯玉井，能和黄小姐结为连理，柯玉井做梦都想。自从那日在黄府花园见到黄小姐，柯玉井便已是魂牵梦萦了。

按下柯黄两家联姻的事不提，如今且说海阳县西林村有一孙员外，得了一桩怪病，虽经多方名医医治，却不见好，而今遣了下人来柯府指名道姓地要请柯玉井去医，实令柯府上下不得其解。

柯玉井也是十分的纳闷：为何不请我阿爸，偏偏要请我过去？

一路无话，跟着孙家下人来到孙府。但见孙府气派非常，朱漆大门，威武的石狮，几名家丁站在门口两侧，见孙府的下人领着柯玉井过来，一名家丁飞速跑进府中报信。

穿堂过院，下人把柯玉井带至客厅，孙夫人迎着。礼毕，柯玉井忙问孙夫人，孙员外所得何病。孙夫人听问，叹了口气，说员外因和三女儿伴嘴，很是生气。之后便吃饭吐饭，喝水吐水，就是那大夫开的方药刚一喝下，也立即吐出。柯玉井问员外睡眠可好，孙夫人回说昼夜难眠。柯玉井又问起其他症状，得知孙员外有口渴心烦，小便不利等症。

柯玉井听罢，已是心中有数，点点头道："烦请老夫人领我见见孙员外。"

柯玉井被领进孙老员外卧房，此时，老员外正斜靠床栏杆，闭目养神。柯玉井见他头束方巾，穿大红圆领员外衫，鼻直口方，胡须花白。听见脚步声，孙老员外微微睁开双眼。

此时，早有小丫鬟端了椅子过来，放在床边，柯玉井坐下。另有小丫鬟拉过孙老员外的手臂，将衣袖挽起，让柯玉井仔细切脉。

柯玉井就觉孙老员外脉弦而数，又看过舌苔，见舌光红无苔。柯玉井知道孙老员外此为阴虚所致。

诊罢，又重新回到客厅落座，孙夫人赶忙问此病治得治不得。柯玉井道："此为猪苓汤证，我开副方子，应该能见效。"孙夫人听了，脸上露出喜色，继而又作难道："只是，他吃下这汤药，又……"柯玉井知道孙夫人的意思，笑道："孙夫人尽管放心，这个我自有妙法。孙老员外病由令嫒引起，那就让她出来尽尽孝道，让她每隔一个时辰只需喂老员外一口药便可。"见孙夫人似有不解，又道："量少是让孙老员外慢慢适应。让三小姐喂药，是求得孙老员外对爱女的宽容。"

"好！"

柯玉井的话刚一落，忽然从屏风后走出一英俊男子鼓掌称好。柯玉井一见这英俊男子，顿时眼前一亮，惊喜道："万达兄，你怎会在此？"

鼓掌之人正是翁万达。

翁万达笑道："此地你能来得，为何我就来不得？"

没待柯玉井反应过来，翁万达走至孙夫人面前，轻声道："阿妈，快唤三妹出来给阿爸喂药。"

孙夫人会意，对身边丫头们道："传三小姐。"

此时，柯玉井方顿悟，翁万达原本是孙老员外的二女婿，自己竟生生地忘记了。这孙员外共有三女，他的大女儿嫁给了工部侍郎陈一松，二女儿则嫁给了大名鼎鼎的才子翁万达，这在潮州府，谁人不知，谁人不晓，别看孙员外只是富甲一方的布衣，凭借二女，却也是声名赫赫。

且说小丫头飞跑着去传三小姐，那三小姐正和衣而卧，睡意正浓。恍恍惚惚之间，三小姐来到一处花园，但见繁花满树，香气袭人。此是何处？正惊异间，一小花童过来，行礼道："不知状元夫人驾到，还望恕罪。"三小姐吃吃一笑，道："本小姐尚未婚配，怎么唤我状元夫人？"小花童道："是师父这么吩咐我说的。"三小姐问："你师父是何人？"小花童却不回答，只是用手往前一指："师父正在房内织网。"三小姐甚觉有趣，对小花童道："你带我去见你师父。"

于是，小花童在前引路，穿过一处花丛，沿着碎石小道，走了约摸半个时辰，来到一座小屋。三小姐见那小屋不大，可是走进屋内，却甚是奇观，只觉房大如海，没有边际。更加奇观的是屋内遍是红线，每根红线都连着一个小箱子，且小箱子都贴着封条，上有小字。

三小姐觉到好玩，伸手便要去拉红线，只听一声："状元夫人莫动！"三小姐抬眼细瞧，见是一白发银须的老头儿，不由得笑道："原来是月老。"月老亦笑道："状元夫人切莫乱动这里的织绳。"三小姐道："莫非这就是你的姻缘红线？"月老笑道："正是。"三小姐道："烦请月老示下，我要看看我的郎君会是何人。"月老作难道："此为天机，不可泄露。不过，小老儿倒可以告诉你，你的那位郎君是一位状元郎。"三小姐一听，喜道："那我更要知道他是何人了？"正要胡缠月老，忽被小丫头推醒，小丫头道："老夫人唤三小姐去给老爷喂药。"三小姐因小丫头坏了刚才的梦境，恼道："我去给老爷喂药，还要你们这些人做什么？"小丫头委屈道："是二姑爷请来的大夫，说只有三小姐亲自喂药，老爷的病方可好。"三小姐冷笑道："是哪个小蹄子郎中说出这样的话来，我倒要看看。"说着，坐起来，由丫头伺候着，梳妆完毕，来到前厅，见过母亲和姐夫。

翁万达笑道："小妹只管和我们说话，还不快谢过大夫。"

三小姐这才注意到坐在一旁的少年，正要质问他何来非要她亲自喂药，老爷方好的话。忽见这位少年甚是眼熟，怔了片刻，惊喜道："原来是柯公子！"

柯玉井忙起身还礼，只见这位三小姐粉面桃花，肤如凝脂，巧笑嫣然，宛若天人。好似在哪儿见过，却又一时想不起。

三小姐笑道："柯公子，我们曾经见过。你还记得那次凉亭避雨时的赋诗吗？"

柯玉井又仔细瞧了瞧，忽然笑道："难道你是……"

没待柯玉井说完，三小姐一转身跑了出去，时辰不大，又拉着一个容貌俊俏的女孩儿过来，那女孩儿见了柯玉井掩嘴一笑。三小姐道："我就是孙三！"又用手一指站在身边的女孩儿道："她就是孙庆！"言罢，兀自笑了起来。

柯玉井笑道："你们当初为何要一身男子装扮？"

三小姐道："因久居深宅，终年足不出户，所以那日就背着老爷领着丫头巧玉扮了男人模样外出，不巧正好遇上柯公子。"

柯玉井笑道："原来如此。"

两人正说着，忽听老夫人道："三儿，该去给你阿爸喂药了。"

三小姐一听，忙对老夫人道："孩儿这就去。"言罢，又对柯玉井行了礼，一路笑着，领着丫头巧玉去了。不在话下。

见三小姐走远，孙老夫人对柯玉井道："三小姐疯疯癫癫，让柯公子见笑了。"

柯玉井忙道："老夫人言重了。"

翁万达笑道："依小弟之见，我家三妹人品如何？"

柯玉井道："品貌端庄，心直口快，是个好女孩。"

翁万达笑道："那就好，那就好。"

柯玉井不知翁万达意欲何为，见翁万达没有再问什么，也就没有再多说。见一切都已妥当，柯玉井起身辞行。翁万达忙道："你我兄弟很久未见，明日我即要赶赴京城候旨授职，今日你我兄弟何不多聚一会？"

原来，万岁下旨让翁万达赴京待职任用。

柯玉井很为翁万达高兴，翁万达又再三吩咐柯玉井要发奋苦读，将来为朝廷效力，柯玉井连忙称是。

柯玉井和翁万达这边聊着，那边孙老夫人已吩咐下人安排酒菜。两个时辰的工夫，只见三小姐搀着孙老员外走出，翁万达和柯玉井忙起身相迎，丫鬟们忙上前扶着孙老员外在椅子上坐下。

孙老员外对柯玉井道："柯公子医术果然了得，此刻，我已感到饥肠辘辘。"孙老夫人刚好走进，听孙老员外如此说，很是高兴，笑道："老爷已好久没有说饿了。"急忙吩咐下人们："快点上饭菜，老爷饿了！"

众人听了，皆喜形于色。

　　时辰不大，丫鬟、婆子鱼贯而入，美酒佳肴摆满一桌。

　　席间，孙老员外不断夸赞柯玉井才华人品出众，翁万达则趁机对柯玉井耳语，柯玉井听了，脸儿一红，连连摇头道："使不得！使不得！"翁万达甚感惊愕。

　　你道这俩人在耳语什么？翁万达是在给柯玉井做媒，他要把自己的三姨妹孙家三小姐许配给柯玉井。

　　原来，这孙老员外之病却是因柯玉井而生。孙家三小姐那日在凉亭中见柯玉井一表人才，不仅才华横溢，且仁义心肠，打心眼儿里喜欢。回来后，把在亭中所联诗句写出，日日吟诵，以至茶饭不思，唯柯玉井在脑中萦绕。孙家人不知三小姐究竟出了何事，问也问不出，就是三小姐的贴身小丫头巧玉也不肯说。孙家无奈请来大夫诊治，三小姐却又不肯就医，急得孙老员外和三小姐大吵了一架。这一吵不要紧，孙老员外自己倒病下了。

　　孙家的大小姐并二小姐先先后后来探视过老员外的病情，翁万达是个有心之人，问清事情的前前后后，心中已是有数，解铃还需系铃人，于是和岳母商量，请来柯玉井给孙老员外治病。柯玉井医术高明，一剂方药即治好了老员外，也治好了三小姐。那三小姐见到柯玉井后，早已是神清气爽，光彩照人，只是没有想到柯玉井不领情，执意拒绝这门亲事。

　　翁万达要把三小姐许配给柯玉井，也是翁万达事前和妻子并与岳母商量好的，孙夫人见柯玉井一表人才早就一百个乐意，后又见他治好了老员外的病，更是心花怒放，就把和二女婿商量要把三小姐许给柯公子的事告诉了老员外。孙老员外一听，也很高兴地答应了。

　　翁万达这下急了，正所谓万事俱备，只欠东风。可眼下，柯玉井这边的东风再也刮不起来。柯玉井见翁万达脸现不悦之色，知他是误会了自己，于是，贴耳小声把自己已与黄家小姐定亲的事简略地说了。翁万达一听，原来是事出有因，也不好再说什么。柯玉井又对翁万达低语，说何不把三小姐许给才子林大钦。翁万达紧皱的眉头顿时舒展开来，这林大钦虽家境贫寒，为人有些傲慢，但却是满腹锦绣文章，不失为人中之凤。若让林大钦配三小姐，那倒也是一段不错的姻缘。

　　于是，翁万达把岳父母叫到另一屋，把刚才的事一五一十详细地说了。孙老夫人叹道："可惜了，可惜了。"孙老员外道："如今却要把三儿许给林家，只不知道那丫头是何说法？"这一说，倒是把所有人都给难住了，要把三小姐许给柯玉井的消息，三小姐已经知道，欣喜不已。这会儿又说要另许他人，只怕她又要生出事端不可。

就在这时，门子来报，说大小姐和大姑爷来了。翁万达一听说陈一松来了，正要出去迎接，陈一松已经跨进门来。一番寒暄之后，陈一松问了问岳父的病情，又探问了下三妻妹的事。得知现在要把三妻妹许给林大钦，陈一松道："这个林大钦的名声我倒是听说过一些的，不妨把他叫来，考考他的真实才华，也好让三妹心服口服，心甘情愿地把自己的终身托付给他。"

大家都说大姑爷说得对，一面让大小姐、二小姐去劝劝三妹，一面撤了酒席，重新备了一桌，专等林大钦的到来。

柯玉井亲自修书一封，说明原委，盼着林大钦的到来。

且说林大钦此时此刻正在银湖书院给弟子们讲学，接到孙家下人送来的书信，拆开，已知原委。心中甚觉有趣，原来那日联诗的孙三竟是孙家的三小姐，更觉有趣的是柯贤弟竟然为自己做起了月老，当下欣然应往。外面早有孙家的车轿候着，林大钦刚一钻进车内，马夫一声鞭响，那马一声长嘶，腾起四蹄，向着孙府狂奔而去。

欲知后事如何，且看下回分解！

第六回　柯潜庵魂断韩江　智臻僧佛度众生

词曰：

杏林春暖千里程。

韩江葬亲人，泪淋淋。

满腔悲痛付诗文。

魂断处，寄思萱椿情。

一片诚心问佛祖。

好人西天路，尽凡根。

此去极乐成仙人。

乍离世，何处报鸿恩？

且说林大钦接到好友柯玉井的书信，欣然前往孙府应婚。长话短说，车轿在孙府门前停下，门子接着，把林大钦引到上房。此时，酒席已经摆上，就等着林大钦了。

林大钦走进，众人礼喧。林大钦见上座空着，也不客气，走过坐下。陈一松和翁万达相视一眼，心道，这林大钦也太傲慢了，即使上座归你，你也得谦让一下吧。两人互相使了一下眼色，决定教训一下这个不知道天高地厚的狂小子。

翁万达起身给林大钦斟酒，连斟三碗。

林大钦笑道："东涯兄是想让我饮了这三碗酒，然后去景阳冈打虎吗？"

此语一出，众人皆笑。翁万达笑道："此言差矣，只因东莆贤弟晚到，故此罚你三杯。"

林大钦笑道："哪有这样的道理？"

翁万达道："有，你听好了。眼睛子，鼻孔子，睛子反居孔子上。"

林大钦亦笑："东涯兄，我这里也有一副对子。眉先生，须后生，先生不

037

及后生长。不知东涯兄是否还让我饮这三碗酒否？"

众人相视大笑。

笑声毕，只听孙老员外道："林公子果然好才华，老朽有一上联，望林公子能帮我对出下联。"

林大钦道："老员外请！"

孙老员外道："我这上联是：天增岁月人增寿。"

林大钦微微一笑道："我这下联是：春满乾坤福满堂。"

林大钦的这副下联让孙老员外叹为观止，柯玉井一旁更是为好友高兴。

此时，孙老夫人和三位小姐俱在屏风后面，那三小姐已经知道柯玉井和黄家小姐定亲的事，好生难过，想想梦中的情景，不觉落下泪来。月老说她是状元夫人，在她的心里，柯玉井才华人品出众，这状元郎理应归他。可现在……唉，三小姐长长叹口气，命运竟是如此捉弄人！在两位姐姐的努力相劝下，三小姐最终同意再考考林大钦的才华，然后才考虑是否要和他订婚。

再说三小姐见林大钦连闯两关，确实才华非凡，但她还是想打打林大钦的威风，从屏风后走出。此时，天色已晚，烛灯高照。三小姐道："一只灯，酒席宴，分分明明，照见鸡鸭鱼肉。"

林大钦略加思索，当即脱口对道："五两银，课一馆，寒寒冷冷，耐过春夏秋冬。"

林大钦妙对三联，三小姐心服口服。

于是，由陈一松和翁万达主持为林大钦和三小姐当场订下这门婚事不在话下。

如今且说柯黄两家自联姻之后，交往更加频繁，关系也更为密切。一日，黄老先生邀柯潜庵府中畅叙，谈及柯玉井和黄薇淑的婚事，黄老先生道："不如选个良辰吉日把他们的婚事早点办了。"柯潜庵也早有此意，如今黄老先生既已提出，也就顺水推舟满口答应。

于是，柯府上下开始张罗着为柯玉井操办婚事。

这日，柯玉井正在书房看书，小书童旺仔立在书桌旁小心研墨。门被轻轻推开，四姐红棉走了进来。

红棉见柯玉井正专注地看书，笑道："这些日子我们都快累死了，新郎官却躲在这里读圣贤书。"

听见四姐的声音，柯玉井放下书笑道："谁让四姐还不嫁人呢，如今兄弟要大婚，你留在家里不忙，却要哪个去忙？"

红棉冷笑道："瞧瞧我兄弟多会说话。原来我要忙，是因为我没出嫁，如果这一辈子都不嫁人，难道就要受累一辈子不成？"

柯玉井忙赔笑道："好四姐，玉井不过是想逗趣你而已，哪里曾想过要四姐受累一辈子？"见红棉冷着脸不出声，又道："四姐，哪天我要是见到有英俊的男子，一定拉他回来给四姐做夫君。"

红棉扑地一下笑出声来："亏你还是个读书之人，竟然出了个给我抢夫君的主意，难道我就嫁不出去？"

柯玉井正要解释，秋菊端了点心进来，柯玉井道："四姐正好在此吃些点心。"秋菊笑道："大少爷，这点心可是四小姐亲手做的。"柯玉井听了，忙拉着红棉坐到椅子上，笑道："四姐是最疼我的。"红棉笑道："原本是要你吃了点心好用功读书，现在只怕你要和我贫嘴。"柯玉井连忙说哪里敢，红棉还要说些讽刺的话，夏荷过来说，老夫人请四小姐过去。红棉这才把到嘴边的话咽回去，临到门口，又吩咐玉井多吃些。

及至红棉到了老夫人林氏房里，见自己的阿妈也在房中。林氏笑道："不知四丫头那边准备得如何了？"红棉就把已经准备好的各样聘礼，及大婚所用物件一一地说了。林氏笑道："四丫头是最会办事的了。"红棉笑道："等将来玉井儿子结婚的时候，这些活儿还由我来张罗。"阿妈在一旁笑骂道："二婶夸你两句，你就不知道东南西北了。"林氏道："那时你早就嫁作人妇了，哪里还敢劳驾？"

几个人又议论了一会儿，想了想还缺哪些东西。红棉道："还差请帖没写。"林氏道："这个容易，一会儿让玉井写去。"

吃罢中饭，柯玉井过来问阿妈林氏，都要请哪些人过来吃喜酒，林氏说等你阿爸回来再定。

柯潜庵是一早被人请医的，请医的人好像是韩江畔的。本来柯玉井要跟着一起去的，但柯潜庵考虑到大婚临近，让他在家好歹也能有个帮忙，就一个人去了。算算时辰，这会儿也该回来了。就在柯玉井等人盼着柯潜庵回来之时，忽见老家人柯胜跌跌撞撞地跑了进来，一见林氏顿时哭道："老夫人，不好了！"红棉斥道："一点儿规矩也不懂，这里都是女眷，怎么冒冒失失地就闯进来了？"柯胜哭道："四小姐，我这也是情非由己啊！"林氏瞪了四小姐一眼，安抚柯胜道："你慢慢说，什么事如此慌张？"柯胜道："有人来报说老爷被请医回来的路上，为了救一落水之人，就……就……"红棉一旁急道："快说啊，就怎么了？"柯胜哭道："就再也没有回来。"

此语一出，林氏顿时晕了过去。柯玉井急忙过去掐住人中，红棉母女及众丫头们也在一旁呼叫，叫了半晌，林氏忽一口气呼出，众人这才放了心。柯杰庵夫人陈氏一旁好生安慰，说报信的人只是说人没有回来，也许被水冲到下游去了，说不定这会儿，二爷他已经上了岸。众人也在一旁附和，林氏的心才稍安。

柯玉井见阿妈已经苏醒，急忙往外走，被林氏看见，叫住道："你要去哪里？"

柯玉井回道："去看看阿爸。"

林氏又问站在一旁的柯胜道："报信人说没说老爷是在何处出的事？大爷和小爷已经知道了吗？"

柯胜忙道："老爷是在韩江出的事。已经有人去通知大爷和小爷了。"

林氏对柯玉井道："我和你一起去。"

红棉对柯胜道："你快些准备两乘车轿来，我们都赶过去。"

柯胜领命，急急地出来准备车马。

话说一行人乘了车马，急匆匆赶到韩江畔，早望见湘子桥上人山人海，江面上数只小船忙着打捞。

见柯家的人来了，桥上早有一人接着。这人三十上下的年纪，长得眉清目秀，见柯府的家眷们从车上下来，急忙迎过去。此人是邱员外之子，邱枫。那邱员外早上突患疾病，生命堪忧，邱枫急命下人来柯府请柯潜庵。柯潜庵医好邱员外，走到湘子桥时，见两小儿追赶玩耍，一儿忽从桥上不慎落入江中，另一小儿见状大哭。柯潜庵未及思量，一个纵身跳下江去……

落水小儿得救了，柯潜庵再也没有回来。

邱枫得讯，一面遣了下人去柯府报信，一面雇了船只在江上打捞。

柯府人等听了邱枫的话很难过，林氏又几次差点晕过去，幸好有红棉等人在侧照顾。此时，柯玉井如同疯了一般，顺着下游一路寻找。柯杰庵和柯南山也已赶到，众家人皆沿着江畔呼喊。

太阳渐渐西斜，已然不见柯潜庵的身影，江面上的船只停止了打捞，岸上的人也都会聚一处，相视落泪。

林氏手扶桥栏，遥望江面，垂泪道："生不见人，死不见尸，这让人如何受得？"

女眷们个个垂泪，不知如何相劝。

林氏轻轻唤了一声井儿，众人知道她是在叫柯玉井，便四下里去探望，却不见柯玉井的身影。林氏又唤了几声，众人相告，不见柯玉井。林氏大吃一惊，红棉跺足道："还不四下里去找？"众人这才散开，忙着找柯玉井。

再说柯玉井沿着江岸一路寻找，不知走了多少路，直到天色昏暗，不辨物体，才浑身一软倒在了岸边。

不知过了多少时辰，柯玉井就听远处有人声，睁开眼睛，只见无数只火把如同天空星际一般缓缓移来。待近了，方听清有人叫着自己的名字。

"大少爷！"

小书童旺仔一下子扑过来，泪眼汪汪地道："大少爷，你怎么一个人跑到这儿来了？"

三叔柯南山走过来，扶起柯玉井："回吧，明日再找。"

"三叔！"

柯玉井一下子抱住三叔，失声痛哭起来。

一连三日，仍找不见柯潜庵，确定柯潜庵遇难无疑。于是，柯府一面在府上搭了灵棚遣了下人去通知亲朋好友前来吊丧，一面请了开元镇国禅寺的智臻长老来为柯潜庵做法事。

且说林氏经此一击，早已倒下，府上各繁杂事皆由红棉操持。什么守灵的灯油，守灵人的排班，采买各类丧品的费用等等，红棉办得头头是道，看不出有一丝一毫的乱。在此期间，下人如有偷懒耍滑者，或是多报了采办费用者，红棉绝不姑息养奸，除了斥责外，还会扣除月饷。

红棉对下人们道："如今老爷去了，家中以后的日子也不会像老爷在的时候宽裕。家中虽然还有大老爷和三老爷在，但大老爷宽厚木讷，又无长处，只会领着几个人守好那几分薄田；三老爷又不问家事，整日只会待在庙里，和那些和尚们切磋佛经。所以这往后的日子，大家都要精打细算方行，一分也浪费不得。"

红棉又道："老爷在世的时候，对大家不薄，看在昔日的情分上，大家都要竭力办好他老人家的后事。"

红棉平素和下人们亲如一家，打成一片，今日之言，又句句在理，直说得大家毫无怨言，就连那挨罚了的下人也心服口服。于是，做起事来更加卖力。

头七，前来祭奠亡灵的人多，柯潜庵生前人善，又加之救命无数，此次遇难又是为救孩童，四邻八乡的人纷纷前来，就连那些素昧平生的乡绅官宦也赶来在柯潜庵的灵前拜了几拜。

智臻长老领着弟子敲木鱼，唱佛经，十分的卖力。

智臻长老乃为开元镇国禅寺德高望重的法师。智臻长老之所以能亲自前来为柯潜庵超度，一来，他和柯南山是至交，柯南山一心向佛，常常去寺院里找长老谈经论佛；二来，他一向敬重柯潜庵的为人。柯潜庵不仅医术高超，人品又是有口皆碑。当得知柯潜庵下水救人落难，心中十分难过。柯南山去寺院里找他来为二哥做法超度，他欣然应允。

是夜，智臻长老又率众弟子赶到韩江畔做法，只见两岸人头攒动，数百人手执蜡烛守在沿岸追悼柯潜庵亡灵，这让柯府人等十分感动。

众人回到柯府已是夜半时分，柯府早已备好斋饭，和尚们业已精疲力竭，用过斋饭，又唱了一遍经，然后由下人们领着，各处歇息。

智臻长老被安置在上房，正要歇息，柯南山走了进来。

智臻长老道："阿弥陀佛，柯施主又有何事吩咐？"

柯南山道："又要打扰长老。"

于是，柯南山就把讨扰之事说了。原来，柯玉井自阿爸遇难后，一直神志不清，已有两日未进饮食，直把红棉急得要抹眼泪。柯玉井是红棉最疼爱的弟弟，如今见他茶饭不思，身体日日憔悴，心中很是难过。一面拿话安慰，一面又请婶婶林氏出面相劝。林氏本来很是伤心，已经睡了几日，如今听说玉井难过至此，强忍悲痛过去相劝。谁知母子相见，抱头痛哭，愈加悲伤。

智臻长老听罢，念了一句阿弥陀佛，就随柯南山来到玉井房中。

此时的柯玉井已是面黄肌瘦，憔悴不堪。睁眼闭眼，阿爸恍若就在眼前，他无法接受阿爸遇难江中的事实。柯玉井自小受阿爸言传身教，父子感情很深。如今阿爸躺在冰冷的江中，怎能不令玉井伤心欲绝？

见到长老和三叔走进，玉井挣扎着要坐起来，红棉一旁帮扶着，玉井坐了起来，对长老道："让长老深夜到此，玉井实感不安。"

智臻长老道："阿弥陀佛，解除世人烦恼，乃吾佛慈悲。"见柯玉井低头不语，又道："世间最为凄惨者，莫过于死亡。然人生自古谁无死？既有生则必有死，死是每个人所必经之路，是谁也无法逃脱，迟早都会面临的现实。自无始劫以来，众生在六道（天、人、阿修罗、饿鬼、畜生、地狱）中死了又生，生了又死，出此入彼，无休止地有如车轮转动不息，故称为'六道轮回'。柯施主一向仁心仁义，救死扶伤。今又救人而死，实为天地道义，他已循天而去，小施主又为何要为其而悲痛不已？"

玉井和林氏听了，齐问："果真是去了天堂？"

长老道："凡仁慈者，死后皆可升天，更何况柯施主？"

林氏母子听了，心中顿时轻松豁朗起来。

红棉见状，连忙下厨，做了米汤端过来，玉井吃了米汤静养，其他人退出房去。

玉井刚刚进入梦乡，小书童推门而入，轻声叫道："少爷，有人给你送来一封书信。"

欲知是何人深夜送书信过来，且看下回分解！

第七回　忍悲伤贤母赠书　赴婚宴众宾闹房

词曰：
只为这词，无关那酒，竟迷醉了心神。
冷漠疏狂，原来性情中人。
盈盈愁目含秋水，望天涯，魂断云津。
恨三生，交错轮回，素质蒙尘。

话说柯玉井刚刚入睡，小书童推门进来，送来一封书信。柯玉井见信封上的字体俊秀，似在何处见过，疑惑着将书信打开，见是两首七言绝句。一首曰：

世人但谓鳄鱼险，江水吞人亦凶残。
可怜爹爹行天道，英灵虽在身难还。

另一首曰：

入貌望色可称神，拷竟华佗正史存。
谁道今人不如古，回肠荡气有斯人。

柯玉井再看信的末尾署名竟是黄薇淑，忽然想，怪不得见这字迹很熟悉，原来果真是见过的。

这两首诗的确是黄薇淑所作。那日，因她正和丫头柳烟在花园里弹琴，忽然一阵风过，琴弦顿时断了一根，琴声也戛然而止。黄小姐不知为何会出此事情，正叹息间，下人们来报，说老爷要小姐去见他。黄小姐不知何事，急忙忙去见阿爸。待见到阿爸时方知，公爹在韩江去了。黄小姐如同被雷击一般，一时愣在了那里。黄老先生也很难过，先是慰藉女儿一番，继而坐了轿子去了柯府慰安。

待黄老先生回来，黄小姐就把跟班去的小子黄禄叫到一边，打听柯府的消息，黄禄便将所见之景如实地说了。及至第二、三日黄老先生过到柯府中去，走前，黄小姐都会吩咐黄禄，到了柯府要多注意柯公子是不是太悲伤，是不是已经瘦了，等等。等到黄禄回去，黄小姐又会仔细问过。待知道柯玉井很伤心，人已经很憔悴了时，黄小姐很是难过。于是，提起笔来，作诗两首，一是悼记逝去的公公，二是安慰悲伤的柯玉井。诗写好后，等到公公柯潜庵头七时，黄小姐让黄禄小心地收藏，见到机会，把它交给柯公子。黄禄答应得倒也坚决，可等到了柯府偏偏又忘记了。晚上回来，黄小姐问起书信是否交给了柯公子，黄禄这才想起来，急忙忙地又返回来，把书信交给旺仔。

柯玉井看罢书信，知道黄小姐的心思，又问旺仔，送信人现在何处？旺仔回说人早就走了。柯玉井不再说话，复又躺下，一宿无话。

次日，智臻长老又领着弟子们念了一遍经，然后由柯南山送出柯府不提。且说过了三七，红棉仔仔细细地把二叔丧葬共计花费的银两算了一遍，然后到后院二婶林氏房中，碰巧阿妈也在。

经过智臻长老的开导，林氏的心情已好了许多，脸上也有了红润和笑色。见红棉进来，笑道："四丫头这会儿有空了？"

红棉找了个椅子坐下："刚刚把二叔过世时所花费的银两盘算出来，这会儿过来把数字告诉二婶一声。"

林氏叹道："无须告诉，我知道家中现在所剩银两不多。你二叔在时，家中一应开销皆由他担着。可是现在……"

红棉见二婶又伤心起来，急忙道："二婶你也不用太担心，无论如何，家中还有几亩田地撑着，虽然家中人口多，但那些丫头小子们皆是二叔在时，看他们可怜，生活无着落，收养回来的。他们也都知道感恩，如今家道不比从前，他们也会体恤的。再说玉井弟也已长大，他的医术和二叔不分上下，以后的日子还会好起来的。"

大夫人陈氏听了连忙点头，林氏也道四丫头所言极是。

林氏道："这个家以后全得靠玉井了。"林氏又道："井儿近日精神好了许多，一会儿我过去看看。"

大夫人问道："他今儿个没有过来请安吗？"

林氏道："他来的时候，我还在睡着，没有说上几句话。"

红棉道："二婶，一会儿我陪着你一道过去吧。"

林氏道："不必了，我有事情要交代他。"

于是，大夫人和红棉起身告行，林氏也起身往玉井房中走来。

且说林氏刚刚走到房门前，就见旺仔推门出来，旺仔见是老夫人，刚要打招呼，林氏用手止住，然后走进房中，见玉井正捧书而读。

听见脚步声，玉井还以为是旺仔，轻声说道："不是让你去院中自行玩耍去了吗，怎么又回来了？"见不出声，遂放下书去望。见是自己的阿妈站在房中，忙起身让座。

柯玉井道："阿妈身体可安？"

林氏道："已无大恙。"

柯玉井道："我泡了工夫茶，阿妈不妨尝尝四姐新送的茶叶如何。"

林氏道："四丫头也给我送了一些，品尝过了，味道还不错。"林氏说着，拿起玉井放在桌子上的书来看，见是《黄帝内经》，遂问道："我儿已能背下此书，为何又在看它？"

玉井笑道："前辈所著，毕竟是好东西，多看就能多受益。"

林氏点头："阿妈今日给你带来一件好东西，我儿一定喜欢。"说着，从衣袖中拿出一本发黄发卷了的书籍来。玉井急忙接过，见书面上印着《纬易解》三字。觉着好奇，正要打开，只听阿妈林氏道："此书可是老祖宗何野云遗传下来的，我们柯家靠它几代人行医，如今为娘把它交给你，柯家今后全靠我儿了！"

玉井知道此书乃是一部医学奇书，阿爸生前曾说过，可以丢掉所有家产，也不能没了此书。如今此书就在自己手中，他知道自己该怎样去做。

母子二人又闲谈了一些别的事，林氏这才站起来回自己的房中。玉井见阿妈离开，急忙关上房门，打开《纬易解》看起来，不在话下。

且说又过了好些时日，这日柯玉井被人请医，回来的路上，忽听身后有人唤自己，忙回头去看，不禁大喜，叫自己的人竟是多日不见的好友林大钦。

林大钦从身后赶过来，道："贤弟走得好快，我在一里地之外就看见了你，喊你也没听见，就飞跑着过来追赶你。"

柯玉井笑道："林兄不知，我之所以如此，实在是事出有因。"

林大钦赶紧问是何原因，柯玉井就一五一十地说了。

原来，柯玉井今日被一李姓人家请医，这户李姓人家的妻子因一次哺乳之时，受到惊吓，得了一场大病。待病愈后眼睛睁着却闭不上。柯玉井一番望闻问诊之后，说此病要治好不难，只要那妇人肯陪他喝酒，他就一定能治好她的病。

听了柯玉井的话，李姓人家备了酒菜，柯玉井就和那妇人对饮了起来。两个人都不胜酒力，一碗酒下来，两人便都烂醉如泥了。

林大钦听了，仔细一闻，果然还有酒气，遂责备道："贤弟，哪有这样喝酒给人治病的？"

柯玉酒笑道："不喝酒又怎么能治好病？"

林大钦冷笑道："喝酒治病，闻所未闻。"又道："妇人之病如今怎样？"

柯玉井笑道："当然治好了。"

林大钦惊讶道："这倒奇了，从未听闻过还有喝酒把病喝好的。"

柯玉井笑道："不过，她病治好了。我因醉酒头晕，适才却没听见兄长的呼唤。"

林大钦道："这不要紧，贤弟快说说你是如何用酒治好病的。"

柯玉井道："眼睛与肝、胆两内脏相连，人受到恐吓后，内气在胆内郁结不通，胆气总是不能下行。我在酒里添了些郁李仁，而那郁李仁则有通郁结之效，其药力随着酒进入胆中，郁结散了、胆气下行了，眼睛自然也就能闭上了。"

林大钦叹服不已。

柯玉井问道："林兄从何而来？"

林大钦道："前些日子听闻伯父遇难，赶到府上悼念，却没有见到你。问起四姐，四姐说你悲伤过度，身体不适，已经睡下了，就没有去打搅你。"

柯玉井道："四姐后来有告诉我，林兄现在要去何处？"

林大钦道："孙府有信送来，三小姐信中言若我今年不能参加大考，并榜上有名，就解除婚约。"

柯玉井吃了一惊道："已经订下的婚事，岂能视为儿戏？"

林大钦笑道："贤弟不必多虑，区区一个举人，还不是如同囊中取物?!"

柯玉井知道林大钦的才华，今又见他成竹在胸，自然是再放心不过。又听林大钦道："大考在即，我刚辞了馆塾，正匆忙回家去，不想在此遇见贤弟。"

柯玉井笑道："这就是你我兄弟的缘分！"

林大钦闻言，亦大笑。

不知不觉，走到分岔口，两人道别。柯玉井知道林大钦家中寒贫，此去省府乡试，定要花费银两，便拿出一些银两递与林大钦道："林兄此去定会马到功成，小弟先奉上贺银，以买酒祝贺。"

林大钦一向狂傲不羁，视金钱如粪土，若是别人送他银钱，定会视为奇耻大辱。但，今日柯玉井送他银两，他不但不恼，反而双手接过。因为林大钦知道柯玉井的人品，同时，他也明白这是柯玉井在有意资助他，内心深为感动。

两人挥手惜别，柯玉井回到家中自不多叙。且说这日柯玉井收到一个大红请帖，打开一看，大喜，原来是林大钦的大婚请帖。柯玉井知道林大钦已经中举，这在乡人中早已传遍，今见他送来请帖，甚是高兴。林大钦大婚那日，柯玉井带了贺礼，欣然应往。

话说林大钦乡试中举，孙家遂择吉日将三小姐嫁了过来。因林大钦今日身份非同往日，已是举人老爷，虽是茅舍清寒，却也高朋满座，富贵乡绅往来其间。柯玉井见林大钦身穿大红新郎服，头戴插羽大红帽，眉宇舒展，神采飞扬，不禁好笑。他不由想起林大钦曾经吟诗戏耍薛中离的事情来，正自想着，林大钦迎上前来，一把拉住柯玉井道："贤弟，你来晚了，今日可要罚你三杯！"柯玉井亦笑道："今日林兄大喜，定当多讨些酒来吃。"林大钦笑道："好！"

众人正自喝酒，忽闻外面鞭炮鸣响，鼓乐喧闹。有人高声叫道："新娘子的花轿到了！"柯玉井丢下杯中酒，走至门外，透过人群缝隙，果见一抬大红的花轿在门前落下，两个婆子搀着新娘子走进上房。

待新人拜过天地，送进洞房，众宾便嚷着要闹洞房。柯玉井因是好友的喜日，便多吃了几杯酒，跟着其他人等进入洞房。但见洞房簇然一新，锦褥平铺，绣几对红鸳鸯交颈。一方书桌，摆几盘异果奇花，甚是温馨。有诗赞曰：

芳春喜泳鸳鸯鸟，碧树欣栖鸾凤俦。

亮丽华堂飞彩凤，温馨锦帐舞蛟龙。

此时，三小姐早已除下大红盖头，柯玉井见她：头戴玲珑碧玉凤头冠，穿着大红盘金团凤袍。坐在锦帐床边，双眸低垂，粉脸含羞。这正是：

桂香袖手床沿坐，低眉垂眼做新人。

左侧是小丫头巧玉相陪，右侧则是新郎林大钦相伴。柯玉井见了，不禁说道："林兄今日洞房花烛夜，金榜题名时。可谓人生大幸。"

林大钦闻听此言，笑而不语。只是那三小姐本来还面有喜色，闻言，微微抬首，见是柯玉井，顿时沉下脸来，心道："那日凉亭中相见，便将此情与你，白也思来，夜也念。谁知你柯玉井心中装的竟是人家黄家小姐，真是白白枉送了对你的一片痴情。"又一想："我今日何不戏耍他一番，也好从此断了相思之情。"想到此，遂对柯玉井嫣然一笑道："柯公子才华横溢，今日何不联诗，为你好友的大婚热闹一番？不过，若你联不出下联，你得学狗叫三声。"

三小姐本也知道柯玉井是联诗高手，因见他满面通红，知他一定是多喝了酒，就想趁他头脑不清醒之际，戏耍他。不等柯玉井答应，就已说出了上联：

春来春去春复春春春富贵

此联一出，全场哑然，就连新郎官林大钦也暗吃一惊，他不禁为醉了酒的柯玉井捏了一把汗。

三小姐两眼含怒，怒不外露，星眸闪烁间，带着一种报复的快感。可三小姐却没看到柯玉井的窘态，柯玉井虽已醉酒，却有李白醉诗之遗风，开口吟出下联：

日出日落日传日日日储金

众人鼓掌，三小姐柳眉一扬，又说出一上联：

携椅倚桐同赏月

柯玉井醉步踉跄，扶住书桌，诵出下联：

提灯登阁各观书

众人鼓掌如山呼海啸，三小姐粉面带笑，心却含泪。这个柯玉井一点都不知怜香惜玉，让人家空守一场相思不说，却还要在此逞强，不给人留个台阶。正要思索再出何对联一定要把面前的这个"负心汉"难住，只听柯玉井道："新娘子，我也来出个上联，你若对不出……"没等柯玉井把话说完，林大钦连忙止住道："贤弟，你既已醉酒，何不到外间房中吃茶。"说着，就要扶柯玉井出去吃茶。然，柯玉井偏坚持说自己没醉，一定要说出上联，让新娘子对出下联来。林大钦心中暗急，三小姐哪里是柯玉井的对手，如今引火烧身，若柯玉井也要求对不出就学三声狗叫，岂不让你难堪不成？正在林大钦不知所措之时，忽听柯玉井又说出下面一番话来。

欲知柯玉井说出何话来，且看下回分解！

第八回　林大钦京城报捷　柯玉井省府中举

诗曰：

昔日龌龊不足夸，今朝放荡思无涯。

春风得意马蹄疾，一日看尽长安花。

且说就在林大钦不知所措之时，柯玉井又说话了。只听柯玉井笑道："嫂子，我说上联，你来对下联，对得出，是嫂子文采盖世，若对不出，我再说出苛刻要求来。不知嫂子敢不敢接受我这个要求？"

柯玉井现在直呼三小姐为嫂子，这让三小姐的心里更加发酸儿。心道："好你个柯玉井想用如此的激将法儿，让我接受你的条件。"又一想，"罢了，罢了，若我不接受，这些闹房的人定会笑话我，哼，以我三小姐的才华，又怕过谁？"想到此，微笑道："本就是为了那份热闹儿，哪有不接受的理？请说出你的上联吧。"

此语一出，直把林大钦急得汗水汩汩直冒儿，心中一个劲儿地埋怨妻子不该应允柯玉井的要求。但三小姐已经答应，他也无可奈何，只好静观其变罢了。

只听柯玉井笑道："嫂子果然是个爽快之人，请听好我的上联：山有木兮木有枝。"

果然不出林大钦所料，三小姐虽是冥思苦想，却总也想不出下联来。林大钦见状，只能干着急，却又不能代为作答。正自焦灼之时，林大钦忽然灵机一动，用手一拍胸口。三小姐听到手拍胸口之声，顿时领悟，脱口而出："心悦君兮君不知。"众人一听，鼓掌齐声叫好。

柯玉井对三小姐深深一揖，道："嫂子有文姬、清照之才，佩服，佩服！"众人也跟着附和。

三小姐知道此是林大钦相救，才挽回了面子，不禁向林大钦投去感激的一瞥。三小姐此举，虽只是一个小小的眼神儿，却难逃过柯玉井的目光，柯玉井见了，会心一笑。其实，此不过是柯玉井的一个计谋罢了，故意让他们夫妻二人互相袒护，加深感情。见目的达到，柯玉井借酒装疯，退出房去，然后不辞而别，回到家中不提。

且说是年的八月十五节，正是举家合欢，谈笑风生之日。柯府上下亦忙做一团，制糕点，烹酒食。然，林氏及玉井却是毫无兴致，更无食欲。红棉见状很是着急，亲自下厨熬了粥，令下人送来。及至夜晚，红棉亲自拎了盒点心来，先是到二婶房中，小丫头秋菊说夫人去了大少爷房中，便又拎了点心来到玉井房中，见这母子俩正在说话，于是笑道："二婶，井兄弟，猜猜我拎了什么好吃的过来？"

林氏笑道："四丫头孝顺，又做了什么好吃的送过来？"

红棉把头一摇："二婶，这样好吃的东西我可做不来。"

玉井在一旁打趣道："四姐什么时候变得如此谦虚起来了？"

红棉笑道："我说的可是大实话，玉井兄弟一向聪明，猜猜我这盒子究竟装的是什么？"

玉井假装屈了食指道："让我掐指算算。"趁着红棉不注意，就要去揭盒盖儿，红棉赶紧用手捂住："不许耍赖！"

林氏一旁笑道："真是难为四丫头了，你也别让井儿猜了。这会儿，我们娘儿俩胃口全无，你还是把这点心拎过去给你阿妈她们吃吧。"

红棉一听连连摇头："那怎么使得？"说着，急忙打开盒盖，露出几块精致的月饼来。红棉道："这可是人家黄小姐亲手做的，然后让府里的小子送过来，说给夫人尝尝手艺呢。"

玉井听说是黄小姐亲手做的，连忙动手去拿，又被红棉挡住。红棉道："人家黄小姐可是说给夫人尝尝手艺的，又没有说让你也尝。"

玉井笑道："我不尝，我吃总可以了吧？"

红棉笑着说："你又贫嘴。"

林氏一旁笑道："你姐弟俩别闹了，看在薇淑的一片孝心上，大家一起吃。"说着，拿过一块，轻轻地咬上一口，连连啧声道："好香，好香。"一面说，一面又分递给红棉和玉井。

红棉接过二婶递过来的月饼，吃了一口，对玉井笑着说："真是好吃，你有这么个手巧的媳妇儿，以后再也不用吃四姐做的点心了。"

玉井笑着说："我永远都要吃四姐做的点心，四姐做的最好吃。"

红棉听了，心儿一酸，掉下泪来，却又强颜欢笑道："有你这句话，四姐就没白疼你。"

三个人一边吃，一边赞叹着黄小姐的手艺。林氏把剩下的几块递与红棉吩咐她让大老爷大夫人及三老爷也都尝尝，再剩下的给那些丫头小子们分享一下，红棉依话做了，不在话下。

且说次日，林氏见过大老爷大夫人及三老爷，问他们昨日的月饼是否好吃。三人齐声夸赞。林氏笑道："柯家有薇淑这样的好儿媳妇真是前世修来的福分。"三人又齐声说是。

大夫人道："不如择个日子，把黄小姐娶过来吧。"

林氏笑道："嫂子说的极是，我过来就是征求大家的意思。"

柯南山道："我同意大嫂和二嫂的意思。"

柯杰庵沉默半晌方道："此事年内可议定，迎娶之事还是等到来年为好。"

林氏忙接过话来："大哥之言在理，我也这么思量过。"

于是，几个人又议论了一番，此事就此定了下来。过两天，找人合了生辰八字，定下婚期，只等到过罢年后给两人完婚。

且说转眼过了年，婚期已至，柯家备了彩礼送到黄府，又一乘花轿将黄小姐抬到柯府。一路上，迎亲的、送亲的排了长长的队伍，甚是好看，沿途百姓争相驻足观瞧。

柯府上下张灯结彩，老爷、夫人、公子、小姐及下人们俱各穿着一新，精神焕然，喜气洋洋。婚礼一应繁琐事物，俱由红棉打理，林氏等长辈只管迎来送往，倒省了不少的心。

前来贺喜的人自然多如春草，只是林大钦没有过来，因他去京城参加会试，所以三小姐差了贴身小丫头巧玉，依旧一身男人装扮，携了贺礼过来贺喜。至于其他人等，这里不再一一详述。

且说柯家请来的"青娘母"揭下花轿门楣上的"麒麟到此"，一边高唱"大轿来到大府门，铺毡结彩满厅堂"，一边牵着新娘入房。踏过火烟，吃过甜汤丸，合房丸，夫妻双双来到上厅堂拜司命君，拜天地，祭拜祖宗，并向长辈端茶行礼等繁琐礼仪，然后新人进入洞房。

待闹罢洞房，洞房中只剩下一对新人。

望着坐在罗帐旁，头戴大红盖头的新娘子，柯玉井便急不可待地要揭盖头。哪知新娘子早有准备。只听新娘子道："夫君且慢！"

玉井不知端底，忙问因何不依？只听新娘子笑道："听说夫君去年参加林大钦和孙家三小姐的婚礼时，以联诗大闹新房，不知可有此事？"

柯玉井笑道："娘子真是细察入微，连此事都知晓。"

新娘子道："既然夫君喜联诗闹房，今日你我二人何不也来联诗。若你对得好，这盖头你自然揭去，若对得不好，今日你休要揭这盖头儿。"

柯玉井笑道："好，一切都依娘子。"

只听新娘子道："我们就续吟上次的诗如何？"

柯玉井自然答应，于是新娘子黄薇淑先行续吟：

> 望江亭上雾茫茫，孤雁哀鸣声断肠。
>
> 过尽千帆皆不是，云烟问纸几欲狂。

玉井笑道："娘子好诗，且听我为你一续。"言罢，吟道：

> 云烟问纸几欲狂，诗未催成宵更凉。
>
> 瑞脑香销心字灭，凤尾孤枕衾半床。

新娘子笑道："此诗不妥，今宵虽然天气寒凉，却并未见床上有什么凤尾枕衾。"

玉井听了亦笑："我只是续你的诗，可别套我要什么凤尾枕衾。"

新娘子道："耍赖，是你说的有凤尾枕衾，怎么倒说起是我要的了？"

两个人正争执着，忽听门外有笑声，接着，只听那人道："弟妹，你就不要难为我兄弟，明日我就让人去给你买凤尾枕衾去！"说罢，又是一阵格格的笑声，然后便听见脚步声远去了。

玉井听出说话者是四姐，只是新娘子不知说话者何人，听见脚步声远去，便道："罢了，本也是妄言，姑且让你过了吧。"

玉井听出新娘子的意思，于是，双手揭去盖头，薇淑满脸绯红，含羞低首，更加妩媚，直喜得玉井心如跳鹿。

玉井将娘子揽入怀中，俯首看她脸上娇羞，更加妩媚动人。此时，纵有千言，也难表恩爱。一番缱绻，夫妻二人宽衣解带就寝。新婚之夜，男欢女爱，寻那云雨之趣，自不在话下。至于次日，新人见过长辈等诸多繁琐缛节，此处无须多述。

话说是年的冬日，黄小姐有了身孕，老夫人林氏等人十分欢喜，红棉每日一有空便到玉井房中，和黄小姐一起做刺绣。这潮州府的刺绣很是讲究，无论是线质还是针法上花样繁多。红棉是刺绣的行家，黄小姐虽是大家闺秀，却只是在识文断字上用工夫，却少于针线活儿，如今嫁作人妇，便极认真地向红棉去学。且说这日，玉井也在房中，看四姐和薇淑两人刺钉金绣。忽见旺仔走进，递过一封书信。玉井拆信细阅，不由兴奋起来，连声道："厉害！厉害！"

薇淑和红棉不知端底，停下手中针活。只听玉井又道："大钦中状元了！"

红棉惊道："中状元了？"

薇淑问道："是大钦亲笔所述吗？"

玉井道："此是大钦亲笔，并无不实。"

书中交代，此信确是林大钦亲笔，林大钦中了状元也确是实情。

不过，林大钦中头名状元却是历经一波三折，其书信之中并未言及。因科举应试文章，历代相沿，早有定式。时主考官礼部尚书夏言格遵程式，一再告谕诸生，不可标新立异，并据此选定了孔、高二生之卷，以备御览。然，血性方刚的林大钦不管这一套。他毅然突破成格，一口气写下洋洋四千余言《廷试策》。都御史汪宏阅后，大为惊叹，虽左右为难，但还是推荐给大学士张孚敬。张孚敬也是爱才之人，遂呈明世宗亲裁。嘉靖帝看罢，大喜。因他素喜东坡之文风，偏林大钦又是苏氏笔法，文字明快，根底深厚，嘉靖帝岂有不喜之理？

殿试时，嘉靖有意要好好考考林大钦，要林大钦当众背出一千首诗来。林大钦听罢镇定自若，因他家门口不远处有一座庙宇，林大钦小时爱去庙中玩耍，见庙中有一个算命卜卦的签诗筒，里面的每根签都有几首诗，甚觉好奇，便常常拿来诵读，时间一久，那签筒里的每根签上的诗皆能背得滚瓜烂熟。今日听皇上要他背出一千首诗来，又岂能把他难住，便朗朗背诵起来，所背之诗又岂止一千首，直把嘉靖帝喜得连声叫好。于是，大笔一挥，点为头名状元。

如今听说林大钦中了头名状元，红棉好生羡慕。只听薇淑道："林大钦文思敏捷，才华横溢，人尽皆知。早听人说林大钦有状元之兆。正德六年，塘湖寨游神赛会时，他母亲程氏，身怀有孕，住到娘家，想看赛会。哪曾想正月十六日一早，早产临盆，这可急坏了娘家人。按习俗，嫁出的女儿不能在母家产育，怕对母家不吉利。可是，如今要送回婆家，偏又来不及。"

红棉好生好奇，急问："那怎么办？"

只听薇淑道："最后有人想出了一个主意：在后院井边围了一块地方，盖上一领被单，算做产房。想来她母亲甚是可怜，身边接生婆及一切应用杂物都没有，且谁也不去打理她。不曾想，过了一会儿，婴儿竟顺顺当当地出世了，而早已干涸见底的古井，竟也立即涨满了温井水。程氏用手捧起温泉给婴儿沐浴，用被单把婴儿包好，然后抱回母亲房中休息。"

红棉惊道："这个真是奇了。"

薇淑道："更奇的还在后面。接着，游神队伍来了。奇怪得很，每一顶神轿，刚从大巷转入隆庆巷时，都折了轿杆，神轿纷纷掉落地上，有的神偶跌出轿来，没有跌下来的也摔脱了乌纱帽。如今想来，若此事是真的，那一定是众神的职位，都比这位未来的状元公小得多，小官遇见大官，自然是要下轿鞠躬行礼的。"

红棉道："这个也不一定当真，兴许是他人编造的。我家井弟才华又不输于林大钦，若与他一同殿试，这个状元还不知是何人所得呢？"

薇淑笑道："这个倒也是真的。"又转向玉井问道："相公为何不去参加乡闱和秋闱？"

玉井适才听薇淑说林大钦的事，正听得入迷，忽然薇淑和红棉改了话题，说到自己身上来了。见妻子问自己，于是笑道："别听四姐胡说，我哪里有大钦之才，我才疏学浅，又怎么敢妄言乡闱？"

其实，玉井之言并非真心，他和林大钦是推心置腹的好友，两人曾发誓一定要中榜做官为民。如今，大钦中了头名状元，玉井很是为他高兴。此时，翁万达的"大丈夫当修身、齐家、治国、平天下！"的话犹在耳际，玉井又岂能忘记？只是，如今这柯府的担子全落在了自己的肩上，如果……玉井不想再想下去。

红棉看出了玉井的心思，笑道："阿弟，你放心去考，家中自有四姐打理。"

薇淑道："还有我，我会帮四姐的。"

玉井只觉心中一股暖流喷涌，不由得红了眼睛。

闲话休提，且说玉井一面杏林春暖，一面悬梁苦读。待到次年的春日，带了小书童旺仔，一同前往省府乡试。至考日，玉井提了考篮，进入号舍，连考三场，然后回到客栈静候佳音。

且说揭榜那日，人山人海，旺仔仗着人小，挤入人群细细观瞧，忽然一声大叫："我家少爷中了！"急忙忙冲出人群，找到人群外的柯玉井，大叫道："恭喜大少爷，贺喜大少爷，大少爷中了第九名举人！"说着，又拉着柯玉井重新挤入人群，柯玉井见榜文上果然有自己的名字，中的正是第九名。

两个人又从人群里挤出来，旺仔拽着柯玉井的衣袖："大少爷，你如今可是中了举人。"柯玉井笑道："中了举人又能怎样？"旺仔道："你得请我去好一点的酒馆庆祝庆祝！"柯玉井听了，十分爽朗地笑道："好！今日我就请你去杏花酒楼怎么样？"

这杏花酒楼是省府最风光的吃酒去处，多是达官显贵、富豪乡绅去的地方。旺仔一听要去杏花酒楼，乐得一蹦老高，连声叫道："大少爷，不，举人老爷，你真是太好了！"

"既有如此好的地方消遣，不知柯孝廉可否带我也一同享享口福？"

旺仔的话声刚落，只听身后传来说话声。柯玉井觉得话声好熟，急忙回过头去，见是一风流倜傥的少年。但见他头戴方巾，身披白色斗篷，脚蹬厚底粉靴，手执一柄折扇，明眸皓齿，飘飘然不染半点尘埃，可谓是容貌轩昂，风姿俊爽。

"这位阿弟是？……"

柯玉井仔细打量那少年，一时竟惊在了那儿。

欲知少年是何人，且看下回分解！

第九回　薛中离死里逃生　万邦宁喜收爱徒

诗曰：

娇儿几入鬼门关，华扁重生起死难。

十殿阎罗齐瞪眼，五方鬼判待开言。

为救残生出圣手，敢教垂死获新颜。

奇缘偶遇非神话，一代名医有薪传。

且说柯玉井许诺要带旺仔去杏花酒楼吃酒，忽听身后有人和他说话，转过身来，见是一风流少年，柯玉井竟一时惊得目瞪口呆，心道："此人好生面善。"

少年见状，笑道："柯孝廉，柯举人，你不会这么小气吧？"

柯玉井忽然缓过神来，惊喜道："娘子，怎么会是你？"

旺仔听说是少夫人，用手使劲揉了揉眼睛，惊叫道："我的大少奶奶，我真的没有认出你来！"

来者正是黄薇淑小姐。

柯玉井笑道："娘子，你怎么会如此装束到此？"

黄薇淑笑道："怎么，难道只许孙家三小姐女扮男装，就不许我也如此？"见柯玉井红了脸，便把到省府的经过一五一十地说了。

原来，自从柯玉井离家参加乡试，黄小姐总是放心不下，旺仔贪玩，能否照顾好玉井的饮居？外面的世界太花哨，玉井会不会经不起诱惑？如此等等，常常会落得红棉的笑话。

是日，黄小姐正自盘算着考期的日子，恰值红棉走进，见黄小姐屈指盘算的样子，不觉抿嘴一笑道："与其如此担心苦想，不如去省府相见，倒也省了不少的心。"黄小姐笑道："四姐真是疼人，但此去省府路途遥远，家婆又怎能放心？"红棉道："你若想去，二婶那边自然由我说去。"

　　说来也巧，省府刘守备的家眷要去省府，这刘守备和柯府的交情不薄，刘夫人曾患重病，百医不好，眼见着就要被黑白无常索拿到地府，幸得柯潜庵医治，妙手回春，拣回一条性命，刘守备自然对柯家是感恩戴德。如今若去和刘夫人说个情儿，让黄小姐与守备家眷随行，那刘夫人定会一口答应。果然，红棉派了柯府的一个小子，送了封书信与刘夫人。刘夫人看了，十分欢喜，一口答应下来。

　　就这样，黄小姐带了贴身丫头柳烟与守备家眷一路同行。那刘夫人念着柯家的救命之恩，一路上对黄小姐百般照顾，倒也没吃什么苦。

　　长话短说，这一日来到省府，正好是学子们大考之日，辞了刘夫人，黄小姐带着丫头柳烟住进一家客栈，然后以男子装束出现街头，打探柯玉井的消息。后来，柯玉井出考场，及玉井带着旺仔看榜文尽在黄小姐的眼中。

　　听了黄小姐的讲述，柯玉井笑道："既然已经见到我，为何不早些打招呼？"

　　黄小姐道："就看看你都会做些什么？"

　　旺仔插话道："大少奶奶，大少爷许诺去杏花酒楼的事，不会作罢了吧？"

　　一旁的柳烟啐了他一口道："难道你想把大少爷带坏不成？"

　　旺仔嘟着嘴道："难道吃饭也能把人带坏？"

　　柳烟把眼一瞪，正要教训旺仔，黄小姐连忙阻止道："今日是你们大少爷中榜的日子，走，一起去杏花酒楼庆贺去。"

　　旺仔一听，直喜得蹦了起来，柳烟一旁连啐了他几口，柯玉井和黄小姐一旁会心一笑。

　　一行人前去杏花酒楼如何庆贺一事丢下不提，且说柯玉井给家中修书一封，无非就是说自己中举一事，又提及不几日将会和娘子等人回到家中，让母亲等人不要操心等等。然后便收拾衣服行装，打点回乡。

　　按下柯玉井回到潮州府和众举子披红戴花，拜孔子庙，以及鹿鸣宴受到知府大人热情款待等诸多事情不提，且说这日三人回到家中，柯家上下人等已在大门外候着。因柯府早已得了书信，官差亦来报过喜，林氏等人欢喜自不待多言，准备了鞭炮，又备了几桌酒席来祝贺。次日，玉井正要出去拜会几个朋友，老家人柯胜急匆匆跑来，说有个姓薛的过来找大少爷。玉井一听，急忙往前厅走，他知道柯胜说的这个薛姓人定是恩师薛中离无疑。待到厅前一看，果然是薛中离，急忙上前相见。

此时，薛中离满脸憔悴，不似先前那般满面红光。柯玉井不知薛恩师是何缘故变得如此精神不堪，正待要问，只听薛中离笑道："自第一次相见，便知道柯兄弟他日定会有出息。"

柯玉井道："都是恩师教导有方。"

薛中离道："柯兄弟如今做了孝廉，明年应去京城参加会试方是。"

柯玉井道："我也正有此意。"

薛中离道："以你之才，不在东莆之下。如今东莆已在翰林院做了编修，你日后也定会大有作为。"

柯玉井道："玉井绝不辜负恩师的教导。"

薛中离笑道："我此次前来，一是为祝贺柯兄弟中榜。二是近日身体有恙，知道柯兄弟医术高明，帮我开副方子。"

柯玉井急忙问薛恩师有何样症状，薛中离道："常常呕吐，时发时愈，不思饮食，至今已有两日未进米粒了。"言罢，叹口气又道："请治的大夫都道是膈证，连个药方都不肯开就走了，我想可能是来日不多矣。又一思量，柯兄弟有扁鹊再世之才，寻一副方子，能将病治了也很有可能。所以，一听到你中榜的消息，知你已在家中，便急急赶了过来。"

听了薛恩师的话，柯玉井连忙安慰一番，然后又是切脉，又是看舌苔。诊罢，笑道："恩师尽可放心，别听信他人胡言。恩师您这只是翻胃证罢了，是痰火上逆所致，我先开一副方子，然后再慢慢调理，此病也就无大碍了。"

说罢，提笔开下一方：

半夏三钱，黄连一钱，黄芩、干姜、人参、炙甘草各二钱，大枣三枚。

薛中离接了药方，人顿时精神起来，站起来要往外走，柯玉井不依，要留恩师住上两日，薛中离说待病好之后再来吧。柯玉井无奈，只好出门相送，望着薛恩师的轿子远去。

过了几日，柯玉井亲自到桑浦山拜见薛恩师。柯玉井见薛恩师脸上有了红润之色，且已能吃些饭。

薛中离道："多谢柯兄弟妙手回春，不过，还望柯兄弟能多用些药，也好让此病快些离去。"

柯玉井笑道："恩师急不得，我之所以这样说，是想给你慢慢地换药，加药，让痰火慢慢地消失，也不至于伤了胃。"

薛中离听了，连连点头，道："柯兄弟今日就再开些药来。"

柯玉井于是又开了些别的药，看看没有其他的事，就起身告辞。回到家中，已是掌灯时分，分别给阿妈及长辈们请过安，正欲回到房中，就见秋菊哭得两眼肿肿的从四姐房里出来，柯玉井正要问她无端地哭什么，秋菊一晃走到后院去了。柯玉井有心叫住她，又想，不如让她早些安歇去，明日再问也不迟。

这样想着，柯玉井回到房中，只见娘子薇淑正在和柳烟一起作画。柯玉井见薇淑画的是一幅小药童上山采药图，笑道："这药童画得真够可爱，不知谁家愿意让这么可爱的孩子做药童，这孩子岂不是太受罪？"

柳烟抿嘴一笑："小姐，看来你的愿望要落空了。"

柯玉井忙笑着问此话怎样说。

柳烟把手捂住嘴，吃吃地笑，薇淑便红了脸。

柯玉井忽然顿悟，笑道："原来你想让你儿子将来做个郎中？"

柳烟把双手一拍："姑爷真是个聪明人，一眼就能看出我们小姐的心事。"

薇淑笑骂道："你个小蹄子，就知道出卖你家小姐。"接着又对柳烟道："你早些下去安歇吧。"

柳烟见这边也没有了别事要做，就道了声晚安，退出房去。

柯玉井见柳烟出去，对薇淑道："适才遇见秋菊从四姐房中出来，像是哭过似的，也不知发生了何事？"

薇淑道："秋菊这丫头真是懂事。"接着就把今日发生的事如此这般地说了。原来，邻村的张员外妻子已过世一年多，至今未续娶。上次因有事来府上见到秋菊，再也不能忘记，今日遣了媒婆上门，想纳秋菊为妻。大老爷、大夫人、夫人等一听，都觉得如意。这张员外家境殷实，人品也好，若秋菊嫁过去，定会享福。谁知秋菊却断不肯同意这门亲事，说自己早些时候是老爷把她从外面捡回来的，当自己是亲生女儿看待，柯家的这份情还没报答就嫁人了，那自己岂不是没心没肺的野丫头？

柯玉井听了也很感动，说："难道你们就没有多加相劝吗？"

薇淑道："谁说没有劝，我们都去劝过的，可她就是听不进。"

柯玉井不再作声，他忽然想到四姐红棉，四姐也年岁不小了，该找个人家嫁了。

一宿无话，次日柯玉井忽收到林大钦寄来的书信。看罢书信，柯玉井的心事忽然沉重起来，那份中举后的喜悦之情荡然无存了。

林大钦在信中多次提及"人生不须做官"、"不为一官羁缚"的话，这让柯玉井很是迷惘。昔日，他俩相约要努力进学，报效朝廷。而今，他却又说出这样的话来，这令柯玉井百思不得其解。

又过了几日，忽有人来找柯玉井，说薛大人已经吐血，怕是不行了，要柯玉井速去诊治。柯玉井听了，大吃一惊，急忙坐了车轿赶到薛中离的住处，只见薛恩师脸色苍白，不省人事。

站在一旁服侍薛恩师的两名弟子，此时眼中含泪，手足无措。其中一人道："明明病都消了，却忽然生出这样的事情来。"

柯玉井问他二人道："薛恩师最近身体恢复得如何？"

一人回道："前几日来了一个苏州的名医，他说薛恩师的身体虚，非服用些人参、附子等温阳的药物不可。"

柯玉井忙问："服用了吗？"

两人回道："用了。"

柯玉井一听，脸色大变。只听一人又道："薛恩师自服用了他的方子，感觉身体健朗，胃口大开，能吃很多食物了。"

柯玉井急道："此乃助火以腐食，使得元气大耗，受了热毒之害啊！"

两人听了，惊慌失色地问怎么办。

此时，柯玉井已没了良方可医，直急得额头冒汗，眼睁睁地望着恩师气若游丝地在鬼门关徘徊而无可奈何。

忽然，薛中离又一口鲜血喷出，柯玉井上前一把抱住恩师，低声道："恩师，你睁开眼睛看看，我是玉井啊。"

薛中离缓缓睁开眼睛，见是柯玉井，声音虚弱道："当初没听你之言，如今我是自作自受了。"

柯玉井一阵心酸，连忙安慰，心内却如乱箭穿心般难受。恰在此时，就听门外有人道："尚谦兄怎么样了？"

话到人到，柯玉井一见来人，大喜，急忙上前迎住，问道："东涯兄，怎么是你？"

来者正是翁万达，他的身后还跟着一个五十上下的男人。柯玉井见那人身长七尺，目似朗星，鼻如悬胆，一脸和气之色。

翁万达见到柯玉井也是十分欢喜："玉井也在此处，那是最好不过了。"说着又去看薛中离，见薛中离病情危重，急忙问柯玉井："你给尚谦兄用过药了没有？"

柯玉井摇头，翁万达走到薛中离身边，见薛中离又闭上了眼睛，再看看薛中离吐在地上的血迹，皱起双眉，对那人道："细英兄，现在就看你的了。"

被唤作细英兄的人仔细把了一下薛中离的脉，又对薛中离病危前的一些事，以及所吃何药等等一一作了细问，薛中离的两名弟子和柯玉井都作了详答。

那人听了，提笔开了一方，递与薛中离的弟子，吩咐速去拿药。不多时，药煎好，给薛中离服下。又过了一个时辰，薛中离缓缓睁开眼睛，其中一名弟子道："老师醒了。"

众人急忙围过来，只听薛中离道："扶我起来。"

被唤作细英兄的人又切了一下薛中离的脉，道："脉已平和，已无大碍。"

柯玉井也细细把了一次，果真如此。薛恩师能够起死回生，令柯玉井对那个叫做细英兄的人肃然起敬，急忙施礼道："在下柯玉井，请教大师尊姓大名。"

"哈哈哈！"

只听翁万达笑道："适才只顾医治尚谦兄，竟忘了介绍。玉井，快快见过当朝著名御医万邦宁万御医。"

万邦宁？！

柯玉井早闻万邦宁的大名，他可是太医院院判，当朝圣上最信赖的御医，他怎么会到了这里？

翁万达看出了柯玉井的心思，于是就把事情的来龙去脉如此这般地说了。

原来，皇恩浩荡，皇上已封了翁万达职位，即将去广西任职。而翁万达和薛中离一直有书信往来，翁万达回朝述职之时，得知薛中离生病，于是，在上任的途中，又将回湖北老家探亲的万邦宁带上，直奔薛中离的住处，没有想到薛中离已危在旦夕，万邦宁妙手回春。

柯玉井听罢，倒吸一口冷气道："要不是万御医及时赶到……"

万邦宁笑道："此是尚谦兄命不该绝。"

此语一出，众人皆笑，就连薛中离也是微微一笑。

翁万达又向万邦宁介绍柯玉井："这位便是新科举人，人称小神医的柯玉井。"原来，翁万达也早知柯玉井中举之事。

万邦宁连忙道："久仰，久仰。"

柯玉井红了脸道："我哪里是什么小神医，和万御医比起来真是十分的惭愧。"言罢，又向万邦宁请教他治好薛恩师的方子。

万邦宁遂将药方递与柯玉井，柯玉井见药方中的方药是：

> 石膏十钱，黄连、黄柏、黄芩各二钱，香豉三钱（绵裹），栀子
> 三钱（擘），麻黄三钱（去节）。

柯玉井看罢，顿悟，万御医所开的是石膏汤，方中石膏清热除烦为君，麻黄、豆豉发汗解表为臣，黄连、黄柏、黄芩、栀子以泻三焦之火为佐。配合成方，不失为去热解毒之良方。

柯玉井自叹不如，遂起身向万邦宁施礼道："万御医不愧是一代名医，望万御医能收玉井为徒。"

此语一出，众人皆惊。

万邦宁道："这如何使得？"

欲知万邦宁是否收下柯玉井为徒，且看下回分解！

第十回　上京师路救千金　持书信拜会海瑞

诗曰：

梦圆还愿开元寺，破戒医方称妙手。

对烛绰影可当哭，扬鞭跃马难回首。

饭后巧医头痛女，途中智救忠良后。

奸佞弄权堪误国，屈原伍子魂安否？

话说柯玉井要拜万邦宁为师，却是众人委实没有料到的一件事儿，万邦宁一时间竟不知如何是好了。

只听翁万达笑道："细英兄，你这回可是拣了个大便宜。玉井要是被你调教出来，医术将是更加了得。"

一旁的薛中离则用微弱的声音道："细英兄，就拜托你了。"

柯玉井道："还望万御医收下弟子则个。"

翁万达因见万邦宁仍在迟疑，便道："细英兄，收玉井为徒，难道你还有什么不满足吗？"

万邦宁笑道："能收玉井为徒确是在下造化，好，今日承蒙玉井看得起我这一点儿小医术，又加之尚谦兄与东涯兄的竭力相荐，我就收下玉井这个弟子吧。"

翁万达大笑，对柯玉井道："还不赶快谢过师父？"

柯玉井连忙叩拜道："师父在上，受徒儿一拜！"

万邦宁赶紧将柯玉井扶起道："玉井不必拘礼。"

拜过师父，众人又说笑一番，然后各自告别。翁万达临行时，又再三嘱咐柯玉井别忘记了次年的秋闱，不在话下。

且说柯玉井回至家中，见旺仔一人在书房门口坐着，便走过去，问他今日怎么这般安静，怎么没有去玩耍儿。旺仔道："小的们一早都和老夫人一道去了开元镇国禅寺。"柯玉井忽然想起阿妈曾经在寺里向佛许过愿，若是能中举，定率全家到寺里烧香还愿。因又问道："还有哪些人跟着去了？"旺仔道："家里除了几个看家的，都跟着去了。"

柯玉井道："那你也跟着我一道去吧。"

说着，进房换了一身衣服，然后出来，带着旺仔径往开元镇国禅寺而去。

镇国禅寺始建于唐开元二十六年，占地百亩。原即敕名开元寺，明代方改为开元镇国禅寺。

寺庙共有五进，首进为金刚殿，二进天王殿，三进为主体建筑大雄宝殿，四进为藏经楼，五进玉佛楼。东侧以客堂、大悲殿、地藏阁、香积橱、不俗精舍、祖堂、僧舍等一行为左屏；寺左翼为钟楼、诸天阁、神农殿、关帝庙等。

柯玉井领着旺仔刚进寺门，就见一个小沙弥走过来。走到近前，小沙弥单手一揖道："阿弥陀佛，小僧在此恭候新科举人柯老爷。"

柯玉井笑道："小师傅，你怎么知道是我？"

小沙弥笑道："你不认识我了？我是道济，令尊过世时，我还随师父去府上做过法事。"

柯玉井道："失礼，失礼。"

小沙弥道："令堂等人都在大雄宝殿内焚香还愿，师父令我在大门外候着，说一旦见到柯举人来了，就带你去殿内见他们。"

柯玉井连声道："小师傅辛苦了。"

于是，一行三人来到大雄宝殿，果见自家的车马摆在外面。见柯玉井和道济走近，一个小沙弥走过来施礼，对道济道："师兄，师父有话，若柯举人来了，让你带他去后殿禅房。"

道济答应一声，复又领着柯玉井来到后殿禅房，见过智臻长老并家人。智臻长老笑道："文曲星驾到，老衲有失远迎还望见谅。"

柯玉井道："全仰仗佛祖保佑！"

智臻长老道："阿弥陀佛，佛说尽多少本分，就得多少本事。柯举人之所以能有今日成就，皆是你功德积重，修行的造化。"

柯南山一旁插话道："佛者，天下之大器也。"

柯玉井道："此话应是大颠禅师之言。"

智臻笑道："柯施主真是和佛有缘，居然知道他。"

柯玉井道："我自小就崇拜大颠禅师。"

智臻长老念了一句阿弥陀佛，吩咐道济取一本大颠禅师的《多心经释义》送给柯玉井。小道济答应一声，却站着没动。智臻长老道："你只管答应，却为何不动？"

只见道济小和尚哭丧脸道："师父，近日，我两腿经常发软，一点力气儿也没有。这会儿，却是无论如何也动不了了。"

智臻长老道："这倒巧了，如今举人医生在此，你却要免受许多痛苦了。"

一个小和尚拿过一个蒲团，另一个小和尚搀扶着道济坐下。柯玉井把过脉，然后道："此病好治，不过要破寺里的戒规。"

智臻长老道："阿弥陀佛，救人一命，胜造七级浮屠。佛祖自会原谅他的，一切听从柯施主安排便是了。"

柯玉井笑道："如此便是最好的了。"

因见天色向晚，夫人林氏及众人向智臻长老告辞，智臻长老赠送柯玉井一本《多心经释义》，因柯玉井给道济治病的药方是菝葜根煮瘦肉，破了寺里的规矩，因而把小道济一并带到府中治疗，不在话下。

且说次年春日，柯玉井忽然收到一封老师万邦宁的书信，信中万邦宁建议他去参加太医院的考试，并要他读些医案，以备考试之用。

接到老师的书信，柯玉井激动非常，虽不能像林大钦那样进翰林院，做个六品的编修，却也少了林大钦那般的烦恼，又能圆了阿爸当年让他为医的心愿。

接了书信，柯玉井一面忙着辞别亲朋，一面收拾东西，最为要紧的是那个传家宝《纬易解》，亲手将其埋在箱底，看看，不放心，又取出来，放在身上。

柯玉井此去京城路途遥远，黄薇淑因有孕在身不能随行，次日柯玉井就要远离，不禁有些伤感。吃罢夜饭，柯玉井与母亲等人在上房里说话，黄薇淑独自回到房中，小丫头春桃已经点燃灯烛，黄薇淑先是吃了一杯茶，见柯玉井尚未回房，不禁叹口气，让春桃打开窗子，摆上琴弦，对着烛红抚琴唱道：

月暗灯摇，星稀云重，窗前柳影婆娑。

对烛弹歌，夜风轻抚青罗。

悠悠箫管相思惹，但听来，却是离歌。

默无言，弦断瑶琴，只泪相和。

天赐柔情应怜我，怎分离难料，孤寝苦消。

万般恩爱，几桥鹊渡天河。

推杯换盏酩酊醉，任沉沦，日月如梭。

望苍天，一缕馨香，梦可曾托？

恰此时，柯玉井已经回房，站在门外，听妻子弹唱，知妻子是为明日的分离难过，待琴止歌停，柯玉井推门而入，见薇淑对烛泪流。

柯玉井上前握住娘子的手，和颜悦色道："何必如此凄婉，只因路途遥远，你孕身不便，方才一人独行。待你分娩之后，我定来接娘子京城相聚。"

黄薇淑凄然一笑道："只是心中不舍，一时难过，才寄情瑶琴，让夫君见笑了。"

柯玉井笑道："相思倘寄相思字，君到扬州扬子回。娘子之情，我玉井自会装在心中，吟在口中，今生定将娘子的情意铭记。"

黄薇淑扑哧一声笑道："哪个要你吟在口中了，你若变了心，我也奈何你不得。"见柯玉井朝自己扮了个鬼脸，又道："此番路途定有不少辛苦，你又不会照顾自己，真是让人愁闷。"

听娘子如此说，柯玉井又好生一番安慰，不在话下。

且说次日，红棉早已安排好了车轿，所带衣物及各样物件装上车，柯玉井带着旺仔扬尘而去，及至回过头去，却发现黄薇淑及亲朋依旧原处目送。

到了广州府，车夫驾了车轿返回，柯玉井则带着旺仔雇了辆船只，一路沿河而上，待到了杭州府，又重新雇了辆船只，直奔京城驶来。

话说这日，船已近京城，柯玉井昂立船头，手执折扇，欣赏两岸风景。但见沿河两岸庄稼葱绿，碧树繁茂，河道交错，别有一番景致。这正是：

最是一年春好处，绝胜烟柳满皇都。

　　柯玉井看得兴起，命船家将船拢岸，踏上岸来，拐过一段小路，径自走上一座小桥，忽然看见不远处有一街市，遂兴致而往。街市不大，却十分繁华，各样买卖俱全。此时已是中午时分，街市上行人稀少，柯玉井在一火烧摊前停下脚步。但见这小吃别有一番意味，是用猪肠、猪肺和干豆腐卤煮的火烧。香味扑鼻，颜色诱人。

　　卖火烧的是一位年轻的后生，他的身旁坐着一位眼泪汪汪的小女孩。后生见柯玉井驻足不前，正打量着自己做的小吃，知道是外地来客，没见过这种东西，笑道："客官定是他乡远到而来的吧，这叫脆皮大肠，用猪肠、猪肺外加干豆腐卤煮的火烧。不过，您呐，得看清了，这东西若没有饸面肯定好吃不了！"

　　柯玉井听后生如此一说，便要了一碗，后生家给他端来一个矮脚凳子，一旁坐着吃了。正吃得津津有味，就见那小女孩一旁擦着眼泪，嘤嘤哭泣。柯玉井心善，以为小女孩腹中饥饿，便将碗递将过去，小女孩却将头儿一偏，并不理睬。后生见了，笑道："客官，您误会了，她实非饥饿，而是脑袋一边疼痛所致。"

　　柯玉井噢了一声，问道："为何不寻郎中医治？"

　　后生道："谁说没找？可给的方子都不见效儿。"

　　柯玉井听了，遂将手中的碗放下道："我倒是有个方子，小弟不妨给孩子一试。"

　　后生听了，连忙来讨。柯玉井道："热水一盆，放入生姜数块，将双手置入盆中。"

　　后生疑道："只须这般便可？"

　　柯玉井笑道："行与不行，试了便知。"

　　后生依言端来一盆热姜水，将小女孩的双手置入盆中，不一会儿的工夫，小女孩便止了哭，说头不痛了，且吵着要吃饭。

　　后生见了十分欢喜，连忙向柯玉井道谢。柯玉井见上岸有一会儿的工夫了，便辞了后生向河岸走。正行走之间，忽然从身后冲过一个女子来，把柯玉井唬了一跳。只见那人蓬头垢面，赤着双脚，扑通一声跪在柯玉井面前，颤着声道："官人救我！"

柯玉井不知就里，正待细问，身后传来阵阵的马蹄声，回身望去，只见官道上尘土飞扬，几匹马跑得如飞了一般。

女子见了，声音急促道："官人快些救我，那些就是来抓我的坏人！"

柯玉井一把扶起女子，将其藏在路边的麦苗地里。

身后的几匹马如旋风一般冲了过来，看见柯玉井，急忙勒马，为首一个肥头大耳，满面凶光，龇着两颗大门牙的家伙问柯玉井："喂，刚才跑过一个姑娘，你看见了没有？"

柯玉井听问，故意四下里张望，那家伙见柯玉井东张西望，遂挥着马鞭，气恼道："你这厮，好没礼数，爷儿问你话儿，却不回答！"

柯玉井斜了这厮一眼，慢条斯理地回道："兄长，你此话好没道理。你分明问的是喂，我又不是喂，又怎可回你？"

二人正自争辩，忽从一旁跳出个瘦猴儿，挥了鞭子，气哼哼道："我家少爷要你说，你便只管说，却是哪里来的这许多的废话？叫你喂那是对你客气，你若是再敢乱说一句，便要你成为我鞭下之鬼！"言罢，挥鞭便要打。

肥头大耳用手止住瘦猴，对柯玉井道："看见没，再不老实回答，鞭子可不长眼睛，说，看见刚才跑过的那位姑娘没？"

柯玉井冷冷一笑，把脸别过一旁，不再理会。直气得肥头大耳暴跳如雷，挥鞭指着柯玉井道："你想敬酒不吃要吃罚酒吗？"

柯玉井冷笑道："是你的兄弟不要我说话的，怎么这会儿反倒是我的不是了？"

瘦猴听了，脸色突变，又要挥鞭。肥头大耳瞪了他一眼，对柯玉井道："如今是少爷我要你说，你便只管说！"

柯玉井本想再戏耍他一番，可又怕时间一久，这些人会发现藏在路边麦苗地里的那个姑娘，于是说道："兄长，你既如此客气说话，那我也就客客气气地告诉你，适才确有一个姑娘慌慌张张地跑过。不过……"

肥头大耳连忙问："不过什么？"

柯玉井道："不过，她上了一辆马车，恐怕这会儿工夫已是走很远了。"

肥头大耳双腿一夹马肚，对随行的那帮人道："快追！"话音未落，马已窜出两丈之外，其他人等也不甘示弱，个个争先恐后，打马向前。跑出老远，瘦猴回头对柯玉井大声道："回头再收拾你！"

见一帮人远去，柯玉井这才走到麦田边，扶起女子道："他们已经走远，你快些出来吧。"

女子又对柯玉井再三拜谢。

柯玉井问道："敢问这位小姐家住何处，为何会被一帮歹人追赶？"

女孩听问，双肩一颤，滚出几颗泪来，抽泣道："我乃京城人氏，至于为何会被人追赶，说起来话长。"

柯玉井一听女子是京城之人，又恐歹人会很快返回，遂道："小姐，我乃广东潮州举人柯玉井，此番正要赶往京城，若小姐不嫌弃，可随我乘舟一道如何？"

女子听说，很是感激，于是，随柯玉井一道来到河岸小船处。

此时，旺仔正坐在船上同船家说话，见到柯玉井领着个满脸污垢的姑娘上来，吓了一跳，忙问："少爷，您这是……"

柯玉井不及答问，对船家道："船家快些开船！"

待船儿开出一段，柯玉井方放下心来，对女孩道："小姐适才说你被歹人追赶，究竟是怎么一回事儿？"

女子听问，遂将事情来龙去脉如此这般地说了。

原来，这女子非平民百姓家女儿，乃是当朝兵部员外郎杨继盛的千金，名唤隐娘。

只因蒙古首领俺答汗数次带兵入侵明朝北部边境，奸臣严嵩死党大将军仇鸾请开马市求和，杨继盛上书《请罢马市疏》，力言仇鸾之举有"十不可五谬"，严嵩庇护仇鸾，杨继盛上疏获罪被贬狄道典史。

杨继盛虽被贬为狄道典史，但其家眷仍在京城。这日，因那隐娘去得庙中为爹爹求平安，不料，竟被严嵩之子严世蕃看见。这严公子见隐娘有闭月羞花之貌，遂命家奴暗中将隐娘抢回府中，想纳其为妾。谁知这隐娘也是刚烈女子，誓死不从，令严世蕃一时奈何不得，只得将其锁于房中，令小厮们好生看守。

隐娘小姐悲愤交加，爹爹受了委屈，自己又遭恶人凌辱，不禁伤心欲绝。也许是隐娘命不该如此，是日乃严世蕃三姨太生日，小厮们给隐娘送来食物，却忘了将门儿锁上，就急忙忙喝酒去了，隐娘伺机逃出。

柯玉井听罢，只气得怒目圆睁，火从心起。这奸相父子弄权害民，国人皆知，柯玉井今日亲眼目睹，实是愤怒不过。柯玉井心道："怪不得东莆兄昔日一腔报国之心，而今却是灰心至极要弃官。原来，京城如此之乱，令人匪夷所思。"

柯玉井一面安慰隐娘小姐，一面吩咐旺仔打来清水，给隐娘小姐净去面上污垢。不多时，隐娘小姐收拾齐整，活脱脱换了个人似的。但见她乌云宝髻，翠凤含珠，两弯眉画远山青，一双眼明秋水润。好一个清艳脱俗、艳冠群芳的美女子！

柯玉井在心中惊叹："如此美丽的女子，怎不令那倚权仗势，为非作歹的严世蕃心动？"

长话短说，且说这日到了京城，柯玉井赏了船家辛苦费，将其打发走，又雇来两乘轿子，然后直奔杨府。

待来到杨府门前，已是星月当空。但见杨府威武森严，彩灯照耀，几名兵士守在门前。

下了轿，隐娘小姐不禁心中黯然，已是泪光莹莹。柯玉井拱手说道："既到小姐府第，恕不再送，玉井就此别过。"

隐娘小姐莲步轻启，欲呼又止，心乱如麻，又不便强留。旺仔人小鬼大，看出端底，笑道："杨小姐若他日想念我们家少爷，只管到东来顺大街便可。"

原来，柯玉井尚未到京城，老师翁万达就已经帮他找好了住处。

小姐隐娘听了，掩嘴一笑道："他日定去府上拜谢。"

柯玉井剑眉一扬，狠狠瞪了旺仔一眼，吓得旺仔吐了吐舌头，再也不敢作声。

隐娘小姐走上台阶，早有兵士开了大门，隐娘走进之后，大门复又关上。

见隐娘小姐平安回到府上，柯玉井方带旺仔回去，一夜无话。

次日，柯玉井先是去了老师万邦宁的府上，恰值万邦宁去了湖南。复又带了薛中离的书信，乘轿来到海瑞府上，向门子递上拜帖和书信，然后在门前等候。时辰不大，就见门子飞跑着过来，大声道："柯老爷，我们老爷有请！"说着，便引柯玉井入内。

刚刚进入院中，就见一人笑着走将过来，对柯玉井说道："你来得正好！"

欲知说话者何人，且看下回分解！

第十一回　严府破案遭暗算　隐娘作诗寄痴情

诗曰：

青史千秋奉日月，豪杰一代耀古今。

位卑不敢忘忧国，任重还须思报君。

去伪现真扶正义，惩奸扬善荡青云。

覆舟原是浮舟水，全在区区仁爱心。

且说柯玉井刚一迈进海府，就见一人迎着自己走过来，大声道："你来得正好！"

柯玉井见此人身长八尺，豹眼浓眉，身材微胖，穿着便服。柯玉井因听薛中离说过海瑞的外貌人品，今日一见，便已猜出八九分来，此人定是海瑞无疑。

不错，此人正是被人称作"海青天"的当朝户部尚书海瑞。

柯玉井连忙上前施礼："学生柯玉井拜见海大人。"

海瑞笑道："我已看过尚谦兄的书信，你既是他的学生，也就休要和我客气。"说着，便将柯玉井领到书房中，落座毕，家人捧来茶吃了。海瑞问道："尚谦兄书信中说你是来考太医院的？"

柯玉井恭敬地回答道："是。"

海瑞又道："尚谦兄说你有华佗再世之医术，这样说来，你的医术定是不错的了。"

柯玉井回道："薛恩师只是在激励学生，所以如今我才要来太医院深造。"

海瑞哈哈笑道："不愧是尚谦兄的学生，果然谦虚得很。"言罢，双目注视柯玉井良久，忽然问道："我有一个案子，需要一个仵作，不知你是否肯帮我？"

柯玉井不假思索道："这有何难，当然愿意。"

海瑞听了，点点头，又摇摇头，叹道："此仵作非同寻常仵作可比。一则医术精通，二则苦主可不是平民百姓家，此样的仵作可是要冒杀身风险的。

不知这般情境，你还敢应承吗？"

柯玉井虽不明白海瑞所说的话，但他还是一口应承下来。

海瑞道："你既如此坚决，我也就实话相告。"

于是，海瑞就把手中的棘手案子如此这般地告诉了柯玉井。

原来，严世蕃五姨太蹊跷死亡，五姨太家人与严府交涉无果，便四处告官，因惧怕严府势力，无人敢接此案。后经高人指点，五姨太家人拦住海瑞的轿子喊冤，海瑞看罢状纸，毅然接下此案。

案子虽然接了，但却无医官敢为五姨太的死做鉴定，因为衙役里的仵作，皆被人暗杀，就连京城里大大小小的郎中也被人暗中收买。海瑞正在为此事烦恼，恰柯玉井到府上拜见。看过好友薛中离的书信，海瑞大喜过望，可又担心柯玉井不敢助自己一臂之力。

听罢海瑞之言，柯玉井一腔热血喷涨，海大人为官清廉正直，柯玉井早有耳闻。海大人任淳安知县时，总督胡宗宪之子为非作歹，敲诈勒索驿站官员，海瑞下令将胡公子拿下，驱逐出境，并把他沿途勒索的金银财物悉数充公。对海大人的刚正不阿，当地百姓有歌谣为证：

海刚峰，不怕死，不要钱，不吐刚茹柔，真是铮铮一汉子！

柯玉井心道："海大人能不顾个人性命安危，接下此案，我柯玉井又有何惧？"严府所作所为，柯玉井早已看在眼中，很是愤怒。如今能助海大人为民申冤，死又何足惜？

此时，海瑞一扫多日之阴霾，拉着柯玉井的手激动道："能有玉井兄相助，此案必破！"

闲话休谈，且说次日，海瑞领着柯玉井急急来到大理寺，以验尸身。大理寺卿降阶相迎，知晓海瑞的来意后，一脸迷惘道："严府五姨娘的尸身昨日就被严府接回了，海尚书不知吗？"

海瑞惊道："没有我的允许，你怎可擅作主张？"

寺卿委屈道："严公子亲自领了人来，我又能奈何？"

海瑞听了，忽然冷静下来，以严府的势力，别说是大理寺卿，就是自己本人在，严世蕃也不一定会把自己放在眼里。想到此，不再埋怨寺卿，和柯玉井乘了轿子直奔严府而来。

且说严嵩父子并义子赵文华正在厅内议事，忽见一名家丁慌慌张张跑将进来，严世蕃见了，喝骂道："不长眼睛的东西，何事如此惊慌？"那名家丁道："少爷，海瑞来了，就在门外。"严世蕃复又骂道："不中用的东西，一个区区海瑞也把你吓成这个样子！"家丁不敢出声，严世蕃问道："一共来了几人？"家丁回道："只带了一个小子在身边。"

严嵩道："把他们带到厅来。"

家丁忙答应一声去了。严世蕃道："爹爹，海瑞此来，必是冲那贱人尸体而来，你又何必对他客气，让他进府？"严嵩冷笑一声："你真是小肚鸡肠，他不是在办案吗，若不让他进来，显得我们严府似有什么隐情似的。"赵文华一旁谄媚道："爹爹说的是，这叫做宰相肚里能撑船。"

正说着，就见家丁领了海瑞并一个年轻人走了进来。

严嵩笑道："海大人登门，老夫没有远迎，还望恕罪。"

海瑞亦笑道："相爷言重了，海瑞登门打搅相爷和严公子了。"

严世蕃冷笑道："世兄何出此言，若在平日，我和爹爹请你，还不一定能请得动海兄。"

海瑞道："严世兄玩笑了，相爷能请我海瑞到府上，那是我的造化。"

严嵩哈哈大笑道："海大人客气了，来啊，看座。"

有下人端了一把椅子过来。

海瑞道："相爷，这座嘛就免了。下官此次前来，是为严世兄姨娘的案子而来。"

赵文华一旁皮笑肉不笑道："海大人，相爷如此器重你，你怎么连个座也不肯赏脸呢？"

海瑞一向瞧不起这个认贼作父的小人，遂瞪了赵文华一眼："我和相爷说话，你休要多嘴！"

赵文华被这一呛，弄得满面羞色，不再作声。

严世蕃笑道："我姨娘的案子就不劳海大人了，她乃暴毙身亡，现其娘家人已不再告官，到府上哀求我为其下土为安。"

海瑞听了，急问道："尸身现在何处？"

严世蕃道："已经下土为安了。"

海瑞愠怒道："怎么可以如此草率?"

严世蕃冷笑道："不是我要如此，而是你海大人破不了案，人家娘家人又哀求于我，我又能奈何?"

海瑞只觉热血涌头，却又发作不得，遂向严嵩父子告辞，复又带柯玉井打道回府。

见海瑞愤愤离去，严嵩父子并赵文华哈哈大笑。

书中交代，这五姨娘尸身确已埋葬，而五姨娘的家人已被赵文华秘密派人暗中遣送到远山之处，赵文华这会儿在严府，就是办完此事，刚刚回来向严嵩父子复命的。

且说海瑞领着柯玉井回到海府，海瑞心事重重，长吁短叹。柯玉井知道他是为严世蕃五姨娘的案子不了了之而深感自责。

柯玉井道："海大人，五姨娘虽已入土，但尸身尚存，不如……"

海瑞忽然顿悟，连连点头道："是了，是了，我刚才只那一气，倒没了主意。柯兄如此一点拨，倒有了一种山穷水尽疑无路，柳暗花明又一村的感觉。"

柯玉井道："只是这样做，倒是有许多的风险。"

海瑞道："这个不怕，只要能为死者申冤，即使丢了乌纱也不足惜!"

两人又秘议一会儿，海瑞派出心腹家人，到严府打听五姨娘墓葬之处。两日过去，家人将所探告诉海瑞。海瑞遂从大理寺挑出十几名精壮衙役，深夜潜到五姨娘墓地，准备破土取棺验尸。

十几个衙役刚一动土，就觉一阵阴风扑面，接着，就见一身高丈二，披头散发，一身素衣的女鬼，挥着利爪，跳跃而来。

众人一见，魂胆俱裂，扔下镐锹，四散奔逃。

柯玉井一声冷笑，拣起一支火把，迎着女鬼而去。快到身边时，忽假装将火把往女鬼身上掷去，女鬼见了，侧身正要躲过，柯玉井又收回火把，趁女鬼不备，复将火把掷出，正好扔在女鬼身上，火把点燃素衣，女鬼一声惊叫，倒下，打了一个滚，然后翻身跃起，跑了。

柯玉井笑道："你也不过如此罢了!"

海瑞亦笑，唤过那些早被吓得浑身筛糠的衙役，继续破土。

衙役们一阵急挖，然后抬出棺木，打开，十几盏火把靠近，抬起尸体。

柯玉井令衙役在尸前焚烧苍术、皂角，然后查验尸身。

时值春日，地气回暖，尸体已腐。但死者鼻孔处瘀伤明显，两眼及脸上也有血点可见。

柯玉井道："应是被人捂住口鼻，窒息而死。"

海瑞道："可以肯定？"

柯玉井点头道："不会有错！"

就在这时，忽见远处数十灯笼火把游移，偶尔有人声传来。柯玉井见了，急令衙役们将尸体抬入棺中，填土掩埋。海瑞道："小鬼走了，大鬼要到了！"

待土填好，已是灯笼火把近前，一人冲过来，指着海瑞骂道："好你个海瑞，身为朝廷命官，竟做出掘墓挖坟之事！"

此人不是别人，正是严府的大公子严世蕃。

原来，这严世蕃为了防止有人掘墓验尸，派人在坟场看着，若是有人胆敢"大逆不道"，就让人装鬼吓唬，若是不成，就回去报信，严府里的人会迅速赶来制止。

如今，严世蕃见五姨娘的坟被人动了，他上前一步，拉住海瑞的手，非要和他一起上朝，让万岁爷评个理不成。

海瑞此时，已是成竹在胸，哪里还怕严世蕃这一套？说道："要去便去，我岂能怕了你不成？"

一旁的赵文华见状，悄悄把严世蕃拉过一边道："此时已是深夜，想那万岁爷也早已睡下，兄弟你尚且忍上一晚，待明日一早再将他告到万岁爷面前也不迟。"严世蕃本来心虚，如今赵文华这么一说，他也就借着台阶下来，指着海瑞怒道："海瑞，咱们走着瞧！"

海瑞一声冷笑："奉陪到底！"

仇怨已结，回到府中，柯玉井对海瑞道："五姨娘实属他杀，然凶手何处，我们却并不知晓。若严府明日将你告到圣上那里，不知海大人作何打算？"

海瑞笑道："无妨，既敢接下这桩案子，还惧他严府不成？"见柯玉井担心地望着自己，继而又安慰柯玉井道："自古道邪不压正，对付严府这些小人，我自有妙招。"

柯玉井听了，虽依然有些担心，却又不便多说什么。于是，一宿无话。

次日天明，海瑞上朝，刚走到半道，忽见大理寺卿站在路边，急忙停轿。

大理寺卿过来，附在耳边小声低语一番，海瑞听了大喜过望，连忙随大理寺卿来到大理寺。

待来到大理寺，海瑞对大理寺卿道："带人犯！"

大理寺卿应一声，吩咐下去，时辰不大，一个面相猥琐之人被带至堂上。

人犯一见海瑞，不等讯问，便一五一十地招了。

拿了口供，海瑞又吩咐衙役至严府拘来六姨娘，当堂对质。铁证如山，六姨娘也只得招供。两人画了押，收监待判。海瑞长舒一口气，心道："严世蕃，这回看你还拿什么去圣上那里告我？"

海瑞之所以如此扬眉吐气，是因为他已经破了五姨娘之死的案子。

此事说来巧合，昨日夜晚就在海瑞和柯玉井破土验尸之际，严世蕃的家奴严虎和刑部尚书杨博之子杨步仁为争青楼头牌大打出手，严虎心狠手辣，打瞎杨步仁一只眼睛，被夜巡的衙役拿下。那严虎仗着严家父子势力，哪里把大理寺卿放在眼里？寺卿也确实奈何他不得，可衙役后来竟从严虎身上搜出几件女子贵重饰品，寺卿这才有了些胆气，一番拷问，严虎如实招了。原来，这几件饰品竟是六姨娘赏给他的。

大理寺卿甚觉蹊跷，一个小小的家奴，主子怎会有这么大的奖赏于他？又是一番拷问，那严虎眼见抵挡不过，只得将实情供出。

原来，那六姨娘与五姨娘为了争宠，素有恩怨。一日，六姨娘见五姨娘对严世蕃千般柔情，万般献媚，弄得严世蕃九魂儿丢了七魂。六姨娘看在眼里，恨在心里，却又无可奈何。于是找来心腹严虎商量。严虎见主子有难，竟然胆大包天，趁着五姨娘睡熟，翻窗而入，用五姨娘的睡枕将其活活闷死，这与柯玉井的尸验完全吻合。然后又将五姨娘的金银首饰尽数掳走，原以为做的天衣无缝，尽可瞒天过海，不料想，只因贪图一时享受，竟出了这档子事，翻了船。

拿了口供，海瑞乘轿进太和殿面圣。此时，嘉靖正在生气，满朝文武战战兢兢，噤若寒蝉。

海瑞向万岁呈上奏折，并弹劾严嵩父子纵容家奴行凶杀人之罪。嘉靖帝看了奏折，一声冷笑，对海瑞道："此案乃严府姨娘争风吃醋所酿惨祸，与严相父子何干？而你身为朝廷命官，却挖坟掘墓，令三纲五常，大明律令情何以堪？！"

原来，严嵩父子为防后患，早已恶人先告状。海瑞正要申辩，嘉靖却起身退朝，往后宫而去。

此时，那站在一旁的严嵩父子冷笑道："海大人，恭喜你为严府破了大案，改日定去贵府拜谢！"

严嵩党羽们也个个冷嘲热讽，海瑞冷笑一声，下朝回府而去。

如今却说杨继盛因弹劾仇鸾而被贬为狄道典史，现世宗皇帝因记恨仇鸾，召继盛回京，从典史四次升迁，复为兵部员外郎。官复原职，杨府上下欢喜自不待言。只是那隐娘小姐忽然痛哭起来，可谓是乐极生悲。

隐娘之所以如此，是因为心中有隐痛。昔日爹爹蒙冤被贬，自己也遭受恶人凌辱，幸得恩公相救，才得以逃脱厄运。如今爹爹洗冤，杨府又恢复往日荣华，而恩公的救命之恩却还未报答。

恩公现在何处？

那日杨府门前分手之时，虽有小书童实言相告，然，那时心境不佳，却并未记住，现在想想实在惭愧，却也无可奈何。

隐娘遂研墨，寄情笔端，书一首《满庭芳》曰：

> 素练迎风，柔纱吻月，窗前果是伊人。
>
> 含情久视，眉角些许温存。
>
> 记否挥毫泼墨，心书上，白雪阳春。
>
> 犹还是，七弦声再起，疏狂吟啸频。
>
> 失神。
>
> 奈与汝，相知片刻，怎不消魂？
>
> 纵关山几度，梦绕云津。
>
> 犹是长空雁断，伫斜阳，早又黄昏。
>
> 应怜我，江郎才尽，大爱不能陈。

书罢，正待自吟，忽听前院人声鼎沸，紧接着，就见小丫鬟含香急急忙忙跑进来道："小姐，小子们和人家打起来了！"

隐娘听了，十分惊愕，大好的日子，什么人竟在府前闹事？

欲知后事如何，且看下回分解！

第十二回　申正义严嵩怀恨　过三关文绍进学

诗曰：

大鹏一月同风起，扶摇直上九万里。

假令风歇时下来，犹能簸却沧溟水。

世人见我恒殊调，闻余大言皆冷笑。

宣父犹能畏后生，丈夫未可轻年少。

话说隐娘听了小丫鬟含香的话，十分惊愕，忙问含香那守门的小厮们与什么样人打架，又是因何事打架？

含香道："小厮们是和一个斯文的俊书生打架，只是因何事打架，这个委实不知道。"

隐娘更加迷惑，一个斯文俊书生为何会和守门小厮打架？正想着，又一个小丫头跑进来笑道："小姐，真是好笑，刚才那帮小子们围着一个公子厮打，被老爷骂了个狗血喷头，这会儿，公子又成了我们府上的座上宾了。"

隐娘听了，更是云里雾里。

恰在此时，奶娘过来，说老爷请小姐过去。隐娘听了，随着奶娘来到上房，一进厅堂，顿时愣在了那儿。只见方才还在思念的柯公子，此时正坐在堂上和爹爹说话。

见隐娘进来，杨继盛笑道："隐娘，你看这是谁？"

隐娘连忙上前施礼，笑道："恩公是何时到的？"

柯玉井站起还礼道："刚刚才到贵府，玉井打搅小姐了。"

隐娘正要再问话，杨继盛一旁笑道："柯公子是小女的救命恩人，今日府上的小厮们又误会了公子，我要设宴款待柯公子，一为谢恩，二为谢罪。"

柯玉井连忙道："杨大人见外了，救杨小姐，是为人之本分。至于府上的下人们和我起争执，那是他们不知情，俗话说，不知者，无罪。"

　　杨继盛听罢，朗声道："柯公子乃大丈夫也！"

　　一旁的隐娘因问柯玉井道："适才听小丫头们说，门前的小子们和一个书生有些争执，但不知所为何事？"

　　柯玉井听问，遂把事情的前因后果，如此这般地告诉了隐娘。

　　原来，自破了严府的命案，严嵩父子对海瑞是恨之入骨，他们也恨透了那个为海瑞做尸验的仵作。严世蕃密嘱手下家奴，无论如何也要将那仵作找出，以泄心中之愤。海瑞得知此事，恐柯玉井会遇到不测，让他换到别处居住，也好瞒过严府的眼睛。柯玉井走前，想到杨府上看看杨小姐是否平安，不料，守门的小子们把柯玉井误作是探子，将他抓了。多亏杨大人出来，问明真相，才了了一场误会。

　　隐娘听了，既感动，又愤慨。这正是：

　　　　白日不照吾精诚，杞国无事忧天倾。

　　恰此时，下人们摆上酒菜，大家方才的一番感叹尽皆消去，场面活跃了许多。杨继盛笑道："闻柯公子文章才华盖世，不知因何不参加秋闱，却要考太医院？"柯玉井笑道："晚生在杨大人面前岂敢称文章才华盖世，大人您才是一代才俊。"遂又将如何要考太医院之事简略说了。

　　书中交代，杨继盛，字仲芳，号椒山，直隶容城人，嘉靖二十六年进士，官至兵部员外郎。杨继盛自幼聪颖，能诗善对。一日，先生外出，众生嬉戏玩耍，正自玩得高兴，先生突然回来，见此情形，不禁大怒，罚跪众生，并出"藏形匿影"令众生相对，凡对不出者，继续罚跪。此时，只听杨继盛对道："显姓扬名。"先生听了，脸上怒气顿时一扫而光，惊呼："此乃绝对也！"伸手将杨继盛拉起。从此，杨继盛以善对出名。

　　且说，杨继盛听了柯玉井之言，连声道："柯公子能有如此理想，前途不可限量也。真是后生可畏！"言毕，又与柯玉井对饮三杯。两人把酒言欢，甚是投缘，一旁的隐娘见状，心中也十分欢喜。宴罢，玉井告辞，杨继盛苦留不住，只得作罢。隐娘将玉井送至府外，再三嘱咐玉井多保重，柯玉井答应一声，挥手惜别。隐娘目送柯玉井远去，心中甚是不舍，真个是：

天涯流落思无穷。

既相逢，却匆匆。

携手佳人，和泪折残红。

为问东风余如许？春纵在，与谁同？

隐娘直到望不到柯玉井的身影，才心情难过地回到府中，以至留下无穷的思念，独自倚墙望窗不提。

且说万邦宁因奉旨外出湖南，如今已回京城，先是派家人去打探柯玉井是否已到京城，家人见到柯玉井，说明来意，柯玉井听说老师已回京师，甚是高兴，随即备了厚礼看望老师。

师生相见，畅叙别离之情，及至谈到林大钦，柯玉井大吃一惊。万邦宁告诉柯玉井，林大钦以母老辞官回乡，结讲堂于桑浦华岩山，与乡子弟讲贯六经，究性命之旨。

柯玉井知林大钦的脾气，这官场险恶，他又怎受得了？心道："回去也罢，做个闲云野鹤倒也落得个清闲自在。"想到此，心里却也平静了许多，于是又把自己到京城这段时日如何配合海瑞破了严府的案子，一五一十地和老师说了。

万邦宁闻听，吓了一跳，道："回京时，倒是听说过此事，只是不知是你帮助海大人破了此案。"复又叹道："京师险恶，你往后处事要处处小心方是。"

柯玉井答应一声，只听万邦宁又道："此次圣上差我去湖南，之所以这么迅速回赶，只因太医院大考在即，你得好生温习医药典籍，尤其是医理和药理。"柯玉井又答应一声。

万邦宁留柯玉井吃饭，席间不免又是一些事要交代，柯玉井都一一记在心里。吃罢饭，万邦宁道："你那住所已不能再住下去了。"柯玉井道："海大人也如此说，只是我尚未重找住所。我就不信，朗朗乾坤，天子脚下，那严府人能把我怎么样？"万邦宁道："我知道你一向光明磊落，但海大人也说的没错，你必须得换个地方，小心驶得万年船。一会，我就让人给你重新找一处房子安歇。"

柯玉井不敢违拗老师，下午时分，重新找好一所宅院，打扫完毕，柯玉井和旺仔搬过去，万邦宁又从自己的下人中调几个人过来服侍柯玉井，共一个管家，两个丫鬟，厨子一个并四个轿夫。

管家名唤元参，五十上下的年纪，生得浓眉大眼，一副忠厚模样。两名丫鬟均在十四五岁左右，一唤芍药，一唤甘草，其余小厮个个身强力壮，抬起轿子如脚下生风，不在话下。

且说太医院大考之日，柯玉井备了笔砚，来到太医院。

明太医院始建于明英宗正统七年四月，该院有大门三座，均向西。对面是照壁，有黑漆书写"太医院"三字的朱色立额。大门前为门役住房，左为"土地祠"（面向北），右为"听差处"（面向南）。署内有大堂五间，为太医们的主要活动场所，其中高悬着圣上亲笔御题的"神功圣德"的匾额。大堂左侧，有南厅三间，是御医办公的处所。大堂右侧是北厅。后面是先医庙，门称棂星，内门称咸济，殿名景惠，南向，殿内供奉着伏羲、神农、黄帝的塑像。先医庙外北向者为药王庙，庙里有铜人像。连接大堂的过厅是二堂，后面还有三堂五间。

前两场的考题共为"医理"与"药理"两部分。

"医理"的命题为"论述《黄帝内经》之诊法"，而"药理"命题则为"论药物之毒性"。

柯玉井看罢，微微一笑，《黄帝内经》少儿时便烂熟于心，倒背如流，其诊法更是娴熟。于是笔走龙蛇，曰："诊法常以平旦，阴气未动，阳气未散，饮食未进，经脉未盛，络脉调匀，气血本乱，故乃可诊有过之脉。切脉动静而视精明，察五色，现五藏有余不足，六府强弱，形之盛衰，以此参伍，决死生之分……"此为引经据典，又旁征博引，曰："观念之医，不念思求经旨，以演其所知，各承家技，始终顺旧……"如此这般，洋洋洒洒数千言。

又论药理毒性，曰："凡药物之毒可分三品：上品'无毒'，中品'有毒或无毒'，下品'多毒'。"继而又从"配伍不当"、"炮制不当"、"剂量过大"等等引发开去，又是洋洋洒洒数千言。

写罢，往上一递，监考官们纷纷传阅，赞叹不已。

最后一场是"医德"之考。面对考题，柯玉井浓眉舒扬，悬腕走笔，一挥而就。柯玉井卷中的答题更是让监考官们十分满意，其中一句曰："秉德济世，为而不争。"太医院院使许绅看了，连连赞叹。

次日，太医院发榜，柯玉井中第一名。

回到府中，旺仔在门前迎着，见柯玉井满面春风的模样，估摸着大少爷必是考中无疑，嘻嘻笑问道："大少爷，那个榜上有你的名字吗？"

柯玉井笑道："你是希望有呢，还是希望没有呢？"

旺仔道："大少爷，你又说笑了不是，我们这么辛苦到京城来，不就是奔着那个太医院去的吗？"

柯玉井笑道："是了，那就应该有。"说着，迈着步子就往里面走。旺仔忽然想起什么似的，急忙对柯玉井道："大少爷，万老爷来了。"柯玉井忙问在哪，旺仔说就在堂里候着。柯玉井听了，大步向上房走去。

一进房，见老师万邦宁正和一个人在说笑，见柯玉井进来，笑道："老夫过来是给你贺喜的。"柯玉井忙道："都是老师教导有方。"万邦宁笑道："你就不用过谦了，你的实力大家有目共睹。"说着，用手一指旁边的那人对柯玉井道："来，我把我的老乡介绍给你认识一下。"听说是老师的老乡，柯玉井仔细打量那人几眼，只见他年约三旬，似秀才打扮，戴一顶桶子样抹眉梁头巾，穿一领皂沿边麻布宽衫，生得眉目清秀，面白须长。柯玉井看了，似觉何处见过，却又一时想不起。就在他发愣之时，就听那人道："在下姓李名时珍，字东璧。"柯玉井听了，忽生敬意，原来这位就是大名鼎鼎的李时珍。

原来，柯玉井早有听闻，湖北蕲州有个叫李时珍的医学奇才，更闻他乃是武昌楚王府的推荐，进至太医院。此人为人正直，先是做六品的院判，只因得罪严嵩父子，后被降为八品御医。

柯玉井上前和李时珍见了，拉着李时珍的手道："一直于梦里和东璧兄相见，今日有幸相会，却还似在梦里一般。"

李时珍笑道："早听细英兄说起过你，昨日又见你的奇文，果真是医学奇才，就央细英兄介绍一见。"

万邦宁笑道："玉井，如今东璧对你可是另眼相看啊。"又转向李时珍道："东璧兄，你医术渊博，以后可得帮助帮助玉井。"

李时珍笑道："细英兄，你过奖了，日后，我就和玉井兄相互讨教吧。"

万邦宁朗声笑道："好，好，好。如此甚好！"

柯玉井十分欢喜，吩咐摆酒宴款待，于是，觥筹交错，其乐融融。

酒过三巡，万邦宁对李时珍道："玉井明日即将入太医院，那些宫廷礼仪及太医院的规矩，你须多向他讲些才是。"

李时珍道："细英兄请放宽心，以玉井的聪明，那些小东西还在话下？"

正说着，就见元参站在门外，不时对屋里张望，万邦宁问道："元参，你站在门外何事？"元参听问，急忙进屋，回道："老爷，适才府上有人来传话，说老家来人要拜访老爷，老夫人吩咐，要你速回一见。"

万邦宁噢了一声，对李时珍和柯玉井道："真是不巧，偏这会儿老家有人来，我这就回去，你二位少吃些酒，多聊聊别事。"

李时珍笑道："细英兄尽可放心回去，我和玉井也是投缘，今日定要来他个秉烛夜谈不可。"

万邦宁笑道："如此甚好。"说着向柯玉井、李时珍两人告辞。二人送至门外，见万大人的轿子远去，复又回来，不在话下。

撤去酒席，二人到书房相叙，小丫头芍药摆上工夫茶，李时珍笑道："早听说过，你们潮州人有喝工夫茶的习惯，今日算是真正的见识了。"

柯玉井笑道："工夫茶之特别处，不在茶之本质，而在茶具器皿之配备精良，以及闲情逸致之烹制法。"

李时珍听了，遂笑着，低头摆弄起工夫茶的茶具来。

柯玉井又道："这工夫茶除了茶具特别，还有一样是别的茶不能相匹比的。"

李时珍好奇地问道："是哪一样？"

柯玉井道："这工夫茶有四气，生气、灵气、正气和义气。"

李时珍睁大双眼问道："这四气又怎么讲？"

柯玉井道："生气，即大天地之气，亦是茶人心胸中孕育的生气；茶气不偏不倚，平和中庸，称之为正气。而灵气须对茶觉者可得，义气，非胸次坦然，思兼济天下者可得。"

李时珍笑道："原来这工夫茶竟然有这么多的说道，我要仔细品品，看看我能得到哪一气。"言毕，微合双眼，细细品茗，忽然睁开双眼，刚要说话，猛然看见书桌上一本书，急忙伸手去拿。柯玉井见了，大吃一惊。

欲知李时珍看见了什么书，且看下回分解！

第十三回　远渡重洋遭劫难　佛海无边种菩提

诗曰：

有志者，事竟成，破釜沉舟，百二秦关终属楚。

苦心人，天不负，卧薪尝胆，三千越甲可吞吴。

话说李时珍刚要说话，忽然发现书桌上有一本书，急忙伸手去拿，柯玉井见了，大吃一惊。待李时珍将书拿起时，方见是自己抄书之作，不禁放下心来。

且说李时珍见柯玉井书上写的全是一些稀奇医案方，顿时忘了自己，看得如醉如痴，一时间不再言语，竟把柯玉井晾在一旁不提。

如今且说日本国宫室御医高桥，只因给公主医病，用错药方，依律该斩，然天皇念其曾有救驾之功，遂网开一面，令其到大明王国学医，然后回去将功补过，造福皇室。

高桥谢过天皇不杀之恩，备了船，日夜航行。行至第三日，不料狂风大作，海浪滔天，高桥所乘之船桅断帆折，船翻人亡，只剩高桥一人奋力游向一孤岛，才幸免于难。

又过了两日，有大明渔船经过，高桥精通中文，奋力呼救。渔船驶近，见是日本国人，以为是遇到了海盗，个个惊慌。正欲驶离，只听高桥喊道："我是日本国宫廷御医，现要前往大明拜师，请你们救救我！"渔船上的人听了，这才停下来，其中一人道："既是御医，何不将他救上来，也好给张老汉医病。"原来那老汉因年事已高，加之多日出海，竟生病倒下，船上的渔民们正不知如何处理，那人的话得到其他人的响应，高桥才被搭救上船。

高桥上得船来，被人领着给张老汉看病，高桥诊罢，从随身所带的药箱里找出一些药来煎了，然后给张老汉服下。一个时辰之后，张老汉出了一身汗，渐渐病退，众人皆喜，视高桥为朋友，好酒招待。几天之后，渔船准备返航，恰此时，一艘大船驶来，待近时，众人看清，只见船舷及船首之上站着的竟是一群倭寇，那些倭寇个个面相凶恶，手持利刃。待大船刚一靠近渔船，倭寇们便迫不及待地跳上渔船行打劫之事。渔民们也不含糊，早已拿出兵器反击。于是，一场恶战，直打得惊涛骇浪，日月无光。

约摸激战两个时辰，渔民们寡不敌众，纷纷倒下，就连那张老汉也倒在血泊之中。倭寇们将渔船上财物洗劫一空，忽然发现船舱之中还藏着一人，且穿着日本国服装，一问，方知是宫廷御医，于是，将其带至大船，倭寇头目"独眼龙"令其专为同伙医病。高桥一时脱身不得，无奈之下，只得委曲求全。

话说这一年，这一帮倭寇窜至南澳，杀人放火无恶不作，所到之处，店铺关门，百姓流离失所。倭寇"独眼龙"的名号令人心惊胆寒，就连那嗷嗷待哺的小娃娃听了"独眼龙"三个字也会立刻噤声，睁大眼睛，惶恐不安。

大将军戚继光统军扫寇，对"独眼龙"却也无可奈何，明军一到，"独眼龙"瞬间便会消失得无影无踪；明军一撤，"独眼龙"便又兴风作浪，令百姓苦不堪言。且说这日，明军故意远离，"独眼龙"率众倭寇沿水路突袭潮州城，不曾想，却被戚继光断了后路，一场厮杀，众倭寇死伤无数，高桥见势，乘机逃走。

高桥一口气跑了大约十数里，此时，天色渐暗，忽然下起雨来，高桥遂在一农户院外的房檐下躲雨。躲了半日的雨，却见那雨儿一时半会儿的停不了，就索性蹲下来。这一蹲下来，高桥忽然感到又饥又困，心道："何不向这户人家讨口饭吃？"想到此，高桥重新站起，轻轻叩门，可敲了半晌，却不见一点儿动静，正自纳闷，忽然一阵大风吹过，那门却自己开了。高桥向里张望了一下，见院中无人，而上房的门同样关闭着，就大着胆子走进去，站在上房门口，透过门隙向里观望，这一望不要紧，直把高桥的七魂吓走了五魂。只见正中房梁上直直地悬着一个人，眼睛大睁，双手微曲。

若是换作别人，或是晕了，或是大叫一声跑开去。只是高桥不同于别人，他是御医出身，首先想到的就是救人。高桥定了定神，吸进几口气，凭了全身的力气向房门撞去，这门本也薄弱，只三五下便撞开了。

高桥用手一摸那人的心头尚有余热，然后将其抱住解下，使其仰卧，用手揪住其头发把头向上拉，使其脖颈平直通顺，再微微揉弄其喉咙，摩擦其胸上使其散动，又按其腹，如此这般反复，上吊之人，缓缓呼出一口气，将眼慢慢睁开。见那人醒了，高桥也长出一口气，正待要问他因何要寻短见，就听外面一声大叫："倭寇杀人啦！"紧接着，门外传来一片呐喊声："杀倭寇啊！"高桥就见大门外数十百姓手持铁锹等物就要往屋内冲，高桥一想，不好，准是这帮村民误会自己杀人了，与其让他们进来再解释，还不如逃吧，就自己这身衣服，能解释得清楚吗？想到此，翻窗跃了出去，撒开两脚，又是一阵猛跑，直到确定后面的人没有追上来，这才放慢脚步。

书中交代，这上吊之人，名唤阿大，年方二十五岁，父母早亡，独自一人过活。阿大幼时和本村卢员外之女秀娘定下婚约，那卢员外见阿大家境如此衰败，心中便有悔约之意。可秀娘与阿大情深意切，秀娘私下里把自己的金银首饰拿出来送给阿大，吩咐其当了，做些生意买卖。阿大依言做了，几年下来，银两倒是赚了一些，正想重新筑屋建院，早些迎娶秀娘，不曾想，前些日子在外做买卖时被倭寇洗劫一空。今日回到家中，想想如今又是身无分文，真是愧对秀娘。就这样，后来干脆来了个一绳解百愁，想一走了之。哪曾想，偏又被高桥救下，正在高桥为他施救时，一邻居来寻阿大，看见一倭寇样打扮的人，误以为高桥在杀阿大，遂一声高叫，然后召集众乡邻来救阿大。

且说高桥一路混走，又饥又饿，走不多远，终因体力不支晕倒路旁。恰在这时，一辆马车路过，赶车之人见路旁横卧一人，遂停下，从车轿里走出一青年男子，只见他身高八尺，面如冠玉，目似朗星，头戴黑色高冠帽，身着宽大绸衫。此人来至高桥身边，轻声说了一句："怎么是日本国人？"说罢，对车夫道："把他扶到车轿里去。"车夫依言将高桥搀扶到车轿里，然后一声鞭响，马儿腾起前蹄，一阵快跑。

车轿在开元镇国禅寺门前停下，早见智臻长老率众僧相迎，智臻长老笑道："老纳率弟子前来迎接高丽王国太子殿下！"

原来救高桥的不是别人，而是朝鲜国太子李鲜。只因李鲜之母静淑王妃信佛，而时值朝廷实行灭佛政策，静淑王妃抑郁成疾，长年病事不断。李鲜看在眼里，痛在心里，就和大臣李干商量，李干道："大明佛教兴盛，太子何不去大明代母虔诚事佛？"李鲜一听，李干言之有理，遂决定私下前往大明。

李干又秘派使臣和大明朝廷接洽，朝廷下一道密旨，由潮州开元镇国禅寺接待太子，然后吃斋念佛七七四十九天。

且说李鲜见长老等人来迎接自己，很是感激，忙施礼谢过。于是，由智臻长老领着，进到寺中，众人正要跪拜各处菩萨，李鲜忽然想起车轿中还有晕迷之人，忙令人将高桥抬出。其实，高桥此时已经醒过来，只是又饥又饿，全身绵软无力。见有人将他从车轿中抬出，睁开眼睛，想说话，却又说不出。智臻见状，急忙上前查看，见此人乃日本人装束，而身上并无伤处，便伸手搭在脉上，心中已明白几分，令小沙弥煮来一碗稀粥，给高桥喂下。不多时，高桥脸现红润，已能四肢移动，起身道谢。

智臻长老道："阿弥陀佛，敢问施主尊姓大名，因何会来到我的寺中？"

高桥便将自己的经历如此这般地说了，末了道："我也不知因何会在此处。"

太子李鲜一听，笑了，于是，便将自己如何救起高桥的经过说了。

智臻长老笑道："阿弥陀佛，太子殿下未进佛门，就已经做了如此大的善事，佛祖定会保佑静淑王妃早日安康的。"

说罢，领着众人四处拜了菩萨，然后安排斋饭，吃罢，早有小沙弥献上工夫茶。高桥一边吃茶，一边问智臻长老道："大明医术一向很高明，望长老能推荐名医一二。"长老听了，沉思道："我朝名医辈出，若要论谁高谁低，实在难分伯仲。"

高桥一听，叹道："我远渡重洋，历经劫难，只为拜名医而来，却又一时不知要拜何人为师，这可如何是好？"

长老安慰道："施主莫要担心，若论别的不敢说，只是这名医嘛，在我大明无处不在。"

正说着，一个小沙弥走进来，附在长老的耳边小声道："明日柯府人要来佛拜，为添孙还愿。"

智臻长老听了，笑道："若说名医，眼下就有一位。"

高桥忙问是何人。

智臻长老遂将柯玉井之名说出，又将他医术是如何的了得一五一十地说了。高桥欣喜道："我现在就过去拜其为师。"智臻长老叹道："只可惜，他如今在太医院深造。"

高桥急道："那我明日就启程赶往京城。"

　　智臻长老道："你若诚心要拜其为师，不妨先住下，明日玉井阿妈要来寺中还愿，到时你可求她，若老夫人能为你修书一封，岂不幸哉？"

　　高桥听了，十分高兴。于是，一宿无话。

　　且说次日中午，柯家人果然来了，几乘车马缓缓而来，智臻长老远远地迎着。到了近前，管家柯胜上前和长老打招呼，其余人等亦步出车轿和长老相见，然后智臻长老在前引路，老夫人林氏率众女眷随后跟行。

　　原来，少夫人黄薇淑生下一男婴，柯府一面修书送至京城报与柯玉井，一面又忙着到寺里还愿，因薇淑怀孕时，老夫人曾在菩萨金身面前许下，若是儿媳生下男婴，定到寺里烧香还愿。

　　待拜完菩萨，又给寺里舍些灯油钱，智臻长老忙将女眷们安置到禅房中歇息。智臻长老过来道喜，林氏笑道："还不是托菩萨的福？"智臻长老笑道："一切皆是老夫人修来的福分。"又说笑了一会儿，智臻长老道："老夫人一向行善积德，如今有一桩事，不知老夫人可否行个方便？"林氏笑问道："不知是哪一桩，不妨说来听听。"智臻如实相告，并要求林氏能修书一封。林氏听了，笑道："原是奉菩萨的事，怎么能不愿意？只是……"智臻长老忙问只是什么，林氏道："只是井儿才疏学浅，他那点本事，怕人家高御医瞧不上。"智臻听林氏如此说，方放了心，笑道："老夫人言重了，若是高桥跟了玉井，那是高桥修了八辈子的福分。"林氏道："长老如此看重井儿，但愿井儿别辜负了人家的辛苦。"转而又道："至于修书的事就免了吧，过段时日，正好我儿媳薇淑要去京城团聚，让他跟随着，路上彼此也好有个照应。"智臻长老听了，忙替高桥谢了。老夫人林氏又吃了几杯茶，见已无他事，起身告辞，智臻长老又亲自送出寺外。

　　且说高桥知道心愿已了，十分高兴，就盼望着柯家少夫人早些去京城团聚。于是，一边苦等出行的日子，一边也和太子李鲜一道参禅打坐，陪伴晨钟暮鼓。一晃七七四十九天即将过去，柯府那边还未见动静，高桥急了，央求智臻长老遭人上门打听。长老派去一个小沙弥问话，不久回来，说老夫人有交代，说孙少爷太小，怕经不起路途颠簸，再缓些日子。高桥无奈，只得再等，又是一些日子过去，李鲜代母吃斋念佛时日已满，李干已派使臣来催太子速速回国。高桥见了，叹口气道："如此念几句经，吃几天斋，也算尽孝道？"太子惊闻，问道："那依高兄之见，何以算作孝道？"高桥道："我见你悟性极高，不如与我一道前去京城拜柯玉井为师，那时，你有了高超的医术，还怕你母后生病不成？"太子低头细思，心道："高桥之言有理，我朝鲜国虽不缺名医，然医术却不能与大明医生相比。"想到此，遂对高桥道："高兄所言极是，我愿与你一道学医去。"高桥一听，甚是欢喜，一来，他与太子相处日久，已有兄弟情分，二来，学起医来也有个陪伴。

说来也巧，次日，柯府下人来告之智臻长老，说少夫人近日要去京城，请高御医早做准备。于是，高桥和太子二人备好衣物，只等出发。

少夫人黄薇淑之所以近日要去京城，只因翁万达此次回家省亲，然后要去京城述职，且与家眷同行，黄薇淑与其同往，路中正好有个照应。

话说出发那日，一行人浩浩荡荡，黄薇淑抱着儿子，又带了两个小丫头一路随行，高桥与太子李鲜也一同前往。

且说途经苏州府，一行人择了一家酒楼用餐，用罢餐，高桥要去小解，李鲜要与其一道，两人刚从酒楼出来，忽见两把明晃晃的刀子架在脖颈上，紧接着，两人被强行塞进一辆马车上，飞快地离去。

这边，黄薇淑左等右等不见高桥和李鲜回来，心中甚急。不一会儿，孙二小姐过来，催着上路。小丫头柳烟对黄薇淑道："那两人究竟是何来路，尚不清楚，也许，他俩早已去了别处，也未可知。小姐，我们还是快些跟着翁夫人一道走吧。"

黄薇淑听了，心中虽然觉疑，也说不出什么，怕耽误了大家的行程，只好点头答应。

于是，一行人各自归车轿，向京城进发。

欲知后事如何，且看下回分解！

第十四回　排众议太后获救　谢皇恩玉井擢升

诗曰：

炉底金丹妙入神，月中玉兔捣成尘。

臣门如市心如水，只要阴功活万人。

话说柯玉井顺利考入太医院，又结识了李时珍，心中很是高兴。没几日，两人已俨然是一对好朋友不在话下。

如今且说太医院里的课共有十三科，名曰：大方脉、妇人、伤寒、小方脉、针灸、口齿、咽喉、眼科、疮疡、接骨、金镞、祝由、按摩。

柯玉井样样学得用功，很令万邦宁满意。这一日，学子们三三两两聚于一处说话，唯柯玉井背了双手，踱至针灸铜人像前，那铜人像如真人一般大小，全身穴位处，皆有小孔。柯玉井正看得出神，忽听身后有人道："柯兄样样科目皆优，为何独钟情于这铜人？"

柯玉井回身望去，见站在身后说话之人乃杨济时，遂笑道："杨兄来得正好，正有不明之处要请教于你。"

这杨济时字继洲，三衢人，世医出身，其祖父曾在太医院供职，并著《集验医方》。幼习举子业，博学能文。只因其祖父辈善使银针医病，柯玉井才如此说。

杨济时道："柯兄过谦了，不知你要问何问题，不妨说出，一同探讨。"

柯玉井道："针，即针刺，以针刺入人体穴位治病。实在是奇，不知它依据的是何道理？"

杨济时道："或许老师很快就会讲到你问的问题。"

柯玉井道："杨兄世代善针，这个问题应该难不住你，我只不过是想早些儿知道罢了。"

杨济时道："既如此，我就冒昧说了。它依据的是虚则补之，实则泻之的辨证原则，进针后通过补、泻、平补平泻等手法之配合运用，以取得人体本身调节之反应。"

　　柯玉井听了，连连点头，笑道："有道理，它和灸几乎有着同工异曲之妙。都是刺激体表穴位，靠全身经络调整气血和脏腑的功效，从而达到'扶正祛邪'、'治病保健'之目的。"

　　"两位学兄的高论实在是精妙！"

　　两个人正自说着，忽听身后传来掌声，两人不约而同地转过身去，见拍掌之人乃是顾定芳，顾太医。

　　顾定芳乃上海人氏，四十开外的年纪，身高七尺，鼻直口方，一缕长髯飘洒胸前，大有仙风道骨之范。

　　柯玉井和杨济时赶忙上前见过，只听顾定芳道："针灸之法虽有同工，但亦有异曲，且曲高和寡，识之者甚少。"

　　柯玉井和杨济时二人忙行礼，同声道："望顾太医不吝赐教！"

　　顾定芳哈哈一笑，正要说话，忽见万邦宁走入，冲自己招招手。顾定芳不知发生何事，急忙跟着万邦宁来到院中。只见院外已聚集了许多太医，万邦宁也不说话，在前引着众太医直奔太和殿而去。这边，柯玉井和杨济时等人望着太医们远去，各自心中有数，定是宫中出了什么大事。

　　太医们去了半日，方才返回，柯玉井见他们个个脸挂冰霜，无精打采，心道："太医们个个如此神态，定是遇到了难医的病人。"

　　柯玉井分析得果然没错，不一会儿，李时珍面无表情地走向太医院，正好和柯玉井打了个照面。柯玉井笑道："东璧兄何以如此？"李时珍见四下无人，低声道："窝火。"柯玉井道："为着何事？"李时珍道："皇太后凤体欠安，延治一月有余，却不见好。适才皇上把太医们都招了去，众人竟然拿不出一个像样的方子来。"柯玉井问道："先前的方子都不管用？"李时珍气道："所用之药都是《证类本草》上的，我早说过，那上面的药物有诸多的残缺之处，并不完善。可他们偏不听，只顾对照着开方。"柯玉井先前听说过《证类本草》，此为宋人唐慎微编撰的一部药书，虽为听说，却并未亲见，如今听李时珍如此一说，甚觉奇怪，遂问道："那皇太后现在病情如何？"李时珍道："病况每日愈下，甚为严重。"

　　柯玉井听了，又问："太后乃何样症状？"

　　李时珍道："突然发热，常伴有呕吐，嗜睡，头痛、怕风，然神志清醒。"

　　柯玉井听罢，双眉紧锁，不再作声。于是无话。

　　及至下午，太医们又被圣上传去，见仍无好的方子，不免圣怒，大骂群医无能，直吓得众人唯唯诺诺，战战兢兢。嘉靖怒斥道："若今日再拿不出好方来，定治汝等重罪！"

　　万邦宁等人答应一声，退出大殿，然后齐聚太医院商量医案。

　　万邦宁道："众位同仁，皇太后病况每日愈下，我等食皇禄，沐皇恩，却不能解太后之疾，化皇上之忧，实在愧对太医二字。如今圣上龙颜大怒，限定良方之期，望各位竭力献策，不辱皇命！"

　　万邦宁言罢，扫视群医。众太医也知道，若今日拿不出良方来，皇上定不会依，到时后果不堪设想。于是，拿出从前的那些医案来，商讨如何改进。可商量来，商量去，却仍无结果。

　　恰在此时，门被推开，柯玉井走了进来，众人见他眉扬眼舒，一副轻松的模样儿。这太医中间，有识得他的，也有不识得他的，个个眼带疑惑，不知此人闯进来是为何事？

　　万邦宁问道："玉井，此时太医们正在商讨医案，你因何故，胡乱闯入？"

　　柯玉井道："众位老师可是为太后的医案在商讨？"

　　万邦宁道："正是。"

　　柯玉井道："我有一方，可医太后之病。"

　　此语一出，太医们神情各异。万邦宁、李时珍等人知道柯玉井医术非平凡之辈，而另一些太医不认识柯玉井，便私下里打听，得知柯玉井是刚入太医院的学生时，面现不屑之色。

　　万邦宁道："玉井，说说你的良方。"

　　柯玉井道："太后之病邪在卫气。我以'五运'、'六气'推算出今年将是雨水多多，湿气重，太后必是患了'暑瘟'无疑。当以白虎加苍术汤化湿清热便可。"

　　太医们闻言，皆是诧异，太后之病焉能望天推测，简直是一派胡言！

　　万邦宁也很诧异，急忙问柯玉井道："玉井，你没有弄错吧？"

　　只见柯玉井笑道："为皇太后医病，人命关天，岂能视为儿戏？"

　　见柯玉井一脸认真的样子，再听听他所说的话，也知道事关重大，并非一派胡言，万邦宁心道："玉井一向谨慎，既然他说管用，应该是可行的。可是，万一这件事要是弄得不好，不仅他有杀身之灾，大家也都会跟着领祸。"

就在这时，就听一太医冷笑一声道："你一个小小的太医院医丁，能有什么良方？要是弄砸了，你想让我们这些太医都跟着蹲大狱不成？"

这名太医说的没错，论资格，太医院里有院使、院判、御医、医士、吏目等，哪里能轮得上你一个小小的医丁出来论医方？你这不是分明是在给太医们出难题吗？不过，难题是你出的，至于太医们愿不愿意接，那就另当别论了。

另一位太医也冷笑一声，问柯玉井道："你见过皇太后吗？"柯玉井摇头道："并未见过。"那太医笑道："这望闻问切的医病之理，你自然是晓得的，既然连皇太后的面都未曾见过，你又何来什么良方？"

太医此言一出，顿时议论纷纷。

再看柯玉井，一脸之坦然，笑道："我与太后不曾谋面，此话当真。然，悬丝诊脉，是太医们的绝活，此话也不为假吧？"

太医们一听此话，顿时哑然。

柯玉井之言，意在平日里，太医们给皇妃们医病，哪个敢一睹娘娘们的芳容，还不是私下里向服侍娘娘的太监们打听，娘娘所患何病，或是娘娘有哪些症候。等到给娘娘看病之时，再装模作样地来一个悬丝诊脉，然后开出方子来。

万邦宁见状，不由心下释然，知柯玉井必有绝对把握，方敢出此言。于是，把院使许绅拉至一旁，小声商量。万邦宁道："柯玉井乃世代为医，且医术高超，百姓口碑甚好。只因这个缘故，我才推荐他来太医院深造。他今日之言，我相信他自有妙方在胸，不如权且相信他一回如何？"

许绅很是有些作难，小声道："此方实乃险方，万一到时惹出乱子来，你我都吃罪不起。"

万邦宁道："此方虽险，但实属无可奈何。"又道："若他能治愈皇太后之病，则皆大欢喜。若他的方子无效，到时就说是我所开之方，与他人无关。"

许绅见皇上所给的时辰即将到点，太医们也未能拿出什么良方来，与其坐以待罚，不如冒险一试，便道："看来也只能如此了。"

于是，万邦宁散了众太医，然后和许绅一道来到皇上寝宫，见到圣上，说以白虎加苍术汤可医治太后之病。嘉靖帝听了，未及细问，遂吩咐照方医病。皇太后服了药，只觉神清气爽，病早已离体而去。

嘉靖帝得知皇太后康安的消息，很是高兴，急忙传万邦宁和许绅上殿问话。嘉靖帝笑道："万爱卿，许爱卿，皇太后如今病体转好，全是二位爱卿之功。朕今日要好好嘉奖二位爱卿。"

万邦宁和许绅见圣上如此说，二人十分欢喜，却不敢贪功，只好如实相告。嘉靖听了，问道："柯玉井是谁？"万邦宁又如实相告。嘉靖帝笑道："我朝竟有如此能医，实在是万民之福。好，宣柯玉井进殿见驾！"

须臾，柯玉井进到大殿之上，面对圣上，柯玉井跪下，高声呼道："吾皇万岁，万万岁！微臣柯玉井见过万岁。"

嘉靖道："柯玉井抬起头来。"

柯玉井回道："微臣不敢。微臣容貌丑陋，怕冲撞了万岁。"

嘉靖道："恕你无罪。"

柯玉井说了声谢万岁，然后抬起头来。嘉靖见柯玉井长得一表人才，甚是喜欢，问道："柯爱卿请起。朕问你，皇太后医病的药方是你所开？"

柯玉井站起道："回万岁，正是。"

嘉靖问道："柯爱卿，你是如何想到要用此方的？"

柯玉井如实说了。

此时，站在一旁的严嵩父子忽然发现，这个柯玉井怎么这般眼熟，严世蕃突然想起来，眼下的这个柯玉井正是帮着海瑞查出真凶六姨太的那个仵作。事后，严嵩父子四处打听，想知道那个仵作为何人，可查了很久，也未查出个子丑寅卯来，没想到，他竟待在太医院里。严嵩望望严世蕃，严世蕃知父之意，遂用手指悄悄在父亲的手心里写道："就是他。"

严嵩确定面前的柯玉井就是那个仵作，直气得肝肠寸断，咬碎钢牙。当即站出来对嘉靖帝道："万岁，这个柯玉井大逆不道，竟以巫术给太后医病，使我堂堂大明太医院蒙羞。万岁，应该将柯玉井推出去斩首，以儆效尤！"

严嵩此言一出，他的党羽们便也都纷纷附和。许绅吓出一身冷汗，万邦宁见状，知道大事不好，正要上前担责，就听柯玉井道："启禀万岁，微臣有话说！"

嘉靖准允，柯玉井道："行医之人虽讲究望闻问切，但也应顺天察运，随机达变，因变求气，择药医病才是。正所谓天人合一，古人尚有'推天道以明人事'之论，微臣也不过是察天观地，寻出病因，医好太后之病罢了，难道此为巫术？从而要治微臣之罪？"

嘉靖帝听了，大笑，鼓掌道："言之有理。行医的最高境界莫过于此。"

只听严嵩奏道："万岁千万别被柯玉井的妖言所蒙蔽，他这不过是一时蒙混过关而已，纯属巧合！"

话音刚落，就见一小太监急急走到龙书案前，对嘉靖小声道："万岁，皇太后她又生症候了，几个太医都看过了，却未查出是何病因。"

严嵩听得真切，不由心中暗喜，忙奏道："万岁，柯玉井不是能望天察地吗？既有如此本事，何不令其当场为太后断病？"

嘉靖问柯玉井道："柯爱卿，你说太后这又是生了何病？"

柯玉井道："不知太后是何症状？"

一旁的小太监道："头昏脑胀、目光呆滞、食欲下降、倦怠无力。"

柯玉井道："万岁，听闻紫禁城外新近移过来的牡丹正值花开，若万岁能陪着太后一起赏花，太后之病必好。"

严嵩一旁冷笑道："一派胡言，难道太后是花痴不成？"

柯玉井回道："臣不敢，此话乃严太师所言。"

嘉靖狠狠瞪了严嵩一眼，严嵩自知失言，吓得再也不敢出声。嘉靖道："就依柯爱卿之言，退朝！"

且说嘉靖果真依了柯玉井之言，带了皇太后去紫禁城外赏花，一路之上，免了诸多礼节，热热闹闹，好不开心，及至回到宫中，太后之病已是好了大半，又过了两日，已是痊愈。

嘉靖很是高兴，将柯玉井召至殿前，对柯玉井道："柯爱卿，为何赏花就能治愈太后的病？"

柯玉井回道："回万岁，皇太后只因久居深宫，闷久病生，加之用药，不见起色，心病加深。让万岁陪她赏花，太后心情自然会好，所以病也就随之而去了。"

嘉靖笑道："柯爱卿的医术果真了得，朕就升你为太医院御医。"

柯玉井连忙跪下谢恩。

及至回到太医院，万邦宁得知皇太后病已好，且柯玉井又升为御医，万邦宁很是高兴，心上悬着的一块石块总算落了地。忙问柯玉井究竟是如何用赏花医好太后之病的。谁知这一问，有分教。

欲知柯玉井说出何话来，且看下回分解！

第十五回　报旧怨密室设计　握把柄奸相弹劾

诗曰：

微生祖龙代，却思尧舜道。

何人仕帝庭，拔杀指佞草。

奸臣弄民柄，天子恣衷抱。

上下一相蒙，马鹿遂颠倒。

且说万邦宁问柯玉井究竟是如何用赏花医好太后之病，柯玉井遂如此这般地说了。原来，柯玉井对万岁所说并非实情。他之所以如此医病，乃是因为那皇太后并非嘉靖帝亲母，嘉靖做了皇帝之后，想迎亲母蒋妃以皇太后之名进宫，那皇太后与大臣杨廷和哪里肯依？二人联手力拒。皇太后心道："一宫焉能容两个皇太后？若蒋妃进宫，用不了几日，哀家定会被打入冷宫。"嘉靖无奈，只好奉其母为"兴国太后"了事。虽然事情已过，可皇太后每日心神不宁，总担心自己的太后之位有朝一日不保。日久天长，心事成疾。如今让嘉靖陪她赏花，自然少了顾虑，心情大好，病也就自然消了。

万邦宁听了，连声称妙，遂摆宴庆贺柯玉井擢升为御医，席间，众人赞美之词自不待多言。

如今单说奸相严嵩在朝堂之上认出柯玉井，心中甚是暗恨，回到家中，闷闷不乐，下人端上美酒佳肴亦是无半点食欲。他挥挥衣袖，令下人将食物撤下，两个奴婢遂端着酒食躬身退出。恰此时，严世蕃走进，一见爹爹微合两眼，双眉紧锁，便已知爹爹心中所想何事。

严世蕃走至爹爹严嵩近前，弯腰故作糊涂道："爹爹不吃食物，所为何事？"严嵩听见说话，睁开双眼，望着严世蕃，微叹一声道："可恨那忤作竟是海瑞找来的太医院的学生。"严世蕃笑道："我就知道爹爹是为此事烦恼，爹爹不必介意，一个区区太医，又怎能斗过你我父子？"严嵩听了，点头称是。严世蕃又笑道："爹爹近日为诸事烦恼，为了让爹爹开心，孩儿今日特在园中搭一戏台，请来当今名角草儿青和芍药红，来演唱爹爹创作的《推车送皇粮》。"

严世蕃所言的《推车送皇粮》乃是奸相严嵩为了取悦世宗皇帝，亲自所作的大赞百姓爱大明积极送皇粮的剧本，再配以山西号子，命名为小车调。剧本写出，却整天想着如何整那些不听话的大臣，竟把此事给忘记了。不曾想，儿子严世蕃竟将剧本搬上了舞台，实在是高兴至极，当下将心中不悦之事一扫而尽，随严世蕃一同来到园中。

奸相严嵩的园子极大，那园中假山绿水、亭台楼榭，自不消说，单是那房舍屋宇、奇建异筑，足以令人叫绝。且说奸相严嵩父子携着奸臣佞党穿花度柳，抚石依泉，向园中走来。但见一座偌大的戏台摆在一座名曰"聚英楼"的楼房前，此时，戏台上，早已是鼓乐喧嚣，笙歌聒耳，台下也早已坐满达官贵人家眷，就连严府的下人们也得到宽待，能够坐在台下开心看戏。

严嵩一行人在"聚英楼"上坐下，楼窗正对戏台，严嵩高座首位，其余依次而坐。一行人刚刚坐下，但闻一阵鼓点如暴雨倾下，接着，一青衣花旦出场，一亮嗓，台下掌声如骤，就连严嵩也喊了一声好。紧接着，那青衣小旦，抖罗袖，迈莲步，朱唇闭合之间，将严嵩的小车调唱得是有板有眼儿，直喜得严嵩摇头晃脑，抚掌击节。

严世蕃见爹爹如此好兴致，对爹爹笑道："此小旦便是京城花旦名角芍药红。"严嵩听了，笑道："果然名不虚传，唱得好！"严世蕃听爹爹如此说，一挥手，一帮丫鬟、小子们捧着酒食上来，摆了满满一桌，十分的丰盛，真个是：屏开金孔雀，褥隐绣芙蓉，龙盏凤碟盛奇品，百味佳肴羞御膳。

只听严嵩道："此刻果真腹饥。"又道："佳肴美酒，袅袅仙音，即使天上神仙也不及我等过得快活。"

一听严嵩此言，众官个个举杯，向严嵩敬酒道："相爷文章词藻，音律妙曲，天下无双！"

严嵩也举杯在手，听着奸党们的献媚邀宠之词，心花怒放。

此时，只听台上声乐一转，草儿青上场，草儿青唱词一出，又是满堂喝彩。严嵩等人一边听着戏文，一边把酒换盏，好不快哉。

酒过三巡，菜过五味，严嵩忽然发现秉笔司礼小太监冯保未来，不禁双眉一皱道："为何冯公公未来？"

众人听问，个个面面相觑，赵文华赶紧起身回道："回禀相爷，冯公公今日身体有恙，不能前来，他托我告知相爷。谁知这里一热闹，我竟将此事给忘记了，小的真是该死！"

听赵文华如此一说，众官悬着的心放了下来，众人笑道："如不是他有病，纵使借他个胆儿也不敢违抗相爷之令。"

严嵩听了，脸上方有了些许笑意，只是这笑容转瞬即逝，众人不知相爷又要为何事发难，个个心中慌然。只听严嵩道："身在内宫，太医甚多，难道还治不好他那一点微疾？"

赵文华赶紧道："相爷不知，冯保此次生病非同寻常，据说已经换了两个太医，药亦用了一些，只是病情不见好转。"

严嵩道："有请那个柯玉井看过吗？"

此语一出，严嵩就觉心中一痛，将握在手中的酒杯往桌子上用力一放，直把众官吓得不轻，个个胆战心惊。

赵文华正要回话，严世蕃赶紧使个眼色止住，只听严世蕃对众官笑道："今日各位大人都在，且去密室，有要事相商。"

众官不知所为何事，急忙起身，随在严嵩父子身后向密室走去。

这"聚英楼"之所以如此命名，就是每当有大事，严嵩父子都会率党羽们在楼中的一密室里商议。

待众官落座，严世蕃便将柯玉井如何帮助海瑞与严府作对，相爷欲除之而后快之事和众官说了。

一听严世蕃此言，众官恍然大悟，纷纷献计献策。有人道，直接派刺客将其杀了。有人道，不如将其引出城外活埋了……如此这般，七嘴八舌，乱说纷纭。

只听严世蕃道："尔等皆为猪脑，枉费了相爷平时的教诲。那柯玉井今非昔比，圣上如今甚是重用于他，岂能如此鲁莽杀之？"

众官听了，顿时哑然。

那赵文华坐在一旁，一直未语，今见严世蕃骂了众官，不禁大喜，心道："我赵文华立功的机会到了。"想到此，遂对严嵩父子道："下官倒有一计谋，不知当讲不当讲？"

严世蕃白了赵文华一眼，恨恨道："有屁就放，何必要装着酸酸的斯文，我就最见不得你这种模样！"

严嵩瞪了严世蕃一眼，对赵文华笑道："文华一向做事谨慎，才谋过人，不妨说出，大家计议。"

赵文华道："正值冯公公生病，不妨让他找柯玉井医病……"

赵文华话未说完，严世蕃急忙打住道："你这也叫计谋？那柯玉井并非卖狗皮膏药的江湖郎中，就冯公公那点病，找柯玉井医，还在话下？"

严嵩又是狠狠瞪了严世蕃一眼道："你让文华把话说完！"

严世蕃这才停下，只听赵文华道："然后我们在药里做些文章。"

严嵩一听，抚掌笑道："妙计，妙计！"

众官也拍手叫绝。

得到严嵩的夸奖，赵文华那一双小眼睛直欢喜得发绿。

只听严嵩笑道："大家看戏去，外面的好戏应该开始了。"言罢，站起，率先向外走，众官随后而行。

果然，外面戏台上唱得正热闹。

按下严嵩等人看戏不提，且说柯玉井因治愈太后之病有功，被擢升为御医，万邦宁摆酒庆贺。回至家中，柯玉井还在酒意之中，昏昏然，被下人侍候着睡下。睡至正酣，忽被书童旺仔推醒，只听旺仔叫道："大少爷，你快快起来，大少奶奶并孙少爷来了！"

柯玉井原在酒意之中，以为是旺仔有意戏弄于他，微睁双眼，怒道："我方睡熟，你便来捣乱，难道想自寻挨骂不成？"

旺仔道："大少爷，我没骗你，他们已到院中，是翁大人亲自送过来的。"

柯玉井睁大双眼，见旺仔并未有哄骗自己的意思，遂起身，穿戴整齐往外走，刚至门口，果见娘子等人正走进上房，遂急忙过去。在上房，柯玉井见过翁万达夫妇及自家娘子。众人相见，欢喜自不待多言，柯玉井吩咐下人备了丰盛酒菜，为翁万达等人接风洗尘。

翁万达笑道："玉井如今春风得意，途中便听说你治愈皇太后之事，玉井日后定是前途无量。"

柯玉井道："玉井目下一心向医，尚未考虑前程之事。不过，玉井日后的前程还有赖于东涯兄多提携才是。"

翁万达听了，朗声大笑道："玉井弟风格未变，好，好，这才是大丈夫也！"又道："他日若有用到哥哥之时，定当全力相助。"

两人又叙了久别之事，饭罢，翁万达夫妇告辞，柯玉井难舍难分相送不在话下。且说柯玉井抱过儿子，亲热嬉戏一番，黄薇淑一旁冷笑道："真是有了儿子，就忘了夫人。"柯玉井笑道："娘子言重了，玉井岂敢忘了娘子？"说着，一手抱了儿子，一手揽了黄薇淑便要亲，直羞得薇淑粉面通红，连忙用衣袖将脸儿遮住，嗔道："真是不知害臊，竟然当着下人们的面做出如此不耻之事。"

柯玉井笑道："娘子此言差矣，你看这房中除了你我，只剩怀中婴儿，哪里还有别人？"

黄薇淑环视房中，果然只剩下她一家三口。黄薇淑道："那也不行，这本是房中之事，岂能如此随便？"

柯玉井笑道："我刚才亲儿子，你偏要吃醋，看你下回还吃得吃不得？"

黄薇淑闻言，嫣然一笑，不再作声，回至卧房，一宿无话。

话说次日一早，柯玉井来到太医院。须臾，冯保差人过来请柯玉井过去医病。冯保乃河北深县人氏，字永亭，号双林，虽为一名小太监，因他文才出众，被任命为秉笔司礼太监，隆庆及万历年间，皆被重用，此为后话，按下不表。且说柯玉井被一名小太监领着，来到冯保住处，只见冯保正举着右手中指在房间内来回踱步，见柯玉井进来，冯保笑道："柯大太医前来为奴才治病，有失远迎，还望见谅。"

柯玉井见冯保白白净净，中等身材，微胖，一脸的和气，忙回道："公公何出此言，为公公治病，乃是玉井应尽义务。"

冯保笑道："柯太医果然谦逊，好，小奴的病就托付柯太医了。"说着，将举着的中指伸到柯玉井面前道："初时甚痒，一夜间就变得红肿起来，如今却是疼痛难忍，昼夜难安。先前请了两位太医，说此病可以医好，但指甲却会不保。唉哟喂，小奴一向爱惜指甲，你说要是这指甲没了，岂不是要了小奴的命了吗？"

柯玉井闻言，便仔细看那指甲，只见那指甲已经冒脓，知道此为典型的蛇头疔，若是医好，此指甲确实难以保全。柯玉井见冯保如此爱惜指甲，便寻思两全之法。略一思索，方子已是想出，遂对冯保笑道："我便给你开副方子，此方理应可以两全。"

冯保连声道："若是柯太医既能医好小奴的病，又能保全了我的指甲，那真是感激不尽了。"

柯玉井当下提笔开下一方：

> 草河车六钱，黄芩、生山栀、制川军、野菊花、赤芍、半枝莲各三钱，金银花四钱，连翘、紫花地丁各五钱，生甘草、黄连各二钱。水煎服。

冯保接过方子，喜不自禁，连声道谢。待送出柯玉井，冯保望着方子，动起了脑筋。冯保一向与严嵩父子走得较近，如今严嵩交代，要他在医方中动些手脚，整整柯玉井。这冯保十分的聪明，心道："若是真的动了手脚，这受罪的可是自己。"可是，若不遵从相爷之令，后果却是更加遭罪。怎么办？冯保忽然心生一计，何不来个"一女嫁二夫"。

所谓"一女嫁二夫"，便是一副方子来两副药，一副动手脚，一副则煎了医病。如此一来，病也医了，相爷那边也有了交代。

然，此方又怎样个动法？冯保双眼紧盯方子，忽然喜道："有了。"

但见冯保急急来到御药房，御药房的一个小太监和冯保关系甚密，冯保拿出药方，递与那名小太监，然后又将嘴巴贴到小太监耳边，如此这般地交代一番，小太监听了，不住地点头。

取了药，冯保回到家中，将两副药分别煎了，一副喝下，一副悄悄地倒掉。过了几日，手指好了许多，冯保却故作呻吟，假装呕吐，直嚷肚子痛。然后派了名小太监去找柯玉井，柯玉井听小太监如此一说，吓了一跳，明明是对症的方子，为何会发生如此之事？急急跟了小太监来到冯保家中。那冯保见柯玉井来了，一面大声叫嚷喊痛，一面用手捂了肚子，作呕吐状。柯玉井连忙上前验看，那冯保自然不会将手指递与柯玉井，只是一味喊天叫地，柯玉井无奈，唤过一名小太监，把冯保吃过的药渣拿过来，一一验看，这一验看不要紧，顿时吓得冷汗直流。原来这药里竟然有一味药是拳参，这拳参别名又叫草河车，而柯玉井药方中的草河车却是七叶一枝花。柯玉井心中暗道："不好，准是御药房的公公将这两种药弄混了。"想到此，急急修了药方，一面让一名小太监去御药房取药，一面取了银针给冯保止痛。冯保本是故作模样，被柯玉井一针刺下，却是真的痛了，大张了嘴，叫痛不已。

却说冯保待柯玉井离开之后，不由暗自发笑。原来，冯保不仅文才出众，且粗通医理，他见药方中有草河车，遂想到这同名的草河车有两种不同的药物，于是，便想出了如此妙计。

冯保见此计已成，立即拿了药方及药渣来到严府。严嵩见了，喜不自禁，朗声大笑道："柯玉井啊，柯玉井，你当初帮得了海瑞，今日老夫倒要看看，海瑞能否帮得了你？"言罢，提了证物便上朝面圣，状告柯玉井。

且说奸相严嵩见到世宗，拿出证物，将柯玉井如何给公公冯保治病的经过一五一十地说了。然后，请求世宗将此种视人命如草芥的太医逐出太医院。

世宗听罢，龙颜大怒，传太医院院使许绅及院判万邦宁立即进殿见驾。许绅不知圣上所传为了何事，急急忙忙赶往大殿。此时，万邦宁却是吓得面如土色，因为他已经知道柯玉井给冯保医病一事。原来，柯玉井那日发现药方出错之后，回来时便将此事告诉了恩师万邦宁。万邦宁听了，额上顿时冒出冷汗，这太医院可非同别处，若是用药有误，轻则受罚，重则人头落地。柯玉井听恩师如此一说，亦是惊出一身冷汗。好在，此事已处置妥当，并未发生命案。谁知今日圣上又龙颜大怒传他和院使二人上朝，这其中原委定与柯玉井医案有关。想到此，万邦宁心中暗道："以今日之势，看来是福不是祸，是祸躲不过了。"

许绅和万邦宁进到朝堂，见到圣上，双双跪下，三呼万岁。只见世宗用手一拍龙书案，怒道："你二人可知罪否？"

许、万二人浑身颤如筛糠，结结巴巴不知如何回答是好。

欲知后事如何，且看下回分解！

第十六回　弑君案血溅宫廷　受封赏御敌边疆

诗曰：

宿空房，秋夜长，吃桑饮露堪凄凉。

点孤灯，流星短，弑君杀王人心险。

话说许、万二人正不知如何回答圣上是好，忽听世宗道："柯玉井为冯保医病，用错方药，你二人可知晓？"

许绅一听，连忙叩头，疾呼道："万岁，臣对此事绝无半点知情！"许绅所言乃为实话，此事他真的是半点不知。万邦宁是老实人，因此事他已经知晓，今日世宗问起，他不敢有半点隐瞒，据实回禀。

世宗听了，怒道："依照律例，此事该如何处置？"

万邦宁忙叩头道："万岁，念在柯玉井初犯的份上饶过他此一回，也好让他戴罪立功，医治天下患者。"

世宗哼了一声，冷笑一声道："饶过他这一回？说得轻巧。还有你们二人也有失责之罪，又该如何处置啊？"

被世宗如此一问，万邦宁顿时语塞。

世宗正要大发龙威，恰此时，一名太监在他耳边低语了几句，这世宗听了，脸上立时扫了阴霾，起身对许、万二人道："此事朕先给你二人记着，若再有此事发生，朕定治你二人重罪。"言罢，一挥衣袖，回后宫去了。这边，许绅和万邦宁连忙用手擦去额头上汗水，吓丢的七魂才回来六魂。而一旁的严嵩却是愤恨不已，眼见得圣上就要处置柯玉井了，谁料想，那位公公一番耳语，就大事化小，不了了之。心中暗道："真是气煞老夫了！"

严嵩不知其中原委，原来世宗皇帝笃信道教，好神仙老道之术，一心求长生不老。此时，恰逢那炼丹道士炼好丹丸，盼着万岁快些服用，便差了小太监来回万岁，世宗闻言，心花怒放，哪里还有闲心管此不痛不痒之事，遂敷衍几句，草草收兵，享用丹丸去了。只将三人丢在朝堂之上，庆幸的庆幸，生气的生气，不在话下。

且说柯玉井经此一遭，行医治病甚是小心谨慎，不敢有丝毫马虎。是日，柯玉井为景王医病回至太医院，忽见李时珍迎将过来。李时珍将柯玉井拉过一旁，悄声相告，他已获得准允，不日回乡。柯玉井听了，吃了一惊，急忙问几时回。李时珍笑道："再也不回，从此做一逍遥民医。"柯玉井不知就里，问道："凡事皆有因果，不知你究竟是为了哪一桩？"李时珍叹道："为御医者，处处风险，如履薄冰。好比兄此次刚刚逃过一劫。"柯玉井道："此话虽甚为有理，然，你此一走，不知何时方能相见？"李时珍道："海内存知己，天涯若比邻。你我兄弟有缘，他日定能再相见。"见柯玉井一脸不舍之情，李时珍方道出此次回乡原委。原来自那日为皇太后医病，李时珍因见太医们药方中的用药多为《证类本草》上的药草，而《证类本草》上的药草则多描述不详，且有错误之处，便暗下决心亲写一部完善本草，目下已想好书名，命其名曰《本草纲目》，主意一定，立刻行事，只待放歌乡里。

柯玉井听了，对李时珍更加敬佩有加，虽分手有些不舍，但还是十里长亭送别。

且说黄薇淑早早起床，对镜梳妆，丫头柳烟走进，从黄薇淑手中接过梳子，帮小姐仔细梳理头发。

梳完头发，又将那金银头饰小心插好。对着镜子，柳烟小嘴儿一抿，扑哧一声笑出声来。黄薇淑道："你无端地笑什么？"柳烟笑道："小姐自生了小少爷，愈发地漂亮了，无论怎么瞧，都看不出是少夫人，分明还是大小姐。"黄薇淑嗔道："你个小蹄子，嘴巴越来越会说话了，当心甜话多了，哪日腻了你的舌头。"柳烟嘻嘻笑道："我说的是大实话，小姐偏要说我是献媚取宠儿，真真的是伤了柳烟的心。"黄薇淑听柳烟如此说，站起来抓住柳烟的胳膊，笑道："你个小蹄子，哪个说你是献媚取宠了？分明是要逼着我受用你的话，真是拿你没办法。"柳烟故作委屈道："柳烟说的是实情，受不受用，柳烟哪里敢逼着小姐呢？"黄薇淑笑道："好了，今日我有兴致，你帮我取笔墨纸砚来，我先填词，然后谱了曲子，尽兴弹上一曲。"柳烟抚掌道："好啊，好啊，好久没听小姐弹曲子了。"说罢，乐颠颠地去取了笔墨砚纸砚，一边研墨，一边看小姐凝眉想词。

待墨研出，词已成句，但见黄薇淑挥毫书道：

> 春风拂柳花迎眼，缓步芳丛，力尽未觉远。
> 凤尾枕孤帘已卷，京师漫效扬州暖。
> 花间蜂蝶隐复显，真个有趣，莫问深和浅。
> 花红柳绿千叶展，怎能不把愁思减？

柳烟看了，抚掌嚷道："小姐作的真是一首好词儿。好一个花红柳绿千叶展，怎能不把愁思减？"

"让我看看，是怎样的一首好词？"

柳烟话音方落，忽听身后传来一男子的声音，急回身看时，却是柯玉井。

原来，柯玉井夜宿书房，秉灯夜读，及至三更天方伏案而睡，刚刚起来，院中散步，就听柳烟抚掌叫好，急忙赶过来看。

柯玉井走到书案前，俯身细读，亦连连称赞。

只听黄薇淑道："柳烟，你和芍药两人把琴抬到后花园中，今日让我兴致一回儿。"

柳烟和芍药两人答应着，就去抬琴。柯玉井对黄薇淑道："娘子好久没有如此雅兴了，为夫今日且慢些去太医院，也好品听娘子的仙曲儿。"

黄薇淑笑道："难得相公今日有如此的雅兴。"言毕，二人径往后花园而去。此时，柳烟与芍药早已把琴摆好，黄薇淑便坐下抚琴，柯玉井一旁相陪。

黄薇淑一边操琴，一边浅吟低唱，一曲终了，柯玉井与柳烟等人皆抚掌叫好。黄薇淑见柯玉井如此开心，心中甚是高兴。因她连日见柯玉井心情抑郁，虽多次相问，柯玉井皆言身体欠安，并无别事。黄薇淑天生聪慧，知道相公定是遇到了什么难事，以至郁闷于胸，于是，便想到了作词，抚琴，给相公解愁。今日，柯玉井果然露出久违笑容。

话说柯玉井听罢一首曲子，正要告辞去太医院，忽听柳烟和芍药嚷道："快看，蝴蝶！"柯玉井循声望去，果见一蝴蝶风筝正在头顶上方飘荡，正看得兴致，只见那"蝴蝶"忽一个跟头跌下来，落在园中松树枝丫上，颤动了几下，再也不动了。

柯玉井道："好漂亮的风筝，只可惜了那放风筝之人，此时定在园外着急。"说着，走过去要解那挂在树枝上的风筝，偏那风筝挂在树梢上，却是无论如何也够不着。黄薇淑笑道："相公不如爬上树去，否则又怎能将风筝取下？"柯玉井道："你道我是顽童，会调皮爬树？"两个人正取笑着，柳烟取来一根竹竿，往枝头上只一挑，"蝴蝶"便翩然落地。柯玉井将风筝拾起，拿在手中，一面命芍药去吩咐备轿，一面向娘子告别。

柯玉井刚至院中，就见轿夫已备好了轿子，柯玉井吩咐轿夫到院外候着，自己则拿了风筝去院外寻放风筝之人。

走不几步，只见后花园墙外站了两人，正向墙内顾盼张望，柯玉井见此二人，一人小丫头打扮，一人却是大户人家小姐打扮。柯玉井正要上前问个端详，那小丫头眼尖，跑过来，一把从柯玉井手中抢过风筝，急急地道："大人，这风筝是我家小姐的。"那一旁站着的小姐则仔细地打量着柯玉井。

"恩公，怎会是你？！"

那小姐走到柯玉井身旁惊喜地叫起来。

"这位小姐是……"

柯玉井见面前这位小姐容貌姿色端庄美丽，好似在哪儿见过，却又一时想不起。

只听小姐道："柯公子记不起我了？我是隐娘啊。"

一听隐娘二字，柯玉井忽然记起，惊道："杨小姐怎会在此处？"

隐娘听问，垂泪道："自那日与公子一别，再无相见，心中甚是挂念。虽四处寻你，却是无果而返。今日与小丫头一块儿出来放风筝散心，不曾想，线儿断了，却意外寻到了风筝，竟在此处见到了公子。这真是有心插柳柳不活，无心插柳柳成荫。"言毕，已是流下两行珠泪。

柯玉井见状，赶紧说些安抚的话，谁知这一安抚不要紧，那隐娘却是哭得更甚，竟伏在柯玉井的肩上抽泣起来。

隐娘如此动情却是有因。那日，她被柯玉井相救，因见柯玉井乃脱俗超凡，仪表堂堂之人，早已心中钦慕，芳心暗许。不料，自第二次分手之后，却再也寻他不着，直把隐娘煎熬得茶饭不香，孤枕难眠。且说冬去春暖，红杏越墙，隐娘忽生一计，何不放只纸鸢，城内寻郎？一来，看上去是大家闺秀的闲情逸致，二来，城中漫步，说不定就会有有情人终能相逢的事。今日果真见到了心上人，怎能不香泪潸然？

这边是别后浓情，那边院门前却有一人倚门含泪。此人不是别人，正是黄薇淑。原来，黄薇淑见柯玉井捧了纸鸢急急往外走，却把纸扇忘在园中，遂拿了纸扇随后追赶，不料，那隐娘依肩垂泪，恰好看在眼中。黄薇淑就觉一阵天昏地暗，勉强扶住门墙，泪水却似江水奔涌。黄薇淑心中恨道："好你个柯玉井，原以为你为别事不顺，心中烦恼，不想竟是为儿女情事所困，好一个负心郎！"想到她与柯玉井往日的夫妻恩爱，更是伤心不已。伤心了好一会儿，黄薇淑复忍痛走回后花园，抚琴唱道：

蝶恋花兮花不语，尽展芳姿，笑看蝶飞舞。
谁想残风加恶雨，花被摧残蝶不起。

人情冷暖原如此，兴尽悲来，盈虚知几许？
瑶琴抚罢情难已，淡洒闲抛酬知已。

按下黄薇淑这边伤心欲绝，独自抚琴吟唱不提，且说柯玉井好生劝慰隐娘，隐娘方止住哭泣，柯玉井又好一番劝慰，才依依不舍离去。见隐娘携小丫鬟离开，柯玉井这才急忙坐了轿子，直奔太医院。

刚到太医院，就见太医院里一片慌乱，几名小太监站在里面尖嗓直嚷："各位太医，快一点啊，要是慢了，皇上的命没了，你们的小命也就没了！"

太医们都急急地随着太监们往乾清宫跑，柯玉井不知发生何事，正待细问，被顾定芳瞧见，一把拉住柯玉井的袖子就跑。来到乾清宫，只见许绅、万邦宁等人早已在此，而且皇后也在此。

柯玉井心道："这乾清宫乃是皇上的寝宫，素日若没有皇上的圣旨，谁人敢入？为何今日竟聚集了这许多人？"

柯玉井正自暗想，忽见许绅、万邦宁等御医跪伏到皇后身前，齐身道："启禀皇后娘娘，臣等无力回天，圣上他……圣上他……"

许绅等人再也不敢往下说，只见皇后娘娘脸色铁青，怒道："若是尔等不能救回圣上，哀家就把你们太医院这些太医和那几个小贱人一起全给活剐了！"

"是。"

许绅等人额渗汗水，战战兢兢起来，复转身去了。

柯玉井暗道："不好，看来皇上龙体定是出了大疾，我得上前探个究竟。"想到此，急忙上前。

这乾清宫西暖阁乃分上下两层，有二十四张龙榻，世宗就睡在第八张龙榻之上。柯玉井走近，就见世宗双眼紧闭，嘴巴大张，脸色青紫，脖颈处有着绳索勒痕。柯玉井见了大吃一惊，心道："难道万岁爷有轻生之念？"却又否定："万岁爷若要轻生，为何还要整天忙着炼丹药求长生不老？难道是有人要谋杀万岁爷？"想到此，柯玉井吓出一身冷汗，这可是诛灭九族之罪，谁人敢如此？柯玉井只觉头皮发麻，不敢再往下想。

柯玉井正自胡思乱想，忽听皇后娘娘又在催问皇上醒过来没有，许绅、万邦宁等人不敢作声。柯玉井见众人已没了主意，此类绳勒脖颈气绝之事，柯玉井却是医过，但，此回乃是一国之君，岂能用那抓头发、按胸等治法？柯玉井忽然想到，恩师等人也正是顾忌于此，所以才无计可施。柯玉井顿时冒出冷汗来，不过，这汗一出，倒是有了主意，于是吩咐小太监速取来皂角、细辛，然后迅速研成细末，如一粒大豆之多，轻轻吹入世宗鼻孔。时辰不大，就听世宗一个响亮喷嚏，忽然睁开双眼，众人急忙跪下，三呼万岁，万万岁。

再说世宗睁开双眼，望了望众人，嘴唇动了几下，又无力合上，皇后娘娘哭道："臣妾救驾来迟，还望皇上恕罪。"

世宗看了皇后娘娘两眼，又慢慢闭上眼睛。皇后知道，此时皇上不宜说话，那脖颈处的勒痕已经红肿。于是，喝令众人退下，又下令许绅、万邦宁并柯玉井留下小心医治。

再说三人留下小心用药，不到半月，世宗已完全康复。见世宗康复，三人悬着的心方放下来。万邦宁对柯玉井道："玉井医治万岁之法，虽然可取，但仍有大不敬之意。"许绅道："不知皇上会对我等如何处置？"

柯玉井并未多想，只是问起皇上因何受到谋杀。

许绅和万邦宁便将事情的起因如此这般地告诉了柯玉井。

原来，世宗听信道士之言，以为未有经历人事宫女之经血可保长生不老，遂大量征召十三四岁宫女，并命方士取了她们的处女月信来制丹药。因要保持宫女洁净，世宗下旨，令宫女们不得进食，只准食桑饮露。宫女们不堪其苦，竟病倒了许多。

　　且说宫女杨金英与杨莲香二人密谋一番，串通端妃曹氏、宁嫔王氏伺机弑君。待夜深人静，宫女杨金英领着十数名年轻柔弱宫女与曹、王二妃，潜入世宗寝宫。此时，正值初夏，世宗因热，一直未睡，小太监侍候在侧，令宫女们不能得手。直到天明时分，世宗入睡，太监退出寝宫，只听杨金英轻声道："快些下手杀之，强如死在他手中！"于是，宫女们或蒙面，或按腿，或拉胳臂，另几个将绳子套在世宗脖子上使劲勒。因天色已明，加之一时慌乱，绳子竟结成死扣，无法勒紧，世宗未被勒气绝。而此时，曹、王二妃一看事态不妙，于是扔下其他宫女，慌忙跑去告之皇后，想以此得以宽恕。皇后听了，立即带人赶到。

　　柯玉井听了，道："若不是那绳索结了死结，圣上此次定难逃一劫了。"

　　万邦宁道："万岁逃了一劫，如今那几名宫女却要粉身碎骨了。"

　　许绅道："还不知圣上将会如何处置你我等人。"

　　一听此言，俱沉默不语。

　　且说世宗康复之后，立即下旨，将杨金英等十几名宫女并那曹、王二妃，截断四肢，割断咽喉，凌迟处死，另有牵连其案致死者不下百人。一时间，人心惶惶，恐受其累。

　　这日，世宗传许绅、万邦宁并柯玉井三人进殿面圣。三人进到大殿之上，只见文臣武将分列两旁，世宗端坐龙书案旁。三人跪下，齐呼万岁万岁万万万岁。呼罢，只听世宗道："你三人可知罪否？"

　　此次许绅知道事出何因，忙道："臣知罪！"

　　世宗道："朕遭谋害，尔等另类施救，实在是有辱龙体！"

　　世宗说此话之时，那严嵩站在一旁，把头一扬，一脸得意之色。柯玉井看在眼中，知道又是此贼作祟，遂向世宗道："为万岁医病之人，乃是微臣，与二位大人无关。"

　　世宗道："那你知罪否？"

　　柯玉井正要回话，忽见殿前站出一人，冲世宗道："无量佛，陛下，医道即人道，治病救人乃天道也，柯玉井医好了陛下之病，又何错之有？望陛下开恩。"

　　此言一出，众臣皆惊。柯玉井眼往旁边一瞧，见说话之人乃是皇上从蓬莱山上请来的得道仙人刘道长。

世宗见刘道长出面说情，遂道："依刘道长之言，柯玉井应是有功之臣了？"

一旁的严嵩见刘道长出来说情，心中愤恨，却又不好发作，那刘道长可是万岁爷面前的红人，他严嵩当年之所以能得到皇上的喜爱，还不是因他会写阿谀奉承的青词？如今自己虽是圣上面前说一不二的重臣，但也不能不忌惮眼前这位在圣上眼里爱如珍宝的牛鼻子老道。话虽如此说，但严嵩心中犹有不甘，心道："柯玉井啊，柯玉井，无论如何，老夫也放你不过。"想到此，眼珠子一转，计上心来，遂上前一步，对世宗道："刘道长所言在理，柯玉井应有救驾之功。既有功，就该封赏才是。"

世宗听了严嵩之言，连连称是，正要封赏，就听严嵩又道："万岁，如今边关开战，瘟疫不断，我方将士伤亡甚大。柯玉井医术如此了得，何不将其派往边关灭疫，待其凯旋而归之时，万岁再重重封赏未为晚也。"

严嵩言罢，偷看一眼柯玉井，心道："柯玉井，这回我看你还能否逃过此劫？"

欲知端的，且看下回分解！

第十七回　灭瘟疫英雄凯旋　伤离别义士祭友

诗曰：

燕台一去客心惊，笳鼓喧喧汉将营。

万里寒光生积雪，三边曙色动危旌。

沙场烽火连胡月，海畔云山拥蓟城。

少小虽非投笔吏，论功还欲请长缨。

话说严嵩在圣上面前假意要柯玉井去边关灭疫，其实乃为借刀杀人之计。原来，蒙古首领俺答汗因大明朝关闭马市而兴兵中原，连年战事，烽火不断，瘟疫更是肆虐，百姓生活苦不堪言。严嵩保荐柯玉井戍边灭疫，实乃是司马昭之心路人皆知，即使柯玉井不在刀剑下丧生，也会被瘟疫夺去性命。然，世宗听了，甚是高兴，因边疆疫情令他心烦意乱，如今能派柯玉井这样医术高明的御医前往，岂不是除了他心头之患？于是下旨，令柯玉井速去边关，待立功之后，一并奖赏。

世宗的旨意，虽令仇者快，亲者痛，但柯玉井却不以为然。大丈夫能为国洒血献命，乃人生幸事，小女子李清照尚有"生当作人杰，死亦为鬼雄"做人气节，更何况我堂堂七尺男儿？

回到府上，旺仔见主人平安回来，直欢喜得两泪交流。这旺仔早已不似先前不懂事的顽童，早已出落成俊秀的后生。柯玉井因不见黄薇淑，正四下里打量，只听旺仔道："大少爷，你可回来了，大少奶奶带着孙少爷与柳烟等人回老家去了。"一听此言，柯玉井很是吃了一惊，急问道："老家出了何事？"旺仔摇头道："那倒没有。"柯玉井奇道："既是如此，为何要匆匆离去？"旺仔道："那日因你出门之时，与杨小姐相遇，恰被大少奶奶瞧见。她回来时，大哭一场，又弹奏一曲《蝶恋花》，后又两日不见你回来，就领着他们回老家去了。"

柯玉井急忙来至书房，只见书案上有一首词，及拿起看时，却是《满庭芳》：

> 斜倚院门，风吹倦柳。
> 痴男怨女情深。
> 深闺静寂，心语入弦琴。
> 一曲长亭怨慢，凄韵转，泪水涔涔。
> 此时月，天涯海角，怅惘是何人？
> 无情。
> 心底处，千万疑问，万里迷津。
> 剩浊酒催梦，几许温存？
> 纵使读星捧月，难移却，半朵愁云。
> 轻入砚，墨和香泪，字字奉郎心。

柯玉井看罢，心中已是明白，不禁痛责交加。痛的是黄薇淑乃有孕之身，千山万水，舟车劳顿，却是千般辛苦，万般可怜。责备的是娘子误会了自己，不等自己回来问个明白，便急急抽身而去，是何道理？此时，纵有千般心痛，万般责备皆无济于事矣。柯玉井当下修书一封，将自己来京城路上所发生之事及此次宫廷血案等一一告之娘子，以消除误解。然后令旺仔收拾衣物，备好马匹即日离京奔赴北部边关。

且说柯玉井诸事准备妥当，先与恩师万邦宁辞别，又嘱咐管家元参看好宅院，然后与旺仔各自骑上快马直奔北疆而去。刚出城门不远，就见一鹤发童颜老道手持拂尘，站于路旁，见柯玉井主仆二人走近，单手一揖道："无量佛，贫道在此特为柯御医远征送行。"

柯玉井一见，原来是在朝堂之人为自己说过好话的刘道长，连忙滚鞍下马相见。

柯玉井感激道："玉井何才何德令老道长城外相送？"

刘道长笑道："贫道素闻柯御医一向才思敏捷，文采出众，及到太医院又见你医术不凡，实在是佩服至极。"

柯玉井道："玉井能得道长如此抬爱，甚是荣幸。"

刘道长笑道："今日为柯御医送行，有一件礼物相送。只是柯御医得对出我的上联，方可得此物。"

柯玉井笑道："玉井才疏学浅，还望道长指教一二。"

只听刘道长道："古稀之年长寿犹可笑阎王。"

柯玉井对道："花甲不惑童颜终能寿天地。"

刘道长听了，手拈长髯，颔首微笑。又说出一上联：

得古人风有为有守。

柯玉井略一思忖，对出下联：

唯仁者寿如冈如陵。

刘道长笑道："柯御医果然好才华。"又道："柯御医不惧风险，只知治病救人，实在令人钦佩。我之所以出寿联与你对，乃因听闻你文才盖世，且被你感动。"

柯玉井被刘道长一番话说的是如坠云雾之中，刘道长见他一脸迷惑之色，遂将原委道出。

原来，刘道长于蓬莱山修道，虽已愈百岁之年，却是鹤发童颜，仙风道骨。那严世蕃不知从何处得知，因要讨好世宗，严世蕃遂将刘道长请至京城，然后对世宗谎称刘道长已是成仙之人，会炼不老仙丹。那世宗见了刘道长，果然信以为真，对刘道长恩惠有加，委以炼丹，以求长生不老。谁知刘道长因在宫中时常听闻柯玉井实事求是医病，很受感动，于是向世宗表明人世间只有长寿之理，并无长生不老之事。世宗听了，遂断了求不老仙药之念，一心跟着刘道长学长寿之法。

柯玉井听了，顿悟。

刘道长道："柯御医此去边疆灭疫，定有一番挫折。"

柯玉井闻言，忙向刘道长请教。刘道长笑道："柯御医是有来历之人，虽有惊涛骇浪，但终会风平浪静。"

柯玉井笑道："道长言重了，晚生不过是平庸之辈罢了，何谈是有来历之人。"又道："如今内有奸臣当道，外有鞑虏入侵。又焉能一帆风顺？"

刘道长笑道："非也。内虽有奸臣当道，然，万岁惜你有华佗再世之才，宫中又有太后念你救命之恩，奸臣又能奈你何？外虽有鞑虏侵犯，然，虎狼之师亦不过外强中干罢了。柯御医此去，灭瘟疫之时，当是凯旋而归，升迁之际。"

柯玉井叹道："此番边关灭疫，玉井虽有满怀激情，但心中并不踏实。只有祈求苍天，佑我大明将士。若能救得边关三军将士，玉井愿肝脑涂地，在所不惜！"

刘道长道："柯御医一腔爱国情怀，实令贫道感动。贫道有一治瘟疫秘方，今日送与你，保你边关报捷。不过，只有到万不得已之时，你方可打开来看。"言毕，将秘方递与柯玉井，柯玉井双手接过，施礼相谢。

于是，道别刘道长，柯玉井翻身上马，双拳一抱："后会有期！"一抖缰绳，那马嘶溜一声长叫，腾开四蹄，直奔边疆而去。

一路无话，这日主仆二人正自走着，忽见前方有一村庄，旺仔喜道："如今已是人困马乏，我们何不进村找户人家歇息歇息，也好吃些东西。"柯玉井见离边关已不远，肚中又委实饥饿，便点头应允。

于是，主仆二人打马缓缓进村，一进村，二人的心顿时凉了起来。但见家家关门闭户，主仆二人走遍村庄首尾，竟不见一个人影儿。旺仔叹气道："连一个人影都瞧不见，却是为何？"

柯玉井望着空荡荡的村庄，沉默不语，心中暗道："看来边关疫情比我想像的不知要厉害了多少去。"

二人从村中退出，打马复行，又行了百余里路，虽遇村庄无数，却仍是空无一人。正走之间，忽被官兵拦住，一名小校上前盘问，柯玉井下马，拿出朝廷文书，小校见了，喜道："原来是朝廷所派军医，这下我们大帅有救了！"说着，令两名军士领路，带柯玉井主仆二人去见大帅。

两军士将柯玉井主仆二人带至军营帅帐之中，只见大帅坐在帅师椅上，低头沉思，一名军士上前奏报朝廷所派军医带到。一听此话，那大帅抬起头来，眼光正与柯玉井的目光相遇。

"是你！"

大帅和柯玉井同时叫道。

大帅竟是翁万达。

且说两人惊喜之情难以言表，翁万达起身离开帅师椅，走到柯玉井跟前，两人双手紧握，眼含泪水。翁万达道："说近日有一御医要来军中，心想要是玉井能来该有多好，不想你真的来了。"言罢，吩咐摆酒宴为柯玉井接风洗尘。

时辰不大，酒菜摆上，分宾主落座，翁万达执意饮酒，柯玉井却坚持以茶代酒，翁万达见执拗不过，只得作罢。于是，二人杯茶往碰，倒也十分有趣。这正是：

久旱逢甘露，他乡遇故知。

茶水一杯饮，亦能解相思。

二人将别后之事，一股脑儿倒出，只瞬间工夫，已知彼此现状。翁万达如今已提升为兵部右侍郎兼右佥都御史，总督宣化、大同、山西、保定军务，与蒙古部落俺答汗作战。

翁万达道："如今瘟疫肆虐，百姓苦不堪言，就连军中皆已有染，以至我军战力疲弱，不敢与那虎狼之师决战。现如今圣上派了你来，俺答汗离死不远矣！"

柯玉井问道："一路之上，但见村村无人，难道那些村民皆已不在了？"

翁万达道："疫情虽重，但也不至于村村无人。为防疫情扩散，我已将村民隔离。"

柯玉井道："如此甚好。我即刻便配药，发放给村民及兵士们。"言罢，站起，翁万达亦起身相陪。

此时已是盛夏，北方更是酷暑难当，村民们三三两两坐在树荫下，或是躺在临时搭起的茅草房中。

柯玉井逐一查看病情，这些人多是高热、烦躁、头痛如劈、腹痛吐泻，或神昏发斑、身发臭气为主症。柯玉井看罢，心中有数，此为暑热火毒之疫。于是，令士兵将药发放下去，亲自看着服药，然后又与翁万达一起来到军营，那些感染瘟疫的兵士们和村民们的病情并无异样。柯玉井亦将同样药物发下，让兵士们吃了。

柯玉井对翁万达道："表面看去，军营整齐，士气高昂，敌人却不知我军瘟疫如此严重。"

翁万达道："若被敌人识破，俺答汗早就领兵打过来了。如今，每日里只好令那些没被感染的士兵轮番站岗，以迷惑敌军。"

柯玉井道："如今当务之急便是快些铲除瘟疫，以防不测。"

翁万达道："此事就全仰仗玉井老弟了。"

柯玉井道："瘟疫之病，不仅在治，还在于防患。东涯兄帮我找些苍术和雄黄过来，只管在各营房中进行烟熏。"

翁万达依言吩咐下去，不在话下。

且说三日之后，边关疫情果有缓解，但每日里仍有患者死去。柯玉井见疫情一时半会儿不能控制，心中甚是着急。话说又过了两日，疫情复又如初，这让柯玉井如坐针毡。更有甚者，军中一时怨气冲天，说原本指望着朝廷能派一名好军医过来，现在倒好，却是没有指望了。看来打败俺答汗，班师回朝无望了，将士们只能被瘟疫杀死在这军营之中。

柯玉井听了这怨言，甚是难过，翁万达也早已听闻怨言，因怕柯玉井难过，过来好生安慰。柯玉井垂泪道："玉井有负皇恩，更有负边关军民！"翁万达安慰道："天无绝人之路，依玉井老弟的医术，定能找到更好的药物医治。"

柯玉井回至房中，正自叹息，忽见旺仔走进。只见旺仔一脸委屈之色，对主人道："大少爷，如今外面四下传言，说你……"说到此，又将话儿打住。柯玉井知他要说出何话来，遂叹道："本以为此疫很快会灭，谁知竟会如此。旺仔，那些军士们有怨言，自然理解，你又怎可去生他们的气？"旺仔道："谁说我生他们气了？我是生你的气！"柯玉井听了，甚是诧异，只管拿眼望他。只听旺仔道："我们来时，刘道长明明送了你一份秘方儿，可你却硬是不用。"

旺仔只这一语，竟将柯玉井从梦中点醒。

柯玉井自责道："我怎么竟将此事儿忘得一干二净？"一面说，一面找出秘方，打开，只见那秘方中写道：

> 明雄、二砂、藿香、枯矾、干姜、甘草、石菖蒲、血竭、儿茶、漏芦、细辛、牙皂，以上十二味药，各二钱，均研成细末，搅拌均匀。用瓷瓶密封。如遇急症，先取一、二分放入鼻内。后用姜汤水调服一钱，自愈。

　　因此方为道家医治瘟疫之秘方，主仆二人见了，大喜。

　　柯玉井将此方交与翁万达，翁万达见了，亦十分欢喜，遂命两名军士去城中配药。约摸过了一个时辰，那两名军士回来告之，城中大小药铺皆配不齐这十二味药。柯玉井和翁万达听了，皆大吃一惊。翁万达道："眼下只能派人往别处配药，恐怕又要耽误一些时辰了。"柯玉井道："顾不了这许多，还是快些去吧，只怕晚了，瘟疫不知又要夺去多少人性命。"于是，吩咐旺仔与几名军士带上几辆大车往邻近城中赶去。

　　却说旺仔带了几名军士急急赶路，忽然从路旁窜出两名蒙古军士，拦住去路。于是，双方各拔刀剑战至一处。旺仔因不会武功，吓得躲在车上，不敢出半点声响。那两名蒙古军士武功高强，只十几个回合，几名明军便死于刀剑之下。

　　两名蒙古军士互相对视一眼，向着车子走了过来。旺仔躲在车中，先是听见刀剑碰撞之声，接着，刀剑碰撞之声没了，却听见有脚步之声向车子走过来。心道："完了，那几名军士定是都做了刀下之鬼，可怜我旺仔今日也要赶赴黄泉。死了倒不足惜，只辜负了我家主人和翁大帅之托。还有，若是秘方被蒙古人拿了去，我军民患瘟疫之事必然暴露，那时，蒙军必大举进犯我中原矣。"

　　旺仔所想不无道理，此二位蒙古军士正是俺答汗所派。原来，俺答汗率大军进犯边关，本以为可以马踏中原，却不想遭遇翁万达驻守边关，几个交锋下来，蒙古军损失惨重，正欲收兵，却见明军忽然安静下来，不见了动静。开始，俺答汗还以为翁万达会有什么大动作，不曾想，过了月余，明军依然不见动静。这下，俺答汗心中发毛了，不知翁万达葫芦里卖的究竟是何药。于是，派了两名武功高强的勇士悄悄潜入明军腹地，想抓两个俘虏回去，问个究竟。这两名军士入境之后，见明军军纪严明，士气高昂，正不知如何下手，正好碰见旺仔他们的车队。

　　话说旺仔因担心秘方闪失，遂掏出秘方，欲将秘方吞下腹去，恰在此时，忽听外面一声闷响，接着就见三个人站在面前，只见那三人，一人中原人打扮，一人朝鲜人打扮，另一人则为日本人打扮。

　　三人冲旺仔一乐，那名中原人道："敢问兄台是明军否？"见旺仔不理会，又问道："敢问柯御医在军中否？"

旺仔冷笑道："你们是何人，爷凭什么要告诉你们柯御医是否在军中？"

那名中原人道："小兄台，我等并非歹人。"他用手一指另两个道："他二人是找柯御医拜师的。"

于是，这名中原人便将那二人是如何历尽磨难寻柯玉井，欲拜师之事一五一十地说了。

其实，这两人便是高桥与朝鲜太子李鲜。

那日，高桥与李鲜二人同黄薇淑等人一同进京，不料半途中被人劫了。劫他二人的是朝鲜武士。原来，李鲜来中原早被几名武士盯了梢。这几名武士一见太子要跑，于是秘密商量，趁众人不备，将太子劫了，只因高桥一直与李鲜随行，便也一起被劫了。

却说二人被劫极力反抗，几名武士无奈，只得将二人反绑了双手，强行往回走。一日黄昏，正走着，忽见一身高九尺，膀大腰圆，身着布衣之人拦住去路，那人以为是强盗抢劫，不容分说，挥剑便砍，纵使朝鲜武士人数甚众，却也架不住那汉子武功高强，只几个回合，朝鲜武士皆被打散。大汉救下二人，问明情况，说道："今日既管了这等闲事，索性将闲事儿管到底，我送你二人去京城。"二人又问大汉姓甚名谁，大汉道："我姓张名全，家住潮州府，刚从南少林学艺归来，不想竟遇上这等事。"

于是，三人同行，来到京城。不想柯玉井已赴边关做了军医，三人正准备去边关，却见一仙风道骨的老道，那老道自称是柯玉井至交好友，把两车草药交给三人，让他们将草药交给柯玉井。

三人答应一声，带了草药便急匆匆赶往边关，不想竟救了旺仔。

旺仔听了十分欢喜，笑道："那老道一定便是刘道长了。"言毕，跳下车来，见那两名蒙古军士一人倒在血泊之中，另一人则直立于一旁，虽眼睛能动，四肢却动弹不得，原来却是被点了穴道。

旺仔道："你们来的太是时候了，上车吧，我带你二人找柯御医去。"

于是，众人上了车，那名蒙古军士也被一并带上，然后赶往军营。

却说翁万达与柯玉井见旺仔领着高桥等人拉了满满两车草药回来，十分欢喜。柯玉井领着一班人研药、发药，翁万达则忙着突审俘虏。

且说三日之后，疫情好转。又十日之后，村民从隔离区重返家园，那些军士们也已恢复体力。

这日，忽见探马来报，说俺答汗率兵来袭。翁万达朗声道："来得好！本帅正欲寻他，他居然自己送上门来。"

于是，点兵遣将，迎击蒙古军。

瞬间，只听鼓点阵阵，牛角声声。两军对垒，摆开阵势。蒙古军先锋官阿木尔手持一柄钢叉，跃马叫道："明将哪个上前送死！"

这边翁万达问道："众将官，哪个去收了这厮？"

"在下愿去！"

众人视之，却是新来的黑脸大汉张全。只见张全一催座下马，手舞钢刀，犹如一阵旋风一般，杀了出去。阿木尔见从敌军中冲出一员黑脸大将，一提马缰绳，用钢叉一指张全道："来者何人，报上名来，本将叉下不死无名之鬼！"

张全往前一催战马，喝道："你爷爷张全是也！"话到人到，只见钢刀一闪，一股鲜血如彩虹一般喷出，阿木尔连哼一声都未来及，就做了张全刀下之鬼。

张全杀了阿木尔，又挥刀直冲敌营，来取俺答汗。翁万达见状，亲自擂鼓助威，明军更是个个奋勇，杀敌争先，直杀得蒙古军抱头鼠窜，毫无反抗之力。

俺答汗一见这阵势，顿时傻了，大呼："我中计也！"

原来，那日翁万达审了蒙古俘虏之后，忽然心生一计，待疫情一控制，故意放走俘虏。那俘虏回去之后，就将明军发生瘟疫之事报告给俺答汗，俺答汗一听大笑："真是天助我也，此刻不杀明军，更待何时？"于是，率兵直扑明军营帐，哪里想到，明军疫情已除，士气正旺，哪里抵挡得住。

俺答汗见自己的军队已溃不成军，如洪水般向后撤，遂也拨转战马向后狂奔，直跑了四十里路，方勒住战马，然后收拢残兵败将，安营扎寨。

明军大胜，凯旋而归。

这日，翁万达来到柯玉井房中，只见房内香烟袅袅，高桥、李鲜、张全站在一旁，柯玉井靠着一张高背椅正闭目养神，旺仔则站在一侧嘟着嘴生气。翁万达见了，笑问旺仔道："你为何这般模样？"旺仔道："今日高桥与李鲜二人要拜我家大少爷为师，我也想拜大少爷为师，大少爷收了他二人，却偏不收我。不知此是何道理？"

听见说话，柯玉井睁开双眼，见是翁万达，忙让旺仔搬了椅子过来看坐。落座之后，翁万达笑问原因。柯玉井笑道："这厮跟了我这许多年，一向不要学，今日因见他几个要拜师，不知是何原因，竟一时兴起，跟着起哄儿。"翁万达道："玉井老弟，这可就是你的不对了，旺仔昔日尚小，如今已长大成人，知道向学却也是人之常情，收他为徒，方为正理。"旺仔听了，嘻嘻笑道："还是大帅疼我，您老人家就替我多说些好话儿，也好随了我今日的愿。"翁万达闻言，便又在柯玉井面前讨了几句好话。柯玉井因见翁万达如此说情，也就点头应允了下来。

一旁的张全见了，大声说道："大帅既为旺仔说情，也应为我说情才是，我也要拜柯御医为师！"高桥与李鲜听了，冷笑道："爷，就你那五大三粗的模样儿，却是说不得医，你武功高强，只管将师父保护好了，便是我等造化。"翁万达笑道："确是这个理儿，张全只管保护柯大人吧。"张全闻言，瓮声瓮气道："既然大帅发了话儿，在下便依了大帅的意思。"

且说旺仔、高桥与李鲜行过拜师之礼，被柯玉井收为弟子，而张全从此跟随柯玉井，做了贴身护卫。不在话下。

话说转眼之间，已是冬日，但见一夜雪飘，山舞银蛇。

翁万达虽然早已将营房移住城内，却依旧难挡冬寒。怎个寒？有古诗为证：

> 北风卷地白草折，胡天八月即飞雪。
> 忽如一夜春风来，千树万树梨花开。
> 散入珠帘湿罗幕，狐裘不暖锦衾薄。
> 将军角弓不得控，都护铁衣冷难着。
> 瀚海阑干百丈冰，愁云惨淡万里凝。

翁万达因旧伤患了冻疮，将柯玉井请了来。柯玉井看了看翁万达的伤势，一时不知如何为他疗伤。思忖了半日，忽大喜，因他从《纬易解》中想到一副方子，遂依方做成药膏，给翁万达敷上，只几日的工夫，便结痂，伤愈。翁万达惊道："此为何药，这般神效？"柯玉井笑道："皮肤之宝也。"翁万达道："如今军中兵士多患冻疮，有了这皮肤之宝，寒天又能耐我何？"柯玉井道："蒙古军虽为北方之人，但此寒天，也必冻伤不少，其战力定大降矣。"翁万达悟出柯玉井之意，笑道："不错。兵理如同医理，若我出其不意突袭俺答汗残部，必大败之。"于是下令，挥师出击。

话说翁万达挥师一路掩杀过来，那俺答汗部果然冻伤不少，见明军杀来，只管弃了刀剑奔逃，明军再奏凯歌。捷报传到朝廷，文武百官额手相庆。

明军凯旋之时，柯玉井却独立城头，手捧家书，面朝南方，泪如泉涌。

书中交代，柯玉井所收家书乃娘子黄薇淑所写，黄薇淑自收到柯玉井书信，知道自己误解了相公。信中多是自责之词，同时告诉柯玉井，林大钦因病去世。

"大钦！"

柯玉井看了，不禁痛哭失声，冲着南方鞠了三个躬。

"玉井，别太难过。"

柯玉井闻言，转过身去，一见来人，悲声又起。

欲知来者何人，且看下回分解！

第十八回　海瑞月下追盗贼　玉井星夜奔楚雄

词曰：

春花秋月何时了，往事知多少。

小楼昨夜又东风，故国不堪回首月明中。

雕栏玉砌应犹在，只是朱颜改。

问君能有几多愁？恰似一江春水向东流。

且说玉井回首看时，却是翁万达。

原来，翁万达去见柯玉井，弟子们回翁万达，言说师父因接到一封家书，便独自一人走了出去，却并不知去处。翁万达听了，略一沉吟，却已知柯玉井去了何处。于是，来到城头，果见柯玉井正迎风泣泪。

翁万达道：“斯人已逝，我等应节哀，好好地活着，东莆在天之灵会含笑的。”

柯玉井道：“原来东涯兄已知此事？”

翁万达道：“东莆已在九月去矣，我收到家书时，心情亦如你今日。”

柯玉井道：“为何不告诉于我？”

翁万达道：“你与东莆感情甚密，若你知道，定会十分伤心。而那时，你刚灭了军中疫情，身体虚弱，我怎能忍心见你悲伤？”

柯玉井道：“东莆正值盛年，怎会过早仙逝？”

翁万达道：“东莆乃千古一见之孝子，因母亡，其悲痛之极所至。”

柯玉井双手扶住城墙，眼望远处，口中喃喃道：“东莆，好兄弟，一路走好。”

翁万达亦望着远处，沉默不语。翁万达心中尚有一事未言，薛中离与林大钦同年去世。翁万达在心中暗叹道：“玉井虽早晚会知此事，但此时告诉于他，却是不合时宜。"于是，只管立于一旁，默不作声。

却说如今疫情已灭，蒙古军大败而逃，柯玉井只等朝廷嘉奖，然后班师京城。转瞬过了两载，却是迟迟不见朝廷信使。

话说这日，翁万达收到家书一封，急忙展开来看，不看便罢，只这一看，顿时捶胸顿足，甚是难过。

原来翁帅家翁过世。

哭罢，翁万达上奏世宗，准请回乡丁忧。

且说世宗终日不理朝政，朝中事无巨细，皆由严嵩打理。这日，世宗不知所为何由，居然要严嵩将近日一应公文奏折拿过来一一过目，翁万达回乡祭奠亡父的奏折亦在其中。

世宗看罢，当即准奏。又忽然想起一事，对一旁的严嵩道："那个柯玉井，柯爱卿，现在是否尚在边关？"严嵩回道："尚在。"世宗道："柯爱卿医术实在是高超，一副良方，疫情灰飞烟灭。又一药膏，救大军于严寒之中，歼鞑虏于举手投足之间，实乃千古一绝。"严嵩谄媚道："圣上英明，圣上所言极是。"世宗道："严爱卿，你说柯爱卿为何会有如此本领？"严嵩贼眼一转，顿生恶念。心道："柯玉井，你永远只是我如来佛掌中的孙猴子，纵使你有七十二变的本领，也逃不过我的手掌心。今日，老夫再给你念念咒语，令你消遣一二。"想到此，故带神秘之状道："圣上有所不知，臣听闻柯玉井有祖传秘方，无论有多难之病，皆能乏天有术。"世宗一听，喜道："竟有此事？那好，速宣柯玉井回京，朕要见见柯氏祖传秘方！"

严嵩当即拟旨，宣柯玉井回京。柯玉井接到圣旨，不日回到京城。

严嵩见柯玉井回到京城，于是密传冯保，要他一探柯玉井是否有秘方在身。那冯保不敢延误，旋即唤来御药房一名小太监，如此这般盼咐一番，小太监应一声去了。

且说这名小太监自那日与冯保联手害了柯玉井一回，已和柯玉井相熟。于是，借柯玉井刚回朝为由，欲宴请柯玉井。柯玉井再三相辞，却是盛情难却，只得赴约。宴席之上，小太监极尽恭维之词。待酒热耳酣之际，小太监套话柯玉井，说柯玉井医术如此之高，必有家传秘方。柯玉井因多喝了两杯，已有些酒意，遂道："若说起祖传秘方，倒是有一本，只是这秘方甚是寻常罢了。"那小太监听了，十分高兴，待酒宴一罢，立即回了冯保，冯保闻言，不敢怠慢，旋即将此事告之严嵩。

严嵩一听，心道："柯玉井果真有秘方，如今若是将那秘方盗出，哼哼，柯玉井，到时，老夫便告你一个抗旨不遵之罪！"

再说柯玉井回到京城已有数日，并不见圣上召见，每日里除了去太医院走动走动，便是向弟子们传授医术。

一日，待夜深人静之时，忽见一黑衣人越墙而入，潜入柯玉井房中，时辰不大，又越墙而出，消失在夜色之中。

次日，世宗传柯玉井上殿见驾。

世宗一见柯玉井，笑道："柯爱卿随军戍边，悬壶于千军万马之中，济世于危难之间。大智大勇，委实令人感动，朕定会好好地赏你！"

柯玉井回道："万岁之言，令臣诚惶诚恐，为国效忠，乃玉井应尽之责，岂敢有贪功封赏之念？"

世宗听了，笑道："柯爱卿忠心可照日月。"又道："朕听说柯爱卿有家传医书秘方，可否取来让朕一阅？"

柯玉井心道："我有医书秘方一事，从未对外人说起，万岁怎会知晓？"又一想，"不管万岁爷是如何知晓，今日他开了金口，岂有不拿之理？"想到此，遂回道："臣遵旨，不过……"世宗问不过什么？柯玉井回道："臣确有一医书，乃祖上所传，但并非什么秘方。既然万岁要看，待臣回去取来奉阅。"世宗今日高兴，顾不得像往日急急退朝，笑道："朕便与众位大臣在殿上等候。"

柯玉井答应一声，急忙退下。严嵩一旁看得清楚，听得明白，见柯玉井回去，不由脸露奸笑。

且说柯玉井回到家中来取医书，却不见了《纬易解》，不觉惊出一身冷汗。寻遍各个角落处，毫无结果。只听张全瓮声瓮气叫道："有盗贼来过！"柯玉井等人听了，急忙来看，只见张全站在房梁之上，张全道："此处有梁上君子来过。"

高桥道："张全，这便是你的错了。"

旺仔道："就是张全的错，让你保护师父，结果有盗贼来过，你却未发现。"

张全听了，知道自己失职，不作声，只一屁股坐在房梁上。

柯玉井知此事非同寻常，《纬易解》现既已被盗，只管拿些气话来说又有何用？遂对众弟子道："贼人既是冲医书而来，定是对我甚是了解，现已得手，必已远离，要想讨回，日后再慢慢寻他不迟。"

旺仔道："可眼下，万岁那边如何交代？"

柯玉井冷笑道："是福不是祸，是祸躲不过，一切就看造化了。"言罢，吩咐备轿，速去大殿回话。

且说世宗正等得无聊，一见柯玉井来了，顿时喜道："柯爱卿，秘笈可曾带来，朕倒要看看有何神通。"

柯玉井跪道："臣柯玉井罪该万死！"

世宗惊道："柯爱卿，你这是为何？"

柯玉井据实禀道："回万岁，臣的医书被贼人盗了。"

一旁的严嵩听了，心中暗喜，见报复时机已到，向前一步，奏道："启奏万岁，柯玉井言说医书被盗，实属蹊跷。早不盗，晚不盗，为何要在万岁要看之时，偏就被盗了？万岁，柯玉井此为故意不交，应判其抗旨不遵之罪！"

世宗本就等得无聊，今见柯玉井空手而回，已是有气，严嵩一句话，犹如火上添了一把干柴，顿时火起。怒道："柯玉井，你竟敢戏弄朕。来啊，将柯玉井打入天牢，交刑部处置！"

"万岁，臣冤枉啊！"

柯玉井正要申辩，却被外面的兵士冲进来拿下，随后被关进大理寺天牢。

却说几名弟子一听师父因一本医书秘笈被抓，顿时慌了。旺仔哭道："好端端的，怎么就出了这档子事儿。难道师父在边关立的功还不如一本破书？"高桥道："你哭什么？眼下该是想办法如何救出师父，若是能把师父哭回来，我等索性与你一起痛哭便是。"李鲜道："师兄所言极是，只是师父触怒的可是天威，不知该如何是好？"张全恨恨道："什么不知如何是好？我这便杀到天牢，将柯大人救出！"高桥道："张全，你就别再添乱了，你想害死师父不成？"李鲜忽然道："有了。"转脸对旺仔道："师父家中说不定还有同样的医书，小师弟，你速速回到潮州，将医书取来，师父也就有救了。"旺仔瞪一眼李鲜道："就你这也叫主意？且不说师父家中是否还有同样的医书，就算有，这千山万水的一路跑回去，待跑回来时，说不定师父早已经人头落地了。"三人听旺仔如此一说，顿时皆没了主意，垂头丧气起来。

忽听旺仔道："刘道长说师父是有来历之人，虽会有大灾大难，但终会平安无事。"

张全怒道："什么狗屁老道的话你也相信？如今柯大人进了天牢，他为何不前来搭救？"

李鲜道："我觉得刘道长并非戏言，当初边关灭疫，刘道长功不可没。如今师父有难，或许他并不知晓。旺仔，你快快去请教道长，看看有何法可救师父。"

众人觉得有理，旺仔抹了把泪，急急去见刘道长。

这里旺仔前脚刚走，元参后脚走进，元参对众人道："我适才去见了万老爷，万老爷也正在为柯老爷的事着急，已经去见过海大人了。"

高桥忙问："海大人怎样说？"

元参回道："万老爷说海大人正在想良策。"

高桥等人听了，甚是欢喜，都道海大人定有办法救师父。

原来，万邦宁知道柯玉井出事之后，知道自己人轻言微，便悄悄找到海瑞讨教如何救柯玉井。海瑞道："解铃还须系铃人，抓住盗贼，找回医书秘笈，玉井自然无事。"万邦宁道："我亦知此理，然眼下，玉井尚在狱中，只怕要害他之人会节外生枝，玉井会有危险。"海瑞道："万大人不用担心，我与徐尚书有些交情，刑部尚书黄大人是他的门生，我已将此事委托徐大人。况皇太后亦知晓此事，正向万岁求情，玉井暂不会有事。"

万邦宁听了，心方稍安。

海瑞所言的徐大人乃是礼部尚书兼文渊阁大学士的徐阶，此人乃松江府华亭县人，因擅写青词为嘉靖帝所信任。

话说众人刚刚听罢元参所言，就见旺仔垂头丧气地回来。李鲜忙问刘道长有何主意，旺仔叹道："他并无说出什么营救的办法，只一个劲儿无量天尊，道些吉人自有天相的话儿。"

张全闻言，气道："这算什么主意？"又恨恨道："这个牛鼻子老道委实可恨！"

李鲜劝道："刘道长所言并非不无道理，我师父就是吉人自有天相。"

众人听了，皆不出声。

按下几人无可奈何不提，如今且说盗走柯玉井医书之人乃是扬州府有名的神偷，人称飞燕子。此人生得身材精小，胆气壮猛，心机灵便，度量慷慨，轻功极其了得，其起如飞燕掠空，其落似蜻蜓点水，着瓦不响，落地无声。飞燕子不仅轻功了得，其武艺也属上乘，刀、枪、剑、戟、斧、钺、钩、钗，十八般武艺样样精通。虽是鸡鸣狗盗之辈，却仗义疏财，一人偷来百人用，随手散与贫穷之人，只留一日酒饭钱，至于明日的活命钱，只管明日再去寻。

话说一日，飞燕子街头闲荡，行至扬州府衙门前，见扬州首富王太因强占秦小二家两间店铺房，官司打至扬州府衙。那王太依财仗势，以养女贿赂张知府。张知府因受了王家的好处，不问青红将秦小二打出府衙。可怜秦小二，没了店铺，又遭棒打，全身是伤，露宿街头。

飞燕子看在眼里，恨在心中，执意要惩罚一下张知府。是夜，施展轻功，越脊而上，爬上张知府屋檐，揭开屋瓦从孔里往下看，只见张知府正和王太养女调情，此时，两人情趣正浓，那张知府再也难耐饥渴，抱住王太养女便要寻云雨之欢。飞燕子在心中暗暗呸了一声，顺手丢下一枚石子，那石子正好落在一青花瓷瓶上，发出一声脆响。床上的两人被这响声吓了一跳，王太养女道："大人，不好，定是有贼人进来。"张知府道："我去看看那些宝贝还在不在。"说着，从床上下来，来到放宝物处，见他搜刮来的那些黄金、白银、珍珠等物俱在，遂放下心来，复又上床，熄了灯，两人滚在一处。

次日，张知府却见宝贝悉数丢失，不禁大惊，命衙门捕快速拿盗贼。那孙捕头不敢怠慢，当下率众捕快四处拿人。在醉鬼酒楼，只听食客们议论纷纷，说今日一早开门发现门前有一锭银子，想必定是那飞燕子又盗了富人。孙捕头听了，心中有数，因知道飞燕子有饮酒的嗜好，遂在各个酒楼秘密布下捕快，伺机捉拿飞燕子。且说傍晚之时，飞燕子果然走进一家酒楼，要了几样好菜，再要了一坛子酒，因偷了张知府钱财，心中高兴，不知不觉便将一坛子酒喝了个精光，又要了一坛，只这一坛酒下肚，却将自己喝得酩酊大醉，不省人事。等醒来时，却已是躺在大牢之中。

那知府对飞燕子恨之入骨，想立即处斩飞燕子，以解心头之恨。恰此时，赵文华来扬州，那赵文华既是严嵩同党，又是严嵩义子，在外飞扬跋扈，官场之人个个巴结，那张知府更是把赵文华认做义父，如今见义父来到扬州，放下一切事宜，陪随赵文华左右。酒席宴上，因见赵文华闷闷不乐，张知府问其缘由。赵文华叹道："如今相爷欲惩治御医柯玉井，想将其医书秘笈《纬易解》盗出，却无奈找不到这样的偷盗高手，本官今日来扬州就是看看能否找到如此的高手。"张知府一听，心中十分欢喜，心道："多亏没杀飞燕子，要不然今日可就没有了向干爹取宠的礼物了。"想到此，遂将飞燕子之事向赵文华说了，赵文华一听，喜出望外，当即令人将飞燕子从狱中提出。见到飞燕子，赵文华谎称朝廷要查出一贪官，那贪官有一受贿账簿，此账簿外书"纬易解"三字，藏在家中，若是能将其盗出，有了实据，便可缉拿那贪官。若是飞燕子能将那账簿盗出，一切既往不咎，另有重赏。

飞燕子一听是贪官账簿，欣然同意，于是，赵文华将其带回京城。

且说飞燕子得手之后，正欲将"账簿"送往赵府，却因一时好奇，打开"账簿"想看个仔细，一饱眼福。然，翻了两遍，并不见什么受贿明细，只是一些奇方、验方而已，不禁生疑，心道："不知这赵大人是故意戏耍我，还是别有心计。我何不趁着夜色前往赵府一探究竟？"想到此，动用轻功，脚下生风，来到赵府，跃上房脊，来到正房，揭开屋瓦，往里观瞧，只见赵文华、张知府正与一矮胖子饮酒，三人边饮边笑。只听赵文华对那矮胖子道："兄弟，哥哥我只去了扬州一遭，便寻了个飞盗回来，这回柯玉井死定了。"张知府一旁谄媚道："敢与相爷作对，这便是下场。"那矮胖子笑道："这回儿那个什么飞燕子应该得手了吧？"赵文华道："以飞燕子的身手，保准马到成功。"矮胖子笑道："好，就为这马到成功干杯！"

三人举杯相庆。

飞燕子听得明白，心中暗叫一声上当了，三人所提的柯玉井，飞燕子是听说过的。柯玉井宫中妙治皇太后，边关除疫医冻伤，大败俺答汗，无人不知，无人不晓。如今这三人竟然要害柯大人，真是可恨至极。心道："那个矮胖子定是严世蕃无疑。"又一思忖："今日何不显显神通，惩治一下这三个恶人？"想到此，遂掏出小弟对准酒壶，一泡尿下去，那酒壶中的酒倒是涨了不少。

此时，赵文华、张知府与严世蕃三人已是醉眼蒙眬，哪里看清有尿从空中飞下？张知府把住酒壶，将三人酒杯斟满，谄媚道："孩儿今日与二位爹爹一醉方休。"三人举杯，方欲饮时，只觉一股尿骚味冲鼻，三人面面相觑，正自纳闷，忽听房上一阵大笑，三人顿时酒醒，急呼抓贼。待到兵丁赶到，哪里还有盗贼的影子？

只听赵文华道："坏了，我三人房中所言，定是被飞燕子听了去，知道中了我的圈套，才出此报复。"

严世蕃冷笑道："那又能如何，只要看住他与那医书秘笈，柯玉井同样难逃罪责。"

赵文华忙道："兄弟所言极是。"于是唤来画师，画出飞燕子头像，令全城搜捕。

再说柯玉井被关狱中，因有刑部尚书黄光升大人关照，倒也无人敢为难，那些狱吏也是格外通融。御医顾定芳因与徐阶大人是江南同乡，平素也常来往，与黄大人亦有交情。柯玉井出事之后，顾定芳找到黄大人，求其关照，并亲自到狱中探视，那些狱卒更是不敢造次。如此一来，柯玉井虽在狱中，却也没有受到折磨，几个弟子更是每日里做了好吃的饭菜送过来。

却说这日傍晚，几个弟子拎了几道可口的饭菜去狱中探视师父，刚到牢门口，狱卒宋二迎着，宋二笑道："几位爷，柯大人这会儿恐怕已经用过饭了。"张全瞪一眼道："不是交代过你，不要让师父吃你们这里的牢饭吗？"宋二一脸委屈道："张爷，这可不能怪罪小的，杨大小姐早早就带了好吃的过来。"几人听了，一脸迷惑之色，旺仔问道："哪个杨大小姐？"宋二道："就是那个兵部员外郎杨继盛家的千金。"旺仔自言自语道："她是怎么知道我师父出事了？"一边说，一边往里走，其他人也都随后跟着。

进到里面，果见隐娘与一个小丫头隔着木栏和师父说话，隐娘的粉脸上还挂着泪痕，显然刚刚哭过，一旁的小丫头手上拎着个竹制饭盒。旺仔道："果然是杨小姐。"隐娘因见一时来了许多人，急忙拭泪，勉强作笑。柯玉井对弟子们道："承蒙杨小姐怜爱，送了晚餐过来。"旺仔等人忙向隐娘谢过。见师父并无异样，又见杨小姐柔情如此，弟子们互视一眼，寻了个借口，退了出来。

按下隐娘与柯玉井这边不提，且说四人走出牢房之时，天色已是黑了下来。

高桥道："也不知刑部该如何处置师父？"

李鲜道："要是再找不到那盗贼，拿回医书秘笈，师父岂不是真的要被定个抗旨不遵之罪了？"

旺仔摇头道："这种日子太煎熬人了，不如我们去下海府，问问海大人，何时能抓住那贼人。"

一听此话，众人响应，遂向海府走去。

刚刚走进后院，张全眼尖，就见屋脊上趴着一黑衣人，惊道："房上有人！"话音未了，一个旱地拔葱跃上房去，那黑衣人见有人上来，遂拔出兵器与张全战至一处。

房上两人打斗之间，已是惊动海府兵丁与书房里的海瑞。瞬间，整个府中灯火通明，犹如白昼一般。兵丁们上不了房，只是握了兵器在下乱喊一通。海瑞正在为抓飞盗之事发愁，如今见了这盗贼，虽不知柯玉井医书是否为他所盗，但若抓住此贼，必定会有收获。想到此，对房上张全喊道："张义士，你务必要抓住房上盗贼！"

张全听得明白，舞动手中宝剑，剑剑直奔盗贼要害。那盗贼也不示弱，武功极高，两人战了五十回合不分胜负。那盗贼忽然虚晃一招，右手宝剑直奔张全下盘，左手一扬，将一物打向张全面门。张全刚刚躲过对方宝剑，忽见一物奔自己面门打来，要躲已是来不及，急忙伸左手去抓，原以为是暗器，待抓住时却见是一本书，正自疑惑，贼人已不见踪影。

张全从房上跳下，来到海瑞面前，将书递上。海瑞一见，喜道："柯玉井这下有救了。"

海瑞手中拿着的正是失盗的《纬易解》。

原来，飞燕子本想将书送回原处，却见城中四处捉拿自己，柯府更是靠近不得，情急之下，想到海瑞。于是，趁着夜色来到海府，想把医书交与海瑞，不曾想，刚一上房，便被张全发现，于是，使了招抛书脱身之计。

海瑞将医书交与刑部尚书黄大人，那黄大人遂将医书呈与圣上，并向世宗禀奏，此医书确为飞盗所为，并非柯玉井抗旨不遵。世宗见了医书，早已没了看的欲望，复递与黄大人道："此案已结，将柯玉井放了吧。"

且说柯玉井回至家中，调养了一些时日，一日，忽接圣旨，命他前往云南楚雄县任知县。

旺仔鼓掌欢呼道："刘道长果真厉害，说师父边关除疫之后必能做官，又说师父是有来历的，再大的风浪也能一帆风顺，如今这一切都应验了。"接着，又把师父坐牢之时，求刘道长之事说了。

柯玉井听了，更加佩服刘道长，遂登门拜访。

　　刘道长道居别号"仙云阁"，四周种着花草树木，倒是十分的幽静。柯玉井被一个小道童领着，走进院中，刘道长门前含笑相迎。进到室内，柯玉井说明来意，并请教未来。

　　刘道长闻言，笑道："恭喜柯御医出京为官。然，恕贫道拙见，为官并非柯御医仕途远为。"

　　柯玉井道："此话怎讲？"

　　刘道长笑道："柯御医因医而入太医院，又因医而为官，若舍了医，怕柯御医会食不甘味，睡不安寝，犹如游龙离水，猛虎出山。所以，悬壶济世，方为柯御医立世之根本。"

　　柯玉井问道："道长之意是要玉井舍官悬壶吗？"

　　刘道长笑道："非也。纵观大明名医，不乏高人。温补派有薛己、张介宾。温病派有吴有性。太医院中有许绅、万邦宁。然，他们或为门派所困，或为视野狭窄而双眼蒙蔽，以至裹足不前。柯御医为官，一则能体恤民情，感受百姓疾苦，以立秉德济世之心。二则民间多杏林高手，柯御医多结交知己，以其人之长补己之短，柯御医医术将不可限量也。"

　　柯玉井道："道长所言极是。适才道长说为官不可久，又是何意？"

　　刘道长道："官场险恶，众人皆知。若想官场独善其身，谈何容易？柯御医为官只为历练，您乃天降医才，并非官场墨斗。"

　　柯玉井笑道："道长句句箴言，玉井受益匪浅。"又道："敢问道长，玉井最高境界应在何处？"

　　刘道长道："博采众长，辞官回乡，开医馆，书著作，办学堂，成就一番作为，以不负天命！"

　　柯玉井忙起身谢道："玉井少年喜医，立志悬壶济世。然，自结识东涯兄，却又有了大丈夫当修身、齐家、治国、平天下宏图大志。正所谓峰回路转，后拜万邦宁为师，进太医院，成为御医，不曾想又成就了为官之道。真是人生之事，事事难料。今听了道长一番肺腑之言，玉井浊眼明亮，茅塞顿开，玉井定铭记于心。"言毕，深施一礼。

　　此时，小道童端了一盘水果进来，刘道长请柯玉井吃果子，柯玉井婉言相谢，躬身辞别而归。

　　且说柯玉井一应准备停当，师徒几个正欲启程，忽见小丫头芍药背了包裹跟过来。柯玉井见状，问道："你要去哪里？"芍药祈求道："柯大人，您就让我跟着你们一起走吧。我也想跟着大人您学医，打从娘胎里出来，我爹爹就给起名芍药，本就有望我长大能悬壶济世。"张全笑道："小女子只管寻个好人家嫁了，也好相夫教子，却偏要学着男人悬壶。"芍药瞪张全一眼道："竟混说！西汉义妁，晋代鲍姑，难道她二人不是女的？"李鲜道："我们朝鲜徐长今也是女医生。"柯玉井听了，微笑不语。旺仔见状，上前拉拉师父衣袖，恳求道："师父，您就答应了吧。"高桥也忙过来说情。柯玉井笑道："那你就和我们走吧！不过，这前面可是有千山万水在等着你，你怕不怕？"芍药摇头道："不怕！"甘草一旁听了，道："我也不怕，我也要去。"张全道："今日里究竟是柯大人去赴任呢，还是你们去赴任呢，怎么都争着要去，难不成那知县大人的位置是你们要坐？"甘草道："她是芍药，我是甘草，凭什么芍药去得，我甘草就去不得？"

柯玉井笑道："你们都不要吵了，只要不怕吃苦，只管跟着本官去便是了。"

甘草听了，自是十分欢喜。

当下，除了元参等人留守外，其余人等都跟着柯玉井去上任。

且说一行人出了京城，天色已晚，旺仔道："不如找家客栈，打打尖再走。"柯玉井道："这才刚刚走出京城，便要留宿，不如星夜赶路，也好早些赶到任上。"于是，一行人继续赶路不在话下。

又走了数十里，前面出现一片树林，刚走到近前，忽然从林中跳出一人，那人往路中央一站，拦住去路，说道："诸位慢走，我来也！"

借着月色，众人闪目观瞧，只见来人身材矮小，一双眼睛却是十分有神。

欲知来者何人，且看下回分解！

第十九回　勤政为民理政治　礼贤下士学彝医

诗曰：

清心为治本，直道是身谋。

秀干终成栋，精钢不做钩。

仓充鼠雀喜，草尽狐兔愁。

往哲有遗训，毋贻来者羞。

话说柯玉井师徒几人走到一片树林边，忽然跳出一人，拦住去路。张全一见，差点叫出声来，此人不正是那日在海府房上的盗贼吗？想到此，亮出宝剑，上前便要砍，只见那人闪过一旁，叫道："义士休动手，我有话说。"

张全哪里肯罢手，宝剑又起，正待落剑，被柯玉井喝住。柯玉井道："张全休要无礼！"又对飞燕子道："敢问这位义士有何话要说？"

飞燕子双手一抱，愧道："小人便是偷盗柯大人医书秘笈的盗贼，江湖人称飞燕子的便是。"

柯玉井道："原来是飞燕子大侠，失敬，失敬。"

飞燕子道："小的因听信他人之言，盗取大人秘笈，累及大人受牢狱之灾，实在惭愧。"

柯玉井道："不知者无罪。请问大侠今日为何要拦住我等去路？"

飞燕子道："自知道冒犯并伤害了柯大人后，小的内心一直不安，总想将功赎罪也好让心稍安。如今大人要去云南为官，这一路千山万水，路途遥远，定有险情于其中，小人想跟随大人，一路上也好保护大人的安危。"

柯玉井尚未说话，只听张全道："有我张全在，谁也休想动柯大人一根汗毛！柯大人的安危就不用你操心了。"

柯玉井亦道："义士之意，我柯某心领了。不过，这里有张全在，义士尽可放心。再说我柯玉井一向光明磊落，从不怕什么阴谋小人，前方纵有妖魔鬼怪，又何惧怕哉？"

飞燕子急道："难道柯大人嫌弃我是盗贼出身吗？只要跟着柯大人，我今后一定改了还不成？"

柯玉井笑道："大侠误会了，况且大侠本质并非恶类。"

飞燕子还想坚持，柯玉井只管婉言谢绝，无奈，只得冲柯玉井等人鞠躬送行。

长话短说，且说柯玉井等人这日来到楚雄县城。刚一入城，但见商铺林立，往来商贾云集。

高桥笑道："真是个好去处！"

旺仔道："再好能好过京城去？"

李鲜道："比边关的军营有趣多了。"

三人正自说笑，忽见前方围着一圈人，且从人群里传来哭声。柯玉井等人走近人群，向外面的人询问里面发生了何事，但很多人只是摇摇头，叹口气，走开了去。

旺仔道："待我进去看个仔细。"言罢，将身形一矮，钻进人群之中。只见人群当中躺着一人，此人一只手臂肿大如小腿一般，遍身皮肤黑黄色。他的身旁坐着一老者，老者两眼呆直，双手抚着那躺着之人，口中轻声叫道："儿啊，儿啊。可怜我的儿啊。"

旺仔近前，不禁惊道："此为蛇伤！"

老者闻言，知说话之人必是医家，遂跪倒旺仔面前祈求道："小师父好眼力，我儿确为毒蛇所伤，望小师父救救我儿！"

旺仔仔细观瞧伤者，心道："毒已至此，怕是神仙也难让他活命了。"见老者甚是可怜，又心道："或许我家师父能救他也未可知。"遂对围观者道："列位乡亲，借条道儿，让我师父为他医治！"

众人听了，哗地一声，闪出一条道儿，柯玉井等人在外听得明白，柯玉井不知里面是何事情，见众人闪开道儿，遂和高桥等人走将进去。柯玉井一见地上躺着之人，顿时吓出一身冷汗，他伸出食指放在患者鼻下，试出尚有气息，遂对高桥道："拿香白芷和水来。"高桥从囊中取出香白芷递与师父，李鲜一旁递过水，柯玉井将香白芷放入水中，又令旺仔取来树枝，将患者之口轻轻撬开，将药倒入。药刚倒尽，只见患者口吐黄水，臭气冲天，围观之人掩鼻后退数步。时辰不大，再看患者从地上坐起，身体已是恢复如初。

"神医啊！"

老者扑通一声跪在柯玉井面前："多谢神医救了我儿！"那患者也连忙跪下拜谢，围观者聚拢过来，称叹不已。

柯玉井问老者道："老人家，你儿既患毒伤，为何不找郎中医治？"

老者叹道："神医可能是从外地而来，对这里的事有所不知。"

柯玉井道："老人家说来听听。"

老者紧张地往四处张望了一眼，见并无可疑之人，遂如此这般地告诉了柯玉井。

原来，这楚雄城里有一恶霸，名唤卢鸣，乃是卢家庄卢员外之子。这卢鸣自幼习武，好结绿林之友，做些无耻勾当之事。自其父亡后，更加放肆，又拜楚雄王知府为义父，从此称霸一方，无人敢管，就是那每任知县大人也让他三分。

且说卢鸣自恃无人敢管，纵横城中，将那一应买卖事宜都收拢旗下，药行也自然不会放过，凡是行医的郎中，卖药的药铺，无一不受其盘剥。如此一来，郎中的诊费，药铺里的药价奇高，非寻常百姓能承受得起。

柯玉井听罢，已是明白那年轻之人为何受了毒伤而无人为其医治了。张全等人也是个个愤恨，张全道："今日张爷来了，定铲除那厮不可！"老者听了，甚是慌恐，围观之人也是面露惧色，老者道："这位义士，你说此话可千万得当心啊！那卢公子可是无恶不作，当心被他的喽啰们听见，那可就不得了了！"张全闻言，愤愤道："何足惧哉？我恨不得那厮便在眼前，只一拳打得他从此怕了我！"高桥等人也在一旁帮腔喝令。

柯玉井挥手止住弟子，轻声道："我等且离开此处。"

师徒几个从人群中走出，旺仔道："师父，今日你便升堂，拿了那恶霸，好好教训了他。"

柯玉井一言不发，直走到一商铺前，问店主道："敢问店家，此处可否有空房子？"那店主上下打量柯玉井几眼，问道："先生是做什么生意的？"柯玉井回道："并无买卖，只是个行医的郎中而已。"店主道："原来是行医之人。"他用手一指旁边不远的一个店铺道："那个店主叫王二，因家中有事，正欲将店铺盘出去，先生不妨问问，若尚未出手，或许有望。"柯玉井谢了店主，来到王二店铺前，说明原委。王二道："只因我家娘子在乡下生了孩子，不愿来城里相聚，才要急急盘了这店铺，也好快些家去照顾她母子二人。"于是，一番价钱讨下来，双方满意，王二拿了银子回乡，自不在话下。

且说王二家的店面前街有房屋两间，后有一院落，东西房再算上侧房统共七八间。柯玉井让弟子们将店面与后房各自打扫一番，又将房屋分与几位弟子。

柯玉井此番折腾，令弟子们十分不解。

高桥道："师父，我等何不宿在衙门里？"

旺仔亦道："师父，住在衙门里总比住在此处要好许多去。"

柯玉井道："我要在此处开个小小的医馆，以减轻百姓们的疾苦。"

弟子们听了，个个惊讶。

高桥道："师父，朝廷又不是令你来此地开医馆的。"

柯玉井道："今日情形尔等却也是见识了，恶霸横行，百姓有病无钱可医，这还是我大明江山吗？"

旺仔道："师父何不升堂将那厮抓了来？"

柯玉井道："你有何凭证抓人？我今日开了医馆，便要看看那厮有何作为？"

李鲜顿悟道："原来师父是放鱼饵钓大鱼。"

高桥道："此计虽妙，但药从何来？"

柯玉井道："这个不难，楚雄山高林密，草药自不会少。"

旺仔道："明日我便和师兄们一道采药去。"

柯玉井闻言，点头应允。且说次日，柯玉井领着弟子们上山采药，但见楚雄大山深处，果真草药十分丰富，师徒几人大获而归。如此这般，只几日的工夫，院中已是草药如山，弟子们分类将草药摆放于簸器之中晾晒。

趁着医馆尚未开业，柯玉井领着弟子去拜会大土司。进到土司府，大土司管家因见是知县大人，十分殷勤招待，说大土司因事外出，需几日后方能回。柯玉井闻言，遂辞行。管家苦留不住，令下人捧出金银相送。柯玉井微微一笑，拒辞不收，管家无奈，只得躬身相送不在话下。

且说过了几日，医馆开业，柯玉井给医馆取名"为民堂"，又贴出一告示，凡是前来看病者，分文不取。

此告示一贴，前来医病的、瞧热闹的把个医馆围得水泄不通，师徒几个各自分工有序，也不觉有乱。话说这边一片繁忙景象，倒是冷落了别家医馆，馆主一见医馆冷清，又听言有一"为民堂"医病分文不取，皆急急跑来观瞧。一见，果真如此。馆主们心下连连叫苦不迭：卢公子那边收了重金保护费，这边却又跑出来个不收银子的医馆，这不是活活要了命去？

于是，齐齐跑去卢府找卢公子喊冤。

且说这卢鸣正与三个江湖朋友吃酒，此三人皆为江湖莽汉。一人名唤赫闯，一双豹子眼，身长八尺，膀阔腰圆，生来力大无穷，善使一对板斧；另一人名唤庞通，细高身材，小眼睛，塌鼻梁，手使一对判官笔，江湖人称鬼面判官；剩下一人名唤牛七，虽然姓牛，却并不牛高马大，只长了个武大郎的个儿，此人长相虽丑，却是武功高强，一杆银枪，江湖无人能敌。此三人在江湖上有一个诨号，叫做"夺命三阎王"。

话说四人饮酒正欢，忽见医馆馆主们来告状，言说有人在城中开了免费医馆。那卢公子不由怒从心起，暗道："何人如此大胆，敢来砸洒家的酒碗？"于是，弃了酒宴，领了"夺命三阎王"各自拎了兵器直奔为民医馆。

再说柯玉井等人正在为患者医病，忽见患者四散而去，正自诧异，只见四个满脸酒气，提着兵器的凶汉气势汹汹而来。柯玉井心道："来者定是恶霸卢大公子。"

张全见了，知道是闹事的主儿来了，取了宝剑，握在手中，往门前一站，喝问道："尔等是前来医病，还是前来寻事？"

卢公子走在最前，见一高大汉子，提了兵器拦住去路，知此人并非等闲之辈，遂往旁边一闪，问身后道："哪位兄弟上前收了这厮？"话音未落，早有一人冲上前来，卢公子一见，大喜，原来是赫闯，心道："此二人应是棋逢对手，将遇良才。"

只见赫闯手持双斧使了招"力劈华山"，斧沉力猛，带着风声，直奔张全头顶。张全一不闪，二不躲，待双斧离自己头顶只有一寸多高时，只见他身子向后一仰，右手剑使了招"长虹破空"，长剑直奔赫闯两只手腕。赫闯本以为双斧下去，对方必死无疑，却不想对方长剑竟斩向自己的双腕，吓得他赶紧收斧去挡。张全虽然也力大无比，但他知道自己的兵器不能和对方硬碰，见对方撤斧来挡，连忙收剑。于是，两人战至一处，大约战了二十个回合不分上下，张全心道："这小子有两下子，算了，张爷不和你玩了。"想到此，虚晃一剑，转身来了个"仙人指路"，剑尖直指赫闯腹部，那赫闯一惊，急矮身收腹，张全见状，使一招"鸳鸯连环腿"，赫闯收身不住，向后倒地。

一见赫闯败下阵去，鬼面判官庞通和牛七各执兵器冲上阵来。此时，赫闯也早已爬起，拾起双斧复又上阵。于是，三人围住张全，厮杀起来。四人直杀得是天昏地暗，日月无光，只把观战之人看得是心惊胆寒。后人有诗赞曰：

> 古有吕布战三英，今有张全斗三阎。
>
> 壮士挥舞手中剑，哪管银枪和笔判。
>
> 酣战三百见胜负，英雄人赞恶人嫌！

却说一番酣战，三人不敌张全，败下阵来。卢公子见了，自知来者不善，于是领了三人灰溜溜地回到卢家庄，暂且不提。且说城中百姓见卢鸣败去，本应欢欣鼓舞，却是慑于淫威，不敢造次。当晚，柯玉井让芍药与甘草做了丰盛酒宴慰劳张全，师兄几人把酒相祝自不待多言。

酒毕，柯玉井问高桥道："病若不除根，会如何？"

不待高桥回答，旺仔抢道："当然复发。"

柯玉井道："治霸如医病，若是就此罢休，那卢鸣定会结武林败类再次欺压百姓。"

李鲜道："师父如今可以除根了。"

柯玉井道："不错，明日我便升堂，将那卢鸣抓了来，也好还百姓一个安宁。"

次日，柯玉井穿上朝服，升堂问案，并任张全为县衙捕头，领了一班衙役前往卢家庄将卢鸣抓了来，只可惜跑了"夺命三阎王"。

卢鸣归案，却是恼了一人，此人不是别人，正是楚雄府王知府。

这王知府乃是奸相严嵩门生，只因昔日与赵文华争风吃醋，被严嵩遣往楚雄为官。王知府素与卢鸣交情甚密，如今卢鸣犯事，进了大狱，卢鸣之妻刘氏遂求救王知府。刘氏正值妙龄，又有几分姿色，王知府早就垂涎于她。刘氏今日既送上门来，他又岂有放过之理？王知府安抚刘氏道："在楚雄府，还不是本官说了算？卢公子之事小娘子尽可放心。"一面说，一面嘻嘻笑着，对刘氏动手动脚起来。那刘氏半推半就，对王知府道："那个柯玉井委实可恶，一来楚雄便对奴家相公下此毒手。俗话说，不看僧面也得看佛面，可他一点也没给大人您留面子。"

刘氏此言击中王知府痛处，王知府心道："在京城里那赵文华处处与我作对，如今跑到这穷乡僻壤之处，落得个天高皇帝老子远，偏柯玉井又追到此处与我过意不去。确实可气！"又想："柯玉井乃恩相仇人，何不借机收拾了他，也好向恩相邀功，早些回到京城。"想到此，遂对刘氏道："柯玉井委实可恶，看本官怎么收拾了他。"言毕，领着刘氏进入书房，由刘氏研墨，王知府亲自草书公文，公文是给知县柯玉井的，说卢鸣之案另有隐情，要柯玉井把卢鸣交与知府来审。写罢，盖上知府官印。另又给严府一封书信，向严嵩父子表白，柯玉井敢与严府作对，今日来到楚雄，定放他不过。

那刘氏也是读过几天书之人，对公文与书信看得明白，知道自家相公有救，遂对王知府千娇百媚，尽现风流之态。那王知府哪里禁得起如此诱惑，一把搂了刘氏欲要亲热，刘氏撒娇道："在此行事，岂不污了孔夫子？"王知府道："小娘子，老夫哪里还能顾得上这些儿。"说着，又要亲热，刘氏笑骂道："看你这个猴急样，像个馋猫似的。"王知府顿时学了一声猫叫，将刘氏扑倒在地。

书房中事，尽被窗外飞燕子看得一清二楚。

原来，飞燕子本要跟随柯玉井，却被柯玉井婉拒。但飞燕子乃是性情中人，觉得自己亏欠柯大人，定要报答于他，遂一路在后跟随。张全大战"夺命三阎王"以及拿获卢鸣，飞燕子都看得明明白白。卢鸣一入狱，刘氏投奔王知府，飞燕子心道："不好，若是那王知府从中作祟，柯大人可就很难为民做主了。"想到此，一路跟了刘氏进入王府，想一探究竟。

果然，这王知府要害柯大人。飞燕子心道："我且将王知府写的东西拿出来看看，都写了什么。"于是，飞燕子显起神通，用宝剑将文书和书信都挑出窗外，借着月光，细细一瞧，吓了一跳。心中骂道："好一个可恨知府，多亏被我撞见，要不然柯大人又要遭小人暗算。"又道："如今且让我戏耍他一番，看他还敢不敢对柯大人施阴谋？"于是，又显神通，将书桌上的知府官印盗了出来。

飞燕子取了文书、书信并知府官印，施展绝顶轻功，翻墙越脊而去，直奔"为民堂"而来。

且说柯玉井虽然如今公开了身份，却并未住到县衙里去，仍旧住在"为民堂"里。白日里，医馆里患者云集，弟子们全力医病，只是，所有医案均要柯玉井过目。夜间，柯玉井则向弟子们讲解医理。

此时，弟子们正在听柯玉井讲解药理，忽听门响，张全坐在外间，急忙开门来看，见门外无人，正自纳闷，忽见门上插着一把明晃晃匕首，匕首下面是一叠公文与书信，急忙取了，送与柯玉井。柯玉井看了，暗吃一惊，知道是有高人暗中相助。高桥等人见师父脸上变化无常，急忙问出了何事，柯玉井将公文及书信与众弟子看了，李鲜道："卢鸣之案，师父得速战速决，也好让城中百姓早日宽心才是。"柯玉井点头称是。

次日一早，柯玉井升堂，审理卢鸣一案，那卢鸣抵赖不得，如实招供，画了押，柯玉井判他个充军之罪，远远地发配了。柯玉井又见城中百姓生活艰难，遂上报朝廷，开仓赈粮。

如今恶贼已除，又得朝廷赈粮，百姓奔走相告，满城欢庆。城中百姓无不感激这位知县大人。就连那大土司亦对柯玉井另眼相看起来，亲自上门请了柯玉井到大土司府做客。

不久，王知府丢失官印东窗事发，被革职，送往京城交刑部查办。卢鸣余党纷纷逃亡他处，再也不敢为非作歹。

且说柯玉井因那日应大土司之邀前往做客，盛情难却，多吃了几杯酒，不想回来时冲了风寒，连日咳嗽不止。虽自个儿开了药方，煎了药，却仍旧咳嗽。旺仔见师父咳嗽不愈，遂对柯玉井道："师父久坐生寒，不如趁了这大好的日头，外出走走，也好透出些寒气来。"

柯玉井听了，认为有理，遂放下一应事情，城中各处转转，张全后面跟着。走至一街口时，只见一阿婆坐在门前，旁边摆着一些小买卖，见柯玉井走近，认出柯玉井来，急忙站起道："民妇见过青天大老爷。"柯玉井笑道："你认识我？"阿婆道："这楚雄城里谁人不识老爷您？要不是知县老爷为百姓们做主除了恶人，我们这些小老百姓真不知道该怎样活下去。"柯玉井听了，心中发酸，正不知如何回话才好，就听阿婆道："若青天大老爷瞧得起我这老婆子，我给你端碗茶来吃。"柯玉井道："那就恭敬不如从命。"说着，一旁凳子上坐了。

时辰不大，只见阿婆端了一碗茶水，柯玉井双手接过，喝了一小口，只觉甜丝丝，且有薄荷清香，遂一口气喝了。阿婆见柯玉井喝了茶水，甚是高兴，与柯玉井又聊了些许话，尽是些城中百姓生活维艰之言，柯玉井听了，尽记心中。见天色向晚，遂辞了阿婆，与张全一道往回走，刚走到门前，忽然想起，这一路之上再也没有咳嗽，柯玉井心中暗道："难道阿婆是世外高人？"

想到此，柯玉井叫道："旺仔、高桥，你们快些出来与我一道去见一个人！"

欲知后事如何，且看下回分解！

第二十回　树政绩梧州为官　察民情旧友重逢

诗曰：

人生不相见，动如参与商。

今夕复何夕，共此灯烛光。

少壮能几时，鬓发各已苍。

访旧半为鬼，惊呼热中肠。

话说柯玉井忽然发觉不再咳嗽，知道自己适才遇到了高人，急忙招呼弟子们一道前往拜会阿婆。

且说阿婆正在厨中做晚餐，一见柯大人领着一帮人进来，急忙相迎。阿婆道："不知柯大人驾临寒舍，有失远迎，还望见谅。"柯玉井连忙还礼，笑道："柯某又来打搅，望老人家海涵。"阿婆亦笑道："柯大人驾访，令寒舍蓬荜生辉，岂敢言打搅？"

阿婆将师徒几人引入上房，落座。柯玉井见阿婆房舍简陋，屋内摆设亦十分简单，遂问阿婆道："老人家平素就靠些小买卖生活？"阿婆道："可不是怎的，小本买卖只够糊口，若不是柯大人您为民除了害，像我这老孤婆子连糊口都难。"柯玉井道："为何你不悬壶为生？"阿婆道："大人见笑了，我并非杏林中人，悬壶济世又从何谈起？"柯玉井诧异道："老人家既非杏林中人，为何……"阿婆笑道："柯大人一定是误会了，我知道您想问什么，定是为今晚的那碗茶吧？"柯玉井道："不错。"阿婆笑道："柯大人患有咳嗽之症，民女只是煮了碗汤茶，想让大人早些康复罢了。"又笑道："我们彝家人，一些小疾，从不看郎中，只需做些汤食，便可治愈。"

原来如此，柯玉井忙向阿婆讨教治愈他咳嗽的方子，阿婆道："红糖、薄荷、黑竹叶、糯米各一两，柴桂花五钱，以水煎服。"柯玉井听了，急忙谢过，又问道："敢问彝家名医多吗？"阿婆笑道："名医自然是有，但能医者甚少。"柯玉井问道："不知可否烦阿婆引本官与他们一见？"阿婆笑道："柯大人言重了，他们一直感念着大人的恩泽，能得大人传见，是他们的福分。"又道："大人稍坐片刻，我已令小女去请了他们，这会儿怕已在路上。"

话音刚落，就见一个女孩儿闯进门来。柯玉井等人见她身穿绣花大襟右衽上衣，头戴黑色包头，两只银色圆形大耳环，领口别有银排花，胸前挂着一只口弦，腰际佩挂三角形荷包，包面精饰各色纹样，衬以不同包布缝成，上端开口，下缀五色飘带，挂于左方腰间。再看此女正值二八豆蔻华年，真可谓芳菲妩媚，楚楚动人。

阿婆对小女嗔道："还不快快见过柯大人？"

女孩听了，浅浅一笑，上前施礼道："小女子宝琳娜见过柯大人。"礼毕，对阿婆道："阿妈，吉木大叔一行到了，皆在门外候着。"

柯玉井闻言，起身便往门外相迎。只见门外站着三个男子，为首之人年约六旬开外，头缠青蓝色棉布头帕，头帕顶端结着挺拔的"英雄结"，身穿右开襟窄袖长衫。此人见到柯玉井忙上前施礼道："小民吉木见过柯大人。"原来此老者便是宝琳娜所言的吉木。柯玉井闻言，连忙上前将其扶起，吉木又唤过另二人过来见过。此二人一人名唤火布，一人名唤吉斯，年龄皆在四旬上下。

相见毕，进上房叙礼送座。

柯玉井道："彝族医术实在令本官倾慕，还望列位仙家能不吝赐教。"

吉木忙道："柯大人乃太医出身，医术了得，实乃我等学习之楷模，今日何须如此谦逊。"

柯玉井闻言，笑道："古人曰学无止境，本官不过一介凡夫俗子，医术平平，只愿能多学些医道，也好药济苍生。"

吉木三人听了，肃然起敬，吉木道："柯大人爱民之心人皆感动，我等今又承蒙大人抬爱，愿将彝医奉出，绝无半点保留。"

柯玉井闻言，连忙起身相谢。

恰此时，阿婆母女端上羊肉、甜酒。于是，众人一边畅饮，一边谈医论方。精彩处，柯玉井一一用笔记了。

众人相谈正欢，忽听院外隐约有人声，柯玉井正不知何事，忽见宝琳娜笑盈盈走进道："柯大人，百姓们想一赌大人容颜，不知柯大人允否？"

未等柯玉井回话，只听吉木道："大人，此良宵吉辰，我等何不载歌载舞？"

柯玉井听了，欣然应允。众人离席来到院外，果见门外聚了许多百姓，于是，就在街边燃起火堆，男女尽情歌舞，直至夜半方散。

柯玉井师徒几人正欲离开，忽听阿婆家的草楼上响起甜美歌声：

好歌生在彝家山，胜过诗圣和诗仙。

太白斗酒诗能百，彝人一杯能万千。

张全用手一指道："快看，是宝琳娜在唱歌！"

甘草与芍药道："唱得真好听。"

几个人正说着，宝琳娜忽然止了歌声，对下面叫道："柯大人，您上来一下。"

众人闻言，皆不解宝琳娜此为何意。张全道："大人，去不得。"甘草亦道："这都几时了，怎能去女孩家的闺房？"正说着，就听草楼上传来唉哟的一声。柯玉井道："甘草、芍药快快去楼上看看。"二人领命去了。时辰不大，回禀师父，说宝琳娜并无何事，只想单独见见师父，说柯大人是天底下最好的官。

柯玉井听了，笑道："真是个可爱的女孩儿。"言毕，率众徒回去不提。

且说次日，柯玉井外出拜会彝族名医，回来之时，正遇见宝琳娜与甘草、芍药在院中说笑。见柯大人回来，宝琳娜忙上前施礼见过。

柯玉井道："彝族名医真多。"

宝琳娜笑道："这又不是什么稀罕事儿，大山深处，采药之人多为名医。"

柯玉井听了，惊讶道："果真如此，过几日，去深山拜会他们去。"

宝琳娜激动道："带上我，我给你们做向导。"

话说隔了几日，柯玉井留下李鲜与甘草，领着其余人等，由宝琳娜做向导来到三尖山，寻访采药之人。

师徒几人来到三尖山下，只见水清草绿，山高林密，鸟闹枝头。正看到妙处，忽闻山歌破空而来：

男：哥是荞壳黑又黑，妹是荞面白又白，

　　荞面装在荞壳里，妹说要得要不得。

女：荞壳荞面荞稞同，哥妹情意两相通，

　　荞面装在荞壳里，哥说要得就要得。

男：山连山来箐连箐，蜜蜂爱花早有心，

　　花对蜜蜂三分意，蜜蜂捧出七分心。

女：不嚼橄榄回味甜，不吸烟筒烟味香，

　　找着真心实意哥，苦荞粑粑当砂糖。

真是山美，歌甜。宝琳娜兴奋地摘下胸前口弦和起那山歌来。

柯玉井笑道："好一个神仙去处。"旺仔用手一捅身旁的芍药，学唱道："荞面装在荞壳里，妹说要得要不得。"芍药脸一红，嘟着嘴嗔道："去，少要不正经！"旺仔故意争辩道："我怎么个不正经了？我只是学唱了一句歌儿罢了。"说着，又唱。芍药故意生气，嚷道："师父，旺仔欺负人！"旺仔听了，唱得更响，柯玉井大笑，高桥、张全、宝琳娜亦笑，羞得芍药直跺脚儿。

正自行处，忽闻有古筝之声，琴声悠扬，如山涧泉鸣，似环珮铃响。柯玉井听得痴了，如梦如幻，是娘子吗？已有多少年没有听到薇淑的琴声？柯玉井却是记不起来了。琴声忽然戛然而止，只留下余音绕梁。

柯玉井从梦中醒来，惊道："弹琴之人有内疾？"

高桥道："师父，我怎么就没能听出来？"

旺仔道："师父，弹琴之人应是'欲将心事付瑶琴。知音少，弦断有谁听。'此为心疾。"

柯玉井未加理会，只管四下里寻望，忽见一山顶上有一凉亭，一人端坐琴前，另有一鹤发红颜老道坐于一侧相陪，两人身后站着一道童。柯玉井道："居然有如此雅兴之人，过去瞧瞧。"

众人拾级而上，来到亭中，这才看清弹琴之人乃一五旬长者，柯玉井见他中等身材，身着布衣，眉宇间透着一股傲气。见柯玉井走近，两人起身相迎，只听道长笑道："柯大人远道而来，有失远迎，还望见谅。"

柯玉井惊道："道长识得我吗？"

道长笑道："识得，识得。素闻柯大人入主楚雄，政绩卓著。前日好友遗孀传来佳音，说柯大人不日要来山中。"

柯玉井道："原来阿婆是道长好友之妻？"

道长笑道："正是。"

旺仔一旁插话道："我道适才那琴声是弦断为谁听，原来却是给我师父听的。"

众人听了，皆笑。

柯玉井笑道："敢问道长怎样称呼？"

道长笑道："道号空明子。"又指着弹琴之人道："此位乃是当朝名士杨升庵。"

柯玉井闻言，心中大惊，心道："此位便是大名鼎鼎的杨升庵？"

书中交代，杨升庵，名杨慎，字用修，号升庵，乃曾任内阁首辅杨廷和之子，正德六年状元，官翰林院修撰，预修《武宗实录》，禀性刚直，每事必直书。武宗微行出居庸关，上疏抗谏。世宗继位，任经筵讲官。嘉靖三年，因"大礼议"受廷杖，谪戍于云南永昌卫。

柯玉井连忙上前施礼道："玉井不知杨大人在此，还望恕罪。"

柯玉井话音刚落，忽听杨升庵大笑道："柯大人不要如此称呼，我如今乃是朝廷流犯，岂敢受柯大人如此称呼？"又道："柯大人若是看得起在下，就直呼我杨升庵便是。"

柯玉井道："杨大人言重了。我就称呼你升庵兄吧。"

杨升庵听了，觉得不妥，一旁的道长空明子笑道："二位大人皆为当朝名士，以贫道看来，兄弟相称甚妥。"又对柯玉井道："柯大人深明大义，实在令贫道佩服。"

三人在石凳上落座。

柯玉井因问起杨升庵何故到此，杨升庵如此这般地说了。

原来，杨升庵自动身前往戍地云南永昌卫，因其父廷和当国之时，曾经裁撤锦衣卫冗员，有怀恨在心者趁机埋伏在途中，伺机加害于他。杨升庵早有准备，处处小心。待驰骋万里，到达云南之后，几乎一病不起。病愈后，又得一奇症，晨起梳妆，必呛咳，夜卸妆亦然，而平素却不咳一丝。多年来诸医不治。如今听闻柯玉井楚雄为官，因他素知柯玉井医术了得，又闻柯玉井是个一心为民的好官，这才来到楚雄，找到好友空明子，空明子道："杨施主放心，我自有妙招，能让柯大人为你医病。"于是，待探明柯玉井进山的准信后，便演了这出高山弹琴，引柯玉井上山的好戏。

柯玉井听了，大笑，杨升庵亦笑。柯玉井令高桥与旺仔二人分别为杨升庵按脉，察舌，开方。

须臾，高桥与旺仔分别开出方药，高桥用的方子乃阿婆为柯玉井所用过的食疗之方。旺仔开的则是常用治咳之方。柯玉井看了，摇摇头，坐至杨升庵身前，仔细复诊。诊毕，开出一方：

> 大玉竹三钱，川石斛三钱，北沙参四钱，大麦冬二钱，生白芍钱半，生甘草五分，白莲子十粒。

空明子持方在手，问道："柯大人是何依据开出此方？"

柯玉井道："咳嗽虽为肺病主症，却非肺独有。五脏六腑皆能引发，乃寻常之症，不足为奇。此症所奇之处，乃平时不咳，惟梳、卸妆之时方咳，定时有律，如先有约。依五行，胃属土主信，按其脉，右关沉细，脉症合诊，乃胃虚无疑。故此咳，非病于肺之咳。故以甘淡养胃为法。白芍药之酸配甘草，即酸甘化阴，此乃润养胃阴之良药也。"

空明子听罢，起身笑道："柯大人医术实在高明！"

杨升庵道："若能治好这讨厌的咳症，真不知该如何感谢柯大人是好？"

柯玉井道："升庵兄言重了，你我兄弟何谈谢字？"又道："素闻升庵兄文采冠压群芳，今日既有缘与兄相见，欲向兄长讨首诗词如何？"

杨升庵叹道："我命运如此坎坷，怨塞于胸，不作诗词久矣。柯大人若想要，我便把充军路过湖北江陵之时，所作的一首词送于您如何？"又道："只是柯大人此时正是宏图大业之时，唯恐这首词会给大人带来晦气，还是不要了的好。"

柯玉井道："升庵兄，您又言重了。望兄不吝墨宝，让我等一睹为快。"

空明子忙令道童研墨，杨升庵不再言语，略一沉思，便笔走龙蛇，一挥而就。众人视之，见词牌名乃《临江仙》，其词曰：

　　滚滚长江东逝水，浪花淘尽英雄，是非成败转头空，青山依旧在，几度夕阳红。

　　白发渔樵江渚上，惯看秋月春风。一壶浊酒喜相逢，古今多少事，都付笑谈中。

　　众人见了，连连称妙。

　　只听杨升庵笑道："柯大人既不嫌弃愚作，那在下告辞了。"言罢，携了医方，降阶而下，一路哼唱而去。

　　柯玉井正自诧异，只听空明子道："柯大人请谅解杨施主身不由己的苦衷，他已出门两日，也该回去了。"又道："柯大人，贫道还有一师兄想见见您。"

　　柯玉井道："不知道长师兄又是哪位道长？"

　　道长笑道："贫道所居道观离此不远，不妨进去一坐，贫道再相告不晚。"

　　柯玉井欣然应允。

　　道观位于三尖山右翼，半山腰之中。道观虽小，香客却多。柯玉井见道观正门悬一匾额，名曰：三仙观。

　　且说柯玉井进到道长房中，小道童早已沏好茶。柯玉井与道长一面品茶一面闲话，柯玉井轻品香茗，笑道："好茶。"道长笑道："潮州人善饮茶，依柯大人的品茶功夫，不妨说说这是何茶。"柯玉井笑道："此茶观之叶厚毫多，品之醇香甘润。如果没有说错的话，应是庐山云雾茶。此茶延年益寿，怪不得道长有仙风道骨之体。"

　　空明子听了，哈哈一乐，正欲说话，小道童捧了果子进来。空明子令小道童将果子分与众人吃了，吃罢，又续茶。柯玉井道："承蒙道长盛情，烦请道长告之，您师兄究竟为何人？"

　　空明子笑道："柯大人不要如此心急，且先品茶。"

　　柯玉井道："并非心急，道长乃品茶高手，岂不闻一杯为品，二杯即是解渴的蠢物，三杯便是饮驴的道理？"

　　空明子听了，笑道："那好，扔下品茶不提。师兄今日未到，他托我送你一物。"见柯玉井脸露惊讶之色，又道："柯大人还记得宫中曾有位蓬莱道长吗？"柯玉井惊道："原来是刘道长？"空明子笑道："不错。因他欣赏柯大人的医品与人品，得知大人入主楚雄，特嘱咐贫道将师父留下的道家医书赠送与您。"柯玉井不安道："既是先师所留，柯玉井何德何才敢受之？"空明子笑道："柯大人过谦了，大人一向为民，此医书若在你手上，不也是为民解疾吗？"柯玉井再三推辞，只是空明子不依，柯玉井道："道长既然如此，我就恭敬不如从命了。"空明子笑道："这就对了。"说着，进入内室，时辰不大，捧出一木制匣子，打开，一本泛黄的医书呈现在柯玉井面前。柯玉井视之，只见书面上写着"道家医方秘笈"五个字，心中不禁怦然一动。

谢过道长，柯玉井带上《道家医方秘笈》告辞，空明子送出观外不在话下。

且说柯玉井一行回到为民医馆，忽听里面哭声震天，众人不知出了何事，急忙走进，方发现是一少年。只见他衣衫污浊不堪，躺在地上，翻滚不止，李鲜与甘草立于一旁不知所措。

见师父等人回来，甘草眼泪汪汪，像是受了万般委屈，柯玉井问甘草，那少年是何缘故哭闹。甘草道："少年因被蜈蚣咬伤，疼痛难忍，如此哭闹也是情非得已。"旺仔道："你二人因何不为他用药止痛？"一听此言，甘草的泪就跑出了眼眶，道："我与二师兄用了好多止痛药草，却依旧如此。"又冲柯玉井道："师父……"只叫出师父二字，后话便哽在了喉间。

柯玉井对旺仔道："把院中井盖打开。"

旺仔诧道："难不成要将他扔到井里泡？"

一听此言，少年父母却是慌了，双双跪下哀求道："柯大人手下留情则个！"

柯玉井笑道："并非要取他性命。"又对旺仔道："打开井盖，从井壁之上取托胎虫两条。"

旺仔答应一声，不多时将两条托胎虫取来，少年父母不知井中托胎虫为何物，聚拢来看，原来竟是脱壳的蜗牛。柯玉井令旺仔将托胎虫放在少年被蜈蚣咬伤处，说来也怪，只在这一放，那少年立时不哭，原来托胎虫竟是蜈蚣天敌。

少年父母复又跪下，齐声说道："谢柯大人救命之恩！"

且说少年一家刚走，忽闻一阵杂乱的脚步声走进院中，只听有人叫道："柯玉井何处？"

柯玉井闻言，急忙走将出来，只见院中站着一帮官差，其中一人柯玉井却是识得，此人乃是宫中太监冯保。冯保取出圣旨道："柯玉井接旨。"柯玉井等人急忙跪下接旨，只听冯保道："奉天承运，皇帝诏曰，楚雄知县柯文绍在任期间，奉公效职，爱民如子，为示皇恩，特赐柯文绍为广西梧州知府，即日赴任，钦此！"

柯玉井连忙谢恩，接过圣旨，把冯公公让进上房。

柯玉井道："不知冯公公驾临，有失远迎，还望见谅。"

冯保撇了下嘴，苦笑道："我说柯大人啊，你不好好地待在县衙里做县太爷，跑到这里开什么药铺，害得我好找。"

柯玉井笑道："今日玉井略备薄酒，以示谢罪。"

冯保笑道："那还差不多。"

当下，柯玉井令人备了酒菜，款待冯保等人。酒过三巡，菜过五味，面酣耳热之际，冯保告诉柯玉井，严嵩父子已被徐阶等人弹劾入狱，徐大人现已是内阁首辅，是徐大人在万岁面前保荐的柯玉井。

柯玉井听了，恨道："严嵩父子害国伤民，早该入狱，以谢国人了！"

冯保冷笑道："那是。那是。"

酒罢，冯保等人在县衙里小住一夜，第二日便急急离开，回京城复命。按下冯保回京不提，且说柯玉井送走冯保等人，不日便将县衙一应事宜与新任知县交接，并修家书一封，告之即将赴任梧州。大土司阿卓闻听柯玉井要走，依依不舍，盛情饯行。临行之日，为避免打扰百姓，柯玉井备了马车，准备悄然离开。正待要走，宝琳娜忽然站在众人面前。

宝琳娜走到柯玉井面前施礼道："大人这是要离开楚雄吗？"

柯玉井道："正是。"

宝琳娜道："大人可否将我带上？"

未等柯玉井开言，只听甘草对宝琳娜道："宝姑娘，我等此次并非外出采药，因柯大人要到别处为官，而是要离开此处。"

宝琳娜道："我知道。"

芍药道："宝姑娘，难道你也想跟柯大人学医？"

宝琳娜摇头道："我要跟柯大人走，只因他是天下最好的官。"

柯玉井笑道："宝姑娘，比本官还要好的官很多，难道你都要跟着他们去吗？"

宝琳娜跺脚道："我不管，我就要跟着你去！"

　　见宝琳娜如此，众人轮番来劝，宝琳娜哪里肯听，坚持非去不可。柯玉井见状，冲张全使了个眼色，张全会意，上前道："宝姑娘，得罪了。"言毕，伸出食指点了宝琳娜穴位。然后，一应人等悄悄从城中侧门而出，出了城，直奔广西梧州而去。

　　长话短说，且说这日正行至一崇山峻岭之中，但见山高林密，路窄崖陡。张全骑马走在最前方，一见此山如此凶险，当下握剑在手，不敢有丝毫大意。忽然群鸟惊飞鸣过，张全正自惊疑之间，忽见一张大网从天而降，想要躲时，却是为时已晚。

　　张全被吊入树上，脱身不得。

　　众人正在诧异，忽见从树上跳下四人，个个手中握着兵器，杀气腾腾。柯玉井等人识得其中三人，却是那"夺命三阎王"。"夺命三阎王"中间站着一个干瘪老者，柯玉井等人却是不识得。书中交代，这位干瘪老者乃是赫闯的师父，江湖人称"地杀星"的便是。此人不仅武功了得，且心狠手辣。"夺命三阎王"为了报楚雄之仇，隐于深山，修炼武功，得知柯玉井要去广西梧州赴任，专门在半道截杀。为了万无一失，三人煞费苦心，不仅请来"地杀星"助阵，还在林中设置机关，活捉了张全。

　　只听赫闯阴笑道："柯玉井，如今没了张全的保护，看你还往哪跑？"说着，手持双斧，直奔柯玉井的马车而来，眼看着赫闯的双斧就要砸向柯玉井。忽然一阵马蹄声传来，只听马上之人高声叫道："休要伤害柯大人！"

　　话到马到，只见马上之人，手腕一抖，三只飞镖直奔赫闯打来。赫闯大吃一惊，急忙挥斧去拨挡飞镖，此时，马儿已到身前。赫闯见马上之人精壮矮小，并不认得。而柯玉井等人却是看得分明，旺仔惊喜道："飞燕子！"

　　来者正是神偷飞燕子。

　　原来飞燕子自盗出王知府的公文、书信并官印，救了柯玉井之后，并未离开楚雄县城，而是在一家酒楼做了小伙计，并时时暗中保护柯玉井。今见柯玉井离开楚雄要去广西梧州，便也辞去酒楼小伙计一职，骑马尾随，一路暗中相护。

　　赫闯原以为要报往日之仇，如探囊取物，没想到半路里却杀出个"李逵"来。赫闯将手中板斧一举，问道："来者何人？"飞燕子嘻嘻笑道："听好了，别被小爷我报出的名号吓着。江湖人称'飞燕子'的便是你爷爷我！"

赫闯听了，大笑。

赫闯笑道："我道是谁，原来竟是个江湖盗贼。"又将双斧在空中比划一番道："飞燕子，你可看清了，今日爷们是来找柯玉井报仇的，若你识相，快些离开这是非之地。若不然，可别怪爷们不讲义气，伤了你事小，若将你小命儿取了，你岂不是枉来了这世上一遭？"

飞燕子笑道："听你这口气好大，有本事，爷这条小命儿你尽可取去，只怕是你动不了柯大人半根汗毛。"

赫闯听了，直气得两眼圆睁，舞动两只板斧，直奔飞燕子砍来，口中气哼哼道："好一个不知死活的家伙，拿命来！"

飞燕子见过赫闯的本事，知他斧沉力猛，见赫闯双斧直奔自己面门劈来，施展轻功，双脚往上一纵，使了个"旱地拔葱"，避开双斧。赫闯双斧劈空，一看对方竟没了踪影，正自诧异，忽听头顶上方有风声，急往上看时，却是吓出了一身汗水，只见飞燕子的宝剑直冲自己头顶刺来。赫闯忙闪身躲过，待飞燕子双脚落地，两人各显本领杀在一处。

虽然赫闯这些年武功大有长进，怎奈飞燕子体小身轻，身形灵活，招数变化无穷。二十个回合下来，赫闯已是气喘吁吁，落于下风。庞通、牛七一见，急了，遂各执兵器上来助战。又是"三战一"，飞燕子毫无惧色，只见他腾、挪、转、移，剑法鬼怪精灵，三人休想占他半点便宜。

地杀星一旁见了，眼露杀气，冲赫闯三人叫道："全都退下，看老夫是如何收了他！"

赫闯三人听了，急忙撤兵器退下，只见地杀星从腰中解下一条钢鞭，这条钢鞭乃是浑钢打制，足有九尺来长。地杀星甩动钢鞭，带着风声直奔飞燕子。飞燕子一见对方鞭长劲猛，不敢硬接，只能伺机递剑。地杀星见飞燕子不敢接招，更是招招使狠，一招"大漠惊魂"，钢鞭卷飞飞燕子手中宝剑，飞燕子急忙凌空飞起，地杀星又一招"闪电云天"，钢鞭正击飞燕子双脚。飞燕子唉呀一声惊叫，忽双手变掌直奔地杀星面门。地杀星急忙收鞭，使一招"金光罩顶"，飞燕子只得收回双掌，地杀星复又狠招迭起，直杀得飞燕子毫无还手之力。

这边赫闯三人一见地杀星得手，三人互视大笑，然后拎了兵器，直奔柯玉井等人而来。高桥等人见了，急忙护住柯玉井。只听柯玉井道："闪开，他们是冲本官而来，不与尔等相干！"旺仔叫道："今日谁敢动我师父，我就和他拼了！"庞通笑道："那就要看你有无本事了！"说着，"夺命三阎王"挥舞兵器杀了过来。旺仔猛扑过去，欲与三阎王拼命，不料正中牛七枪尖，枪尖刺中旺仔左肩，又一使劲，将旺仔甩出约有一丈有余。芍药一见，大叫一声，连忙奔过去抱住旺仔，见鲜血直流，不禁哭将起来。

三阎王又要动手，李鲜见状，上前护住师父，却被柯玉井推开。眼见柯玉井危在旦夕，忽听一声怒吼："柯大人，少要担心，休要害怕。我来也！"众人视之，却是张全。只见张全双掌齐出，掌风凌厉，直将三阎王逼出两丈开外。接着凌空跃起，直取三阎王性命。

再看张全左掌右拳，直奔赫闯和庞通要害，掌快如风，拳似流星。赫闯和庞通躲闪不及，嚎叫一声，倒在地上，再也动弹不得。牛七见状，大吃一惊，正待要跑，却被张全一个旋风腿击倒在地，不省人事。

此时，飞燕子已被地杀星逼得走投无路，眼见得就有性命之忧，张全见状，连忙奔去相救。恰地杀星一鞭打来，张全用手使劲抓住钢鞭，两人正自对峙，飞燕子左手一挥，飞镖打出。地杀星头一偏，飞镖擦脸飞过。正自得意，不料第二枚飞镖又至，正中咽喉。地杀星双手一松，腿一软，倒在地上，一命呜呼。

再说旺仔被枪刺中左肩，血流不止，柯玉井与李鲜将其抬到车上，止了血，上了药，已是无事。芍药一直守在身边，问旺仔道："疼吗？"旺仔看了一眼芍药，唉哟作声道："疼死我了，芍药，可能我快不行了。"芍药泣道："别混说，有师父在，你怎会没命？"旺仔道："真的快不行了。"说着，两眼一闭，装着死状。芍药见了，一面呼唤师父救命，一面抱着旺仔大哭。柯玉井等人赶过来时，只见旺仔忽然睁开双眼，扮个鬼脸，露出笑容。芍药方悟，竟是旺仔在戏耍自己。于是，挥起粉拳，一面打，一面道："叫你死去！叫你死去！"一阵浑打，不想一拳正中旺仔伤处，疼得旺仔连喊救命，柯玉井等人看了，大笑。

众人正自开心，却不料适才诈死的地杀星忽然翻身跃起，将胸前飞镖拔出，手腕一抖，飞镖直奔柯玉井打来。眼看着柯玉井就要有性命之忧，忽然从树上跳下一人，那人用身一挡，飞镖正中后心。

　　众人皆吓出一身冷汗，再看挡飞镖之人不是别人，正是宝琳娜。

　　书中交代，宝琳娜当初被张全点了穴道，两个时辰之后，穴道自行解开。宝琳娜遂骑马一路偷偷跟随，见柯玉井等人遇险，乘众人打斗之际，先是偷偷放下张全，然后攀上一棵大树观战。见柯玉井危在旦夕，遂一跃而下。

　　再说柯玉井见宝琳娜受伤，急忙查看，一面取下飞镖，令甘草取来止血药，一面令芍药将伤口包扎好了。柯玉井叹道："傻姑娘，多谢你救了本官。"宝琳娜双眼含笑，声音微弱道："柯大人是天下最好的好官，我愿意这样傻。"

　　柯玉井正不知如何回答才是，忽见一乘马车驰来，等到近前，见是阿婆与吉木等人。原来，阿婆早知女儿心事，见女儿几日未归，便知其中端的，遂与吉木等人一路寻找到此。

　　见阿婆等人到来，柯玉井长舒一口气，遂将方才发生之事一一说了。柯玉井道："好在那一镖力度浅了些，否则她命休矣。"又道："回去好生养息，用不了几日便可恢复。"

　　阿婆等人也都称是，于是将宝琳娜抬至车上，上车的一刹那，宝琳娜将胸前的口弦摘下，递与柯玉井道："我喜欢你。因为你是天下最好的官。"柯玉井双手接过口弦，颤声道："本官会记住你的话。"又说了会儿话，双方才依依道别不在话下。

　　按下宝琳娜等人上车离去不提。且说打扫完战场，将"夺命三阎王"绑了，扔到车上，地杀星已毙命，张全不解气，用脚踢了几脚。飞燕子过来见过柯玉井，柯玉井对飞燕子危中相救甚是感激，飞燕子道："柯大人，小人自一路尾随大人到楚雄以来，再也没有做那偷盗之事，并发誓永不做此事。只是……"柯玉井连忙问只是什么。飞燕子道："柯大人得答应我一个条件，我说了您不能生气。"柯玉井道："壮士请讲，本官答应你便是。"飞燕子就把潜入王知府家中，以及盗取文书、书信和官印之事一一说了。高桥笑道："飞大侠，你这是救我家师父，他岂有生气之理，感激尚且来不及呢。"飞燕子听了，望望柯玉井，见柯大人点头微笑，遂道："柯大人既然不再嫌弃小的，就请大人把小的收在左右，也好一路之上保护大人的安全。"柯玉井笑道："壮士既然不怕跟着本官吃苦，那就一路同行吧。"飞燕子听了，连忙叩谢，众人也都十分欢喜。

　　于是，众人上马直奔梧州而来。一路无话，这日来到梧州府。

时值梧州连日天降大雨，但见天水相连，一片迷蒙。行到城门前，早有通判陈绍文与潘仕云迎着。柯玉井见二人面相，一个白白净净，书生模样，一个则是面色黝黑，恍若包公再世。一番寒暄之后，柯玉井问起梧州水情，陈绍文叹道："柯大人有所不知，这梧州史上就因舜帝'崩于苍梧之野'而得名，可谓是年年有洪灾，眼下情景，大人你也看见了。"

柯玉井问道："既然年年如是，为何没有寻出治理之道？"

潘仕云拿出地图，指道："柯大人请看，如今我与陈大人一道制出一套新方案，只是未等大人你到，就已先行实施。"又道："梧州'上患'有柳江、红水河、漓江，下有蒙江，左有北流河。无论哪条河道发生洪水，皆会危及梧州。"

柯玉井双眉紧蹙道："治理水患当驱长避短，河东是关键。"

陈、潘二人连忙点头认同。

柯玉井又问道："河东堤坝如今加固得如何？"

陈绍文道："能够调派的人手全上去了，就连监狱的犯人也都拉了上去。"

柯玉井道："走，看看去！"

空中雷声阵阵，暴雨倾盆而下。

一行人冒雨而行，行至堤坝前，但见人山人海，忙碌非常。

柯玉井正自察看，忽见一人脚锁铁链，身形瘦削，在雨水里吃力地运着石块。柯玉井心道："此人怎么这般面善？"遂上步细瞧，这一瞧不要紧，只惊得目瞪口呆，上前一把抓住对方双臂，叫一声道："恩师，您怎会在此处？"

被叫做恩师之人用手擦了把脸上的雨水，见是柯玉井，不禁老泪纵横道："玉井，是你？"

此人不是别人，正是柯玉井恩师万邦宁。

万邦宁用手一指不远处的几个人道："你看，他们都在。"

柯玉井仔细一看，认出是御医顾定芳与杨济时两位大人。柯玉井惊问道："老师，这究竟是怎么一回事？"万邦宁叹道："宫中又出大事情了。"于是，就在风雨之中，将事儿简略地说了。

欲知宫中又发生了何事，且看下回分解！

第二十一回　壮士飞檐擒恶官　贤臣研药医灾民

词曰：

芙蓉面，冰雪肌，生来娉婷年已笄。

袅袅倚门余。梅花半含蕊，似开还闭。

色字为刀，却难挡风流。

历代王侯，朝暮多欢喜。

行也娶，拒也娶，劝行善，贤臣更相宜。

话说柯玉井巡视河东堤坝，意外见到身为囚犯的老师万邦宁，因问其何故如此，万邦宁遂将宫中发生之事简略地说了。

原来，皇上宠妃江娘娘，因身怀六甲，皇上命太医们务必保住龙种。不料，五月端午戏龙舟之际，身体孱弱的江娘娘不听太医劝阻，执意要去赛龙舟，不想在龙舟赛时遭冷水湿衣，受了风寒，流产龙种未保。嘉靖帝大怒，以太医院失职为由，将太医院院使许绅斩首，赐死值班医官，其他太医则全部流放充军。

柯玉井听罢，心中虽是暗愤不平，嘴上却是抚慰恩师道："老师乃时运不济，有朝一日，待圣上回心转意，定会还你一个公道。"言毕，吩咐张全，带过顾定芳与杨济时，大家见了，不免唏嘘一番。柯玉井令人除去三人脚链，又见三人身形瘦削，单薄无力，衣衫污浊不堪，吩咐属下将三人送回知府衙门，沐浴更衣，好生招待，不在话下。

且说柯玉井见河东之堤已是暂告平安，心中稍慰。因不放心别处，复又沿途巡视，行至苍梧县城，走进县衙，见县衙空空荡荡，不见一人。柯玉井以为县衙人等皆去防堤，心下释然。众人刚刚走出县衙，忽见两名年轻男子一边争吵，一边向县衙走过来。到了近前，柯玉井看清这两名年轻人，一个浓眉大眼，另一个虽是眉清目秀，但眉宇间则透着几分傲气。

浓眉大眼的后生见到柯玉井等人，急忙躬身行礼道："下官见过几位大人。"柯玉井不认识眼前这位自称下官之人，陈绍文忙介绍道："柯大人，这位乃是苍梧县教谕海鹏，海大人。"又对海鹏道："海大人，还不快见过新任知府柯大人！"海鹏一听是新任知府，连忙上前施礼见过，又一拉身旁的另一年轻人道："海燕，快过来见过柯大人。"只见那位年轻人将眉一扬，小声道："不是为民的好官，我凭什么要见。"海鹏见执拗不过，只得对柯玉井赔笑道："小妹自小任性，还望柯大人海涵。"

海鹏此语一出，众人皆惊，没想到这个清秀而又略带几分傲气之人竟是个女儿身。

柯玉井道："海大人，敢问本县知县大人现在何处？"

海鹏听问，支吾道："这个……丁大人他……他……"

柯玉井见他吞吞吐吐的样子，问道："他怎么样？"

海燕见哥哥如此，生气道："我最见不得你这副模样，有什么不敢说的？"又道："索性我替你说了罢，丁大人他在翠香楼吃花酒呢。"

此言一出，又是众人皆惊。身为一县知县，竟敢抛下百姓于洪灾之中而不顾，居然跑去妓院寻欢作乐。柯玉井听了，只气得眼冒金星，咬碎钢牙，对海燕道："此话当真？"海燕眉宇一扬道："若有半句假话，敢拿项上人头作保！"柯玉井道："张全、飞燕子听令，速去翠香楼，将那丁知县给我拿下。"

张全、飞燕子领命而去。

却说两人来到翠香楼，此时已是暮色降临，但见翠香楼门前大红灯笼高悬。张全对飞燕子道："柯大人让你我来拿丁知县，你我又不识得他，若是硬向妓院要人，这老鸨要是不说实话，说丁知县不在怎么办？"飞燕子道："这个容易，就说有公事要见丁大人。"张全道："这个不行，丁知县既在温柔乡中，肯让别人打搅？那老鸨也是识相的主，定不会告诉你我丁知县在哪间房中。"飞燕子道："这倒也是。"略一思忖，道："有了，你我进去之后，就点头牌要人，那丁知县定在头牌房中，到时我说多给些银两，那老鸨看在银子份上，必去看丁知县有无完事。此时，你只需在楼下守着，我悄悄跟上去便可。"张全喜道："这个办法倒是可行。"于是，二人进到院中，但见院中种着几株紫薇与芭蕉树，倒也显出几分清幽之色。

老鸨见有客人来，直喜得眉开眼笑，自苍梧连连暴雨，直闹得人心惶惶，哪里还有多少客人愿意来此销魂蚀骨，连忙上前招呼，并呼一声："丫头们，接客！"话音刚落，呼啦啦围上来数十千娇百媚的小姐来。张全道："妈妈，叫你们头牌过来伺候大爷！"老鸨媚笑道："两位大官人，你们看看这里的丫头哪一个不是艳质娇姿，雪肌玉肤，倾国倾城？她们都是头牌！"张全望望飞燕子，意思是你这一招恐怕不灵。只见飞燕子从怀中掏出两个金元宝，笑道："我这两个朋友可是只认最好的丫头。"老鸨一见这么大两个金元宝，顿时魂儿都丢了，两只眼睛笑出一条缝儿来，忙道："两位大官人，我这里确实有一名角儿，且是从京城里来的。只是，她只卖艺，不卖身。"张全问道："此话怎讲？"老鸨笑道："只弹唱曲儿，或是陪官人写诗作画儿。"飞燕子道："这个倒是十分有趣，我们就要她了。"张全也道："对，就要她了。"老鸨为难道："只是，只是她那里目下有客人在，还望二位官人稍等。"见飞燕子面露不悦之色，又赔笑道："待我上去看看有没有完事儿。"说着，兀自上楼，飞燕子见了，给张全使了个眼色，然后悄悄跟了上去。

且说老鸨来到楼上一间房门前，将耳贴在门上，闻内仍有说笑声，知是客人还没完，就悄悄地退了回来。飞燕子一见，微微一笑，双脚一提，来了个"旱地拔葱"落到房瓦之上，轻轻揭开瓦片，只见房内有一漂亮女子，怀抱琵琶，双眼含泪，坐在桌子一旁，另一侧则坐着个尖嘴猴腮的男子。飞燕子心道："这便是那个丁知县了。"只听那女子道："小女子本是官宦人家的千金，只因爹爹受奸贼严嵩所害，才落难于此，而非倚门卖笑，送旧迎新之烟花女子。"飞燕子在房上听得明白，心道："又是那严嵩所恶，可惜，如今严嵩父子已经倒台，只是这小女子尚且不知。"

只听丁知县奸笑道："本官早就知晓你是官宦之家的千金，因见你美如天人，才怜惜你，让手下差人把你弄了来。"

那女子一听，愤道："原来是你作坏，你身为一县知县，怎能做这违背纲常，作奸犯科，逼良为娼，为人所耻之事？"

丁知县阴笑道："实话告诉你，此妓院就是本官所开，若不念你楚楚怜人，你早已是残花败柳。试想，凡到妓院中来，哪一个不是花钱买乐，享受温香软体，谁又去与你和诗吟对，研墨作画？"

女子听了，冷笑道："大人意思，小女子非但不要恨你，还得感谢于你才是？"

丁知县阴笑道："本官哪里敢让大小姐感谢于我？本官对小姐情牵意乱，如鱼思水。只望今日良宵，姐姐能成全好事，以后保你有享不尽的荣华富贵。"

只听女子啐道："好个无耻狗官儿，今日若是从了你，我还有何面目苟活这世上？"

丁知县见女子如此，便要霸王硬上弓，起身抓住那女子头发便要动手。飞燕子心中骂道："见过不要脸的，还没有见过像丁知县这样不要脸的。"正要跳下相救，忽听门响，走进一丫鬟，那丫鬟见丁知县对小姐无礼，吓得忙跪下哀求道："大人手下留情，我与小姐出来是投奔楚雄知县柯大人的，望大人放过我们，待我们找到柯大人之后，一定重谢大人。"

飞燕子一听，原来是投奔我们柯大人的，丁知县，今天看我怎么收拾你！说时迟，那时快，只见飞燕子飞身跳下，口中喊道："丁知县，你好大的胆子！"

屋中三人忽见从房上跳下一人，个个吃惊，丁知县大着胆子问道："你是何人？"飞燕子道："我乃你飞燕子爷爷，奉知府大人之命，特来拿你！"

丁知县一听，吓得是魂飞魄散，急忙松开手，往外便跑，刚刚跑到楼下，被张全拿个正着。

且说飞燕子见丁知县已被拿住，复进房中，对那小姐道："敢问小姐尊姓大名？适才在房上听小姐说是投奔柯大人的，你现在快快随我去见柯大人。"

小姐道："我乃京城兵部侍郎杨继盛之女，名唤隐娘。"

丫鬟喜道："小姐，我们快去见柯大人！"

隐娘点点头，于是收拾细软与飞燕子一道押了丁知县来到县衙。

柯玉井并两位通判正在衙内等候，见张全与飞燕子押了丁知县回来，又见旁边还跟了两个女子过来，正不知是何故，忽听一女子泣道："柯公子，找你找得好苦啊。"柯玉井仔细观瞧，见竟是隐娘，一时悲喜交集，这正是：金风玉露一相逢，便胜却人间无数。

柯玉井忙过来和隐娘相见，又问隐娘因何会在此处。隐娘听了，泪珠儿簌簌落下，于是，便将前因后果如此这般地说了。

原来，严嵩父子见杨继盛复职后，仍和自己为敌，并草疏"十罪五奸"相弹劾，便视杨继盛为眼中钉，纠集党羽，捏造罪行，在圣上面前弹劾杨继盛有谋反之心。圣上大怒，下旨严惩杨继盛。严嵩甚是欢喜，先是将杨继盛下狱，酷刑折磨，杨继盛于狱中写下"铁肩担道义，辣手著文章"千古名联，后被奸相所害。杨继盛已死，严嵩仍不解气，又假借圣上之名，拟下圣旨，将杨继盛满门抄斩。那日，多亏管家拼死相救，将隐娘与她贴身小丫鬟救出，并嘱其去楚雄找柯玉井。不料，主仆二人因走错道儿，来到广西梧州，恰被丁知县看见，那丁知县见隐娘貌若天仙，直喜得魂儿都丢了，令手下将隐娘抢入翠香楼，但隐娘宁死不接客，只以文会客，卖艺不卖身。

说到此处，隐娘早已是泣不成声。

张全抽出宝剑道："今日若不杀了这狗官，难解心头之恨！"

柯玉井见状，急忙止住道："丁知县作奸犯科，逼良为娼，且不顾百姓死活，寻欢作乐，实死有余辜。现将其收监，听候处置！"丁知县被打入大牢，不在话下。

且说隐娘被接到梧州知府衙内，如今知府院内十分热闹，除柯玉井师徒外，恩师万邦宁及顾定芳与杨济时两名御医皆住在此处。隐娘主仆二人被安置在别院，与知府大院只一墙相隔。柯玉井因见隐娘体质柔弱，加之近年遭遇不幸，遂又将芍药与甘草二人也搬到此院，时时照料。

话说如今洪水已退，一日，柯玉井陪恩师及顾、杨二位御医上街散步，忽见一群孩子光着脚丫，一面跑，一面唱着歌谣：

> 落雨大，水浸街。
> 大老爷，有办法。
> 学龙母，救万家。
> 洪水退，烂脚丫。

几人听了，面面相觑。万邦宁道："如今洪水已退，最担心的瘟疫倒是没有出现，只是这'烂脚病'倒是出现了。"

柯玉井唤过几个孩童，一看，果然个个小脚丫红肿欲烂。柯玉井蹲下身去，抚摸着孩童的脚问道："脚烂如此，有何感觉？"一个孩子答道："痒！"另一个则答道："痛！"。

万邦宁道："此病只需配些草药便可治愈，只是那些起了脓疮、破流脓血的，却是用药之后，很难见效。"

柯玉井道："这配草药医烂脚病之事，就拜托恩师及二位仁兄了。"

三人受命自不在话下，待草药配出，分发百姓，只几日的工夫，这烂脚病便不见了踪影，只是万邦宁的担心却成了现实，所配草药药方对脓疮之类确实很难见效。望着药方，柯玉井百思不得其解。

高桥道："按理这方中的蛇床子有温肾助阳，祛风，燥湿，杀虫之效，主治疥癣湿疮；樟脑通关窍，利滞气；地肤子，清热利湿，祛风止痒……如此药方对皮肤瘙痒、湿疹、癣症皆有疗效，为何偏偏就对皮肤溃烂、疮泡的收敛恢复起不了作用？"

李鲜道："定是配伍不当引起。"

师徒几个正说着，忽见海燕仍旧穿了男人衣服，大摇大摆向侧院走去。这工夫芍药与甘草正将炮制好的药膏给隐娘主仆两个疗脚，海燕冒冒失失地闯了进来，直吓得隐娘主仆忙要收脚隐藏。

芍药与甘草识得海燕，见隐娘主仆如此，知是她二人错把海燕当作了男人。芍药对海燕嗔道："你就不能好好儿地做回淑女？偏要把自己弄成男儿模样，在外招蜂引蝶倒也罢了，却要跑到这儿吓人！"又对隐娘主仆道："她本是个女儿身，整天里疯疯癫癫，以后见着，别理她就是了。"

海燕一屁股坐到椅子上，对隐娘主仆道："二位姐姐多恕海燕冒失，小妹给二位姐姐赔礼了。"说着，双拳一抱。如此一来，倒把隐娘主仆二人逗乐了。海燕见隐娘主仆二人并未责备自己，便对芍药道："我和你如此相熟，却还没有那二位姐姐宽容。你骂我便也就罢了，却还要嚼舌头，说什么我在外招蜂引蝶的话，委实难听！"

芍药听了，原本想笑，一看海燕一副生气模样，便急忙用衣袖掩住。甘草道："没想到海燕姐姐也会生气。"又道："海燕姐姐今日所为何来？"

海燕笑道："向你讨些药膏。"

甘草亦笑道："见你走起路来和花木兰有一比，没想到，也挡不住这洪水潮气，烂了脚。"

芍药笑道："燕子姐姐就别用药了，脚烂了正好，省得以后出来装神扮鬼地吓我们女孩儿。"

大家听了，皆笑，海燕自个儿也忍不住笑。

又闹了一会，海燕讨了药膏告辞，刚走到院中，恰被飞燕子撞见。飞燕子嬉皮笑脸道：“燕子姐姐是来找我这只燕子吧？”海燕冷笑道：“少埋汰我，你也真不知害臊，大了我许多岁去，居然还叫我姐姐。”飞燕子笑道：“老天大我许多万岁，我也只管他叫爷爷而已。”海燕啐道：“你也不怕嚼了舌头，被天打雷劈。”又道：“不和你闹了，我得回去上药，晚了脚就没了。”飞燕子道：“你不是已经上过药，怎么还没好吗？”海燕道：“已经烂了，怕是一会半会儿的也好不了。”飞燕子笑道：“你自个儿再加上一味药，保你好得快些。”海燕道：“加一味什么药？”飞燕子笑道：“砒霜！”言罢，飞一般地跑开了，海燕知是戏她，笑骂道：“嚼舌子的，不怕跑断你的腿。”

二人对话，柯玉井听得明白，听到飞燕子说砒霜，忽然顿悟道：“有了！”见高桥等人迷惑地望着自己，遂道：“以毒攻毒，将升药碴加入方中。”

此方一配，果然见效，将药膏给百姓们分发下去，不几日，伤者个个病愈，就连那伤情最重者，溃烂之处也渐渐收敛愈合，生肌长肉。百姓无不欢欣，送了牌匾，叩谢知府大人救命之恩。

且说万邦宁见此情景，感叹道：“难怪东涯临终前说，若是玉井在，他的背疽无虞。”

柯玉井听了，惊问道：“恩师，你适才说什么？东涯兄怎么了？”

万邦宁亦惊，问道：“翁万达因背疽病发，已逝去多年，你居然不知道？”

柯玉井听了，立时呆了一般。半晌，方大叫了一声：“东涯兄！”只这一叫，一口鲜血喷涌而出，吓得众人忙上前扶住，不料，柯玉井又大叫了一声，又是一大口鲜血喷将出去。

万邦宁一脸愧色，自责道：“都是老夫多嘴，才出了这样的事。”一面自责，一面令人将柯玉井扶回房中休息不提。

再说隐娘正在房中绣花，忽见丫鬟急急跑回来，上气不接下气道：“小姐，不好了，柯公子好端端的，竟吐了血。”隐娘听了，一惊，手儿一抖，将花布掉在地上，不及细问，跑来探视。此刻，柯玉井情绪已稳，万邦宁早开了方药，旺仔将药煎了，端了来，甘草接过，正要给柯玉井喂下，恰隐娘进来，隐娘从甘草手中接过药汤，见柯玉井脸色苍白，心中不禁难过，流下泪来。一面持了汤匙盛了药送到柯玉井唇边，一面轻声道：“纵使有千般万般的紧要事儿，也没有身体要紧。”说着，又滚下几颗泪来。

柯玉井笑道：“只是一时心急，并无大碍。”

隐娘嗔道：“若是哪日把命儿都弄丢了去，还要说这没有大碍的话吗？快些把药吃了，早些康复才是。"

柯玉井吃了药，觉得自己很累，竟昏昏地睡了去。一觉醒来，见所有的人都坐在旁边守护着自己，忙坐起，对众人道："已经无事，大家各自忙去吧。"又对万邦宁道："恩师且告诉我东涯兄究竟是因何而去的。"万邦宁道："待你身体复原，我再细细说与你听。"柯玉井道："恩师但说无妨，适才只因一时心急，胸闷才出了事儿。"

万邦宁见柯玉井坚持如此，叹息一声，遂将翁万达之事如此这般地说了。

原来，翁万达回家奔丧，待守制期满，世宗下诏任命翁万达为兵部尚书。一接诏令，翁万达不敢推辞，单骑上京，因路途遥远，走了月余方到京城。然世宗性急，因见翁万达迟迟不来，早将兵部尚书一职给了王邦瑞，世宗责怪其期慢，然，念其守丧之事，姑且夺职别用。

翁万达一时气愤，上疏请求解官回乡，世宗获准，却因奏章辞谢中出了别字，世宗龙颜大怒，将翁万达贬为庶民。

且说翁万达回至家中，想以圆"归傲林泉"之愿，只可惜半途背疽发作，死于上杭舟中。

柯玉井听了，愧道："和东涯兄一道守边之时，就知晓他有背疽之疾，只可惜玉井医术平庸，未能为东涯兄除疾留命。"

万邦宁又好生劝慰一番，柯玉井方平复心痛。此时，隐娘又做了一碗米粥端了来，万邦宁见柯玉井已无大碍，先行告退，房内只剩下柯玉井与隐娘二人。柯玉井道："自京城一别，已有数载，杨小姐依旧是风采照人，不减当年。"隐娘道："柯公子是在提醒奴家吗"柯玉井道："我在提醒你什么？"隐娘道："自然是在提醒奴家，夕阳虽好，却是已近黄昏矣。"柯玉井道："杨小姐误会了，我只是在感叹岁月的蹉跎，正应了那句'年年岁岁花相似，岁岁年年人不同'。想劝你趁着花容依在，找个好人托付终生。"隐娘听了，凄然一笑道："多谢柯公子提醒。"欲要再说，却已是玉泪盈眶。心中却道："花开堪摘直须摘，莫待花落空摘枝。如今花儿已落，又有谁人愿意空摘枝？"越想越是难过，遂起身夺门而去。

"杨小姐！"

柯玉井哪里知道隐娘心思，见她夺门而去，不知所为何事，连忙出门来追，刚至院中，就见跌跌撞撞进来一人，口中喊道："柯大人，不好了，出大事了！"

欲知出了何事，且看下回分解！

第二十二回　审竹篱以新换旧　明志向上书言辞

诗曰：

世人但喜做高官，执法无难断案难。

大火烧毁苍梧房，凶手竹篱为哪般？

一心清正万家福，两字公平百姓安。

只因看透世间苦，立志杏林把家还。

话说柯玉井正追隐娘至院中，忽见一人闯进，急呼大事不好了。柯玉井见之，识得此人是苍梧县衙差役李三。柯玉井急忙问其缘故，李三急忙道："柯大人，不好了，苍梧发生火灾，海知县令小的前来告之柯大人。"

柯玉井闻言，大惊，急领了张全、飞燕子、通判并知府衙役数人赶赴苍梧。待到了苍梧，只见火势蔓延，百姓正在扑火。柯玉井见状，肝肠寸断，急忙找来工具便要往火场中闯。张全急忙将其抱住，大声道："大人，危险！"柯玉井亦叫道："救火要紧！"众人见了，亦纷纷上前扑火。

然，火势凶猛，久扑不灭，民房毁于一旦。

众人正自懊恼叹息，忽见知县海鹏走来，见着柯玉井，道："大人，今灾民无家可归，只能沿街行乞了。"言罢，竟号啕大哭不止。

柯玉井放眼望去，但见残垣断瓦，满目疮痍。再看灾民，个个目露哀愁。忽然只听一小儿哭道："阿妈，好饿！"一语未了，叫饿之声不绝于耳。

海鹏走至众人前，高呼道："乡民们，知府柯大人看望大家来了！"

众人闻言，哗啦一声，齐齐跪下，高喊："柯青天，救救小民吧！"

柯玉井见状，眼含泪水，躬身来拉乡亲，颤声道："列位乡亲受苦了！"言罢，泪珠儿簌簌滚落而下。只这一流泪，乡人难掩悲苦，一时失控，但闻一片哭声。柯玉井强忍心痛，安慰道："列位乡亲尽管放心，本官定会全力安置好尔等。"

一位白发老者上前拉住柯玉井，道："柯大人一向爱民如子，我等百姓感激不尽。不过，苍梧之火年年皆有，想必定是有歹人所为，还望大人能擒住真凶。如若不然，或是哪日大人高升他处，我等百姓岂不又要受苦？"

柯玉井闻言，惊问一旁的海鹏道："此事当真？"

海鹏道："此事确实为真，且年年皆是这个时节而发，实是蹊跷。"

柯玉井听了，对众人道："此凶必抓，还尔等一个公道！"遂叫过张全、飞燕子并衙役捕快，吩咐三日之内擒住真凶。众人领命，缉查而去，不在话下。

柯玉井又吩咐海鹏，安顿灾民，开仓放粮。海鹏闻言，惊道："柯大人，此事非同儿戏，若要开仓放粮，必有朝廷圣旨方行，若是私自而行，可是要犯杀头之罪。"柯玉井道："你只管依言而行，所有罪过自有本官来担。"见海鹏仍有顾虑，通判陈绍文道："此为非常时期，就另当别论，此事我自然会上报朝廷澄清。"

海鹏听了，依言行令而去不提。

再说柯玉井见诸事安排妥当，遂亲临火灾现场查验，看罢，回到苍梧县衙。两日后，张全、飞燕子并衙役捕快来回，并未抓住纵火真凶。柯玉井冷笑道："纵火凶手已被本官抓住。"众人闻说，面面相觑，忽又听柯玉井道："尔等速速贴出告示，布告城民，明日午时三刻，本官要审纵火真凶。"

众人虽是疑惑满腹，还是依命而行，不在话下。

且说第三日，但见苍梧县衙门前人山人海，苍梧百姓因恨透了纵火犯，皆想过来看看凶犯究竟是何模样，就连那小商小贩也闭了门歇了摊，纷纷来瞧热闹，这正是：

百姓年年受它苦，如今青天伸正义。

且说百姓里三层外三层，将县衙围得水泄不通，渐渐日中，围观者窃窃私语，有道："怎么还不见凶犯身影？"有道："知府大人说了，要到午时三刻，这会时辰尚未到，你又怎会见到凶犯？"于是，众人皆仰首望天，望了一会，见日光还是不动，个个心下焦急。恰此时，忽听有人高声叫道："闪开，藩台和臬台两位大人到！"

围观者顿时闪开一条道，柯玉井高座公堂之上，听见喊声，正要起身相迎，二位大人已是到了堂前。柯玉井见是刘子兴与林大春两位大人，遂起身笑道："下官不知两位大人驾临，未能远迎，还望见谅。"未待刘子兴开口，林大春笑道："我二人只是打此路过，听说柯大人正在审理纵火一案，见衙门前如此热闹，便也进来凑凑热闹。"柯玉井听了，笑道："真是请仙不如遇仙，二位大人来得正好，今日一案，你二位也好作个旁证。"言毕，吩咐给二位大人看座。

二位大人坐定，午时三刻已到，柯玉井叫一声带凶犯，就见张全与飞燕子二人各持一根干竹走上堂来，并向柯玉井回道："大人，凶犯已带到！"

此言一出，众人皆惊，等了半日，竟带上两根干竹，这柯大人究竟意欲何为？藩台和臬台两位大人也甚是疑惑，林大春道："柯大人，你这是……"柯玉井起身笑道："两位大人请随我来。"言罢，来到衙门前。此时，正值阳光最烈。柯玉井令张全与飞燕子将两干竹放在太阳下，须臾，又令二人将两竹竿相互撞击，只见火光一闪，霎时燃起，直将众人看得目瞪口呆。

只听柯玉井道："只因苍梧历来有拆竹为椽，编竹为户之习俗，且环城远近，毗邻而居，井灶相连。暑盛竹热，极之火起。"又道："这无竹不房的习俗还要延续吗？"众人闻言，已明其中之理，齐道："不要！"柯玉井道："既然不要，那尔等还不赶快谢过藩台和臬台两位大人！"众人齐齐跪下，高喊道："谢过藩台与臬台两位大人！"刘子兴和林大春慌道："柯大人，为何要谢过我二人？"柯玉井笑道："他们自然是谢过二位大人给他们造砖墙瓦顶之房啊。"林大春道："柯大人，我二人何时说过要帮他们造房？"柯玉井笑道："难道二位大人不正是为此而来吗？"林大春道："这话从何说起？"刘子兴笑道："你我二人被柯大人算计了！"林大春这才醒悟，笑道："原本是来看你断案，不想挨板子的却是我和刘大人。"柯玉井听了大笑，刘子兴与林大春亦笑。

柯玉井道："此案已断，二位大人不妨与我回府，我也好尽地主之谊。"林大春笑道："这个自然，不过，若是吃了你的饭，不知又要生出什么事来，我看这饭就免了吧，待回乡之时，再上门讨扰不晚。"

林大春与柯玉井乃是同乡。林大春，字邦阳，又字井丹，潮州府潮阳县棉城人氏，嘉靖二十九年进士，现任按察使派道苍梧佥事。

柯玉井笑道："这饭固然可以不吃，这筑房的银两可不能少。"

林大春笑道："银两自然不会少，只是这筑房的速度你得快，可不能让乡民们等得太久。"

柯玉井答应一声，随后两位大人告辞，柯玉井直送出衙门外，直到看见二人坐进车轿，方回身县衙。柯玉井与海鹏交代一番，见天色已晚，遂领原班人马离开县衙。

柯玉井一行走至城中，忽见沿街药铺、医馆内外坐满患者，且呼痛之声此起彼伏，柯玉井停下轿子，上前细问，方知这些患者皆为皮肤烧伤之人。柯玉井细观烧伤态势，重伤者不忍目睹，轻伤者却也疼痛难忍。只听一伤者对郎中叫道："郎中，能否上些管用的药啊，痛死我也！"另一人也叫道："郎中，你别总是拿些没用的药，只管将我等当猪宰杀！"这二人，你一言，我一语，立时抱怨声迭起。再看那医病的郎中，满脸委屈，连连抱拳作揖道："在下医术拙劣，已经尽力而为，尔等与其在此吵嚷，不如去知府衙门找名医柯大人。"有人道："柯大人一向为民，你道我等不敢去见他吗？"

正吵嚷之间，就听有人高叫道："吵什么吵，柯大人在此！"

闻听此言，众人齐声高叫道："柯大人救命啊！"

柯玉井闻言，闪目观瞧，见方才高叫柯大人在此的，不是别人，乃是假小子海燕。只见海燕穿着男装，笑嘻嘻地走到柯玉井身前，作揖道："小女子见过柯大人。"一副不伦不类的模样，直把张全与飞燕子逗得差点笑晕过去。海燕道："柯大人，你快救救他们吧。"

此时，那郎中也过来叩见柯玉井。柯玉井要过郎中医病药方，见皆是一些止痛消肿药物，于是，要过纸笔，开下方药，然后递与郎中，嘱道："研制成膏，敷于患处。"那郎中接过处方，再三谢过，随即下去吩咐伙计配药不提。且说柯玉井开罢方药，复上轿而去，忽又听得海燕大声道："尔等还不谢过柯大人救命之恩？"众人齐声高喊："谢柯大人救命之恩！"

回到知府衙门后宅，见高桥、李鲜与旺仔正与顾定芳、杨济时谈医论道，柯玉井遂返身来到恩师万邦宁房前，见恩师房内有灯烛亮着，遂推门而入。见芍药与甘草两人也在，恩师则倚床而卧。见柯玉井进来，芍药与甘草连忙起身见过。柯玉井径直走到恩师床边，万邦宁昨日去后花园赏花，因不禁苍台露冷，花径风寒，受了风凉，卧床休养，芍药与甘草两人端药侍候，如今已祛病八九分。柯玉井见恩师白发苍苍，眼窝深陷，一副倦疲之态，知道恩师身体虚弱，遂吩咐芍药与甘草炖了母鸡人参汤来。不多时，芍药端了人参汤，柯玉井亲手接过，小心给恩师喂下。

须臾，见恩师脸露红润之色，方问恩师病情如何，万邦宁如实相答。见恩师精神好转，遂将今日苍梧城内烧伤患者情形说了，又拿出所开药方，递与恩师过目。万邦宁看罢道："烧伤乃火毒所致，火热伤阴，蕴毒腐肉，治以清热养阴解毒，祛腐生肌敛疮为主。"又道："你所开之方，甚好，只需加减，另添些麻油与蚕丝便可。"

柯玉井喜道："恩师真是神来之笔，如此一来，则可愈后不留疤痕。"

于是，唤过高桥等人，以方制膏，送与患者。高桥道："上次有皮肤之宝，不知此次又为何名？"

柯玉井转脸望向恩师万邦宁，万邦宁手拈胡须，沉吟片晌，忽然道："此药专治烧伤，就叫'解毒烧伤膏'如何？"

柯玉井抚掌道："就叫此名！"

一日，只见府衙门前，百姓载歌载舞，好不热闹。柯玉井不知外面出了何事，外出来看，百姓们一见柯大人出来，停了歌舞，齐齐跪下道："感谢柯大人救命之恩！"

柯玉井不知所为何事，正疑惑间，就见一年轻后生，跪前几步道："大人，我的脸因被大火所伤，几番轻生不成，后幸得大人'解毒烧伤膏'所救，且疤痕全无，如今又迎娶了我心爱之人！"言毕，以头叩地谢恩。其余人等也皆感谢柯大人奇方妙药治愈了伤情。柯玉井正要上前扶起众人，恰此时，只见海鹏精神抖擞地来到，上前对柯玉井躬身施礼道："恭喜柯大人！贺喜柯大人！"

柯玉井道："海大人，不知我喜从何来？"

海鹏笑道："苍梧所烧之房，如今全已换上砖墙瓦顶之屋，真可谓焕然一新，一片喜庆之色！这岂不是大喜？"

柯玉井闻言，笑道："果然是大喜。"又道："众位乡亲，快快请起，与本官一道前往，看看尔等的新家！"

众人欢呼雀跃，一路吹吹打打，来到苍梧城中，果见新屋建成，幢幢房舍，别有一番景致，直喜得百姓复又载歌载舞，欢喜不尽。有诗为证：

今天开盛宴，欢乐确难陈。

锣鼓震苍天，纤歌过白云。

　　圣德日月鉴，美誉古今存。

　　民意尤天意，齐心即愿心。

　　百姓们跳得是感恩舞，唱得是感恩歌：

　　苍梧歌，苍梧唱，苍梧如今变了样；

　　洪水冲，烈火烧，苍梧人儿多悲伤；

　　水有情，日有光，柯大人恩情永不忘，

　　拆竹篱，盖瓦房，移风易俗消灾荒，

　　江河清，稻谷香，知府情义万年长……

　　如此场面，张全哪里见过，只管兴奋地嚷道："我们大人的功德可与苍天比高了，快看看这帮子百姓将我们大人当神拜了。"飞燕子一旁道："我们大人这是秉德济世，所以才会赢得百姓之心。"

　　二人正自说着，忽见旺仔满脸汗水挤了过来。飞燕子笑道："你不会是被狗追了吧？"旺仔啐道："被你追了。"说着，径直走到柯玉井身旁，耳语了几句，柯玉井听了，叫过二位通判并海知县，几人径往知府衙门而来。

　　进到后院，走进上房，只见冯保正坐着吃茶，万邦宁与顾定芳、杨济时一旁陪着。见柯玉井等人走进，冯保放下茶碗，笑道："柯大人，咱家千里迢迢到你这梧州府来，你却避得远远的，害得咱家只能在这品你潮州的工夫茶。"柯玉井连忙笑道："我若是知道冯公公今日来，定出城二百里外迎着你去。"冯公公笑道："柯大人这官越做越大，嘴巴也越来越会说话了。"柯玉井笑着将其余官员与冯保见过，然后分宾主落座，并吩咐备酒宴，为冯公公接风洗尘。柯玉井又笑问冯公公今日所为何事而来。冯公公笑道："是大好事。"又用手一指万邦宁等三人道："今承蒙圣恩，特诏万大人、顾大人与杨大人回太医院任职。"柯玉井听了十分欢喜，先是向三位太医贺喜，又道："恩师与二位贤弟终于苦尽甘来，日后定要好好报答皇恩才是。"

　　万邦宁三人早已接了圣旨，本来甚是高兴，如今见柯玉井回来，虽然柯玉井很是替他们欢喜，三人却一时竟难过起来。充军到此，却被奉为上宾，朝夕相处，早已是亲如一家。如今却要分离，实是难舍。

稍顷，酒菜摆上，一时间，觥筹交错，热闹非常。然，虽有珍馐美酒，万邦宁与顾、杨二位太医却是饮食无味。

酒罢，冯公公因醉酒，吵嚷着要休息，柯玉井遂安排住宿，送冯公公休息不提。

且说柯玉井又向万邦宁等三人道喜，旺仔摆上工夫茶，几人吃了。恰此时，守门衙役来报，说两少年要见柯大人。柯玉井闻言，不以为意，张全一旁笑道："定又是来感谢大人的。"柯玉井道："若是如此，就不要见了吧。"衙役下去不久，又回禀道："柯大人，那俩少年说定要见您不可。"柯玉井笑道："那就进来一见吧。"

不一会儿，两少年带到。众人闪目观瞧，但见这两少年皆是剑眉凤目，鼻正唇薄，细高身材，真可谓相貌堂堂，一表人才，处众人中，似珠玉在瓦石间。

只听衙役叫道："你二人见到众位大人还不下跪？"

柯玉井连忙止住，问道："二位找柯玉井不知所为何事？"

一位少年道："柯玉井是我阿爸。"

众人闻言，面面相觑，忽听万邦宁笑道："我还以为自己是老眼昏花，又看到了年轻的柯玉井了。"

旺仔也道："我的天，小小少爷都这么大了。"

只听柯玉井又问道："你叫什么名字？"

少年道："我叫柯成玉。"又用手一指身边的另一少年道："他是我弟弟柯醒昧。"

柯玉井道："你兄弟二人千里迢迢来梧州寻父，家中人可否知晓？"

柯成玉摇头道："唯四姑知晓。"说着，拿出一封书信，递与柯玉井道："此信乃四姑亲笔。"

柯玉井接过，见果是四姐红棉笔迹，拆开看时，不禁泪流满面。

原来，长子柯成玉早已考取秀才功名，而弟弟柯醒昧却一心要学医。柯醒昧常常闹着要到梧州寻父学医，然阿妈及祖母等人因其年幼不肯放行，兄弟俩便商议偷偷出走。此事被红棉发现，见其哥俩意志坚定，既无奈又可怜，孩子皆已成人，却没有见过自己的阿爸。于是，偷偷书信一封，又送兄弟俩一些盘缠，兄弟俩历尽千辛万苦，这才寻到梧州。

旺仔对柯成玉兄弟俩道："两位小小少爷，这位便是你们的阿爸，柯大人啊。"

兄弟俩闻言，上前抱住柯玉井，父子仨人放声大哭。在场之人，无不落泪。这正是：

> 十年离乱后，长大一相逢。
> 问姓惊初见，称名忆旧容。

仨人哭罢，旺仔带两位小小少爷去沐浴更衣，芍药做了饭菜，兄弟二人吃罢饭，柯玉井领二子房间叙谈，并书一封家信回去，不在话下。

且说又过了几日，万邦宁、顾定芳与杨济时三人告别柯玉井等人，要去京城复职。柯玉井备了车辆，衣服及银两，又从府衙里抽出两名精干的衙役，一路护送，柯玉井依依不舍，直送到十里长亭外。

柯玉井取出一坛好酒，高桥摆上几只大碗，柯玉井将酒满上，然后敬三位太医道："劝君更饮一杯酒，此去京师路上无故人。"

三人听了，含泪举酒一饮而尽。有诗证曰：

> 红叶晚萧萧，长亭酒一瓢。
> 残云归太华，疏雨过中条。
> 树色随关迥，河声入海遥。
> 帝乡明月到，犹自梦渔樵。

饮罢此酒，三人上车，一声鞭响，绝尘而去。车马越来越远，忽一处荆棘挡住视线，柯玉井命张全与飞燕子二人上前斩断荆棘，直到车马从视线中渐渐消失方返回城中不在话下。

转瞬之间，又是一载弹指而过。

一日，柯玉井因事外出，直到下午方回。一行人刚至离衙门不远处，忽从街前的一户人家传来哭嚎之声。柯玉井不知究竟，命张全上门探问。不多时，张全回道："此户人家儿媳因生孩子时，不知何故竟先将肠子生下来了，如今婴儿早已落地，肠子却不能回，可怜那女子被折磨得要去地府做冤死鬼了。"

柯玉井闻言，急忙唤过飞燕子，吩咐速去府中唤来芍药与甘草。须臾，二人来到，柯玉井如此耳语一番，二人点头受命而去。只半个时辰的工夫，二人笑嘻嘻出来，芍药笑道："师父，那女子已安然无恙，无生命之忧了。"高桥忙问道："师父教你二人用的是何妙方？"甘草摇头道："此为秘方，保密！"高桥还欲说话，忽见屋内出来一对老人，那二人识得柯玉井，连忙下跪道："多谢柯大人救我家儿媳性命之恩！"柯玉井忙上前扶起道："二位老人家为何早前不请医？"老翁道："并非我不请医，只是那些收生婆子个个无能为力。"柯玉井又问道："既然如此，为何不去府中请本官？"老翁听问，为难道："柯大人乃朝廷命官，我等小民岂敢高请大人？"

只因此言，柯玉井不再作声，上轿直奔知府衙门，刚至门前，就见一人正与守门衙役争执。柯玉井见此人年约四旬开外，眉清目秀，面白长须。柯玉井心中暗道："此人好面善。"却又一时想不起。待下了轿子，走到近前，此时，那人也早已看到柯玉井，只闻那人喜道："玉井兄别来无恙乎？"柯玉井猛然想起，惊叫道："东璧兄，原来是你啊！"

不错，来者正是李时珍！

原来，李时珍撰写《本草纲目》，因来到梧州境界，特来拜访柯玉井。

兄弟相见，亲热自不必多言。且说进到府中，柯玉井好生招待，李时珍打趣道："自太医院一别，弟时常想念玉井兄。不曾想，如今拜会兄长却是知府衙门深似水，门槛令人望而却步。"柯玉井听了，十分愧疚，红了脸道："不知兄弟前来，门人无礼，还望兄弟恕罪。"

一番寒暄，打趣，酒菜早已摆上，兄弟二人畅饮。酒罢，二人又至书房中相谈，李时珍拿出《本草纲目》与柯玉井看，柯玉井赞叹不已。

这边兄弟二人书房之中叙旧，另一边高桥等人缠着芍药与甘草说出师父救产妇药方。芍药与甘草二人见纠缠不过，只得说了。

原来只是用了四十九粒蓖麻仁以香油拌了，涂在那产妇头顶之上。

众弟子听了，好生叫奇。

次日，李时珍告辞，柯玉井苦留不住，只得任他去了。送走李时珍，柯玉井独坐书房沉思：

杨慎的《临江仙》；

产妇病危不敢到衙门请医；

李时珍拜访门人阻于门外；

小儿子千里寻父学医；

林大钦弃官讲学；

翁万达病危之时念着自己的名字；

万邦宁重返太医院；

……

一桩桩，一件件，柯玉井忽然想起曾拜访刘道长时，请刘道长指教未来的话，不由得自言自语道："这官儿是再也做不得了，该是回乡办医馆、开学堂的时候了！"恰在此时，门人送进一封书信，拆开，见只有四字：少小离家。柯玉井忙问是何人所送。门人回是一道人所送。柯玉井急忙奔出，却哪里还能见到道人身影？心道："定是刘道长暗示我应当归。"又自言自语道："我即刻便给圣上写辞呈去。"言罢，竟动手研起墨来。

柯玉井说此话时，恰被门外一人听见，此人大喜，遂推门而入。

欲知此人是谁，且看下回分解！

第二十三回　隐娘诗别如意君　百姓跪送父母官

诗曰：

良时不再至，离别在须史。

屏营衢路侧，执手野踟蹰。

仰视浮云驰，奄忽互相逾。

风波一失所，各在天一隅。

话说柯玉井在书房中自语，不想被门外一人听到，此人不是别人，正是柯玉井二子柯醒昧。柯醒昧听阿爸自言要辞官回乡，心下不胜欢喜，遂推门而入。柯玉井正自研了墨给圣上写辞呈，柯醒昧走进，也不言语，走到阿爸身前，只见阿爸悬腕走笔，写得正欢。只见辞呈上言道：

> 臣自幼随父习医，涉猎《伤寒》、《金匮》、《本草》、《脉诀》，博通《内》、《难》二经，留神医药，寻思妙理，精究针灸，志坚金石；承祖父医馆，坐堂问诊，医为仁术，济世为怀，病家延请，有求必应……

最后写道：

> 臣虽不能良相治国平天下，安邦治国，但愿能良医悬壶济世，救死扶伤。上以疗君亲之疾，下以救贫贱之厄，中以保身长全，以养其生……恳请圣上念臣一片为国为民之丹心，让臣辞官回乡，潜心岐黄之术，接办柯氏医堂，济世救民。诚如是，则臣不胜感恩涕零。

洋洋万言，一挥而就，可谓感天泣地。

柯醒昧喜道："若是阿妈知道阿爸要辞官回乡，定会十分欢喜。"

柯玉井叹道："我欠你阿妈实在是太多，若是圣上能准奏，回乡之后，定好好报答你阿妈才是。"

父子二人在屋内说话，恰值隐娘做了糕点送来，站在门外，将父子二人的对话听得一清二楚，心道："如今他要回去合家团圆，我却又要成为一叶扁舟，不知将要漂向何处？"想到此，不禁珠泪交流。遂又将糕点端回来，刚走到院中，被甘草瞧见。甘草道："杨小姐端了这糕点怕是给我师父送过去的吧？"隐娘道："谁说是送给他的？"又道："将这些端过去，你与芍药几个吃了。"甘草笑道："杨小姐真是个有心人。"说着，接过糕点，正要走，就听柯玉井的书房门一响，柯玉井父子站在台阶上。柯玉井问道："甘草，谁真是个有心人？"甘草见是师父，遂将糕点端过去，笑道："杨小姐做了糕点，给我们几个送过来。"柯玉井笑道："真是辛苦杨小姐了。"隐娘听了，却含着泪，将头儿一转，回去了不在话下。

且说过了些时日，朝廷公文下来，皇上已经准奏柯玉井辞官回乡。柯玉井如释重负，吩咐过些时日准备收拾行装，打点回乡。

芍药嘟着嘴道："别人为官，衣锦还乡，哪一个不是金银满车？师父倒好，车子倒有两乘，装的净是些书啊，药啊的，就连一些没用的破烂东西儿也要往上装，带回去也不嫌家里人笑话。"

李鲜一旁笑道："高桥总笑话我学医最笨，可师父的为官之道，我学的却是最好的一个。若是我朝鲜国官员都能像我师父这样为官，我朝鲜国又何愁不强盛？"

柯玉井笑道："真是师父领进门，修行在个人。"又道："太子能悟出此番治国之道，已是十分难得。"

师徒几人正自说话，忽见陈绍文、潘仕云二位大人走将进来。陈绍文道："柯大人做官一向廉洁自律，无论官场还是百姓口碑皆甚好，您此次弃官而去，实是朝廷一大损失。"柯玉井笑道："陈大人言重了，做官不为民做主，不如回家卖红薯的道理，人人皆知，所以做官必须为民，若如严嵩父子一般做官，将遗臭万年。"陈绍文不再言语，潘仕云叹道："不知此一去，何时再能相逢？"柯玉井笑道："海内存知己，天涯若比邻。"潘仕云正想说话，忽听门外有人大声说道："多少年才能一遇的清官，为何偏要辞官不做呢？"话声未落，就见海鹏与妹妹海燕走了进来。

说话之人正是海燕。

海燕进了门又嚷道："柯大人，您为什么要走，难道是梧州百姓欺负您了不成？"

柯玉井闻言，笑道："海燕的嘴巴儿一向是不饶人的。"

海燕委屈道："只要大人不走，以后让海燕变成哑巴都成。"

柯玉井笑道："那可不行，你若是成了哑巴，我就是千古罪人了。"

海鹏道："闻听柯大人要走，卑职和妹妹都很是难过，就急急地赶了过来见您，小妹方才也是一时性急，说起话来也就没个遮掩，还望柯大人见谅。"又道："卑职略备了些薄酒，权当给大人饯行，还望柯大人能赏光。"

柯玉井笑道："诸位大人能前来看望玉井，我已是十分感激，这饯行酒就免了。待明日，我请你们来府上喝一杯我们潮州的酿酒，如何？"

一听此话，海燕抢道："难道大人要走，喝个饯行酒都不行？真是一点人之常情都不给。"

柯玉井朗声笑道："这个丫头的嘴儿还是不饶人，难道我请大家来府上畅饮我们潮州酿酒就不是人之常情？"

海燕嘟了嘴，不再作声。

海鹏又请两位判官大人通融，陈绍文和潘仕云素知柯玉井品行，陈绍文对海鹏笑道："柯大人让你来吃他的潮州酒，难道你不满意吗？"海鹏见通判大人如此说，也不好再勉强。于是辞了众位大人，拉着妹妹退了出来。陈绍文与潘仕云和柯玉井又聊了一会，然后退出不提。

且说柯玉井正要去书房，忽见隐娘的丫鬟含香正站在门外向里张望，见着柯玉井，含香笑道："我家小姐弄了些上等的好茶，看看大人这会儿是否有工夫，想请大人过去品茗。"柯玉井听了，笑道："我如今是无官一身轻，怎么会没有工夫？"说着，随含香一同走进别院。

这别院虽没有正院宽敞，却是十分的别致。亭台楼榭，花草树木一应俱全。隐娘主仆住东房，甘草与芍药则住在西首矮房。

柯玉井走进时，隐娘过来相见，行了礼，落座，含香摆上工夫茶。

隐娘笑道："身居北方，本不知工夫茶为何物儿，如今却是十分的喜欢上了它。昨儿个弄了些茶，也未知好坏，所以请你过来品评一下。"

　　柯玉井闻言，笑道："难得杨小姐今日有如此雅兴，那我就恭敬不如从命了。"说着，端起细细品了一口，放下茶杯，笑道："不错，清香四溢，温润爽口，好茶，好茶。"又道："此茶可用一首诗美之。"隐娘忙问是哪首诗，柯玉井遂将此诗吟出：

　　　　道人晓出南屏山，来试点茶三昧手。
　　　　忽惊午盏兔毛斑，打作春瓷鹅儿酒。
　　　　天台乳花世不见，玉川凤液今安有。
　　　　先生有意续茶经，会使老谦名不朽。

　　隐娘笑道："是苏轼的《送南屏谦师》。"
　　柯玉井道："不错。"
　　隐娘道："此茶乃六安瓜片，虽为名茶，经你这一夸，却是备觉高贵了。"
　　柯玉井笑道："我不过是借花献佛罢了。"
　　隐娘道："那就更了不得了，如今这瓜片都成佛了。"说着，道了一声阿弥陀佛。柯玉井见她一副虔诚的模样，甚是可爱，不由笑了。
　　恰此时，含香送了点心进来。只听隐娘道："素闻公子喜爱听曲，今日奴家弹唱一曲，如何？"柯玉井听了，欢喜道："若能听到小姐的仙曲，那自是三生有幸。"
　　于是，含香取来琵琶，只听隐娘拨弦唱道：

　　　　秋风飒飒鸣条，风月相和寂寥。
　　　　黄叶一离一别，青山暮暮朝朝。
　　　　寒江渐出高岸，古木犹依断桥。
　　　　明日行人已远，空馀泪滴回潮。

　　一曲终了，竟呜咽难语，泣不成声。
　　柯玉井见状，忙起身问道："杨小姐，你这是为何？"
　　隐娘不作声，哭泣依旧。
　　柯玉井忽然悟到，明日将要离开梧州，怕是隐娘早已习惯梧州生活，对此地有些许不舍吧。又暗自心道："隐娘真是个性情中女子，太过多愁善感。"想到此，遂走上前，手抚隐娘双肩，安抚道："梧州虽美，但潮州更美。湘桥春涨、鳄渡秋风、西湖渔筏，好多好去处，定让你流连忘返，再也割舍不下。"

隐娘站起，扑进柯玉井怀中，直哭得双肩颤抖不止。

须臾，隐娘停住哭泣，从柯玉井怀中脱出，柯玉井见她满面泪痕，递过一方手帕，隐娘接过，拭了泪，强作笑颜道："一时悲切，让公子见笑了。"柯玉井见她心情稍复，又说了些安慰的话，正要再说什么，旺仔进来，说有好几位知县等着要见柯大人。柯玉井听了，只得又匆忙抚慰几句，然后与旺仔一道走了。

次日，柯玉井备了酒宴，两位通判与各位知县如期赴约，直喝到夕阳渐落方止。

宴罢，柯玉井一声吩咐出发，旺仔等人早已收拾停当，柯玉井等人上了车轿，张全与飞燕子两人骑马在前，正要离开，芍药与甘草慌慌张张跑过来，见过柯玉井，说不见了隐娘主仆二人。柯玉井闻言，立即下车，芍药与甘草在前引路，来到别院，果见隐娘房内空空，不见主仆二人身影。柯玉井正自愁闷，不知发生了何事，飞燕子从书房取来隐娘所书诗词两首，众人视之，只见其一曰：

> 曾经沧海难为水，除却巫山不是云。
>
> 取次花丛懒回顾，半缘修道半缘君。

柯玉井识得，此为元稹所作《离思》。复又看另一首：

> 红尘如梦聚又离，瞬息已难寻。
>
> 萍聚太匆匆，终是我，孤单来去。
>
> 烟波流转，谢却繁华三千，浅笑安然，但看青灯古佛，杨柳岸晓风残月。
>
> 岁月静好，遁去红尘飘然世外，清浅一生。

柯玉井看罢，问身旁的芍药道："杨小姐近日可否与外人相来往？"

芍药道："近日常有一老尼到府中见她。"

柯玉井心中忽地一酸，泪儿便已在眼眶中打起了转儿，心中暗道："好一个痴情的女子，我柯玉井又如何不知道你的心思，但我只能辜负你的一片痴情。"又暗自寻思道："你既千辛万苦来到梧州寻我，为何不能与我一道回到潮州？难道你真的要在晨钟暮鼓里，与青灯相伴，终老一生吗？"

柯玉井只能在心中暗自惋惜，却也无可奈何。

柯玉井对众人道："明白了。"又道："此为天意，既然杨小姐一心要遁入空门，侍候佛祖，就遂了她的心愿吧。"

众人离开别院，复上车，柯玉井与众官员辞别。车夫一声鞭响，只听马蹄声声，向城外驶去。

刚至城门口，忽见满城百姓相聚于此，此时已近黄昏，但百姓们的表情却是看得分明，个个尽是不舍之态。再看他们手中或举着"清官旗"，或举着"万民伞"，还有些百姓手捧竹篮，篮子中盛着水果鸡蛋。见到柯玉井的车轿过来，只听一声："柯大人来了！"只这一声，百姓呼啦一下跪倒，口中高喊："柯大人！""柯青天！"……

柯玉井见状，连忙吩咐车夫将车马停下，从轿中走出，望着这不舍之场景，眼含泪水，颤声道："诸位父老乡亲，玉井如今要弃官还乡，就此别过，尔等都回去吧！"

话音刚落，就见一群百姓将篮中水果、鸡蛋等物往马车上丢放。柯玉井识得一些人，有被他医好火伤的，有被他医好别病的，还有一些人是在庆贺新房建成之时，在舞群中见过的……

一个个熟悉的面孔。

一个个亲切的身影。

一滴滴不舍的泪水。

柯玉井只觉眼中泪水滑落脸庞。

忽听芍药叫道："不要放了，车子再难容下这许多了！"

又听李鲜叫道："容不下也得收，虽不是高贵之礼，却是百姓一片心。"

芍药道："这难道便是你悟出的治国之道吗？师父可是一向不收百姓礼物的！"

李鲜道："和你说不明白，此亦是治国之道，不要寒了百姓的一片心意！"

这边二人争执不休，张全与飞燕子两人则牵马在手，在前劝开一条路来，使得马车缓缓向前，直到出了城门口，才放开马缰绳，疾驶而去。

柯玉井回首挥别，只听百姓们泣道："柯大人一路保重！"

出了城门，飞燕子骑马在前引路，张全骑马殿后，一路无话，这日来到潮州地界。正行之时，忽见前方几辆马车挡住去路，一群人围在一辆车轿前不知所措。

飞燕子让后行车轿停下，自己催动坐下马，往前探视。须臾，回来告诉柯玉井，前方车辆乃一梨园戏班，旦角凤铃子患了气喘，只因喘得厉害，方停下车马，派人到附近寻郎中诊治。

柯玉井听了，吩咐车轿立时前行，于戏班前停下，唤过班主说话。那班主五旬年纪，甚是精明，见有人来唤，急忙过来见了，并自称姓庞名德。柯玉井道："你班中有人生病？"庞班主连忙称是。柯玉井道："我乃悬壶之人，容我前去为其医治。"又指着高桥等人道："这些人皆是我的弟子。"庞班主一听甚是感激，正欲言谢，恰派出寻医的弟子回来，说附近并未寻到郎中。庞班主听了，更是如同见到救命稻草一般请柯玉井上前医治。

早有梨园弟子掀开车上门帘，只见凤铃子坐在车中，气喘不止。柯玉井等人见凤铃子正值妙龄，容貌端庄秀丽，不失为一美人儿。柯玉井令高桥上前诊病，不多时，高桥诊毕，回说是肺气受风邪所致。柯玉井又令李鲜诊之，所诊结果与高桥并无二样。柯玉井又令旺仔等人一一诊之，皆说为肺气受风邪所致。

柯玉井道："此病并非受风邪所致，而是食毒药伤了血，以致胎死不下，奔迫而上冲，方才如此。"

众人闻言，皆吃惊非小。

庞班主连忙趋前一步道："凤铃子尚未婚配，何来毒药伤胎一说？"

柯玉井冷笑道："是不是，一问便知。"

此时，那凤铃子早已哭得梨花带雨，残红落地。

经不住班主逼问，方道出实情。

原来，这凤铃子与师兄司徒安自幼在梨园中长大，感情甚笃。二人曾花前月下，面订鸾凤之约，终身私许，并做出那男女之事。不久，凤铃子有了司徒安的血脉，本是高兴事儿，岂知司徒安因长相出色，被一富家小姐相中，司徒安遂放弃与凤铃子的山盟海誓，与那富家千金结为秦晋之好。

凤铃子伤心欲绝，买来堕胎药，想从此了断与司徒安的情缘。岂料，吃过药后，胎儿非但未下，自己却喘得不成了人形儿。

柯玉井听了，心中暗道："又一个痴情女子。"

当下，柯玉井开出方药：

　　　　朴硝碾为细末二钱，童子尿冲调。

班主不敢怠慢，依方给凤铃子服了药，时辰不大，那死胎即下。

见凤铃子得救，梨园戏班一干人等纷纷上前道谢，庞班主更是感激不尽，讨问柯玉井称呼，柯玉井报出姓名，那班主及梨园弟子们听了，个个惊讶。庞班主问道："难道您就是广西梧州知府神医柯大人？"

一旁的旺仔道："广西梧州知府正是我家师父！"

庞班主道："怪不得您如此了得。"

言毕，吩咐众梨园弟子跪下谢恩。

柯玉井将众人扶起，又说了几句别话，辞别梨园戏班不在话下。

话说又走了半晌，柯玉井吩咐停车休息。于是，大家纷纷从车轿中走下，取了干粮来吃。高桥走到柯玉井身旁道："师父，从诊断来看，那女子确属肺气因受风邪所致。而您又是因何断出那女子乃毒药伤胎所致？"

柯玉井笑道："气口盛则为内伤。你看见凤铃子气口大于常人一倍了吗？"

原来如此！高桥听了，十分羞惭。正要说话，忽听旺仔叫道："师父，前方有一队人马正冲这边而来！"

柯玉井向前一瞧，果见官道上尘土飞扬，数十骑马簇拥着一乘马车滚滚而来。张全见状，急忙取了兵器，奔到柯玉井身前护卫。

忽听前方喊道："敢问前面可是柯玉井，柯大人吗？"

众人听了，甚是诧异，不知来者是何人。

欲知来者何人，且看下回分解！

第二十四回　建医馆重出杏林　合家欢又添新喜

词曰：

弱水蓬莱真胜地，祥烟闪烁霓旌。

瑶池欢会下云軿。

康宁新喜事，淑善旧家声。

戏采捧觞真乐事，蟠桃献寿千春。

从今更愿子孙荣。

加恩封锦诰，学道诵黄庭。

　　话说官道上来了一行人马，有人高喊柯玉井的名字，众人皆十分诧异，不知来者何人。正犹疑之间，人马已来到近前。从车轿上走下一人，柯玉井见此人头戴乌纱帽，身着圆领大红朝服，脚穿皂鞋，中等身形，卧蚕眉，八字须，一双眼睛清澈似水，格外明亮。

　　柯玉井道："在下便是柯玉井，不知大人您是……"

　　那官员闻言，忙拱手作揖道："原来您就是柯大人，失敬，失敬。"又道："在下乃潮州知府杨承闵，惊闻柯大人辞官回乡，特来迎接。"

　　柯玉井道："玉井何才何德，劳杨大人大驾远迎？实令玉井不安。"

　　杨大人笑道："柯大人言重了，我一向敬重柯大人之为人，惊闻你辞官回乡，想与柯大人一见，日后也好成为故交。"

　　原来这杨承闵大人一向敬佩柯玉井，闻柯玉井辞官回乡，便派人一路打探柯玉井的行程，今日探马回报，说柯大人已近潮州城，杨知府听了，急忙出城远远迎接，以尽地主之谊。

　　柯玉井听了，十分感激。于是，一行人浩浩荡荡向潮州城而来。

　　进了潮州府，按宾主落座，下人摆上工夫茶，柯、杨两位大人互道寒暄，柯玉井见杨大人为人豪爽，杨承闵见柯大人为人忠厚。两人相谈甚欢，大有相见甚晚之恨。

须臾，撤去茶具，摆上酒菜，柯玉井平素虽不饮酒，但此时因盛情难却，只得举杯相陪。酒酣耳热，两人相谈更欢。

酒罢，柯玉井告辞，杨承闵知柯玉井归家心切，也不相留，直送出府外。

且说柯玉井辞别杨大人，一行人上了车轿，行至中途，忽见一白衣道人立于道中，张全飞马上前，见道士不是别人，正是师父日夜思念的刘道长。柯玉井走下车轿与刘道长见了。刘道长笑道："回来了。"柯玉井忙道："多谢道长指点迷津。"刘道长笑道："柯大人客气，此乃天意所为。"柯玉井道："玉井有要事相托道长，还望道长答应则个。"刘道长笑道："莫非柯大人是邀我去医馆讲学不成？"柯玉井忙道："道长果真是仙人下凡，能知玉井心事。"刘道长笑道："柯大人一心为民，贫道岂有不应之理？"

柯玉井十分欢喜，邀刘道长一同前行，刘道长道："待你医馆开业之时再去吧。"言毕，身形如风，早已去了。

柯玉井只得重新上了车轿，一行人急急赶路，不消半个时辰的工夫，便到了家乡井里村。

此时，柯府上下早已候在门外迎接柯玉井的归来。柯成玉与柯醒昧兄弟二人从车上下来，见母亲也在人群之中，急忙奔过去，跪下行礼。黄薇淑见二子归来，喜不自胜，拉起二子，眼含热泪，仔细端详。柯醒昧忽然拉着母亲的手走到柯玉井面前，夫妻相见，执手相看泪眼，黄薇淑笑道："回来了。"柯玉井点头亦笑道："回来了。"说话之间，忽闻一阵笑声，笑声未落，人已到身前。柯玉井见发笑之人不是别人，正是四姐红棉。

只听红棉笑道："都说大兄弟回来了，我却是瞧了半晌儿，才看出我大兄弟来。"说这话时，早已红了眼睛。柯玉井亦十分难过，四姐虽身着凤冠霞帔，珠履长裙，但却难掩岁月风尘。往事如昨，却物是人非。这正是：

少小离家老大回，乡音无改鬓毛衰。

黄薇淑见状，急忙上前笑道："四姐，你就这么把你兄弟阻在门外吗？"

红棉与柯玉井忽然悟到自己的失态，红棉笑道："瞧瞧我，整天都在盼着大兄弟回来，这会儿却把我兄弟堵在了门口儿。"一边说，一边把玉井往院中让。

　　这会儿，所有车辆人马都进到府中，红棉过来安排，指挥把东西从车轿上往下卸。红棉见好几辆车轿，不禁好奇，笑道："我兄弟是个清官儿，这车轿上装的都是些什么？难不成是受了别人的贿赂不成？"芍药一旁听了，冷笑道："姑奶奶，这话儿也就你说了，换作别人，我非骂他不可。"说着，从车上搬下几本书来，又道："现在车上就剩下这些书儿还算是个正经东西，那些破烂玩意儿，真不值得带回来。再有那些水果啊，鸡蛋的，这一路上，权当作干粮吃了，剩下的就只有烂的份儿了，鸡蛋儿也孵出了小鸡仔儿。"

　　红棉闻言，直笑得掉出眼泪儿，笑道："这才是我大兄弟！"

　　一切物件安排停当，众人齐聚上房来。伯父柯杰庵夫妇早已坐在堂中等候，柯玉井上前见过，柯玉井正要问母亲何处，忽听门外传来一声："我儿在哪里？"接着就见母亲林氏被两个小丫头搀扶着向上房而来。柯玉井急忙跑过去，失声叫道："阿妈，不孝子玉井在这里！"说着，跪在母亲身前。林氏双手颤颤巍巍捧起柯玉井的脸，十分仔细地看着，忽然将柯玉井抱在怀中，泣道："果然是我儿回来了。"

　　红棉见状，急忙上前扶起柯玉井，又笑着对林氏道："老太太，如今大兄弟回来了，高兴还来不及呢，你母子二人还不快快去上房中叙话。"林氏拭了一把泪，破涕为笑道："还是四丫头说得对，快快去吃茶，这一路上车马劳顿，也够辛苦的。"

　　于是，柯玉井亲自搀了母亲到上房中坐下，早有小丫头摆了工夫茶，只听林氏道："柯胜，快些让下人们都过来见过大少爷。"柯胜答应一声，退出去，不多时丫头小子们齐在堂下站了。柯玉井见那些丫头们个个穿红着绿，小子们也都个个精神，笑道："怎么不见春桃、夏荷几个小丫头？"红棉笑道："这几个丫头也真是好福气，亏得大少爷还记得她们几个。"又冲人群说道："你们几个还不快过来见过大少爷！"话音未落，就见四人从人群中走出，给柯玉井道了个万福。

　　原来这四人早已和府里的小子们成亲，不再服侍老太太，而是做了别事。

　　柯玉井又把高桥、李鲜、张全、飞燕子、芍药与甘草给众人引荐了。柯玉井又吩咐柯胜给这些人收拾住处，柯胜答应一声，见没什么事，领着众人退下不提，只剩下一家人坐着说话儿。柯玉井问道："怎么不见三叔？"红棉笑道："三叔他老人家如今可是佛身仙体，哪里像我们这些人还在吃着人间凡饭？"此语一出，众人皆笑。

原来柯南山看破红尘，已出家为僧。

柯玉井叹道："他老人家与佛有缘，这或许是他最好的归宿吧。"又道："家中事多亏了四姐。"

只听阿妈叹道："自你伯父年迈体衰，不能操持田庄以来，家中一应事物，俱有四丫头操持。可惜她为了这个家……"

老太太没有再往下说，但柯玉井知道阿妈要说什么，四姐至今未嫁，柯玉井深感愧疚，站起，走到红棉面前，鞠了一躬道："四姐，兄弟对不住您。"红棉连忙站起，惊讶道："大兄弟，你这是做什么？"柯玉井红着眼睛道："玉井欠家人太多，四姐，我有二子，如你不弃，就送你一个吧。"说着，唤过小儿子柯醒昧道："从此，你四姑便是你的阿妈。"柯醒昧双膝跪倒，唤了一声阿妈。红棉不觉红了眼睛，扶起柯醒昧，拉住他的手笑道："唉呀，我白白拣了一个这么好的儿子，真是赚了，这下弟媳可要心疼了。"黄薇淑笑道："醒昧跟着你，那是他的福分，我高兴还来不及呢。"

老太太及柯杰庵夫妇皆十分欢喜。不多时，下人们摆上饭菜，一家人欢欢喜喜地吃了。吃罢饭，柯杰庵夫妇去房中歇息，红棉去忙了别事，柯玉井夫妇又陪阿妈聊了很久，才回到房中歇息。夫妻一别数年，如今相见，个中滋味别人实难体会，有词曰：

纤云弄巧，飞星传恨，银汉迢迢暗度。

金风玉露一相逢，便胜却人间无数。

柔情似水，佳期如梦，忍顾鹊桥归路。

两情若是久长时，又岂在朝朝暮暮。

按下柯玉井夫妻别后恩爱不提，且说柯玉井辞官回乡办医馆的事很快便人尽皆知，不几日，便有乡民找其医病。因前来救治之人甚多，医馆难以承受，柯玉井将医馆交由高桥等人，然后又在前院搭一棚户，交由旺仔与柯醒昧等人做临时诊病之用，柯玉井则坐镇巡视，指导医治疑难病症。

话说一日，一女子前来医病，那女子径自走到芍药案前，芍药见这名女子年约三旬，头发蓬松，只一布条随意系之，知乃一村妇。芍药笑问村妇是何病，村妇道："只因相公嗜赌如命，奴家整日忧虑难过，谁知腹中胎儿却因此丢了性命。"言未尽，人已泪流满面。

芍药听了，也十分难过，却还是好言劝慰一番。那村妇停了哭泣，又道："至今已两月有余，身体仍流血不止，每日腹痛难忍。"

芍药听了，一番望、闻、问、切，断为体虚气滞所致。于是，开下一方：

> 白术二钱，陈皮、芍药各一钱，木通、川芎各五分，炙草二分，作汤，下五芝丸六十粒。

开罢，将药方交与柯玉井。

柯玉井看了道："方药无错。"又走到村妇身前，仔细问过出生年月，然后对芍药道："只是方中的芍药得换作别药才可。"

芍药闻师父要换药，急问为何。柯玉井道："方中的芍药上元所生之人可用，但这位阿妹却是下元生人，却是用不得的。"

芍药听了，只惊得目瞪口呆，惊魂未定，急换了别药不提。

忽听院外传来一阵脚步之声，紧接着就见一乘官轿落下，轿夫压轿，走下一位五品官员，柯玉井一见此官，急忙上前相迎。

此五品官员不是别人，正是潮州知府杨承闵。

一番寒暄，正欲让进后院上房，只听杨大人道："柯大人且慢，还有一人未到。"话音刚落，就见又一乘小轿停在院外，走下一年轻女子，另有两个小丫头搀扶左右，款款移步而来。

只听杨大人道："此为小弟二夫人，名唤秋喜。此来正是为她医病。"

柯玉井闻言，道："原来是二夫人有疾，既如此，为何不使个差人过来，唤我过去，也不至让尊夫人受颠簸之苦。"

杨大人笑道："柯大人言重了，您有如此多病人，兄弟岂敢独享特权。"

柯玉井道："杨大人，你我兄弟之谊，何来这许多规矩。"说着，将杨大人夫妻让进后院上房，先是吃了工夫茶，接着便给二夫人看病。

问起二夫人病因，二夫人便如此这般地说了。原来，这二夫人因是京城人氏，自嫁与杨承闵大人一直未回京城，如今杨大人官越做越大，却是离娘家越来越远，心中不免难过，常常失眠。杨大人见秋喜因此事纠结，人越发瘦弱，一面哄她说快些送她回京城与家人相见，一面劝她睡觉前吃些酒，二夫人依言做了，倒也睡得香甜。谁知近些日子感到胃中漉漉作响，胁下疼痛，不思茶饭，且每过一些时日，还会呕吐出一些又苦又酸的胃液来。如今虽是天气酷热，二夫人却是左半身不出汗，只有右半身出汗。

杨大人觉得二夫人此病甚奇，遂请了城中几家名医到府中医治，半月过去，仍不见有效。杨大人焦急之中忽然想起柯玉井来，这才带了二夫人秋喜来柯府求医。

柯玉井听了，令小丫头取来脉枕，把了脉，然后对杨大人道："二夫人之症乃因素嗜饮酒，伤及脾胃，脾虚不运则水湿不化，脾与胃互为表里所致。"

杨大人道："依柯大人之见，此病治得治不得？"

柯玉井笑道："治得。我给你开副方子，不日即好。"

杨大人喜道："如此甚好，多谢柯大人了。"

柯玉井遂开下一方：

苍术粉十六两，大枣十五枚，生麻油半两，调和制成小丸，每日服五十粒。渐增至每日服一百至二百粒。

杨大人接方看了，见只有一味药，不放心道："只一味苍术，是否单薄了些？"

柯玉井知杨大人之意，笑道："脾属土，土爱暖而喜芳香。苍术气味芳香，性辛、温而味苦，归脾胃二经。药证相合，气味相投。苍术为芳香之品，善能醒脾化湿，湿邪属阴之气，得温则化。只此一味，可收神功。"

杨大人听了，甚是有理，于是收了方子，因有公事要办，便起身告辞，柯玉井苦留不住，只得送出府外不在话下。

且说又过了几日，杨大人派了人来，接柯玉井府中做客。刚一进到府门前，杨大人亲自迎了出来，他的身后还跟着一男子。柯玉井见那男子身长七尺，面色黝黑，方脸长须，大耳垂轮，一副福官之相。柯玉井正自打量，忽听杨大人笑道："柯大人，今日劳你来府，一为谢你治好了二夫人之病，二为你引荐一位朋友。"说着，便指着身后的男子道："这位乃兵部郎中侯大人。"

书中交代，这位兵部郎中大人，姓侯名必登，字懋举，云南澄江人，乃嘉靖三十八年进士。如今是兵部郎中，后继任杨承闵之位，入主潮州府。此人自上任后革除苛政、捐税徭役，呵护百姓，并与柯玉井成为挚友。当然，这些皆是后话，按下不提。

且说侯大人见到柯玉井十分高兴，笑道："柯大人在云南楚雄政绩，人尽皆知，兄弟亦十分敬仰，今日得以相见，真是三生有幸。"

三人寒暄一阵，引入后院上房，彼此落座。杨大人道出请柯玉井到府中做客缘由来。

原来，二夫人用了柯玉井的方子，不久便好了，于是，差人送二夫人去京城与家人相见，恰侯大人到潮州府办事，便为二夫人带回报平安的家信。杨大人与侯大人本是挚交好友，相见时，谈起二夫人的事，不免说起柯玉井。

杨大人道："柯大人医好二夫人之病，却分文未收，真不知如何报答才是？"侯大人道："柯大人为人医病一向秉德济世，二夫人之病在柯大人看来不过是沧海一粟罢了，所以不收杨大人的银两也自在理中。"杨大人道："话虽如此说，可总是过意不去。"侯大人安慰道："此为小事，杨大人何必挂齿。"又道："柯大人辞官回乡，不知如今医馆办得如何？"杨大人道："患者云集，只是医馆似乎小了些。"接着就把院中搭棚户为患者医病的事儿说了。侯大人听了，十分惋惜道："柯大人一心向医，如今却如此境况，或许是他有什么难言之处。"又道："杨大人，我们不妨登门拜访，看看他有什么需要帮助的地方。"杨大人道："我正要谢他，不妨让他来府上我们相聚一处，也好把酒一欢。"侯大人道："如此甚好！"

于是，差人请了柯玉井。

柯玉井听了，笑道："多谢二位大人厚爱，若说难处，确有一桩。承蒙圣上恩准，回乡接办医馆，岂料如今是庙小僧多，有心修庙，却又苦于囊中羞涩，只得院中搭一棚户，纯属权宜之策。"

侯大人道："柯大人为官一寸丹心，两袖清风，人尽皆知，这正是我等钦佩之处。"

说着话，酒菜已摆上，斟满酒，杨大人起身对柯玉井道："柯大人乃官场楷模，杏林仙医，这第一杯酒，兄弟自然是要敬您。"

柯玉井连忙起身，正欲言谢，只听侯大人道："杨大人，今日虽是你做东，但也不能抢了这第一杯敬酒。兄弟我也要借花献佛，以示对柯大人的敬意。"说着，端起酒杯便要敬酒。

杨大人哈哈笑道："那好，今日我们三人就来他个一醉方休。"

说着，三人一饮而尽。

待酒过三巡，柯玉井向侯大人问起京城近况，又问起恩师万邦宁及好友顾定芳与杨济时等情境。侯大人一一作答，并答应替柯玉井问候几人。

吃罢饭，三人又聊到医馆之事，杨大人和侯大人均说定会竭力相助，柯玉井自是十分感激，又相叙一会儿，方才告辞回去。

柯玉井刚进府中，就见老太太身边的小丫头杏儿来传，说家有贵客，老太太与夫人吩咐让柯玉井过去相陪。柯玉井不知贵客是何人，急急随着杏儿来到后院上房。刚走至门口，就听老太太笑道："玉井来了！"柯玉井走进房中，就见阿妈与夫人黄薇淑正陪着一中年男子说话。柯玉井见那男子相貌端庄，举止得体，头戴儒巾，身穿举人圆领衫，系了丈把长天青绦子，粉底皂靴，见柯玉井进来，连忙站起，笑道："玉井兄，一向可好？"柯玉井连忙还礼，只是不知此人究竟为何人。黄薇淑站起来，笑道："玉井，这位是薛清兄弟，是万达兄的妹夫。"柯玉井听了，十分欣喜，急忙上前行礼赔罪道："玉井不知是薛兄弟驾临，还望恕罪。"薛清连忙道："玉井兄多礼了，你我兄弟何必如此客气？"

言毕，众人重新归座，小丫头青红重新换了茶，于是一边品茶，一边谈笑。

书中交代，这薛清乃薛陇人氏，翁万达妹夫，薛中离族弟，书香门第，举人出身，做过七品县令。

话说柯玉井与薛清相谈甚是投机，谈到翁万达与薛中离之时，二人都不免有些伤悲。

薛清道："东崖兄生前曾有一愿，希望薛、柯两家能结为姻缘。我有小女名唤薛小妹，尚待字闺中，与令郎成玉年龄相仿。今玉井兄辞官回乡，特登门厚脸提亲。"

柯玉井及老太太与夫人听了，都十分欢喜，当即应允。按下柯玉井盛情招待薛清不提，过了两日，两家换了生辰八字，只待柯成玉春闱之后完婚。

次年春日，柯成玉带了小书童阿春去省府赴试，高中榜首，飞书报喜，举家欢庆。

且说柯成玉少年得志，春风得意，在潮州府赴了鹿鸣宴，趁着酒意，带着阿春，一路赏花玩水，好不开心。正行之间，忽见山路旁有两名女子正坐在两株弱柳之间绳索之上荡秋千。柯成玉见那两女子应为主仆二人，小姐长得娥眉杏眼，肌肤娇嫩，气若幽兰。小丫头长得是艳若桃李，白净可人。望着两人的倩影，柯成玉随口吟道：

> 路旁水畔惹情丝，态本风流性本痴。
>
> 雨细烟朦堪入画，月圆风好更宜诗。

吟罢，柯成玉心道："这主仆二人虽为人间尤物，却无怜悯之心，这两株弱柳，却要托起千金之体？实在可怜。"遂上前道："二位小妹，何不找大些树木戏耍？"

主仆二人见有人说话，小丫头抬头讥讽道："公子是怜柳呢，还是惜人呢？"

成玉笑道："既怜柳，亦惜人。"

小丫头冷笑道："你真会说话儿。"

柯成玉正要回话，忽听小姐笑道："适才听公子吟诗，想必定是读书之人，如今我说出两句诗儿，你若能在其中间，各填一字，让诗儿丰润了，我便成全了你怜柳惜人。如何？"

小书童阿春听了，鼻子哼了一声道："我家少爷乃新中举人，加个字，成句诗，还在话下？"

小姐听了，冷笑道："是吗，那可就听好了。"于是说出两句诗来：

轻风细柳，淡月梅花。

柯成玉听了，笑道："这有何难？"随口加字道："轻风摇细柳，淡月映梅花。"

阿春一旁连忙鼓掌叫好，小姐摇头道："不妥。"

柯成玉又道："轻风舞细柳，淡月隐梅花。"

小姐笑道："比前一句好了许多，只是还差了些火候。"

柯成玉冷笑道："那依小姐之意，该怎样加方妥呢？"

只听小姐笑道："轻风扶细柳，淡月失梅花。"说着，与小丫头一起离开秋千，笑着，顺着山路去了。

"轻风扶细柳，淡月失梅花。"

柯成玉细吟数遍，感觉好极，正要称赞小姐，却哪里还能见到小姐身影？急忙顺着山路去追。

欲知后事如何，且看下回分解！

第二十五回　赠医贯流芳万世　著秘笈传承千秋

词曰：

大江东去，浪淘尽，千古风流人物。

故垒西边，人道是，三国周郎赤壁。

乱石穿空，惊涛拍岸，卷起千堆雪。

江山如画，一时多少豪杰。

遥想公瑾当年，小乔初嫁了，雄姿英发。

羽扇纶巾，谈笑间，樯橹灰飞烟灭。

故国神游，多情应笑我，早生华发。

人生如梦，一樽还酹江月。

且说柯成玉顺着山路去追小姐，却再未见到小姐身影，只得悻悻而归。回到家中，仍思念不已。

柯成玉如今已是举人之身，依照婚约，柯、薛两家择了吉日良辰，为柯成玉与薛小妹完婚。按下婚礼热闹场面不提，且说新人入了洞房，揭了新人盖头，柯成玉顿时呆在一旁。为何？新人正是那日填字成诗的小姐。柯成玉一时兴奋难以自持，不待多言。且说柯成玉问及薛小妹作诗之事，小妹笑道："只因见你中举之后忘乎所以，便与小丫头宝珠一道设计，故意教训你一下而已。"柯成玉听了，直羞得满面通红，从此谦卑，不敢尊大，后来高中恩科进士，这自是后话，按下不提。

话说柯玉井要重建医馆，召集家人商量。

红棉道："建医馆是大兄弟的心愿，即使卖了田地也要给大兄弟把医馆造起来。"

老夫人道："我嫁到柯家时，娘家陪了一些首饰，若卖了尚能值几个钱，一会儿，我让杏儿拿着去卖了。"

柯玉井听了，忙跪下道："阿妈，您若是卖了这些物件儿，那可就是儿的大罪。儿建医馆，即使再难，也不能卖了您的陪嫁。"

红棉见了，急忙拉起柯玉井，红了眼睛道："大兄弟说的是，再难也不能去卖老太太的陪嫁。不就是建个医馆吗，有什么大不要紧儿的事？想想办法，这事儿也就办了。"

黄薇淑道："四姐说的是，办法多了去了，哪能让老太太去卖自个儿的首饰，传出去也不怕别人笑话。"

红棉怕老太太在这儿听大家议事，又要有心结，就冲玉井使个眼色，然后笑道："大兄弟的事，就交给我吧，保准不会有事儿。"又冲青红、杏儿、萍儿、凤儿四个小丫头道："邻村的杜员外家今日请了一场大戏，早早儿地就送信过来，让老太太及大太太过去看戏，你们好生陪了两位老太太过去。"四个小丫头答应一声，门外的小子们早就备了车轿候着，两位老太太听说有戏看，又听四丫头说玉井的事由她操办，也就放心地去了。

见老太太走了，红棉等人又开始细化筹钱的事，毕竟造一座大医馆需要用很多银两。红棉对柯玉井道："家中虽尚有一些银两，此皆为你做官时，寄往家中的零碎散银，因平素舍不得拿出来用，便一点点儿地攒着，留至今日，正好派上用场，但离造医馆所需的银子相比差之甚远。"

柯玉井听了，眼眶儿顿时湿了，原本不多的补贴家用银子，四姐竟藏着，舍不得用，想想自己这些年亏欠家中实在太多，如今又要拖累家人一块儿受苦，心中委实不忍。想到此，便对四姐道："四姐无须多想，医馆之事，可以延缓，待再过些时日，家中境况有了转机，再造医馆也不晚。"红棉听出柯玉井的意思，便道："那怎么能行，我都答应老太太说要办好此事的。"黄薇淑一旁道："明日我去娘家走一遭，阿爸家境一向富裕，如今我们要做些事，缺了银子，阿爸、阿妈定会倾囊相助的。"红棉笑道："众人撑篙，岂有摆不过河的船？"

众人正自说着，忽见老管家柯胜走进来报，说有两位差人现在门外候着，要见柯大人。柯玉井听了，急忙命引进相见，柯胜答应一声去了，这边人也都退出，只剩柯玉井一人。

时辰不大，柯胜领了两男子进来，柯玉井见此二人有些面善，其中一高个儿的人道："柯大人不识得小的们了？"见柯玉井似乎真的认不出，又道："我俩是杨知府家中用人，您去过我们府中几回，我们是认得大人您的，上回还是我俩来请大人去的府上。"柯玉井听了，立刻想起，急忙赐座，可两人哪里敢坐，只是站着。高个儿道："我二人是奉我家老爷之命，特来给柯大人送银票的。"说着，掏出一张银票，递与柯玉井，柯玉井接过见竟是一张两万两的银票。柯玉井甚是感激，吩咐下人取来纸笔，要给杨大人写借据。高个儿道："来时老爷有吩咐，说柯大人借据就不用写了，只需写个收条，让小的们回去复命便可。"柯玉井知道杨大人之意，又是一阵感激，也不好违拗，只写了收条，两人接过，回去复命不提。

且说又过了几日，柯玉井接到侯必登大人的银票，及太医院里太医们合捐的银两。另有地方各知县并富商们也送来一些资助银两。红棉兴奋道："费用差不多齐了，医馆之事成矣！"

府里的人都十分欢喜，盼望着新医馆快点造起来。这日，老太太又在催问，红棉笑道："难不成老太太也想学做郎中，坐一会儿医馆不成？"老太太笑道："我哪里能坐医馆给人看病儿，若非要看病，到时就给四丫头你看好了？"红棉听了，笑道："得，老太太您还是饶了四丫头吧，阎王还没说收我呢，您倒是提前赶我过去报到了。"此言一出，把老太太笑了个前仰后合，身旁的儿孙媳妇们并丫鬟婆子，也个个笑得泪水湿了眼睛。

恰柯玉井进屋给阿妈请安，见屋里坐着许多人，且个个笑得心花怒放，便笑道："什么事让老太太这么开心？"

红棉笑道："哪里有什么开心的事儿，还不是医馆的事让大伙儿纠结？这会，老太太拿我寻开心呢。"

老太太拭了一下眼睛，对柯玉井道："医馆的事都紧锣密鼓这么久了，怎么只听鼓响，不见开戏？那杜府、王府、李府的几个老姐妹一见面就都问我这医馆什么时候能造起来呢？"

柯玉井听了，笑道："快了，就快了。"说着，给阿妈请了安，然后退出房去，围着自家宅院里里外外察看个遍。旺仔、高桥、李鲜等人正在医馆给人医病；成玉则在厢房里看书，因不久要去京城恩科考试，所以日日勤奋，夜夜苦读；后院里，柯醒昧正跟随张全、飞燕子两人习武；而后花园里则有几个小丫头正嬉笑着在采枝叶上的露珠……

如此这般折腾了半日，柯玉井方回到房中，黄薇淑早已在房中，见柯玉井进来，笑道："下人们皆说今日府中来了个大侠，可厉害了，一眨眼的工夫就不见了影子。"柯玉井坐到雕花椅上，听其一说，唬了一跳，问道："什么大侠，我又不是富人，难道想来此劫富济贫不成？"又道："此事张全、飞燕子知道吗？让他们看看那大侠是何来头。"黄薇淑正要说话，小丫头彩凤沏了一壶香茶进来，黄薇淑接过，对彩凤道："这里有我，你去忙别事吧。"彩凤答应一声，退了出去。黄薇淑倒了一杯茶递与柯玉井道："张全与飞燕子两个早查过了，说那大侠来头很大，他们惹不起。"柯玉井听了，又是一惊，问道："此时，那大侠又在何处？"黄薇淑道："说也奇怪，那大侠在府中转了一圈，便回去了，却是没见到闹出别的什么动静来。"

柯玉井道："转了一圈，又回去了？"又自言自语道："我今日也在府中转悠，怎么没见到什么大侠？"

见黄薇淑偷笑，柯玉井忽然明白，原来是夫人在逗弄自己，不免也笑了。柯玉井笑道："夫人，我是在想我们的医馆应建在何处，建成何模样。"又道："虽医馆早已在脑中成形，却难表其状；虽建馆想法多年，却不知要建在何处。真是折磨人啊！"

黄薇淑道："凡事莫要心急，君不闻，诸葛亮城头操琴，凭的是心静？"

柯玉井笑道："夫人所言极是。今日我不操琴，就烦夫人代劳，我也借机心静一回吧。"

黄薇淑答应着，叫彩凤搬来瑶琴，黄薇淑凭窗而弹，柯玉井只觉琴声穿林渡水而来，又踏浪破空而去。

柯玉井头靠椅背，迷迷糊糊竟走入幻境仙界。

一片高山，云雾袅绕之中，柯玉井看见两位鹤发童颜老道，盘坐山顶，闲落棋子。只听一位老道说道："药王星来了。"

柯玉井四下观瞧，见并无别人，心中暗道："难道他说的是我？"遂上前施礼道："敢问道长识得我吗？"

两位道长扔下手中棋子，起身相迎，先前说话的道人施礼道："药王星驾临，小仙有失远迎，望恕罪。"

柯玉井问道："此为何处？"

另一道人道："此为仙界。"又道："不知药王星来此何意？"

柯玉井道："我是为寻建医馆的馆址而来。"

一道人笑道："自盘古开天辟地以来，井里村便有一处旺地，女娲娘娘补天之时，曾有一块彩石落入此处，万年之后，此地便有了灵性。"言罢，用手一指道："药王星请看。"

柯玉井俯身而视，果见井里村柯府旁处忽然飞起一只彩凰，但见那凤凰翩翩起舞，其姿甚是优美。这正是：

> 旧镜鸾何处，衰桐凤不栖。
>
> 金钱饶孔雀，锦段落山鸡。
>
> 王子调清管，天人降紫泥。
>
> 岂无云路分，相望不应迷。

且说那凤凰舞了一阵，忽然双翅一收，伏于地上便不再动弹了。

真是妙物！柯玉井十分兴奋，却又道："如此神物，岂非一座房宅能够罩得住？再则那神物如此巨大，得需多大房宅去罩？"

那道人听了，哈哈笑道："房宅罩住凤凰，凤凰焉能再飞？"又道："若在那翅膀一处造房宅，凤凰腾飞之时，焉能不飞黄腾达？"

柯玉井听了，觉得十分有理，正要谢道人，两位道人却不见了，于是失声呼叫。只听有人道："醒了，醒了。"待睁开眼睛看时，却是夫人黄薇淑坐在身旁。柯玉井笑道："我睡着了。"言罢，站起，对夫人道："夫人请随我来。"黄薇淑不知柯玉井所为何事，便一路跟出府外。柯玉井用手一指旁处的空地问道："夫人仔细瞧瞧，这块地像什么？"

黄薇淑听了，便仔细地瞧了，半晌，自言自语道："怎么像百鸟朝凤？"声音虽轻，但柯玉井听得真切。柯玉井用手一拉黄薇淑的手道："夫人回府！"

回到府中，柯玉井叫来老管家柯胜，吩咐找工匠不日医馆开工。柯胜领命，正欲出门，忽见一个小子飞跑了过来，上气不接下气道："老管家，门外来了百余人，都操着外地口音，且个个推着车，车上装满石块，说是来给我们府上造医馆的。"柯胜觉着蹊跷，道："我这还未出门，却是哪里来的工匠？"小子道："小的也不知情，四姑奶奶已经过去看了。"柯玉井也觉着蹊跷，对柯胜道："走，一道看看去！"

柯玉井等人走到院门前，只见百余人正从车上往下卸着石块，再看这些人个个衣衫破烂，脚上的鞋子更是烂得脚趾在外，只见红棉两眼通红，正指挥着府里的下人们端茶递水。

柯玉井正自诧异，忽见人群里闪过两个熟悉的人，两人正是海鹏兄妹。柯玉井正要上前问询，却见海鹏走了过来。海鹏施礼道："海鹏见过柯大人。"柯玉井连忙还礼道："海大人你不在苍梧为官，为何跑到此处？"海鹏尚未答话，忽见海燕跑过来，大声说道："柯大人，我哥他现在早就不做那破知县了。"柯玉井闻言，急忙问道："此话怎讲？"海鹏叹道："一言难尽。自柯大人您走后，新任知府大人搜刮民脂民膏，鱼肉乡里百姓，卑职实在是看不下去。正如大人您所说，当官不为民做主，不如回家卖红薯。就这样，我一生气，就脱了官服回了家。"柯玉井听了，又问道："那今日之事，又是为何？"海鹏便将事情原委如此这般说了。

原来，柯玉井要造医馆却因无钱而苦恼之事，不知何故竟传遍了整个梧州。一日，海鹏刚刚打开院门，就见有数人站在门前，海鹏因问何事，众人说柯大人在梧州之时，一心造福于民，如今柯大人有难，我们理应帮衬才是。海鹏问众人怎样个帮法，众人齐说有钱的帮钱，无钱的出力。海鹏说出钱之事就算了吧，苍梧历来地瘠民穷，有几人能拿出银子来？即使拿了，柯大人也定不会收。如尔等愿意，我带你们一道去潮州井里村帮柯大人出力造医馆如何？众人听了，皆响应。又有人提议，何不带些梧州的石块，也好让柯大人常常想起咱们梧州的百姓。海鹏觉得有理，因怕误了建医馆的时间，于是率众采了石块，放入船中，紧走快行两月有余，方赶到井里村。

柯玉井听了，眼含热泪，冲梧州乡亲们道："我柯玉井何才何德，劳动尔等受千里奔波之苦？请大家受我柯玉井一拜！"言罢，便要行下跪之礼。一旁的海鹏见状，慌忙上前抱住，梧州乡亲更是唬得急忙跪下道："请柯大人不要折煞小的们！"

此时，柯醒昧、张全、飞燕子并府中的小子们也都出来，帮着卸下车上石块，红棉又安排住宿并给每人准备了两套衣服，待大家洗完澡，穿上新衣，府里早已备了酒菜接待。

海燕与柯醒昧等人早已相识，便被芍药与甘草两人接了去，海鹏则随着柯玉井到后院上房给两位老太太及大老爷请安，礼毕，摆酒菜款待自不在话下。

次日一早，柯玉井刚刚洗漱完毕，就见老管家柯胜来见。柯胜道："有开元镇国禅寺的道济长老求见。"柯玉井一听道济二字，立即吩咐将道济带至后院上房中相见。

柯玉井一进上房，便见道济正在用工夫茶，见柯玉井进来，道济站起身，道了声阿弥陀佛。柯玉井笑道："道济长老，别来无恙。"道济笑道："即使有恙，有您柯大人在，我又何惧？"柯玉井听了，笑道："我自回乡，尚未去寺里拜见智臻长老及道济兄，还望见谅。"道济道："智臻他老人家已经圆寂，多谢柯大人还惦记着他老人家。"柯玉井听说智臻已经圆寂，沉默了半晌，没有说话。于是，各自归座，柯玉井又问起道济今日所来何事，道济回道："因听闻柯大人欲造医馆一座，不知开工否？"柯玉井道："承蒙各位亲友相助，募了许多银两。如今又有梧州乡亲过来体力相助，本可即日开工，只是造房图纸尚未谋划好，恐再需两日。"道济听了，笑道："原来如此。"说着，从袖中取出一图纸道："此图乃蒯祥之孙蒯福顺所绘。一日，蒯施主因来寺中佛事，谈及您欲造医馆之事，他对您十分敬佩，我便向他讨图纸。蒯施主倒也大方，当场答应，昨日晚间便派人送了图纸来，不知是否合柯大人之意。"

柯玉井一听此图乃蒯祥后人所绘，十分高兴，遂双手接过，仔细看阅。

书中交代，蒯祥，字廷瑞，江苏苏州府吴县香山人。此人可是个十分了得人物，曾任营缮所丞，整个紫禁城及承天门皆其设计而成，被人誉为"蒯鲁班"。

话说柯玉井见图纸所绘房舍，虽不奢侈富贵，却也不失雄伟壮观。柯玉井看罢，连连称赞道："不愧是蒯鲁班的后人，此图甚合我意，比我想像的还要好！"又道："真是谢谢道济长老了。"

道济见柯玉井对图纸甚是满意，就起身告辞，柯玉井直送到院门外方回。于是，唤来海鹏等人，将图纸展于众人看。众人看了，皆赞叹不已，又问是何人所绘，柯玉井说了，众人又是一阵感叹。海鹏道："既然万事俱备，且东风亦起，何不择日动工？"柯玉井道："我也正有此意。"

于是，择了黄道吉日，破土而建，海鹏为监工不在话下。

且说至秋日，工程告捷。一早，柯玉井便陪着二位老太太及大伯柯杰庵前往观赏，红棉、黄薇淑、薛小妹、海燕、芍药与甘草紧随其后，另有青红、杏儿、萍儿、凤儿四个小丫头跟着。但见医馆十分气派，正院前门一溜五间正房，皆是筒瓦泥鳅脊，一色水磨墙，雕花窗棂，墙根石基皆梧州山石，台阶俱为白色。一幅朱漆大门，门上镶嵌着两只铜环，两只石身兽狮卧于门前两旁。开门走进，院中种了竹子及各式花草。后排又是一溜正房，皆水粉墙面，另有东西厢房两间。穿过前院，则是后院，一排清一色的雕梁画栋房屋，东面有一假山，绕过假山，树木掩映之中，隐约可见别院，院中又是几处房屋。西面一座石桥，则与老宅相通，穿过圆门，便是后花园。

众人见了，啧啧称奇，直叹能工巧匠好手艺。老太太每走一处，都要问柯玉井此为何处，是甚名儿。柯玉井道："尚未命名，待明日邀亲朋好友一道观赏，顺便讨个名儿。"

次日，邀了杨知府并各县知县，以及富商、当地才子名流前来观赏。

众人游历医馆，柯玉井乘机为各处房子讨了好多个名儿。诊病房叫"回春房"，药房叫做"药王阁"，如此等等。及至问到医馆名称，有说用前医馆名称，叫"天安堂"，有说叫"恩施堂"，有说叫"神医堂"，有人说叫"扁鹊堂"。柯玉井听了，笑而不语。杨知府笑道："看来柯大人是早就胸中有数了，说出来，让大家给评评儿。"众人听了，皆附和。柯玉井笑道："那我就说了，若是不好，大家再给想个好名儿。"众人都说好。于是，柯玉井道："此医馆就叫'太安堂'，如何？"

众人闻言不语。

杨知府问道："此为何意？"

柯玉井道："天安、地安、人安，是谓太安也！"

众人顿悟，鼓掌称妙。

杨知府道："太安堂。好！这个牌匾，我来送你。"

柯玉井笑道："杨大人，此匾就不麻烦您相送了。不过，其他房舍匾额的题写还得向您讨要墨宝。"

杨知府笑道："原来柯大人书写医馆的牌匾早有人选，那好，取笔墨来！"

柯玉井命人取来笔墨纸砚，杨知府笔走龙蛇一一写了，不在话下。

且说及至太安堂开馆之时，兵部员外郎侯大人、杨知府、开元镇国禅寺住持道济、潮州府各县知县，地方名流及方圆百里的百姓前来贺喜。只听鞭炮阵阵，锣鼓声声，又有那梧州百姓载歌载舞，当地百姓则舞龙狮相助。

侯大人笑道："柯大人一生忧国忧民，以妙手回春之术拯救国家之命运，边关一战，便是例证。如今柯大人辞官回乡，办起这医馆，当地百姓可谓洪福齐天啊！"

柯玉井笑道："侯大人言重了。玉井不过是托圣上洪福，回乡代圣上悬壶济世，造福百姓罢了。"

杨大人笑道："虽是代圣上悬壶济世，但柯大人为国为民之心日月可昭。柯大人回乡办医馆实在是我潮州百姓之福！"

众人齐声附和。

只听道济道："柯施主少年之时的鸿鹄之志，皆已在红尘之中实现，如今急流勇退，回乡为民造福，算是功德圆满。佛曰，能造福万物者，便是佛。柯施主应是佛祖脱胎转世。"

此言一出，众人皆道有理。

柯玉井正欲说话，忽听有人道："无量佛，贫道有无晚到？"

众人视之，见是一白发、白眉、白须老道。侯大人和柯玉井识得，来人不是别人正是刘道长。

柯玉井连忙上前道："刘道长，您是来去无踪影，正寻思着您会何时到，不料您这么快就仙临了。"

刘道长笑道："我何曾失言过，说过等你开业之时，一定前来。"又道："这医馆修得气派，不知学堂放在了何处？"

柯玉井道："医馆能有今日，全仰仗各位好友相帮。至于学堂，您看这偌大医馆还放不下一个学堂吗？只是这学堂尚未命名。"

刘道长笑道："道可道，非常道。名可名，非常名。无名天地之始，待日后再命名不晚。"

柯玉井闻言，连声称是。

众人听二位说起学堂之事，皆云里雾里，不知究竟。侯大人与杨大人忙来相问，柯玉井遂将刘道长指点之言如此这般地说了。众人听了，个个称妙。

众人正说得热闹，忽听一声："圣旨到！"

众人闻言，循声而望，只见一名公公捧了圣旨而来，其身后跟了一帮人。杨知府等人不识得公公是何许人也，唯玉井识得，此公公不是别人，正是冯保。

柯玉井急忙令人摆香案，跪接圣旨。

冯公公道："奉天承运，皇帝诏曰，只因柯玉井一心悬壶济世，造福于民，今特赐医书《万氏医贯》一部，以添菊井泉香。钦此！"冯公公收起圣旨，待柯玉井谢过圣恩，交与柯玉井道："还有皇封御赐的'太安堂'牌匾，咱家也一并给柯大人你带了过来。"言罢，手一挥，两名御林军将镶金字的牌匾抬了过来。

柯玉井又谢过冯公公，命张全与飞燕子上前将牌匾接了过来。

柯玉井道："挂太安堂牌匾！"

张全与飞燕子两人手捧牌匾，稳稳悬挂于正门门楣之上。

杨知府见了，笑道："原来此匾出于太医院之手，柯大人实在是高。"

冯保闻言，笑道："那是柯大人造化大。"于是，便将事情原委如此这般地说了。

原来，万邦宁上书万岁启奏柯玉井的政绩，并奏请万岁将自己亲著的医药书籍《万氏医贯》赠与柯玉井，并请万岁题写"太安堂"三个大字做成匾额赠与柯玉井。世宗听了，略一沉吟，道："柯爱卿虽医术精湛，劳苦功高。然，为大明做出奉献的医家并非他一人，朕岂能厚此薄彼？"万邦宁道："万岁言之有理，然，我朝似柯玉井这般亦官亦医，皆得人心者并不多得。"又道："若万岁怕被他人非议，何不问问满朝文武官员是何想法？"世宗闻言，认为有理。遂令三部公卿，写上奏章，以议柯玉井是否能获此殊荣。不久，各部奏章呈上，皆曰此殊荣非柯玉井莫属。世宗看了，十分高兴，于是恩准万邦宁所奏，并令冯保亲自送来。

杨知府道："原来如此。真是恭喜柯大人了！"

正说着，忽见旺仔跑过来，对柯玉井大声道："中了！中了！"柯玉井问道："什么中了？"旺仔道："孙少爷他中进士了！"话音未了，果见有报喜送帖的人来了，柯成玉果真中了进士。这正是：

医馆容貌换新颜，如今又把喜事添。

杨知府等人又来道喜，柯玉井也是喜不自胜。冯保笑道："柯大人啊，咱家每次替圣上给你下圣旨，你都会有喜事，你也不知道报答一下咱家。"柯玉井笑道："冯公公乃是喜鹊仙转世，下次再来的时候，我定好生招待。"

众人听了皆笑，冯保亦笑。

恰此时，一老者走至柯玉井身旁，连声道喜，柯玉井也连忙还礼。又听那老者道："柯大人还记得小老儿否？"柯玉井闻言，仔细相看，似曾相识，却又一时想不起。老者笑道："柯大人医病治政，阅人无数，哪里还能想起我这么一个小老儿来？"柯玉井连忙致歉。老者又道："柯大人，您曾经救过我梨园班的一个花旦。"柯玉井忽然想起，笑道："您是庞班主？"老者笑道："正是小老儿。"又道："听闻柯大人造医馆，重返杏林。小老儿特领了戏班前来贺喜，为太安堂免费唱三天大戏！"

柯玉井一边谢过庞班主，一边引冯公公及杨知府等人到后院上房酒菜款待，按下不提。

且说如今医馆建成，海鹏来向柯玉井辞行，柯玉井再三挽留，海鹏道："家中尚有老母，待母亲百年之后，定来太安堂向柯大人拜师学艺。"柯玉井只得洒泪相别，只海燕不愿随行回乡，原来海燕对张全早已芳心相许。送走海鹏及梧州乡亲，柯玉井一面领着众弟子开馆医病，一面广收门徒，于医馆中授医讲学。一时间，四邻八乡，敬重者，慕名者，好医者，接踵而至。

一日，柯玉井房中休息，小丫头彩凤端上一壶香茶，柯玉井吃了一杯，觉得味道极香，便问家中何时买了新茶。彩凤笑道："家中并无买什么新茶，是柳烟今儿来时给老爷您带的。"

"哦。"柯玉井道："是柳烟回来了？"

这柳烟自随小姐黄薇淑回到潮州后，便嫁给潮州府一朱姓举人，如今却也是阔夫人了。太安堂开业之时，朱举人来过，只是未见柳烟。

只听彩凤答应一声是，又道朱举人并儿子也一同来了。

柯玉井道："他们现在人在何处？"

彩凤回道："正在老太太房里说话。"

正说着，萍儿来见，说是老太太吩咐过来的，看看老爷回来没有，若回来了，朱举人一家要见老爷。

柯玉井道："让他们过来吧。"

萍儿答应一声，去了。时辰不大，朱举人一家三口便过来了。看了座，摆上工夫茶。柯玉井夸柳烟送的茶真香，听柯玉井夸奖，朱举人与柳烟都十分高兴。柯玉井又问柳烟为何不常回来看看。柳烟听问，笑道："不是没心回来看望您与小姐，只是生了个不孝的逆子，才考了个秀才功名，就不思进取，再也不要读书了。"柯玉井见朱公子一表人才，甚是喜欢，遂问道："朱公子名号怎样称呼？"朱公子见问，连忙站起，回道："朱谨，表字佩玉。"柯玉井笑道："好一个儒雅的名字，若不读书上进，真是可惜了。"朱公子道："此言差矣，大丈夫不为良相便为良医，此为诸葛遗训，先生您不也正是如此吗？"

朱举人听了，训道："你怎可对柯大人如此无礼说话？柯大人少时便才高八斗，满腹锦绣文章，文能为官治政，武能边关退敌。焉是如你所说之人？"

朱公子听了，便默不作声。柯玉井对朱公子笑道："你说得极好，我赞同你的话。"

朱公子闻言，顿露欢喜之色。

柳烟笑道："既然大少爷您赞同谨儿的话，我便再也管束不了他了。从此，我便把他交与您学医罢了。"说着，唤过朱公子道："谨儿，还不拜见师父？"

朱公子赶紧过来，跪下道："弟子给师父叩头了！"说着，咚咚咚，叩了三个响头。

唬的柯玉井连忙将其扶起，道："我何时答应收你为徒了？"见柳烟捂嘴偷笑，方悟。笑道："我竟上了你母子二人的当了。"

朱举人父子也笑。

柯玉井问朱公子道："为何要拜我为师？"

朱公子道："您医术高明，又有名闻遐迩的祖传秘方，我阿妈说，当年严嵩父子还曾派人偷过您的秘方呢。"

柯玉井笑道："其实，一切都没有你说得那么好。"又道："既然你如此坚定学医，我便收下你这个弟子。"

朱公子听了，很是欢喜，立刻便出去告诉柯醒昧。原来，这俩人自小便是好朋友，志向又如此相同。

柳烟夫妇又与柯玉井聊了一会儿别事，才千恩万谢地去了。柯玉井也回到书房，看了一会儿书，忽然想起适才朱公子的话，心中暗道："我何不真正写一本医学秘笈传于后人，功德不论，只是不枉了来世一遭。"此念一出，便真的动起笔来，暂时按下不表。

话说是年，柯玉井令飞燕子持了请帖请来杨知府、刘道长与道济长老共商太安堂未来发展之事。

三人听了，甚是欢喜，称柯玉井为极有远见之人。三人坐下，先是吃了一杯工夫茶，然后闭目一番沉思，便有了一些主意，如此这般地说了出来，柯玉井闻之，认为有理，很是高兴，于是大摆宴席款待三人不在话下。又过了几日，柯玉井便依言而行起来。

柯玉井先是做太安堂记一篇，曰：

> 余蒙圣恩，承祖训，遵师谕，立堂太安，诚惶诚恐，铭刻天地之功，堂名太安，祈天安、地安、人安也；堂名太安，求普救众生……

又立堂训，曰：

> 秉德济世，为而不争。医道即人道，尊德性而道学问；药理亦哲理，致广大而尽精微。

又立制药大法曰：

> 遵古重拓、方经药典、精微极致、大道无形。

此制药大法，后人又称之为"制药十六字真言"。

又过数月，柯玉井将宫廷秘方、验方、《纬易解》奇方、《万氏医贯》、《道家医方秘笈》连同自己多年行医医案，经过精简、历练，合并写出，并命名为《太安堂秘笈》。

且说岁末，柯成玉回乡，合家欢庆。次年春，张全迎娶海燕，芍药嫁了旺仔，虽有娶有嫁，却依然住在太安堂中。

一日，高桥忽接天皇旨意，速回日本国，为国效力。高桥拜过柯玉井，柯玉井道："你已跟随为师多年，理应回国报效。"高桥道："恩师，临行之时，徒儿有个愿望，望恩师准允则个。"柯玉井问其何愿。高桥道："一览《纬易解》。"柯玉井应允，遂将《纬易解》递与高桥。

话说高桥回至房中，见《纬易解》中之方，皆为奇方，甚是激动，遂笔墨抄之。正抄至兴处，窗外忽一阵风过，直将《纬易解》吹到院中。高桥急忙出门去捡，却不料，又一阵风过，只见那书穿房越脊，直落到柯玉井房中。高桥叹一口气道："此为天意，如此奇方，我高桥只能得些许而已。"

不久，高桥回国。走时，柯府上下及众弟子出门相送，高桥与李鲜相拥而泣。李鲜道："我母后已逝，誓死不再回国，就留于太安堂。"又道："师兄一路保重，日后常来看看师父。"高桥答应一声，泪如雨下。

众人送了一程又一程，高桥与众人相别，忽地跪在师父面前，长跪不起。柯玉井也是泪流满面，将其扶起，再三嘱咐，医病当谨记秉德济世、为而不争之道。高桥答应着，然后挥泪与众人离别不在话下。

且说次年春，杨知府离任，兵部员外郎侯必登调任潮州府任知府。不久，潮州府忽发瘟疫，且如星火燎原之势，真可谓家家有僵尸之痛，室室有号泣之哀。

柯玉井率弟子们日夜煎药，虽活人无数，却终是人单力薄。正暗自焦急，只见潮州知府侯必登大人领了一帮郎中过来相助，不禁大喜。且说侯大人所带来的郎中之中有一人是颇有见识的，以为若治瘟疫，只须正气存内，避其毒气便可，遂以巴豆相治。不曾想，患者服了巴豆，其病更甚。柯玉井闻之，暗自吃了一惊，心道："瘟疫在表不可下，岂可乱用巴豆之丸？"遂唤来众郎中，晓之瘟疫之道，众郎中茅塞顿开。张全一旁道："此瘟疫比之边塞那场瘟疫如何？我家主子轻易化解，如今这小小的瘟疫又算得了什么？"李鲜拉过张全道："此瘟疫非彼瘟疫也，休得造次。"张全不服，欲反驳李鲜，忽闻柯玉井道："丹溪曰，瘟疫治有三法：宜补，宜散，宜降。而石膏乃有清热解毒、泻火之妙，何不在药中添些石膏？"众人听了，皆言甚妙，遂依言而行，不消月余，疫情灰飞烟灭，潮州府一片欢腾不在话下。

话说这日，柯玉井陪侯必登大人沿途察看疫情，见百姓已是病体大好，城中买卖频繁，城外农耕忙碌。侯必登在马上冲柯玉井一抱双拳道："潮州府有柯大人在，又何惧病魔逞威？柯大人实是潮州百姓之福也！"柯玉井回道："侯大人实在是抬举玉井了。"侯必登笑道："柯大人不必谦虚，今日我为您备了一席酒宴，犒劳柯大人救活百姓之功。"柯玉井正要言谢，忽觉心中一阵难受，顿时气短，须臾气平，辞道："玉井本是悬壶济世之人，岂敢言功，使得侯大人受累？"又道："玉井体乏欠安，待来日身体好些，定请侯大人来我府中一同品茶叙旧如何?"侯必登见柯玉井面色憔悴,知他所言不虚,不便强邀,只得作罢,遂朗声笑道:"好,就依了柯大人。"于是,两下分手各自回府。

如今单表柯玉井回至府中,只觉身体越发的不适,顾不上去给阿妈请安,便急急地来到书房中静养。未及坐下,只觉胸中一阵涌动,忽一口鲜血喷出,柯玉井身子一晃,倒在座椅上,顿时人事不省。

恍恍惚惚之中,就见空中有两位道长脚踏祥云而来,柯玉井觉得两位道长好生面善,仔细一瞧,却是吕洞宾与韩湘子师徒。只听韩湘子笑道:"药王星,你功德圆满,如今随我二人去吧。"言罢,携了柯玉井便走。柯玉井问道:"要带我去蓬莱吗?"吕洞宾笑道:"药王星如此救世功劳,天帝岂能失言?如今却是让你这个星宿上位去的。"柯玉井道:"只我这匆忙一走,却还有要紧事儿未办,还求二位道翁容些时辰则个。"吕洞宾师徒忙问是何要紧事儿,柯玉井回说尚有一本秘笈未交代后人。吕洞宾道:"这却是最最要紧的事儿,容不得半点儿马虎。"言罢,便又引着柯玉井往回走。正走至自家花园,忽闻有哭声,且有人唤他名字,及到走进书房,睁眼一瞧,却是阿妈站在床前,握着他的手在哭,另有夫人及醒昧、张全等人站在一旁,抹泪不止。见柯玉井醒来,众人大喜过望,夫人拭一把泪道:"夫君如此,适才吓坏众人了。"柯玉井闻言,不去理会,只管把醒昧唤到身前,嘱他俯耳过来,醒昧依言做了,柯玉井一番轻言细语,醒昧不住点头称是。交代已毕,柯玉井一阵喘息,只将两眼一合,去了。柯醒昧俯身用手一摸,阿爸已是脉息全无,不由失声痛哭。

柯玉井一去,合府大乱,一时皆没了主意。多亏了四小姐红棉清醒,有序料理阿弟的后事,一面差人给侯知府送信,一面差人请开元镇国禅寺的道济长老为柯玉井超度。话说侯知府看了书信,先是唬了一跳,继而号啕大哭,顿足道:"柯大人乃为潮州百姓而死,我愧对他啊!"哭了一阵,忽然清醒过来,忙急急写了文书,报于朝廷。

此时正值隆庆四年,那隆庆帝乃英明之主,为开隆庆盛世,遂开言路,纳贤臣,朝中重臣纷纷举荐柯玉井,隆庆帝也正有重新启用柯玉井之意,于是拟旨诏柯玉井回朝重用。这圣旨刚下,却收到侯知府文书,知悉柯玉井已经归天,隆庆帝先是愕然,继而长长叹息一声道:"正是朕用人之时,像柯爱卿这般文武全才,且清正爱民之人,朕日夜渴盼,却被上天收回,真是苍天负朕也！"叹息一番，却也无可奈何，遂吩咐各部议论，如何安抚柯玉井后事，以显皇恩浩荡。

话说柯玉井恩师万邦宁得悉柯玉井归天，惊愕道："玉井乃上天所遣杏林奇才，如今正值壮年，上天缘何要急急将其收回？莫不是意欲灭天下苍生？"言毕，不禁两泪交流。

搁下朝廷如何议论不提，如今且说开元镇国禅寺道济长老前来柯府超度柯玉井亡灵，见柯玉井遗容安详，仿若睡去一般，不禁心下难过，又见柯府上下悲容一片，不禁轻声叹道："阿弥陀佛，柯施主天性聪慧，心忧天下，亦官亦医，一生坎坷。佛曰，爱别离，怨憎会，撒手西归，全无是类。不过是满眼空花，一片虚幻，倒可怜了柯施主一片为民之心。"

道济正独自空叹，忽闻门子来报四小姐红棉，说刘道长来了，有要紧的话儿说。红棉听了，吩咐速请进刘道长问话。

欲知刘道长会说出何话来，且看下回分解！

第二十六回　柯黄氏研药遇阻　真道人幻境解惑

词曰：

滚滚长江东逝水，浪花淘尽英雄，

是非成败转头空，青山依旧在，几度夕阳红。

白发渔樵江渚上，惯看秋月春风。

一壶浊酒喜相逢，古今多少事，都付笑谈中。

且说刘道长见着众人，就把柯玉井来历如此这般说了。

刘道长道："柯施主如今已功德圆满，被天帝召回封为药王星。"

柯母闻言，叹道："既如此，我儿玉井也不枉来世一遭。"又吩咐其他人等不要悲伤，一切皆为天意，岂能奈何。

侯大人听了，有些不解道："既为天意，柯大人此一走，药济苍生一事又将如何？"

刘道长道："柯大人虽然已经仙驾，但其已将医病秘笈留下。"

众人听了，皆半信半疑，只听柯醒昧道："此事为真，并无不实！"众人闻言，皆唏嘘不已。黄薇淑难抑悲伤，掩面而泣。一时间，女眷们皆哭泣不止。

是夜，柯母忽见柯玉井身着官服走来，向着她跪地叩了三个响头，然后起身便走，柯母连忙追出门外，却不见了身影。正自难过，被小丫头彩凤唤醒，原来却是一场梦。遂叹息一番，由彩凤侍候着，喝了两杯工夫茶，却是彻夜难眠。

黄薇淑也梦见柯玉井，见他身着官服，来见自己。黄薇淑拉着柯玉井，问他为何就这么狠心丢下家人去了。柯玉井却不回答，只是拉着黄薇淑的手，说舍不得九妹。如此云云。黄薇淑虽然听过刘道长提及过柯玉井的前身，还有那个九妹，但还是将信将疑。正待细问，柯玉井却将手儿松开，转身去了，无论黄薇淑怎样唤他，却是不理。

红棉亦在梦中见到柯玉井，所见柯玉井亦是官服装束，详情不需多述。

次日，柯母、黄薇淑与红棉三人见了，各自述说梦中情形，不免又是悲伤难过。恰此时，侯大人并各县知县来为柯玉井吊丧，不多时，又有开元镇国禅寺住持及地方百姓纷纷前来。

红棉与黄薇淑遂抹了眼泪，酬谢各方宾朋不在话下。且说柯玉井出殡之日，送行之人绵延数里，痛哭之声百里可闻。恰逢大雨，想当年，柯玉井年少之时，亭中避雨，尽显才华风流，而如今，一代才俊，却静躺墓中，再也不能醒来，只闻人哭雨泣，好不凄切。

这正应了杨慎词中所写：

> 滚滚长江东逝水，浪花淘尽英雄，是非成败转头空，青山依旧在，几度夕阳红。

然，又有诗曰：

> 人生虽短暂，得意须尽欢。
> 黄土掩风流，青史却能传。

万历十年，朝廷又追赐柯玉井"乡进士出身"，潮州府新任知府郭子章奉诏亲临井里村，为其立"大夫第"，以表彰、纪念其勤政济民、秉德济世之千秋功德。

且说柯玉井仙逝，柯醒昧却依托"太安堂记"、"堂训"、"制药十六字真言"、《万氏医贯》、《太安堂秘笈》使得太安堂威名不减，几百年间太安堂名扬天下。然而，太安堂因了《太安堂秘笈》兴盛了几代传人，却也因了《太安堂秘笈》让太安堂遭了一场大劫难。

此时已是明朝已亡，正值清朝兴盛时期。

话说1644年，李自成攻入京城，思宗朱由检于煤山自缢，大明灭亡。而大清又灭了李自成，从此大清天下一统，安居乐业。潮州知府额尔奇仗着兄长额尔图为当朝一品，欲强行索夺《太安堂秘笈》。太安堂第六代传人柯振邦宁死不与，终遭陷害入狱，虽最终出狱，却落得个子亡家破。柯振邦悲愤之下，含恨而去，临终之时，将《太安堂秘笈》交与儿媳黄荔婉。

黄荔婉乃一代枭雄黄巢之后，天生丽质，自幼习武学医，医术甚是了得。嫁入太安堂与柯国园结为夫妇，生有两子一女。不曾想柯国园为救阿爸，远赴山东，求助时任山东巡抚的堂兄柯国栋，行至苏州府，恰遇李卫剿寇，为救李卫，柯国园身中毒镖，医治无效身亡。

可叹父子二人皆因《太安堂秘笈》魂归西天。有诗叹曰：

江山易改医德永，举世传扬太安人。

玄妙秘笈能济世，高深医理可通神。

时局动荡逢贼寇，家事流转遇烈臣。

不幸遭劫驾鹤去，煌煌青史赞英魂。

如今且说柯夫人黄荔婉接了祖传秘笈，独撑太安堂，一晃数年而过，儿女成年。

话说这日乃柯夫人五十大寿，但见太安堂红烛、红窗、红灯笼，一片喜色。

东府院，后院上房里，柯夫人身着大红寿服，端坐首席。潮州知府胡恂之妻荣氏，归隐乡里的工部侍郎张秉成之妻元氏，潮州首富刘塘之妻岳氏，阿宾之妻春红，柯夫人女儿柔玉，以及柯夫人三名女弟子馨怡、文慧、楚青等依次而坐。另有小丫头莲花、菊花、菱花、牡丹、百合、玫瑰身后伺候着。荣氏、元氏、岳氏带来的丫头、婆子们则在房外听候使唤。

男眷们则在后院厢房里聚在一处，阿宾与阿朗领着几个小子们耍牌，老管家柯耀武则在厨房里督促厨子们做诞宴。

须臾，摆上酒菜，恰在此时，只听院子里传来一声："阿妈，儿子回来迟了！"

紧接着，就见一英俊少年出现在房门口。众人见他，身长七尺，穿着黑色丝绸长袍，外加一件蓝色马甲，脚蹬青色皂靴。再观其貌：面似冠玉，眉目若画，唇色如樱，肤色胜雪，门前一站，宛若玉树临风，好一个翩翩美少年！

柔玉见了，嗔道："哥哥，你回来的可真是时候，偏偏酒菜上桌了，你才回来。"

书中交代，此少年不是别人，正是柯夫人之子柯仁轩。柯仁轩颇有太安堂第一代传人柯玉井之遗风，三岁识文，五岁断字，七岁作诗。其祖父柯振邦视其为掌上明珠，一心指望其长成后能考取功名，荣祖耀宗。偏偏仁轩钟情医术，跟随祖父、阿爸、阿妈学医。柯仁轩深得太安堂医学真传，如今已是学有所成，阿妈令他掌管太安堂潮州城分堂。

且说柯仁轩听妹妹柔玉这么一说，遂笑道："只因恩师身体有恙，所以耽误了些时辰，望阿妈恕孩儿不孝之罪。"

柯夫人闻言，吃了一惊，柯仁轩所言的恩师并非别人，此人姓陈名国立，字三省，乃陈北科后代，进士出身，曾任翰林院编修，后辞官回乡，办学馆、私塾授徒。柯仁轩曾师从陈老编修，深得老编修厚爱，每每以《周易》教其治国理家之道。柯仁轩后立志弃文从医，老编修却也无奈，叹曰："不事王侯，志可则也。"柯仁轩虽人已离师，但两家关系依旧过往甚密。

柯夫人忙问道："陈老编修何疾，现在身体如何？"

柯仁轩安慰道："阿妈放心，已无大碍。"又道："惠兰给阿妈做了个大寿桃，托孩儿带回。"说着，回身唤过书童小迷糊，小迷糊捧了寿盒，打开，众人见了，皆惊喜道："这不会是刚从天上摘下来的吧？"

柯夫人十分欢喜，令莲花将寿桃捧到一旁，又叫过柯仁轩，将荣氏、元氏、岳氏一一引见给他。柯仁轩见荣氏年约四旬，一身珠光宝气，雍容华贵。元氏年长，却仍是气质不凡。岳氏年约五旬，看上去却依旧是灿如春华，皎如秋月。

引见毕，柯仁轩告辞，说去厢房与阿朗他们一处，柔玉听了，不依，嗔道："哥哥一向在外，今日是阿妈的寿辰，却要跑去与阿朗他们厮混，是何道理？"柯夫人笑道："轩儿，就坐下来与阿妈一道用餐吧。"柯仁轩依言，在妹妹柔玉一旁坐了。

几个小丫头依次斟了酒。楚青提议大家作诗，楚青道："今日是师父的寿宴，大家以诗词相贺，也好增加些热闹和趣味。"柔玉听了，喜得直鼓掌儿，笑道："这个好，比猜拳行令有趣多了。"柯夫人笑道："总是楚青这个猴儿能想出这些文趣的点子来。"

楚青原是朝鲜太子李鲜的后裔，性格一向活泼，不拘形式。柯夫人因楚青身世与别人不同，对楚青一向娇宠。只听楚青笑道："虽是作诗，但有个规矩，因今日乃师父寿辰，所作诗词须与寿字相关才是。"

馨怡、文慧附和。元氏一旁笑道："作诗填词是你们年轻人的事，我与荣、岳两位姐妹给你们一旁鼓掌如何？"

柔玉听了，本想反对，却听阿妈笑道："元姐姐所言极是，若是你们诗写得好，我等便一旁鼓掌，若无掌声，作诗之人便得吃酒。"

楚青笑道："就依师父之言。"又道："既是我提出的主意，便从我这儿开始如何？"

大家都说好。于是，只听楚青吟道：

> 半生甘苦不言愁，黑发如今霜染头。
>
> 济世江南复塞北，太安堂中过大寿。

吟罢，环顾四周，不见有人鼓掌。遂嘟起嘴问道："我作的不好吗？"

这一问，众人皆掩袖而笑。

文慧笑道："就你乱说，师父何曾黑发变白头了？"

楚青听了，把头一歪，仔细看个端详，心中暗自责备道："果真乱说，师父虽说已是五十岁的人，可看上去，依旧年轻漂亮，更别说有什么黑发变白头。"遂笑道："这一杯该罚！"说着，端起酒来吃了。

接着是柔玉作诗，只见柔玉轻轻一笑，凝神吟道：

> 历尽沧桑人未老，福荫后辈永安康。
>
> 福乐天伦阖家幸，只愿年年摆寿堂。

此诗一出，众人皆鼓掌，说作得好。

轮到馨怡作诗，馨怡出身书香门第，只因家道中落，又芳体孱弱，于是自学《黄帝内经》，又拜昆仑道姑青云子为师，学习道医，后经青云子指点，又来到太安堂门下拜柯夫人为师。

只听馨怡吟道：

> 半世春秋岂等闲，几多辛苦化甘甜。
>
> 曾经沧海寻仙境，天降仙桃把寿添。

众人鼓掌叫好。

轮到春红作诗，春红乃柯国园弟子阿宾之妻，虽自幼随父学医，通晓医术，但若要其作诗填词，却是勉为其难。

春红笑道："还是饶了我吧，我哪里有这份才气，我还是喝酒吧。"言毕，端起酒杯，一仰脖，来了个杯底朝天。

柔玉嚷道："不作诗，得喝三杯才行！"

馨怡、文慧与楚青也随声附和，柯夫人与元氏等人一旁看笑，不便干涉。春红对柔玉道："好妹妹，且饶了姐姐这一回吧。"

柔玉等人不依。

柯仁轩见状，一旁解围道："我替春红姐姐作一首如何？"

楚青听了，冷笑道："轩哥有如此的惜花怜玉之心，不如将我的酒也一并喝了罢。大家作诗贺寿，图的只是个热闹，又不是想拼酒儿。"

众人听了，皆笑。春红只得勉强作诗，只听她吟道：

> 更休说，便是个，住世观音菩萨。
>
> 甚今年，容貌八十，见底道，才十八。
>
> 莫道寿星香烛，莫祝灵椿龟鹤。
>
> 只消得，把笔轻轻去，十字上，添一撇。

刚一吟罢，楚青与柔玉连说，羞羞羞。菱花一旁笑道："春小姐，你把古人的诗词给作了，真是了不得。"

众人听了，又笑。

楚青道："就是，这好像是辛稼轩的吧，还哼哼唧唧的，弄得像是自己作的一样。"

春红笑道："虽然我这只是借花献佛，但夫人她确实长得像观音菩萨，难道你们没有听到大家背后都说夫人是观世音转世吗？"

柯夫人笑道："作不出诗，便拿好话来糊弄了。你还是把酒给吃了吧。"

元氏一旁忙道："春小姐说的是实情，柯夫人不仅长相酷似观音，配制的太安麒麟丸生了那么多的麒麟儿，这潮州上上下下，哪个不说柯夫人是观世音转世？"

荣氏与岳氏也连忙附和。

正说着，就见老管家柯耀武喜滋滋地跑进来，对柯夫人笑道："夫人，外面有好多人给您送了祝寿的贺礼来。"话音未落，就听门外一片声地嚷道："祝观世音娘娘，福如东海、寿比南山！"

柯夫人连忙离席往外走，众人也紧随其后。来到门外，只见门外站满黑压压的人群，手中捧着各式礼品，这些人见到柯夫人出来，又齐声祝福。一模样俊俏的媳妇儿将手中的礼物高高举起道："菩萨娘娘，您就收了这礼物吧！礼物虽不贵重，却是心意。若不是您的太安麒麟丸，我们哪里有今日的天伦之乐？"其他人等皆道："今日是您的寿辰，就让我等表达一下心意吧！"

柯夫人听了，左右为难。荣氏与元氏一旁劝道："夫人还是收了的好，不要冷了人家的心。"柯夫人闻言，对柯耀武道："每份就收下一样来，剩下的，让他们带了回去，一家老小也都共享一下。"

柯耀武于是依言做了，大伙儿虽一百个不情愿，但也只得如此。柯夫人又再三向众人言谢，又要请大伙儿一道吃寿面，众人不肯，又说了些祝寿的话，纷纷告退，柯夫人等人也回到房中继续吃酒。

春红笑道："我说夫人是观世音菩萨，你们居然还笑我，如今这酒我就不用吃了吧。"

荣氏笑道："这酒自然是不会罚你的了，不过，下一轮你得小心了。"

最后一个是柯仁轩作诗，只听柯仁轩吟道：

> 脚踏祥云过碧霄，南山信步好逍遥。
> 群仙贺寿齐携礼，麒麟小儿奉蟠桃。

众人鼓掌叫好。元氏笑道："今日看到这么多人来谢夫人的麒麟丸，忽然相信了一句话。"

荣氏笑问道："姐姐相信了一句什么话？"

元氏道："李员外之妻胡氏也是夫人医的病，也是吃的太安麒麟丸，却一直未孕。这就叫做'命里有时终须有，命里无时莫强求'。胡氏是命里注定无子的。"

岳氏笑道："姐姐说的极是，这就是命。我家大侄儿媳妇虽多年不孕，自服了柯夫人的麒麟丸，如今都快要生了。"又道："等我家大侄儿媳妇生了，一定要重谢柯夫人。"

元氏接道："那胡氏真苦，听闻李员外要纳妾，胡氏偏又不依，闹得要出家为尼。"

众人听了皆唏嘘不已，柯夫人闻言却是吃了一惊。这个胡氏是她医的，胡氏乃肝郁所致不孕，以太安麒麟丸的功效理应治好，如今却不知这究竟是怎么一回事儿。

众人又热闹了一阵，元氏、荣氏、岳氏等人起身要回，柯夫人送出门外，三家的轿子都在门外伺候着，三人上了轿，依次离去不提。且说柯夫人回到书房，小丫头莲花早已泡好工夫茶，柯夫人品了两杯，心里却还在想着胡氏的事。

柯夫人自幼师从阿爸黄药师，十三岁便治愈一名少妇不孕之症，被乡邻称为"仙姑"，因其长相酷似观音，又有人称其为"菩萨"，自嫁入太安堂更是治愈不孕不育无数。柯夫人常自叹曰："我家因遭劫难，失了两位亲人，幸有儿女相伴，才聊以延活。若是天下之人，不能孕育，断了香火，岂不比我更加可怜？"因而为人治疗不孕不育更加尽心竭力。日久，各种症状、治疗方药皆悉于心，遂以菟丝子、枸杞子、锁阳、淫羊藿、党参、黄芪、何首乌、白芍、桑椹子等二十二味方味炮制成药丸，命其名曰"太安麒麟丸"。太安麒麟丸问世，本是功德圆满，皆大欢喜，未曾想却是几家欢喜几家愁。柯夫人甚是纠结难释，十分惆怅，不知究竟是何原因，尚有人服而不孕。

且说柯夫人又饮了两杯香茗，忽觉眼饧骨软，迷迷糊糊，身轻如燕，不觉之中已身在空中。不知过了多久，落于一岛上。柯夫人见此岛飞云乱渡，危峰高耸，漫山奇花异草，瑶树琼花，珍禽异兽悠然漫步，真是美不胜收。柯夫人正不知身在何处，忽见乱石之中，立一石碑，近前看时，只见石碑上刻着"蓬莱"二字，方知自已已在仙岛之上。正自诧异，见一小道童上前道："菩萨，小仙接驾来迟，还望恕罪！"柯夫人见小道童长得十分清秀可爱，因笑问道："你知我是何人，来此又为何事？"小道童笑道："我自然是识得菩萨的，菩萨到此是为何事，我自然也是晓得的。"又道："我是奉师父之命前来迎接菩萨的，您就随我前往吧。"言罢，在前引路，柯夫人其后相随。

拾级而上，忽见一道观立于山腰处。柯夫人抬眼看时，见道观匾额曰"仙居观"，又见道观周遭草木葱绿，繁花迷乱。只听小道童道："菩萨只管进去，我师父就在观中静候。"言毕，不见了身影。柯夫人只得一人前行，进至观中，挨房寻找，皆门房紧闭，不见一人。正自奇怪，却见一房敞开，房中有一书案，案上摆了些许书籍。柯夫人遂轻步走入，一一翻看，见有《黄帝内经》、《神农本草经》、《月王药诊》等等，书籍之多，令柯夫人目不暇接。书虽多，但柯夫人小时便已熟读，并不见奇。奇的是，书籍中居然有《太安堂秘笈》，这让柯夫人吃惊非小。

《太安堂秘笈》怎会在此？

柯夫人伸手拿过，想一辨真伪。打开时，却见整本秘笈只有两句诗，其一曰：

> 青皮蛙唱薄荷溏，竹叶丛中小院凉。
> 村榭绿莲须带露，田园赤灼炙骄阳。
> 荫苍树下挥蒲扇，琥珀杯中递酒浆。
> 栀子笑攀河岸柳，捕蝉衣湿汗汪汪。

另一首曰：

> 赤参色合丙丁奇，独入心家听指挥。
> 胎任死生俱有赖，血随新旧总堪依。
> 排脓止痛功偏速，长肉生肌效可期。
> 一味古称同四物，妊娠无故不相宜。

柯夫人看罢，正自疑惑，忽闻门外有声音道："行气导滞需青皮，理气活血靠丹参。"

柯夫人闻言，恍然大悟，急忙循声望去，却是吕洞宾，正待出门相谢，忽听莲花叫道："老夫人快醒醒，大事不好了！"

欲知出了何事，且看下回分解！

第二十七回　显神效胡氏添喜　表谢意刘府邀客

词曰：

问君何事轻离别，一年几多团栾月，杨柳乍如丝，故园春尽时。

春归归不得，两桨春花隔，旧事逐寒潮，啼鹃恨未消。

话说柯夫人正要谢过吕洞宾，忽被小丫头莲花叫醒，方知自己适才做了一个梦。睁开双眼，已是次日早晨。只见小丫头莲花一脸慌张的样子，忙起身问发生了何事。莲花回道："李员外家遣了个小子过来，说他们家夫人正寻死觅活地要削发为尼，祈求夫人您能救救他们家少夫人。"

柯夫人听了，知道李夫人胡氏是为何事闹着出家，遂想起梦中之事来，心道："若是将太安麒麟丸原方再加进青皮与丹参，此方或许便可功德圆满了。"又道："为何此二味药会在《太安堂秘笈》中出现？"想到此，吩咐莲花告之李府家人稍等。莲花答应一声，退下不提。且说柯夫人见四下无人，紧闭门窗，取出秘笈查阅，果然找到青皮与丹参治疗不孕不育的妙用。遂自责自己负了祖上重托，未能细读秘笈，以至患者受苦，医馆蒙羞。看罢，复将秘笈藏起，唤进一名小丫头，令其知会文慧等人速备药草。小丫头答应一声转身而去，不多时，又跑回说药草已备齐。柯夫人听了，遂来到药草房，见药草确已备齐，便亲手炮制出太安麒麟丸数粒。

正要走出，恰莲花携李府小子过来打探，问柯夫人几时动身。柯夫人说即时前去，李府小子赶忙在前引路，到了院门外，见李府轿子在外候着，遂上了轿。两名轿夫喊一声起，便抬了轿子直奔李府而来。这边，李府的小子与楚青随后跟着。到了李府，下了轿，见李员外早已在门首迎着。李员外四十岁上下的年纪，眉清目秀，一表人才。李员外早年中过秀才，如今靠祖上留下的产业过活，日子倒也过得殷实。

话说李员外见柯夫人从轿中走出，忙上前一步，给柯夫人行礼道："李某又要讨扰柯夫人了。"柯夫人还礼笑道："都怪我医术不精，才至如此，还望员外恕罪则个。"两人一面说着，一面走进院中。柯夫人已经来过一次，对李府已是熟悉。只是楚青第一次来，见李府三重三进的院落，各房皆是砖墙瓦顶，雕梁画栋，倒也十分的气派。师徒二人被领进上房落座，李府的丫头摆上工夫茶，然后垂手立于一旁。李员外吩咐小丫头请夫人过来，小丫头答应一声去了。

须臾，小丫头搀扶着胡氏进来。见到柯夫人，胡氏先是行了礼，然后哭道："我这病是万万治不得的了，我也就是个出家的尼姑命，如今却还要劳烦夫人辛苦前来，实在是罪过。"言罢，泪珠儿簌簌滚落。柯夫人看了，又是心痛，又是心酸，急忙拉胡氏坐在自己身旁，又令楚青取过脉枕来。一旁的小丫头急忙过来将主子的衣袖卷起，露出雪白的手腕儿，楚青见了，心道："这么一个标致人儿，若真出了家，实在是可惜了。"又寻思道："师父治疗不孕不育，可谓天下一绝，偏就这女子吃了师父的太安麒麟丸仍不孕，莫非是她命里注定无子？不知此次能否医好，且看师父今日又是怎样为她医治。"

且说柯夫人为胡氏诊脉，觉其脉象弦涩有力。诊罢，又观其舌，见舌苔微黄。柯夫人见胡氏面色暗滞，精神抑郁，又问其发病之由。胡氏回说，性情急躁，无故多怒，胸胁胀满。经期乳房胀痛，血量涩少，色紫暗有块，小腹坠胀，经后乳痛，腹胀较轻，手足干热，呃逆，不欲饮食，喜食清淡而厌恶油腻，大便秘结，小便短赤。如此云云。

柯夫人听了，胡氏之病与先前并无二样，此为肝气郁滞，脉络不畅，疏泄失常，胞脉受阻所致不孕，服用完善后的太安麒麟丸，必能达到调肝理气通络之效，胡氏受孕指日可待。想到此，遂取出太安麒麟丸，递与胡氏道："太安麒麟丸前者为二十二味方药炮制，今日又加了两味，夫人服了，定有喜报。"胡氏闻言，喜道："若果真如此，奴家却是不要受那晨钟暮鼓，青灯斋饭之苦了？"说着，接过药，吩咐一旁的小丫头小心收好。李员外更是十分欢喜，令下人煮了人参汤上来，说是祖上留下的一棵千年人参，吃了大补。柯夫人推辞道："胡夫人身体欠康，需大补方是，还是留着给夫人用吧。"李员外见柯夫人坚持，急了，令下人取来上等绸缎两匹，作为答谢。柯夫人又推辞道："夫人之病皆因我医术不精所致，实在愧疚，等夫人有喜之日，定讨杯酒来喝，如何？"李员外听了，只得作罢，遂与胡氏一道将柯夫人送出院外，直到柯夫人的轿子远去，方才回府。

两月过去，胡氏果然有了身孕，喜得李员外摆了酒宴，用轿子接了柯夫人过来庆贺不提。

如今且说柯仁轩这日直奔陈府而来，探视恩师病情。

陈府十分气派，但见屋宇数重，皆雕梁画栋。门首卧着两只威武石狮，一扇朱漆大门，门前守着两个青衣打扮的小厮。小厮们俱识得柯仁轩，见了柯仁轩，个个笑脸相迎，鞠躬施礼。柯仁轩也不答话，收了手中折扇，一提长衫衣摆，跨阶沿，迈宅门，直奔上房。刚刚绕过侧院回廊，迎面正巧碰上丫头小翠，小翠乃小姐惠兰的贴身小丫鬟，年已及笄，姿色姣好，加上嘴巴又不饶人，深得老爷、夫人的喜爱，府里的下人们也都让她三分。

此时，小翠一见到柯仁轩，便珠泪簌簌落下。柯仁轩见状，忙问府中出了何事。小翠泣道："公子快去看看吧，我家老爷昨日儿病情大好，今日不知怎的，忽然四肢发僵，口鼻歪斜，不能言语。"又道："适才郑公子亦来过，查不出是何病样，夫人就命我前去医馆寻你，不想你竟自个儿来了。"柯仁轩听了，便急急随小翠往恩师房中而来。

刚到房门，就见丫头、婆子们聚了一门口的站着，见了柯仁轩，忙不迭地向里传话，说柯公子来了。陈夫人正暗自垂泪，听见柯公子来了，忙拭去泪水，起身相迎。柯仁轩上前施礼，陈夫人道："你来的正是时候，快快看看你老师究竟是怎么的了。"

陈老编修正躺在床上，早有两个小丫头拉开蚊帐，柯仁轩趋前看时，果见恩师如翠儿所说的一般。又见他心神昏聩，烦躁自汗，表虚恶风，如洒冰雪，柯仁轩知此为阴中所致。又闻陈夫人说师父口不知味，鼻不闻香臭，闻木音则惊恐，小便频多，大便结燥，遂心中暗道："此虽为中风，却病情实为罕见。因他平日饮食减少，若用大黄之类医治，则会满闷，昼夜难寝。"柯仁轩暗自叹息一番，如何医治，实在令人纠结。正不知该如何下药，忽闻陈夫人道："柯公子，你老师的病还治得治不得？"柯仁轩忙回道："此病需得学生斟酌开方才是。"陈夫人听了，于是吩咐，送柯公子到上房。

走进上房，见一满身绸缎的公子哥儿正在用工夫茶，见柯仁轩进来，公子哥儿也不起身，只是坐着笑道："原来是柯兄驾到。"柯仁轩见说话之人生得仪容俊雅，眉目风流，识得此人，正是郑虎。

郑虎乃郑三之子，郑三当年因与额尔奇联手陷害太安堂，后被收监，死于狱中。这郑虎自幼亦师从陈老编修，虽未考取功名，仗着祖产丰富，捐了个监生。因妒忌柯仁轩医技名气，便也寻了个名医拜师，如今一应小病也能药到病除。

且说柯仁轩见郑虎和自己打招呼，笑道："原来师弟也在此。"言毕，落座。陈府家人赶紧呈上笔墨纸砚，只等柯仁轩开方拿药。柯仁轩提笔在手，双眉凝聚，正待落笔，忽又放下，望着郑虎道："不知师弟对恩师之病有何高见？"郑虎双手一拱道："我连方子尚未敢开，又岂敢有高见？"又道："恩师之病应是中风，只是这病情有些古怪，委实不知如何开方下药。"柯仁轩道："你我所见略同。"郑虎道："不知师兄有何良方？"柯仁轩道："暂无良方。"又心道："风气下陷入阴中，不能生发上行则为病。治病必求其本，邪气方服。"想到此，遂笔走龙蛇，开下一方：

柴胡、黄芪各五分，升麻、当归、甘草炙各三分，半夏、黄柏酒洗、黄芩、人参、陈皮、芍药各二分煎服。

开罢，递与府中下人，吩咐速去抓药。郑虎见状，忙起身来看药方，看罢，心中暗暗佩服。恰此时，翠儿端了果子进来，笑道："请二位公子慢用。"又对柯仁轩道："夫人有话要吩咐柯公子。"说罢，放下果子，径自去了。柯仁轩不知夫人有何话吩咐，急忙相随而去，只剩郑虎一人房中独坐。

且说二人一前一后，行至一回廊转弯处，翠儿竟向后院走去。柯仁轩不知就里，亦随后跟着。又穿过一座厅院，翠儿忽然身形一转，拐进一扇圆门。柯仁轩猝不及防，亦跟了进去。忽然发现眼前洞开，但见满园花木，亭台楼阁；粉墙青瓦，奇石峥嵘，假山错落，巍巍画栋，曲曲雕栏，堆砌参差，尽是瑶葩琪草，水池倒影，恍如仙境一般。正自诧异走入何处，忽见一窈窕女子正斜倚栏杆，目视盛开的兰花。此女子好生漂亮，但见她，眉锁春山，目澄秋水，宝髻高挽绿云，绣裙低飘翠带。真个是：

杨柳腰，不胜春风。桃花面，羞煞嫦娥。

　　柯仁轩猛然一惊，这不是惠兰师妹吗？心中暗道："我怎么走进了陈府后花园？"

　　正迷惑不解，只见翠儿向他招手，遂急步向前，向惠兰施礼道："师妹，怎么会是你？"

　　书中交代，此女子正是陈国立之女，名唤惠兰。惠兰天生丽质，自幼随父识字，三岁颂诗，五岁成文。时，陈国立还在朝为官，惠兰所作诗文，被朝中官员传看，皆赞叹不已。一日，惠兰所作诗词不知被何人带进后宫，一时间，后宫妃嫔爱不释手。陈编修曾赞叹曰：我儿若是男儿身，必会状元及第，令天下书生顶礼膜拜。

　　话说惠兰听见柯仁轩问话，转过身来，未及说话，已是眼中含泪。稍停，轻声说道："请师兄恕小妹荒唐，小妹也是迫不得已，令翠儿用谎话将你引至此处。"惠兰所言并非虚假，陈编修家规极严，女眷是万万不能与外人相见的。当年回乡之时，惠兰尚小，及至稍长，便深藏闺中，终日写诗作画，或是做些女儿针黹，好在有翠儿相伴，倒也不觉寂寞。

　　柯仁轩问道："师妹有何话吩咐？"

　　惠兰道："今日你与郑虎都给阿爸医病，你俩在上房中皆说无良方可医，难道阿爸他……"

　　惠兰言犹未了，已是哽咽难语。一旁的翠儿递过香帕，惠兰接了，泪水顿时将香帕湿透。

　　原来，柯仁轩与郑虎二人在房中所谈，尽被丫头们听见，早已传到后院惠兰耳中。

　　柯仁轩见状，急忙安慰道："师妹尽可放心，恩师之病虽然棘手，但我会尽力而为，让恩师康健如初。"

　　翠儿也在一旁劝道："小姐，有柯公子在，你还有什么不放心的。"见小姐仍香泪淋淋，就又道："小姐，柯府可是有《太安堂秘笈》的，都医治了好几代人的病，我们老爷的病还在话下？"

　　只翠儿这一句，顿让惠兰脸露喜色，又用香帕拭了泪，点了点头。翠儿见状，道："你二人难得见面，就此聊上一会儿，我去园门前看着。"说着，离了二人，往园门前而去。

原来，柯仁轩与惠兰二人一直暗中倾慕，二人皆品貌才华出众，可谓人中龙凤。柯仁轩自幼文采盖世，又投在陈编修门下，更是如龙生翼，锦上添花。因二人之名，又被潮州人称之为"金童玉女"。且二人也在私下诵读对方诗词文章，皆叹对方好才华。

柯仁轩心道："若今生能娶惠兰为妻，夫复何求？"

惠兰亦心中暗道："若此生能嫁作仁轩妇，也不枉来世一遭。"

二人心中虽如此，却也难得相见。柯仁轩之所以识得惠兰，还因恩师六十寿辰，陈编修令小女出来向各位师兄答谢时，方得一见。不想今日又能相见，实是命中造化。这正是：

> 梦里寻他几千回，不期却遇在此中。

话说二人见翠儿走远，竟都不好意思起来。扭捏片刻，只听柯仁轩道："我给恩师开了一副方子，服了之后，定会有所好转。"惠兰闻言，喜上眉梢，连连称谢。柯仁轩道："不过，恩师之病单凭此药方，还不能全效。"惠兰闻言，不禁心下难过，几欲流下珠泪，柯仁轩见状，忙安慰道："师妹勿需如此，易经曰：否极泰来乱后治。待我回去请教阿妈，再来将病根儿给除了，定让师母与师妹宽心为是。"惠兰听了，方才心下稍安，且是感激不尽。柯仁轩正待要言，忽见翠儿急忙忙跑进来，喘着气儿道："小姐，不好了。适才看见郑公子在园门口晃悠了一下，我刚要出去问话儿，他却不见了。"

柯仁轩与惠兰听了，都暗吃了一惊，心道："郑虎怎么会到后院中来，又怎么会在后花园门前出现？"

只听翠儿道："我与小姐先行，师兄可从园中后门出去。"言毕，急忙忙领了小姐去了。柯仁轩依其言，则绕到园中后门，见并无人看守，遂走了出去。

且说柯仁轩直接回到家中，见过母亲，便将恩师病情如此这般地说了。柯夫人听了，沉吟片晌，道："你所开药方并无错。只是，此病夜不能寐，乃心事烦扰，心火内动，上乘阳分，卫气不得交入阴分使然也。还应以朱砂安神丸服之。"柯仁轩听了，甚是欢喜，笑道："难怪别人都说阿妈是神医！"柯夫人正色道："医道无边，怎可妄加自封？"柯仁轩忙道："阿妈教训的是，孩儿谨记阿妈教诲。"柯夫人道："此病若只用药，尚待一些时日方能见效，且能否完全康复尚不知晓。"柯仁轩忙问道："秘笈中可有更好良方？"柯夫人摇摇头。稍停，柯夫人似自言自语道："若是那一指禅疯癫老怪还在，陈编修之病则能大好矣。"柯夫人此句虽为自言，柯仁轩却在一旁听得仔细，忙问何谓一指禅疯癫老怪。柯夫人遂将一指禅疯癫老怪之事如此这般地简略说了一通。

原来，杏林之中有个独门绝技，名曰一指禅推拿。此一指禅非武功绝学，而是一门医病绝技。

一指禅推拿共有两个流派，即达摩派和天龙派。天龙派创始人乃是宋朝的俱胝和尚，相传当年他向天龙和尚询问关于佛教教义时，天龙常常竖起一根指头，俱胝立时会意。此后凡有人来求教，他也常竖起一根手指，并由此而创立了一指禅推拿术。

达摩派一指禅和天龙派一指禅虽各有千秋，但达摩派一指禅推拿术无论是效果还是治疗范围上都更胜一筹，达摩派一指禅推拿可谓是独霸杏林。

话说达摩派一指禅推拿术传人仇天海医术高超，常以一指禅推拿术为人医病，凡经其治者，无不病去康来。雍正十年，仇天海被请至宫中为李贵人医病。这李贵人腹痛难忍，太医院太医个个束手无策，不知用何良方医治。无奈之下，雍正只得遍请民医高手，仇天海就这样被请到了宫中。经望闻问切，仇天海认定李贵妃腹痛乃胎死腹中所致，并用一指禅推拿术推出一死婴来。然，仇天海并不知晓李贵人已两年未遭万岁临幸，如今推出一死婴，岂非皇家奇耻大辱？雍正遂密令"血滴子"密杀仇天海。或是仇天海命不该绝，出了皇城竟然疯了。雍正得知，遂取消了密杀令。而仇天海从此疯疯癫癫，行为怪异，别人都称其为疯癫老怪。忽一日，疯癫老怪突然失踪。据说，后来有人在苏州见到过他一次，再后来便踪影全无，从此在江湖上销声匿迹。达摩一指禅推拿术也从此消失。

柯仁轩听了，十分惋惜道："若是用达摩一指禅推拿术，将恩师身上的某些穴位打通，恩师之病则会永除。"

柯夫人听了，点头道："不错！"

母子二人正自说话，忽见弟子文慧在门外喊道："师父，生了，生了。是个男孩儿！"话音未了，人已走进，一见柯仁轩也在，遂红了脸。柯夫人笑道："什么生了？"文慧道："刘夫人差了人来，说她大侄媳妇多亏了太安堂的麒麟丸，如今生了个胖小子，送了很多谢礼过来。那些礼物都放在前院儿呢，师父快去看看吧。"

柯仁轩笑道："原来是刘夫人的侄媳妇儿生了，还以为是慧儿生了呢。"文慧听了，急了，对柯夫人道："师父，轩哥竟混说！"柯夫人笑道："别理这碎嘴的小蹄子！"又道："既是刘夫人一片心意，就让柯耀武把礼品都收了吧。"文慧答应一声，将礼物清单递与柯夫人，柯夫人见上面俱是一些贵重物品：青花瓷瓶一对，绿如意一个，锦缎十匹，另有青果等什物数件。柯夫人又吩咐文慧道："瓶子与如意也太贵重了些，让刘府上的人带回去。那些个布料儿给府里每人做上一件衣服，还有那些个儿吃的，也都分下去，让大伙儿都沾沾喜气。"文慧笑道："师父就会疼人儿，不过，那瓶儿、如意还是留下来得好，毕竟人家刘员外是潮州首富，要是退了回去，明白的，会说师父您仁义儿；若是一时想不明白，还以为您嫌弃人家这些个东西。师父您说是不是这个理儿？"

未等柯夫人开口，柯仁轩将手中折扇猛地一合，笑道："文慧不愧是大家闺秀儿出身，想事儿就是周全！"

柯夫人笑道："那就照单全收下吧。"

文慧又笑道："刘府今儿个请了大戏，刘府的小子们说要请师父您去看戏。那些小子们还说了，刘府已经将园子里楼上的房子整理了出来，专门给柯府的女眷们看戏用呢。"

柯夫人笑道："难为刘夫人想事周全，这戏儿你们去看吧，我就不去凑这个热闹了，我怕吵。"

文慧笑道："师父，您不去哪成呢，您可是主角儿。您要是不去，不仅刘府不开心，就连我们自己府上的这些人儿也开心不起来。"

柯仁轩道："阿妈应该去，不要扫了大家的兴，今晚儿我也陪您一起去凑凑热闹。"

文慧嗔道："都是女眷儿，哪个稀罕你去？"

柯仁轩笑道："我们慧儿真是个小心眼儿的人，还在计较我的错。"

柯夫人笑道："好了，你俩也不要在这儿拌嘴了，我去还不成？"又对柯仁轩道："慧儿说的不无道理，你就不要跟着去了。"

于是，柯府备了四乘车马，另有府里的小子们跟着，一路浩浩荡荡直奔刘府而来。

　　且说刘夫人岳氏早已在府门外候着，见到柯夫人甚是亲热，携了柯夫人的手就往里走，文慧、馨怡、楚青、柔玉、春红并莲花等一应小丫头们跟着。

　　戏台搭在刘府的后花园中。刘府不愧为潮州首富，且不说刘府有多金碧辉煌，单就一座园子就令人好生羡慕。假山池藻，自不必说，园中尚有一座赏戏的楼阁。柯府中人自然是在楼上赏戏，待坐定，刘府的下人们早摆了工夫茶。一个小丫头捧了戏单上来，说要柯夫人点第一出戏。柯夫人点了一出《比武招亲》，一通戏下来，刘府又上了些果子来吃，然后又吃了宵夜。接着，又有其他宾客点了一出。待第三出罢，柯夫人冲文慧使了个眼色，文慧会意，站起来对大家道："师父身体有些倦了，大家还是早些回吧。"其他人虽正在兴头上，也不好多说什么，于是纷纷起身，往楼下走。待见过刘夫人，刘夫人知留她不住，只得送出府外。一行人径往太安堂而去不提。

　　一宿无话。话说次日一早，柯夫人正在医馆中为人医病，忽见老管家柯耀武手捧一封书信进来，递与柯夫人。再看柯夫人，看了书信，脸色顿时大变。

　　欲知出了何事，且看下回分解！

第二十八回　小姐生情话姑苏　公子寻怪说寒山

诗曰：

吴越千年奈怨何，两宫清吹作樵歌。

姑苏一败云无色，范蠡长游水自波。

霞拂故城疑转席，月依荒树想嫦娥。

行人欲问西施馆，江鸟寒飞碧草多。

话说柯夫人从柯耀武手中接过书信，不看便罢，只这一看，顿时是脸色大变。馨怡不知信中所言何事，令师父神情如此，忙将师父换过。柯夫人强作精神，回到上房，唤来小丫头莲花，泡了一壶香茗。柯夫人连连吃了两杯，这才缓过一口气来，心中暗叫一声苦："好一个不知天高地厚，目无尊长的不孝之子！"又吃了一杯茶，唤过莲花，吩咐叫来文慧与楚青二人。

稍倾，文慧与楚青急忙忙跑来，二人不知出了何事，正待要问，只见师父将一封书信递过，二人忙接了来看，一看也是吃惊非小。

原来此信乃柯仁轩所书，柯仁轩信中留言，他已携书童小迷糊远去江南寻一指禅疯癫老怪去了。难怪柯夫人看了书信，如此神情。且不说苏州遥亘千里，山隔云阻，此去彼处，将会一路艰辛。就是柯国园昔年英逝彼处，就足令她心痛终生。若是柯仁轩此去有个长短，她又该如何是好？柯夫人叫来二位弟子是有要事相商。

闲话休提，花开两朵各表一枝，按下柯夫人与二位弟子如何商量要紧事儿不提，如今且说柯仁轩与小迷糊主仆二人这日来到苏州府。进得城来，但见车水马龙，商贾往来如梭，甚是繁华。有诗曰：

世间乐土是吴中，中有阊门更擅雄。

翠袖三千楼上下，黄金百万水西东。

五更市卖何曾绝，四远方言总不同。

若使画师描做画，画师应道画难工。

　　小迷糊从未出过远门，如今见苏州府如此繁盛，甚是欢喜，挑了行李，一扫疲劳，兴致很高，嘴里咕咕噜噜道："好美的地方，如同在画中行走一般。"

　　这小迷糊年方十五，做事虽有些迷糊，但对主人忠心耿耿，甚得柯仁轩喜爱，无论去何处，都要带上他。柯仁轩见小迷糊来了精神，自己不免也受其感染，一抖尘埃，情升心底。

　　主仆二人找了家上好的客店住下，次日一早，唤过店家，打听一指禅疯癫老怪下落。那店家年约四旬，老于事故，闻柯仁轩打听一指禅疯癫老怪，先是一惊，后又笑道："这位客官，不瞒您说，我开此店已三十余年，先前小店也不乏有来打听老怪的。不过，那都是二十年前的事了，如今早已无人提起他。客官一说此人，我竟一时没想起来。"又道："据说此人疯疯癫癫，曾来过苏州府，后来再无音讯，恐其早已不在人世。"

　　柯仁轩听了，知道要想寻到老怪，并非易事，店主之言，也没往心上去。别了店主，主仆二人城中闲逛。此时正值六月，天气炎热，柯仁轩身着一袭白色丝绸长衫，手执折扇，好一个一表人才，风流倜傥的公子哥儿。

　　苏州府城内河流条条，小桥座座。人立船头，闻摇橹声响，看微波荡漾，别有一番江南风情。

　　二人且行且打听老怪下落，此时已是日中，路上行人稀少。柯仁轩正待回客店用餐，忽闻不远处有隐隐的哭声，四下一望，见一座桥旁黑压压一片人群，二人不知出了何事，趋前相视。只见一老妇横躺地面，一个十六七岁、发髻松散，却柔媚娇俏的女孩儿跪在一侧，隐隐哭泣之声，便由其而发。小迷糊见了，甚是怜惜道："好可怜的女孩儿，定是卖身葬父之人。"柯仁轩道："迷糊，睁开眼睛瞧仔细了，地上躺着的可是个女的。"小迷糊听了，使劲睁着眼睛道："少爷，那地上躺着的还真就是个女的。"柯仁轩道："什么叫就是？人家本来就是女的。"小迷糊道："不管是男是女，总之怪可怜的。少爷，您就行行好，施些银两，也好让她早些入土为安。"柯仁轩道："你说的倒是在理。"说着，递过一锭银子与小迷糊："你送过去罢。"小迷糊答应一声，接过银子，钻过人群，来到女孩儿身前，把银子递过去道："小姐，这是我家少爷见你可怜，施与银两。你快些回去，将你母亲葬了吧。"

小迷糊此语一出，可是惹恼了那个女孩。只见她双目一瞪，杏眼圆睁，把银子往小迷糊怀中一掷，怒道："哪个稀罕你的银子！"言罢，竟又呜呜大哭。小迷糊不知端的，愣在一旁。旁边一男子对小迷糊道："这位小兄弟，人家是母亲落水，郎中不能妙手回春，因此悲哀。"小迷糊听了，用手擦了一把脸上的汗，知道讨了个没趣，又从人群中钻回，如此这般地告诉了主人柯仁轩。柯仁轩听了，对小迷糊道："你随我来！"

主仆二人挤进人群，柯仁轩仔细看了那落水之人，然后对女孩道："姑娘慢哭，待我先治她一治。"又道："给我取半盏醋来。"旁边有人听得仔细，飞跑而去，不多时将半盏醋递与柯仁轩。柯仁轩将醋倒入落水女人鼻中，稍顷，又令小迷糊抓紧妇人双腿，背对背背起。小迷糊虽年方十五，却是体格健壮，背起那个妇人不在话下。

小迷糊背着妇人来回走了大约十多圈，那妇人忽然张口将腹中之水吐出。众人见了，皆大喜，齐声说道："好了！妇人有救了！"

柯仁轩令小迷糊将妇人放下，只见那妇人微微睁开双眼，轻声道："我这是在何处？"女孩听见，急忙抱住母亲大哭。

趁这档儿，柯仁轩主仆二人挤出人群，回到客店。小迷糊直喊饿，柯仁轩叫了一份"松鼠鳜鱼"，外加一份"西瓜鸡"。

小迷糊连声嚷道："好吃！"

柯仁轩听了，一摇折扇，笑道："小迷糊，你今天救人有功，这两道菜就全赏你了。"

小迷糊也不客气，如同风卷残云一般，那两道苏州府名菜瞬间便没了踪影。吃罢饭，稍事休息一会，主仆二人又沿街询问老怪的下落。

一连数日，主仆二人并未打听到老怪的下落。这日，主仆二人正沿街行走，忽然迎面走来一主一仆两名女子。看那小姐仪容窈窕，德性温和，千娇百媚，顾盼生情。再看那丫鬟，虽容貌不及小姐，却也是温香如玉，楚楚动人。双方本已擦肩而过，柯仁轩不禁回过头去，恰小姐与那丫头也回过头来。小姐这一回首，却是巧笑嫣然，更生几分媚态。柯仁轩见状，不禁心中吟道：

北方有佳人，绝世而独立。

一顾倾人城，再顾倾人国。

宁不知倾城与倾国？

佳人难再得！

那小姐见柯仁轩风流潇洒，一表人才，不禁怦然心动，只道是卫介重生，潘安再世，心中叹道："好一个丰容秀美，绝世美男！"又道："这不正是奴家日思夜想的如意郎君吗？"如此一想，脸上不禁升起一片娇羞之色，正欲回过脸去，忽听丫鬟一声惊叫："恩公，原来是你！"与此同时，小迷糊也认出了那小丫头，憨声笑道："原来是你啊！"

柯仁轩也认出了小丫头，笑道："姑娘近日安好？"那小丫头笑道："托公子洪福，家中一切皆安。"一面说，一面拉过小姐道："小姐，这位公子便是那日救我母亲的恩人。"又对柯仁轩道："恩公，这位是我家小姐。"那小姐向柯仁轩道了个万福，柯仁轩连忙还礼。柯仁轩又问小丫头母亲现在状况如何，小丫头回说一切安康。小姐笑道："这位公子既是我家蓉儿救命恩人，改日一定请公子赏光，来府上做客。"柯仁轩笑道："救人一命胜造七级浮屠，岂敢到府上打搅？"小姐笑道："公子言重了，受人点水恩，尚当涌泉相报，更何况是救命之恩。"又道："不知公子如何称呼？"柯仁轩道："姓柯，双字仁轩。敢问小姐芳名？"小姐道："姓柳，名婉如。"柯仁轩道："原来是柳小姐。幸会，幸会。"柳小姐道："听柯公子口音不是本地之人，敢问公子现居何处？改日定让下人们府上相请。"

未等柯仁轩回话，小迷糊已经报上客店名号，柳小姐记下，然后双双告别不在话下。话说又过了一日，果见柳府上的小子持了柳府名帖来请柯仁轩主仆。柯仁轩本欲推辞，但又一思量，自己乃一外乡之人，对苏州府人生地疏，若是多交个朋友，对找寻老怪也是有益无害。想到此，遂领了小迷糊，跟随柳府小子径往柳府而来。

柳府非处繁华之街，人烟阜盛之地。走过几条街口，又行过几道胡同，方见柳府静卧人迹罕少，车马不嚣之处。一扇朱漆大门紧闭，柳府小子上前叩门，时辰不大，大门开启，柳府小子直接领柯仁轩主仆二人进入上房。柯仁轩落座，小迷糊一旁伺候。这时，小丫头蓉儿端了香茶进来，笑道："薄待了柯公子，还乞见谅。"边说边将茶碗递了过去。柯仁轩接过茶碗，打开碗盖，只觉一股清香扑鼻，知是好茶。恰在此时，婉如款步而入，蓉儿道："我家小姐来了。"柯仁轩忙起身行礼。只见柳小姐比前日更加妩媚动人，发髻高挽，云鬟凤钗，着一袭粉色百叶裙。柳小姐给柯仁轩道了个万福，落座。

柯仁轩道："今日上门打搅，还望小姐海涵。"

柳小姐道："公子说哪里话，你是我家蓉儿母亲的救命恩人，请你吃饭实属应该的，公子不必客气。"

柯仁轩道："怎不见令尊与令堂大人？"

柳小姐道："实不相瞒，奴家母亲早亡，爹爹在外为官，后来没了音信。奴家自小未曾与父母谋面，是老管家九叔将我带大。近日，因九叔外出寻我爹爹未归，府上只剩奴家与府中的下人们。"

正说着，酒菜已好，依次摆上，皆是苏州府名贵菜肴。蓉儿把盏，将酒满上，柯仁轩推辞说从不吃酒。柳小姐笑道："风流才子，碗底风。柯公子哪有不会吃酒之理？"柯仁轩一开折扇，扇了两下，哈哈笑道："柳小姐看在下风流吗？"柳小姐听问，倒不好意思起来。柯仁轩见状，又转向蓉儿道："不知那日，令堂大人因何故不慎落水？"蓉儿听了，眼圈儿顿时红了，于是将那日之事如此这般地说了。

原来，这苏州知府洪万年有一独子，名唤洪春，只因年前得一怪病，虽遍请名医医治，却是不见丝毫起色。后不知从何方来了个疯道士，那道士对洪知府疯言道，若要公子回春，需得与妙龄女子成婚，冲了喜气，此病方去。洪知府信其言，遂与下官商量此事。恰蓉儿兄长徐尚在洪知府手下当差，得知此事，甚是欢喜，因想巴结知府大人，遂将妹妹蓉儿许与洪公子。谁知蓉儿宁死不从，气得徐母以死相拼，那日在桥上，本是假模假样，威逼蓉儿，不料一脚踏空，竟落入水中，幸得柯公子相救，才免于一难。

柯仁轩听了，轻摇折扇，叹道："世间竟有如此蠢物，唆使别人做出如此荒唐事来。"

柳小姐道："柯公子医术如此了得，不知师从何人？"

柯仁轩道："惭愧，我乃广东潮州府太安堂后人。"

柳小姐闻言，喜道："我倒是听老管家九叔说起过太安堂，不知柯公子此次因何到苏州府？"

柯仁轩遂将前因后果一一说了，又问柳小姐是否听说过一指禅疯癫老怪。柳小姐回说并未听说过，又问蓉儿，蓉儿亦摇头不知。

柳小姐道："如此疯人或许早已不在人世了。"

蓉儿一旁道："似其如此疯癫，定是看破红尘之人，或许出家做了和尚也未可知。"

柳小姐安慰柯仁轩道："公子也不必太失望，蓉儿说得有理，公子不如前往有庙宇、道观之处多寻寻，或许能寻到此人。"

柯仁轩叹道："但愿如此吧。"

蓉儿见柯仁轩有些许失望，遂笑道："今日相逢许是大家的缘分，应该高兴才是。柯公子既肯赏光到敝府上赴宴，就该饮了面前此杯酒。"

柯仁轩笑道："蓉儿所言有理，本少爷决不负二位姑娘美意。"言毕，一饮而尽。

蓉儿笑道："柯公子真是爽快之人。"说着，又执壶将酒满上。

柳小姐道："柯公子乃名门之后，必是才华出众之人，今日何不作诗，雅趣吃酒？"

柯仁轩将手中折扇用力一合，笑道："好！不知柳小姐要怎样个作诗法？"

蓉儿一旁鼓掌笑道："我们家小姐素日饮酒，总是花间一壶酒，独酌无相亲。今日难得有柯公子相伴，再作些诗文儿，如此甚是有趣。"

柳小姐道："我出上句，柯公子对下句如何？"

柯仁轩笑道："悉听尊便！"

只听柳小姐吟道："西塞山前白鹭飞。"

未等柯仁轩答下句，一旁的小迷糊笑道："这有何难，少爷，我帮你答下句。"说着，答出下句：

东村河边爬乌龟。

此句一出，直把三人笑得前仰后合，小迷糊见三人笑得如此开心，遂得意地笑问道："少爷，我这下句答得怎么样？"

柯仁轩止住笑，道："不怎么样！"又道："这杯酒，该小迷糊你喝！"说着，将酒杯递将过去。小迷糊端酒在手，嘴里嘟囔道："真是好心做成了驴肝肺。"说着，小眼睛一闭，将酒灌下。

蓉儿对小迷糊笑道："原来你叫小迷糊，怎么起了个这么个名儿？"

小迷糊见蓉儿对自己说话，顿时精神起来，笑道："姐姐这会儿才知道我小迷糊的名字，我的名字是我们家少爷给起的，因为我做事爱迷糊。"

蓉儿笑道："这个名儿真是太适合你不过了。"

柳小姐见状，责备蓉儿道："蓉儿，别乱说，人家小糊涂适才诗做的虽然俗了些，却也十分对仗工整。"又对柯仁轩笑道："琴棋书画乃文人墨客最爱。公子，我们何不就以琴棋书画为题，赋诗取乐？"

柯仁轩道："好。柳小姐，您先请。"

柳小姐盈然一笑，吟"琴"一首道：

> 琴弦轻拨话沧桑，千古风流载韵长。
> 纵是高山流水调，子期不在曲凄凉。

柯仁轩笑道："柳小姐太多愁善感了。让我来给你和这'棋'。"言罢，吟道：

> 纸上谈兵摆战场，两边将帅运筹忙。
> 棋中演绎人间事，观弈征诛话史长。

吟罢，只听蓉儿与小迷糊两人使劲鼓掌，蓉儿道："小姐与公子皆才高八斗，不分伯仲，你俩何不对饮一杯？"

柯仁轩听了，极是爽快地端起酒来，柳小姐虽然满面含羞，却也不好拒绝。于是，两人对饮了一杯。

又吟了几首诗，热闹了一会儿，正要继续，忽听下人们道："九叔回来了！"柳小姐闻言连忙起身，就要向外去迎。

恰九叔已走入上房，见到柳小姐连忙施礼道："小姐，老奴回家来迟，让小姐担心了。"

柳小姐连忙道："九叔为何晚归？可否打探到我爹爹消息？"

九叔道："老奴无能，望小姐恕罪。"

柳小姐连忙安慰道："九叔辛苦了，你也不要太在意，反正我也从未见过爹爹的面。"又连忙介绍柯仁轩给他认识："此位公子乃太安堂后人柯仁轩。"

柯仁轩见九叔年约六旬，身长八尺，两道剑眉，目光如炬，一身青衣打扮，收拾得干净利索。

九叔忙与柯仁轩施礼道："老奴任九给柯公子行礼。"

柯仁轩忙回礼道："九叔辛苦。"

柳小姐又邀九叔入席，九叔道："小姐如此雅兴，竟邀外人入府吃酒，老奴岂敢打扰小姐兴致？"

柳小姐正待解释，只见九叔摇手道："小姐不胜酒力，还望早些入房休息吧。"言罢，躬身退出房去。

柳小姐对柯仁轩道："柯公子不必介意，九叔一向如此性格。因我爹爹不在，他一向不允外人进入。"

蓉儿一旁道："九叔今日因见小姐与柯公子吃酒，定是心中不快，都是我连累了小姐。"

柳小姐笑道："蓉儿说的哪里话？九叔性格你又不是不知道，别理会，我们继续吃酒。"

话虽如此说，可都没了兴致。柯仁轩找了个借口，说已大醉，不能再吃，遂向柳小姐告辞，蓉儿直送至府门外不在话下。

且说柯仁轩主仆二人离了柳府，行走到街上。柯仁轩对小迷糊道："小迷糊，带你去个好去处。"小迷糊听说有好去处，不胜欢喜，忙问何处。柯仁轩道："寒山寺！"

寒山寺始建于梁天监年间，相传唐时僧人寒山曾在该寺居住，寒山寺因此得名。

主仆二人进得寺庙，但见寺庙正殿，面宽五间，进深四间，皆是单檐歇山顶，飞甍崇脊，据角舒展。露台中央设有炉台铜鼎，鼎的正面铸着"一本正经"，背面有"百炼成钢"字样。此时，游客如织，香火正旺。柯仁轩领着小迷糊走进大雄宝殿，给各路神仙恭恭敬敬地叩了头，复起身向别处走。柯仁轩问小糊涂道："记得我曾经教你的《枫桥夜泊》吗？"小迷糊摇头道："少爷教我读那么多诗，我哪里还能记得什么枫什么桥？"柯仁轩用折扇一敲小迷糊的头道："你总是该迷糊的时候不迷糊，不该迷糊的时候又总是迷糊了。记住，我们此次进寺庙是要寻一个疯癫和尚的，别只顾去赏风景。"小迷糊答应一声，于是，主仆二人里里外外的寻，寻了半日也不见有什么疯疯癫癫的和尚来。柯仁轩心道："难道疯癫老怪并未出家？还是他真的已不在这个世上了？"

正寻思着，迎面来了一个小沙弥，柯仁轩拦住问道："小师傅，敢问此庙中是否有个疯疯癫癫的老和尚？"小沙弥单手一揖道："庙中没有，施主还是别处寻去吧。"言罢，兀自离去。

望望天色已晚，柯仁轩道："小迷糊，我们走吧。"小迷糊道："少爷，我们不找了？"柯仁轩道："当然要找。"小迷糊道："苏州府应该不止这一座寺庙吧？"柯仁轩道："那是当然。苏州府这出家的地方多了去了。像西园寺、北塔报恩寺、文山寺、灵岩山寺、包山寺还有玄妙观、玉皇宫等。"小迷糊鼓掌笑道："少爷，你好厉害，连苏州府有这么多的寺庙你都知道。"又道："少爷，我们现在要去何处？"柯仁轩道："当然是去客店，难道你还想住到寺庙里去不成？"小迷糊笑道："我当然是跟着少爷你，你到哪，我小迷糊自然是跟到哪。"

主仆二人遂出了寺庙，上了官道，往客店赶。

此时月色正浓，忽听寒山寺传来钟声。柯仁轩随口吟道："姑苏城外寒山寺，夜半钟声到客船。"小迷糊笑道："少爷，错了，这里分明是大道，哪里有船？"

柯仁轩将手中折扇一合，正要回身敲打小迷糊，忽见身后一乘马车飞驰而来。柯仁轩连忙将小迷糊往身旁一拉，那马车呼一声，擦身而过。就在这一过之际，隐隐听见车中传来女人的救命之声。只听柯仁轩叫一声："不好！"随即双脚一纵，施展绝顶轻功，直奔那辆马车而去。

欲知究竟出了何事，且看下回分解！

第二十九回　救难女反遭囚禁　逃樊笼却遇奇侠

诗曰：

金风未动蝉先觉，暗算无常死不知。

彤云密布雨应急，山雨欲来风乍起。

话说柯仁轩闻听马车中有求救之声，遂施展轻功追赶过去，跃过车顶，勒住缰绳，两匹马儿仰天一声嘶鸣，抖抖身上的毛儿，便站定了。赶车之人用马鞭儿一指柯仁轩道："你是何人？"柯仁轩笑道："一个爱管闲事儿的人！"那赶车人见柯仁轩并不示弱，知道碰上了个硬茬儿，便冲车里招呼一声。只见车门打开，跳出来两个膀阔腰圆的汉子来，这二人皆头戴毡帽、一身夜行衣打扮。柯仁轩心中暗道："这二人绝非善类，我须小心应对才是。"

且说车中下来的这二人，见着柯仁轩二话不说，挥拳便打，口中说道："看你还敢管闲事不管？"柯仁轩见二人挥拳打来，遂用手中折扇轻轻一拨，使了招四两拨千斤，轻轻将对方劲势化解，忽又一掌击出，正中其中一人前胸，那人就觉一阵劲风袭来，接着就觉胸中发闷，还未等反应过来，左腿又吃了一脚，另一人见状，急忙来攻柯仁轩，于是三人打在一处。

柯仁轩武功乃是当年张全与飞燕子在太安堂传于柯氏后人，拳法刁钻怪异，招式变化无穷。只几个回合，两名大汉便招架不住，两人互望一眼，使假招来战，趁机欲逃。柯仁轩早识破对方诡计，哪里肯放过？双脚一纵，一个"旱地拔葱"凌空跃起，双掌齐出，正击中二人后背，那两汉子扑地而倒。柯仁轩再使鹰爪功，将二人提起，扑地一声扔到车下。二人连忙爬起，叩头求饶，就连先前赶车之人也过来叩头。

此时，小迷糊见主人将几人收拾了，遂过来将车门打开，只见车里蜷缩着三个女子，个个披头散发，颤抖不止，嘴里嚷着："好汉爷饶命！"

柯仁轩冲车上三女子问道："尔等皆是何人，为何喊饶命？"

其中一女子壮着胆子道："我等皆是在庙中拜佛，被和尚用机关捉住，现不知要去往何处，还望好汉爷救我等则个。"

小迷糊遂将那两汉子头上的毡帽除了，果然露出白瓢来。柯仁轩冲那两和尚道："尔等本是伺佛慈心向善之人，却做出这等伤天害理之事来。今日快快如实招来，如若不然，定拧下尔等狗头！"

三人听了，磕头如捣蒜。其中一人道："好汉爷，我等并非贼类。您老且容我细禀。"遂如此这般地将前因后果说了。

原来，苏州洪知府听了疯道士疯言，遂四处挑选年轻貌美女子欲回来与洪公子成亲，哪曾想，他只是一厢情愿，凡有女儿人家都躲着他，有谁愿意把自己亲生骨肉嫁于无人能医的怪病之人？洪知府一见此景，顿时没了主意，恰那疯道士又进言，寒山寺每日女香客如云，何不让寺中和尚巧设机关捉几个来？洪知府听了，喜出望外，令寒山寺住持依言而行。那住持虽有一万个不愿意，奈何架不住洪知府淫威，只得做了，刚刚得手，不想在送往知府途中，出了意外，被柯仁轩拦下了。

柯仁轩听罢，冷笑道："天下竟有如此怪事。"又对那三名女子道："你三人快快逃命，回家与亲人团聚去吧。"

那三个女子连忙叩谢，相互搀扶，正要离去，忽听一声："哪里走！"

众人闻言皆吃了一惊，待定睛一看，四周皆是衙门差役，洪知府身着官服，从轿中走出。原来这洪知府本来得报，说寺中今晚会将三个女子送到，洪知府听了甚是高兴，令人将府中上下收拾一新，只等那三个女子到了与儿子拜堂成亲。见天色已晚，人未送到，洪知府怕半道上节外生枝，遂领了差役亲自来迎。柯仁轩令女子们逃命，正巧被洪知府撞上。

洪知府走到柯仁轩面前，仔细打量一番，然后冷笑道："这位公子何方神圣，居然敢如此胡作非为。"柯仁轩亦冷笑道："想必你就是抢劫民女的洪知府吧。"洪知府道："算你还能认出本官，不过，本官从未抢劫过什么民女。倒是本官得到密报，说有人半路抢劫了几名女子，这抢劫之人应该就是你吧。"又冲衙役们道："把此人连同那几个女子一起带走！"衙役们答应一声，上前就要抓柯仁轩。柯仁轩叫道："慢！请放了那几个女子，我跟你们走。"洪知府冷笑道："你有什么资格和本官讨价还价？"柯仁轩笑道："你不就是想治好你家公子的病吗？放了她们，你家公子的病，本少爷包治了。"洪知府冷笑一声："就你？"一旁的小迷糊见洪知府如此傲慢，忍不住道："我们家少爷并未胡说，广东的太安堂你听说过吧。他就是太安堂柯玉井的后人！"洪知府冷笑道："想骗本官没那么容易。带走，若是治好我家少爷的病，我便承认你是太安堂柯氏之后，若是治不了……哼，可就别怪本官不客气！"柯仁轩哈哈笑道："洪大人，若我医好你家公子的病，你得答应我放了这些无辜的女子。"洪知府道："就依你。不过，我只给你三天时间。"柯仁轩道："一言为定！"

　　且说进了洪府，但见全府上下，张灯结彩，一派喜气之色。柯仁轩与小迷糊被关在书房，三个女子则被带往别房看押。洪知府下令，好生看着，不得怠慢，不得走出府门。小的们答应一声，不敢大意，各自尽心职守。

　　次日，洪府的小丫头端了早点往书房中来，恰被洪家小姐青云瞧见。这青云是洪知府的女儿，二八年龄，正值情窦初开。她见家中的小丫头往哥哥书房中送早点，疑道："难道是哥哥的病儿消了？"又道："昨晚虽摆了婚场，并没有见他与谁拜堂儿，怎么今儿个病就见好了呢？"心下猜疑，遂悄悄跟至窗子外面。门外的家丁给小丫头开了房门，洪小姐透窗望去，见小丫头将早点摆到书案上，一人正伏在书案而睡，只听小丫头道："柯公子醒醒，该吃早点了。"那睡觉的公子抬起头来，伸了个懒腰，站起来走了几步。这洪小姐不看便罢，只这一看，却把芳心儿直直地丢了，卫阶之容，潘安之貌，只听说书儿的说过，今朝竟活活地站在哥哥书房之中。

　　洪小姐屏住呼吸，按住心中怦怦跳动的小鹿，继续往下瞧。只见柯公子望着小丫头端来的早点，笑道："没想到洪府的早点这般丰富。"小丫头道："柯公子快点用，一会儿大人还要请你去少爷房里给我们少爷看病呢？"只听柯公子笑道："好，那就恭敬不如从命了。"又道："小迷糊，用餐了！"只听书案底下有人答应一声，钻出个小子来。洪小姐见这小子长得五大三粗，甚是憨厚。

　　主仆二人用了早点，小丫头复又将碗筷等物端走，家丁关了房门。洪小姐见小丫头出来，连忙上前拉住她的手道："月儿，快告诉我，里面的那位公子是谁？"洪小姐这一跳出来，把月儿吓了一跳，见是小姐，四下瞅瞅无人，便把嘴凑近小姐耳边，嘀咕了一阵。这边正在耳语，忽见过来两个家丁，打开房门将柯公子往后院带，只把那个叫小迷糊的一个人关在书房之中。

　　搁下洪小姐这边不提，且说柯仁轩被洪府两位家丁带往后院，柯仁轩是昨夜被带进洪府的，当时只见府中上下披红挂彩，屋檐宫灯灿烂。现在再看洪府，皆是一色粉墙青瓦，雕梁画栋，甚是气派。穿房过院，来到后院上房，揭开软帘，进入洪公子卧房。但见洪公子坐在床上，痴痴呆呆，目无神采，嬉笑不休。洪知府与洪夫人则各自坐在一把雕花镂空太师椅上，见柯仁轩进来，洪知府道："柯公子，昨晚我俩可是有约在先，今日可就得看你能否妙手回春了。"洪夫人一旁坐着无语，只是两泪交流。柯仁轩轻摇手中折扇道："洪大人尽管放心，太安堂一向秉德济世。本少爷尽当竭力而为。"

　　一小丫头端过一把椅子，柯仁轩坐了。又一小丫头在床边放了一把圆形木凳，取了脉枕，将洪公子挽了袖口，露出胳膊。柯仁轩伸出二指搭在洪公子脉口之上，只觉脉搏洪滑，知是痰迷心窍所致。

　　柯仁轩道："治好洪公子之病不难。"

　　洪知府道："我儿嬉笑不休，已半年矣，若柯公子将其治愈，则功德无量。"

　　柯仁轩冷笑道："功德靠日积月累，还望洪知府日后多行善事。"

　　洪知府听了，只羞得满脸通红，无言以对。

　　洪夫人一旁则啼哭道："都是你平日行孽事，才致我儿如此。若我儿有个三长两短，我定与你没完！"

　　柯仁轩道："取笔墨纸砚来。"

　　小丫头早将笔墨纸砚伺候好，只见柯仁轩磨得墨浓，蘸得笔饱，笔走龙蛇，一挥而就。洪大人见方子开的是：

　　　　以食盐二两成块，烧令通红，放冷研细，以河水一大碗煎三五沸，温分三服。

　　洪大人叫过府中管家，以方而行。

　　且说洪府家人将盐水给洪公子灌下，不多时，只见他如翻江倒海一般，呕吐起来，所吐之痰足有一碗。

　　再看洪公子喘一喘气，冲洪夫人叫了一声妈，直喜得洪夫人一把将儿子抱住，连声叫道："我的儿啊，你竟识得娘了！"

洪大人忙向柯仁轩道谢，柯仁轩道："洪公子之病非一日可治得。"洪大人道："柯公子，别忘了，我们有三日之约！"柯仁轩一扇扇子，冷笑道："但愿洪大人也能遵守诺言。"洪大人道："那是当然。"又冲下人们道："送柯公子回房！"

午饭时分，小丫头又端了饭菜来，小迷糊笑道："竟有酒有菜，只是不知道这菜都是些什么名字？"

柯仁轩闻言，果见菜肴十分丰盛，皆是苏州名菜。忽听那送饭菜的小丫头笑道："翡翠虾斗，碧螺虾仁，白汁圆菜，还有这西瓜鸡，都是奴家亲自下厨操刀所做，愿柯公子能够喜欢。"

小迷糊拍掌道："西瓜鸡可是吃过的，确实是再好吃不过的了。"

柯仁轩看了下小丫头，并非早上送餐之人，但见她皓齿星眸，光艳逼人，吐词委婉，移步风流。柯仁轩仰靠在木椅上，用力扇着折扇，望着小丫头道："没想到姑娘人美，手艺也巧，真是辛苦你了。"小丫头听了，连忙摇手道："不辛苦，不辛苦，只要柯公子喜欢，为柯公子做一辈子饭菜，奴家也愿意。"小迷糊笑道："我家少爷真是好福气。"柯仁轩笑道："既然你羡慕，这份福气，本少爷就让给你了。"小迷糊连忙道："多谢少爷！"又一沉思道："不对啊，少爷。你同意了，可这位姐姐不一定愿意。"柯仁轩哈哈笑道："这会儿怎么不迷糊了？"小迷糊与小丫头两个人也笑。

只听小丫头问道："听闻洪公子的病大好？"

小迷糊笑道："有我家少爷出马医治，哪有不妙手回春之理？"

小丫头道："真是多谢柯公子了。"

柯仁轩道："本是悬壶济世之人，又何谈言谢。"又对小迷糊道："快些吃饭吧，要不你这口水都快要出来了。"

小迷糊答应一声，急忙动筷子给柯仁轩夹菜。柯仁轩道："你自己慢用吧，本少爷还是自己亲自动手为妙。"

于是，主仆二人用餐。吃罢，小丫头收拾了残羹饭菜。须臾，小丫头又走了进来，对柯仁轩笑道："柯公子在房中不闷吗？不如外面走走，总比房中有趣。"柯仁轩笑道："本少爷也想外面走动走动，奈何身不由己。"小丫头听了，因冷笑道："若是奴家放你出去，公子肯赏光陪奴家后花园赏花吗？"未等柯仁轩开口，只听小迷糊笑道："姐姐，你府中一个下人，能有如此本事？"

小丫头冷笑道："什么下人，我乃洪府大小姐。别说外面的那些个小子们不敢阻拦，就是我爹爹来了，也会听我三分！"

主仆二人闻言，皆吃了一惊。眼前的小丫头竟是洪家千金大小姐！

书中交代，这个小丫头正是洪府千金大小姐青云。早上，青云一见柯仁轩，顿时春心萌动，难以自持，要求小丫头将临时伺候柯仁轩的活儿交给自己来做，那小丫头岂敢不从？这青云小姐在府中人人让她三分，就是她哥哥也不敢与她计较。

且说青云小姐亮明身份，柯仁轩先是一惊，继而大笑道："洪府中人，个个荒唐。老子半夜抢劫民女，与儿成亲。大小姐则扮丫头做火夫。"青云听了，辩道："柯公子此言差矣，我爹爹行为荒唐，是因我那个不争气的哥哥。我对公子一片痴心，难道也叫荒唐？"柯仁轩笑道："小姐所言极是。是本少爷考虑事情荒唐。"青云道："不知柯公子敢陪我一道赏花吗？"柯仁轩将身站起，一合折扇，笑道："有本少爷不敢的吗？"青云听了，甚是欢喜，领了柯仁轩便往外走，门外的两个小子见大小姐领了柯公子往外走，为难道："大小姐，您别为难我们两个小的，若没有老爷下令，小的们是不敢放出柯公子的。"青云怒道："反了，连个下人也敢不听主子的了！"说着，左右开弓，直打得两个家丁捂脸叫苦不迭。青云仍不解气，又要发淫威，忽听一声："云儿，少要在此耍泼！"众人见时，说话的竟是洪大人。

原来，洪大人从前院出来，绕过花厅时，听见后院有人在大声呵斥下人，他听出是女儿之声。因不知端的，遂循声至书房门口，见女儿着了下人衣服，在打骂下人，便喝住了。

只听洪大人对柯仁轩道："柯公子，我们有约在先，请务必遵守！"又对青云道："云儿，你这身装束，成何体统，还不快跟爹爹回去。"青云瞪一眼那两个小子，又一跺脚，赌着气，极不情愿地跟着爹爹去了。

话说次日，柯仁轩又给洪公子开了一副火剂黄连解毒汤。洪公子服了，病情已较昨日好转。待到第三日，洪大人差下人将柯仁轩请到洪公子卧房，洪大人道："犬子这二日病情虽有缓，但仍未根治。"柯仁轩见洪公子果然仍时有嬉笑。柯仁轩把了脉，心道："这家伙腹中之痰，非一日可尽。如要今日全尽，非方中之药可医了。然，只剩下一天期限，这可如何是好？"柯仁轩心中虽如是说，却强作镇定，笑道："请洪大人放心，公子之病，今日必好。"

洪大人听了，道："本官权且信你一回。"于是，送柯仁轩回房。

柯仁轩回到书房，思谋良策。忽然自言自语道："如今只有冒险一试了，但愿苍天佑我。"言罢，书信一封，唤过小迷糊，如此这般交代一番，小迷糊点头。中饭时分，正巧又是洪小姐扮了小丫头来送饭，柯仁轩假做关心道："昨日之事连累洪小姐，本少爷实是愧疚。"洪小姐道："公子说哪里话，若不是昨日正巧被爹爹撞上，我定会打得那些有眼无珠的狗奴才们跪地求饶。"柯仁轩道："洪小姐不必动怒，何必要与那些鲁莽的下人们生气？"洪小姐笑道："还是柯公子体谅人。"小迷糊笑道："洪小姐与我家少爷谈笑甚是投缘，不如洪小姐把我放出门去，你俩也好尽情相聊。"

此言正中洪小姐下怀。于是，洪小姐走到门外，对守门的小子道："让他出去一会儿，我与柯公子有话要说。"两个小子互望一眼，心道："昨日已被小姐打了一通，今日还是长些心眼。再说一个下人出去也无甚要紧。"如此一想，便让小迷糊出来了。小迷糊出来，佯装在府里走了一圈，趁人不注意，悄悄溜出府去，不在话下。

且说柯仁轩与洪小姐在书房中相谈甚欢，忽然洪大人差人来请。柯仁轩别了洪小姐来到洪公子房中，除了见洪公子依旧在嬉笑外，房里还坐着洪大人与一个身穿道袍的疯道士。

洪大人道："柯公子，本官给你的期限已到，你亦答应过本官，可你看看犬子依旧嬉笑无常。"又道："若是今日犬子的病还不能好，本官只能依道长之计让他与那三个女子拜堂冲喜了。"

柯仁轩听了，心中暗道："真是个糊涂官，明明洪公子病情有所好转，偏偏不认账儿。且连病来如山倒，病去如抽丝的道理都不懂。"可此话又不可明说。

柯仁轩看了看一旁的疯道人，见他道袍破旧，邋遢非常，道帽下，一双眼睛似睁还闭，口中好似念念有词。柯仁轩心道："如此疯人，竟让洪大人如此相信他之言，真是荒谬至极，不可思议。"

洪大人见柯仁轩不言语，便问道："柯公子，你在想什么？"

柯仁轩听问，笑道："我在想，洪大人你所言极是。"又道："不过，现在尚有一段时日，望洪大人宽限一会儿才是。"

洪大人站起道："那好吧，本官自会遵守诺言。"言毕，与疯道人一道出了房门，只留柯仁轩一人在内。

柯仁轩见洪大人与疯道士走出，兀自望着洪公子发呆，心道："如此寻花问柳之人，得了此病，却是活该，只是可怜了那三个女子了。"

天色渐晚，忽听房外又热闹起来，房门忽然推开，两个小丫头手捧大红新郎服走进，说是要给洪公子换衣。柯仁轩阻道："时间未到，还望二位姑娘稍等片刻。"

待两个小丫头一走，柯仁轩房中来回踱步，心中暗道："这可如何是好？"就在这时，只听窗子一响，一人跳将进来。柯仁轩见了，惊喜道："原来真的是您！"

欲知来者何人，且看下回分解！

第三十回　解花痴疯人知错　拜高师弟子纠情

诗曰：

终日忙忙本圆觉，只为魔强令法弱。

不疑更问决疑龟，无病还求除病药。

昔人梦中见捕逐，两手无绳元自缚。

黄鹂临梦啼一声，白日当窗始知错。

话说柯仁轩正自焦急之时，打从窗外跳进一个人来。柯仁轩见了大喜，原来来者不是别人，正是柳府管家任九。

但见任九走至嬉笑拍手的洪公子床前，令柯仁轩将洪公子放平，伸出右手拇指，循经探穴，施展推、拿、按，只几式，洪公子大吐不已，余痰尽吐，嬉笑立止，轻叹一声好累，倒头呼呼睡去。

任九望一眼柯仁轩，不言一语，又循窗而去。柯仁轩见任九离开，开门叫道："叫洪大人来！"须臾，洪大人与洪夫人等匆匆而来，见洪公子睡意正浓，洪夫人拼命叫睡儿子，半个时辰过去，见儿子嬉笑之病不再，皆喜形于色。

洪大人道："柯公子果然不同凡响。"

柯仁轩手摇折扇，冷笑道："还要令公子继续拜堂吗？"

未等洪大人开口说话，忽闻洪公子高声叫道："不要！不要！"洪夫人抱住道："儿啊，你受苦了。"又道："快些告诉为娘，究竟是何事得了此病？"洪公子道："孩儿不敢说，只怕爹爹责备。"一旁的洪大人道："尽管说，今日不会责备于你。"

于是，洪公子便一五一十地将前因后果说了。

原来，这洪公子一向素喜拈花惹草，一日因见回乡的徐阁老小女徐莹莹长得花容月貌，一时惊为天人，欲与其交往。徐小姐偏又不理，欲动粗，却又惧怕其父淫威，欲舍此念，却又不忍。长此以往，积念成疾。

洪大人夫妇听了，一声叹息。又听洪公子道："孩儿经此一病，忽明白一理，做人不必仗势逞强，若当初，孩儿要不是惧怕徐阁老势力，便可差人上门说亲，或许会有好姻缘一桩，也不至于相思成疾，大病一场。还望爹爹将那三女子放了。"

柯仁轩一旁听了，心中暗道："卤水点豆腐，一物降一物。没想到，竟把这花花公子点出了明白道理来，也实属不易。"

洪大人遂令人放了那三个可怜无辜的女子。柯仁轩知此事已结，遂欲辞别，师父既已寻着，何不及早去拜师学艺？也好早些回潮州府给恩师治病。

写到此处，列位看官看了，定会如坠云雾一般：任九分明是柳府管家，怎么忽然夜至洪府，以一指禅推拿术，治了洪公子的病，解了柯仁轩的围？只因写书之人只有粗笔一支，容不得两下齐说，如今且将此事从头细说一番。

话说柯仁轩主仆去柳府做客，没见着柳小姐父母，却只见着管家任九，本也无奇，然而，柳小姐从未与父母双亲谋过面，只有管家将其抚养成人，这与情与理似乎不合。那日，进得府上，见了管家任九，柯仁轩觉得任九的那双眼睛异于常人，任九那双注视自己的眼睛，似仇恨，似怀疑……直到走出柳府，甚至在寒山寺，柯仁轩仍觉得这双眼睛就在不远处盯着自己。

柯仁轩弄不明白，任九为何要这样盯着自己，就在他进入洪府的那一刹那间，他忽然明白，任九应该就是疯癫老怪仇天海。人加一九字，岂不就是仇字吗？想到此，柯仁轩心中一阵窃喜。本打算医好洪公子之病，救了那三个无辜的女子后，再去柳府拜其为师，不曾想，洪公子因服了自己所开之药，一时不能痊愈，只能求助一指禅推拿术。万般无奈之下，柯仁轩给柳小姐书信一封，求她申大义，救无辜。然后将书信交与小迷糊，又利用洪小姐将小迷糊从书房中放出，到柳府求助。

如今且说小迷糊从洪府出来，见后面并无人跟踪，快速飞跑，直奔柳府而来。刚到柳府门首，正待叩门，只见大门"呀"地一声开了，小丫头蓉儿正欲举步往外走，忽然发现小迷糊站在门前，唬了一跳。继而，又捂嘴笑道："我正要去客店，寻你家主人，不巧你却来了。"小迷糊道："姐姐，我也正要寻你家主人呢。"蓉儿道："你寻我家主人，又有何事？"小迷糊从袖中取出书信道："姐姐先别问了，快将此信送与你家主人，晚了可就来不及了。"蓉儿笑道："什么事这么急，又不是要上殿参君。"小迷糊急道："姐姐别说这些闲话儿，快快送与你家主人吧！"蓉儿道："你随我一块来吧。"于是，又重新合了大门，两人一前一后，来到小姐闺房前，蓉儿道："小迷糊，你且在此等着，容我进去将信儿交与小姐。"小迷糊答应一声，在外候着不提。且说蓉儿走进小姐闺房，见小姐正双手托腮，对窗凝思。蓉儿轻手轻脚走到小姐身前，笑道："小姐又在思柯郎吗？"此语一出，将小姐吓了一跳，柳小姐道："你怎这么快就回来了？"蓉儿笑道："小姐，你知道什么是心有灵犀一点通吗？"柳小姐道："嚼舌的小蹄子，快些说。"蓉儿遂将书信递上道："柯公子差了小迷糊送来书信，说要当面交与你。"柳小姐一把夺过书信，拆开看了，看罢，变了脸色道："怎么会有这等事？"蓉儿道："小姐，你说什么？"柳小姐将信递与蓉儿，蓉儿看了，也道："怎么会有这等事，真是天下奇闻。"

主仆二人沉默片刻，蓉儿道："小姐，现在又该如何？"柳小姐道："我又怎知该如何？"蓉儿道："若九叔便是隐匿多年的疯癫老怪仇天海的话，那么他又怎么会在柳府，且老爷又那么器重他，将小姐托付与他照顾？"柳小姐道："怎么偏会出现这样的事？难道他，他是……"蓉儿问道："小姐，你说他是……？"柳小姐道："如若柯公子所言属实，他应该就是我的爹爹。"蓉儿惊道："这，这怎么可能？"又道："若九叔便就是老爷，小姐何不快快相认。"柳小姐叹道："虽能父女相见，却不如不认。这些年，我一直都在盼，盼爹爹快些回来，也好了却思念之苦。如今却说九叔就是爹爹，一时又怎能承受？"蓉儿道："小姐所言委实有道理，若小姐不去与九叔相认，柯公子那边又如何是好？"柳小姐道："真是如一团乱麻！"言毕，不禁两泪交流，蓉儿见小姐如此，便也掉下泪来。

这边主仆二人愁得落泪，门外的小迷糊也急得如坐针毡，不知柳小姐为何这么久也不见出来，便站在门外叫道："二位姐姐，快些救救我家主人！"小迷糊的话，屋内柳小姐与蓉儿听得清楚。蓉儿道："还望小姐早些拿定主意。"见小姐不出声，又道："柯公子也是为救别人才如此，小姐你一向也是菩萨心肠，还是慈悲为怀吧。"柳小姐听了，拭了泪水，与蓉儿一道往外走，小迷糊看见，忙上前招呼，柳小姐并不搭理他，与蓉儿径往九叔房中而来。

且说九叔正独自房中品茶，见柳小姐与蓉儿走进，慌忙站起来道："不知小姐驾临，老奴未能远迎，实在该死！"

柳小姐冷笑道："九叔委实该死，隐居巷内，自称老奴，您不觉得该死吗？"说着，将柯仁轩所写书信递过去，九叔正不知柳小姐何出此言，慌忙接过，看了，半天没有言语。

柳小姐冷笑道："九叔此回怎不作声了呢，难道是被柯公子言中了？"

九叔叹道："这位柯公子如此有心机，绝非等闲之辈。"

蓉儿道："九叔，小姐说你就是老爷，此话当真吗？"

九叔望了眼柳小姐，柳小姐双眸含泪，也正凝视着他。九叔道："不错。既然你们都已猜中，那我也就不再相瞒。"

蓉儿惊叫道："原来你真的是老爷？为什么会这样？"

仇天海道："这一切都得从我进宫给娘娘医病说起。"

于是，便将当年如何进宫给李贵人医病，如何又遭到血滴子追杀，如此这般地说了。柳小姐含泪道："你是如何躲过血滴子的？后来又是如何藏到苏州府来的？"

仇天海道："说来话长，多亏了血滴子头领邱钟琪，因他与我关系甚密，先是悄悄密告于我，让我装疯卖傻，举止失常，后又将我已疯之事告之于雍正皇帝。雍正或许出于同情，不忍再杀一个疯子，遂撤了追杀令。邱钟琪因知雍正反复无常，怕他会反悔，于是，将我推荐给苏州柳府的柳老爷。我带着你娘和刚刚满月的你来到柳府，而此时的柳老爷因邱钟琪上下打通关节，去了远方为官，便将宅院送给了我。就这样，我们便在柳府生活了下来，而我也从此以柳府管家的身份出现。为了我们家的姓氏，我将仇字改做任九。没想到这么多年过去了，居然被柯公子这么一个娃娃识破了。"

柳小姐听到此处，早已是泣不成声，扑到仇天海的怀里，叫一声道："爹爹！"

仇天海抚摸着柳小姐的头道："婉儿，不是爹爹成心要骗你，爹爹也实属无奈！"

蓉儿一旁也流着泪道："老爷，雍正已驾崩多年，你为何还要隐藏自己？"

仇天海道："毕竟是知道皇家丑事之人，谁敢保证他们哪一天不会反悔？为了婉儿，我情愿如此。"

柳小姐感动得泣不成声。

蓉儿道："如今，那位柯公子之事又该如何？"

仇天海默不作声。

柳小姐道："苟且偷生，非大丈夫所为。柯公子能舍生救无辜女子，爹爹何不出手相助？"

仇天海忽然道："我儿所言极是。"于是，叫来小迷糊，详细问了情形，小迷糊一五一十地说了。小迷糊道："九叔快救我家主人，晚了可就要被洪大人治罪了！"

柳小姐与蓉儿也在一旁催促，仇天海遂辞了众人潜入洪府，解了柯仁轩的围，不在话下。

话说柯仁轩见诸事已结，遂起身作别道："洪大人，如今洪公子病情已好，柯某也就此作别，告辞了！"说着，提步便往外走，忽听一声："柯公子且慢！"柯仁轩听此一喊，急收脚，见说话的并非洪大人，而是门外的洪小姐。

洪小姐款步走进房中，来到父母身前，嗔道："爹爹与母亲，孩儿如今有一事要与你们相商。"洪夫人道："青儿有何事相商？"洪小姐道："孩儿年已及笄，尚未字人，何不将孩儿许与柯公子？"洪大人笑道："青儿目光不错，只是不知道柯公子有无婚配？"遂叫过柯仁轩，如此问了，柯仁轩答并无婚配。那洪大人听了，笑道："如此甚好。"便将洪小姐之意说了。柯仁轩听罢，道："多谢小姐美意，只是本少爷实不敢受。"于是，便将自己喜爱师妹之事说了。洪小姐听罢，霸气道："难道本小姐还不如你的师妹？本小姐对你一见情深，愿放下身价，奉执箕帚，侍奉终身，还感动不了公子吗？"

未等柯仁轩回话，只听洪大人道："一个未娶，一个未嫁。结为百年之好，有何不可？此事就这么定了。趁着今夜花烛正浓，何不拜了天地？"

洪小姐听了，连忙谢过爹爹。一旁的洪公子见状，连忙道："爹爹，使不得。适才孩儿才明白不要恃强欺人，怎么爹爹竟忘记了？"洪小姐啐道："呸，平时你比谁都浑，如今妹妹找到幸福，你偏偏明白了什么道理，哪个信你一口雌黄？"洪大人道："来人啊，将新郎官服与柯公子换了。"又道："扶小姐闺房梳妆，一会儿拜堂成亲！"洪小姐施礼道："孩儿多谢爹爹！"

立时，只见洪府张灯结彩，笙箫齐奏，鼓乐喧闹，好不热闹。再看柯仁轩身着大红新郎服，头戴插花帽，好不精神。望望自己此身穿着，柯仁轩心中暗笑："这洪大人委实好玩，一会儿抢民女做儿媳，一会儿又要抢本少爷做女婿。"又道："若是本少爷不乐意，你岂能奈何？洪大人啊，既然你不思悔改，今日本少爷到要好好地捉弄你一番。"

正自思索，忽见洪公子手里捧了青衣小帽过来，道："若柯公子满意这门婚事，一会儿我便就是你的大舅哥。若是你觉委屈，我这里有下人衣服一套与你换上，我领你速速离开。"柯仁轩心道："看来这洪公子真真的是个明白人了。也罢，洪大人，本少爷不与你玩了。"于是，接过衣服，速速换了。洪公子道："柯公子随我来。"

此时，洪府虽然热闹，俱是家中人在忙活，并无外人。好在洪府院大，任怎样折腾，外人也不知晓。且说，洪公子在前，柯仁轩低着头随后，穿堂过院，走到前门，看门的家人见了，个个低头哈腰，笑道："少爷，这么晚了，您这是要去何处？"洪公子虎着脸道："本少爷要去何处，难道还要向尔等交代吗？"洪公子平素一向骄横跋扈，此言一出，吓得几个下人连声道："小的们不敢！"

洪公子横了他们一眼，大摇大摆走出府门，柯仁轩后面跟着。走过两条街道，洪公子道："柯公子，恕不远送，就此别过。"言毕，回头便走。

且说柯仁轩独自径向客店而来，刚走到酒店门外，就见小迷糊在门外候着，一见到柯仁轩忙上前道："少爷，你怎么此时方回？"柯仁轩道："别问这许多，快快收拾了物件去柳府。"小迷糊也不多问，遂上楼收拾停当，结了账，主仆二人急急奔柳府而来。小丫头蓉儿开了门，引着二人来见柳小姐。柯仁轩向柳小姐道了谢，柳小姐道："奴家应该谢柯公子才是，若不是柯公子，奴家又怎能与父相认？"柯公子笑道："若小姐不能与父相认，本少爷岂不是就要白来苏州府一遭了？"又道："我有一事要求小姐相帮，望小姐答应则个。"柳小姐道："公子所求之事，奴家知道，定会竭力而为。"蓉儿一旁笑道："柯公子此来苏州府就是为寻我们家老爷，不想竟这么巧遇到。"柳小姐道："一会儿我去求爹爹，能否事成，全要看你的造化。毕竟他隐姓埋名这许多年，你也要理解他的苦衷。"口里这样说，心中却喜道："若他能拜爹爹为师，今后便可与他朝夕相处了，岂不美哉？"柯仁轩听了道："这个我自然明白。"又道："还望小姐在令尊大人面前多多美言才是。"

柳小姐听了，只轻轻一笑便起身往爹爹院中去。走至门前，柳小姐见爹爹房中尚有灯光，知他未睡，便轻叩房门。仇天海开门，见是女儿，又要施礼，被柳小姐一把拉住，责备道："爹爹怎么又忘记了自己身份？"

一面说，一面进了房，父女落座，柳小姐就把柯仁轩是如何来到苏州府，又是如何救蓉儿母亲等等之事一五一十地详细说出，仇天海道："婉儿来意爹爹心中明白，只是，如果收了他，爹爹许多年的苦心都将毁于一旦。"柳小姐道："爹爹所言极是。不过，爹爹乃悬壶济世之人，当年只因为了苟且偷生，才不去为人医病。只是孩儿如今却是糊涂了，爹爹不肯为人医病倒也罢了，却连自己的技艺也不肯授予他人，让别人去救人活命，不知这又是何道理？难道这是达摩师祖所期望的吗？"

仇天海闻言，满面羞惭。

柳小姐道："太安堂之所以能名扬四海，皆为一个德字，难道爹爹还怕柯公子出卖了你不成？"

仇天海道："柯公子现在何处？"

柳小姐刚欲答话，忽从门外闯进一个人来，只听那人说道："柯仁轩在此。师父在上，受徒儿一拜！"

原来柯仁轩早已在门外多时，房中父女所言，皆听得清清楚楚，因此，当听到仇天海说到柯仁轩现在何处时，知道他已经答应收己为徒，遂闯进房来。

仇天海叹道："命里注定，我与太安堂有缘，今日就收了你这个徒儿吧。"

柳小姐一旁抿嘴偷笑道："柯公子还不快谢过师父？"

柯仁轩忙道："谢过师父！"又道："师父山斗望隆，徒儿望风怀想久矣，今日得以实现，真是三生有幸。"

仇天海道："摆香堂，收徒！"

柳小姐叫过蓉儿，摆了香堂，先是拜了祖师爷牌位，又拜了仇天海。蓉儿喜道："以后大家可以天天在一块儿了！"

一宿无话。次日，仇天海叫过柯仁轩开始传授一指禅推拿术。

先是练习手法。达摩一指禅推拿的手法计有推、拿、按、摩、滚、捻、抄、搓、缠、揉、摇、抖十二法。因一指禅推拿术的入门练功法是"易筋经"，仇天海便教柯仁轩每日在米袋上练指力，直至练到两臂及十指骨节柔屈絮棉方止。

接着是练习指法。一指禅推拿术是以阴阳五行、脏腑经络和营卫气血为基石，以四诊为诊察手段，要审证求因，因人而治，因病而治，因经络而发经气运行，疏通经络，调整阴阳，扶正祛邪，要根据不同病情和不同治疗部位的需要，灵活变化运用。十二指法的要领是：沉肩、垂肘、悬腕、掌虚、指实、压力自然、紧推慢移。

仇天海站在院子中央，目光深邃地看着柯仁轩。

仇天海道："手握空拳，拇指自然伸直盖住拳眼，以拇指指端着力穴位。"

且说这边师徒俩在练手法与指法，而此时柳小姐正坐在窗下绣花描红，见蓉儿走进，吩咐道："去别院看看爹爹他们是否闲下来，总要歇歇得好，不要累坏了身子。"又问道："小迷糊去买菜了吗？"蓉儿道："小迷糊早回来了，说大街上到处都张贴着柯公子的画像，衙门里的人正在拿他呢。"柳小姐道："以后别让小迷糊再去买菜了，洪府的人可是识得他的。"蓉儿答应一声，出去了。时辰不大，回来回柳小姐，说师徒俩正练着呢，又道："小姐，柯公子整天和老爷在一块儿练习指法，你也没有机会与他多说些话儿，柯公子可是个好人，小姐可千万别错过了时机。"柳小姐道："只怕妹有情来，郎无意。我可不想做第二个洪小姐。"蓉儿道："话虽如是说，可小姐不试试又怎能知晓呢？"

正说着，柳小姐一抬头，透过窗子，瞧见柯仁轩与爹爹从别院里出来。柳小姐道："好了，他们出来了，正往后院上房来。"蓉儿也把头伸过去瞧，说道："正好饭儿也已做好了，大家一块儿用餐去吧。"柳小姐道："蓉儿说的是，他俩人或许早已饿了。"

主仆二人离开房，蓉儿去了伙房，柳小姐来到上房。见师徒二人正在谈论一指禅推拿术，遂笑道："瞧你两个似中了魔一般。"又冷笑道："柯公子整日在这儿逍遥自在，可把人家洪府给忙坏了，正全城寻你呢。"仇天海笑道："这会儿倒好，柳府里可是藏着老少两个通缉要犯。"柯仁轩笑道："此地乃是洞天福地，岂是俗人能找到的？"恰蓉儿端了饭菜进来，听见这话，笑道："柯公子，你道这儿是花果山水帘洞呢？"众人听了，皆笑。

又过了些时日，仇天海已尽将一指禅推拿法精髓传于柯仁轩。这日，他将柯仁轩叫到自己房中，拿出一本泛黄的线装书递与柯仁轩道："此书乃是《一指禅推拿术医病秘笈》，如今将其传于你。为师虽传你治病之法甚少，然而此书包罗万象，以你才华，不下半载，尽可将其领会。今后这一指禅推拿大法，就靠你传承了。"又道："如今洪府对你的搜寻已渐淡，择日你便回潮州府去吧。"柯仁轩闻言，只扑通一声跪下，双手将书举过头顶道："弟子将铭记师父教诲，定将达摩一指禅推拿大法发扬光大，决不辱没师门！"

屋内的这一切正巧被蓉儿在窗下瞧见，蓉儿本是端了茶来吃，正巧听见师徒二人对话，忙折身回来，走进小姐闺房，高声道："不得了了，小姐，柯公子要走了！"柳小姐正在房内作画，闻听蓉儿如此一说，未言，先自手儿作抖起来。惊问道："是公子告诉你的，还是小迷糊告诉你的？"蓉儿摇手道："两个都不是。是我自个儿听到的。"遂将适才所见之事，如此这般地说了。蓉儿又道："小姐，现在如何是好？"柳小姐道："事到如今，我已乱了方寸，又怎知如何是好？"蓉儿道："不如将柯公子唤入房中，小姐当面将心事说出来。自古云，男追女隔座山，女追男隔层纱，若是小姐当面说出来，想那柯公子听了，不定高兴成什么样呢。"柳小姐红了脸，嗔道："亏你想出这样的主意来，毕竟是个女孩儿，又怎好当着男子的面说出那样的话？"蓉儿急道："我的大小姐，这样不好，那样也不好，究竟要怎么样才好？"话刚说完，忽然眼珠子一转，笑道："有了，我找老爷去，就对老爷说，我们家小姐喜欢柯公子，老爷是柯公子的师父，柯公子必定会听老爷话的。"柳小姐听了，责备道："蓉儿，你又胡闹了，这样的心事又怎好告知爹爹？即使告诉了，若爹爹和柯公子一说，柯公子也正有此意，皆大欢喜，若柯公子心中并未有我，将此事回了，你让爹爹的面子往哪儿放？"蓉儿道："小姐所言有理，这可如何是好？"忽然又道："小姐不如写首诗，探探柯公子的底，看他怎样回。"柳小姐点头道："这倒是个好主意。"言毕，提笔作诗道：

仰观星斗耀银河，梦落凡尘忧怨多。
谁解天女多少恨，雾云似锦漫抛授。

写罢，将诗递与蓉儿，蓉儿收了，藏于袖中，复提了香茶来到柯仁轩房中，恰只柯仁轩一人在房中。柯仁轩笑问道："又有何样好茶？"蓉儿笑道："柯公子吃了便知。"又从袖中取出小姐写的诗来："只是这一样，恐比香茶还要香。"柯仁轩见了，问道："这又是什么？"蓉儿笑道："这是我家小姐作的诗，若柯公子感兴趣，不妨看看，再和一首。"柯仁轩笑道："拿来与我拜读。"说着，接了诗过来。看罢，柯仁轩心中顿时明白小姐用意，此为一首藏头诗，即为"君梦何处"。柯仁轩心道："柳小姐待我不薄，如今此事，不知该如何回她才好？若说我心早有所属，柳小姐必定伤心，若不实说，恐柳小姐会更难过。这可如何是好？"又道："不如先缓缓，再作计较。"遂对蓉儿道："小姐所作，果然是首好诗。待回我写了和诗，让小迷糊给送过去吧。"

蓉儿听了，急忙到小姐房中，将事儿经过说了，不在话下。

且说柯仁轩左思右想，还是觉得说实话的好，遂于当晚和了一首，唤过小迷糊，将信递与小迷糊，吩咐他将此信交与蓉儿。小迷糊答应一声，走出来，刚走不远，忽觉肚痛，连忙跑进茅厕，待一切风调雨顺，提上裤子往外走，不想那首和诗落于地上，小迷糊却浑然不知，且还将送诗的事忘记得一干二净，径自回房不提。却不想，那首落入茅厕的诗被他人拾得，只因这一拾，后面却要闹出许多肝肠寸断的事来。

欲知后事如何，且看下回分解！

第三十一回　窃中窃以窃报怨　情里情因情惹祸

词曰：

香冷金猊，被翻红浪，起来慵自梳头。

任宝奁尘满，日上帘钩。

生怕离怀别苦，多少事，欲说还休。

新来瘦，非干病酒，不是悲秋。

休休！

这回去也，千万遍阳关，也则难留。

念武陵人远，烟锁秦楼。

惟有楼前流水，应念我、终日凝眸。

凝眸处，从今又添，一段新愁。

话说小迷糊受了柯仁轩吩咐，将书信送于柳小姐。不料那小迷糊因一时肚痛，急慌慌去了茅厕，出来时竟将书信丢在地上，而他却浑然不知，离了茅厕，觉得舒服了许多，遂回房去了不提。

且说仇天海亦来茅厕小解，发现地上有一封书信，便捡了起来看，一看，吓了一跳。此信竟是柯仁轩写与小女柳婉如的，细读诗文，知是小女暗恋柯仁轩，而柯仁轩却无意小女。

仇天海心中暗道："这柯仁轩是再也留不得在府中了，若是待得久了，定生出是非来不可。"又道："如今我已将一指禅推拿术尽传了他，也无再留他道理，不如让他早些去吧。"想到此，遂出了茅厕，径自来到柯仁轩房中。见柯仁轩正在灯下读《一指禅推拿秘笈》，而房门口则坐着小迷糊在那打盹儿，遂笑道："小迷糊，醒些，去前院唤蓉儿，就说老爷说的，让她明日与小姐一道去寒山寺燃炷香，祈求菩萨保佑老夫人地下之灵。"小迷糊立起身来，答应一声往前院去了。这边，柯仁轩见师父来了，忙放下秘笈，过来招呼师父。

仇天海笑问道："秘笈读得如何？"

柯仁轩回道："并无疑难之处。"

仇天海道："如此甚好。"又道："既然秘笈能够读得通透，不如早些回吧，也好为你恩师治病。"

柯仁轩道："徒儿也有此意，正不知何时动身。"

仇天海道："我看就明日吧。"

柯仁轩道："那就遵从师父安排。"又道："明日就将别了师父，还有小姐与蓉儿，现在我便去前院与她二人告个别。"说着，便要往外走。

仇天海忙道："柯公子莫急，此时时辰已晚，你过去多有不便。且她二人明日一早尚要去寒山寺拜佛，你就不要去打搅了吧。"

柯仁轩一想，师父所言甚有道理，遂收住脚，进房与师父相聊。又聊了一会，小迷糊回来回话，说已告之蓉儿。言毕，又坐回靠近门边的地方，闭目打盹去了。这边，师徒二人又聊了一会儿，仇天海又交代了许多事，柯仁轩一一记下，仇天海见再无吩咐的事了，遂告辞出来，回房不提。柯仁轩见师父走出，遂唤过小迷糊，吩咐打点行装，明日返乡。不在话下。

且说次日一早，柳小姐主仆二人雇了一顶轿子竟往寒山寺燃香拜佛。柯仁轩本想去与她主仆二人辞别，忽又想，昨日刚刚让小迷糊去复了书信，那柳小姐此刻余气定未消除，若此刻前去，不定又会生出何样的事来。想想，还是作罢了的好。主仆二人刚刚整顿完毕，仇天海径自走了来。仇天海道："我已为你二人雇了小船，那船家名唤周童，素日与我有些交情，你二人可先行些水路，然后再另做打算。"柯仁轩连忙谢过，不由两泪交流，又叩了几个响头。仇天海也有些不舍，将柯仁轩扶起，叹道："天下无不散的筵席，你我师徒有缘，他日还能相聚。回去吧，一路保重！"言毕，大步向府外走，柯仁轩主仆在后紧随。走至府外，师徒二人依依惜别，虽有些不舍，柯仁轩却是再无流泪，而是含笑挥别。这正是：

丈夫非无泪，不洒别离间。

且说主仆二人别了仇天海，一路快行，来到水路码头，果见有一小船泊在岸边。岸上站一老者，年约五旬，骨瘦神清，见到柯仁轩主仆二人，忙上前问道："敢问您可是柯公子吗？"柯仁轩回了话，那船家笑道："老夫已在此恭候多时，还望公子早些登船，此地不是久留之地。"言罢，领了柯仁轩主仆进了船舱，然后用竹竿一撑河岸，船离了岸，驶入河道，再轻摇船橹，小船如离弦之箭，锦鱼游水一般，驶离苏州府。

闲话休提，话说这日，行至杭州地界，柯仁轩吩咐船家，将船拢岸。小迷糊闻听此言，直乐得拍双手儿。待船一靠岸，柯仁轩主仆上得岸来，小迷糊嚷道："少爷，杭州府如此繁华，何不四处瞧瞧？"柯仁轩用手中折扇一点小迷糊的额头，斥道："你我千里远赴苏州府，为的是何事？"又道："如今学得医病妙术，正是回乡为恩师治病之良机，岂有闲游的心情？"小迷糊听了，连声道："少爷训斥的是，小迷糊再也不敢唆使少爷玩耍了。"

二人正说着，就见船家上了岸，对柯仁轩笑道："柯公子，老奴得去菜市备些柴米酒菜，也好做得晚餐。"柯仁轩道："老哥哥，早去早回。"船家答应一声是，去菜市不在话下。且说柯仁轩主仆二人沿岸散步，但见河色朦胧，炊烟四起。待回到原处时，却见有一只船儿泊在自家船旁边，船上有两人正坐在船头对饮。见柯仁轩过来，那两人站起，冲柯仁轩一抱拳，其中一人道："不知这位公子是否用过晚餐，若不嫌弃，过来一起用如何？"柯仁轩见二人皆在四十岁上下的年龄，一人瘦高个儿，长着一对招风耳；另一人身材短小，十分壮实。看二人打扮，皆锦绣绸缎，实为殷实之人。再听对方口音，似为潮州府人。柯仁轩见对方甚是热情，遂回礼道："实不相瞒，只因船家买菜未归，在下尚未用餐。"瘦高个道："请公子赏光一同痛饮！"又道："听公子口音，应是潮州人氏。"柯仁轩道："不错，在下确是潮州人氏。"瘦高个笑道："你我皆是同乡，他乡相遇，实是有缘。"说着，过来拉柯仁轩入席。柯仁轩见盛情难却，不再推辞，遂过来入了席。短个见小迷糊站立一旁，又要拉小迷糊入席，小迷糊坚持不肯，说小的只是个家童，哪敢与主子们共进晚餐。瘦高个笑道："他乡异客，哪里讲究这些规矩？"柯仁轩笑道："既盛情相邀，何以拒之，过来吃一杯又何妨？"小迷糊见主人发话，不敢坚持，过来一侧坐了。

坐定，瘦高个儿斟酒。柯仁轩又问对方详情。短个儿道："我叫应保。"又一指瘦高个儿道："他叫刘顺。我两皆是潮州人氏，常年到江南经营丝绸为生。"柯仁轩听了,笑道:"原来是应兄与刘兄,失敬失敬。"又道:"二位兄长此时是要回乡呢,还是布料已经采办妥当?"刘顺叹道:"别提了,只因江南丝绸又涨了许多银两,若是采买了回去,定会折了本钱。因而此次要空手而返了。"又道:"公子府上是潮州哪家?"未待柯仁轩回话,一旁的小迷糊道:"我们家少爷是太安堂的。"应保与刘顺一听是太安堂的,连忙起身道:"原来是太安堂的柯公子,失敬失敬!"

柯仁轩忙还了礼,重新归座,刘顺因问柯仁轩道:"柯公子来江南是为人医病吗?"柯仁轩笑道:"和医病相关。"应保道:"太安堂医术天下闻名,不知是哪家人修了八百年的福分,让柯公子千里迢迢来为他医病。"正说着,忽见船家周童提了菜米回来。应保与刘顺见了,又盛情相邀,无奈那周童是无论如何也不肯过来吃酒的。二人只好作罢,任由他去了。刘顺对柯仁轩道:"这船家是从家中带来,还是此处雇来?"柯仁轩回他是此处雇来。只听刘顺道:"柯公子何不将其辞去,你主仆二人只管和我等一船返家,路上也热闹些。"应保也一旁极力怂恿。柯仁轩见盛情难却,也就应了。于是,唤过周童,如此这般一说,周童笑道:"如此甚好,老夫也就无需去走那么远的水路了,柯公子也正好一路有人相伴。"于是,周童连夜启程回苏州府不在话下。

且说几人饮酒一直到半夜方休,等到天色微明,柯仁轩慢慢睁开双眼,见自己与小迷糊横躺在船舱里,却不见应保与刘顺,连忙坐起,唤醒小迷糊。小迷糊嘴里嘟囔着,站起身来,忽然惊叫道:"不好了,少爷,我们的行囊被人动过。"柯仁轩也吃了一惊,忙让小迷糊将行囊打开,看看少了什么。谁知这一打开,却是让柯仁轩与小迷糊魂飞天外,《一指禅推拿术秘笈》不见了。

所带银两分文未动,唯独少了《一指禅推拿术秘笈》,柯仁轩静下心来细想,忽然顿悟,那应保与刘顺是有备而来。小迷糊道:"当初只见到他二人,并未见到有船家与家人跟随,实是可疑,怎么就没有想到呢?"柯仁轩用折扇一点小迷糊的头道:"尽是事后诸葛亮。"又道:"不过,你说的这些确也在理,为何就没有想到?"

书中交代,应保与刘顺确是有备而来。应保与刘顺二人是如何知道柯仁轩有《一指禅推拿术秘笈》的,他二人究竟是何样身份,此事还得从头慢慢说起。

那日柯仁轩去陈府为恩师看病，后又被惠兰小姐约至花园私会，此事引起郑虎警觉，遂跟至陈老编修卧房，并未见到柯仁轩，疑心更深，便四下寻找，却未找见。郑虎心里很不是滋味，一来，这郑虎的确深爱陈小姐；二来，郑、柯两家结怨已久，他不愿输在柯仁轩的手里。可眼下，陈小姐分明向着柯仁轩，这让郑虎如坐针毡，不知如何是好，遂派了心腹家人每日到太安堂打探柯仁轩消息。一日，家人回报，说探得柯仁轩为救恩师，带了家童去苏州府拜师学艺去了。郑虎听了，心中暗自叫苦道："若是他学艺回来，果真治好了恩师之病，陈小姐可就是柯仁轩的人了。"又道："不行，我得将此事给搅黄了。"想到此，遂暗差心腹家人将应保与刘顺找来。这应保与刘顺皆是江湖中人。应保江湖人称青脸花猫，武功甚是了得，动作灵敏，且擅长夜间行事。刘顺江湖人称飞天夜叉，不仅武艺高强，且尽做些偷鸡摸狗的勾当。因这二人穷困潦倒之时，受过郑虎恩惠，因此郑虎差人一唤便来。

应保与刘顺二人进了郑府，因问何事召唤，郑虎便如此这般地说了。郑虎吩咐二人道："你二人速去苏州府走一遭，寻得柯仁轩，让其永不得回潮州。"二人领命，来到苏州府，转悠了两日，不见柯仁轩踪影。二人闲暇无事，便到寒山寺游玩，不期与柯仁轩相遇，因二人识得柯仁轩，而柯仁轩并不识得他二人，因此大家虽然相遇，也只是形同路人一般。

柯仁轩在大雄宝殿进香，应、刘二人混在人群之中注视着他的行动。柯仁轩主仆在寺庙内转悠，应、刘二人紧随其后。柯仁轩主仆二人晚归途中，应、刘二人便想趁着行人稀少之时下毒手，恰在此时，和尚马车路过，柯仁轩出手救人。应、刘二人一见柯仁轩武功甚是了得，大吃一惊，知道若是与柯仁轩正面交手，绝不是他的对手。于是，悄悄跟随，另做别策。因此柯仁轩的一举一动皆在二人的视野之中，只是未寻到可动手的时机。后见柯仁轩主仆辞别师父要归乡，二人合计一番，决定路上相机行事。于是，花二两银子买来一只小船，一路相随柯仁轩，并巧言骗得柯仁轩信任，上船吃酒。待船家周童走后，刘顺遂悄悄在酒中下了蒙汗药，将柯仁轩主仆蒙倒。

且说应、刘二人见柯仁轩主仆被蒙倒，应保遂从船舱中提来一把朴刀，要将柯仁轩主仆二人性命结果了。刘顺忙用手扯住应保道："使不得，兄弟勿要如此鲁莽！"应保因问道："哥哥为何要阻拦我？"刘顺道："兄弟，只要你手起刀落，现在倒是痛快了，可日后你我兄弟便要亡命天涯了。"应保道：

"哥哥此话怎讲？"刘顺道："兄弟，你听好了。其一，太安堂悬壶济世，人皆称道，可谓名扬天下，如今你我若是要了柯公子的性命，岂不是要遭天下人唾弃？其二，你我二人与太安堂无仇无恨，何必结下这无端仇怨？其三，郑公子也未明确你我二人定要结果了柯公子性命。所以，你快快放下刀来。"应保道："哥哥所言极是，只是郑公子托付你我二人之事又该如何处置？"刘顺道："这有何难，兄弟，还记得你我二人在柳府偷看到那管家曾送柯公子一本什么治病秘笈吗？"应保道："确实看到过，可这又能如何？"刘顺笑道："你真是个呆子。柯公子不是来拜师回去给陈老编修医病的吗？若你我将这秘笈取回去，送与郑公子，那郑公子能将陈老编修的病医好了，他定会抱得美人归，那时，他感激你我二人尚且不及，哪里还能责怪你我？"应保听了，一拍脑壳道："兄弟我确实愚钝，还是哥哥聪明，小弟差点就做出一桩傻事来。"说着，丢了朴刀，来翻柯仁轩主朴二人行装，搜出《一指禅推拿秘笈》，二人欢喜不尽，弃了小船，上得岸来。

来到岸上，应保道："哥哥，如今我俩要走旱路吗？"

刘顺道："正是。"

应保道："哥哥，还是买来快马，也好省去些脚力。"

刘顺道："兄弟，目下已是夜晚，你我何处去买马？还是施展你我脚下功夫，一夜行它几百里路还在话下？"

应保答应一声，于是二人脚下生风，踏草掠树，也不知行了多少路，应保忽然停了下来，嚷道："哥哥，今晚酒吃的多了些，脚下乏力，还是休息一会儿。"刘顺道："就依了兄弟你。"恰山路旁有一废弃草房，二人走进，依墙闭目休息。只听应保道："哥哥，你可得把那刚到手的宝贝儿给收好了。"刘顺道："兄弟，说话小声一些，当心被人听了去。"应保笑道："哥哥真是诸葛心怀，也太谨慎了些。这荒郊野岭之地，有谁会深更半夜到得此处？"刘顺道："兄弟还是小心些为妙。"

刘顺之言甚是有理，此时恰有两人站在窗外，屋内二人之言尽被窗外人听了去。

窗外二人，一男一女。男的身长不过六尺，长着小鼻子小眼睛。女的则是朱唇皓齿，国色天香。只听那男的附在女的耳边低声道："屋内二人绝非良善之辈，他们所说的宝贝也定是偷窃所得，容他们睡熟，我进去将那宝贝给弄出来。"只见女的沉色道："难道你又要做那偷鸡摸狗的勾当不成?"那男的嘻嘻笑道："我这哪里是偷，只不过是替天行道罢了。"

两个人正说着，就听屋内传出如雷鼾声，屋外男子知道那二人已进入梦香，不顾女的阻拦，一个闪身进入屋内，只眨眼儿的工夫便又出来。女的一把拉住男的耳朵，低声骂道："你个没出息的东西，拿了别人什么，赶紧儿的给我送回去!"男的低叫了一声道："好姐姐，你轻些，待我找个亮处，看过了，再送回去也不晚。"

此时，天色渐明，男的拿出包裹，打开细看，见里面只包着一本书，女的劈手抢过，见是《一指禅推拿秘笈》，不禁吃了一惊，问男的道："此书可是你刚偷的?"男的道："姐，嘴下留些情儿，这分明是我拿的，别张口闭口偷啊偷的。"女的啐了他一口道："原来你也知道害臊。"又道："快快随我进房去拿住那两个贼人。"没待男的反应过来，女的早已冲进房去。

且说应保与刘顺两个睡得正酣，忽觉脖子一阵发凉，两人惊醒，见面前站着一男一女两人，两人皆手握宝剑。只听女的喝道："此书你二人从何处得来，如不老实回答，明年的今天便是你二人的忌日!"应保道："女侠，你剑下留些个情儿，若你用些力儿，我二人便魂落他乡了。"刘顺道："你不就是要知道书的来历吗，告诉你还不行吗?"于是，便将他二人是受何人所派，又是如何跟踪柯仁轩，又是如何盗得此书，一五一十详细地说了。只听女的道："果然是柯公子的。快说，现在柯公子怎么样了?"应保道："我二人并未伤害他，如不信，你尽可去看个究竟，一看便知。"只见那女的封了应保、刘顺二人穴道，说道："若是柯公子平安便罢，若是柯公子有什么不测，姑奶奶再回来找你二人算账不迟!"

那一男一女收了宝剑，走出屋去，在一棵大树下牵出两匹马，二人上马直奔杭州方向而去。

这一男一女如此惦记柯仁轩，他二人究竟是何许人也? 书中交代，这女的不是别人正是柯夫人的女弟子楚青。原来，那日柯夫人见到柯仁轩所留家书，遂叫来文慧与楚青商量。因文慧心思缜密，楚青则颇有男性豪放，所以唤她二人。柯夫人道："疯癫老怪在江湖上早已消失，此去苏州又怎能寻得到他?"又问二人有何高见，能让柯仁轩回心转意，安心回到太安堂。楚青道：

"这还不容易，我骑上快马追他回来便是。"文慧摇头笑道："不妥。俗语云，不到黄河心不死。况且柯公子是救恩师心切，此时去追，他是万不会回来的。"柯夫人点头道："慧儿所言极是。依你之见，又该如何？"文慧道："师父，不如让他暂去，待他寻师不着，心灰意冷之时，再找他回来未晚。"柯夫人遂听其言，宽下心来静等。一晃又是几月过去，见柯仁轩仍未回，遂唤来楚青，吩咐她乔装打扮男儿模样，领几个家人沿路去寻柯仁轩。这楚青自幼跟随柯夫人，柯夫人教得她一身好武艺，让她去寻柯仁轩，柯夫人是再放心不过的了。楚青道："凭我本事，独下江南，谁人又能奈我何？"遂扮装小子，弃了家人，骑快马往江南而来。

这日，杭州府在望，楚青放慢行程，在附近小镇找了家客栈，准备打打尖。刚进客栈，打里面出来个瘦小的男子，那男子与楚青擦身而过，楚青就觉腰间一动，低头一视，腰间玉坠不翼而飞。楚青心中有数，疾步来到门外，就见那瘦小男子正往一处巷口而去。楚青哪里肯放过，箭步如飞去追赶，谁知那男子脚下功夫更是了得，七拐八拐，想努力甩掉楚青。楚青心中一阵冷笑，好你一个小毛贼，竟施这下三烂的功夫，你也太小瞧姑奶奶了。想到此，脚下生风，一阵疾走。追至那男子身后，一探手，施一招"蛟龙探海"，去抓那男子后颈。那男子感觉身后风声，一矮身，躲过此招。楚青又施一招"金龙摆尾"，一伸腿，扫向那男子下盘。那男子也不含糊，双腿一纵，来了个"旱地拔葱"，稳稳当当落在一家房顶之上。楚青一声冷笑，双脚一纵，也上了房顶，不料，帽子掉了下来，露出一头乌黑秀发，那男子见了，笑道："果真是一个小娘子。"楚青也不理会，亮出宝剑，那男子也抽剑在手，二人一来一往，打在一处。那男子边打，边嘴巴不饶人，嚷道："小娘子，你别下手这么狠啊！"又道："真是最毒不过妇人心，你长得虽甚是好看，可招式却这般歹毒。"

楚青见他嘴巴甚贱，直气得柳眉倒竖，杏眼圆睁，施展更厉害的招式，招招逼他就范。又过了几招，楚青故意卖个破绽，那男子果然上当，右手持剑，左手变掌来攻楚青中盘，楚青故意跌倒，待那男子走近时，施一招"霸王别姬"，伸左腿钩住对方右腿，身体向左侧倾，出右脚用力去铲对方右腿，那男子猝不及防，向后倒去，楚青又一个"鲤鱼打挺"站起，剑尖顶住那男子前胸。楚青咤一声道："大胆毛贼，竟敢偷姑奶奶的东西，快快报上姓名，姑奶奶饶你不死。"那男子冷笑道："小娘子，要杀便杀，爷爷要是动一下眉头，就不是英雄好汉！"楚青冷笑道："一个小毛贼，竟也敢充什么英雄好汉。少废话，快快报上名来。"那男子道："小娘子，若我报上名来，定会吓破了你的胆，惊走了你的魂，岂不可惜了你这貌美如花的人儿。"楚青把剑往前一用力，低喝道："再敢废话，我先割下你的舌头，让你再也不能说话。"男子道："那你可得听好了。我乃前朝梧州知府，广东潮州太安堂柯玉井的护卫，飞燕子第八代孙，索英是也！"此言一出，楚青惊喜道："你果真是飞燕子之后？"索英道："废话，有乱认祖宗的吗？"楚青道："那我来问你，你既是飞燕子之后，为何流落此地做贼？"索英道："小娘子，你用剑对着我，让我如何能慢慢与你细说？"楚青撤了剑，二人跳下房顶，楚青道："索英兄弟，实不相瞒，我乃是太安堂第七代传人柯黄氏妈的弟子，奉命下江南寻我们家柯公子的。"索英一听，更是喜出望外，于是二人回至客栈，叙谈起来。

原来，飞燕子后人因大明江山易主，遂回到扬州。索英自幼习武，常听长辈们谈起祖先飞燕子曾护卫柯玉井的事，长大后，便一心想回到太安堂去。因与父母商量，父母也极力怂恿，于是，只身一人往潮州府而来，在客栈门口，他一眼识出楚青是女儿身，遂偷走楚青玉珮，想戏耍她一番，不曾想竟插柳成荫，与楚青相识。楚青便也把柯仁轩如何出走，自己是如何受命寻他之事，如此这般地说了。索英道："既如此，你我快快到苏州府寻小主去，以免小主有什么不测。"楚青也觉有理，吃罢饭，两人结伴同行，楚青也索性女儿装束，不想半途中竟遇见应保与刘顺二人。

且说楚青与索英二人赶到杭州河畔，只见水面上空荡荡漂着一只小船，并不见柯仁轩主仆二人。索英道："坏了，应保与刘顺这两个小厮并未说实话，小主定被他二人害了。"楚青道："未必，先上船看看再说。"二人登船，见船上并无异样。楚青道："他二人应还在世上。"又道："你我二人去城内寻寻，或许他二人便在城中。"

于是，二人来到杭州府城中。进得城来，但见杭州府甚是繁华，楚青心道："上有天堂，下有苏杭，果然名不虚传。"正走着，忽见一茶房门前坐着两人，其中一人身穿绸衫，手持折扇，甚是潇洒。楚青一眼认出此人正是柯仁轩，而一旁陪坐的则是家童小迷糊。

楚青急忙走过去，道："少爷，你真是好休闲啊！"

此时，柯仁轩正自品茶，听楚青这么一说，忙抬头来看，见是楚青，不禁笑道："青儿怎会在此？"楚青嗔道："少爷果真大海胸量，还能如此潇洒。"言罢，用手一指索英道："这位公子乃是飞燕子第八代孙索英。"又对索英道："快快见过少爷。"索英上前施礼道："索英给小主子施礼了！"柯仁轩一听是飞燕子之后，急忙站起还礼。当下，又叫过几杯茶过来大家吃了。柯仁轩因问楚青到此缘由。楚青便把如何来江南，又是如何遇到索英，以及撞见应保与刘顺之事，一五一十地说了。

柯仁轩听了，哈哈笑道："这就叫吉人自有天相！"遂向楚青要过《一指禅推拿秘笈》，命小迷糊收好。

小迷糊一旁拍手道："这下好了，我们可以回去了！"

柯仁轩吩咐小迷糊去市场买两乘快马，小迷糊答应一声，正要走，索英要求与小迷糊一道前去，柯仁轩允了。二人前去买马不提。

且说大约过了两盏茶的工夫，小迷糊与索英各自牵了一匹马回来，柯仁轩见是一匹白马与一匹枣红马，柯仁轩上前摸了摸马鬃，知是两匹好马。柯仁轩道："白日放歌须纵酒，青春作伴好还乡。"又一挥手道："上马！"于是，众人上马，小迷糊在前，索英殿后，一行人出了杭州城，快马加鞭，只听马蹄声声，奔着潮州府而去。

闲话休说，一路无话。这日，众人回到井里村太安堂。

柯仁轩先是见了阿妈柯夫人，将如何拜师之事如此这般地说了，又引索英来见过阿妈。柯夫人见儿子能平安回来，且又得疯癫老怪亲传，如今又见到飞燕子后人，甚是高兴，遂吩咐摆酒宴庆贺，不在话下。

话说次日一早，柯仁轩骑快马来到潮州城，为恩师陈编修医病。进到陈府，府里的小子们接着，速报老爷与夫人得知。时辰不大，小丫头翠儿急忙过来，将柯仁轩带到老爷内室。

只见陈老编修穿戴齐整，坐在雕花太师椅上，身边有两个小丫头伺候着。陈夫人坐在陈老编修对面，身边也站着两个小丫头。柯仁轩进来，给恩师及师母施礼。礼毕，陈夫人吩咐看座，又命小丫头摆上工夫茶。柯仁轩见恩师气色较先前大好，且已能行走，只是仍旧口鼻歪斜，不能言语。陈夫人道："你恩师能有今日，多亏了你阿妈，她常常亲自上门来给你恩师医病。"师母所言，昨日阿妈已经告诉柯仁轩，他当初所开医方极为有效，阿妈也多用了自己的医方。

吃罢茶，柯仁轩吩咐小丫头们将恩师扶上床去，为他做一指禅推拿。先取奇俞穴、百会督脉、曲池大肠穴，再取合绝骨胆穴，推、按、拿等手法交相变换使用。一番推拿，陈老编修只觉浑身热血滚烫，仿若历尽三世，一声叹息，神清气爽。如此，一日连番推拿三次，陈老编修口鼻渐正，自第二日已能说话。陈府上下大喜，又过十日，陈老编修完全康复。

这日，陈老编修差人去太安堂请来柯夫人及柯仁轩，又请了潮州知府胡恂与妻子荣氏，原工部侍郎张秉成及其妻元氏，并潮州首富刘塘夫妻。另有潮州名士数人，郑虎也在其中。

陈府摆下酒宴，陈老编修对众人言及柯仁轩为医己病，下江南拜师学艺，胡知府等人听了，皆十分感动。于是，众人推杯换盏，祝陈老先生病愈。众人又饮了一会儿酒，柯仁轩就见小丫头翠儿偷偷立在门外，向他招手，下领会，趁众人酒兴正酣，谈笑正浓，悄悄溜出。见到翠儿，只见翠儿对他抿嘴一笑，然后前面引路，来到后花园。

此时，小姐惠兰正立花前，见翠儿领了柯仁轩来，人未言，泪已流。柯仁轩见小姐较之他走前瘦了许多。柯仁轩哪里知道，这段时日，陈小姐神思恍惚，或托香腮对窗凝思，或愁抱玉腕望月遐想，闷得极了，便寄情笔墨，却又添愁蓄怨。如今却是臂细金宽，腰退罗裙。

陈小姐道："让柯师兄受苦了。"

柯仁轩笑道："师妹说哪里话，救恩师乃仁轩本分。"

这边二人正自说话，不想那郑虎却在园外偷窥。原来，郑虎这段时日一直注视着柯仁轩的一举一动，那日，应保与刘顺二人自行解了穴道，跑回将事由告诉郑虎，郑虎心中很不是滋味儿，知道他一直暗恋的师妹将会扑入到柯仁轩的怀抱。今日见柯仁轩悄悄溜出，遂随后紧跟，果见他俩花园私会，心道，这该如何是好？忽然，郑虎心中一亮，不禁喜道："我何不如此这般，让这对鸳鸯各自飞？"想到此，不禁心花怒放。

欲知郑虎要做出何事来，且看下回分解！

第三十二回 柯夫人挥泪训子 陈小姐抛球招夫

诗曰：

撇捺相扶助，本真来做人。

顶天头见日，立地脚生根。

无意惹是非，何方动埃尘。

登楼抛彩球，谁是意中人？

话说郑虎见柯仁轩与陈小姐后花园私会，不由得妒火中烧，正在无可奈何，不知如何是好时，忽生一计，疾步回走，来到上房，朗声道："恭喜恩师，贺喜恩师。天降祥瑞，天降祥瑞啊！"

众人正在推杯换盏，闻听此言，皆放下酒杯，望着他。陈老编修笑道："郑虎，为师病愈，虽然可喜可贺，可哪里来的天降祥瑞？"只听胡知府道："郑公子，你说天降祥瑞，不知祥瑞是何物，又降落何处？"郑虎道："学生适才去小解，忽见空中一片祥云，红红的霞光照得学生睁不开眼睛。学生努力睁开眼睛看时，就见有两只漂亮的凤凰，从天而降，落入府后的花园中。"

此言一出，众皆哗然，刘塘道："老编修，你要洪福齐天了，可能是圣上要重新启用你了！"张工部道："大难不死，必有后福，今日果真印证。"陈老编修笑道："天降祥瑞，那是国之大幸，岂是我个人能独享的？"胡知府道："老编修言之有理，我等速去后花园，找到那祥瑞，也好呈报朝廷，给圣上报喜！"

众人皆说有理，遂纷纷离席，依次走出。此时天色已暗，早有家人提了灯在前引路，直奔后花园而来。郑虎心中暗喜，心道："柯仁轩啊，柯仁轩，这一回我要看你是否还能妙手回春？"

话分两头，且说柯仁轩与陈小姐在园内叙谈别后情景，柯仁轩把自己下江南的一些有趣之事说了，听得陈小姐忽而偷笑，忽而落泪，忽而又有些儿吃醋。柯仁轩说得精彩，偏不说途中险遭身首异处之事。陈小姐也把这些时日如何担心的事说了。二人正自说着，就见翠儿一脸慌张地跑进来，只听翠儿道："小姐、公子，不好了！"陈小姐道："何事如此惊慌？"翠儿顿足道："老爷领着客人们奔这儿来了！"陈小姐听了，顿时也慌了，嘴里说道："阿爸领客人到此何事？"翠儿道："我哪里知道。"又道："小姐与公子快些离开此处吧。"于是，三人忙往外走，刚走到花园口，就见灯火通明，老爷与客人们已到了花园口，想出去为时已晚，三人迅速撤回。翠儿道："柯公子，你武功高强，快快跳墙而去吧。"陈小姐亦道："师兄快速速离去，不然被阿爸他们撞见，可就跳进黄河也洗不清了！"柯仁轩想想，她二人所言在理，如被客人们看见，师妹名声将毁于一旦，恩师又有何颜面示人？

想到此，柯仁轩转身便走，刚刚绕过一座假山，就见恩师陈老编修等人已经进到园内，只听陈老编修道："大家仔细地搜，别惊了祥瑞。"那些下人们提着灯笼，分散开来，四下寻找。柯仁轩心中暗道："若此时出去，必被发现，不如暂时避一下，等一会儿再寻机出去不晚。"于是，又退回来，躲在假山背后，忽觉旁边有人，仔细一看，双方都吓了一跳，原来竟是陈小姐主仆。只听翠儿轻声道："柯公子，你怎么又回来了？"柯仁轩笑道："你们不是也没有出去吗？"陈小姐道："看来今日是福不是祸，是祸躲不过了。"话音刚落，就见有七八盏灯笼，冲这边走了过来。慌得翠儿叫道："小姐，这下该如何是好？"未等陈小姐开口，忽听郑虎道："快来啊，祥瑞在此！"只这一喊，灯笼如萤火虫一般，围拢到假山这边。与此同时，陈老编修等人也一并围了过来。

郑虎道："都把灯笼给我举高些！"

陈府的下人们依言将灯笼高高举起，分明是小姐主仆与柯公子三人，哪里有什么祥瑞？下人们迅速放低了手中的灯笼。陈老编修看得清楚，喝道："这是怎么一回事儿？"吓得翠儿双膝一软，跪了下去。翠儿道："老爷，都是翠儿一时糊涂，将小姐领到此处，翠儿甘愿受罚，望老爷不要难为小姐。"陈老编修哼了一声，对小姐怒道："惠儿，你不在房中，却跑到此处私会，究竟是何道理？"陈小姐此时羞愧难当，低了头，只不肯作声。柯仁轩见状，忙上前道："恩师，您误会了，我与师妹只是相见一叙，并无做什么不耻之事。"陈老编修瞪一眼，因柯夫人在身边，不好说什么，只把目光望向翠儿，怒道：

"都是你这个小贱人的撺掇，才做出如此有违纲常的事来，今日看我不揭了你的皮，打断你的筋骨！"言罢，喝一声，吩咐下人，将翠儿拖到府中，家法伺候。可怜翠儿，被两个小子强拖着拉走了。陈小姐跪求道："阿爸，都是女儿的错，千万不要罚翠儿！"陈夫人一旁见了，心疼女儿，忙将陈小姐扶起，不在话下。

且说陈老编修怒气冲冲回到上房，众人皆随后跟着，柯夫人知道儿子此回可是闯了大祸，自己这个做母亲的也难辞其咎，遂对陈老编修赔礼道："老编修息怒，都是犬子年幼无知，方做出此等不耻之事，都是我教子无方，才惹出这样的乱子来。我定会严惩逆子，还望老编修不要迁怒下人与小姐。"

陈老编修怒哼一声，把头偏向一方，不作理会。

张工部见状，上前道："老编修，柯公子与令千金实属师兄妹情谊，在花园叙旧，乃人之常情，你何必如此动怒。"

胡知府笑道："张工部所言极是，别说他二人尚有师兄妹之情，就算是恩爱男女花前月下，也是常理。老编修又何苦要如此大动肝火？"

这边轮番相劝陈老编修，那边几位夫人也在相劝陈夫人。较之陈老编修，陈夫人要开明得多。

一旁的郑虎见状，心道："可不能让这些人把火给灭了，我得扇扇风才是。"想到此，走到陈老编修身前，假装自责道："老师，都是我的不是。要不是我眼花把师妹与师弟两个人相会拥抱，看成是一双凤凰起舞，也不会惹您老人家生气如此。老师，您要罚就罚我吧，郑虎错了。"说着，双膝一软，跪下等罚。

此言一出，果然是如风扇火，陈老编修脸色大变。陈夫人见了，忙喝道："郑虎，此为我陈家家事，你就不要参与其中了吧。"

陈老编修听了，哼一声，冷笑道："夫人所言极是，即是家事，今日必以家法论处。先是打了这个不知好歹的翠儿，再打你这个不知管教女儿的贱人！"陈夫人闻言，冷笑道："难道柯家母子千辛万苦把你从阎王手里救回，只是来作践自己家人的吗？"

陈老编修哪里听得进夫人所言，吩咐一声打，府里小厮不容分说，过来两个将翠儿掀翻在地，按住不动，另有两个小厮举了棍子便要开打。眼看着翠儿就要皮开肉绽，粉颜变色，只见柯仁轩箭步向前，将两小厮的棍子夺下，然后单腿点地，对恩师陈老编修道："恩师，此事皆因我而起，恩师一定要打就责罚我吧！"

陈老编修一阵冷笑道："柯仁轩，此为我陈府家事，不容你一个外人插手！"又道："别以为你母子救了我一条性命，就可以不守礼法，肆意妄为。"转脸又对柯夫人道："你们太安堂一向秉德济世，柯仁轩不守男女礼仪，还望柯夫人以家法教训。老夫就不便多留你母子二人了。"言罢，对下人道："送客！"

此言一出，柯夫人是又气又恼。气的是儿子太不争气，恼的是陈老编修虽饱读诗书，却不解男女风情，硬生生惹出这许多是非来。柯夫人虽脸面十分挂不住，却也无可奈何，遂冲着胡知府夫妇、张工部夫妇等人施礼道："都怪我养了这么一个不肖的孽障，才惹得老编修生气，也扫了大家的兴致，实在抱歉。改日，我定备下薄酒，请大家赏光，我也好当面向各位赔个不是。"

当下，陈夫人并荣氏、元氏、岳氏过来执手相送，不在话下。

如今单表柯夫人领了柯仁轩回到太安堂，令人点燃灯烛，柯夫人往雕花木椅上一坐，怒视柯仁轩道："你这个不肖的东西，今日竟惹出如此大的风波，你这是在给祖宗柯玉井丢脸，你知道吗？"柯仁轩忙跪下道："阿妈说的是，儿子错了。"柯夫人冷笑道："错在何处？"柯仁轩道："错在不该夜晚男女私会。"柯夫人冷笑道："只此一件？"柯仁轩疑惑地望着阿妈问道："不知儿子还犯了哪一桩？"柯夫人怒道："你所做错事那么多，竟然只记得这一桩。看来不动家法，你是不会有记性的。"说着，令一旁的两个小子动家法。那两小子虽平素与柯仁轩关系甚好，却也不敢违拗柯夫人，拿了板子，走到柯仁轩身旁，小声道："少爷，得罪了。"柯仁轩笑道："来吧。"说着，将身趴于地面。

两个小子将手中板子高高举起，正要落下，忽听一声道："阿妈，手下留情！"两个小子侧目望去，却是大小姐柔玉。原来，柯夫人这边一发火，要对柯仁轩施以家法，跟随着一块儿去陈府的小迷糊赶紧将事情报于小姐等人知晓。

柔玉走到阿妈身前，搂住阿妈因问道："阿妈，不要打哥哥，他所犯何事，惹得阿妈如此生气？"

柯夫人遂将今晚发生之事如此这般地说了。柔玉听了，冷笑道："哥哥与陈小姐本是两情相悦，又怎能怪罪？"

柯夫人怒道："净说些混话，陈老编修乃出身书香门第，儒世之家，岂能容这伤风败俗之事。若明日世人都知晓了此事，陈老编修还有何脸面立于世上？"柔玉道："就算哥哥错了，阿妈你也已向陈老编修赔了不是，何苦还要责罚哥哥。"柯夫人怒道："若今日不教训于他，明日还不知道他会闹出什么乱子来。"言罢，喝一声打，那两个小子见大小姐无法劝阻老夫人，也只得举起板子打起来。只十几板子打下去，柯仁轩的衣服已见血色。柔玉见了，十分心疼，扑到哥哥身上，对阿妈叫道："阿妈，你若是再要打，就连女儿一块儿打了吧。"柯仁轩安慰妹妹道："妹妹，快点过去，这点板子算得了什么，哥哥不会有事的。"柯夫人道："你都听见了吧，这些板子对他来说又算得了什么。"又冷笑道："那好，就给我再打下去。"

柔玉闻言，对哥哥哭道："哥哥，快些求阿妈，让阿妈不要再打了。"正说着，就见楚青、文慧、馨怡、春红等人走了进来，此时，大家早已知道发生了何事，纷纷进来相劝。楚青过去，将柔玉扶起，看见柯仁轩身上的血色，惊叫道："师父，您这是要把少爷往死里打呢！"文慧等人走过去看了，也都吃惊不小，从未见老夫人如此生气并责罚儿女。文慧道："少爷即使做错了事，管教本也是应该的，却不该打到这个分儿上，这要是失了手，后悔都来不及。"馨怡道："师父，你有少爷这样省心的儿子，疼还来不及，却为了一件小事儿，就把他打成这样，也太重了些吧。"柯夫人冷笑道："就他，也叫我省心？去江南学医，招呼也不打半个，就领了小迷糊走了。这倒也罢了，在外却不曾长半点儿心眼，回来时差一点让奸人给算计了。若是有个闪失，丢了小命儿，你让我这后半生靠谁去？即使到了阴曹地府，你让我又怎么向列祖列宗交代？"说到此处，两泪交流，众人见了，也都眼睛发潮。

楚青对门外喊道："还不快进来将少爷扶起来！"

听到喊，小迷糊与索英忙跑进来要扶柯仁轩起来，柯仁轩将二人推开，挣扎着站起来。春红早将创伤药取了来，递与小迷糊道："快将少爷扶进房去，将药敷上。"小迷糊接过药，答应一声，就要上前去搀扶柯仁轩。只听柯夫人喝道："慢着！"吓得小迷糊赶紧将手缩回。

柯夫人道："都给我听着，从今儿个起，柯仁轩就留在井里村，潮州城那边的分堂由阿朗与阿宾两个人负责。"又道："将柯仁轩锁进书房，没有我的允许，任何人不得将其放出！"

　　众人还欲求情，只见柯夫人站起道："都回房歇息去吧！"言罢，便往外走，莲花与菊花两个随后跟着去了，不在话下。

　　且说柯仁轩回到书房，小迷糊与索英两个为其上了药，然后退出书房。小迷糊将书房门上了锁，然后站在门外嘟囔道："少爷，你就在里面好好歇着，小迷糊就在外面给你守着门，有什么事只管吩咐小迷糊。"言罢，就在书房外的阶沿上坐了，索英见了，也一边相陪。

　　一夜无话。且说次日天明，柯夫人备了轿子，带了些礼物，直奔潮州府胡知府府中而来。下了轿，早有门人飞奔着进去报于胡夫人荣氏。荣氏连忙迎出府外，将柯夫人引进上房。二人分宾主坐了，柯夫人吩咐莲花将所带礼物送与荣氏。荣氏连声谢过，笑着道："姐姐今日登门所为何事？"柯夫人道："犬子昨日令陈老编修蒙羞，老身心里委实难过，有心今日上门再去谢罪，又恐老编修不肯受领。想拜托妹妹去陈府上求个情。"胡夫人听了，叹道："这老编修也是顽固，昨日，我几人虽合力劝说，但其仍怒气未消。"又道："姐姐，你家公子与陈家小姐情意相投，何不上门求婚，皆大欢喜？"柯夫人道："我原本也有此意，见老编修正在肝火处，哪敢提及。今日妹妹既提起，何不去帮我说动说动？"荣氏笑道："姐姐既有此意，我愿效犬马之劳。"柯夫人连忙起身相谢，慌得荣氏忙不迭地还礼道："姐姐何须如此客套。"

　　两个人又说了一会儿家长里短的知心话，柯夫人站起来告辞，荣氏再三相留用餐，柯夫人执意不肯。于是，送出府外，见柯夫人进了轿，这才回府。

　　隔了一日，胡知府管家胡安给柯夫人送来一封书信，柯夫人拆了，见荣氏在信中写道："昨日见陈夫人，说明来意。陈夫人道老编修已决定，后日陈小姐将抛绣球招亲，望姐姐早令公子前往则是。"

　　柯夫人看罢，冷笑一声，心道："老编修此为拒亲，既然如此，又何必去抢绣球，惹来一身烦恼？"

　　柯夫人心内正暗自冷笑，忽听前院一迭连声地喊快，仔细一听，却是老管家柯耀武与小迷糊两个人的声音，柯夫人令莲花去察看出了何事。莲花去不多时，回来回话，说分堂的阿朗从城中给少爷送来书信，陈小姐催少爷速去抢绣球招亲。柯夫人吩咐莲花唤来阿朗，问清缘由。原来确是陈小姐所写书信，让小丫头翠儿偷偷送过去的。

　　柯夫人听了，叫过柯耀武，吩咐多派些人看着少爷书房，后日，任何人不得去陈府。柯耀武答应一声下去，不在话下。

　　且说小迷糊早已将小姐招亲一事告诉柯仁轩，柯仁轩得悉，心中十分着急，想立马赶去陈府。无奈房门紧锁，阿妈又加派了看管之人，只得房中踱步，长吁短叹。

　　又一日过去，小迷糊知主人心急，假借送饭之机，好生安慰。出来后，找到索英，二人商量如何救少爷出去。索英道："这个好办，待后半夜时，我将那些门外看守小主的人全都点了穴道，然后将房门打开，不就成了？"小迷糊听了，喜得直拍掌叫好。于是，二人直等到二更天后，直奔柯仁轩书房而来。走到书房门口，两人大吃一惊，但见几个守门的小子木雕一般立在书房外，原来却是被人点了穴位。再看书房的门却是开着，二人进房，不见少爷身影，小迷糊道："坏了，少爷定是被人劫了！"索英道："未必，小主应是被人救了出去。"小迷糊道："现在你我二人又将如何？"索英道："小主此时定是已去了潮州府，你我二人速速去追。"

　　小迷糊甚觉有理，偷偷到马厩牵出两匹马来，骗开大门，二人翻身上马，直奔潮州府而去。

　　此时，月淡星稀，路上行人绝少。

　　二人刚至半道，忽听有打斗之声，定睛一看，只见前方有一团人影围住两人，正在酣战。待到近前，却见应保与刘顺等人正围着柯仁轩与楚青两个。小迷糊见到楚青顿时明白少爷是如何出来的了，只是不明白为何又与应保等人会在此处厮杀。

　　书中交代，郑虎那日因算计了柯仁轩，心下十分得意，正自暗幸，不料胡知府、张工部等人力劝陈老编修接纳柯仁轩为婿。郑虎见恩师犹豫，知他心结未解，遂设计恩师让小姐抛球招亲，陈老编修听了，虽觉荒唐，却不失为一招好棋。一来，可以婉拒诸位大人的提议，为自己挽回一些面子；二来，也可以向天下人证明，小姐乃是清白之身，并未和他人有私情，当下便决定了。陈小姐知道后，虽哭成泪人，跪求阿爸收回此主意，但陈老编修却是铁了心一般，哪里能听得进女儿的哭求？翠儿见小姐一时乱了方寸，没了主意，便提醒小姐赶紧给柯仁轩书信一封，也好早做打算。

　　再说郑虎见恩师允了自己的主张，顿时心花怒放，当夜唤来应保与刘顺，嘱他二人务必拦住柯仁轩，不得来陈府抢球招亲。二人听了，私下商量，应保道："哥哥，依你我二人功夫绝不是柯公子对手，若是那个漂亮小娘子楚青再与他一道前来，你我更无胜数。哥哥，眼下该如何是好？"刘顺道："兄弟莫怕，我有三位好友，皆是独臂大侠朱良的弟子。大师兄名唤姜豹，内功深厚，练的是通臂拳，江湖人称'通臂长老豹子头'。二师兄名唤刘天保，此人力大无穷，手持一把白虎夺命刀，力扫千军，人见人怕，江湖人称'鬼见愁保二爷'。最小的一个名唤龙少鹏，此人善使三节棍，江湖诨名'游龙'。若把他师兄三人请来，还怕拦不住柯仁轩？"

应保听刘顺如此一说，喜上眉梢，笑道："哥哥，如此放心矣，你我快快请他三人前来助阵，也不枉郑公子相托。"

于是应保与刘顺连夜请来三人，酒足饭饱之后，各自带了兵器，来到井里村通往城中之路埋伏下来，单等柯仁轩前来。

话说柯仁轩是夜正自焦虑，也不见小迷糊与索英两个过来。恰在此时，就听门锁一响，闪进一个人来，仔细一瞧竟是楚青。楚青道："少爷，快随我去，若不然，待天色一明，你再想去，只怕陈小姐已是他人之妻了。"柯仁轩不容细问，随楚青走出书房，两人不走前门，一纵身，穿房越脊而去。两人刚刚走至半道，斜刺里忽然冲出几个人来，拦住去路。定睛一看，识得其中二人，却是应保与刘顺，知道又是郑虎所为。

只听应保一声奸笑道："柯公子，我与众位哥哥等你多时了。识相的，速速回去，我等也不为难你。若是不然，别说你不能抱得美人归，就连你身家性命也是难保！"

柯仁轩冷笑道："本少爷还能怕了你这几个毛贼不成？少废话，有本事的尽可放马过来，本少爷奉陪便是！"

楚青咬齿道："当初姑奶奶就该把你俩给宰了，也省得你二人再为虎作伥！"

刘顺道："既然你二人天堂有路你不走，地狱无门偏要进，那就得罪了！"话音未落，就见"通臂长老豹子头"姜豹早已按捺不住，一个"白鹤亮翅"，再双腿一纵，使一招"金刚出世"直奔柯仁轩面门打来，柯仁轩将脸一偏，使一招"搭桥过河"左拳顺势向姜豹打去。姜豹见柯仁轩躲过，又顺势打拳直奔自己，急忙后退，使一招"提灯引路"来还。二人一来一往，战至一处。

大约战了十个回合，柯仁轩使一招"双狮抢球"，其实此为虚招，有意引姜豹空出下盘，姜豹果然上当，柯仁轩使"鸳鸯连环腿"直击姜豹下盘，姜豹猝不及防，被柯仁轩一脚踢出丈余。

一见师兄败于柯仁轩之手，刘天保与龙少鹏顿时急红了眼，二人持了兵器，一齐来攻柯仁轩。应保与刘顺二人见状，也各自持了兵器来取柯仁轩。楚青一旁见了，忙拔出宝剑，过来助战。

战了不到四个回合，恰小迷糊与索英赶到。那索英见应保等人围着柯仁轩与楚青交战，哪里肯依，从马上飞出，一剑击中应保左肩，那应保吃了这一剑，忙撤剑退出圈外。

双方又战了数合，不分上下。眼看天色渐明，若再要纠缠下去，定会误了时辰，柯仁轩与楚青、索英三人奋力来战，以求脱身。恰在此时，忽见一道人影闪过，刘天保不及细看，已是重重挨了一剑，其余三人见了，忙一齐丢了手中兵器，给那人跪下道："观音菩萨饶命！"

只听"观音"道："尔等既识得我，日后勿需再害他人，否则必不饶尔等！"

刘顺等人连连称是。

"观音"道："既如此，尔等速去吧！"

刘顺等人听了，连忙起身，落荒逃命，不在话下。

且说柯仁轩等人见了，也忙跪下。柯仁轩道："阿妈，您怎么来了？"

来者并非观音，而是柯夫人。

原来，柯夫人半夜去柯仁轩书房巡视，见守门的小子们皆被封了穴道，柯仁轩又不在房中，知道他定是赶去了潮州城，为防不测，便一路寻来，正遇打斗。恰柯夫人长相酷似观音，这才将刘顺等人吓跑。

柯夫人道："天色已明，你三人快些去吧，只怕晚了，就来不及了。"

柯仁轩等人喜出望外，给柯夫人叩了头，三人上马直奔陈府而去。

待三人到了陈府，只见府中人头攒动，靠近陈小姐闺房旁高高搭起一座平台。此时，陈小姐已站至台上，举目向下张望。柯仁轩见状，大喝一声："本少爷来也！"站在台上的陈小姐听得明白，往下一看，果然是柯仁轩到了，心中欢喜，遂将手中绣球高高举起，冲着柯仁轩便抛了过去。

欲知柯仁轩是否能接到绣球，且看下回分解！

第三十三回　索英勇力护主子　编修当众夸快婿

诗曰：

莫笑少年太张狂，穿梭如燕推众郎。

千夫伸手抢绣球，万人挥汗叹空忙。

惊天一吼响宇宙，动地呐喊降三乡。

忠心自古人人有，只赞此人更是强。

话说陈小姐早已站到台上，只是迟迟不肯抛出手中绣球，这可急坏了一人，此人不是别人，正是郑虎。郑虎先是差了应保与刘顺二人阻拦柯仁轩进城，又花钱雇了许多人冒充抢球招亲之人，心中好不得意。此次抢球招亲，他郑虎已是稳操胜券。见陈小姐不停向台下张望，只是不肯将手中绣球抛出，郑虎渐渐心急，怕夜长梦多。就在此时，柯仁轩一声"本少爷来也！"，让郑虎吃惊非小，正自惊疑，就见一道人影越过众人头顶，往台上而去。郑虎定睛一看，正是柯仁轩。又见陈小姐将手中绣球向着柯仁轩抛去，不由怒从心起，双脚一纵，凌空飞起，伸手便去夺绣球。

台下众人但见绣球抛出，两位公子飞空争抢，便也纷纷拼力来夺。此时，那绣球正奔着柯仁轩而来，柯仁轩岂敢错失良机，一个"燕子展翅"，绣球已在手中，正自得意，郑虎一个"金虎摆尾"，横扫一脚，绣球又从柯仁轩手中飞出。众人见状，欢呼不已，你踩着我，我踏着你，你推着我，我将你踢开去，一时间，好不热闹。柯仁轩见绣球飞出，转身欲追，然，绣球早已淹没人海之中。

"哈哈，我抢到绣球了！"

一个身材矮壮的胖子手握绣球正自得意，一不留神，球又被人踢飞别处，直心痛得大叫道："我的绣球，我的绣球啊！"

"少爷，接球！"

一个眼角眉梢皆是媚态的奴才，将绣球飞向郑虎，郑虎见了，心花怒放，正欲接球，只见索英凌空一脚，绣球改了道儿，直奔柯仁轩而去。郑虎一见，哪里肯依，一个"鹞子翻身"，飞到柯仁轩身边，一抬腿，将绣球高高踢起。众人只见那大红的球儿在半空中打了个旋，随后不偏不倚，稳稳落在台前的一根高杆之上，那杆高约数丈，上有一面旗，书着"抛球招亲"四个大字。绣球落在上面，红穗子正缠绕在旗根绳上，任尔东西南北风，却稳若泰山，一丝儿不动。

柯仁轩与郑虎望望高杆上的红绣球，两人不约而同向旗杆奔去。柯仁轩刚一迈步，郑虎的手下们便纠缠了过来，使得柯仁轩无法脱身。索英见状，大喊一声道："休得这般无礼！"话到人到，脚踏众人头顶，蜻蜓点水一般，护住柯仁轩道："小主子，快些抢球！"柯仁轩应一声，抽身便走。郑虎手下见了又想上前，索英喝一声道："小爷在此，尔等谁敢再前？"话音未落，竟有两个小厮壮着胆儿向前，索英一声冷笑，突然伸出双臂，吼一声，将两小厮生生举起，吓得其余人等不敢近前半步。

且说柯仁轩脱身出来，见郑虎身形如猿，已近杆顶，遂双脚一纵，凌空飞起，脚尖轻轻一点旗杆，再向上一纵，已至杆顶，伸手便将绣球握在手中。郑虎见了，双腿将旗杆夹紧，双手一伸，拉住柯仁轩双脚，柯仁轩猝不及防，身体往后一仰，手中的绣球飞出，正落在陈小姐闺房房顶。郑虎将双手一松，两人几乎同时跃上房顶，只是柯仁轩稍快些许，已将绣球收在怀中。郑虎见了，上前来夺，两人在房顶之上拳来脚往。

斗不多时，郑虎已不能敌，柯仁轩虚晃一招正欲跳下，不料刘顺、姜豹、刘天保、龙少鹏四人跳上房来，将柯仁轩紧紧围住。郑虎一声冷笑，道："柯仁轩，今日若你交出绣球便罢，如若不然，可就休怪我不客气了！"柯仁轩笑道："绣球在我身上，有本事尽可拿去！"郑虎闻言，瞪圆了双眼，抽出腰间佩剑，一个"力劈华山"直奔柯仁轩左肩而来。柯仁轩也不躲闪，待那剑离肩只有寸许之时，方才宝剑出鞘，剑柄轻轻一格，手腕迅即一转，挽了一个剑花，剑尖直奔郑虎手腕。郑虎见柯仁轩出剑如此之快，吓了一跳，连忙跳开。刘顺等人见状，急忙各持兵器来战，双方战在一处。

且说索英一见小主柯仁轩与郑虎两人双双飞至小姐房顶，又见刘顺等人也在房上，心中暗叫一声不好，遂即双脚一纵，来了一个"旱地拔葱"，飞到房顶，亮出宝剑，前来为柯仁轩助阵。

双方打得正酣，难解难分，忽听有人念了一句"阿弥陀佛——"，并以衣袖将众人兵器卷开。众人皆吃一惊，此人内功如此之深，绝非等闲之辈，忙闪过一旁，仔细观瞧。见是一须发皆白的僧人，众人识得，此和尚不是别人，乃是开元镇国禅寺住持心隐法师。

只听心隐道："阿弥陀佛，各位施主，快些放下屠刀，立地成佛吧。"

郑虎冷笑道："住持，你已出家多年，敢问你成佛了吗？"

心隐道："阿弥陀佛，善人佛在心中，恶人魔在脑海。还望施主放下屠刀，驱除恶魔吧。"

龙少鹏一抖三节棍，怒道："老和尚，少管俗家人之事。再要多言，可别怪我手中的朋友不给你面子。"

姜豹与刘天保也在一旁喝威，郑虎知晓心隐法师内功深厚，功夫了得，今日就是众人合力也难动他，有心收手，却又不甘，冷笑道："住持，此为俗家之事，你乃方外之人，就不必操这份心了吧。"言毕，又欲动强。只听心隐道："阿弥陀佛，罪过，罪过。郑施主且慢，你看这位何人？"郑虎闻言，循声一望，只见心隐身后不知何时站了位尼姑，只听那尼姑道："阿弥陀佛，孽障，长老指引你向佛从善，你偏要与魔鬼成行，还不快放下手中利剑，谢过长老？"郑虎仔细一瞧尼姑，连忙扔了手中剑，跪下道："阿妈，怎会是您？"尼姑道："阿弥陀佛，此地何来你阿妈？此处只有静慧师太。"心隐道："郑施主，你尚知有阿妈，然，你又可知你的阿妈为何成了静慧？"郑虎道："愿闻其详。"心隐道："阿弥陀佛，静慧，还是你来说吧。"于是，静慧便如此这般地说起自己出家缘由。

郑虎阿妈王氏乃潮州城中王员外之女，一年元宵灯节，王小姐领着丫鬟上街赏花灯，恰与郑三相遇，那郑三因垂涎王小姐美色，仗着叔叔乃朝中一品大员，竟色胆包天，指使家奴将王小姐抢回府中做妾。可怜王小姐一个花容月貌女子，竟遭恶徒蹂躏，虽五次三番，欲以死抗拒，怎奈一个弱女子，怎能架住虎狼淫威，最终只得含泪屈服。

话说郑虎三岁那年，得一怪病，虽四处寻医，终不见好。一日，一游方僧人路过郑府，上门化缘。王小姐请和尚为子念佛去灾，那和尚却道："阿弥陀佛，此为孽根，积孽深重，施主还是早归佛堂，事奉佛祖，求佛祖开恩为妙。"言毕，拂袖而去。

王小姐两泪交流，抱住郑虎，叫一声："儿啊，都是你那贬人妻女，奸淫凶恶的阿爸害了你。"又道："阿妈明日便去了却尘缘，祈祷佛祖佑你。"

次日，王小姐丢下爱子，削发为尼，伴青灯，事佛祖，祈祷儿子长大成人。

众人听了，皆唏嘘不已。

静慧道："为娘为你守佛二十载，你这个不争气的东西，却要步你阿爸后尘。你要为娘情何以堪？"

郑虎辩道："阿妈，孩儿不明白，为何柯家害死我阿爸，你却还要把理偏向柯家？如今孩儿要夺回娘子，你为何又要横加阻拦？"

静慧道："孽障，你黑白不分，善恶不辨，却还指责为娘的不是。"

郑虎道："此话怎样讲？"

静慧遂将郑三当年是如何勾结潮州知府额尔奇陷害太安堂，最终害人害己，死于狱中之事如此这般地说了。

郑虎听罢，如雷轰顶，惊问道："阿妈，此话当真？"

只听心隐长老道："阿弥陀佛，世间善恶，是真是假，皆在人们心中。拨开心中迷雾，放下恶念，回头是岸吧。"

静慧亦念了句阿弥陀佛，便不再说话。

郑虎站起，望着柯仁轩，扑通一声跪下，泣道："师兄，都是我糊涂，不分黑白，错怪太安堂这些年，还望师兄惩罚！"

柯仁轩连忙将郑虎扶起，笑道："过往之事，师弟无须挂齿。你我兄弟来日方长，应向前看方是。"

只听心隐道："阿弥陀佛，柯公子高风亮节，令人钦佩。"

郑虎道："师兄能既往不咎，实令郑某感恩不尽。只是今日拼死抢绣球，实乃渴慕师妹芳容才华已久，而非与兄恩怨过节所致，望兄谅解。"

柯仁轩从怀中掏出绣球道："古人云，窈窕淑女，君子好逑。况师妹乃凤中之冠，哪位男子不为之倾倒？兄弟心思，我岂有不明之理。"又道："若兄弟真心爱师妹，这绣球你只管拿去，只是日后，你须倾心爱护她才是。"

众人见状，皆惊讶不已，心隐与静慧更是连声阿弥陀佛。郑虎泣道："师兄，大丈夫也！绣球是你所得，郑虎已明事理，岂有再夺人妻之理？"又道："我们快些下去，师兄也好早些与师妹结成秦晋之好。"

　　房上人之言，房下那些抢绣球之人俱各听得明白，众人皆十分感动，齐呼："秉德济世，万人敬仰！"

　　且说郑虎等人下来，簇拥着柯仁轩向台上而来。此时，陈老编修早将抢绣球之事看得一清二楚，对柯仁轩与小女惠兰花园面订鸾凤之约一事所带来的不快，忘得一干二净，心中如三月之水泛春波，好不快哉。见郑虎等人拥着柯仁轩而来，忙令管家陈六迎着，领到上房，以上等好茶相待。

　　陈老编修对心隐道："今日承蒙高僧驾临，就烦请高僧为老夫招婿一事作个见证如何？"

　　心隐笑道："阿弥陀佛，此等善事，老衲岂有不允之理。"又道："陈老编修今日能得如此德艺双馨之乘龙快婿，实乃你三生修为所致。"

　　陈老编修听了，满面羞红。只听心隐又道："如此百年好合之事，老编修何不请了亲家母及德高望重之人前来，也好将亲事当面订了？"

　　真是一语点醒梦中人，陈老编修连声称是。索英一旁听了，高声道："老爷子，你差人通知别人吧，柯府那边有我通知便是。"说着，便往外走。众人听了，皆笑。陈老编修亦笑，于是差人去请胡知府与张工部等人不在话下。

　　且说索英迅即来到陈府门外，见楚青正在往大门里张望。原来楚青来时乃女孩儿装束，守门家人见了，不与其进，楚青与其争执，门人道："今日乃我家大小姐招亲之日，你一个女孩家来做什么？"楚青听了，还想争执，门人不再与其理会，也只得作罢，守在门外，听候消息。如今见索英出来，忙问事情如何，索英道："你少问这些，如今有要紧事儿，须得请了老夫人来。你迅回去，请了老夫人来吧。"那楚青也是个急性子，一听索英说有要紧事，也不问明详情，骑了马便走。回到太安堂，柯夫人正在为人医病，楚青只道有要紧事，请夫人速去陈府。柯夫人也不知所为何事，忙叫过文慧与馨怡二人接替自己为病人医病。老管家柯耀武早已备好轿子，柯夫人上了轿，楚青则骑马相随。进了陈府，柯夫人下轿，楚青下马，陈府管家陈六迎着，来到上房，却见胡知府与张工部等人已在房中吃茶。正不知何事，就见胡知府与张工部两人站起，齐齐拱手笑道："恭喜柯夫人，贺喜柯夫人！"柯夫人心道："难道是轩儿得了绣球？"口中却道："不知我喜从何来？"胡知府笑道："如今你与陈老编修结为亲家，难道此不为喜事一桩？"柯夫人听了，心中虽是十分欢喜，却故装糊涂道："实在是难为了老编修，老身日后定会好好教训不争气的孽子。"张工部哈哈笑道："柯夫人言重了，公子人品才华，老编修适才还在赞不绝口呢。"陈老编修红着脸道："柯夫人，都是老夫一时糊涂，还望柯夫人见谅。"柯夫人忙道："孽子若能迎娶陈小姐，实是我柯家修来的福分，只是委屈了陈小姐。"陈老编修道："柯夫人再说此言，可就要羞煞老夫了。今日能得仁轩为婿，实为天意。感谢老天垂青小女，将柯仁轩这么一个德才之人送与她为夫婿，实为其造化。"又吩咐小丫头翠儿唤出小姐来见柯夫人等人。

不一会儿工夫，翠儿回话，说小姐在房中只哭得两眼通红。陈老编修问所为何事，众人皆说定是喜极而泣，翠儿却道："才不是呢，小姐骂柯公子是负心之人，断不可再嫁柯公子。"

众人听了，皆吃惊非小。陈老编修道："此话从何说起？"翠儿摇头道："奴婢问过，小姐只不肯说。"陈老编修对夫人道："夫人速去问明缘由。"陈夫人去了，陈老编修又对柯夫人道："都怪老夫平素娇惯，还望柯夫人见谅。"一会儿，陈夫人出来，说问了半晌，惠儿只不肯说。陈老编修听罢，道："难道要老夫去向她认错方肯吗？"胡知府向一旁的心隐道："长老乃得道高僧，定知其中原委。"心隐道："阿弥陀佛，老衲也是凡夫俗子，岂知他人之事？"张工部道："仙翁，你就不要谦虚了，快些指点迷津吧。"陈老编修等人也过来央求。心隐见众人问急，先是念了句阿弥陀佛，然后对柯仁轩道："解铃还须系铃人。柯公子，此祸因你而起，还需你自行了断。"柯仁轩不解道："还望仙长指点迷津。"心隐道："柯公子今日房上乱言，实该惩戒。"柯仁轩闻言，心中顿时豁然，连声道："多谢仙长指点，晚生已是明白。"言毕，向陈小姐闺房走去。

且说陈小姐正独自抽泣，忽听门外有人道："师妹，柯仁轩前来赔礼了。"陈小姐听出是柯仁轩声音，遂取过手帕，拭了泪水，隔门赌气道："哪个要你赔礼了？"柯仁轩听出，小姐还在气中，便说道："师妹，今日言语不当，惹你生气，现在思来，我委实惭愧，望师妹谅解才是。"陈小姐道："我是你什么人，为什么要生你的气？从今儿个起，我的事不与你相干。"柯仁轩道："师妹，我错了，真的错了，望师妹谅解则个。"陈小姐冷笑道："你错什么了，我为何不知你错在何处？"柯仁轩道："师妹，因我看出郑虎对你真心，便说出了那混话来，如今我已真心悔过，还望师妹多多体恤才是。"陈小姐冷笑道："今日郑虎说喜欢我，你便可让出我来。明日若张虎说喜欢我，你是否也会让出我去？别人说喜欢，你就可随便让出，难道我是你身上的衣服不成？"柯仁轩闻言，十分愧疚，说道："师妹，你要怎样，方肯谅解我一时糊涂之言？"

此时，陈小姐早已知柯仁轩已悔悟，却又不肯轻易说出谅解的话来，思量一番，忽然有了主意，道："我说出三个对子，你若能对得上，我便不再计较。你若有一个对不上，从此，你走你的金光道，我过我的独木桥！"柯仁轩一听是对对子，心中甚喜，因说道："好，此一件事儿，我便依了你！"

陈小姐道："听好了，我这第一个对子。"

> 心有三爱，奇书骏马佳山水。

柯仁轩笑道："这有何难。"遂说出下联来：

> 园栽四物，青松翠竹白梅兰。

只听陈小姐又说出第二个对子：

> 青山不语花含笑。

柯仁轩不假思索，随口答道：

> 流水无声鸟作歌。

陈小姐见柯仁轩轻松答出两副来，心道："我不能让其太得意，须说出个难的，也好煞煞其傲气。"略一沉吟，遂说出第三个对联来。

欲知陈小姐说出什么对联，柯仁轩能否答出，且看下回分解！

第三十四回　赢芳心公子成婚　遭抱怨秀才休妻

词曰：

明月几时有？把酒问青天。

不知天上宫阙，今夕是何年。

我欲乘风归去，又恐琼楼玉宇，高处不胜寒。

起舞弄清影，何似在人间。

转朱阁，低绮户，照无眠。

不应有恨，何事长向别时圆？

人有悲欢离合，月有阴晴圆缺，此事古难全。

但愿人长久，千里共婵娟。

话说陈小姐又说出第三联来，柯仁轩听了，先是一喜，继而又沮丧起来。陈小姐的上联是：

　　　玉叶金花一条根。

柯仁轩双眉紧蹙，忽然展眉舒眼，答出下联：

　　　冬虫夏草九重皮。

"好！"

只见陈老编修及胡知府、张工部等人从花丛旁走出，原来众人见柯仁轩向小姐闺房而来，也随后相随，藏于花丛之后。柯仁轩与陈小姐对话及联诗，众人皆听在耳中，如今见柯仁轩已答出陈小姐三句对联，无不开心。

　　且说陈小姐见柯仁轩三句对联皆答对上来，心中甚是高兴，当下开了闺房门，走出来，与众人见了。只听陈老编修道："今日请了众人前来，为我招婿一事作个人证，还望各位不要负了老夫之意。"胡知府笑道："老编修，这人证，我们自然是要做的。不过，只我们几个作证，似乎是太单薄了一些。"陈老编修愕然道："知府大人，你几位可是我潮州脊梁，怎会单薄？"张工部笑道："胡知府言之有理，我们几个不过是一二三四五六七八而已。"陈老编修听了，仍不知二位所言何意。柯夫人笑道："亲家翁，两位大人的意思是你该请吃酒。"陈老编修闻言，忽然醒悟，大笑道："对对对，老夫还应该把老九请来才是。"遂吩咐下去，大办酒宴，款待几位大人不提。

　　且说次日，柯夫人请了媒婆，到陈府送来聘礼，取了陈小姐生辰八字，又请来高僧心隐长老为二人合了八字，定了婚期。心隐长老道："八月十五月正圆，何不让婵娟羡慕一回人间鸳鸯成双？"柯夫人听了，甚合心意，于是便将二人婚期定在是年的八月十五，不在话下。

　　无期则长，有期则短，离八月十五婚期只剩两日。这日柯夫人让小丫头莲花唤来文慧与馨怡二人，问她二人道："明日去陈府载嫁妆，所需人手都齐了吗？"文慧回道："明日把府里的小子们多派几个出去，倒也是够的了。"柯夫人道："多去些车辆，陈府虽是书香门第，却为官宦人家儿，少不得多送女儿一些嫁妆，若是车辆少了，人家岂不是要说我们低看了他们？"文慧答应着，说早也想到了，车子也多备了好几辆。柯夫人又问道："请柬都发出去了吧，看看有没有遗漏的地方，结婚本是件大喜事儿，不要因这一件，把本来相好的族人或亲朋给得罪了。"馨怡道："此一件乃管家武叔所办，回头我再把师父的意思和他老人家说一下。"柯夫人又叮嘱道："再问下给舅老爷与伯父的请柬有没有送往京师？"馨怡道："这两份倒是送了的，只是这京师离此遥亘千里，不知道二位大人能否回来。"柯夫人道："原也不指望着他们回来，只是这礼仪一定要有的。"文慧道："还是师父考虑的周全。"

　　正说着，柯仁轩过来给阿妈请安，见文慧与馨怡两个人在，就笑问道："二位姐姐不会是要替我去接亲吧。"文慧笑道："哪个要替你去接亲了？只怕是我们前面去了，你后面又骑了马跟了来。"馨怡也笑，说道："到时只怕你跑得比我们还要快。"柯夫人笑道："你们都别闹了，还是说些正经的事儿。"柯仁轩等人便止住了，一齐望向柯夫人。柯夫人问文慧道："上次置办的几匹布儿，都给下人们做了衣服了吗？"文慧笑道："这大喜的日子，大家都穿上新衣多喜庆，如今新衣早做好了，师父您就放心吧。只是，就差了您这一件。"柯夫人笑道："早做好了，还是上次刘夫人送的布料儿。"几个人又说了些别事，恰此时，有人来医病，几个人便各自忙去了。

第二日，柯府去了数乘车辆到陈府载嫁妆，果如柯夫人所料，陈府所陪嫁妆尽将柯府所去车辆装满，直将沿途看热闹之人眼馋得不行。回到柯府，上下人等欢喜不尽，不在话下。

且说次日便是中秋佳节，亦是柯仁轩大喜之日。玉兔未醒，便有莲花与菊花两人将新衣送过来，柯仁轩穿戴一新。小迷糊见了，笑道："少爷，你这可是第二次穿新衣做姑爷了。心里美不美？"柯仁轩笑道："当然美。"转而又变了口吻道："今日可是本少爷大喜之日，你小子可得守住了你那张嘴，别胡乱说话儿。要是惹了你家少奶奶生了气儿，看我怎么收拾你。"小迷糊吓得一伸舌头，笑道："少爷，我哪里乱说什么了，我只不过是说的实话儿，你就来吓唬我。"恰楚青走过来，主仆二人之话，听得清楚，遂对小迷糊笑道："你家少爷几时吓你了？看你这迷糊劲儿，该聪明的时候偏又糊涂了。"又道："今儿可是少爷大喜的日子，你偏要说他二次做姑爷，要是被少奶奶听了去，那还能有好？"小迷糊这下听明白了，笑道："多谢姐姐提醒儿，要不我可就犯混了。"楚青对柯仁轩深施一礼，笑道："师父让我过来看看大官人收拾好没有，一会儿还得去陈府迎亲儿。"柯仁轩忙道："姐姐，你这是怎的？为何要给我施礼？"楚青用手一捂嘴儿，吃吃笑道："你今儿个可是为'官'之人，民女岂有不拜之礼？"柯仁轩闻言，忽然顿悟，笑道："不错，我今日确实是个'官'儿，你不说倒是给忘记了。"又道："可惜，只能为'官'一日。"楚青听了，笑道："你自个儿倒是胡说八道起来了，难不成你还想天天做郎官？"小迷糊一旁道："姐姐，这回我可没有混说儿，可是少爷自己乱说起来了。"楚青对柯仁轩道："说正经事儿，你抓些紧，收拾停当了去'聚雨轩'，轿子都在那儿备着呢。是坐轿还是骑马，你自个儿寻思。"言毕，就往外走。忽听门外有人道："小主子去迎亲，请带上索英。"话到人到，楚青见了果是索英。

小迷糊一旁笑道："今儿个是少爷娶亲，你去凑什么热闹儿？"

楚青道："索英想去，你就跟着吧。"又道："记住，到了陈府可不能胡乱说话儿。"

索英笑道："那是自然。不过，小主子是去迎娶少奶奶，我索英跟着去了，不知陈府是否会赏些辛苦钱？"

小迷糊一旁啐道："就你贪心！想当年，关云长救嫂嫂，又何曾向刘备要过什么好处？"

索英委屈道："我又何曾向小主子要过什么好处了？我说的是陈府，小迷糊，你尽胡说八道。"

柯仁轩笑道："去了陈府，少奶奶自然会赏好处的。"

小迷糊一听，急忙道："是什么样的赏赐？我也要跟着少爷一块儿过去。"

楚青笑道："是向少奶奶讨香包！"

这边几个人正自笑闹，此时，整个柯府可是热闹非凡。但见：喜气盈门，门上尽悬红彩；瑞烟满室，室中尽挂纱灯；笙歌鼎沸，吹一派鸾凤和鸣；锦褥平铺，绣几对红鸳鸯交颈；大门外，烟花阵阵，空中尽显奇彩。

前来贺喜之人，不分尊卑，皆携了贺银，到柯府贺喜。胡知府、张工部、刘塘等人更不必说，几人早早便携了夫人，乘着轿子来了。柯夫人将其迎入上房，好茶侍候，不在话下。

合府上下正自热闹，忽见一小子趺趺撞撞，冲进上房，见了柯夫人，上气不接下气道："老夫人，舅老爷与京城大老爷到了！"柯夫人一听，欣喜不已，急忙起身，降阶出迎。

书中交代，舅老爷乃柯夫人之弟，名唤黄成勇，武状元出身，现官至二品，为京师御林军总兵。下人所说的京城大老爷，乃柯国园堂兄柯国栋是也，柯国栋朝中官至一品，现为都察院右都御史。二人因接到柯府请柬，提前一月离京，算好日期，今日正好赶回。

且说柯夫人三步并作两步，急急往外走，刚绕过两座屏风，就见老管家柯耀武在前引路，柯国栋与黄成勇两人一前一后跟着，二人皆着官服，十分威风。柯夫人忙上前相迎，先是给柯国栋道了个万福，及至与黄成勇相见，姐弟二人皆湿了眼睛，自父母归天，二人已近十年未曾相见。柯国栋与黄成勇皆向柯夫人道喜，柯夫人忙回说同喜，将二人领至上房，胡知府等人见了，忙过来行礼。柯国栋与黄成勇二人但见酒宴：上挂锦幛，下铺绒草，屏开孔雀，褥隐芙蓉，银盘金瓶，玉杯象箸，好不气派。

柯国栋一抱拳，笑道："各位大人，今日乃小侄大喜之日，承蒙各位前来贺喜，我柯国栋在此一并谢过了！"黄成勇亦道："今日乃是我外甥大喜之日，还望各位不拘礼仪，开怀畅饮，不醉不归！"胡知府等人笑道："不醉不归！"

于是，筵宴大开，觥筹交错，笑语满室。

及至到了中午时分，迎亲的花轿方回，顿时只见鞭炮齐鸣，花灯簇拥，鼓乐喧闹。

婆子们搀下新娘子，众人见她真乃好气质。但见她：头顶大红盖头，身穿大红盘金团凤袍，在小丫头的搀扶下，轻移莲步，过堂穿院，来至后院上房。拜完天地，搀入洞房，贺喜之人前来闹洞房自不在话下。

且说待众人散去，房内只剩柯仁轩与陈小姐两人。陈小姐见柯仁轩迟迟不肯揭下大红盖头，不知所为何事，遂问缘由。柯仁轩笑道："为娘子揭下盖头并不难，只是我有一个条件，那就是娘子要能答上我三副对联来。"

陈小姐闻言，心中好笑，相公分明是在报那日之仇。虽心中明白，陈小姐也不愿挑明，笑道："那就烦请相公出上联吧。"

只听柯仁轩说出上联：

> 山石岩前木古枯，此木是柴。

陈小姐轻挑红盖头，透过纱帐，轻轻一笑，答出下联：

> 巾长帐外女子好，少女更妙。

柯仁轩听了，心中一惊，心道："小师妹虽文才极好，却不想文思如此敏捷，且让我继续出对，看她如何对出。"想到此，又说出第二对：

> 冻雨洒窗，东两点西三点。

柯仁轩说出上联，好不得意，因此联出得极妙，"冻"拆为"东"和两点水，"洒"拆为"西"和三点水。

柯仁轩正自得意，忽听陈小姐对出下联：

切瓜分客，横七刀竖八刀。

柯仁轩听了，心中赞叹不已，遂又出了第三联：

龟寿比日月，年高德亮。

话音未了，陈小姐已对出下联：

鼠姑兆宝贵，国色天香。

三联皆已对出，柯仁轩早已按捺不住喜悦，掀开陈小姐大红盖头，但见她头戴玲珑碧玉凤头冠，更显妖媚。此时窗外正值中天月照，花影横阶，美景良辰，柯仁轩岂能虚度？将陈小姐抱在怀中，软语温存，自不在话下。

良宵苦短，不觉乌啼月落，曙色已开。次日，新娘给婆婆请安，又见过府中其他人等。文慧、馨怡二人连连夸赞少夫人好姿色，楚青、春红与柔玉等人皆过来围着陈小姐说话，又邀她各处房中走走。柯夫人便吩咐文慧等人陪着少夫人在府中各处走动走动。文慧等人答应一声，拥着少夫人出去不在话下。

待众人一走，柯国栋与黄成勇二人便与柯夫人闲话家事，恰此时，胡知府差人送来请柬，请二位大人府中相叙。柯、黄二人不便推辞，遂乘轿而去，在胡知府府中盘桓一天，张工部又亲自相请至张府，随后刘塘等富豪相继邀请，直至数日，柯、黄二人才辞别回京城自不必细说。

如今且说潮州府出了一桩负心汉欲休妻之事。按理，男人休妻，或心中另有桃花盛开，或夫人做出不耻之事方才如此。然，此一桩，二者皆无。此位负心汉究竟是何样人，又因何样事欲休妻，此事还需从头说起。

话说距离潮州府五十里处，有一户人家，居住母子二人。此户人家姓胥，儿子名唤胥强。这胥强少年发奋，一心考取功名。十六岁时，童子试高中魁首，少年得志。

一日，胥秀才往城中拜会恩师，回来途中遇一酒楼开张，只因那酒楼开张之时，缺一对联，店主遂对前来围观人众道："若谁能写出令我满意的对联来，我便赏其纹银十两！"此言一出，围观者一阵骚动，因这围观者中不乏读书之人。于是，从人群中走出几人，要过纸笔，写出几副对联来，店主看了，均不如意。胥秀才见了，遂恃才放旷起来，上前，蘸得笔饱，只见他笔走龙蛇，写下一副对联来。店主见了这副对联，欣喜不尽，令伙计取了十两银子付于胥秀才，当即又将对联贴出。众人见对联写的是：

天地造化尔洒多少汗，太白遗风君有几首诗。

众人见了，皆鼓掌称好。而胥秀才则拿了银子，跑去别处买了一些母亲喜欢吃的糕点。走不几步，忽见一标致女孩儿，正冲自己回眸一笑，胥秀才当即呆若木鸡一般。正值情窦初开年龄，胥秀才何曾见过异性对自己如此送媚，待醒悟过来之时，见女孩儿早已走远。胥秀才紧随其后，直走到一处宅院前，那女孩儿又是回头一笑，然后闪入门后，再也不见出来。

胥秀才回到家中，茶饭不香，终难挡相思之苦，遂将其情告诉母亲，母亲请了媒婆，那媒婆依照秀才所言宅院，找到女孩儿。原来，那女孩名唤青莲，正值二八年龄，父母早亡，跟随哥嫂过活。那日因上街去卖女红，恰好看见胥秀才为店家写对联，因羡慕秀才好才华，才付之一笑，不想秀才竟痴情如此，且差了媒婆上门求亲。青莲哥嫂当下允了亲事，胥母求人合了八字，择了良辰将青莲娶入家中。

成亲之后，秀才与青莲二人夫妻恩爱，因青莲做得一手女红，便由婆婆纺棉，婆媳二人合力做些针黹卖钱过日。胥秀才只需每日读书上进，以求功名。

一晃三年而过，胥秀才屡屡应试不第，青莲也不见有孕。胥母不悦，每每骂秀才不孝，秀才甚是羞惭，遂荡尽家财，遍请良医，青莲依旧不孕。胥母见如此，骂得更甚。胥秀才本是孝子，如今见母亲因青莲不孕，每每闷闷不乐，心中甚是烦恼。一日，胥母因见青莲去城中卖针黹，遂撺掇秀才道："男人不孝有三，无后为大。你今仕途不畅，又无子嗣，难道要做这天下最不孝之人吗？"胥秀才道："阿妈息怒，如今事已至此，你要为儿又能怎样？"胥母冷笑道："何不将她休了，也好另娶他人，免得鸠占鹊巢。"胥秀才闻言，大惊，求母亲开恩，不要赶走青莲。胥母骂道："你是这天底下最没用的男人。若听阿妈之言，就休了这女人，如若不然，阿妈今日便死在你眼前！"胥母这一闹，唬得胥秀才顿时乱了方寸，忙道："阿妈给孩儿一些时辰，待青莲回来，也好让孩儿与她商议一番。"胥母允了胥秀才之言。

晚上，青莲卖了针黹回来，见秀才脸色阴沉，遂问其故，秀才便将母亲今日所说之言如此这般地向青莲说了。青莲听了，如雷轰顶，彻夜哭泣，天色未明，便跑回娘家，向嫂嫂哭诉。嫂嫂听了，安慰道："妹妹且先回去，好言央求秀才，毕竟夫妻一场，请他宽待些时日才是。"青莲哭道："今日他不休我，他日再要休我，又该如何？"嫂嫂道："昔日听人言，太安堂的柯夫人能治此病，且已治愈数人。明日我与你哥哥一同前往太安堂，请她去你家中给你医治。"青莲道："嫂嫂为何不今日去请？"嫂嫂道："前日她才娶了儿媳，如今家中贵客如云，又怎能抽身为你医病？"青莲道："不如明日我跟了嫂嫂一同前往，也免了请人之累。"嫂嫂道："不妥，若你不回劝说秀才，他若听信母言休了你，岂不后悔晚矣？"青莲遂听了嫂嫂之言，回到婆家，不在话下。

且说次日，青莲哥嫂赶到太安堂将柯夫人请到妹妹家，柯夫人见胥家只草房三间，房内用具什物简陋，胥母因听说是太安堂的柯夫人来为儿媳医病，吓得躲到邻居家中不敢出来。柯夫人见青莲长得十分的标致，虽是一身粗布衣衫，却难掩其天香秀色。胥秀才十分殷勤，泡了工夫茶招待。

吃了两杯茶，柯夫人为青莲医病。青莲端了凳子，坐到柯夫人对面，挽起衣袖，露出一段白如凝脂的胳膊，让柯夫人切脉。柯夫人切了，只觉脉弦缓。又查其舌，只见舌淡红。柯夫人又问详情，青莲如实相告，平时经期尚准，惟汛至量多，淋漓不已。素多白带，纳少神疲，腰背酸楚，夜寐欠佳。

诊罢，柯夫人已心中有数，此不孕为脾肾两虚，带脉失约，不能统血所致。若治此病，并不难，只需重在止血固经便可。用医方，太安麒麟丸便可治得。经来绵绵不止，颜色淡红，形困神乏，腰背酸楚，显为心肾两虚，心脾失养之象。太安麒麟丸中有党参、黄芪、陈皮健脾益气，以资气血之化源；丸中锁阳、淫羊藿等能补肝肾、强腰脊、固冲任；而白芍、桑椹子、丹参等能化瘀，以防固涩太过，易致留瘀，使全方补中有利，行中有止。相辅相成，各得其宜，则能血足经顺，不塞而止矣，则孕育可谓水到渠成。

柯夫人吩咐随行的楚青取出太安麒麟丸，嘱以服法。柯夫人见诸事停当，便乘车轿而去。过了两月，胥秀才前来报喜，说青莲已经有孕。柯夫人又乘了车轿前往复查，确认青莲确已有喜，吩咐楚青取来十两银子，叮嘱青莲好生休养，又嘱胥秀才多用些功，也好早些考取功名。胥秀才夫妇二人千恩万谢，直到柯夫人所乘车轿渐渐远去方回。自此后，夫妻二人重归恩爱，一家人又和睦如初，自不在话下。

　　且说柯夫人的车轿刚至半途，忽见一匹快马腾起阵阵尘烟，远远而来，到得近前，只见那马上之人大声喊道："柯夫人慢走！"

　　欲知来者何人，有甚紧要事儿，且看下回分解！

第三十五回　射雕弓夫人落马　捉奸情屠夫舞刀

诗曰：

油地轻绡碧且红，须怜纤手是良工。

能生丽思千花外，善点秾姿五彩中。

子细传看临霁景，殷勤持赠及春风。

若将江上迎桃叶，一帖何妨锦绣同。

话说柯夫人正走至半途，忽见一匹快马前来，柯夫人急令将车停于一旁。只见那马上之人滚鞍下马，来到柯夫人车前，单腿点地，高声说道："在下乃广州总兵查必图身前侍卫久隆，望乞柯夫人速回太安堂！"柯夫人见久隆如此语气，不知所为何事，忙开了车门，隔着珠帘问道："不知大人所为何事？"久隆道："因总兵夫人后背疼痛难忍，遍请城中名医，无人能医。今求医太安堂，柯夫人却在外行医未归。总兵大人命小的前来请夫人回去，救救总兵夫人！"柯夫人道："我虽在外，家中尚有徒儿与犬子在，难道他们医治不了？"久隆道："柯夫人有所不知，你家公子硬说总兵夫人是腹中胎儿受伤所致，殊不知总兵夫人早将儿子生出，此时腹出又何来的死婴？"

柯夫人听了，道："我这就打道回府！"

于是，车轿重新上路，久隆也跨上马去，一路无话。一行人回到太安堂，柯夫人刚下车轿，就见门前停了一辆珠宝香车，知是总兵夫人所乘。进了前院，文慧迎着，见久隆跟在师父身后，笑道："师父不用太着急，总兵夫人腹中的死胎，已经下来了！"柯夫人问是何样情形，文慧便如此这般地说了。

原来，查必图一行数人护着珠宝香车来到太安堂，车门打开，查必图抱出一年轻妇人，众人见她身穿凤袍，头戴五凤朝阳宝冠，知其是官家贵妇。只见查必图抱着夫人一脚跨进大门，高声叫道："柯夫人何处？"一旁的久隆等随从嚷道："总兵大人夫妇在此，尔等快快叫出柯夫人为总兵夫人医病！"

　　门人见了，忙唤来文慧与馨怡二人，二人就将师父早出行医未归之事说了。查必图道："还有何人能医？"二人听了，便将总兵夫妇带至回春阁，一番望闻问诊，二人判不出总兵夫人后背疼痛属何因。馨怡唤过莲花，附在耳边如此交代一番，莲花领命而去。莲花穿堂过院，来至后院东厢房，这后院东厢房乃柯仁轩夫妇所居。莲花敲了敲门，柯仁轩正与夫人房内写诗作画，听有人敲门，便开了门，见是莲花，因问何事，莲花说了。柯仁轩先是回房向夫人说了事因，然后随莲花来到回春阁。

　　柯仁轩先是把了脉，继而问总兵查必图道："大人，不知贵夫人怀孕之时，是否受过伤？"查必图道："并未受过。"又叫过跟随的使唤丫头和婆子，丫头、婆子们也摇头说夫人并未受伤。柯仁轩站起道："大人，夫人腹痛乃腹中胎儿受伤所致。"查必图闻听此言，急道："柯公子，此言差矣，夫人她早就生下了孩子，此时，她腹中又何来孩子？"话犹未了，总兵夫人后背疼痛发作，直把查必图急得直搓双掌，忽而站起，唤过侍卫久隆，附耳一番低语，那久隆连连点头，骑马而去。

　　且说总兵夫人痛过一阵，只见她脸色苍白，额头汗水直流。她稍作喘息，对查必图道："老爷，我怀孕后委实受过伤，现在想来，应是内伤无疑。"查必图惊道："夫人何出此言？"总兵夫人道："老爷，难道你忘记了？一日，你骑马射箭，我一时性起，不听劝阻，亦跃马弯弓。不想那马儿突然受惊，竟将我跌到马下。"查必图道："确有此事，不过，后经太医诊治，确认夫人并无受伤，而且后来不是还顺产一子吗？"

　　柯仁轩听了，双掌一拍道："大人，可惜啊，可惜，尊夫人从马上这一跌，你夫妻二人竟失去了一子。"

　　查必图道："柯公子，此话怎讲？"

　　柯仁轩道："尊夫人这一跌，使得腹中胎儿受了伤。"

　　查必图道："孩子生下时并无见有伤，即使有伤，也早已生下，也并非如柯公子所言，夫人腹痛乃因腹中受伤胎儿所致。"

　　柯仁轩道："大人您误会了，我说的乃是夫人腹中另一个孩子。"

　　查必图惊道："柯公子，此话怎讲？"

　　柯仁轩道："夫人当初怀的乃是双胞胎，因另一孩子胎中受伤，至今仍留在腹中。"

此言一出，众人皆惊。

查必图愕然道："诚如是，又将如何是好？"

柯仁轩道："大人不必惊慌，尊夫人后背疼痛，只因死胎贴在她的脊椎骨上，如今我只需为夫人针灸与推拿医治，胎儿便会产下。如此一来，夫人便会无痛矣。"查必图听了，将信将疑，且不知久隆何时能将柯夫人找回，寻思再三，点头应允。

于是，柯仁轩取出三枚银针，分取太冲、合谷、三阴交三穴，分别将针刺入，一提、一捻之中，总兵夫人似觉有胎动。约摸半个时辰，柯仁轩将银针抽出，放回囊中。

俄顷，柯仁轩又分取中极、合谷、昆仑三穴，以推、拿、捻、揉等式做一指禅推拿。一番下来，忽听总兵夫人连声喊腹痛。柯仁轩道："夫人快要生了。"言毕，对文慧与馨怡二人道："你二人速与夫人接生。"于是，众人皆出，只留文慧与馨怡二人。时辰不大，只见文慧走出，对总兵查必图道："大人，尊夫人生了！"话音未了，就见馨怡走出，将死胎捧出，与查必图瞧看。查必图见死胎为男婴，足有一尺来长，手脚齐全，只是颜色甚黑。

查必图见了，惊骇不已，走到柯仁轩身前，躬身行礼道："柯公子真乃神医也！"又道："公子救命之恩，本官不知何以为报？"

柯仁轩笑道："大人言重了，悬壶济世乃我本分，又何谈言谢？"言毕，又开了副方子，交与小伙计到药仓阁取药，吩咐总兵大人为夫人好生调理。

听了文慧一番话，柯夫人急忙来到回春阁，见过总兵大人并夫人。查必图见到柯夫人，盛赞柯仁轩好医术，柯夫人笑道："大人夸奖了。"说着，走到总兵夫人身前，又仔细把了脉，道："夫人已无大碍，只需仔细调理一段时日便可。"查必图道："正是。适才贵公子已开了调理方药。"柯夫人道："这便更好。"又道："大人与夫人远道而来，夫人又受了如此之苦，今日不妨就留住在此。"言毕，吩咐莲花与菊花两个去收拾房屋。查必图闻言，忙道："多谢柯夫人如此细心照料。不过，柯夫人医务繁忙，本官就不便多打搅了。"说着，起身将夫人轻轻抱起，便往外走，柯夫人虽极力挽留，却终留他不住，也只好任他去了。

且说柯仁轩医好了总兵夫人之病，文慧等人啧啧称奇，自此以后对柯仁轩另眼相看，不在话下。

　　如今且说潮州府出了一桩公案，此为一桩风流案。此案因杀猪屠夫刘阿大之妻水莲勾引外男，风流偷情而起。

　　刘阿大年约四旬，身体壮实，一脸虬髯，住在城中，终日做着白刀子进红刀子出的杀猪营生。做的虽是杀生的活计，但为人十分谦和，客户多愿到他铺子上买肉。刘阿大终日忙忙碌碌，却因内室缺主，十分辛苦。邻居们见他十分可怜，便四处张罗为他寻觅中意娘子。

　　说来也巧，城东南有户王姓人家，家中只有一女，年已及笄，尚未字人。王家小女名唤水莲，这水莲仪容窈窕，德性温和，虽是布衣人家，却颇知闺训，平素大门不出，二门不迈，多在闺中做些针黹活儿。媒婆张二娘见水莲如此端淑，心下欢喜，遂将刘阿大介绍给王家。王父、王母十分高兴。张二娘因见王家应允，便告之刘阿大，刘阿大听了，却一时作难起来。

　　刘阿大之所以如此，其中却有隐情。他十八岁时娶了曹氏为妻，夫妻二人虽十分恩爱，却有一件事儿不如意。结婚五载，曹氏未能给刘阿大生个一男半女，曹氏为此郁闷于胸，不能释怀，终生一场大病，撒手人寰。过了两年，刘阿大又娶何氏为妻，婚后，夫妻倒也恩爱，可没过三年，这何氏也生了一场大病，含恨而去。自此以后，刘阿大便断了续弦的念头。

　　今日张二娘上门提亲，刘阿大虽满心欢喜，却又担心自己有克妻之命。张二娘见刘阿大犹犹豫豫，早知他心事，便笑道："刘大官人，你不为己想，也应为你祖上多想，若百年后，你作了古，刘家岂不断了香火？"刘阿大闻言，心中一动，他乃刘家独子，若自己一朝去了，刘家岂不成了空门绝户？想到此，遂备了礼品与张二娘带去王家提亲。又找来算命之人合了八字，择了良辰吉日将水莲迎进门来。新婚之夜，待亲朋友邻尽散，入了洞房，揭开新人盖头，一见水莲花容月貌，心下十分欢喜，捧了水莲粉脸便亲，早把那克妻之念忘得一干二净。

　　自此以后，刘阿大日子过得风生水起，不觉两年过去。这日夜晚，夫妻俩一番恩爱之后，水莲忽然两泪交流，只把刘阿大唬了一跳，忙问娘子何事如此。只听水莲泣道："屈指算来，妾身嫁到刘家已两年有余，可妾身却未能给相公生个一男半女，实在愧疚于心。"

　　刘阿大闻言，自己心里虽也十分难过，却好言安慰水莲。水莲道："听邻里说，许是你前妻曹氏阴魂不散，才如此。"刘阿大道："明日请几个和尚来，做做法事，不就行了。"水莲听了，当下应允。

次日，请了和尚，做了一场法事，以为此后便可有孕生子。谁知又一年过去，依旧不见动静。无奈之下，又遍寻郎中调治，仍不见效。刘阿大暗地里唉声叹气，常常借酒消愁。水莲看在眼里，心中暗道："阿大着实可怜。"又道："若是阿大没有那方面的本事，又将如何？"思来想去，没个主意。

这日，水莲于房中做针黹，听到外面有叫卖鲜鱼的声音，透过窗帘，果见一年轻后生挑着鱼儿叫卖。水莲见那后生虽是捕鱼之人，却是十分英俊，且俊雅之中，透出凛凛英气。水莲见了，十分喜欢，不觉心中一动，将刘阿大叫进房中，说是想吃鱼了，吩咐刘阿大将那卖鱼之人唤进来，买些鱼煮了吃。刘阿大应一声，遂将卖鱼之人叫进来，隔着房门珠帘，水莲又将卖鱼之人仔仔细细打量一番，心跳如撞鹿一般。

如此三番，每每那后生来卖鱼时，水莲便会让刘阿大将其唤进来，买些鱼吃。后来渐渐地熟了，后生无需唤他，便自己挑了鱼来。一日，阿大远去他乡做生猪生意，只有两伙计操持门店，后生挑了鱼来，水莲招呼后生房中吃茶，又问后生姓甚名谁。后生一一作答。原来后生名唤英哥，本是富裕人家子弟，只因一场天灾，毁了家当，落得个一贫如洗，如今只得靠捕鱼为生，勉强过日。又吃了会儿茶，水莲因怕刘阿大回转，闯进房来，引起误会，便催英哥早回，英哥起身告辞。

英哥走后，水莲心中如石投水。次日，英哥又来，水莲唤伙计将鱼收了，自己并未出面。又一日，英哥将鱼送来，向水莲讨水喝，水莲便让其到后房吃茶。这英哥因见水莲美貌，先是眉目飞情，继而言语挑逗。若是换作从前，水莲哪里会去理会他？只因水莲心中藏着事儿，水莲心道："若是借了英哥种子为刘家传宗接代，阿大再不会整日以酒消愁，水莲也不枉为人妻一遭。"又道："若是妾身有病不能生育，再做出这等荒唐事来，岂不是赔了夫人又折兵？既毁了名节，又不为人齿。"正思忖不下，那英哥因见水莲不作声，胆子亦大了起来，上前抱住水莲意欲求欢。

事儿偏有凑巧，恰在此时，刘阿大外出归来，进得房去欲向娘子报个平安，正见英哥抱住水莲。阿大顿时火起，心中怒道："好一对不知羞耻的狗男女，趁我不在，竟寻起风流快活来！"恨不得上前将二人活活撕了，方解心中之恨。正欲闯进房去，又退将出来，到店中取了两把剔骨尖刀来，大喝一声道："狗男女，今日我且替天收了你二人！"吼声如雷破空，直惊得二人魂飞魄散。英哥见刘阿大提了尖刀，吓得松了双手，破窗而逃，不料双脚落空，一头撞在石块上，当场一命呜呼。这正是：

寻花问柳不轨心，如今做了冤魂人。

刘阿大本欲杀了二人，一见英哥魂灵升天，顿时手软，扔了剔骨尖刀。另一边，水莲见状软在地上，哭泣不已。

且说地保见出了人命，不敢怠慢，报了官府，引了衙役前来，将刘阿大与水莲二人锁去。知府胡恂大人升堂，问明案由。胡恂心中暗道："这水莲真个糊涂。"又道："罢了，虽是糊涂，却并未做出不耻之事，且她本意并非丑恶。"想到此，遂将此案判了：水莲本非水性杨花之人，只是英哥见色起意，刘阿大虽一时制气，并无挥刀伤人，英哥乃自己跳窗身亡，刘阿大夫妇并无过错，将刘阿大夫妇当堂释放。刘阿大与水莲叩谢胡大人英明判案。

胡恂道："太安堂柯夫人医治不孕不育可谓天助，你二人找她医治去吧，再也别混想。"

刘阿大夫妇又叩头谢了，离了衙门，径往太安堂而来，见过柯夫人，秉明原委。柯夫人早已知晓此事，遂仔细给二人看病。

一番望闻问诊，确定病非在水莲，而在刘阿大身上。刘阿大脉沉细、尺弱，舌质正常，苔白厚。且自觉腰酸痛，手足心热。此症乃为阴阳两虚。肾气盛、天癸至，精气溢泻则能有子。肾气衰则精少，故无子。若医此病，只需养阴补肾。而太安麒麟丸则有温肾助阳，填精补髓之效。

于是，令人取了太安麒麟丸，嘱以服法。刘阿大夫妇接药在手，又行了礼，然后回到潮州城。

话说三月之后，水莲有喜，阿大喜不自胜，先是备了礼品到太安堂报喜，继而好生侍候水莲，夫妇二人恩爱自不必说。单说柯夫人治愈了刘阿大之病，让水莲有孕在身，此事一时间轰动潮州内外，前来太安堂找柯夫人医病的络绎不绝。有诗曰：

世间财宝不稀奇，孝顺子孙是所依。

太安麒麟圆子梦，一拨方行数人归。

且说别家如今有喜，太安堂如今也有了喜事。一早，少奶奶惠兰唤过随嫁而来的贴身小丫头翠儿，令她出去寻些青梅来吃。翠儿依言而出，时辰不大，提了一篮子回来，洗好了，装了一盘，用手托了往少奶奶房中而来。刚刚转过回廊，迎面碰上莲花与菊花两个，莲花见翠儿托了青梅，笑道："翠儿，近日我们老夫人治愈了那么多不孕不育之人，莫非你也跟着沾了喜了？"菊花一旁听了，用手掩了口，吃吃儿地笑。翠儿啐了莲花一口道："该死的小蹄子，莫要混说，这青梅可是给少奶奶送去的。"莲花闻言，喜道："莫非少奶奶她有喜了？"翠儿道："如今正是青梅成熟时节，难道这些青梅都是给有喜之人吃的不成？"菊花道："翠儿，按理，这吃青梅并非新鲜事儿，难道你没看见少奶奶近日有与别人不一样的地方？"翠儿道："有何不一样的？"莲花道："你好好寻思？"翠儿道："并无异样，只是近日喜欢吃些酸儿的东西罢了。"菊花笑道："这就对了。傻翠儿，你快些把青梅给少奶奶送去吧。"翠儿道："好端端的，你因何要骂我是傻翠儿？"菊花不语，只是吃吃地笑，莲花也笑。

翠儿忽然醒悟道："莫非是少奶奶真的有喜了？"见二人只是吃吃儿地笑，又道："那还不快些告诉老夫人去？"

莲花道："老夫人这会儿怕是忙得不行，你不见文慧她们几个忙得连吃饭的空儿也没有？"

话音刚落，就听从院中屏风后传来声音道："谁在那儿嚼舌子呢？"

三个人吓了一跳，就见老夫人从屏风后面走了出来。

莲花笑道："恭喜老夫人，贺喜老夫人！"

柯夫人答："喜从何来？"

翠儿道："我给少奶奶送青梅，她们两个说少奶奶有喜了。"

柯夫人看了看翠儿手中端着的青梅，笑道："还是莲花与菊花这两个小蹄子心细。"又道："快些送进去，就说老夫人来了。"

翠儿答应一声，忙忙进了东厢房，一会儿工夫，惠兰从房里出来，迎着老夫人道："阿妈这会儿怎么有空了？"

柯夫人忙上前挽了惠兰的手儿道："我若是没有空，这会儿又怎么会知道我要有孙儿了？"

惠兰一听，红了脸道："这会儿还不知是不是呢？"又转过脸对翠儿道：

"准是你这个小蹄子又胡说八道了。"

进了房，柯夫人让翠儿取了脉枕来，对惠兰道："兰儿，让阿妈为你把把脉。"惠兰挽了袖口，伸出胳膊，柯夫人将手指搭在脉口上，仔细把了。诊完脉，翠儿收了脉枕。柯夫人对翠儿道："把少爷叫过来。"

翠儿答应一声跑到前院叫来柯仁轩，柯夫人沉着脸道："兰儿嫁给你，那可是你的福分。可你对她……太让我失望了！"

柯仁轩不知阿妈生气所为何事，望望惠兰，又看看立于一旁的翠儿，然，二人皆垂首不语。只听阿妈又道："兰儿如今身怀有孕，可你这个做丈夫的居然不知，亏你还是郎中！"

柯仁轩闻言，真是又喜又愧，急忙上前拉了惠兰的手，喜道："娘子，我要做阿爸了？"惠兰羞涩地点点头。柯夫人责备道："亏你还有脸问！"柯仁轩松开惠兰的手，对阿妈笑道："阿妈不要责怪孩儿，孩儿这段时日因在研究阿妈的太安麒麟丸，而疏忽了对娘子的照顾。"柯夫人道："一派胡言。太安麒麟丸已经治愈诸多患者，还需你来研究？"柯仁轩忙道："阿妈误会了孩儿的意思。因外人一直谣传，说阿妈的太安麒麟丸是以祖上所传的《太安堂秘笈》里的秘方研制而成，不知可否属实？"柯夫人冷笑道："你想知道吗？"柯仁轩笑道："阿妈，如今孩儿已经长大，你何不将这秘笈传于我？"柯夫人冷笑道："你师父传于你的《一指禅推拿秘笈》差点就丢在你手里，如今还好意思说将祖宗的秘笈传于你。"柯仁轩闻言，直羞得满面通红。

惠兰一旁见状，忙打圆场道："祖宗的秘笈阿妈自然会传于你，只是还未到时日罢了，你又何必这么心急？"

柯仁轩笑道："只是怕阿妈将好东西都传给了别人，也不会轮到自己。"

柯夫人道："我就这么几个弟子，还能传给何人去？"

柯仁轩笑道："保不准你还会收下别的弟子。"

这母子二人说的本是戏言，不足为真。不料，就在离井里村两百多里处，有一个人正在想着要到太安堂拜柯夫人为师。此人和太安堂渊源甚深，若是柯夫人等见了，定会欣喜不已。

欲知此人是谁，且看下回分解！

第三十六回　遇侠士义结金兰　盗医方狭路相逢

诗曰：

曾经富贵百年，未晓柴米油盐。

穷困潦倒思变，人世方知艰险。

搓土相结金兰，忠义怎能两全。

恩情处处观显，本意是非难掩。

话说有一人与太安堂渊源深厚，如今想着要到太安堂拜柯夫人为师。此人不是别人，乃是柯玉井的小书童旺仔的后人，名唤孙七。孙七祖上自旺仔开始，皆以悬壶济世为生，轮到孙七时，因其少时贪玩，又被父母宠着，虽识得几味草药，却只是粗通医理，并不被人看重。孙七父母亡后，因孙七医术平平，乡里有个头疼脑热的，宁可绕些路儿，多跑些道儿，到别处寻医，也不会去找孙七医治。孙七家中生活遂渐渐难过起来，孙七只得遣散家奴，贱卖家产，很快便就成了个破落户。

到十八岁上，因孙七幼时和洪家小女沁儿定亲，那洪家也只是小户人家，日子过得一般。虽然孙家父母已经过世，且如今生活过得凄凉，但洪家感念孙父往日之恩，依旧按照婚约，将小女沁儿嫁到孙家。

婚后，沁儿尽心尽力操持家务，虽然生活清贫，却无半句怨言。且说一日，家中又因无粮断炊，沁儿便走到娘家，向父母借了几升小米。洪父叹道："长此以往并非良策。"遂与洪母商量，将家中积蓄拿出，替孙七买了二亩薄田，从此孙七便以种地为生。

过了两年，沁儿先是为孙家生了一子名唤运儿，又生一女，名唤好儿，因添了两张吃饭的口，孙家日子过得紧紧巴巴。那孙七早年过的是衣来伸手、饭来张口的生活，如今自己做的是粗活，过得是一贫如洗的日子，常常是唉声叹气。

这日，洪父与洪母两人来看女儿、女婿。见女婿正自借酒消愁，洪父道："想你孙家往日也是有头有脸的人家，没想到如今却是这般光景。"孙七冷笑道："你让我有啥法子？我一没有做官的亲戚，二没有有钱的朋友可资助，也只能是这般光景了。"洪父道："常言道，穷则思变。不妨你也好好想想，说不定就能寻思个好主意来。"孙七又冷笑道："我是寻不出什么好主意，还麻烦岳父大人能给想个好法儿。"

一旁的洪母听了，笑道："我说姑爷，你慢说这话儿，这好主意，我倒是替你寻出一个来。"孙七道："愿闻其详。"洪母道："孙家祖上曾是跟随玉井公的弟子，而玉井公的后人更是代代有出息。且不说那中举人、进士做了大官的，就说如今的太安堂那可是潮州府屈指可数的，不仅有钱的人家套着近乎，就是那知府大人也常去太安堂走动。近日又听人说柯夫人的太安麒麟丸因治愈了很多不孕不育之人，那前往太安堂治病之人络绎不绝，人们还给柯夫人送了个'送子菩萨'的雅号。"孙七冷笑道："岳母大人，你说这些话儿与小婿又有何干系？"洪母道："姑爷，你容我细说，便知详情。"孙七道："那你老继续说便是了。"只听洪母道："太安堂仿若杏林之冠，百姓敬仰，众向所归。若你前往太安堂求助柯夫人，定能出人头地。"孙七道："怎么个出人头地法？"洪母道："太安堂医术高明，你若是能学得一鳞半爪儿的回来，还怕衣食无忧？即使你不愿学医，哪怕是留在太安堂随便寻个差事，也是件极风光的事儿。"孙七道："岳母大人所言虽极有道理，只是我孙家早已不与太安堂走动，如今落魄如此，投上他门去，若是留我倒好，如若不留，岂不遭人笑话？"洪母道："此言差矣，太安堂一向秉德济世，更何况与孙家乃故交，岂能不留你？"

洪母之言，句句在理，直说得孙七眉开眼笑，如沐春风一般。次日，洪父为姑爷备了银两盘缠，沁儿直将孙七送到村口，千叮咛万嘱咐路上要多加小心，到了太安堂不要忘了妻儿。孙七一一答应着，背了包裹，上了官道，直奔太安堂而去。

且说孙七走了一天一夜，直走得腿软脚痛，困乏不堪，此时天色已晚，便寻了家客栈投宿。那店主与店家娘子十分殷勤，孙七见店主三十几岁的样子，小鼻子，小眼睛，小身材。再看他娘子，正值妙龄，长得柔媚姣俏，十分的可人儿。孙七心道："真是一朵鲜花插到了牛粪上。"正想着，店家唤过伙计将酒菜端上。孙七见那伙计，倒是唬了一跳，因那伙计长得牛高马大，样子十分凶恶。孙七心道："这店家看上去倒也十分忠实，为何找了个伙计却是这般模样？"因腹中委实饥饿，孙七顾不得多想，只管酒菜填腹。待足饭饱，醉步走入房间，和衣而卧，不多时，便鼾声大作。

睡得正酣，忽觉肚子痛，孙七急忙从床上爬起，出来寻茅房。此时，一弯新月挂在树梢，外面一片通亮。孙七不知茅房在何处，便在月下闯来闯去。忽见厨房亮着灯光，里面传来嘈嘈之声，孙七不知端的，上前侧着身子往里观瞧。只见店主与伙计两个在霍霍磨刀，店家娘子一旁催道："你俩这般磨磨蹭蹭，几时能好？等你的刀磨好了，怕是那人早已酒醒了！"孙七听了，吓了一跳。只听那店家娘子问伙计道："你看清楚那位客官身上所带的银子有多少了吗？"伙计道："没有看得十分清楚，但银子肯定是有些的。"店主道："今日这桩买卖，绝对不会亏本。"店家娘子道："那你们还不快些动手。"店主与伙计便不再说话，只管磨刀。

孙七在窗外听得明明白白，吓得魂飞天外，腿儿也软了，将寻茅房的事忘到九霄云外，心道："原来这竟然是家黑店，若不快些跑走，小命将休矣。"想到此，顾不得去房中取包裹，直奔前门，却发现门儿已然上锁，只得又往后院跑，发现后院有个小门，却未上锁，遂颤抖着双手将门开了，撒腿便跑。因怕贼人随后追赶，孙七不敢走大路，只拣那些山路小道儿走。走了一阵，听听后面并未有动静，这才放慢脚步，最后腿儿一软，一屁股坐到地上，心中暗自庆幸，多亏了夜晚腹痛找茅房，才拣了一条小命。

折腾了一夜，天色渐明，孙七这才敢走到大路上来。又行了数里，此时，孙七已是饥饿难耐，然而行李与盘缠尽丢店中，身上已无分文，虽路边有酒店，却又进不得，正应了那句"一文钱难死英雄汉"。

且说孙七正自饥饿难当，忽见路边的一棵树下停着一辆马车，车上坐着一人，只见那人年约四旬，身着布衣，虽是乡野村夫，眼睛里却透着几分英气。此时，那人正自坐在车上饮酒。孙七因见车上摆了几个菜，香鸡、香鸭与牛肉。闻着菜香，馋得孙七直流口水。

那人独自饮了几杯，忽然发现孙七正盯着自己，遂跳下车来，行礼道："这位公子若不嫌弃，不如上车一起吃酒如何？"

孙七正自肚饥难当，忽听车主邀其上车一起吃酒，十分欢喜，遂谢了车主，二人上车。车主把盏，先是各自吃了三杯，因吃了酒，二人言语便多了起来。车主问孙七从何而来，又欲往何方。孙七先是将自己身世说了。车主听了，肃然起敬道："原来令先祖乃玉井公弟子，失敬，失敬！"孙七叹了口气，又将自己家世衰落，为去投奔太安堂路上险遭丢命一事说了。那车主听了，呼一声将酒杯放下道："店家这厮，委实可恨，兄弟稍坐片时，等俺替你将包裹银两取回来！"孙七道："兄长，万万不可，那店家并非善类，加之店中又有十分凶恶伙计，银两包裹事小，若兄长为此丢了性命，你岂不让小弟一生愧疚？"车主笑道："兄弟，你尽可放心，若没那本事，我也不敢说此等话。"说着，跳下车来，只脚下生风，一眨眼的工夫便不见了身影，只惊得孙七目瞪口呆。

约摸两盏茶的工夫，车主复回，但见他手里提了包裹回来，将那包裹往车上一扔，道："兄弟查查，里面可否丢了东西？"孙七将包裹打开，见所带盘缠分文不少，其他各物俱在，遂又谢过。

二人继续吃酒，孙七问车主为何方英雄。车主笑道："若论英雄，兄实不敢当。"于是，便也将自己来历说了。

原来，车主姓石名林，乃澄海人氏，自幼习武，后与父经商，因受人算计，家道中落。其父经此打击，一病不起，含恨而去，家中只剩石林一人，便投奔姑父。又过了几年，姑父姑母双亡，便四海为家，一身落魄。

石林道："宇宙虽宽，竟无我石林落足之地。"

孙七道："石兄，今日你我相见，真是三生有缘，承蒙兄厚爱，我所带之物，失而复得。兄若不嫌弃，我愿与兄结为金兰之好。"

石林道："兄弟你乃是名人之后，如能与你结为兄弟，乃我石林之幸也！"

于是，二人下车，就在路边，撮土为香，对天盟誓，愿结为永世兄弟。因石林年长，为兄，孙七年幼为弟。拜过兄弟，二人复又上车。

孙七道："大哥既四海为家，今弟去投太安堂，大哥何不与我一道前往？"

石林道："兄弟，你乃世代为医，今又是去太安堂学医，我乃一介山村野夫，去太安堂又能做甚？"

孙七道："大哥此言差矣，想当年，跟随玉井公左右的，不仅有我祖上，还有张全与飞燕子，此二人虽不懂医，却是江湖人士，玉井公对他二人恩惠有加。大哥你为人豪爽，又有恩于我，太安堂岂能对你薄爱？你虽无医病之术，却可以留在太安堂做些杂役，一生衣食无忧。"

石林听此言，十分欢喜，于是，二人驱车直奔太安堂而来。

话说二人到了太安堂，孙七见太安堂分东西两处，二处房舍又紧邻相依，规模庞大，气势宏伟，心中暗道："难怪外人皆传，太安堂堪与宫城相比，今日一见，果然如此。"

二人走至正门，就见求医者无数，有门人引着往里走。孙七与石林二人站在门外，正自东张西望，恰好老管家柯耀武打门里往外走，孙七连忙上前，行礼道："老人家，敢问柯夫人是否在堂内？"柯耀武上下打量他一番，笑道："小兄弟是来看病吗？若是看病，自有门人引你过去。"孙七赔笑道："实不相瞒，我乃柯家故交，今日特来相投。"柯耀武又打量他一番，笑道："既是故交，为何老夫对你如此眼生？"孙七赔笑道："老人家，我虽于柯家是故交，只是祖上们有来往而已。"柯耀武道："原来如此，怪不得对你如此眼生。"又道："不知贵祖上是何人？"孙七道："祖上乃玉井公弟子，名唤旺仔的便是。"柯耀武闻言，先是吃了一惊，继而欣喜道："原来是旺仔公家的后人。"孙七又将石林介绍给柯耀武。柯耀武道："二位快与老奴一起去见柯夫人！"说着，前面引路，孙七与石林随后跟着。

进了大门，孙七只觉仿若进了宫门一般，不敢抬头，只管在后紧跟。也不知进了多少院，穿了多少堂，过了多少门，忽听柯耀武道："二位小兄弟且在此等候，容老奴进去通报一声。"

孙七这才停住，大着胆子，四处张望一番。但见这重院落，雕梁画栋，皆白漆粉墙，圆门处，水竹叶绿。正自看着，忽听柯耀武道："二位进屋吧，老夫人已经在内候着了。"孙七听了，遂与石林拾级而上，进了门，果见柯夫人正端坐一旁候着。孙七见了柯夫人，心道："世人都说柯夫人长得如观世音一般，如今见了，果然是名不虚传，只是怕观世音还没有柯夫人漂亮。"心里正想着，忽听柯夫人道："你二位何人是旺仔后人？"孙七听了，忙上前施礼道："在下便是，孙七给柯夫人行礼了。"又拉过石林，对柯夫人道："此位乃是晚辈的结拜大哥，名唤石林。"石林也施了礼。柯夫人吩咐给二位看座，二人坐了，又有下人斟了工夫茶，二人各自吃了一杯。

柯夫人问孙七道："贤侄为何今日方来？"

孙七听了，不敢隐瞒，便将这些年来之事，以及此番前来相投，路遇黑店，石林侠义相助皆一五一十地说了。

柯夫人听了，道："家中既遇如此不堪之事，为何不早些来？"又道："你今后在此须用些工夫，将医学好，也不辱没你祖上先人。"孙七听了，连忙称是。柯夫人问起石林家世，石林如实回了。柯夫人便对石林道："石义士以后就在太安堂住下来吧。"说着，唤来柯耀武道："你且给这位石义士收拾出一间房来，再给他一些活儿去做。"又吩咐不要让那些下人们怠慢了石义士，柯耀武答应一声，石林亦十分感激，跟着柯耀武去了，不在话下。

且说石林跟着柯耀武去了，这边柯夫人吩咐莲花去唤少爷、小姐及楚青、索英等人来见孙七。须臾，众人来了，柯夫人将孙七介绍给他们一一相见。众人一见如故，相见甚欢。柯夫人传令盛宴相待，自不必细说。

话说这日，一名孕妇被人抬至太安堂，门人将其引至探春阁，此处为文慧看病处所。文慧见女病者年约三旬，便为其望闻问诊。其夫道："我家娘子乃汕头人氏，因久未归家，思亲甚切，上月去了一回娘家，回来时忽然胎上冲心而痛，坐卧不安。"

文慧道："你家娘子已孕几月？"

其夫道："有孕七月有余。"

文慧道："此病可否医过？"

其夫道："已有两医医过，二人皆说我家娘子腹中胎儿已死，并将蓖麻子研烂，加以麝香调，贴于脐中，然，胎儿却一直未下。"又道："还望仙医速速救我家娘子！"

文慧听了，又为孕妇切脉，果然是两脉沉绝，应是胎儿死于腹中无疑，只是为何蓖麻子加麝香调仍然不下？正不知如何医治是好，孕妇忽然叫痛。只听门外有人道："文姑娘，此为重病，当送回春阁，让老夫人医治方是。"文慧见说话之人是新近来的杂役石林，那石林做事勤快，每每做完分内之事，还常到医馆中走动，如有需要，便会上前便忙。如今正当文慧不知如何是好时，石林此言正好帮文慧下了台阶。

于是，遂将孕妇抬至回春阁，文慧亦跟了来。

柯夫人又为孕妇切了脉，问文慧道："此为何症？"文慧回道："死胎。"柯夫人道："何以知之？"文慧道："两尺脉俱已沉绝。"柯夫人道："其子未死。"此言一出，众人哗然。只听柯夫人道："胎儿是否已死，可以辨之。面赤舌青，子死母活；面青舌赤，母死子活；唇口俱青，母子俱死。今面不赤，舌不青，其子当属未死。"文慧道："师父，其症又当为何解？"柯夫人道："胎上迫心所致。"又道："只是将蓖麻子与麝香相调，贴于肚脐，此儿如今小命悬矣！"孕妇相公一旁听了，扑通一声跪下道："仙医，救救我家妻儿吧！"柯夫人将其扶起道："如今我且开一方，许能救你小儿一命。"言毕开下一方，开罢，唤伙计去药王阁取药，连唤两声，伙计不在，正欲再唤，就见石林进来道："柯夫人，让我去吧。"柯夫人将药方交与石林，石林拿了方子往药王阁而来。药王阁乃盛药处所，恰两个捡药的伙计不在。石林将药方打开，见上面乃是大腹皮、人参川芎、陈橘皮、白芍药、当归、紫苏茎叶、甘草等方药。又见桌上有纸笔，遂将此方又抄写一遍，写罢，正要将药方装进衣服袋中，忽然从门外进来一人，石林见了，顿时大吃一惊。

欲知进来者为何人，且看下回分解！

第三十七回　失爱子夫妻反目　献方药卧底现身

词曰：

春花秋月何时了？往事知多少。

小楼昨夜又东风，故国不堪回首月明中。

雕栏玉砌应犹在，只是朱颜改。

问君能有几多愁？恰似一江春水向东流。

话说石林正欲将所抄药方揣进怀中，忽然从门外进来一人，石林见了，大吃一惊。原来，进来之人，并非别人，而是柯仁轩。

柯仁轩见石林手中摆弄着一张药方，笑道："石兄是来捡药？"

石林忙道："适才老夫人为一奇病者开了一副方子，吩咐小的前来捡药。"

柯仁轩道："是何样的奇病？你且把方子拿来我看看。"

石林忙将药方呈上，柯仁轩看了，道："原来方药是紫苏饮，那病者若是女人，此病应是子悬。"

石林忙道："少爷说得正是，那病者确是遇到了难产。"

柯仁轩笑道："石林兄，此病非难产，而是子悬。"

正说着，两个小伙计进来，柯仁轩将药方递过去，吩咐抓紧捡药。言毕，一挥衣袖，抽身便走，只留下石林一人等药不在话下。

且说次年，少奶奶陈惠兰生下一子，老夫人为其取名柯春强。柯春强满月那日，柯府大摆酒宴，亲朋友邻喜聚一堂。

忽听门人来报，说张工部夫人及林小姐来了。

柯夫人笑道："林小姐来了？唉呀，这可是个大稀客！"又道："快请姑娘们出来，一会儿陪伴林小姐。"丫头们答应一声，去了。这边话音刚落，就见两乘小轿已是抬到了上房门前，轿子落下，从轿子里走出张夫人元氏与林小姐。这林小姐名唤松苓，乃张工部五旬之时方得的掌上明珠，因一道士说林小姐天生克父，须过继他人方可活。张工部又问那道士，小女何时方能回到自己身旁。道士回他，须一十五载。张工部遂将她过继给妹丈抚养，改姓为林。恰今年刚是过完十五年，张工部书信一封，送到京城妹丈手中，说明原委。其妹丈也是通情达理之人，虽十分不忍，还是派了家人护送林小姐来潮州府团聚。

且说元氏母女被丫头婆子们搀扶着，走进房中，柯夫人上前迎着，此时，小姐柔玉并楚青、文慧等人也来了，大家围着林姑娘，不住地赞其貌美，别样风流。但见她：一身雅淡衣裳，眉锁春山，目澄秋水，神采惊鸿，佩环回雪。真可谓，比花花解语，比玉玉生香。有诗赞曰：

> 娇艳轻盈一枝花，西施敢与斗芳华？
> 慢言秀美堪餐色，再世杨妃产张家。

柯夫人也是愈看愈喜欢，索性将其拉到自己身边，问长问短，又问她是几时到的潮州府，林小姐听了，一一作答。

柔玉一旁道："林妹妹为何不早些儿与我们来往？"

林小姐道："因自幼蒙姑父母鞠养，一向不曾在父母身边。"

这边几个女孩子聊得正欢，忽见柯仁轩抱了儿子出来，众人争相一睹小少爷容姿。但见小少爷长得是天庭饱满，地阁方圆，一双小眼似睡还醒，甚是可爱。只听林小姐道："让我抱抱这小可爱。"柯夫人听了，让莲花将小少爷抱过去，林小姐双手接过，用手托了，俯首细看，问莲花，小少爷叫什么名字，莲花回了。林小姐道："真是个好名儿。"又随口吟道："木虽已成舟，可以再雕琢。春来水几尺，强帆下姑苏。"姑娘们听了，知道这是一首藏头诗，皆赞林小姐真是好才华。柯仁轩笑道："我当年下姑苏学医，难不成孩儿将来也要去拜师学医不成？"众人一阵哄笑。

正闹着，下人们已将酒菜摆上，于是，柯仁轩复又将小少爷抱回房中，交与娘子惠兰，待从房中走出，众人已经开席。

众人直吃了两个时辰方散，元氏母女欲走，柔玉拉住林小姐的手不放，定要留她小住几日，文慧等人也极力相留，且林小姐也有留下来的意思。于是，元氏独自一人告辞，上轿前，忽然想起一事，对柯夫人悄悄说道："今日看见你得了孙儿如此欢喜，我忽又想起胡夫人来。"柯夫人道："我前日差人送去请柬，胡府的人回说，胡知府夫妇二人身体有恙，不能请来。我正寻思着，明日上门瞧看呢。"元氏道："这个你自然是要去的，只是他二人并非真正有病，而是心病。"柯夫人忙道："此话怎讲？"元氏道："说起来很是可怜，胡知府的令郎去年回乡省亲，不幸途中染疾，等到得家乡时，却是一命呜呼，早早去了。"柯夫人闻言大惊，忙道："为何今日方得到消息？"元氏道："胡知府父母怕子媳伤心，加之浙江萧山离此地又千山阻隔，所以胡知府前些日子才收到家书。"柯夫人道："原来如此，那哥儿才十多岁，真是可惜了。"元氏道："可不是，且胡知府只此一子，如今难过得不知死了多少回。"又道："荣妹妹日日骂胡知府，说若不是他宠着，孩子也不会执意要去家中寻爷爷奶奶。如今孩子没了，倒如了他的意了，自己年纪已大，已是不能再生，怕是他要趁机纳妾了，既如此，索性住到别院去，正好如了胡知府的意了。"柯夫人道："此些都是气话，当务之急，应让他俩复好如初才是。"元氏道："我也是这样寻思来着。"又道："妹妹，你不是有太安麒麟丸吗？若是能让荣妹妹再生一子，那岂不是皆大欢喜？"柯夫人道："明日我便去，只不知能否妙手回春，一切皆要看他二人的造化。"元氏道："以妹妹的本事，一定能！"又聊了几句，元氏上轿离去，不在话下。

且说次日，柯夫人带了文慧，两人乘了车轿来到胡府。胡府的门人皆识得柯夫人，一门人飞跑着去府里给夫人报信，时辰不大，胡夫人荣氏在两个小丫头的搀扶下迎出门外，柯夫人见了，忙上前扶住，责备道："让下人们来回个话儿不就行了，哪里要自己亲自来？"说着，扶了荣氏往里走。

荣氏果然住在别院，但见院中花木繁盛，此院原是个禅堂，因那老尼姑已经圆寂，此院也因此空了下来。如今荣氏与胡知府两人正闹着，荣氏便搬了进来。进了房，柯夫人见屋内桌凳干净，三人坐了，一个小丫头过来摆了工夫茶，三人吃了。又说了一会儿闲话，柯夫人这才将昨日元氏之言说了，荣氏听了，不禁两泪交流。柯夫人赶忙过来安慰，荣氏这才稍安静了些。柯夫人又将让荣氏再生一子的想法说了，荣氏道："本也有此想法，只是如今年纪大了，这许多年都没再生出一个来，如今怕是再难生了。"柯夫人道："这倒未必，只要有心，就能结出果儿来。"荣氏忽然道："姐姐是这治疗此病的名医，因一向拿你当亲姐姐待，倒把这事儿给忘记了。"言罢，脸上有了些许笑意，柯夫人又说了些宽慰的话。恰在此时，两个小丫头拎了两个盒篮进来，打开将饭菜取出，柯夫人见皆是一色的素食，便冲荣氏道："阿弥陀佛，施主在此打搅师父了。"荣氏与文慧听了皆笑。荣氏道："自住到此处，每日皆食素菜，今日姐姐来，我倒忘记吩咐下去，备些荤菜了。"柯夫人道："此为禅堂，还是吃素食的好。"荣氏道："委屈姐姐将就些了。"

吃罢饭，柯夫人道："等过几日，妹妹心情宽舒了些，姐姐再来为你医病不迟。"荣氏道："姐姐说的极是。"于是，柯夫人又说了些宽心的话，然后告辞而去。

又过了些时日，柯夫人带着文慧乘着车轿来到胡府，胡知府亲自迎出门外。原来荣氏早已从别院中搬出，回到原处。胡府中的小丫头早已备好脉枕，柯夫人先是为荣氏把了脉，其脉细弦。又查其舌，舌质红。再问别事，荣氏说平素腰膝酸痛，心烦，手足心热。

诊罢，柯夫人心中有数，荣氏自生下一子，其后再无生育，乃肝肾阴虚所致，若治此病，只需滋养肝肾便可。真是老天开眼，太安麒麟丸正有此效。于是，令文慧取了太安麒麟丸，再三交代服法。胡知府道："太安麒麟丸的功效我是听说过的，若是早知有今日，何不当初就服用它，也好多生几个。"荣氏听了，啐道："难不成你要把我当成母猪？"又道："若是当初多生几个，我那苦命的孩子有了伴儿，也就不会因孤独回去老家了。"说着，又抽泣起来，柯夫人连忙安慰不在话下。

这边暂趋风平浪静，而此刻太安堂却是波涛澎湃，险象环生。

且说柯夫人携文慧乘车轿刚刚离开，忽见一行人抬了一出血妇人，急急而来。原来那妇人刚刚生下孩子，却出血不止。楚青与馨怡二人急忙为其医治，却依旧血流不止，馨怡道："快些叫来少爷，若是慢了，此妇性命难保。"楚青连忙走出，叫来柯仁轩，柯仁轩见那妇人双眼紧合，面色苍白，苔白，脉弱，知是失血太多。遂伸出拇指，施展一指禅推拿术，先是封了穴位，止了血，随后，又开了补血之方，唤来石林，嘱他速去药王阁捡药。石林接方在手，却是不动。柯仁轩疑道："你为何不去？"只见石林从怀中掏出两粒丸药，道："少爷，此为大补血丸，服之，有神来之效。"柯仁轩惊道："何来此药丸？"石林道："因我家娘子意外失血过重，身体虚弱不堪，恰遇一道士，舍了这丸药，救了娘子一命。"柯仁轩道："此话当真？"石林道："绝无半句虚言。"柯仁轩半信半疑，先是给妇人服了那两粒丸药，又令石林取药煎汤。

说来也奇，只半盏茶的工夫，那妇人便双眼微开，脸露红润。柯仁轩与楚青、馨怡皆觉神奇，见妇人已无生命之忧，众人方才放下心来。

及至下午，柯夫人回来，楚青遂将此等奇事告诉了柯夫人。柯夫人听了，没有言语，先是吃了一杯工夫茶，见小迷糊在门前晃了一下，便将其唤进来，嘱他唤来石林。石林进到房中，给柯夫人请了安，便垂手一旁听话。柯夫人道："石林，听说你的药丸今日救了人命。"石林回说是。柯夫人又问那药丸的来历，石林回了。柯夫人笑道："如老身没有记错的话，石义士应是澄海程洋岗人吧。"石林回道："还是老夫人记得清楚。"柯夫人笑道："石义士到太安堂来，家人上下照顾不周，实是委屈了你，还望见谅。"石林忙道："老夫人言重了，太安堂待我石某恩重如山，终身难以为报。"柯夫人吩咐给石林看座，菊花端了把椅子过来，石林坐了。柯夫人又斟了杯茶，道："石义士请吃茶。"唬得石林连忙站起道："老夫人，我石林何才何德，承蒙您如此厚爱？"柯夫人忽然哈哈笑道："吴大侠名扬四海，却到我太安堂来做一名杂役，岂不是叫做委屈？你施展独家秘方丸药，救人一命，我为你斟一杯茶，又岂能谈得上是厚爱？"

此言一出，石林额上冒出汗来，道："老夫人之言，石某愚钝，实在费解。"柯夫人冷笑道："你并非姓石，而是姓吴，吴石明才是你的真名，江湖人称'赛医仙'的便是你。吴先生，我说的没错吧？"

石林听了，连忙双膝跪下道："老夫人火眼金睛，吴某该死，还望老夫人恕罪！"

柯夫人连忙将其扶起道："吴先生何罪之有？快快请起。"又令备酒为吴石明压惊。

须臾，美酒佳肴依次端上，众人齐聚一堂。柯夫人端起第一杯酒道："此杯酒为吴先生压惊！"吴石明闻言，连忙道："老夫人若是再出此言，可就是羞煞吴某了。"众人不知端的，闻听此言，皆迷惑不解。孙七道："兄长不是姓石吗？怎么又自称吴某了？"吴石明脸色涨红，羞涩道："说来惭愧。"柯仁轩笑道："兄何出此言，有何难言之隐，你只管道来。"吴石明听了，遂将前来太安堂始末如此这般地说了。

原来，石林本名确为吴石明，别名人称"赛医仙"，乃澄海程洋冈人氏。程洋岗，北宋初年始建村，医者甚众，尤其妇科名医辈出。吴氏祖传擅治妇科难症，吴氏传人吴加成承祖传杏林业绩，于清康熙二十五年创下"仙医堂"，医誉极佳，其子吴石明更是医术高超，极负盛名，依据祖传秘方，研制出九香丸、保胎丸、大补血丸。

吴石明虽人称赛医仙，却素性耿介，为人谦和，他对太安堂仰慕已久，又听闻太安堂传人研制出医治不孕不育良药"太安麒麟丸"，便更加仰慕。吴石明心道："太安堂妇科如此了得，若是能到太安堂学些本事来，'仙医堂'岂不是老虎插上双翼？"又道："若是明着去了，那太安堂是万万不会收的。若是暗着去，又将寻什么样的法子？"正不知如何暗着去太安堂，忽有人前来请医，遂驾了一乘马车前往，回来时，因在路边寻思前往太安堂的妙计，不曾想竟遇到孙七，成就了一桩好事。

孙七听了，如梦方醒，对吴石明气道："兄长，你此举不是欺骗小弟吗？"

吴石明此时羞愧难当，冲孙七一抱拳道："兄长给小弟赔礼了！"又冲在座之人一抱拳道："吴石明给众位赔礼了！"

柯仁轩笑道："吴兄言重了，你我兄弟相识便是缘分，又何来赔礼？"说着，端起酒杯道："吴氏名扬四海，只是今日方识得庐山真面目，我柯仁轩敬重兄长，敬你一杯！"言罢，将酒一饮而尽。

吴石明也将酒饮了，然后冲柯夫人道："老夫人，晚辈有一事相求，望老夫人能成全则个。"

柯夫人笑道："吴先生只管直言。"

吴石明道："晚辈欲拜老夫人为师，还望不弃收下。"说着，欲下跪，柯夫人连忙过去将其扶住道："吴先生言重了，以吴氏名望，岂是老身敢收作为徒。"又道："若吴先生愿意的话，你不妨继续留在太安堂，你可以在此行医，空暇之余，我们一道切磋医术如何？"吴石明听了，不禁两泪交流，泣道："老夫人真乃天下最最仁义之人，晚辈将终身不忘。"

于是，重新归座，尽兴畅饮。正饮至酣处，忽隐隐听见有仙音飘来，众人正不知此音从何而来，只听楚青冷笑道："吃饭时，遍寻她不着，这几个小蹄子却原来成仙得道去了。"柯夫人忙问是何事，楚青却早已放下碗，跑出去了。

欲知究竟出了何事，且看下回分解！

第三十八回　追穷源仙医百问　讨诌媚钦差三思

诗曰：

一雨四十日，低田行大舟。

饿犬屋上吠，巨鱼床下游。

捕鱼食鱼肉，无米煮薄粥。

日短风萧萧，寡妇携儿哭。

话说众人吃酒正酣，忽隐约听见有仙乐之声，楚青听了，顾不得吃饭，丢下饭碗，急急地跑了出去。柯夫人正自纳闷，只听柯仁轩笑道："阿妈何不去怡翠园看个究竟？"柯夫人笑道："那不是你住的地方吗？"又道："也罢，兰儿既有如此闲趣，我何不去凑个热闹？"言罢，离席直奔怡翠园。

因柯春强时有吵闹，影响他人，柯仁轩便搬进了怡翠园。怡翠园面积甚阔，绿树繁花，三重房舍，皆东西厢房，柯仁轩住在后院。

进到前院，正与惠兰的丫头翠儿迎个正面，翠儿见柯夫人进来，便要去后院报信儿，柯夫人连忙摆手止住，径直往后院走。到了后院，见惠兰、文慧、馨怡、楚青等人各自持了乐器在演奏，林小姐正垂首弹拨琴弦。

柯夫人见了，笑道："哟，此处倒成了乐坊了，真是个神仙之地。"

惠兰等人闻言，见是柯夫人，忙停了吹弹。惠兰笑道："适才大家作了会儿诗，林小姐说太闷了，大家就弄起了这个。"柯夫人笑道："作诗有作诗的趣儿，音律有音律的趣儿，二者有相通之处，作诗弹乐，岂不快哉？"林小姐笑道："老夫人真是妙解。"柯夫人忽然道："我只管自己的兴儿，却扰了你们的雅兴。"惠兰笑道："难得阿妈今日有如此雅兴，若阿妈不嫌噪音聒耳，姐妹们共奏一曲，请阿妈评说一番如何？"柯夫人笑道："老身是来听仙乐的，还请姑娘们赐一曲吧。"姑娘们便笑，于是，共奏一曲《百鸟朝凤》。

一曲吹罢，仙音未息，忽听有人鼓掌道："好曲子，真是好曲子！"众人视之，却是柯仁轩。

林小姐道："兰姐姐一直夸轩哥哥吹的笛子是人间仙音，哥哥何不即兴来上一曲？"一旁的惠兰听了，冷笑道："我何时说过此话？莫非妹妹和你轩哥哥前世有缘，你十分的晓得他。"林小姐听了，顿时羞得低了头，不再作声。其他的姑娘们也不好意思笑，只管努力地憋着。柯夫人对惠兰嗔道："就你小蹄子嘴儿不饶人，林小姐说得没错儿，这里皆是女孩儿，唯柯仁轩一个是男人，他理应得吹奏一个曲子，姑娘们说，是不是这个理儿？"楚青笑道："还是师父了解我们这些女孩儿的心思，少爷就该来上一曲。"柯仁轩笑道："平日里，亏我还处处护着你们，不曾想，这会儿个个都给我挖坑儿。"姑娘们听了，皆吃吃地笑。柯夫人笑道："别再磨磨蹭蹭，让别人可怜你。"柯仁轩笑道："就我这本事，还需要别人可怜？"说着，取过一管竹笛，横在肩上，唇舌抵孔，轻轻一吹，仙音袅袅升空，不绝于耳。一曲吹罢，喜得林小姐连连鼓掌，其余人等皆静坐无声。林小姐惊道："轩哥哥吹得如此之好，你等为何不鼓掌？"惠兰道："你轩哥哥也真是可怜，就一个林妹妹是他的知音。"众人闻言，又是吃吃地笑，柯夫人道："你们就是一群猴儿。"又道："时辰不早了，也都该回去歇了吧。"说着，站起来，拉了林小姐的手，起身往外走，莲花与柔玉在后面跟着，其余人等也都各自散了。

且说柯仁轩回到房中，掩上房门，惠兰学着林小姐的语气，笑道："轩哥哥这会儿怕也累了，早些歇着吧。"柯仁轩笑道："你几时也叫我轩哥哥了？"惠兰冷笑道："哪一个喊你轩哥哥了？"柯仁轩笑道："适才分明是你喊的，这会儿却耍起赖了。"惠兰道："哪一个耍赖了？"柯仁轩走过去，轻轻抱住惠兰道："远在天边，近在眼前。"又道："时辰不早了，娘子早些睡吧。"惠兰道："你又要忙什么去？"柯仁轩道："娘子识得那个石林吗？"惠兰道："不是那个杂役吗，相公怎会提起他？"柯仁轩道："娘子今日没去医馆，那个石林其实真名叫吴石明，乃程洋冈名医，人称赛医仙的便是他。"惠兰惊道："那他为何来太安堂埋名做杂役？"柯仁轩道："来此暗暗学医。"惠兰道："什么叫暗暗学医，还不就是偷医，亏了太安堂上下还拿他当个人待，原来竟是如此之人。"柯仁轩道："娘子休言此话，应该敬重他才是。"惠兰道："此话怎讲？"柯仁轩道："想他早已是人人敬重的名医，为了精益求精，委身到太安堂埋名做一杂役，你不觉得此人可敬吗？"惠兰想了想道："相公所言极是。此人委实可敬。"柯仁轩道："想我阿妈凭《太安堂秘笈》研制出太安麒麟丸，以至人皆敬仰。吴先生凭祖传秘方研制出大补血丸等救命之药，也实在令人可敬。与之相比，我真是光阴虚度，岁月空添。"惠兰慰道："祖宗所传《太安堂秘笈》又不在你手中，等日后阿妈传于你，你也定会成为大器之材。"柯仁轩冷笑道："我手中现有《一指禅推拿秘笈》，却未将其变通变强，实在愧对师父。"惠兰听了，又是好一番安慰，二人方才宽衣解带休息，不在话下。

次日，张府派了车轿来接林小姐回府，因林小姐住在柯夫人西厢房，二人比邻而居，老管家柯耀武领着张府丫头前来报信时，先是告之了柯夫人，柯夫人让莲花告之姑娘们得知，又吩咐柯耀武备些绸缎及养生之药给林小姐带上。一会儿，林小姐收拾停当，过来给柯夫人请安，并说了今日就要家去的话，柯夫人回说已经知道。正说着，姑娘们也都来了。柔玉拉着林小姐的手还是有些不舍，林小姐道："他日姐姐们可到我家去玩耍，小妹在家候着便是。"柔玉红着眼睛道："妹妹若孤独时只管来找我们玩。"林小姐也红了眼睛，惠兰等人见了，忙好言劝慰。林小姐的小丫头一旁催道："小姐，时辰不早了，快些儿回去吧。"于是，林小姐与众人辞别，姑娘们直送到大门外，望着车轿远去方回。

却说这日，柯夫人因医了几位病人，身体微乏，遂回房中稍事歇息。双眼正欲微合，忽听莲花叩门道："老夫人，有客人前来拜访。"柯夫人隔着门道："让少爷接待吧。"莲花回道："客人说，他是远道而来找您的。"柯夫人又问道："客人现在何处？"莲花道："已在后院上房。"柯夫人回说知道了，遂仔细穿戴一番，开了门，往上房走来。

走进上房，但见房中坐了三人，左边坐着的是一年近五旬的男子，中等身材，左眼残疾，右眼透着英气。右边坐着两人，一高一矮，高者年龄略长一些，两人年龄皆在四旬左右。其中高者长的是面如三秋古月，慈眉善目。矮者长的是面似银盘，眉分八彩，目如朗星，准头端正，三山得配，四字方口，海下一部黑胡须，分为三绺飘洒胸前，五官清秀，品貌端方。

柯夫人走进时，三人皆在品工夫茶。

柯耀武轻声道："我家老夫人到了。"

三人闻言，忙闪目观瞧，但见柯夫人身着一袭紫色纱衣，一颗圆润东珠坠子挂颈，一对晶莹珠串坠耳，发梳流云单环髻，一枝钿金的镂花簪子插在正中。再看其人，眉若青黛，唇似涂丹，体态丰腴，艳光逼人，印堂正中那颗朱砂红痣，尤为夺目。三人惊叹，柯夫人真乃仙女下凡，观音现身。

只听左目残疾男子道："世间人皆道柯夫人乃是观音下凡，今日一见，果有观音之神韵。"

柯夫人笑道："先生言重了，老身岂敢与仙人媲美。"又道："不知三位是何方仙人，因何事来到寒舍？"

男子道："老夫姓黄，名玉露，字元御。"

柯夫人听了，惊道："敢问您是被当今圣上亲赐'妙悟岐黄'牌匾的那位黄老先生吗？"

老者道："惭愧，老朽不过是承蒙圣上错爱罢了。"

柯夫人虽未见过黄元御其人，却久闻其大名。黄元御乃当朝有名太医，少时发愤苦读，十三岁那年，因用功过度，突患眼疾，左目红涩，白睛如血。因庸医误用大黄、黄连等寒泄之剂，致脾阳大亏，屡犯中虚，致左目失明。后因五官不正，不准入仕，便弃儒从医。因经人举荐，入宫医好乾隆之病，遂留作太医院任职。

柯夫人又见过其余二人。高者姓邓名旒，早年因痛失爱妻，从而苦读岐黄，如今已是杏林名家。而另一矮者，姓徐名大椿，字灵胎。柯夫人晓得此人来历，徐大椿乃江苏吴江人氏，因医术高明，深受乾隆帝赏识。然，他生性怪异，拒官不做，回乡过起隐居的快活日子。

四人就座，柯夫人道："不知三位仙家今日所为何来？"

黄元御笑道："实不相瞒，只因太安麒麟丸名声远播，我等不知就里，今日只为向柯夫人请教一二而来。"

柯夫人笑道："三位仙家有何疑问，尽管问来。"

邓旒道："柯夫人真乃爽快之人，那就讨教了。"又道："敢问柯夫人是依据何理制成此药丸？"

柯夫人笑道："当然是依据《黄帝内经》。"

徐大椿笑道："柯夫人，都言麒麟丸乃是依据《太安堂秘笈》而制，却为何又成了依据《黄帝内经》？"

柯夫人道："徐先生此言差矣，凡医病之术，无论是大家还是小家，又有哪一家不是依据《黄帝内经》而行？"

徐大椿笑道："柯夫人所言实在是妙，徐某佩服！"

黄元御道："敢问柯夫人，这男女不育不孕主要由人体何器官决定？"

柯夫人道："肾主生殖，肾为先天之本，封藏之本，精之所处，主宰人体之生长、发育及生殖也。"

邓旒道："柯夫人所言极是。敢问这男女不能生育共有哪些情形？"

柯夫人道："应是脾肾两虚，肝肾不足；肾虚兼见肝郁；肾虚兼见血瘀四类，其他者亦有多类，应视具体情形而定。"

此语一出，只听黄元御道："柯夫人，既然男女不能生育之病因多样，你一粒太安麒麟丸又如何医得？"

柯夫人笑道："太安麒麟丸有二十四味方味合成配得，这些方药皆有温肾助阳，填精补髓，脾肾同补，虚实兼顾，疏肝解郁，活血化瘀之功效。"遂将配方中二十四味方药逐一说出。又道："女子不孕，男人不育，病因皆多种，非一味方药能医，药方中二十四味药，皆为我数年行医经验所得。这二十四味方药协同共用，使阴得阳生而泉源不竭，阳得阴助而生化无穷。从而标本兼治，自然受孕生子也。"

邓旒鼓掌笑道："柯夫人所言甚妙。在下想问柯夫人，这男女不育不孕之症情形各异，能否将其分述之？"

柯夫人笑道："可也。若有错处，还望三位仙家指正则个。先说这男人不育，其有先天与后天之分。所谓先天乃是禀赋薄弱，精气虚冷所致，《金匮要略》曰：'男子脉浮弱而涩，为无子，精气清冷'。而后天是由各种原因造成肾亏、脾虚、肝郁及痰湿壅滞而影响孕育。同时，这男子不育自古还有'五不男'和'男六病'之说法。唐代王冰的《玄珠妙语》曰'天、漏、犍、怯、变'五种影响正常生育也。"又道："这女人不孕的病因倒也有许多，但经血不足，月事不调，应是女人不孕主因。《济生方无子论》曰：或月经不调，心腹作痛，或月事将行预作痛，或月事已行，淋漓不断……或寒热或为瘕，肌肉消瘦，非特不能受孕也。"

三人听了，皆鼓掌赞叹不已。只听徐大椿笑道："佩服，佩服。柯夫人适才一番话真是开言欺陆贾，出口胜隋何。但，徐某尚有一事要向柯夫人讨教。"柯夫人道："徐先生但问无妨。"徐大椿道："柯夫人所言虽句句在理儿，但不知你的太安麒麟丸治愈了几人？"柯夫人听了，正欲答话，忽见柯耀武急急跑来道："老夫人，知府大人送来牌匾一块。"柯夫人道："因何事送来牌匾？"柯耀武道："说是他家夫人生下了个大胖小子，这会儿送来牌匾是为感谢。"又道："知府大人此刻正在医馆中等夫人您呢。"柯夫人笑道："知道了，你先去侍候着，我一会儿就到。"柯耀武答应一声去了。柯夫人又对徐大椿三人道："三位仙家不妨一同过去见见知府大人，如何？"黄元御笑道："如此甚好，徐兄适才讨教的问题，待见过知府大人便可一见分晓。"

于是，四人往医馆而来。只见"送子圣母"牌匾已高高悬挂医馆正堂之上，柯耀武正陪着胡知府四处走动，见了柯夫人等人，胡知府连忙上前道："观音菩萨，潮州府有了你，老天爷不想让女人生孩子都难啊！"柯夫人笑道："胡大人言重了。"又道："适才见到大人所赠牌匾，真是愧不敢当。"胡知府道："当之无愧。柯夫人医才，就是太医院里的那些太医们也不能与你相比。"此言一出，一旁的黄元御与徐大椿二人只觉满面羞惭。柯夫人道："胡大人又言重了。"随即将黄元御三人介绍给胡知府。胡知府笑道："没想到三位岐黄泰斗在此，失敬，失敬。"又对黄元御道："黄太医，适才下官之言，多有冒犯，还望海涵。"黄元御赶紧道："胡大人此言差矣，因你所言句句实情，我等实在是汗颜至极。"柯夫人笑道："尺有所短，寸有所长。医无定式，专长各异，望黄太医休要再言。"又道："承蒙各位厚爱，登临太安堂，实在是三生有幸。子曰：有朋自远方来，不亦乐乎。今日备下薄酒与诸君痛饮耳！"这正是：

道不相同不相为谋，志同道合把酒言欢。

众人遂随柯夫人来到后院上房，家人置酒备菜，共欢一堂，不在话下。

话说两年弹指一瞬。是年，潮州府春旱，饥民遍地，惨不忍睹。这日，太安堂送来一位病人，柯仁轩见了，大吃一惊。但见他，肚子隆起如座山丘，气息已微，宛若游丝。

柯仁轩见了，叹道："此人已危在旦夕。"

病人娘子听了，含泪跪求道："先生救救孩儿他阿爸吧！"言毕，不禁珠泪沾襟。柯仁轩问道："你家相公因何至此？"那娘子便如此这般地说了。

原来，此病人名唤郭壮，乃郭家庄人氏，因春旱家中无粮，便吃了些"麦饼"。因其是做苦力出身，中途肚饿难忍又吃了些"观音土"，便如此模样了。柯仁轩知"麦饼"乃是将未成熟的麦穗采了，将其麦仁取出，蒸熟而食。只是如今这"麦饼"遇到"观音土"，牢如磐石，非药与一指禅推拿所能医。

柯仁轩唤过小迷糊，令其去厨中取来一碗活泥鳅，又令索英将郭壮的头稍稍向后仰起，然后将泥鳅一条一条塞进郭壮口中。只消片刻工夫，只听郭壮肚中一阵发响，接着放了一通响屁，随后泄下一堆阿堵物，直臭得围观之人，用手捂了口鼻仓皇而逃。郭壮死而复生不在话下。

且说，又过几日，太安堂病人日多。柯夫人叹道："这些人分明是饥饿所致。"遂吩咐下去，每日煮了米汤分与前来医病之人。四邻八乡受灾之人闻讯，皆来太安堂乞食。不多日，太安堂粮米无几，柯夫人吩咐家下人等俱各节衣缩食，她自己每日也只食一碗粥。虽如此，几日之后，太安堂粮米告罄，无炊可施。柯夫人遂修书一封于胡知府，望其早些开仓放粮，以济百姓。书信刚刚送走，就见老管家柯耀武急匆匆跑来，说心隐长老并潮州首富刘塘捐了粮米送来，柯夫人听了，甚是欢喜，当下令人速速煮粥布施。老管家答应一声而去不在话下。

且说那胡知府接了书信，一言未发。原来，胡知府早已奏报朝廷，只是圣旨至今未到，也无可奈何。正烦恼间，衙役来报，说朝廷钦差大人到了。胡知府闻言，急忙忙收拾齐整，外出迎接，却见钦差大人已大步跨进府衙。胡知府见此钦差年约三旬开外，身材瘦小，面若锅底，一双对子眼，着三品官服。胡知府认出钦差乃翰林学士马常。二人相见，一番嘘唏寒暄自不在话下。胡知府将钦差大人引入内室，分宾主落座，奉上工夫茶，马常只顾品茶，却闭口不言圣谕，直把胡知府急得如坐针毡一般。

书中交代，这马常乃是当朝宰相和珅的门生，此次奉旨南巡，开仓放粮，心中早有计较，不知能搜得何物回京以效恩师。等到了潮州府，但见饿殍遍地，心下惊慌，如此惨景，还能搜出何物？正失落间，忽闻太安堂施粥救民，又闻得太安堂有《太安堂秘笈》与太安麒麟丸，心下十分欢喜，心道："若是能得到《太安堂秘笈》回去献给恩师，也是首功一件。"又道："如何能将此宝贝收到囊中，还需在胡知府身上动些心思。"因而，见到胡知府后，马常只一心寻思如何开场，却将圣旨一事忘于一旁。

胡知府见其久不言圣旨一事，心中焦急，提醒马常道："差钦大人此次前来，不知圣上有何旨意？"马常见问，忙放下手中茶来作答。

欲知马常说出何话，且看下回分解！

第三十九回　争宠爱后宫生恨　献殷勤弄臣窃喜

诗曰：

黜陟权由奸相操，居然贼子得荣褒。

试看献媚低头日，走狗张牙满街跑。

话说胡知府因问起马常圣上有何旨意，马常听问，忙放下手中茶，笑道："圣上爱民之心苍天可见，本官此次前来，一是为体察民情，二是为传达圣上的旨意。"又道："本官途中听说井里村的太安堂每日施粥济民，不知可有此事？"胡知府道："确有此事，此次多亏了太安堂等鼎力相救，才使得饿死之人大为减少。"马常道："太安堂此举实在令本官钦佩。"胡知府道："马大人有所不知，太安堂一向秉德济世，在潮州府可谓是有口皆碑。"马常道："本官还听说太安堂的柯夫人依据祖传的《太安堂秘笈》研制出太安麒麟丸，专治不孕不育，不知可否是真？"胡知府道："钦差大人真是厉害，连此等事都体察得分明。不过，太安堂是否有《太安堂秘笈》下官并不知晓，只是太安麒麟丸一事确实有。不瞒大人，下官的夫人多年未孕，也是吃了柯夫人的太安麒麟丸，才又生下一子。"马常听了，心下惊喜道："果有此事，若是能将《太安堂秘笈》收为己有，献给和大人，我马常日后的仕途……嘿嘿！"想到此，遂对胡知府道："原来竟有这等奇事，实是妙极。胡大人，你可否能将那秘笈取来，也能让本官一饱眼福？"胡知府道："大人，适才下官已回明大人，太安堂是否有什么秘笈，下官实在不知。再者，若是太安堂确有那秘笈，又怎会拿出来示人？还望大人三思才是。"

马常见胡大人一脸委屈之色，心下寻思道："胡知府所言确有几分道理，既是祖传秘笈，又岂能随便取出示人？"又道："我何不来它个强取？你一个小小的太安堂岂是我堂堂钦差大人的对手？不行！这太安堂并非普通民间医馆，她可是上有朝官亲戚，下有民心所拥，实是强不得。只能日后再寻它法。"想到此，哈哈笑道："胡大人所言极是。我一个钦差，看什么医书秘笈，适才只是一时好奇罢了。胡大人，还是接旨吧。"说着，取出圣旨，胡知府取来香案，跪接圣旨，圣旨乃是乾隆爷亲拟，下旨开仓赈灾，以慰民苦。胡知府接了旨，又对马常说了些感恩戴德之言，随即命衙役贴出告示，开仓放粮。马常见事已办妥，回朝交差不在话下。

且说乾隆因那日接了胡知府奏折，虽差了马常去潮州府下圣旨，放粮救民，心下仍是不安，不知潮州百姓生死如何。正惆怅间，太监吴书来过来请皇上用膳。入了御膳堂，另有贵妃与令妃侧陪。吴书来将膳菜依次挑了皇上最爱吃的，盛在小盘中，端至乾隆面前。乾隆望着满盘佳肴，一时如鲠在喉，无半点食欲。令妃见状，劝道："皇上每日操劳国事，还是龙体要紧。"乾隆听了，虽无出言，却是满脸不悦，立起身来，往外便走，令妃与贵妃吓得不知所措。正惊疑间，太监总管李玉进来对贵妃道："贵主子，皇上让您过去陪驾。"贵妃听了，受宠若惊，急急地去了，只剩下令妃一人仿若傻了一般立在那儿。

令妃之所以这般状态，乃因她一向受皇上恩宠有加。令妃乃大内总管清泰之女，本姓魏，后因入满洲镶黄旗，方改姓魏佳。当年万佛楼与畅春园建成之时，乾隆陪皇太后各处游赏，并命皇后领六宫妃嫔、宗室命妇、格格福晋等入园一同观赏。那日，畅春园内万花迷眼，春光正暖，随帝后迤逦入园的美妇，皆锦衣绣服，珠环翠绕，打扮得似天仙一般。一行人来到堂前，先向太后磕头，又向帝、后请安。乾隆向人群看去，忽然发现有一位妙龄女子尤其出众。但见她眉如春黛，眼含秋波，面似桃花，腰若细柳。乾隆惊羡万分，暗想：同这美人相比，六宫粉黛皆黯然失色矣。乾隆端详半晌，却不知她是哪家眷属，恰在此时，轮到这位小姐上前请安。只听皇太后惊道："哟，清泰的闺女这两年长得愈发的标致了。快起来，让哀家好好瞧瞧！"一听此言，乾隆方知那位貌美如花的大小姐竟是内务府总管清泰之女。

乾隆因见了清泰之女，好似灵魂出窍一般，稀里糊涂跟着太后出宫，一路上再无心观赏园中景致，心里总想着跟在皇后身后的那位美人，不时回首去望。那位清泰的千金，也似乎觉着了皇帝的多情，便有意无意用眼光去迎。

过了些时日，乾隆寻了个借口，将清泰之女，即魏佳氏迎娶入宫，封为魏贵人，同年又册封为令嫔，四年之后，封为令妃。

且说令妃今日遭到万岁冷遇，真如同万箭穿心，浑身透凉，两行珠泪滚落香腮。立在那儿，寻思着自己做错了何事，说错了何话，直到脑袋想痛了，也没想出错在何处。身边的小宫女香儿轻声道："主子，回宫吧。"令妃这才回过神来，掏出香帕，拭去泪水，软软地，将手搭在香儿肩上，款款地去了。

次日是二阿哥永琏生日，各宫的主子们皆往坤宁宫贺寿。二阿哥永琏乃富察皇后之子，再看富察皇后，今日别有一番打扮，身着九龙盘舞锦袍，头戴缀珠凤冠，脖挂东珠链，一副雍容华贵、威仪之态。后人有诗赞曰：

> 幼小悲情人尽欺，一朝荣耀入宫闱。
>
> 乾隆盛世军心定，皇后威仪束众妃。

富察氏乃察哈尔总管李荣保之女，大学士傅恒的姐姐。雍正五年，高宗为皇子时，雍正帝将其册封为嫡福晋。乾隆帝即位后，富察氏被册立为皇后，即孝贤纯皇后。富察氏贤淑、谦让，恩泽六宫，乾隆甚是喜爱于她，因令妃入宫，博得乾隆欢心，乾隆遂将富察氏疏淡了。

且说是日为二阿哥生日，后宫妃嫔齐聚坤宁宫，乾隆端坐上首，富察皇后一侧相陪，二阿哥穿着一新，坐于另一侧。

乾隆道："今日乃二阿哥生日，朕备了酒宴，与其共欢，各位爱妃可尽情欢乐。"又对太监李玉道："将朕礼物取出。"李玉答应一声，一挥手，一个小太监双手捧了紫檀木的匣子过来，递与二阿哥。二阿哥双手接过，打开，见是一对如意玉麒麟，十分欢喜，遂谢过阿玛，将礼物收了。

圣上开了头，接着便是皇后娘娘，各宫妃嫔一一呈上礼物，二阿哥十分高兴，乾隆也是脸上眉梢尽堆笑色。只听富察皇后道："今日难得一见皇上展愁容，铺笑色，只盼各宫能为圣上多添龙子龙女，让圣上愁容尽去，笑颜尽展。"乾隆听了，笑道："还是皇后能体察朕意。"又道："懿贵妃与淑嘉皇贵妃是下个月初的日子吧？"

懿贵妃与淑嘉皇贵妃连忙站起来要行礼，乾隆挥手止住道："都是要生的身子了，就免了吧。"二人谢过圣上道："多谢皇上还记着我二人的临盆日子。"

正说着，就听宫外有人道："我来迟了！"接着，就见纯惠皇贵妃挺着个大肚子走了进来，对乾隆及皇后娘娘道："臣妾因适才肚子大痛，怕动了胎气，找来太医，说无大碍，这才过来。还望皇上与皇后娘娘恕臣妾之罪。"

乾隆道："爱妃何罪之有？既是身体不舒服，就应多休息才是。"

富察皇后责备道："妹妹身子不适，又怎好外出走动？还是早些回去歇着。"

纯惠皇贵妃笑道："太医说了无大碍。"说着，令宫女将礼物呈上。

乾隆道："既然众位爱妃皆已到齐，就开宴吧。"

于是，鼓乐齐喧，笙箫齐鸣。十二舞女挥动衣袖，妩媚腰肢，一展舞技。宫女们穿梭如云，尽将山珍海味摆上。宫中小主们依次而坐，先是举酒敬了皇上与皇后娘娘，又齐说祝二阿哥生日快乐。

令妃今见皇上开心，笑容尽展，遂端了酒，上前敬道："臣妾恭祝皇上日日开心，岁岁颜欢。"

乾隆见令妃敬酒，面现不悦道："令爱妃希望朕如何快乐？"见令妃不知所措，遂又道："还是下去与众姐妹吃酒同乐吧。"

令妃见乾隆并不领情，一番殷勤，换来一顿奚落，心下十分不快。只得强装笑脸，退回席位。

须臾，乐停舞止，酒宴吃罢，乾隆起身离席，众妃争相欲送。乾隆道："众位爱妃今日已累，都早些回去歇着吧。"言罢，离席而去。众妃也个个强装笑脸，索然而去不在话下。

且说令妃因见众姐妹皆已离开，宫中只剩她与皇后娘娘二人，遂跪下乞道："皇后娘娘救救妹妹！"富察皇后冷笑道："妹妹这是为何？"令妃道："妹妹昔日多有得罪皇后娘娘，然，皇后德高仁厚，定不会与小妹一般见识。"富察皇后道："妹妹有何话尽管说。"令妃道："小妹有一事不明，近日皇上对我如此冷漠，实令人费解，还望皇后为小妹指点迷津。"富察皇后冷笑道："原来是这事，你起来吧，姐姐告诉你便是。"见令妃已起，说道："都道女人美艳如花，开到浓时，蜂环蝶绕。可妹妹你也知道，这花儿总有谢的那一天。妹妹进宫也有好几年了吧，姐姐只送妹妹你一句话，抓紧生个阿哥吧。"令妃闻言，如梦方觉，连声谢过。

令妃回到延禧宫，令太监小叶子去太医院传来太医院院判吴谦。那吴谦听说是令妃请医，不敢怠慢，随小叶子来到延禧宫。进到宫中，行了跪拜之礼，起身问令妃是何处有恙。令妃便将自己入宫多年，虽受圣上宠幸有加，却至今未孕之事说了。吴谦闻言，沉默良久，复跪下道："令妃娘娘恕罪，微臣虽为医数年，却是从未治过如此之症。"令妃道："吴卿家快快请起，以你医术，医好本宫之病还不是药到病除？"吴谦听了，颤声道："请娘娘开恩，微臣所言句句属实，微臣自从医以来，只道这男不育女不孕皆是上天所为，非药力所能为之。"令妃听了，怒道："吴大人，本宫之所以请你来医，一则你是两朝太医，受皇室恩惠颇多。二则，因看你医术高超，治病有望。而你却百般推诿，究竟是何居心？"

吴谦一听此言，只吓得浑身颤如筛糠，心中暗自叫苦不迭。因他所言句句是真，并无半点虚言。

吴谦字文吉，安徽歙县人氏。因医术了得，深受雍正、乾隆二帝喜爱，并委以重用。因乾隆帝标榜文治，于乾隆四年下谕太医院编纂医书，由吴谦担任总修官。吴谦不负圣望，恪尽职守，勤奋有加，终完成《医宗金鉴》一书。

且说令妃见吴谦如此，心下不由难过起来，叹自己好生命苦，想到伤心处，竟落下两行珠泪。吴谦见状，匍匐向前道："还望娘娘多放宽心，虽臣无能，但太医院前任太医黄元御曾说过有一柯姓女子能医此病，且是千真万确之事。"令妃闻言，大喜过望，急忙问道："那女子现在何处，快些宣她入宫，为本宫医治！"吴谦道："请娘娘容微臣细禀。那黄元御早已离开太医院，至于那女子现在何处，微臣也不知晓。都怪微臣当时没有细问黄太医，还请娘娘恕罪。"令妃道："吴卿家起来吧，本宫不责怪于你。"又道："吴卿家，你速找到黄太医问明原委，将那女子带入宫中，来见本宫。"吴谦答应一声，躬身退出，不在话下。

话说吴谦刚一退出，小宫女香儿来报，说秦答应来了。话犹未了，秦答应已是走进，冲令妃道："令妃娘娘万安。"令妃忙走过来将其扶住道："妹妹这会儿怎会来看我？"秦答应道："我与姐姐素来姐妹情深，怎会不来给你请安？"令妃感动道："如今人情冷漠，皇上宠爱本宫时，那些人整日儿巴结于我，如今个个却唯恐避之不及。"秦答应道："姐姐不要想得太多，想皇上一向对你恩宠有加，又怎会弃你而去？"令妃道："妹妹所言虽有道理，只是一样你并不清楚。"秦答应道："不知姐姐所言是哪一样？"令妃如此这般地说了。秦答应听了，好言宽慰道："只这一样并无要紧，宫中的太医们定会竭力医治。"令妃便又将吴太医前来医治之事说了。秦答应道："姐姐毕竟还是有希望的，哪里像妹妹我，虽蒙圣恩，封为答应，却一向未得皇上临幸，在这深宫之中，不知何日才是个头儿。要不是姐姐你处处关护着，或许妹妹早就驾鹤西去了。"言至伤心处，不禁珠泪横流。令妃将秦答应抱在怀中，想到自己的苦处，也是两泪交流。

两人哭了一阵，秦答应掏出香帕拭去泪水，对令妃笑道："都是妹妹不好，让姐姐也跟着伤心了。"又道："后园中花儿开得正浓，我陪姐姐散散心去？"令妃答应着，遂带了几名宫女太监，一同前往后园而去。到得园中，但见花儿姹紫嫣红，正值开到妙处。秦答应道："我带了短笛，姐姐要不要听妹妹吹上一曲？"令妃喜道："如此甚妙！"秦答应从宫女手中接过短笛，妙音仙曲顿时弥漫园中，令人听得如痴如醉。

恰此时，乾隆正从懿贵妃处出来，路过此处，听到笛声，驻足问李玉道："是何人吹的此笛？"李玉回道："乃秦答应所奏。因其在园中陪令妃娘娘赏花，一时情动，便吹起短笛。"乾隆一听秦答应在令妃处，不禁问李玉道："令妃近日都在做些什么？"李玉回道："令妃娘娘近日频繁召吴太医入宫，想是令妃娘娘凤体欠安。"乾隆对李玉道："传吴谦到御书房见驾。"李玉答应一声去了，于是乾隆摆驾至御书房。

时辰不大，吴谦见驾。乾隆问道："听人说令妃近日一直传你入宫，不知令妃得了何病？"吴谦见问，便如此这般地回奏。乾隆听了，道："令妃这回倒也上起心来了。"又道："吴爱卿，找到黄太医了吗？"吴谦道："正在查找，尚无消息。"乾隆对李玉道："传和珅见驾。"

须臾，和珅来见。乾隆便将查找黄元御一事如此这般地说了，对和珅道："和珅，查找黄元御一事，就交由你来办了。"又道："一旦找到黄元御，立刻令他带路，将那个姓柯的女子带回宫来见朕。"和珅道："皇上，那黄元御一向行踪不定，很难令人知道所向，若寻起来，恐是很难。"乾隆怒道："普天之下，莫非王土，在朕大清的地面上难道还寻不到一个人吗？"和珅连忙唯诺是听。乾隆见和珅如此，便道："下去吧，三日之内定要将黄元御寻到！"和珅答应一声退了下去。

且说和珅回到府中，闷闷不乐，心道："早知今日，又何必当初？弄得自己如此被动。"原来，黄元御自从潮州府回到宫中，因遭和珅排挤，愤而奏辞，如今四海仙游，好不快哉。

　　和珅正自苦闷，管家刘权来报，说马常来见。和珅道："他不是在潮州府吗，这会儿又怎会在京城？"刘权道："马大人说潮州府一片荒凉，不愿多待，就回京城复旨来了。"和珅道："他去复圣旨，我怎么不知晓？"刘权道："尚未去，先到府中孝敬您来了。"和珅道："不是说潮州一片荒凉吗，又有什么好拿来孝敬我的？"刘权遂将一些珠宝玉玩呈上，和珅见不过是些普通珠宝罢了，挥手道："就这些个玩意儿，也敢拿来孝敬？"刘权道："虽是些普通玩意，可马常毕竟是心里有爷您，依奴才之见，还是见见的好。"和珅哼了一声，便不再言语。刘权见状，急忙跑到外面，将等在外面多时的马常领进房来见和珅。那马常一见和珅，卑躬道："学生马常见过恩师。"和珅道："马大人此去潮州辛苦了。"又用手一指一侧的椅子道："坐吧。"马常连声道："谢恩师！"遂一旁坐了。和珅道："此去潮州有何收获？"马常道："一片荒凉景象，多亏皇恩浩荡，开仓放粮，才解了民难。"见和珅脸现不悦之色，遂一转话锋道："本欲为恩师寻些奇珍异宝，岂料那里实在荒凉至极，也无可奈何。虽如此，但也知道潮州尚有一件至尊宝物，只是慑于一些顾忌，尚未得手。"和珅听了，哈哈笑道："还有什么能使你马常顾忌的，真是一派胡言。"马常忙道："学生所言句句是实，绝无半句虚言。"和珅道："你说潮州尚有一件至尊宝物，不妨说来我听听。"马常道："潮州太安堂有一祖传医书，名曰《太安堂秘笈》。"和珅冷笑道："马常，你我皆非悬壶之人，居然拿医书做宝贝来哄我，你不觉好笑吗？"马常忙道："恩师有所不知，那秘笈岂非是一件宝贝可言，简直就是神物。太安堂女传人柯黄氏用它竟然造出能让不孕女人生出孩子的宝贝来，叫什么'太安麒麟丸'。"见和珅瞪圆了眼睛看自己，于是，指着天花板道："学生敢对天发誓，如有半句虚言，天打五雷轰！"和珅道："你适才说太安堂人姓什么？"马常道："姓柯。"和珅笑道："真是踏破铁鞋无觅处，得来全不费工夫！"又道："确是好宝贝！"马常见和珅语气大改，不知为何，正自纳闷，忽听和珅道："马常，你立功的机会来了！"

　　马常受宠若惊，忙道："恩师，愿闻其详。"

　　和珅如此这般地说了，说罢，心下一阵窃喜。

　　欲知和珅说出何话来，且看下回分解！

第四十回　请圣母和珅拟旨　动贼念马常返潮

诗曰：
云想衣裳花想容，是非权在笑谈中。
功名富贵朝夕逝，铜雀阿房转眼空。
端坐莲台轻洒露，巧降妖孽未居功。
临风相对竟无语，油壁香车不再逢。

话说和珅言道马常立功的机会来了，马常听了不禁大喜，急问和珅有何吩咐。只听和珅冷笑道："你我二人合唱一出戏，我先拟了圣旨，令人去潮州府将那柯黄氏送到京师。再拟一份假旨，你去太安堂将秘笈诈出。"马常闻言，忙道："恩师，学生适才有一言道因顾忌方未动手将那秘笈取来，恩师，你道我因何顾忌？只因那太安堂非一般的医馆可言。"和珅道："难不成是王爷贝勒所开的不成？"马常道："恩师言重了，虽非这般势力可比，却也十分的厉害。先是柯黄氏之子乃陈编修快婿，其次是柯黄氏的堂兄乃当朝都察院右都御史柯国栋，其弟黄成勇乃京师御林军总兵。所以学生不得不投鼠忌器。"

和珅听了，冷笑道："太安堂竟有这般背景。"又道："既有如此背景，其家人有无仗势欺人，作奸犯科之事？"马常道："据学生所知，其家人非但没有如此不良之事，且在百姓中口碑甚好，太安堂的堂训'秉德济世，为而不争'，更是人心所向。"和珅冷笑道："我只问你太安堂是否有作奸犯科之事，又没有问你其品行操德如何？"马常忙赔笑道："恩师所言极是。只是适才恩师言及欲拟假旨，学生有些担心罢了。"和珅冷笑道："有何担心的，孙猴子纵使有七十二变化，也难逃出如来佛的手掌心。"又道："一切我自有安排，你刚刚从潮州而回，不会有人怀疑你这个钦差大人身份的。"马常笑道："一切悉听恩师安排。"和珅道："你且回去，待一切安排妥当，我让刘权通知你便是了。"马常答应着，又行了礼，这才唯唯诺诺地退了出去。

且说和珅见马常走了，随即眉开眼笑起来，伸了懒腰，离开太师椅，哼着小曲儿来至宠妾豆蔻房中。

那豆蔻正值青春妙龄，但见她钗环素雅，身形纤瘦，秋水眸转，朱唇一点，真个是万人中难寻的绝丽佳人。

此时豆蔻正纤腰旋转，长袖飘舞，口中正咿咿呀呀地唱着昆曲。见到和珅过来，豆蔻止了舞步，行了个万福，笑道："相爷日理万机，因何今日有空来豆蔻房中？"和珅笑道："昨日太上老君托梦于我，说豆蔻乃我和珅之福星也。因记着梦里情形，一下朝就忙着来见我的福星了。"说着，捧起豆蔻粉脸亲了几口。豆蔻冷笑道："虽是一句哄豆蔻开心之言，但豆蔻依然记着相爷的好，纵使他日作了鬼，也不会忘记的。"一言未罢，珠泪双行。

书中交代，这豆蔻确为痴情女子，因她原是梨园戏子，偶遇和珅，见和珅一表人才，秀气透身，甚是喜爱。那和珅亦被豆蔻姿色倾倒，二人眉目传情，难言喜爱。和珅遂将豆蔻纳入和府，成为爱妾。嘉庆四年正月十八日，嘉庆赐白练一条，和珅自缢身亡。豆蔻闻之，遂作诗二首挽之。其一为七律：

> 掩面登车涕泪潸，便知残叶下秋山。
> 笼中鹦鹉归秦塞，马上琵琶出汉关。
> 自古桃花怜命薄，者番萍梗恨缘艰。
> 伤心一派芦沟水，直向东流竟不还。

另一首为七绝：

> 钦封冠盖列星辰，幽时传闻近贵臣。
> 今日门前何寂寂，方知人语世难真。

诗成，豆蔻纵身跳楼而死，"一缕青丝坠玉楼"追随和珅而去。此为后话，不在话下。且说和珅见豆蔻如此，犹见怜爱，遂将其抱入怀中，笑道："宝贝，本相近日大门不出，二门不迈，守候在你身边如何？"豆蔻道："相爷又在逗豆蔻开心了，小女子岂敢有这等奢望？"和珅见豆蔻不信，便将皇上如何令他寻黄元御，如何寻柯黄氏一事如此这般地说了。豆蔻道："世上竟有这般奇事？"和珅道："更奇的还在后边。"又把马常来访一事也说了。豆蔻道："如此说来，这事儿是真的了，相爷为何还不去皇上那儿报喜？"和珅冷笑道："如此大的事，怎能这般容易？待过些时日，再向皇上禀报不晚。那时，本相岂不是更加劳苦功高？"豆蔻冷笑道："相爷就是相爷，实在令小女子佩服！"和珅听了此话，甚是得意。于是，二人柔情缱绻，软语温存，寻那云雨绸缪之趣，不在话下。

话说和府所居乃为龙脉，"月牙河绕宅如龙蟠，西山远望如虎踞"，便是此话。和府有座偌大花园，却是巍巍画栋，曲曲雕栏，假山池水，百花奇树，应有尽有。在此园中，有座小楼，因是为赏花景所用，故又称"万花楼"。和珅此几日因瞒了众人说是寻黄元御而去，便隐在此中，与豆蔻日日笙歌，夜夜唱曲。更兼那豆蔻诗词歌赋，琴棋书画，皆十分了得，二人过着神仙一般的日子。

过了一些时日，和珅见时机已熟，便朝堂面圣，说黄元御不曾寻着，倒是寻到那能医不孕之病的女子。乾隆闻言，大喜，问那女子现在何处。和珅回禀，那女子乃潮州井里村柯黄氏是也。乾隆道："潮州府离京师数千里之遥，和爱卿竟然将其寻得，实在辛苦之至，应重赏。"于是，赏和珅绸缎数匹，玉如意一枚。和珅私下暗自窃喜，好不得意。乾隆道："和爱卿，既寻得那医病奇女子，为何不将其带至宫中，为令妃娘娘医病？"和珅道："回皇上，因那女子并非寻常百姓人家，臣虽是中堂之职，若是轻易将其带来，却也难显圣上诚意。依臣之见，皇上应下旨诏其来京。"乾隆闻言，惊问道："那女子是何身份，让和爱卿如此敬她？"和珅道："回皇上，柯黄氏乃太安堂女传人。其堂兄乃我朝都察院右都御史柯国栋，其弟黄成勇乃京师御林军总兵。其乃医术神奇，家世显赫之人。"乾隆笑道："原来是前朝太医柯玉井的后人，难怪如此厉害。"又道："传柯国栋与黄成勇。"

须臾，柯国栋与黄成勇二人进殿面圣。乾隆对柯国栋笑道："柯爱卿原来是前朝太医柯玉井的后人，为何不曾听爱卿提起过？"柯国栋见和珅立在一旁，又闻皇上问起先人之事，不知因为何故，忙跪道："先人乃前朝旧臣，臣怎敢胡乱提起？"乾隆笑道："柯爱卿此言差矣，柯玉井虽为前朝旧臣，然而他无论是为官为医，皆是你们这些做臣子的楷模，若我大清朝能多几个像柯玉井这样的臣子，则是朕之大幸！"柯国栋听了，急忙谢主隆恩。乾隆道："柯爱卿，朕听闻太安堂能医不孕可有此事？"柯国栋因很少过问行医之事，皇上如此一问，不知如何回答是好。黄成勇因常与阿姐书信往来，家中之事尽知，见柯国栋一时语塞，急忙跪道："臣回禀皇上，确有此事。"乾隆道："详细道来。"黄成勇便将阿姐是如何配制成太安麒麟丸，又治愈了多少病人之事，如此这般地说了。乾隆听了，大喜道："我大清朝有如此的能医，实在是幸甚至哉。"又对和珅道："和爱卿，你立刻代朕拟旨，诏柯黄氏进京，为令妃医病，不得有误！"和珅答应一声去了，柯国栋与黄成勇面面相觑，此时方明皇上为何问起先祖之事。

柯国栋与黄成勇二人下了朝，各自回府书信一封太安堂不在话下。

如今且说太安堂近日因赛医仙吴石明欲别了太安堂，回家去，众人心里皆十分不舍。原来，吴石明与家人久别，心中甚是挂念，如今在太安堂收获颇多，便想着回去团聚，从此好好行医。

是日，柯夫人吩咐备了酒宴，为赛医仙饯行。赛医仙先是端起酒杯，走到柯夫人身边敬酒道："柯夫人高风亮节，无门派之争，留我吴某在太安堂这许多时日，使我学到许多太安堂医术精髓，吴某在此谢过了！"言罢，恭恭敬敬行了礼，再举过酒杯，将酒喝了。柯夫人笑道："吴先生言重了，这些时日，大家不过是互相学习罢了，又岂能言谢。"赛医仙道："吴某所言句句皆肺腑之言，以吴某医术又岂敢与太安堂互学？"柯仁轩一旁笑道："吴兄客气了，今日乃为吴兄饯行，请勿谈往事，大家只管吃酒便是了。"楚青冷笑道："少爷所言极是，来大家一起将酒干了。"于是，只听一阵觥筹交错之声不绝于耳。少顷，杯停，只听柯夫人问赛医仙道："此次一别，大家皆会惦念，你日后常来太安堂走动走动。"此语一出，孙七与楚青两人早已是两泪交流。柯仁轩笑道："楚青居然会哭，我倒是头一回见。"楚青听了，抹一把泪儿道："哪一个哭了，你也不看清楚了。"她用手一指孙七道："明明是他的泪水湿了我的眼睛，却说是我哭了，真真儿地没个道理！"

众人闻言，不禁哄笑。柯夫人笑道："敢情青儿这会儿是糊涂了吧，孙七的泪水怎会跑到你的眼睛上去？"楚青听问，忽然明白过来，笑道："还是老夫人怜爱我，疼惜我，知道方才我是糊涂了。"恰小迷糊进来，听见这话，笑道："青儿姐姐，你要是糊涂了，往后有人叫我小迷糊，我是答应呢，还是不答应呢？"楚青啐他一口道："人家叫你小迷糊，又关我什么事儿？"小迷糊笑道："青儿姐姐千万别生气，因为你也叫糊涂了，以后别人叫起来，我自然不会知道是唤哪一个。"众人听了，又笑。

众人又吃了几杯酒，柯夫人对赛医仙道："他们都很是舍不得你，你也不要忘了他们。"赛医仙道："我也十分不舍，往后定会常来太安堂看望。"又道："老夫人既能在潮州府城内开太安堂分馆，为何不能去澄海开个分馆？若是能在澄海开分馆，我吴某定将我的仙医堂并入太安堂，一道行医，岂不快哉？"柯夫人笑道："好，将来我太安堂定去澄海与吴先生并作一家。"赛医仙道："一言为定！"

书中交代，此虽为戏言，几百年后却假言成真，此为后话，不在话下。

且说酒席宴罢，赛医仙吴石明与众人道别，院外早已备了马车，孙七抢过马鞭道："吴兄，当年是你骗了我，我才把你领来的。今日你要走了，还是让我把你送回吧。"一听此言，赛医仙眼圈儿一红，落下泪来，抱住孙七道："兄弟，当年是哥哥不对，你也勿需牢记于心。"孙七哭道："吴兄说甚话呢，兄弟只是不舍而已。"赛医仙道："我知道，只是太安堂过于忙碌，还是就此道别的好。"孙七道："那你可得答应我，要常来看我们则个。"赛医仙道："一定会。"于是，孙七交还马鞭，赛医仙上了马车，只听一声鞭响，那马儿腾开四蹄，一阵扬尘，如风儿一般去了，众人挥手惜别。这正是：

> 掩泪空相向，风尘何处期。

次日，柯夫人正自后院上房内品茶，老管家柯耀武乐滋滋地走进来道："老夫人，舅老爷与大老爷从京城里寄来书信。"说着，将书信呈上，柯夫人接过，果真是弟弟与大哥的信，不禁心中纳闷，这二人怎会同时寄来书信？一边想，一边将书信拆开，二人信中皆言，近日将有圣旨传她至京城为令妃娘娘医病。柯夫人心道："我能医不孕之症，圣上又是如何知晓？"二人书信中皆未提起，实令柯夫人不解。

正自寻思，忽门人来报，张工部及夫人、女儿来了，车轿已停在院外。柯夫人听了，十分欢喜，令莲花快些叫小姐与文慧等人去接林小姐。莲花应一声，便快速地去了。

时辰不大，柔玉等人随后簇拥着张工部及夫人小姐过来，柯夫人降阶相迎，进得上房，分宾主坐下。柯夫人仔细端详着林小姐笑道："只几日不见，林小姐愈发地标致了。"柔玉与文慧等人也说林小姐更加的漂亮了。林小姐听了，十分不好意思起来。

元氏对柯夫人道："久不见妹妹，倒是十分的想念，小女也念着这边姐姐们对她的好。恰今日空闲，就来了。"

柯夫人笑道："姐姐若不常带侄女儿过来走动走动，倒是与我生分了。林小姐虽贵为千金之体，却不摆架子，与我这儿的女孩们十分投缘。自林小姐那日回去，这儿的女孩们却是天天念叨着她呢。"

元氏笑道："是妹妹教育有方，那些姐姐们处处都让着小女，只怕小女有性子也没处儿使去。"

正说着，就见少夫人惠兰领了儿子春强进来，惠兰先是给张工部夫妇行了礼，又让小少爷春强给爷爷与奶奶请安。张工部夫妇见小少爷如此可爱，甚是喜欢。惠兰走到林小姐身边笑道："林妹妹真是更加的漂亮了，你往这儿一坐，我们都有些惭愧起来了。"林小姐连忙站起来笑道："姐姐真是小气，说我往这儿一坐，你就惭愧起来了，今儿个我不坐了还不成？"众人一听，皆大笑不已。林小姐又拉住春强，笑道："怎么不和姑姑打招呼？"春强张开小嘴，甚是乖巧叫了一声姑姑好，林小姐听了，十分高兴。

众人正自说笑，忽见老管家柯耀武慌慌忙忙跑进来道："老夫人，朝廷有圣旨到！"话音刚落，就听院中有人高叫道："柯黄氏出来接旨！"

柯夫人等人连忙走出，见院中站了一群宫中之人，张工部识得下圣旨的公公正是传旨太监李玉，遂上前打招呼。李玉笑道："张工部今日亦在此处。"又道："待咱家宣过圣旨，再与工部大人闲话家常。"柯夫人急忙令人摆香案接旨。皇上圣旨所言，宣柯黄氏即刻进京为令妃娘娘医病，柯夫人因已先前接到家书，并无意外，只是其他人等欢喜不尽。宣毕圣旨，张工部携李玉走进上房叙谈不在话下。

且说和珅因那日拟圣旨宣柯夫人进京为令妃娘娘医病，又暗做手脚，拟了一道假圣旨，令太安堂将《太安堂秘笈》献出供编撰《四库全书》一用。言为借用，实为占有。如今见传旨太监李玉已走，遂令刘权将马常唤来。马常来时，和珅正在廊下逗鹦鹉。此为一只蓝冠吸蜜鹦鹉，已能学人语，和珅逗它道："马常这个王八蛋怎么还未到？"鹦鹉也道："马常这个王八蛋怎么还未到？"和珅听了，大笑，马常一旁听了，谄笑道："相爷今日难得如此开心，不知相爷叫我何事？"和珅见马常来了，笑道："自然是好事。"说着，二人走进上房，待坐定，和珅道："李玉如今已离了京城多日，接下来该你出场了。"言毕，给一旁的刘权使了个眼色，刘权将那道假圣旨捧出，马常见了，骇然道："恩师，虚造圣旨可是杀头之罪。"和珅冷笑道："一道假圣旨就把你吓成这样，不知你往后在官场上还怎么混？"又道："放心吧，我已奏请皇上任命你为钦差大人，前往广东为《四库全书》征书。"马常道："既然皇上令我为钦差大人征书，为何不可直接去太安堂令他们将秘笈交出？"和珅冷笑道："你也不动动脑子，如此重要的秘笈，太安堂岂能轻易交出？而圣旨他们则是不敢违抗的。"马常听了，连声称妙。和珅道："明日你便出发吧。"马常应了一声，起身告辞。

马常一走，和珅伸了个懒腰，起身往豆蔻房中去，嘴里小声道："本相找豆蔻快活去也。"不料被那鹦鹉听见，鹦鹉在笼中张开小口道："本相找豆蔻快活去也！"和珅回身骂道："当心老子拔了你的毛，煮了你吃汤！"鹦鹉闻言，吓得缩在笼中，不敢再作声。

且说马常次日离了京城，坐着车轿，前有铜锣开道，左右有兵马护卫，锦旗招展，彩带飘扬，所过府、道，众官皆奉为上宾，吃喝玩乐，金钱美女相送，自不在话下。

长话短说。这一日，马常一行来到广东地界。马常吩咐，拣近道，直奔潮州府，随行官听令，于是择了近道，浩浩荡荡直奔潮州府而来。马常这一来，定要兴风作浪，潮州府将要闹得天翻地覆。这正是：

虎狼离山伤生灵，可怜人间添冤魂。

欲知马常将闹出何样事来，且看下回分解！

第四十一回　品龙茶圣母进宫　拒翡翠答应吻春

诗曰：

俯拾即是，不取诸邻。

俱道适往，著手成春。

如逢花开，如瞻岁新。

真与不夺，强得易贫。

话说马常一行浩浩荡荡直奔潮州府而来，只他这一来，将要兴风作浪，直闹它个天翻地覆，怨声四起。若要问马常是如何个闹法，暂且按下不提。有道是花开两朵，各表一枝。如今且说柯夫人领了圣旨，带着文慧，随传旨太监李玉一同进京。

长话短说，闲言休谈。柯夫人等人这一日来到京城宫门外，李玉先是进入宫中报于乾隆得知，随后走出，将柯夫人领进延禧宫。走进宫中，见乾隆端坐上方，令妃娘娘一侧相陪。柯夫人跪道："民女柯黄氏恭祝皇上圣安，娘娘万安。"乾隆仔细端详了柯夫人一番，问道："你就是太安堂的柯黄氏？"柯夫人回道："正是民女。"乾隆道："知道朕宣你入宫是为何事吗？"柯夫人回道："为令妃娘娘医治不孕之症。"乾隆道："如此甚好，起来吧。"一旁的宫女端了凳子过来，柯夫人侧身而坐。

因适才柯夫人一直垂首回话，此时乾隆方看清柯夫人长相。这一看不要紧，乾隆与令妃皆暗吃一惊，二人心中皆暗道："简直与观音菩萨模样无异。"乾隆问道："柯黄氏，你今年芳龄几何？"柯夫人道："回万岁，民女年近六旬。"令妃惊道："六旬之人，却如此的年轻漂亮，简直不可思议！"又道："难道你是吃了仙丹不成？"柯夫人回道："令妃娘娘取笑了，民女若能取得仙丹，怕是早已成仙升天了。"

乾隆闻言，笑道："柯黄氏，观音菩萨也是神仙，你如此像她，难不成真是观音转世？"柯夫人道："多谢万岁夸奖。只是，民女焉能与观音菩萨相媲美？"乾隆笑道："怎么不行？潮州知府胡恂不是还给你送了块'圣母送子'的牌匾吗？"不等柯夫人回话，又道："朕听说你还带了个弟子进宫，为何不领进来见驾？"柯夫人道："回万岁，因弟子年幼，不知宫中礼节，怕冲撞了皇上和娘娘。"乾隆笑道："无妨，唤进来吧。"柯夫人遂将文慧唤入。乾隆与令妃一见文慧甚是喜欢。乾隆笑道："柯黄氏师徒一路车马劳顿，甚是辛苦。你们潮州府有待客喝工夫茶的习惯，今日朕也以茶招待，让你们尝尝宫中之茶的味道。"话音一落，一名小太监手捧了一个青花瓷茶壶过来，又有一小太监将几个茶杯放在桌上。文慧见那茶杯皆为雕花金杯，甚是精致。小太监捧了茶壶，将茶杯倒满茶，柯夫人只觉一阵清香扑鼻。

乾隆道："请用茶吧。"

柯黄氏谢过恩，师徒二人轻揭杯盖，呷了一口，顿时唇齿溢香。

乾隆道："柯黄氏，朕的茶比起你们的工夫茶来，如何？"

柯夫人道："工夫茶岂敢与皇上的龙茶相比？"

乾隆笑道："何出此言？朕愿闻其详。"

柯夫人道："皇上乃一国之君，日理万机，便只有将好茶儿煮在壶中，匆匆地喝了。因茶之精华俱在壶中，既解津，又提神气儿。而工夫茶只不过是吾等闲民打发日子的工具罢了，调出的只是浓香情趣，市井风味而已。"

乾隆听了，笑道："朕虽是九五之尊，却也有七情六欲。既然工夫茶能调出人间情趣来，那朕倒是要试上一试。"言罢，冲李玉道："传朕旨意，令柯国栋明日给朕送一套工夫茶茶具。"李玉忙一旁答应着。

乾隆道："柯黄氏，如今你喝了朕的茶，既解了津，又提了神气儿，那就烦你为令妃医病吧。"

两名宫女上前收了茶具，又一名宫女取来脉枕，令妃过来坐下，宫女香儿将主子的袖口向上挽了，直露出白生生的一截手臂儿。柯夫人扣指搭脉，只觉令妃娘娘脉象左滑右弦，又看娘娘舌苔，但见舌质淡红。再问身体别事，娘娘言说每每月事错后，色淡量少，月事去后，小腹隐痛，带下淋漓。平素头晕目眩，腰酸腿软，胃寒，便溏。

诊罢，柯夫人心中已是有数，娘娘不孕之症乃由肝肾不足，脾胃虚弱，气血双虚所致，只需补肾养肝，健脾益胃，益气养血便可。此症无需他方，太安麒麟丸便可治得。

乾隆见柯夫人一时间无言语，便问道："柯黄氏，娘娘此病可治否？"柯夫人忙回道："回皇上，娘娘之病可治得。"言罢，吩咐文慧取来太安麒麟丸，交代宫女如何用法。乾隆见只一味丸药，又问是何药，柯夫人如实说了。乾隆道："柯黄氏，你师徒二人暂且就在宫中住下吧，待令妃病好之时，朕重重赏你，让你风光回乡。"又对李玉道："风月轩离此不远，如今空着，你令人先将那儿打扫了，让柯黄氏二人住到那儿去吧。"李玉答应着，乾隆又对令妃娘娘道："令妃先歇着吧。"言罢，对李玉道："移驾养心殿。"

乾隆离身向外走，众人跪送。

须臾，有太监过来，说风月轩已收拾完毕，柯夫人与文慧二人辞了令妃娘娘，由太监引着向风月轩而去，不在话下。

且说柯夫人师徒二人刚一走开，宫女香儿来报令妃娘娘，说秦答应来见娘娘。话音未落，秦答应已是走了进来。令妃见了，甚是喜欢，连忙看座儿。秦答应道："姐姐这会儿看起来，气色很好，想必那个潮州府来的女子一定给姐姐寻到了医病的好方子。"令妃娘娘拉着秦答应的手道："柯黄氏说本宫的病可医得。"便将医病经过如此这般地说了。又道："话儿虽是如此说，终究不知道究竟如何儿。"言毕，吩咐香儿将太安麒麟丸拿来与秦答应看。秦答应看了，说道："怎么只是一味药儿。"令妃道："此话皇上也问过，柯黄氏说此药丸乃由二十四味药合成制得。"秦答应道："我说呢，怎么只是一味药呢，原来却有这么多味药。"又道："姐姐如今终有了个盼头儿。"

二人正自说着，太监小叶子哭丧着一张脸走进来，令妃娘娘见了，骂道："真是个没教养的东西，整日哭丧着一张脸儿，像霜打了的茄子似的！"小叶子道："娘娘息怒，小叶子也不愿如此，只因今儿个皇后娘娘仁慈，赏各宫绸缎两匹，说是给每位娘娘做身衣服用。奴才去时，执事的说延禧宫的布匹让醉花轩的张常在领去了。奴才不知就里，赶去醉花轩，张常在回说因她近日一直伴驾侍寝，怕是哪日怀了龙胎，也好用皇后娘娘赏的布匹给阿哥或是格格做了衣裳用。又说，你们主子虽入宫多年，终是个不能生育的主，也用不了这些个布料儿。"令妃娘娘闻言，咬牙骂道："真是个不知高低死活的贱人儿，她刚入宫那会儿，整日娘娘长，娘娘短地巴结我，如今见皇上疏远了本宫，就如此地放肆起来！"秦答应道："她不过就是一个小小的常在而已，仗着有几分姿色施了个小计谋，便将皇上给勾上了，便依宠恃娇起来。"令妃道："她施计谋，妹妹不也是施了计谋吗？那日你我园中吹曲儿，皇上不是问过那曲儿是谁吹的了吗，看得出，皇上还是对你动了心的。只是不明白，为何皇上还是如此地冷落你？"

令妃如此一问，秦答应听了，心儿一酸，泪珠儿便滚落下来。

令妃见了，问道："妹妹不回答本宫的话，为何竟这般模样？"

秦答应道："姐姐有所不知，那日姐姐虽帮了妹妹，无奈妹妹不争气儿。虽皇上当日选妹妹侍寝，然皇上见了妹妹的脸面儿，便又移宫别处了。"令妃听了，惊道："妹妹的脸面儿怎样了？"言毕，便急急细看，但见秦答应的脸儿有冻疮痕迹，且皮肤干燥，因被粉儿遮着，竟未识出来。令妃道："妹妹脸上的冻疮何来？"秦答应道："乃冬日里，寒冷所致。"令妃道："本是粉粉嫩嫩，招人爱的一张脸儿，如今实在是可惜了。"秦答应道："这就是妹妹的命。"令妃道："那个柯黄氏年届六旬，却似二十岁的一张脸，长相极是标致。本宫一直在想，她定有什么秘笈儿，明日寻个机会，本宫让她给妹妹看看。"秦答应道："还是姐姐疼我。"又道："昨儿个又下起了雪，只怕我这张脸儿又要雪上加霜了。"

两人又聊了会别事，望望天色已晚，秦答应方起身告辞。

次日，乾隆摆驾延禧宫，令妃迎着。因今日又飘起了雪，乾隆戴了一顶绒帽，披了件黄色斗篷。令妃连忙上前，一面为皇上扫身上的雪，一面吩咐香儿为皇上沏茶。乾隆落了座，小叶子忙将炭火移过来给皇上取暖。乾隆先是喝了口茶，然后道："令妃可按时服药？"令妃听问，忙回道："臣妾正按时服着呢。"乾隆道："这就好。"又道："柯黄氏就在风月轩住着，要时常找了她来，给你把把脉。"令妃应着。乾隆道："但愿此次你能为朕添一阿哥或是格格来，前些日子朕疏远你，也情非得已。太后那边一直有怨言，其他后宫也颇有微词。"令妃听了，两泪交流，泣道："都是臣妾不好，让皇上为难了。"

其间，秦答应的贴身宫女迈儿来过两次，见延禧宫前有皇上身边的人，知道是皇上在延禧宫，没敢进去，便回去复命了。

香儿端了点心进来，令妃道："这是昨日儿臣妾亲手做的，怕今儿个皇上会来，正想着，皇上果真就来了。"说着，又滚落几颗珠泪儿。乾隆见了，笑道："难得令妃如此有心。"说着，便吃了一个。

此时，外面的雪愈下愈大，令妃道："皇上，让臣妾为您按揉一下龙体吧。"乾隆道："这倒使得，炕上也暖和些。"香儿忙过来侍候着，乾隆上了炕，令妃随后也上了炕，伸出纤纤玉手，为乾隆揉肩捏背。乾隆微微闭了眼道："记得一会儿给风月轩多送几床被子过去，柯黄氏师徒乃南方人，初来北方，不习惯这里的寒冷。"又道："再派几个人侍候着，把炕加热些。"令妃答应着，吩咐小叶子去做了。乾隆道："但愿柯黄氏的太安麒麟丸能给你带来吉祥。"

透过窗子，乾隆紧锁双眉，半日不语。令妃不知何事，竟让皇上如此，遂道："不知臣妾又做错了何事，令皇上如此闷闷不乐。"乾隆望了令妃一眼道："令妃多虑了，是朕在想着别事。"又转脸望着窗外自言自语道："今年的雪如此之大。"令妃道："雪大是好事儿，瑞雪兆丰年，老百姓便都有饭吃了。"乾隆听了，又回首盯了令妃一眼道："朕在想，今年的雪这么大，不知新疆那边的情况如何。朕刚刚赦了达瓦齐，免死加恩封为亲王，不知他是否会感恩，效忠大清。"又道："南方尚有天地会余党作祟，至今未灭。这些都搅得朕不得安宁，又怎能让朕开心？"令妃道："臣妾不能为君分忧，实在惭愧。"又道："皇上，臣妾弹一首曲子与您如何？"乾隆道："也罢，朕已好久没听令妃为朕弹琴了。"

令妃下炕，香儿将琴抱来，令妃伸出玉指，轻拨琴弦，唱出一首《鹧鸪天》：

> 笺上啼痕墨上愁，一丝心梦为君留。
> 沉思欲醉东风醒，底事如烟瑞脑勾。
> 春已尽，倚秦楼，高山流水韵情柔。
> 欲送香书天幕运，瑶琴弦断意难休。

一曲唱罢，乾隆鼓掌笑道："令妃痴情如此，实令朕感动。"又道："朕永远都是令妃知音，你休言弦断瑶琴从此休。以后多替朕弹些欢快的曲子。"令妃道："臣妾遵旨。"乾隆从炕上下来道："天色已晚，朕还得赶回去看折子。"令妃道："皇上不愿让臣妾侍寝吗？"乾隆道："令妃又多虑了，这几日你好生吃药调理，五日后朕再来延禧宫让你侍寝吧。"令妃应一声，替乾隆戴上绒帽，披上斗篷，意欲送出门外，乾隆阻道："外面风寒，令妃不要送了吧。"令妃跪道："臣妾恭送皇上。"

令妃知道皇上还需几日方可来宫，遂于第二日差了小叶子去唤秦答应，又令宫女香儿去风月轩请柯夫人师徒。

时柯夫人正在房中看堂兄并与弟弟二人捎进宫中的书信，忽见香儿来了，说是娘娘有请，遂与文慧跟了香儿往延禧宫去。刚一走进，就听令妃娘娘正与人笑谈。柯夫人施礼道："民女柯黄氏恭请娘娘万安。"令妃正自谈笑，见柯夫人来了，笑道："柯大夫辛苦了。"又道："这位是宫中的秦答应。"柯夫人又忙给秦答应施礼。秦答应一见柯夫人惊道："果然是好容貌。"

香儿端了板凳，柯夫人坐了，文慧立在柯夫人身后。只听令妃道："柯大夫与令徒在风月轩住的还习惯吗？"柯夫人笑道："多谢娘娘关心，北方虽是寒冷，有娘娘如此体贴，民女心中却是十分温暖。"令妃笑道："要谢就谢皇上吧，是皇上想得周全，本宫倒是忘记柯大夫是从南方而来的了。"又道："本宫今儿个请柯大夫来，一是为本宫把把脉，看看本宫之病有无好转。二来为本宫的妹妹秦答应医病。"

柯夫人答应一声，先是为令妃娘娘把脉，把完脉，柯夫人道："娘娘不孕之症乃由肝肾不足，脾胃虚弱，气血双虚所致。适才从娘娘的脉象看，娘娘已是心中安静，又观娘娘面色，已显红润。可见娘娘之病已有起色，还望娘娘继续服药方是。"令妃听了，十分欢喜，笑道："此皆是柯大夫功劳。"柯夫人道："此乃娘娘吉祥，民女岂敢争功？"令妃笑道："罢了，罢了。柯大夫虚怀若谷，实令本宫感动。"又道："烦劳柯大夫给妹妹看看吧。"此时，柯夫人方细瞧秦答应。但见她：一袭粉色锦袍，满是描金刺绣，绣的是一簇簇嫣然的春图，一头乌发梳成时新的垂云髻，斜插一对滇红凤钗。再观其面，虽是粉面桃花，却是阴云晦空。柯夫人看得仔细，秦答应虽以胭脂粉面，却难掩疮迹与黄斑。

柯夫人心道："难道秦答应是要医其面吗？"只是猜测，不便明问，柯夫人问道："不知答应所患何疾？"

秦答应听问，先是望了令妃娘娘一眼，见令妃含笑不语，遂婉言道："柯大夫虽年近六旬，却是粉面桃花，满脸春色，实令我羡慕，不知柯大夫可有良方，让我也来分享一下。"

柯夫人笑道："答应乃国色天香，岂是乡野民女可比？不过，民女倒有一方，可治冻疮与黄斑。若答应不嫌弃，民女愿用此方为您配制膏子，冬日里用了，既可防冻疮，又可防皮肤干燥，还可消却黄斑。"

秦答应听了，欢喜不尽，令妃亦是十分欢喜。当下，柯夫人开了方子，令妃吩咐小叶子去太医院御药房捡来方药，然后交与文慧。秦答应道："拜托柯大夫了。"柯夫人笑道："此乃民女本分，应该的。"柯夫人见再无别事，遂辞了令妃与答应回到风月轩不在话下。

话说次日，秦答应差了人到风月轩听话，文慧遂将膏子取出交与来人不提。且说又过了一些时日，令妃请柯夫人到延禧宫中。柯夫人先是替令妃娘娘把了脉，未等柯夫人说起病状，只听令妃笑道："柯大夫，本宫给你介绍个人认识一下。"言罢，冲屏风后说道："出来吧。"只见屏风一闪，出来个婀娜女子，但见她：脸不粉却白净红润，唇不点却灿若桃花。

柯夫人一眼识出，此女子正是秦答应。

秦答应走到柯夫人身前，握住柯夫人的手道："柯大夫乃神医也！"又道："柯大夫救我于水火，于冬日里绽放娇媚，实感激不尽。"言罢，从手腕上褪下翡翠戒玉镯一枚，塞至柯夫人手中道："此物虽是寒微，只为略表谢意，待柯大夫离宫之时，定有重谢。"柯夫人忙推辞道："悬壶济世，实乃民女之本分，岂能收受他物，望答应收回则个。"

二人正自推辞，忽听门外有人高声叫道："皇上驾到！"

欲知乾隆此来将要发生何事，且看下回分解！

第四十二回　菊花阁曲意承迎　翠雨轩因情泼醋

诗曰：

小人足谄媚，君子无猜忌。

开口揄扬皆圣贤，满腹包藏尽仁义。

修辞复古振淳风，折槛触鳞彰直气。

自同流俗混光尘，不与常人斗分寸。

展矣斯人欲见之，一夕辗转九回恩。

终日踌躇无所遇，飒飒西风木叶衰。

话说柯夫人正欲推辞秦答应所赠翡翠，答应却是不理，执意相给。恰在此时，乾隆驾临延禧宫。二人一听皇上驾到，一时神慌，正欲回避，却为时已晚，乾隆已是走进，令妃等人急忙跪下恭请圣安。

乾隆坐定，笑道："都起来吧。"又道："今日天空放晴，令妃为何不去园中走走？"

令妃回道："适才请了柯大夫过来为臣妾把脉，恰妹妹秦答应过来看望臣妾，正在说着话呢，皇上您就来了。"

乾隆听了，望一眼秦答应，忽惊喜道："秦答应今日为何变得如此光彩照人？"秦答应听问，连忙道："臣妾不敢偷功，多谢柯大夫以良药医好臣妾疮迹，并恢复其本来之光华水润。"乾隆惊道："柯黄氏居然有如此医术，令妃怀胎生子，指日可待矣。"又问柯夫人道："柯黄氏，你用的是何良方？"柯夫人道："回万岁，此乃民女以蛇脂、苦参、黄柏、蛇床子等药配制而成的膏子。"乾隆道："此膏何名？"柯夫人道："因此方中蛇脂为主药，民女就将其命名为'蛇脂维肤膏'。"乾隆道："此名甚好。此药膏乃女人之福，柯黄氏，你就多制些出来，给宫里的女人们用用，朕到时便可看到冬日里，宫中桃花朵朵盛开。"

乾隆此语一出，令妃与秦答应皆笑。

柯夫人道："民女遵旨。"又道："皇上这药膏不仅女人可用，男人也可用得。"

乾隆笑道："到时就给朕也送上一些吧。"

恰此时，李玉走到乾隆身边，小声道："皇上，纪晓岚还在殿外候旨。"乾隆听了，笑道："只管说笑了，朕倒是把此事给忘记了，传朕的口谕，令纪晓岚到御书房见驾。"李玉应一声去了，乾隆随即移驾御书房，次日又宣秦答应侍寝，从此秦答应春风得意自不在话下。

如今按下宫中之事不表，且说马常到了潮州府，胡知府迎着，并为其在菊花阁摆酒接风。菊花阁乃潮州府名胜酒楼，潮州府各式名菜应有尽有。当下，潮州府官吏及各名流绅士尽皆陪酒。须臾，酒菜摆上，胡知府举杯道："钦差大人上次巡抚潮州府，并奉旨开仓放粮，救了我潮州府百姓，这头杯酒该敬钦差大人您。"众人附和，马常眯缝双眼，笑道："诸位如此热心，那本官就恭敬不如从命了。"言罢，举杯一饮而尽，众人笑道："钦差大人真乃好酒量！"言毕，也都将酒吃了。

又吃了几杯，马常道："本钦差如今奉旨前来广东征集百家书籍，以作编写《四库全书》之用，还望诸位鼎力相助。"

众人闻言，顿时噤若寒蝉。众人之所以如此，乃事出有因。若是献出禁书来，轻者入狱，重者断头。王锡侯《字贯》案，徐述夔《一柱楼诗集》案等，不胜枚举，冤魂尚未走远，今又征书，谁不惊恐万分。

马常见众人笑里藏恐，甚是欢喜，心道："我何不取乐他们一番？"想到此，遂对身边的新科举人褚雄道："听闻褚大人新近刻了本诗集，本钦差欲睹褚兄文采，不知可否？"褚雄闻言，只觉半空霹雳，一时呆若木鸡，众人见状无不骇然。马常见了，心中却甚是快活。又对刘塘道："刘员外虽富甲一方，却是书痴，家中藏书甚多，此回可要多献几册方是。"刘塘听了，额头顿时汗出，却强作欢笑道："大人言重了，小的才疏学浅，书房中不过只有《四书》与《五经》罢了，岂来藏书甚多之说？"胡知府也忙圆场道："刘兄只懂钱，哪里懂学问。"刘塘忙道："知府大人所言极是，小的哪是读书的料。"马常冷笑道："刘兄的书读得是最好的，岂是常人可比。常人道，书中自有黄金屋，而刘兄则是黄金屋里来读书。"

众人听了，皆笑。

恰此时，胡知府寻来唱曲的走进，唱曲的是个纤弱女子，但见她：纤腰，粉颈，朱唇，红绣弓鞋。马常见了，笑道："小娘子，唱个情曲儿给本钦差听听。"众人也齐道："唱个有些情调儿的来听。"

于是，那女子手抚琴弦唱道：

> 雨岸风停，云山雾漫，寒枝悄谢幽园。
> 窗下独览，心绪折磨无端。
> 去年今夕同赏月，但如今，桂逊从前。
> 是檀郎，情意正浓，忘记江南？
> 凝眸默默难相问，更灯烛不语，摇红无言。
> 天上吴钩，缘何瘦过眉弯。
> 相思自古谁知苦，忆如潮，肆意纠缠。
> 只一瞬，负了芳华，空添愁烦。

一曲终了，马常笑道："有些情趣儿，只是不够味儿。"又笑道："小娘子，来个浪的，也好让本钦差快活快活！"

唱曲的女子本是青楼出身，闻听此言，也不害羞，只莞尔一笑，遂调琴唱道：

> 宿昔不梳头，绿发披两肩。
> 腕伸郎膝上，何处不可怜？
> ……

又一曲唱罢，马常笑道："妙，妙哉，此曲应是天上有，人间能得几回闻？"又道："好一个可怜的小亲亲儿，若是跟了本钦差大人，保你荣华富贵，天天快活。"

众人听了，皆大笑。有人叫道："小娘子快些跟了我们钦差大人去，也免得往后日子苦楚。"

那唱曲的女子听了，只把媚眼抛向马常，马常见了，一时魂荡魄迷，骨软筋酥，笑道："小娘子，快些过来陪本钦差吃酒。"那女子丢了弦琴，过来坐入马常怀中，端起酒来给马常喂下。马常只管高兴，连吃了数十杯，一时间，竟烂醉如泥，睡了过去。

胡知府见状，令人将马常扶入轿中回去歇息，众人也尽皆散去。不在话下。

一宿无话。次日一早，马常正被下人们侍候着漱洗，手下来报，说刘员外来见，马常听了，眯缝着双眼道："引入上房候着。"手下应一声去了。待马常收拾完毕，这才大摇大摆地步入上房来见刘塘。刘塘见了马常，忙过来施礼，马常笑道："刘兄一大早地过来，定是带了不少的好书来吧？"刘塘忙赔笑道："那是，钦差大人吩咐的事，小的能不照办？"言罢，从袖中掏出一张银票来，递与马常道："请钦差大人过目，小的献的书，您满意吗？"马常见是一张十万两的银票，顿时眉开眼笑道："满意。满意。"又道："昨儿个兄弟我说过，刘兄的书读得是极好的，今日果见你极聪明。"二人相视一笑，坐下喝茶叙谈。

稍顷，刘塘起身辞别，马常见状，假意相留，见刘塘执意要走，遂送出门外。那刘塘一出大门，坐上车轿，心中暗暗骂了一句，骂完长舒一口气，心总算是踏实了下来。

原来，刘塘昨日因马常言及要其献书一事，心下十分害怕，一夜无眠，待天色放亮，便急急备了银票，坐了车轿过来。刘塘见险情已过，心下释然，虽有几分愤恨，却还是笑眯眯地去了，不在话下。

且说刘塘去后，须臾，又有新科举人褚雄来见，自然又是一番虚情假意的寒暄，又是一大堆白花花的孝银。如此这般，不消两个时辰，如同走马灯一般，官吏、富豪已将马常喂得是膘肥马壮。

马常心道："上回虽也是钦差，却是两袖清风而去，如今换了出巡名号，却是金银堆积如山。"又道："还是恩师老于官场，生财有方。"忽又想到此次所来潮州府虽是为《四库全书》寻书，实则却是为恩师寻那《太安堂秘笈》而来。当下心里一激灵，心道："千万不能误了恩师的大事！"遂吩咐下去，一会儿打起精神，去井里村太安堂宣读圣旨。

马常手下得令，轿夫与护卫齐齐收拾停当，只等钦差大人。恰此时，昨日那个唱曲儿的小女子来了。那女子今日又是别样一番打扮，别样一种风情。但见她：水剪清眸，春桃拂脸，意态幽花殊丽，玉肢风前香软。螺髻插紫金钗，如捻青梅窥小浚，不教楚峡云飞过。马常见她不施脂粉，犹风姿照人，不禁心下暗喜，此正是巫山梦里人也。

马常识得正是昨日唱曲的娘子，当下欢喜道："小娘子如何寻到本钦差处？"只听那女子道："大人是钦差，应该是金口玉言。昨日儿大人所言，难道是戏言不成？"马常听了，如坠云里雾里一般，因昨日贪杯，哪里还记得自己说了什么？马常笑道："本钦差早已忘记，还望小娘子提醒方是。"那女子听了，不禁心儿一酸，滚下两行珠泪。马常见了，急忙将其抱入怀中道："小娘子何至如此？"那女子道："小女子当大人之话为真言，谁知只是骗我一时心欢而已。"马常道："昨日之言，一时实在难以想起，小娘子你就说吧，本钦差定为你做主！"那女子听了，破涕为笑道："大人，这可是你自个儿说的。昨日你说若是小女子跟了大人您，您就可保小女子荣华富贵，天天快活。小女子今日来了，不知大人之言为真否？"马常闻言，望着那女子娇滴滴的面容，听着她脆生生的声音，心猿意马道："我的小亲亲，本钦差大人一向一言九鼎，哪有说话不算之理？"说着，俯首便亲。

一名侍卫走进，问几时去太安堂。此时，马常心火正旺，口渴难耐，哪里还有心思去太安堂，心道："本就是假传圣旨，又岂在这一朝？不如先快活两日再说。"遂对那侍卫道："你们且歇着，等本钦差的指令便是了。"侍卫应一声，躬身退出。

马常见侍卫走出，遂抱了那女子走进内室，浪笑道："小娘子，本钦差今日便要你快活，也好让你知道本钦差从不说谎。"那女子含笑不语，半推半就，被马常拥入罗帷，急急解带宽衣，寻那云雨之妙，不在话下。

如今且说太安堂自柯夫人带了文慧去了京城，家中便有少夫人陈惠兰执事。因第二日是冬至，是日，张府差了车轿过来接林小姐家去搓丸。林小姐见家中人来接，十分不舍，小姐柔玉便极力撺掇，说柯府人多，夜里搓丸极有情趣，不如明日回去。惠兰也有此意，便回了来人，说明日家去，来人听了，回去回明老爷夫人不提。

且说是日晚，少夫人惠兰领着柯仁轩、柔玉、林小姐、楚青、馨怡、春红、孙七、索英并小少爷春强十人在翠雨轩搓丸。另有老管家柯耀武领着府中小子及各房丫头们在厨房中搓丸，个中情趣妙不可言。

所谓搓丸，在潮州府冬至有"小近年"之称，即冬至前夜，各户人家皆备了一个大葫、糯米粉儿，待用过晚餐后，合家老小，围在葫边，由家中执事的把粿胚，掐成一块一块分与家人"搓丸"，搓成的有大有小，喜乐的便唤他"公孙父子"，极尽天伦和谐之乐。搓丸，意味团圆吉祥幸福。搓成的丸，翌日煮成甜丸汤，祭拜神明祖宗之后，大家方能享用。

惠兰净了手，其他人也皆把手洗了个干净。惠兰把葫中的水倒入糯米粉儿，便要动手去揉搓，索英道："小主的手乃是作诗弹琴所用，岂能让这粉儿糟蹋了？还是我索英代劳吧。"说着，就要动手去揉搓。楚青见了，用手止住，冷笑道："你只管一会儿搓丸便可，此活儿还是不劳驾你了。"言罢，将手用力揉搓那水粉儿，待搓黏了，便要分与众人。只听惠兰笑道："大家只管搓丸多没趣儿，不如立个规矩，搓的丸儿要不大不小，搓的少的，需作诗一首，也好凑个趣儿。如此可行否？"众人听了，知道少夫人有意要逗林小姐，便皆暗自窃笑，皆说行，林小姐见众人如此说，也只得随声附和。

于是，楚青便将手中的粉儿分与大家，大家先是将那已揉和的粉团拧成许多个小块儿，再用力将这些小块儿揉搓成一个个小丸。惠兰乃搓丸高手，玉手儿轻轻一旋，一个丸儿便出来了。柯仁轩与楚青等人搓丸的功夫也不在话下，只是苦了林小姐与小少爷。林小姐搓丸，今儿个是头一遭，小少爷太小，只是起哄玩儿。二人虽是竭力去搓，终不敌他人。柯仁轩见了，悄悄将搓好的丸儿划到林小姐那儿。柯仁轩虽速度极快，却难逃少夫人慧眼。

话说一番下来，已见分晓，少夫人惠兰因见柯仁轩面前丸儿的数量不及他人，悄悄将自己的分了些于他。待大家论高低时，忽发现少夫人的数量不多，皆十分不解，只听楚青道："嫂子，如今你丸儿的数量不及他人，按规矩，可是要做首诗的，诗做得好了，我们给你鼓掌，若是不好呢，你也怨不得我们，只能再做一首。"惠兰笑道："规矩是我定的，这个理我自然是明白的。"

此时，正值红日西沉，东方月上。只见少夫人略一沉思，便吟出一首来：

秋日随叶落，春至伴冰来。
搓丸沉红日，粿树月上裁。

众人听了，齐声叫妙。林小姐笑道："嫂子果然好才华，诗做得极是贴切。"少夫人闻言，笑道："林妹妹真会说话儿，怪不得能讨男人欢心，若换作我是男人，也定会天天疼你。"此语一出，直把林小姐羞了个满脸通红。柔玉一旁不知就里，护着林小姐道："嫂嫂尽是乱说，人家一个藏在深闺的女孩儿，又怎能随便得到男子欢心？"楚青、馨怡等人听了，都吃吃地笑。少夫人笑道："妹妹说嫂嫂乱说，许是嫂嫂糊涂了，那就找个明白人给评评这个理儿。"少夫人言罢，便拿眼去看众人。索英见少夫人看着自己，遂起身笑道："小主子的话，俺却是不甚明白，你还是找别人吧。"言罢，离屋而去。孙七亦站起身道："我也听不明白，你还是问少爷吧。"说着，人径直去了。只听楚青笑道："我们几个女孩儿只是不明白这个理儿的，嫂嫂还是问少爷吧。"柯仁轩正要说话，只听小少爷春强吵嚷着要吃粿丸儿。少夫人笑道："这个丸儿需到明日拜了祖宗方能吃的，强儿暂且忍他一宿，若是饿了，阿妈领你去吃别的好不好？"春强点头，少夫人便领着春强去了，只留下一个"明白"没问。众人见少夫人去了，也尽皆散去。

　　是夜，柯仁轩、惠兰二人拥被戏语。柯仁轩笑道："今儿晚上，娘子为何一直闹着'明白'与'糊涂'的？"惠兰道："我因何作诗？"柯仁轩道："你把丸儿给了我，自然要作诗的。"惠兰道："你的丸儿哪里去了？"柯仁轩忽然明白，笑道："原来娘子因此事吃醋呢。"惠兰听了，冷笑道："哪个吃醋了？我只是说了句实话而已，你若要给她丸儿，为何不明明白白地给，偏要偷偷摸摸的，我平生最恨这种偷偷偷摸摸的人。"柯仁轩笑道："娘子给我丸儿，有明明白白地给吗？"惠兰冷笑道："都到这会工夫上了，你还在护着她，不知你究竟安的什么心。"柯仁轩听了，把惠兰的手拉到自己胸前道："娘子不妨摸摸，我的心究竟是怎样的？"惠兰故意道："呸，你把自己的心隐了，却哄我来摸，我又哪里摸得到？"柯仁轩笑道："我何曾把心隐了？我只是没有了心罢了，我早把心儿给了你，你却不知情，反怪起我来了。"惠兰听了，鼻子一酸，一行珠泪湿了锦被，唬得柯仁轩连忙用手去擦。柯仁轩道："娘子何必如此，像个孩子。"言罢，将娘子抱入怀中，自不在话下。

　　次日天明，合族拜了祖宗，吃了丸儿。须臾，张府轿子来接林小姐，众人直送到府外方回。恰此时，忽听有人叫道："圣旨到！"

　　柯仁轩等人闻言，急急出来接旨。

　　欲知后事究竟如何，且看下回分解！

第四十三回　索旧物语带讥讽　了宿愿阴差阳错

诗曰：

妩媚飞天舞翩影，娉婷秀雅宠未全。

圣君偏爱方倨傲，犹盼怀娠把梦圆。

用尽心机反受苦，不期圣眷却承欢。

从来福报非人意，人意偏偏本自然。

话说柯仁轩等人急急出来接旨，只见后院中站了两排官兵，中间一名文官手持圣旨，正自来回踱步。见了柯仁轩等人出来，那文官问道："何人是柯仁轩？"柯仁轩忙上前回道："小民便是。"那官儿听了，遂将手中圣旨展开宣读。柯仁轩一听乃是皇上要太安堂献出《太安堂秘笈》供编撰《四库全书》一用，心中暗道："皇上是如何知晓我家有《太安堂秘笈》？"又道："难道是阿妈所言？如是阿妈所言，为何没有阿妈书信？没有阿妈书信，我又怎知秘笈在何处？"

接过圣旨，柯仁轩问那官儿道："敢问大人，可有我阿妈书信否？"那官儿听了一愣，须臾笑道："本钦差只是奉旨办事，并未有什么书信。只是令堂大人上书皇上，要献上《太安堂秘笈》的。"旁边一名小校道："此是钦差大人，岂能随便为你捎家书？"

原来宣读圣旨之人正是马常，因马常与那歌妓日夜缠绵，不愿被他事所烦，竟耽搁了数日方来。

柯仁轩一听钦差大人说并未阿妈书信，不禁心下起疑："《太安堂秘笈》所藏之处，只阿妈一人知晓，既是阿妈主动献出，为何没有家书告之秘笈所在？此中定有蹊跷。"想到此，遂道："小民并不知晓家中有什么《太安堂秘笈》，既是家母亲自上书皇上，为何不言明秘笈所放何处？"马常闻言，心中暗自叫苦道："恩师啊，恩师，您虽百密，却有一疏，如今柯仁轩竟然敢拒圣旨，不交秘笈却是如何是好？"又道："《太安堂秘笈》既为祖传，绝非轻易拿出，即便如此，谅他也不敢抗旨不交。"马常道："柯仁轩，五日之内，若你不交出《太安堂秘笈》，定拿你问个抗旨不遵之罪！"言罢，便往外走，侍卫们跟随其后，出了太安堂，马常坐上轿子扬长而去。

柯仁轩见钦差远去，回至府中，与众人商议，至于如何商议，暂且按下不表。

如今且说宫中之事。是日，令妃请来柯夫人，说此月月事已有多日未来，请柯大夫瞧瞧究竟是怎么一回事儿。香儿先是取了脉枕，令妃伸出手臂，柯夫人扣指搭脉，只觉脉滑如珠，遂笑道："恭喜娘娘，贺喜娘娘，娘娘有喜了。"令妃闻言，喜道："此话当真？"柯夫人笑道："民女不敢妄言。"令妃喜道："多谢柯大夫！"一旁的香儿笑道："香儿恭喜娘娘！"其他人等也都过来贺喜。香儿笑道："娘娘如今有喜在身，要是皇上知道了，不知道有多高兴呢。"令妃笑道："皇上已经有好多个阿哥、格格，也不稀罕这一个儿。"话音未落，只听有人道："是谁在这里胡说呢。"众人闻声，见是皇上，皆急忙过来见驾。

令妃道："臣妾正要给皇上报喜，皇上您就来了。"

乾隆喜道："什么时候知道的？"

令妃道："刚刚儿的事，适才柯大夫给臣妾诊脉时定的。"

乾隆对李玉道："传太医院院使吴谦速来延禧宫。"

李玉领旨，须臾，吴谦来到延禧宫，给皇上及令妃请了安，一旁候旨。乾隆道："吴爱卿，适才柯黄氏给令妃诊了脉，你再复诊一回。"吴谦道："臣遵旨。"取了脉枕，仔细地诊了半晌，道："令妃娘娘此为喜脉。"又跪下道："臣恭喜皇上，恭喜令妃娘娘！"

乾隆笑道："这下是当真无疑了。柯黄氏真不愧是'送子圣母'。"又问吴谦道："柯黄氏医术与太医院相比如何？"吴谦道："惭愧，柯黄氏实乃太医院之楷模也。"

柯夫人闻言，道："尺有所短，寸有所长，医者岂有以己之长比人之短的理儿。太安堂医术来自太医院，又岂能为太医院之楷模？"

吴谦道："柯黄氏虚怀若谷，实令人感动。"

乾隆笑道："太安堂医术来自太医院，正应了那句'青出于蓝，而胜于蓝'的理儿。吴爱卿，以后多向柯黄氏请教方是。"吴谦答应一声，乾隆又道："柯黄氏，你再在宫里住些时日，多照顾些令妃。待你离宫回乡之时，朕定当重重赏你！"柯夫人应声是，又道："太安堂承蒙圣恩甚多，又岂敢依功贪物，不受节制？"乾隆笑道："柯黄氏多虑了。"言罢，又吩咐延禧宫太监与宫女好生照顾令妃，太监与宫女忙答应着。

令妃见皇上今儿个高兴，便道："皇上，如今臣妾已确定有孕无疑，还望皇上给臣妾腹中的胎儿起个名儿方是。"乾隆沉吟片刻，道："你如今虽有孕在身，但尚不知是阿哥还是格格，待孩子出生之时再起名儿也不晚。"令妃道："皇上所言极是。"乾隆道："令妃近日似乎瘦了一些，需好好调理方是。上个月，高丽国王派使臣来访，送了些极好的人参来。如今天气甚寒，一会儿，你差人去皇后宫中取些上等的好参来，就说是朕吩咐取的。"令妃答应一声。乾隆见再无别事，又吩咐几句体己的话，先是让吴谦与柯夫人各自回去，然后移驾养心殿不在话下。

且说令妃见皇上起驾离开，记得皇上适才吩咐的话，令小叶子与香儿二人前往坤宁宫向皇后讨参。讨了参，二人往回走，只听香儿道："亏了我们主子如今怀了龙胎，要不然，这么好的参儿，也只能在皇后那里躺着，尽由他人享用。"小叶子道："多亏柯大夫医术高明，治好了我们主子的病。要不然，别说主子受用不到这些东西儿，就是我们这些做奴才的，在人前也抬不起头来。"香儿道："你这些话儿，说得可是句句在理儿。上个月，皇后仁慈，分了些布料给各宫，那张常在才只是一个小小的常在，也竟敢欺负我们主子，硬是把我们主子的布料儿给霸了去。当初只是得了皇上的一些宠，就如此放肆，若是今后她做了妃子，或是生了阿哥什么的，恐怕连皇后都不会放在眼里了。"

香儿如此一说，小叶子倒是记起来了，说道："上次的布料儿，我可是去醉花轩向张常在讨要过一回，她不但不给，还生生地羞辱了我们主子一回。"香儿道："如今我们主子又得宠得势了，看谁还敢欺负？"忽然停下脚步道："小叶子，上次你受了张常在一回气儿，今儿个想不想把它讨回来？"小叶子道："怎么个讨法？"香儿道："她上次羞辱我们主子，今儿个我们也拿些话儿给她听。"小叶子道："这个主意倒是极好的，只不过，我们拿何由头去呢？"香儿啐了他一口道："呸，你也就是个做奴才的命，现成的理由却寻不着儿。

上次她不是霸了我们的布料吗，今儿个再去把它要回来，顺便再拿些话儿给她听，不就可以了吗？"小叶子一拍脑壳道："还是香儿有主见，你这个主意是再好不过的了。"

二人遂转了方向，直奔醉花轩而来。

此时，那张常在正把手拢在手炉上一边取暖，一边与宫女锦屏说话儿，只见小太监有碌慌慌张张地跑进来，连声道："主子，不好了。"未等说完，张常在骂道："没个规矩的东西，何事如此慌慌张张？"有碌道："延禧宫的宫女香儿与太监小叶子来讨上回被主子您霸了的布料儿，还说了些不干不净难听的话儿。"张常在问道："他们人现在何处？"有碌道："就在宫外。说若是今天常在不把这布料儿还了，他们就在宫外一直骂下去。"

张常在闻言，直气得粉脸儿都绿了，恨恨地骂道："反了，如今连这些奴才都如此放肆起来，这还得了？"一旁的锦屏道："常在息怒，如今的延禧宫可不似先前了。适才奴才听人说，说是令妃有喜了，连皇上都去过了。"张常在惊道："什么时辰的事？"锦屏道："奴才也是刚听人说。"张常在道："难怪延禧宫的这些奴才如此嚣张。"又道："今儿个我偏不给，看他们又能耐何？"有碌道："主子，他们骂得可难听了，说什么，有本事你也生个阿哥或是格格来，这布料儿他们也就不往回拿了。"张常在呸一声道："碎嘴的小蹄子，今儿我撕了他们的嘴去，看他们日后还敢浑说不成？"说着，便要往外走，锦屏见了，连忙劝阻道："主子息怒，好歹你也是主子，犯得着和两个奴才一般见识？再则说，事儿本来就是我们有错在先，传出去，对常在你的名声也不好儿。"张常在沉吟半晌问锦屏道："依你之见，该如何处置？"锦屏道："不如把布料儿给他，一来，堵了那两张乱叫的嘴；二来，我们示弱，也好让他们放松对主子您的戒备之心。"张常在道："那往后又如何？"锦屏道："如今令妃与秦答应二人正在得势，主子您不可与之硬碰，依奴才之见，应先找个靠山，让她们既不敢轻易伤害主子您，又可先将局势缓一缓儿，待局势变化，主子还怕没出头之日？"张常在又问道："靠山应找何人为妙？"锦屏道："依奴才之见，当属皇后最佳。"张常在道："锦屏所言极是。"遂吩咐有碌道："去把布料还于他二人。"有碌答应一声去了。

小叶子与香儿得了布料，又出了心中一口恶气，很是高兴，将布料拿回宫中，又将情形说于令妃，令妃听了，甚是高兴，又着实表扬一番，二人欢喜不尽自不在话下。

　　且说张常在依了锦屏之言，前往坤宁宫，见过皇后娘娘，皇后娘娘因见是张常在，心下不悦。那张常在本是一名宫女，因心思缜密，俘获皇上宠爱，曾一度甚嚣尘上，眼儿里谁也容不下。皇后冷笑道："常在今日因何来坤宁宫？"那张常在何等机灵，早看出皇后心思，笑道："因一向体弱多病，未来给皇后娘娘请安，还望皇后见谅则个。"皇后冷笑道："本宫哪里敢享受常在的请安？"又道："有病多看看太医，看你的脸色很差，待会儿让宫里的人给你送些美人膏儿。"一旁的小宫女听了，吃吃笑道："皇后，那叫蛇脂维肤膏。"皇后笑道："多拗口的名字，我只知道它能让女人变得漂亮，所以就叫它美人膏儿。"张常在亦笑道："皇后所说的那个美人膏儿，我是知道的，秦答应用了它，如今把皇上的魂儿都给勾了去。"皇后忽然沉了脸道："常在，此样的话，你也只能在本宫这儿说说罢了，若是在外面说了，传到答应那里，不知要闹出何样的乱子来。本宫身为六宫之首，不想看到妃嫔们整日里斗来斗去的样子。"

　　张常在闻言，冷笑道："皇后娘娘一心处身世外，只怕被人骂了，算计了也未必知晓。"皇后道："听常在之言，莫非是谁在背后里骂我不成？"张常在道："我若是说了，只怕皇后又要骂我是在挑拨是非了，又让您这个六宫之首生气不可。"皇后冷笑道："你既想说是谁在骂我，又要拿话儿来堵本宫的嘴，真真是个左右逢源的精儿。说吧，是何人因何事要骂本宫？"张常在道："皇后既然把话说到这个分儿上，我也就实说了。适才听人说令妃娘娘有了喜，还听人说，令妃说如今她有了身孕，待生出个阿哥来，早晚做了皇上，她就是太后了，那时这后宫还有何人不听她的？"皇后听了，冷笑道："令妃有了身孕，本宫倒是知道的。至于后面的话，常在你也只是道听途说罢了，这样的话，不足为信，本宫不会与之计较。"话虽如此说，心中却道："怪不得适才派了宫女与太监来，打了皇上的旗号，来向本宫要上等的人参。"又道："真是个没良心的人儿，当年皇上冷落你之时，若不是本宫与你指出个道儿，只怕你如今已经在冷宫里了。现如今有了身孕，就不把本宫放在眼里了。哼，本宫既能把你扶上马，也就能把你拉下马，敢与本宫作对，你绝没有好下场！"

张常在见皇后半晌不语，知道皇后已经动摇，随即跪下哭道："还望皇后娘娘救救妹妹则个。"皇后惊道："常在这是为何？"张常在道："皇后娘娘自是不怕令妃的，你既有阿哥又有格格为你撑着，可我又有什么？只能乞求皇后娘娘做主。"皇后道："此话从何说起？"张常在哭道："皇后娘娘有所不知，承蒙皇后恩爱，与常在一些布料。适才，那令妃竟差了太监与宫女到醉花轩硬是给要了去。"皇后道："她因何向你要这些布料儿？"张常在道："那两个奴才说了，说臣妾又生不出阿哥或是格格来，要了这些布料也是没多大用处儿，还是给了令妃，待阿哥或是格格出了世，也可以做几件小衣裳。"见皇后脸色阴沉，张常在又趁机添火道："若只这一件事儿倒也罢了，只怕往后大事小事都得听她使唤，只不知这日子如何过下去，还望皇后娘娘做主！"

皇后娘娘听罢，起身怒道："反了，简直是反了！"又道："常在莫怕，往后凡事，本宫定会为你做主！"

张常在闻言，顿时满心欢喜，连忙谢过。张常在道："皇后，臣妾尚有一言，不知讲得讲不得？"皇后道："只管说与我听便是了。"张常在道："令妃与秦答应二人如今之所以如此目中无人，若不是因那柯黄氏回天有术，又何来今日。"又道："如柯黄氏一日不走，不知道还要做出多少助纣为虐的事来，还望皇后早些拿个主意方是。"皇后道："这个倒是有些为难，皇上竟然要柯黄氏多留些日子，若是赶她早走，还需动些心思。"忽然道："你适才进来时，说身体一向体弱多病，明日你何不装了病，我差人去风月轩请她去医，到时再找个由头让她早些回到潮州便是了。"张常在听了，笑道："还是皇后高明，明日就依皇后之言，我倒是要看看柯黄氏怎样来医？"言罢，告辞回宫。

一宿无话，且说次日，张常在依了皇后之言，装起病来，令有碌去坤宁宫告诉皇后。恰乾隆昨夜在坤宁宫由皇后侍寝，乾隆不知就里，听太监说张常在大病，来找皇后，遂骂道："一群没用的奴才，常在病了，为何不去请太医？"那有碌经此一骂，吓得连忙去太医院请来太医吴谦。吴谦到时，张常在已是晕了过去，吓得吴谦急忙医治，却又寻不出病因儿，只急得额头冷汗直冒。有碌见了，忙又跑到坤宁宫，说张常在不好了，现已昏迷，吴院使都无可奈何了。乾隆听了，甚是吃惊，只是皇后心里明白，皇后道："还不快请了柯黄氏过去医？"乾隆道："皇后也快些过去看看才是。"又道："移驾醉花轩！"

乾隆与皇后赶到时，张常在依旧昏迷未醒。此时，柯夫人与文慧恰也赶了来。乾隆道："柯黄氏，张常在此为何样之病？"柯夫人道："回万岁，常在并无大碍，因常在血虚火旺，待血经一下，肝火上冲，便如此了。"皇后一旁听了，冷笑道："柯黄氏有些危言耸听了吧，即使想邀功，也不至于谎言如此。和皇上说假话，可是欺君之罪！"柯夫人道："皇后，民女所说，绝无半点虚言，还望皇后明察。"皇后心道："明察？本就是一场戏，依今日情景看来，柯黄氏也不过是沽名钓誉罢了。本宫倒要看看她今日如何收了场去？"未等皇后说话，只听乾隆道："还有此样的病？"又问小宫女锦屏道："常在昔日可有此病？"那锦屏见皇上如此问，吓得跪倒于地，回道："常在确有月事来时，必昏死一回之事。"此言一出，众人皆惊。皇后心道："常在今日究竟是假戏真做，还是真戏假做？"只听乾隆道："柯黄氏，常在之病如何治得？"柯夫人道："民女只需以当归、白芍、川芎、生地补血养阴，再加龙胆草、黄芩、枝仁清肝火便可。"言毕，开了方子，有碌跑去取了药煎了，锦屏将药汤端过给常在喂下，须臾，常在醒来，见皇上与皇后俱在，便要起身施礼，乾隆阻道："常在有如此之病，为何未听你说过？"张常在听问，忽然醒悟发生了何事。张常在道："臣妾之病，虽遍寻名医，却不曾治得。"乾隆道："今日柯黄氏却将你的病医好了。"又问柯夫人道："此病可有预防之方？"柯夫人回道："民女曾以吴茱萸、延胡索、干姜、姜黄等药配制成'痛经膏'，每当月事来时，只需涂于肚脐便可防止痛经。"乾隆喜道："如此甚好。女人本堪怜，今有了柯黄氏，女人却是天下最幸福之人。你就配一些来，分与宫中，也好让她们再免受其苦。"柯夫人答应一声是。

乾隆见常在之病已好，遂摆驾别宫不在话下。

且说皇后见皇上等人已走，只剩下她与常在二人，遂说出这样一番话来。

欲知皇后说出怎样的一番话来，且看下回分解！

第四十四回　张工部拦轿叫屈　方世玉携友问诊

诗曰：

我佛留藏经，只为人难化。

休问贤与愚，众生登宝筏。

造福积如山，何惧愁天大。

日夜细寻思，或能防奸诈。

话说皇后见眼下只剩她与常在二人，遂对常在道："柯黄氏并非如你所说，乃助纣为虐之人。如今看来，她不过是悬壶济世，救人的活菩萨罢了，什么尔虞我诈，宫廷暗斗，皆于她无关。她今日救了你，你应谢她方是，其他的私心杂念都抛却了吧。"张常在愧道："皇后教训的极是，臣妾只是担心令妃与秦答应二人日后更加有恃无恐，这样的日子更加难过。"皇后道："本宫自会处理。"言毕，回坤宁宫不在话下。

如今且说柯仁轩因马常宣了圣旨，以五日为期，交出《太安堂秘笈》，心下疑惑，唤来惠兰、楚青、馨怡、索英、孙七及老管家柯耀武等人议事。

惠兰问柯仁轩道："世人皆言太安堂有医术绝学《太安堂秘笈》，今日并无外人，敢问相公可知《太安堂秘笈》在何处？"

柯仁轩道："并不知晓。"

惠兰道："既然相公并不知晓秘笈所藏何处，且又无婆婆家书，你又拿什么去献给皇上？我看此中定有蹊跷。"

柯仁轩道："这也正是我存疑之处。"

索英骂道："如此说来，这个什么狗屁钦差定是假的无疑，我即刻提了刀去，看他要还是不要这秘笈了！"

楚青啐道："就你有刀，人家钦差的脑袋正等着你去提呢！"

老管家柯耀武道："青小姐所言极是，目下并非用强之时。那个钦差倒是真的，至于这圣旨是否有假，还是找个明白人问问才是。"

众人闻言，皆说有理。

惠兰道："适才都道有疑，竟将这个给忘记了。我阿爸曾任翰林院编修，如今只需将圣旨拿与他看，此事便可见分晓了。"

当下备了车轿，柯仁轩夫妇同乘，直奔陈府而去。约摸过了半个时辰，车轿在陈府门前停下，门人一边将二人引入，一边报于陈老编修知晓。时，陈老编修正于书房中看书，闻听女儿女婿来了，令门人将柯仁轩夫妇引入书房。三人见过，一番嘘寒问暖，自不多叙。只听陈老编修问柯仁轩道："贤婿今日为何样事来？"柯仁轩便将钦差大人到太安堂宣读圣旨一事，如此这般地说了。陈老编修道："既是令堂主动上书皇上，那就将秘笈献出便是。"柯仁轩遂又将疑虑说出。陈老编修听了，道："贤婿之言在理。"又道："圣旨可曾带来？"惠兰便将圣旨请出，供阿爸一辨真假。陈老编修见了，一眼识出此圣旨为真，不放心，又仔仔细细地看了几遍，道："此圣旨为真。"惠兰道："阿爸可是要看仔细了。"陈老编修道："确实为真！"柯仁轩道："这就怪了，钦差是真的，圣旨也是真的，可为何偏偏不见阿妈家书？"陈老编修道："老夫也是如坠云雾之中，难识其面目。"惠兰道："这可如何是好？"陈老编修道："如今张工部亦在家中，老夫不妨差了人去，将其请来，再仔细一议。"言毕，修书一封交与管家陈强不待多叙。恰在此时，陈夫人闻听女儿女婿来了，也过来书房相见，母女二人见了，又是别样一番亲热。

时辰不大，张工部的轿子到了，陈强在前引路，陈老编修出门相迎。进到书房，柯仁轩过来行礼。此时陈夫人母女早已回避，只听张工部道："陈大人把老夫叫来，不知有何要事？"陈老编修道："有一件极为棘手之事，不知如何处置，张大人见多识广，还望多指教。"张工部笑道："你我兄弟曾共事多年，又有年谊之情，何来这般客套，有事请直说无妨。"陈老编修："张兄既如此说，我也就直说了吧。"遂将事情如此这般地说了。张工部听了，亦是一惊，急忙问道："圣旨现在何处？"柯仁轩急忙将圣旨拿来与张工部看。张工部端详半晌道："圣旨确实不假。"陈老编修道："如今难题就在此。"张工部道："此疑也好解，若是差人去京城，见了柯夫人一问便知。若是她说不知情，便是马常伙同他人造假。若是柯夫人因一时忘记家书告之秘笈所放何处，倒也在情理之中。"陈老编修道："张工部所言极是。只是潮州府远离京师千里之遥，如今那钦差更是限了期，又焉能容你如此？"张工部道："若是柯夫人主动献出秘笈，一切皆可暂缓，编撰《四库全书》也非一日之工，只怕是马常伙同他人背了柯夫人来此使诈。"陈老编修道："假传圣旨可是要掉脑袋的，难道马常就不怕吗？"张工部道："马常自然明白这个道理，只是他背后有替他顶天的人，他又哪里会怕？"

柯仁轩闻听此言，愤然道："若果真如此，我即刻便去京师，问明阿妈，然后奏明皇上，看他又能奈何？"

张工部道："贤侄义气凌云，忠心贯日。可如今却是奸人窃柄，就算你能到得京师，尽忠指奸，却也难搬倒那弄臣。"

陈老编修道："张工部所言极是。若钦差果真是以权造得圣旨，他们定会防备，别说你去得京师，只怕是一只鸟儿也难飞出潮州府。"

闻听此言，柯仁轩一时不知如何是好，急道："如今可如何是好？"陈老编修道："胡知府与太安堂一向关系甚密，何不找了他想个送信的法子。"张工部道："陈大人，你我如今已是远离朝堂之人，就不要把胡知府牵扯进来了。"陈老编修道："张大人所言极是。明日老夫亲自去会会这位钦差大人，看看他究竟意欲何为？"张工部道："不妥，陈大人素性耿介，落落寡合，且不善言辞，若你与那钦差因一句不合，争执起来，此事岂不更糟？还是明日我去探探虚实，见机行事为妙。"柯仁轩道："张大人，若是钦差阳奉阴违，又将如何？"张工部道："静观其变！"又道："如今乃是大清盛世，岂是他人能只手遮天？"

三人商议已定，陈老编修备酒菜招待张工部自不在话下。

且说次日，张工部乘了轿子直奔潮州府衙而来。府衙一侧有一座宅第，曾是一座状元府，因那沈状元移居京城，此府空置下来。马常来时，胡知府便命人将状元府打扫一新，让马常一行人住了进去。那马常见那宅子十分宽敞，倒也甚是满意。

是日，那歌妓因昨夜又与马常承雨露之欢，直睡到很晚方起。此时，正倚着妆台施粉涂黛梳理，纤纤玉手，攒得金奴，又拾翠凤。恰马常走进，从身后抱住道："今日天空放晴，小娘子何不陪我园中小坐，也好听你弹几首曲儿。"那歌妓抛了个媚眼道："小奴家方才起床，你便要听曲儿，也不知你对奴家是否真心？"马常笑道："小娘子，本钦差对你之心天地可证，日月可表。"歌妓冷笑道："奴家怎不觉得？"马常笑道："这就叫身在福中不知福。"两人闹了一阵，方到得园中。

状元府花园真是个好去处，此时，虽已入冬，但依旧景致不浅。但见：径铺彩石，纷纷尽点苍苔；槛作雕阑，处处奇葩异卉。真个是：凤台龙沿，犹闻洞箫引凤仪；竹阁松轩，俯见青萍跃金鳞。

两人坐罢，只听歌妓弹琴唱道：

> 珠星渐渐落檐前，东畔渐曙，白月印天。
>
> 月今在只，人在值？
>
> 忆着伊，时时思念默想，那怙悲啼。
>
> 铁马丁当噪人耳，耐不得夜如年。
>
> 行立无心意，神魂在伊边。
>
> 愿天上，莫辜负夫妻百世。

一曲唱罢，马常笑道："好曲儿，小娘子再唱上一曲。"那歌妓嗔道："真真是个没肝没肺的人儿，小奴家刚刚起床，连口茶都尚未吃，如今口干得很，嗓子都着了火儿，你却一点儿也不知道怜香惜玉。"马常听了，一把搂过，嘻嘻笑道："本钦差这就为小娘子灭灭火儿。"说着，将嘴儿对着那歌妓的樱桃小口，一阵猛亲，歌妓连忙伸了玉手去挡，两人正值嬉闹，忽有门人来报，说是张工部侍郎来见。

马常遂将歌妓放开，问道："哪个张工部侍郎？"门人回道："就是那个早已辞官回乡的张工部侍郎。"马常听了，忽然想起，问道："他因何来此？"门人道："这个小的不知。"马常道："就说本钦差外出未归，让他请回吧。"门人答应一声去了。这边歌妓怨道："每日里都有大官小官送财来，今儿个你怎将财神堵到门外不见？"马常冷笑道："你能指望那个张工部给你送钱儿？"歌妓道："此话怎讲？"马常冷笑道："往日他在朝为官之时，一向惜钱如命，若是他识时务，又何须自己丢了官职，回来做布衣？"歌妓亦冷笑道："若是做官个个像他，老百姓又焉能受苦如此？"马常笑道："若是个个像他，本钦差又哪里有钱与你一起快活？"言罢，又令歌妓弹唱曲儿，歌妓冷冷一笑，遂拨了琴弦又唱起来。

　　且说张工部因听门人回说钦差外出未归，冷笑一声，令轿子调头往回走，走不几步，见对面有一酒楼，令人停了轿子，径直走进酒楼，要了几样小菜，独自吃起酒来。又吩咐从人，盯紧状元府，凡是外面来的轿子不要管它，若是里面出来轿子赶紧过来通报。几个从人应一声，站在门外，两眼只管盯着状元府的大门看。过了半个时辰，忽见打里面抬出一乘官轿来，从人见了，急忙来告之张工部，张工部遂舍了酒菜，走出酒楼，坐上轿子，令轿夫堵住从状元府出来的那乘轿，几名轿夫遂合下使力，将轿子抬过去，将里面轿子的路给挡了。从里面出来的轿子正是马常的官轿，侍卫一见有人挡了道，便上前开骂拿人。张工部从轿中走出，连声呼冤。马常撩开轿帘，往外一瞧，呼冤叫屈之人正是张工部。知道躲他不过，下得轿来，拱手道："原来是张大人，不知张大人因何事叫屈？"张工部笑道："下官只为见不到钦差大人叫屈，还望大人体恤则个。"马常笑道："本钦差尚有皇差未了，改日再请张大人喝茶，若你今日有事，不妨路边暂聊几句如何？"张工部忙道："谢钦差大人。"

　　于是二人一旁说话，张工部因问起太安堂一事，马常只道奉旨而来。张工部又言及柯仁轩并不知晓家中秘笈，马常却道柯仁轩贵为长子，岂有不知之理？如若到期不交，定拿他个违抗圣旨之罪。张工部听马常如此说，已是心中有数，遂告辞马常，坐了轿子直奔陈府。见了陈老编修，遂将如何见马常之事如此这般地叙说一番。陈老编修道："依张大人之见，此事究竟是何样眉目？"张工部道："依老夫之见，马常南下征书不过是幌子罢了，实则是为《太安堂秘笈》而来。"陈老编修道："张大人言之有理，如不然，马常又怎会直奔潮州府而来？"又道："如今看来，太安堂难逃一劫。"张工部道："这倒未必，陈大人还须吩咐令婿将那道圣旨收好，若是他们作假，这倒是一件铁证。"陈老编修猛然道："不错，还是张大人想得周全。"

　　当下，陈老编修修书一封，令管家陈强亲手送到柯仁轩手中，柯仁轩看罢，心中有数，将圣旨藏好，只管静观其变。

　　且说这日，太安堂门前停下一辆马车，从车上走下两人，那两人转身又从车上架出一人来，三人径往太安堂而来。见了门人，其中一人只道是柯仁轩师弟，门人心下存疑，少爷何时又多出这样一个师弟来。因见三人气宇不凡，不便多问，急急去报柯仁轩。此时，柯仁轩正在书房用茶，听此一说，也不禁疑惑，心中暗道："难道是郑虎？"又道："不对，家中人皆识得郑虎，且那郑虎已多年未与太安堂走动，又怎会前来？"柯仁轩吩咐将三人引入书房，门人应一声去了。须臾，三人到。柯仁轩见三人气度不凡，中间一人乃和尚打扮，虽面色晦暗，双眼中却也透中凛凛英气。两边青年皆二十岁出头，只那和尚年约四旬。左边青年一抱双拳道："小弟方世玉见过师兄！"

柯仁轩闻言，喜出望外，但见方世玉中等身形，浓眉俊目，五官分明，身穿吉服，腰佩美玉，俨然一副公子哥儿的模样。

方世玉乃广东省肇庆人氏，出生富商之家，师从南派少林，曾因打死雷老虎而一夜成名。因张全当年拜师少林，又将武术传于柯氏后人，所以方世玉称柯仁轩为师兄。方世玉一指中年人道："天地会洪总舵主。"书中交代，此洪总舵主便是洪二和尚是也。只听洪二和尚施礼道："太安堂威名四海，在下十分敬仰，今日打搅了，还望柯贤弟见谅。"柯仁轩见他身形消瘦，面色晦暗，说话全然是强打精神。柯仁轩早闻洪二和尚之名，当朝圣上都拿他无可奈何，心中暗道："洪舵主今日到我太安堂不知所为何事？"正自思量，就听方世玉道："师兄，此一位乃是同门师兄洪熙官。"洪熙官长得精瘦干练，柯仁轩对其之名也早有耳闻。

四人书房中落座，小迷糊摆上工夫茶。柯仁轩道："洪舵主威名朝野，今日来我太安堂不知所为何事？"洪二和尚正欲说话，忽然剧烈咳嗽起来，洪熙官连忙用手轻拍其背。待咳嗽稍缓，方世玉代言道："不瞒师兄，洪舵主几个月前曾与朝廷鹰犬交手，因被大力金刚掌所伤，如今经脉不通，虽几经医治，却是伤情难愈。前些日子，闻听师兄曾拜师高人，学得一指禅推拿术，还望师兄为洪舵主医治。"

柯仁轩听罢，遂令小迷糊取来脉枕就在书房里为洪舵主把脉，只觉洪舵主脉象十分紊乱。诊罢，开了方子，令小迷糊去取了药煎了。又令于翠雨轩内放置大缸一口，将药放入，再将缸儿放满水。柯仁轩对洪二和尚道："洪舵主之病难以一指禅来医，如今我开了方药，只需总舵主一夜间将其喝了，经脉瞬间可通。"三人听罢，皆十分吃惊。方世玉道："师兄，一夜间喝下一缸药水，这如何使得？"洪熙官亦道："师兄，难道再也没有别的法子？"柯仁轩摇头道："只此一法可治得。"洪二和尚对方、洪二人道："太安堂一向秉德济世，柯施主如此医法，自有他的道理，你二人别再难为他了。"又道："推翻满清，迎我大明，此乃我洪二和尚鸿鹄之志，如此大的胸怀，又岂能包容不下一缸药水？"柯仁轩笑道："洪舵主胸怀博大，实令兄弟佩服有加。"

是夜，月挂柳梢。

小迷糊前方引路，方世玉与洪熙官二人搀扶洪二和尚跟随其后，来到翠雨轩，小迷糊别了三人独自返回，只剩下三人。方世玉见院中只有一药缸，并无饮器可用。便道："适才小迷糊走时匆忙，竟忘记带饮器，如今待我讨了去。"言罢，欲走。只听洪二和尚道："何须劳烦再去，只对着它喝了便是。"言毕，扶了缸沿，将腰弯下，一口气将肚子喝了个滚圆。再看药缸，却似一点儿未见水少。

方世玉见了，惊道："如此大个缸儿，别说一夜将药水喝了，即使喝它个一年半载，未必能喝了。"洪熙官道："太安堂可谓名扬天下，如今这位柯师兄的医法，实令人费解。"洪二和尚道："一夜时光尚早，你二人别净说些丢气的话儿。"二人听了，便不再言语。

过了些时辰，洪二和尚小解，肚中有了空儿，俯首又喝了些药水。如此这般，到半夜时，只见那缸中的药水好似未曾动儿。洪二和尚见了，叹道："难道我大明江山真的就如此不可收复了吗？"方世玉与洪熙官二人听洪舵主如此一说，也不禁感慨起来。洪二和尚叹道："看来天意如此啊。"一边叹，一边又勉强喝了些，只是实在难以下咽。

天色渐明，柯仁轩走进翠雨轩。洪二和尚愧道："贫僧食了昨日之言，望柯施主见谅。"柯仁轩笑道："敢问洪舵主喝了多少？"洪二和尚道："约有三升。"柯仁轩笑道："昨日小弟乃是故意为难你，只想让你多叹息几声，如此方能让药入经进窍生效。"

一听此言，方世玉与洪熙官皆十分欢喜。方世玉笑道："久闻太安堂医术神奇，如今算是见识了。"柯仁轩听了，对洪二和尚冷笑道："如今大清盛世，国泰民安，望舵主病好时，不要再做于国于民不利之事。"方世玉闻言，忙道："师兄，你怎可如此说话？想令先祖柯玉井在世之时，大明先皇对其恩爱有加，太安堂之所以有今日辉煌，还不都是拜大明圣上所赐？"洪熙官亦道："师兄，你可千万不能忘本啊！"柯仁轩冷笑道："我何曾忘过本？我适才所言，又哪一句为假？如今黎民百姓安居乐业，洪舵主偏要打出什么反清复明的旗帜，要置百姓于战火，敢问洪舵主，你此举究竟是何居心？"洪二和尚见问，并不回话，只觉犹如万箭穿心一般。柯仁轩见洪二和尚不说话，又道：
"只怕洪舵主是别有用心罢了。"此语一出，洪二和尚只觉血往上涌，浑身颤
抖，只听背后一阵乱响，六经相通，七窍顿开。洪二和尚伸展四肢，轻松自
如，喜道："好了，好了。"方世玉与洪熙官二人不知就里，面面相觑。

柯仁轩闻言，施礼笑道："适才小弟多有冒犯，还望洪舵主海涵方是。"

洪二和尚三人一听，顿时大悟。

只听柯仁轩道："小弟适才故意拿话激你，只是要使你六经相通、七窍顿
开。如今却是好了，小弟恭喜洪舵主！"

方世玉笑道："师兄连施二计，医好总舵主之病，实在是妙，如此医法，
恐是天下再难寻出第二个了。"

众人皆笑，柯仁轩吩咐备酒，给洪总舵主接风，席间众人把酒言欢，自
不在话下。

酒席罢，洪二和尚三人告辞，柯仁轩苦留不住，只得任其去了。洪二和
尚三人却不知道，只这一来一往，却是给太安堂埋下了大祸。正是：

柏梁天灾武库火，匠石狼顾相愁冤。

欲知洪二和尚三人将带来何灾祸，且看下回分解！

第四十五回　猛罗汉砸车劫人　娇烈女撞墙殉夫

诗曰：

头上苍天晴复阴，不为桀亡为尧存。

世间福祸凭人造，天谴责罚亦有因。

话说方世玉与洪二和尚、洪熙官三人来太安堂医病，不料却被朝廷探子看了个明白。

原来，洪二和尚自创立天地会，处处与朝廷为敌，实令乾隆震怒，下令诛杀。此次洪二和尚便是因与大内高手厮杀伤了经脉，朝廷遂四处差了密探，以查洪二和尚等人去向。

且说那探子急急将密情报于胡知府，恰钦差大人马常也在，那马常听了，十分欢喜，心道："天赐我也！"遂对胡知府道："太安堂私通天地会，实乃大逆不道，立刻遭了兵马，将太安堂围困起来，将天地会与太安堂人等一起拿了！"胡知府闻言，心中暗自叫苦。钦差大人此次前来，下旨索要《太安堂秘笈》无果，胡知府早有耳闻，今日钦差要将太安堂人一起索拿，实为私心。想到此，对马常道："钦差大人，如今当务之急，应捉拿天地会为上策，至于太安堂人，依下官之见，他们只是悬壶济世之人，对天地会之事并不知情，理应法外开恩方是。"马常听了，沉色道："胡大人勿需多言，依本钦差之言做了便是！"胡知府只得应了一声，一面差了府役随钦差大人围捕天地会，一面密派心腹胡言先行赶到太安堂嘱咐柯仁轩早做安排。

且说那胡言骑了快马，秘密来到太安堂将胡知府之话如此这般地向柯仁轩说了。柯仁轩听了，遂将少夫人惠兰及管家柯耀武并楚青、孙七等人唤来商议对策。只听索英道："又是马常那厮，今日若是他胆敢再来，我定取了他项上人头！"楚青道："一个钦差又有什么了不起，我们朝廷也是有官戚的，还能怕了他不成？要不就把事儿告到皇上那儿去。"柯耀武道："青小姐，远水解不了近渴。还是避其锋芒的好。"又对柯仁轩道："少爷，你还是拿个主意吧。"柯仁轩道："欲加之罪，何患无辞？钦差大人是醉翁之意不在酒，还是躲一躲的好。"孙七道："我家虽不宽敞，但离此处两百余里，尚可避它一避。"柯仁轩道："那就讨搅府上了。"遂令将府中大小车马套上，所有人等尽数乘车而去。

所有人等上了车马，唯柯仁轩一人留下。少夫人惠兰见了，连忙走下车轿，来到柯仁轩身边，问他何故不走。柯仁轩道："马常只为我一人而来，我又岂能离开？"惠兰道："夫君不走，我又岂能苟活？"便也执意不走。众人见了，便也纷纷要留下，皆言要与太安堂共存亡。柯仁轩一见此景，顿时急了，催道："如今所犯可是杀头之罪，尔等快些速速离去！"惠兰道："夫妻本是同林鸟，岂能大难临头各自飞，我定与夫君共进退！"柯仁轩见状，十分无奈，只得同意如此。丫头翠儿见了，也执意不走，一定要留在小姐身边。惠兰道："小少爷如今交与你，还需你谨慎照看方是，你又怎能留下？"说得翠儿只管一个劲地哭，只是不肯，惠兰见状，跪下道："养子之情，惠兰代儿谢过了。"唬得翠儿连忙跪下，哭道："小姐何须如此，翠儿走便是了。"于是，起身哭着走向车轿。只听柯仁轩对楚青、索英道："你二人一路谨慎保护好他们！"索英道："有青姐儿一人便可，还是让我留下保护小主！"小迷糊则一直站在车旁，说什么也不肯走。柯仁轩见他二人执意如此，也不强求，只听老管家道："太安堂岂能无我？"言罢，竟坐在门前不动。柯仁轩见状，只得如此。一挥手，所有车辆竟向孙七老家而去，不在话下。

且说柯仁轩见众人已走，令柯耀武将大门紧闭，只待官家来拿。约摸过了半个时辰，只听门外人喊马嘶，有人砸门，柯耀武遂将大门开启，一群官兵不容分说拥入。进入前院，只见柯仁轩昂立圆门处，一旁另有少夫人惠兰并与索英、小迷糊三人。马常见了，冷笑道："柯仁轩，你勾结天地会对抗朝廷，知罪否？"柯仁轩亦冷笑道："本少爷只知悬壶济世，并不认识什么天地会，地天会，钦差大人欲加之罪，小民又岂能奈何？"马常冷笑道："你是不见棺材不落泪。"对身旁军兵喝道："来啊，给我搜！"军兵应一声，四下散开去，各房院，及至后花园中，胡乱搜寻一番，一无所获，回来报于马常。马常听了，并不言语，又令随身护卫四下里搜寻，这些护卫并非搜天地会，却是马常密令搜寻《太安堂秘笈》，护卫们十分卖力，破锁砸箱，掘地挖洞，只怕漏掉一丝可疑之处，就连那房顶瓦片也遭了劫难。忙活了半日，却仍是两手空空，只得向马常回禀。马常对柯仁轩怒道："柯仁轩，今日你若不将反贼和秘笈交出，明年的今日便是你的忌日！"柯仁轩听了，只是冷笑不语。马常见状，一声令下，将柯仁轩拿下，便有几名清兵上前。索英见了，一旁冲出，大喝一声道："看谁敢近前?！"几名清兵又急忙退下。

马常喝道："柯仁轩，难道你想造反不成?"未等柯仁轩回话，惠兰从身后转出，冷笑道："钦差大人，太安堂一向光明磊落，又何谈造反一说? 太安堂并不曾私通什么天地会，还望钦差大人明察。"

惠兰一直站在柯仁轩身后，马常一直以为是府中奴仆，并不曾注意，如今惠兰出来说话，马常见了，顿时呆了。马常所见美女如云，却从未见过如此漂亮的女子，心道："太安堂不仅有深不可测的秘笈，还有如此貌美的绝艳女子，看来我马某人不虚此行。"

马常呆了半晌，忽然问道："小女子，你是何人?"

惠兰施礼道："民女乃柯仁轩之妻陈惠兰是也。"

马常听了，一声冷笑道："陈氏真乃有情有义女子，纵观全府，只剩你几人，你却不逃，是想为夫殉情吗?"

惠兰冷笑道："死又何惧，只是大人身为朝廷命官，不分黑白，草菅人命，才令人可怕。"

马常心道："好一个伶牙俐齿的女子，本钦差今日将你带回府去，看你还如何知道不怕。"马常心中一阵窃笑，下令将三人带走。

话音刚落，恰胡知府匆匆而来，听到此令，遂将马常拉至一旁道："马大人且不可将少夫人带走，后日便是太安堂交出秘笈之日，你须留下她交出秘笈方是。"马常听了，心虽不甘，却认为言之有理，遂丢下惠兰将柯仁轩与索英二人带走。惠兰随后来赶，却被军兵拦住。马常走到府门外，抬眼见门首悬着鎏金"太安堂"三字，知是明皇嘉靖所赐，乃大怒道："此为前朝罪君所题，太安堂依旧缅怀，是何居心?"遂令衙役将其砸了。柯仁轩见了，虽怒却无可奈何。

话说柯仁轩与索英二人被马常带走暂按下不表，且说少夫人陈惠兰见夫君被带走，不知将会怎样，心痛如万箭穿心。正不知如何是好，老管家柯耀武过来，对少夫人道："目下太安堂蒙难，少夫人还是快些求助老太翁为妙。"

少夫人经此提醒，忙道："武叔所言极是，武叔与我备了车轿，我这就过去。"柯耀武道："少夫人乃深闺弱质，还是您写封书信交与老奴去办吧。"少夫人道："如今情势紧急，非一封家书所能畅达明白，还须我亲自一趟方可。"柯耀武见少夫人言之有理，便备了车轿，待少夫人上了车轿，小迷糊前面驾车，一挥长鞭，径向潮州府陈老编修府中而来。

长话短说，车轿到了陈府门前，少夫人下了车轿，直奔后院，恰陈老编修夫妇正在后院上房中吃茶，见大小姐急匆匆闯进门来，吓了一跳。陈夫人赶紧过来，拉住女儿的手问道："我儿为何这般慌张？"小丫头们忙搬了凳子过来，扶少夫人坐下，又有小丫头端了茶过来让她吃。只见少夫人喘了口气，对阿爸道："阿爸大事不好了，快想想法子救救仁轩！"随即便一五一十地将事情如此这般地说了。陈老编修夫妇听罢，也是吃惊非小。陈夫人道："老爷，你快些想个法子出来，若是晚了，怕仁轩性命难保。"陈老编修道："马常此来并非是要命来的，他是来要《太安堂秘笈》的，因此，并不要紧。"陈夫人道："老爷，你怎如此糊涂？如今太安堂的罪名可是私通天地会，那可是杀头之罪，又怎能说不要紧？"陈老编修斥道："真是妇人之见，若不是因《太安堂秘笈》，又怎能生出这般是非？"陈夫人道："这倒也是，不过目下该如何是好？"陈老编修道："且请了张大人过来，看他有何好法，再做定夺。"遂唤过陈强吩咐一番，陈强应一声去了。

一会儿，张工部乘了轿子过来，陈强将其引入后院上房，陈老编修迎着，分宾主坐下，陈老编修便将太安堂之事说了。

张工部道："真是人算不如天算，偏又出了这档子意外。如今看来，须主动出击方为上策，不能再静观其变。"陈老编修道："愿闻其详。"张工部道："目下马常未能将《太安堂秘笈》收入囊中，还不会将令婿怎样，只怕日久生变，若是马常身后之人怕事情败露，则会假借天地会之事而杀人灭口。"陈老编修惊道："如此又将奈何？"张工部道："速差人去京城，找柯大人与黄大人，让这两位大人查证是否有柯夫人主动上书皇上，又是否有皇上下圣旨，让太安堂献秘笈一用。若是查无此事，我倒要看看这位钦差大人如何收场？"陈老编修听罢，忙道："张大人所言极是，眼下也只能如此了。"言罢，当下修书一封，便要差人去送。只听张工部道："此事须越快越好。"又道："只怕马常早做防备，一路上要多加提防，以防书信遭劫，误了大事。"陈老编修道："张大人言之有理。"这时，只听少夫人惠兰道："此信还须让柯、黄二位大人认识的人去送方妥。"张工部与陈老编修也十分认同。于是少夫人唤来小迷糊，如此交代一番，小迷糊道："少夫人，您尽管放心，就是丢了小迷糊的脑袋，也断不会将救命的书信丢了。"言罢，出了门，早有陈府的下人牵过一匹上等的好马，小迷糊翻身上马，那马儿一声长嘶，腾起四蹄，奔城门而去，不在话下。

且说马常抓了柯仁轩与索英二人，一番拷打，并未问出《太安堂秘笈》所藏何处。柯仁轩心道："如今看来，这位钦差大人所下圣旨必是假的无疑。多亏昔日阿妈未将秘笈予我，若不然，今日将悔之晚矣。"

那马常见从柯仁轩那里得不到秘笈，如今却也是慌了，心道："若是柯家少爷果真不知秘笈所藏何处，又将奈何？"一时没了主意，遂唤来心腹李猫儿。这李猫儿年约五旬，头大脸肥，身材短小，一双小眼睛。此人阴险狡诈，曾做过杭州知府的师爷，因识得马府管家，极力巴结，被马常收为心腹，鞍前马后地为马常效力。

且说李猫儿见了马常，问有何事吩咐，马常便将事儿如此这般地说了，问李猫儿有何主意。李猫儿听了，眯着两只小眼睛道："大人可一面书信于中堂大人，一面全城贴出告示，宣告全城百姓，就说明日处斩私通天地会的柯仁轩。如此一来，若是柯仁轩果真知道秘笈所藏何处，便会将其取出保命。二来，那天地会的洪二和尚与方世玉等人闻风必前来救人，到时，大人只需布下伏兵，便可将天地会一网打尽。就算太安堂交不出秘笈，和中堂念在你剿灭天地会的分上，也不会为难大人您。"

马常听了，十分欢喜，略一沉思，又道："只是这处斩柯仁轩的时辰太仓促了些，不如再缓上两日。"李猫儿道："大人所言极是。"

两人正自商量，忽听门外有脚步声，待脚步声走近，两人发现竟是那歌妓，只见她今日打扮一新，别有一番风味。有诗云：

> 玉貌亭亭发似云，翠眉淡淡点朱唇。
> 一双俊眼含娇媚，三寸红莲半捻春。

直看得马常两眼发直，口不能言。李猫儿见状，忙寻了个理由退出门去。

那歌妓直走到马常身前，伸出粉手去勾马常的脸儿，只这一伸，马常只管一把抓住，将她抱入怀中，恨不能将其一口吞下，两人嬉戏亲热，自不在话下。

话说少夫人惠兰这几日一直住在娘家，只盼小迷糊早些将家书送到京城。是日，陈老编修收到胡知府书信，说柯仁轩与索英二人暂时平安，望陈大人早做准备，以防不测。陈老编修看罢书信，叫过惠兰，递与她看了，父女二人相视无语。须臾，惠兰唤进陈府一个小子来，差他给城中太安堂分堂的阿朗与阿宾两人，令他二人前去狱中探视，并注意城中情势变化。

阿宾与阿朗本就得知太安堂蒙难，少爷入狱，二人正自心急，不知如何是好，如今得了少夫人口令，二人忙备了酒菜去监狱探视。说来奇怪，那狱中的牢头也不为难二人，径将二人带入。隔着铁栅栏，二人见少爷与索英席地而坐，再看主仆二人皆面色憔悴，身上带伤，知是用过刑。那阿宾年岁长了些，来时多了份心，带了创伤药。阿宾哭道："少爷受苦了。"待狱头将牢门打开，走进，先是将创伤药取出与二人上了。阿朗也哭道："少爷何曾受过这般苦？"说着，将酒菜从盒笼中取出，劝二人快点吃些。柯仁轩也不客气，摆了酒菜与索英对饮。因又问起少夫人的事，二人便将如何受少夫人差遣之事说了。柯仁轩听少夫人无事，也就放下心来。吃罢，柯仁轩交代阿宾与阿朗二人回说少爷与索英一切安好，让她勿需担心。二人应着，拎了盒笼，辞了少爷与索英退出牢房。

二人回去，如实向少夫人回禀。少夫人听了，依旧放心不下。次日，亲自往牢中探视，牢头依旧没有难为，畅快放行。夫妻二人相见，虽只隔几日未见，却如百年未逢，望着柯仁轩，少夫人两泪交流，心痛之情难以言表。柯仁轩扶夫人坐下，少夫人泣道："相公遭此劫难，受此苦痛，为妻却不能相扶与共，实在愧疚。"柯仁轩道："娘子何出此言？"又笑道："此不过小菜耳。想当年，本少爷南下苏州府，那才叫一个险。"少夫人见他谈笑风生，如此不经意，心情却也跟着好了许多。待到要离开时，二人执手凝视，少夫人将手指放入柯仁轩掌心，划了"已书信京城"五字，柯仁轩会意，这才释手，依依不舍回至娘家。

且说第二日，城中忽贴出处斩柯仁轩文告，一时，满城轰动。阿朗与阿宾见了，顿时慌将起来，急忙往陈府送信，恰胡知府亦差人送了信来，少夫人听了，顿时昏厥，不省人事，陈府上下乱作一团，暂按下不表。且说中午时分，官兵押着两辆囚车，直奔城北一处十字路口法场。此时，城中百姓人山人海，阿朗与阿宾二人挤在人群之中，看得明白，囚车之中，正是少爷与索英主仆二人。

衙役将柯仁轩主仆二人从囚车中押下，前推后拥，直押到法场中心，将二人面南背北强行按下。两名虎背熊腰的刀斧手，持了鬼虎大刀立在背后。一旁的行刑官正是马常，却不见胡知府身影。

此时，东南西北四方皆有持了扁担的卖柴人，或是手持刀具的卖艺人往人群中挤，皆被兵勇们拦住，不许挨入。

阿宾悄悄对阿朗道："柯家对我等一向不薄，视为家人，今日少爷蒙难，你我二人须竭力将这法场给劫了。若是苍天有眼，佑我家少爷平安无事，若是劫场不成，甘愿与少爷一道共赴黄泉！"

阿朗道："誓死一拼！"

二人握紧拳头，伺机行事。

且说午时三刻已到，只见李猫儿走到柯仁轩身边，奸声笑道："柯少爷，若此时拿出秘笈，为时未晚，若是你一意孤行，今日便是你的死期到了！"只听柯仁轩冷笑道："别说本少爷确实不知什么秘笈，就算知晓，尔等小人，也休想得到！"

一旁的马常听得明白，一声冷笑："好一个不知死活的人，今日你既求死，本钦差就成全了你！"言罢，丢下令牌，喝了一声斩。就见刀斧手，将手中鬼头大刀高高举起，正欲落刀，忽然一阵风起，就听半空里有人高声喝道："休伤我子孙！"马常与众人仰首看时，但见半空中柯玉井穿着大红官袍，正俯首怒视，他的身旁站着二人，正是张全与飞燕子。

两名刀斧手见了，只惊得将手中的刀儿跌到地上。马常也是十分惊恐，恰在此时，就听一声喊杀之声，百余人手持刀枪剑戟冲杀进来，为首之人正是洪二和尚与方世玉。只见方世玉一个燕子腾空，手起刀落，那两名刀斧手顿时人头落地，血溅半空。

只见马常闪身躲到一旁，冷笑道："尔等逆贼终于来了！"又喝一声道："将这些乱国贼子全部给我拿下！"话音未落，就见清兵如同天降，四面八方围了过来。

方世玉、洪二和尚、洪熙官上前解了柯仁轩与索英身上的绳索，架起便往城门外冲，阿朗与阿宾看得明白，便也上前助阵。此时官兵已将法场围了个水泄不通，方世玉一时性起，挥起手中青龙刀，在前一阵乱砍，清兵顿时死伤无数，纷纷后退，不敢向前。眼看着就要冲出城外，忽然朝廷追杀天地会的四大魔王拦住了去路。这四大魔王乃是混天王周云飞，青面阎王路玉通，什刹龙王罗畅，双面鬼王萧长生。这四大魔王皆大内高手，武功甚是了得。洪二和尚先前中的那一掌正是为青面阎王路玉通的大力金刚掌所伤，今日仇人相见分外眼红，阿朗与阿宾上前护住受伤的柯仁轩，洪二和尚与方世玉、洪熙官则与四大魔王混战一处。

此时，清兵越来越多，将柯仁轩与天地会围了个水泄不通。眼看着众人将有悉数被擒的危险，就在此时，只听惊天动地的一声吼："休伤我家少主，张无敌来也！"话到人到，只见一员小将手持一柄银枪，杀开一条血路，冲到柯仁轩近前，单腿点地，高声叫道："小的乃是张全后人张无敌，救少主人来迟，还望恕罪！"柯仁轩见张无敌身长八尺，剑眉豹眼，鼻直口方，浑身透出一股英气，甚是威武，心中十分喜爱，忙伸手将其扶起道："无敌辛苦了！"索英正在一旁苦战，见又来了一位援将，又听是张全后人，忙过来对张无敌道："我乃飞燕子后人索英，兄弟，闲话少说，你我二人快些保了少主人冲出城去！"张无敌应一声，一挥手中银枪，往前一扫，清兵顿时倒下一片。

渐渐杀近城门，忽听城门口又传来喊杀之声，柯仁轩往前一看，来者不是别人乃郑虎领了刘顺、姜豹等人接应来了。只听郑虎高声叫道："师兄少要担心，休要害怕，郑虎来也！"

众人里呼外应，清兵哪里挡得住，与方世玉等人交手的四大魔王也招架不住，只得收手，落荒而去。众人不敢恋战，出了城门，早有车马在外接应，众人上了马狂奔而去，暂且不提。

如今且说陈府发生了一件大事。因少夫人惠兰适才昏厥了过去，众人合力将其救醒，少夫人问阿朗与阿宾两人是否来过，众人回说没有。少夫人听了，心中甚是难过，强扎着要去见柯仁轩，众人哪里肯依，陈编修唤来陈府中一个小子，令他去外面一探究竟。那小子领命出来，走不多远，就见众人在看告示，便也往前来看，这一看不要紧，只把脑后的小辫子都吓得竖了起来，官府果真要处斩姑爷。又见众人皆往城北跑，便也跟着跑，想看个究竟。等到了法场，方世玉一刀斩了刀斧手的人头，救了姑爷柯仁轩，那小子见了，心下欢喜，便急急回府禀报，一进府，便上气不接下气的嚷道："姑爷被拉到法场了！"那小子又道："人头已经落地了，好大的一摊血！"只这一说不要紧，惠兰以为柯仁轩去了，顿时失声，哭道："相公，等等我，为妻来了！"只把头往阶沿廊柱上一撞，顿时倒地身亡，好个可怜的惠兰，只因爱夫心切，未等问明，便一撞殉夫，香销魂断，从此与柯仁轩阴阳两隔。这正是：

> 梧桐相待老，鸳鸯会双死。
> 贞妇贵殉夫，舍生亦如此。

丫头婆子们一见慌了，便急急过来，将大小姐抱起，只千呼万唤，再也不见大小姐醒来。此时，陈夫人一见女儿如此，顿时昏厥，丫头婆子们又赶紧过来掐人中施救。

这时，张工部赶到，见此情形，跌足叹道："老夫来晚一步矣！"陈老编修道："张大人此言何意？"张工部道："钦差并无杀令婿之意，只不过是将其视作钓饵，引天地会入瓮罢了。"接着就把柯仁轩已被天地会救走一事说了。张工部道："今日府中的小子们探得要斩柯仁轩一事，我料定必是钦差为天地会准备的圈套，果不其然，没想到令媛她……"陈老编修道："都怪下人传话不利！"言罢，便令人去寻那传话的小子，搜了半日也不见，原来那小子一见自己闯了大祸，哪里还敢待下去，早已跑得没了踪影。

事已至此，也无可奈何。此时，陈夫人已经醒了，只哭得如同泪人儿一般。陈老编修便又向张工部讨主意，张工部道："令媛生是柯家的人，死是柯家的魂。如今柯家人去楼空，陈大人不妨将令媛入棺，陈至太安堂分堂，再派了人守候，等柯家案子了了，再寻日下葬。"陈老编修道："张大人所言极是。"于是，用上等棺木将惠兰盛了，安放到太安堂分堂，每日里有陈府的下人们轮番守着不在话下。

欲知后事如何，且看下回分解！

第四十六回　获家书三宫奏圣　逢故人一语解迷

诗曰：

世间真情抵怨愁，今向天子诉冤由。

三宫六院齐下泪，不还清白誓不休。

　　如今且说小迷糊风餐露宿，马不卸鞍，这一日来到京城，刚至城门口，就见守门军兵盘查甚严，无论男女老幼皆挨个盘查。书中交代，京城如此防患，皆因马常拿柯仁轩作钓饵，本想将天地会一网打尽，也好将功折罪，不曾想，却是赔了夫人又折兵，不仅未能抓住天地会的人，还将柯仁轩也给丢了。马常一时慌了，不敢隐瞒，给和珅书信一封，尽将事情的前前后后说了，然后差人八百里加急，送至京城。和珅得信，直气得七窍生烟，大骂马常办事不利。唤来管家刘权，交信与他看了。刘权看罢，道："爷，依奴才之见，定会出大事不可。"和珅道："愿闻其详。"刘权道："太安堂的柯家焉是等闲之辈？如今那柯黄氏正在宫中给各位主子们医病，深得皇上的信任，且柯家还有两位亲戚在朝为官，若是假圣旨的事被他们拿住把柄，这天岂不是要捅出一个窟窿来？"和珅道："马常坏了本相的大事，若是他将那《太安堂秘笈》诈了来，倒也罢了，即使有一日柯黄氏回了乡，问起此事来，生米已经煮成熟饭，她也奈何不了本相，也只能是哑巴吃黄连罢了。可如今，这秘笈没能诈来，假圣旨倒是落到了太安堂手里，真是偷鸡不成倒蚀一把米。"又道："虽说马常将柯黄氏之子下了狱，丢了太安堂的颜面，可毕竟马常拿了他一个私通天地会的铁证，谅她也不敢怎样。只是怕她会以这假圣旨要挟本相。"刘权道："爷说得极是，可眼下如何处置？"和珅道："你速去潮州府，令马常将那圣旨取回销毁。若是找不到那圣旨，你该明白怎么做？"刘权笑道："爷敬请放心便是。"

　　刘权当下去了潮州府，和珅又唤来守门军军头，这军头姓赵名忠，一听和相爷唤他，急忙来见。和珅道："近日有广东天地会逆贼要来京城，你须将这城门守好了，若是能搜出与柯、黄两家的书信，须立即与我，必重奖于你。"赵忠听了，连忙称是，不敢怠慢，立刻加派了军兵守门，自己也一时不敢偷懒，各城门小心督察。

且说小迷糊见守门军兵盘查甚严，遂将书信藏于帽中，然后混在人群之中向城门挨近。待走到城门口，军兵开始仔细搜查，小迷糊将包裹递与军兵，并未搜出可疑之物，又搜了身也无别样，于是放行。刚走几步，迎面正遇赵忠，赵忠见小迷糊乃一身南方人打扮，又见军兵并未从其身上搜出什么，遂叫住道："把帽子摘了！"小迷糊闻听此言，顿时吓出一身冷汗，赔笑道："军爷，适才并未搜出什么来，这天寒地冻的，您让小的摘下帽子，小的怕冷，还望爷体恤则个。"那赵忠听了，把眼一横道："你休要狡辩，按爷吩咐的便可！"小迷糊心下顿时慌了起来。恰在这时，就见几匹快马过来，为首的乃是一名将军，小迷糊见了，此人正是大舅爷黄成勇，心下狂喜，忙奔前行礼道："小的给大舅爷请安！"黄成勇低头见行礼之人乃柯仁轩家童小迷糊，不禁心下生疑，正要问他何事到此，见小迷糊冲他使了个眼色，心中有数，便将其带回府中。

等到了府中，小迷糊扑通一声给黄成勇跪下道："大舅爷，大事不好了，太安堂出大事了，大舅爷快快救救我家少爷吧。"一面说，一面除下帽子将书信交与他看。黄成勇看罢，将眉一竖，怒道："马常这厮竟敢如此胡作非为！"又道："难怪近日城门加派了军兵，若不是手下有人来报，我竟浑然不知。"小迷糊道："若不是大舅爷来得及时，恐怕小的连这书信一道再也见不到大舅爷您了。"黄成勇听了，好生一番安慰，令管家将小迷糊带下洗浴更换新衣不在话下。

且说黄成勇见了书信，如今只想着将书信带进宫去，待阿姐证实是否上书交秘笈之事，再作定夺。

话说柯夫人与文慧进宫为令妃医病，已有些日子。是日，师徒二人正在风月轩说话。文慧道："师父，如今令妃娘娘肚子一天大比一天，只是不知皇上何时才放你我二人归乡。"柯夫人笑道："慧儿不必操心，皇上自有安排。"又道："近日，心内总是惶惑不安，也不知太安堂是否出了什么事儿。"文慧听了，安慰道："师父多虑了。又能出什么事？少爷如今安稳了许多，少夫人一向端庄、贤淑，家中一应之事自会处理得十分妥当。"柯夫人听了，便不再说话。

恰在此时，延禧宫的香儿端了果子来吃。香儿道："昨儿个库尔乐从新疆回来，带了这新鲜的哈密瓜回来，皇后仁慈，各宫里都赏了些，令妃娘娘吩咐奴婢送了些过来，请柯大夫师徒也尝尝鲜儿。"说着，便将盘中的瓜儿放在书案上。柯夫人并文慧上前仔细瞧了，真是新鲜，大冷天的竟然还有瓜儿吃。柯夫人遂谢过令妃娘娘的垂爱，并请香儿一道吃。香儿道："这是主子赐给柯大夫的，奴婢焉有这等口福？柯大夫，还是你师徒二人慢用吧。"正说着，外面又有人进来，柯夫人仔细一瞧，却是张常在的奴婢锦屏与秦答应的奴婢扣儿，她二人皆端了哈密瓜过来，说是主子吩咐送过来的。柯夫人又连忙谢过，正欲邀请二人一道享用，恰小宫女淑儿送来一封书信，说是宫外柯国栋大人托内务府的人送进来的。柯夫人忙拆了信来看，这一看不要紧，只叫了一声我的轩儿，顿时昏厥，不省人事。文慧见了，忙过来与众人一道将师父放到炕上施救。一会儿的工夫，柯夫人醒了，却是只管说着胡话儿，口里只一个劲儿地叫着我的轩儿，忽一口鲜血喷出，又人事不省了。文慧不知何故，师父只看了书信，人便变得如此疯癫。她拾过信来，一看，顿时呆若木鸡一般。一旁的香儿、锦屏并扣儿不知这师徒二人看了书信为何会这般，也忙过来看，看罢，三人心中顿时明白，原来太安堂出了大事。三人便急急离开，回去各自告诉自己的主子。

且说令妃、秦答应与张常在闻听此事，便急急过来瞧看，果真如此。三人又看了书信，知道此事关系重大，须向皇上求情。三人商议一番，令妃吩咐小叶子出去问问皇上现在何处，小叶子应一声出去，须臾回来回话，说皇上这会儿正在御书房，三人听了，便急急往御书房而来，恰富察皇后也在。乾隆问令妃道："令妃今日与常在、答应二人一起来见朕，此为何故？"令妃与常在、答应三人齐齐跪道："请皇上饶命！"乾隆惊道："你三人何故如此？"一旁的皇后也不知何因，忙问何故。令妃将柯夫人家书呈上，乾隆看了，惊道："朕何尝下旨要太安堂献上什么秘笈？这太安堂又怎么和天地会扯上了瓜葛？"令妃娘娘道："臣妾三人也是适才方知此事，望皇上明察，还太安堂一个公道。"秦答应道："柯大夫因一时急火攻心，吐了血，昏迷了过去。"皇后闻言，忙问道："柯大夫现在如何？"张常在道："臣妾们来时，尚未清醒。"

皇后道："快请吴太医过去瞧瞧！"乾隆吩咐李玉道："将朕的长白山千年还魂人参带上一支，煮了，给柯黄氏补补。"李玉应一声去了，不在话下。皇后对乾隆道："皇上，竟有人敢假传圣旨，这还了得，皇上须彻查此事方是。"乾隆道："朕自会将此事查个水落石出。"又道："太安堂之所以能与天地会牵连到一起，怕是与这秘笈之事也有关系吧。"

令妃与答应、常在听了，忙一起道："皇上英明！"

乾隆看了她三人一眼道："都起来吧，你三人承蒙柯黄氏大恩，今日求情相报，倒也是有情有义之人，朕很是欣赏你们！"

三人起身，坐于一旁。只听乾隆吩咐小太监道："传纪晓岚即刻到御书房见朕。"

须臾，纪晓岚到，拜过皇上。乾隆便将太安堂一事如此这般向他说了，吩咐其即刻动身，往潮州府查办此事，不得有误。纪晓岚领旨而去，暂时按下不提。

且说诸事吩咐已毕，只听乾隆道："诸位爱妃与朕一道前往风月轩，瞧瞧柯黄氏醒过来没有。"

于是，乾隆与令妃等人移驾风月轩。

待到了风月轩，乾隆等人径入，见柯夫人已醒，李玉与吴太医二人亦在。李玉与吴太医忙过来给皇上、皇后及其他小主们施礼，柯夫人亦欲起身行礼，被乾隆止住，只听乾隆道："柯黄氏辛苦了。"柯夫人闻听此言，顿时滚下两行珠泪，道："皇上，民女冤枉！"乾隆道："朕已知晓，你放心养息身体，朕已派大学士纪晓岚前往潮州府彻查此事，定会还你一个清白。"柯夫人忙连声谢过。只听乾隆笑道："朕的千年还魂人参效果果然不错。"又对吴谦道："吴爱卿，你告诉柯黄氏这千年还魂人参的来历。"吴谦应一声，便如此这般地说了。

话说长白山，山高林密，崖陡壁峭，林中飞禽鸣脆，走兽咆哮。在山崖一处，住着一猎户，此猎户年约二十，身长八尺，俊眼浓眉，身披虎皮。此人力大无比，手持一柄钢叉，终年以虎肉、熊掌、山鸡等野兽飞禽为食。

此猎户姓高名宠，家中只有一年近六旬老母。且说是日，高宠携了钢叉，走至那猛兽常出没的地方狩猎，忽然就见从林中慌慌张张跑过一模样俊俏的女孩儿，再往后看，只见女孩身后窜过一吊睛斑斓猛虎，眼见着那虎前爪就要抓住女孩儿的两肩，高宠见状，疾飞出手中钢叉，只听猛虎一声吼叫，倒地身亡。高宠上前，拔出钢叉，将那死虎横在肩上，对前面的女孩叫道："姑娘休要慌逃，大虫已死。"女孩儿回首，果见那猛虎已被猎户收了，遂过来施礼谢过。此时，高宠方见那女孩长得十分漂亮，宛如天人一般。怎见得？有诗为证：

> 面似桃花含露，体如白雪团成。
>
> 眼横秋水黛眉，指若葱白尖尖。
>
> 袅娜休言西子，风流不让郑旦。
>
> 金莲窄似菡萏，行如细柳轻烟。

久居山林，终年与飞禽走兽为伍，高宠哪里见过如此美人？高宠直看得心跳如鹿。高宠回礼道："高宠见过姑娘。"又道："深山野林，猛兽出没之地，姑娘怎好孤身一人在此？"女孩儿道："因家居山下，爹爹上山狩猎未归，遂上得山来寻他。未曾想遇到猛虎，多亏哥哥搭救，才幸得留下一命。"高宠听她如此一说，便道："姑娘，你快些家去吧，免得你爹爹回来，因寻你不着，好不着急。"那女孩儿又施了个礼，走了。

又过了几日，高宠出来狩猎，忽见那女孩儿正坐在一处山石之上，但见她正低首凝神飞针走线，绣着一个香囊。高宠走近，那女孩儿收了针线，起身笑道："前儿些日子，多谢哥哥救了奴家一条性命，别无他物相谢，只绣了个香囊，不知公子喜欢否？"言毕，将香囊递过，高宠双手接了，连声称赞姑娘好手艺。高宠又问女孩儿芳名，女孩回道："奴家姓任，只因长得娇小，邻居都称呼奴家小人精儿。"高宠听了，笑道："这个名字是最适合你不过的了。"说罢，挨身坐到大石上，高宠只觉小人精儿体香如兰，十分好闻。

两人又坐了一会，只听小人精儿道："奴家最喜吹笛，不如吹上一曲，给哥哥解解闷儿如何？"高宠听了，甚是欢喜，顺手摘下一片树叶，笑道："妹妹吹笛，哥哥便以这片叶子和你。"

于是，小人精儿吹笛，高宠便吹树叶相和，一时间，但见飞禽起舞，走兽仰首倾听，周边花草吐香。

不知吹了多少曲，两人皆有些儿累了，小人精儿便将头儿靠在高宠肩上，闻着小人精儿的体香，高宠一时把持不住，竟将小人精儿拥入怀中。高宠道："若是一辈子皆能抱着妹妹，也不知是我高宠几世修来的福分。"小人精儿笑道："哥哥是个好人儿，又何须修上他几世？"

高宠从袖中拿出一根红缨绳，对小人精儿道："哥哥有一红绳送与妹妹，不知妹妹喜欢否？"小人精儿笑道："是哥哥送的，妹子自然是十分喜欢的。"高宠遂将红缨绳扎于小人精儿的发上。

小人精儿坐起，两人又说了一会儿话，方恋恋不舍离开。

自此，高宠与小人精儿每日里都要来此见上一回。是日，小人精儿又来到那块大石上等高宠，眼见得红日西沉，东方月上，却仍是不见高宠身影，小人精儿无奈，只得孤单而去。又过了几日，仍不见高宠身影，小人精儿便沿山去寻，终在一处茅舍里见到了高宠。但见高宠面色苍白，双眼紧闭，却是昏迷不醒。其母守在身旁，双目垂泪。小人精儿问其缘故，其母告诉小人精儿，高宠那日回来因误食有毒虎肉，便如此了。小人精儿见高宠毒入骨髓，已是回阳无望，不禁两泪交流。须臾，告诉其母，明日红日未起之时，到东山上第八棵松树下，见一带红缨草儿，将其拔起，带回煮其根喂汤，尚可有救。

次日，其母依小人精儿之言，至东山第八棵松树下，果见一带红缨草儿，将其拔起，见此草根儿类如人状，遂带回切入一块煮了，将汤给高宠喂下。须臾，便睁眼而醒，又喂两日，高宠开口能言，不几日，便恢复其壮。

且说高宠奔至那块大石旁，却不见小人精儿。一连几日如是，高宠甚是焦急，回至家中，忽见红缨儿，便问其母，母亲便如此这般相告了一番。高宠忙将那未食完的草儿取过，心中顿时明白，小人精儿乃是山中人参精，不禁痛苦万分，将余下人参又还回原处，终日以泪相守，直到老去。又过了许多年，这棵参儿又成了人形。

柯夫人听了，唏嘘不已。

只听乾隆道："长白山的返魂人参果然神奇。朕见你念儿心切，以其煮汤让你醒了过来。"

柯夫人听了，又连忙谢过圣恩。

乾隆见柯夫人已无大碍，又安慰一番，方摆驾而去，只留下众妃这里劝慰不在话下。

　　如今且说方世玉等人救下柯仁轩冲出城外，一路径往福建而来。路上，柯仁轩先是唤过张无敌，问他因何到得法场。张无敌道："自清廷夺了大明江山，张氏后裔便举家去了福建。我等虽身处异乡，却是时时思念太安堂。那日，我瞒了双亲，一路奔到潮州府，却正遇少主人蒙难，便挥枪杀了它一个痛快！"柯仁轩听了，叹道："如今我却要连累你一路逃难了。"张无敌道："少主人这说的是哪里的话，只要能跟着少主人，赴汤蹈火也在所不惜！"正说之间，郑虎过来相见，柯仁轩谢过郑虎救命之恩。郑虎笑道："你我兄弟恩怨已久，如今能以德报怨，也算是了了心中一件憾事。"

　　两人正自说话，忽然落下几滴雨来。方世玉奔过来道："天色已晚，又值下雨，总舵主吩咐，进到山中防寒避雨。"众人依言，皆往大山深处走。行了一阵，忽见前面隐约有亮光，及至走到近前，方发现竟是一所名叫玄真观的道观。此时，道观大门已闭，洪二和尚令人上前叩门。须臾，有人端了灯烛前来开门。借着烛光，众人见竟是道姑。只听那小道姑道："无量天尊，天色已晚，敢问各位施主有何指教？"方世玉上前道："这位小师父，天色已晚，外面正值下雨，还望小师父慈悲为怀，让我等在贵观借宿一晚。"小道姑惊道："无量天尊，不是贫道不肯慈悲，此处皆为道姑，男女怎能混宿一处？"方世玉道："小师父，你乃出家之人，神仙面前男女皆为一人，岂有不便之说？"小道姑听了，生气道："这位施主，竟是浑说，世上哪有男女不分之理？"

　　两人正自分辩，小道姑的身后有一群人提了灯笼过来，只听最前面的那人道："真子，你与何人说话？"那被叫做真子的小道姑忙回过头去，道："师父，有一群人说是要在此借宿，我说不可，他偏要纠缠。"只见女道长走到门口，见门外黑糊糊地站了一大群人，念了一句无量天尊，道："各位施主，此处皆为道姑，实不好收男客在此。再说，你们这么多人，道观太小，实在容纳不了，还望各位施主另寻别处吧。"方世玉听了，还要与其相商，柯仁轩见了，忙上前劝道："师弟，这位女道长所言不无道理，我等还是别处去吧。"柯仁轩话音刚落，就听道长身旁的一个小道姑惊道："柯公子，你怎会在此？"柯仁轩听了，也是一惊，仔细一瞧，却是师父仇天海府中的小丫头蓉儿。正要说话，只见蓉儿往身边一指道："柯公子，你看这位是谁？"借着灯光，柯仁轩看得明白，正是柳小姐。柯仁轩惊道："二位怎会道姑打扮？"柳小姐正欲说话，只听道长道："无量天尊，原来你们认识？"蓉儿道："师父，这位公子便是潮州府太安堂的柯公子。"女道长道："原来是柯公子，失敬，失敬。"又对那个真子吩咐道："将几处空房收拾一下，让各位施主进来避避风寒。"真子答应一声去了，不在话下。

女道长对柯仁轩道："柯公子请进后院大殿说话。"

于是，小道姑在前提了灯笼引路，道长领众人往大殿而来，柯仁轩、洪二和尚、方世玉、洪熙官、索英、张无敌、郑虎等人同入大殿，其余人等在廊下候着。

分宾主落座，小道姑奉上工夫茶。女道长道："无量天尊，敢问柯公子打从何来？"柯仁轩道："一言难尽。"遂将事情如此这般地说了。

女道长听罢，轻叹一声道："人间之事，事事无常。"又问道："柯公子日后意欲何往？"柯仁轩便又将洪二和尚与方世玉等人介绍给女道长认识。然后道："如今遭钦差追杀，也只好与天地会的兄弟们一处了。"女道长听洪二和尚乃天地会的总舵主，起身道："无量天尊，贫道乃无极玄子，见过总舵主。"洪二和尚忙还礼不迭。只听无极道长对柯仁轩道："开天辟地之时，天地混沌，诸多妖魔瘟神，混入人间。如今天朗地清，妖魔瘟神无所遁形，即使逞得一时之威，最终仍是灰飞烟灭，还天地一个清静。柯公子虽受一时不白之冤，终会有还你公道之时。"

洪二和尚闻言，冷笑道："道长，此言差矣，清廷乃侵我河山之鞑虏，杀我汉人如草芥，又何谈公道？如今只有万众一心，推翻清廷，还我大明，百姓方有安静祥和之日。"

无极道长道："无量天尊，舵主与我本是方外之人，本不该言谈红尘之事。然，舵主如今一心推翻清廷，迎大明入主中原，难道大明皇皆为清明之主？君不见嘉靖昏庸，严嵩祸政；万历无能，倭寇恃强。如此君主，要他何用！清廷虽是侵我河山之鞑虏，杀我汉人如草芥。然，如今清廷根基已深，且已暖百姓之心。君不见康乾之盛世，百姓安居之乐业？若舵主执意而为，则天下混乱，百姓又遭生灵涂炭之苦，难道舵主希望百姓生活在水深火热之中吗？"

洪二和尚闻言，半晌不语。须臾，正待说话，忽见有人来报，说清兵将道观围了。众人听了，霍地一声站起，便往外走。

欲知将有一场何样的厮杀，且看下回分解！

第四十七回　露奸情悬首竿头　沐圣恩赐赏太安

诗曰：

关东有义士，兴兵讨群凶。

初期会盟津，乃心在咸阳。

军合力不齐，踌躇而雁行。

势利使人争，嗣还自相戕。

话说众人走到道观门外，只见漫山遍野的灯笼火把，只将道观围了个严严实实。洪二和尚等人见了，不由得倒吸一口冷气。

只听洪二和尚道："清兵为何来得如此之快？"

方世玉道："来得快又能怎样？你我兄弟照样来去自由！"

话犹未了，只觉耳边一阵风响，忙将头一偏，一支冷箭擦脸而过，只射在身后的红漆大门之上。众人皆唬了一跳，正自惊疑，忽见无数支羽箭射来，众人忙闪进门后，将大门关了个严实。

洪二和尚道："如今想出去却是不易了。"

柯仁轩道："如今清军在暗处，我等却是在明处，若是硬闯出去，必定吃亏。依我之见，还是待天明后，再做定夺。"

方世玉冷笑道："师兄所言极是，我等在此，看这些清兵又能奈我何？"

于是，洪二和尚吩咐手下兄弟跃上屋脊，以观清兵动静，余下人等回房休息不在话下。

且说柯仁轩仍回大殿寻柳小姐，却见柳小姐与蓉儿两人正在大殿外站着，见柯仁轩回来，蓉儿道："柯公子外面是何样情形？"柯仁轩道："清兵已围定玄真道观。"蓉儿急道："适才逃过一劫，如今又临祸端，这该如何是好？"未待柯仁轩说话，只听柳小姐道："无量天尊，是福不是祸，是祸躲不过。柯公子乃仁义之人，自然会有真神佑护，又何必费心担忧？"柯仁轩听了，笑道：

"柳小姐能有如此心境，实安慰不已。"柳小姐道："无量天尊，此处只有玄叶子，又何来柳小姐？"柯仁轩道："柳小姐如今已是道姑，我竟忘记了。"又道："不知柳小姐出家为的是哪般，师父如今安好？"蓉儿道："柯公子如何此时方想起问这些？"柯仁轩道："适才却是想问，那清兵偏又过来捣乱，竟耽搁了。"蓉儿冷笑道："我家小姐真是枉自思念公子这许多年，你却一个借口竟给打发了。"柯仁轩道："此话怎讲？"蓉儿道："那年你竟一语不言，偷偷而去。随后，老爷便变卖家产，领着小姐与我另寻别处安居。小姐因惦记公子，一日与我男儿装束，悄悄出门径往广东来寻公子。不料，途中却闻公子已娶令恩师之女为妻，小姐听了，只哭得肝肠寸断，真是：往前去不得，往后又回不得，幸得无极道长收留了我主仆二人。"言罢，又仰首冷笑道："老天真是作弄人如此，如今却又在此相遇，偏公子又落得这般境地，怎叫我家小姐心中不难过？"

柯仁轩听罢，心中甚疑，那日分明让小迷糊送了书信的，又怎能说是一语不言？然，听蓉儿之言，又无说谎之意，遂施礼作赔道："仁轩处事荒唐，望二位小姐见谅，如今事已至此，仁轩却也奈何不得。"

三人正自说着，东方已是曙色将开。忽听山下有人高喊，说是红衣大炮到了，三人听了，皆是吃了一惊。柯仁轩急急往门外而走，走至院中，恰遇洪二和尚并方世玉等人也到了。此时，只听山下人声更响，那些伏在屋脊上的兄弟也连声直喊，说清兵的大炮到了。

洪二和尚、方世玉与柯仁轩等人皆跃上屋脊去看，果见不远处，几座炮口正对了道观。再观道观四周，却是清兵如云，皆是弓上弦，剑出鞘。这正是：

黑云压城城欲摧，甲光向日金鳞开。

洪二和尚看罢，不由倒吸一口凉气，心中暗道："今日我命休矣，一世英名，竟丧生此道观之中，却不知后人如何评说。"

洪二和尚正自暗想，忽听方世玉道："总舵主，与其坐以待毙，不如奋起一搏，拼他个鱼死网破！"洪熙官亦道："若不早些杀下山去，我等便要与此道观一起被炮火毁矣。"洪二和尚道："兄弟们且去大殿中商议一番，再做定夺。"言罢，纵身跃下，方世玉等人亦纷纷跳下径往大殿中议事不在话下。

且说围困玄真道观的清兵不是别人，乃是广州总兵查必图，而督军则是钦差大人马常。只见马常站在红衣大炮的后面，一脸傲慢之色，对一旁的查必图道："查大人，天地会的逆臣贼子皆在对面的道观之中，你速速开炮，将其全部杀之！"查必图听了，心中暗道："若是真的炮声一响，柯仁轩将小命休矣！"这查必图不仅感念柯仁轩之恩，更敬重柯仁轩人品，如今让他开炮，却是万万于心不忍。虽如此，却又违命不得，遂与马常周旋道："钦差大人，若是开炮，恐有不妥，那些乱臣贼子虽死有余辜，但道观之中的那些道姑们不过是修仙得道的方外之人罢了，如此一来，她们岂不受了牵累？"此时，马常求功心切，哪里还顾得上无辜之人，马常冷笑一声道："查大人，此时不是你我菩萨心肠之时，今日若是让这些乱臣走脱了，你我都吃罪不起。"查必图知此事关系甚大，正不知如何是好。忽见李猫儿躬身走到马常身旁，又对他耳语一番，马常听了，十分得意地随李猫儿径往帐中走去。

李猫儿守在帐外，马常走进军中大帐，却见刘权正在等候，马常连忙上前行礼问候。只见刘权冷笑道："马大人劳苦功高，老爷令我前来慰问大人。"马常听了，连声谢过。二人看座，刘权因又问起秘笈之事，马常便一五一十地说了。刘权又问起假圣旨如今何在，马常回说查无下落，刘权听了，冷笑道："天地会如今被困道观之中，马大人为朝廷效力，前程无限，实在是可喜可贺。"言罢，取过一坛酒来，除去红布盖，又拿过两只碗，道："来时，老爷吩咐带了好酒，今日小弟就借花献佛，预祝马大人旗开得胜，凯旋而回！"说着，将碗中酒倒满，马常端过一碗，媚笑道："以后还得多多仰仗刘兄在恩师那里多多美言。"刘权冷笑道："能为马大人效力，是我刘权的福分。"马常听罢，心中高兴，端起酒来一饮而尽，刘权却将碗中酒放下道："马大人真是海量，佩服，佩服。"马常意欲说话，却是嘴巴一张，流出一股污血来，他用手一指刘权，却又无力地将手放下，头儿一垂，见了阎王。

刘权冷笑一声，抽身而去。

那李猫儿守在帐外，见刘权去了，独不见马大人出来，便轻声走入，见马常斜歪太师椅上，口鼻流血，已是鬼魂之身，直吓得李猫儿三魂出窍，七魄离体，知大事不妙，顾不得主子尸身，急急如丧家之犬，跑回潮州府收拾好细软，跑了。这正是：

　　　　树倒猢狲散，墙倒众人推。

　　话说查必图因久久不见钦差出来，正自心下欢喜，忽见远处一骑人马赶来，待走到近前，只见潮州知府胡恂滚鞍下马，走到身前道："查大人，快过来见过内阁大学士纪大人！"查必图听了，不敢怠慢，急忙过来见了。

　　书中交代，来者正是纪晓岚。纪晓岚奉旨督察假圣旨一案，到了潮州府，一进知府衙门，却被唬了一跳，胡知府竟被关进牢房，钦差自个儿却追赶柯仁轩与天地会去了。纪晓岚遂将胡知府从狱中放出一问，又是唬了一跳。原来，胡知府竟是因为柯仁轩说了几句开脱的话儿，那马常十分生气，将其关在狱中。纪晓岚查明假圣旨为实，不禁大怒，这才与胡知府一道赶来。

　　纪晓岚问查必图钦差马常何处，查必图遂将纪晓岚等人带至营帐内，却见马常已经归了地府。纪晓岚冷笑道："如此奸人却是自行了结了，真是便宜了他！"遂令人割下马常首级，悬于百尺竿头，又令三军齐齐呐喊："太安堂冤案！奸臣人头在此！"

　　且说柯仁轩等人正自大殿中议事，忽闻外面山呼海啸，一片呐喊之声，以为是清兵攻了上来，急忙奔出，正欲上房，忽听无极道长道："无量天尊，如今太安堂冤案已平，诸位英雄还不早些归了朝廷，顺应民意。"方世玉听了，恼怒道："真人，你这是何话？"无极道长笑道："奸臣已除，太安堂冤案已平。试问方英雄，朝廷此举，难道不公道吗？"洪二和尚一旁听了，冷笑道："真人，是真是假尚不清楚，怎好就如此先评价了？"无极道长笑道："总舵主不妨自己亲自目睹。"众人跃上房脊，果见前面悬了一颗人头。洪二和尚冷笑道："此定为清兵使诈。"话犹未了，山下呐喊声息。忽听山下有人大声叫道："请洪总舵主出来听话，我们纪大人有话要说！"洪二和尚听了，冷笑道："如今朝廷又派了一个官儿来，不知又有何花样要耍。"方世玉道："管他有何花样，我等岂是怕他之人？"洪二和尚道："世玉所言极是，我等且下去，开了山门，看他究竟有何样话要说。"众人跳下，开了山门，方世玉冲山下道："洪总舵主在此，狗官有何话要说？"

　　山下沉寂片时，须臾，只听纪晓岚朗声道："太安堂冤案已平，我大清一向清明如此，不允忠士蒙奸，望洪总舵主也早些顺应潮流，回归大统，还百姓祥和！"洪二和尚听了，回道："清贼一向奸诈，如今又想蒙我等人不成？"纪晓岚道："洪总舵主若是不信，还是先请柯公子下得山来，一视便知。"方世玉一旁听了，急道："我等九死一生方救出师兄，如今怎可让他下山再入虎口？"未等洪二和尚说话，柯仁轩道："纪晓岚乃一代文臣，为官倒也十分做派，只不会诳我，失了他名声。我愿下得山去，一探究竟。"方世玉急道："万万不可！"柯仁轩执意要去，众人无奈，只得由他，索英、张无敌持了兵器，前后相护。

且说柯仁轩主仆三人到了山下，胡知府上前相迎，又仰首看见百尺竿头马常首级，不禁感动得两泪交流，忙上前与纪晓岚见了。纪晓岚又将如何来潮州府一事详细说了，柯仁轩听罢，又冲北方三呼万岁，谢过圣恩。纪晓岚道："如今你冤情已平，皆是万岁圣明，柯公子今日还需为朝廷效力方是。"柯仁轩道："请纪大人吩咐，我柯仁轩在所不惜！"纪晓岚闻言，遂书信一封与洪二和尚，劝其归降，交与柯仁轩送于洪二和尚。

柯仁轩将信带回，又将亲眼所见马常人头之事说了。洪二和尚看罢书信，又递于方世玉等人，众人皆一一看了。柯仁轩道："如今朝廷清明，渴望百姓安居乐业，还望洪总舵主率天地会的兄弟早日归顺朝廷，为朝廷效力。"洪二和尚听了，环视天地会的兄弟一眼，问道："众位兄弟意下如何？"方世玉道："天地会与朝廷水火不容，岂能降他？"众人皆道不降。洪二和尚道："众位兄弟，我等虽有反清复明之志，然今日清廷根基已深，非我等力量可撼。无极道长与柯公子劝言不无道理，我等还是降了，还百姓一份安宁。"众人闻言，皆十分吃惊。方世玉道："洪总舵主，我等怎样个降法？"洪二和尚道："清廷须应我三样事方可。"言毕，书信一封，交与柯仁轩送至纪晓岚。

纪晓岚将信儿看了，笑道："洪总舵主既如此识大体，我又岂能不允他的三样事？"于是，号令放了三个通天大炮，亲自领了胡知府等人上山迎接洪二和尚等人，个中热闹情形不再烦叙。

下山之时，柯仁轩又见了柳小姐主仆，允她二人待家中一切事宜安排妥当，便来接了她二人去府中小住，不在话下。

天地会归顺清廷，皆被编进清军之中，唯洪二和尚早已看破红尘，复遁入空门。纪晓岚回京复旨，将太安堂一案上了折子，乾隆看了，十分欢喜。遂宣纪晓岚等文武百官上殿，众臣三呼吾皇万岁，万岁，万万岁。拜毕，只听乾隆道："天地会一向与朝廷作对，如今纪爱卿潮州府一行，不仅解决了太安堂一案，还将天地会收为我用，永绝了后患，实在是可喜可贺。纪爱卿此行有功，理应封赏。纪爱卿听旨，朕封你为左都御史，赐黄马褂一件，黄金千两，绸缎二十匹，并特赐可于紫禁城内骑马。"纪晓岚忙谢主隆恩。谢过，纪晓岚道："臣禀万岁，此次天地会归于大清所用，实有太安堂柯夫人之子柯仁轩之功劳，还望万岁嘉奖方是。"乾隆道："爱卿折子中已有所奏，朕定会赏之。"话音刚落，就见柯国栋上前奏道："皇上，臣有本要奏！"乾隆道："柯爱卿只管说便是。"柯国栋道："马常身为钦差大人，假传圣旨，毁太安堂于一旦，还望皇上严查假圣旨从何而来，以追此事幕后之人！"

立于一旁的和珅听了，不由后背发凉，心道："多亏刘权已将马常灭口，如不然，今日又将奈何？"又一想："只是那道假圣旨至今尚不知藏于何处，若是柯国栋将其示君，自己仍难逃干系。"想到此，上前奏道："皇上，此事皆马常一人所为，现马常已畏罪自毙，若是皇上定要追查，就请皇上追究微臣失察之责。"

乾隆听了，沉吟片晌道："此事既是马常一人所为，且马常已自行了结，就不要追查了。"

柯国栋闻听，欲要进言，被纪晓岚一旁摇手止住。柯国栋不知端的，这才将未出口的话儿打住，不再言语。

只听乾隆道："传柯黄氏上殿！"

须臾，柯黄氏走进大殿，行过叩拜君王之礼，乾隆道："柯黄氏，如今太安堂冤情已大白于天下，你可有什么话要说？"

柯夫人道："承蒙圣恩，太安堂已经昭雪，民女别无他话，唯有谢主隆恩！"

乾隆闻言，十分感动道："众位爱卿听听，这就是太安堂秉德济世的精神。太安堂遭此劫难，柯黄氏只言谢主隆恩，她如此胸怀，真是让朕愧疚于她。"又道："太安堂遭毁，今日由内务府拨白银二百万两修复。少夫人陈氏为夫殉身，赐烈女碑一座。另有其夫柯仁轩，协助纪晓岚，使得天地会归顺有功，赐黄马褂一件，黄金百两。"

柯夫人忙跪谢圣恩。

乾隆道："柯黄氏，你还有什么要朕赏赐的吗？如有，只管说，朕定会尽量满足于你。"

柯夫人道："民女确有一样心事，若皇上肯赏赐，民女感激不尽。"

乾隆道："你说出来，让朕听听。"

柯夫人道："那日民女因思儿心切，昏倒风月轩，多亏了皇上的还魂人参汤。又听了那人参的来历，民女一直在想，如长白山漫山遍野都有这种人参，岂不是要造福百姓无数？民女恳求圣上，将长白山赐予民女来种那还魂人参。"

乾隆听了，笑道："柯黄氏，那还魂人参可是千年的人参精，你又怎可种的？人最多只可活百年，岂有百年之人去种千年人参之理？"

乾隆此话一出，众臣皆捧腹大笑。

柯夫人亦笑道："皇上所言极是，然万物成熟皆有理可循，只要寻出还魂人参生长原理，便可缩短生长期限。"

乾隆笑道："柯黄氏说辞虽玄，然精神可嘉。但，长白山乃我爱新觉罗氏的孕育神山，岂是你随意种人参之地？今日朕念你为国为民之丹心的分上，且赏你一片山地，供你种人参。"言罢，沉吟片晌，又道："长白山岗后那片山地就赐给你了。"

柯夫人听了，又急忙跪谢圣恩。

又听乾隆道："昨日有日本使臣来朝拜朕，说是有一名叫高桥太郎的日本太医，其太祖曾跟随先朝的柯玉井学医，如今太郎亦想来太安堂拜师，日本使臣委请朕为其搭桥。朕昨儿个自作主张答应了，不知柯黄氏允否？"柯夫人道："传授医道，乃杏林之人本性使然，又岂有不允之理，且是皇上金口应允，此乃太安堂之幸也！"乾隆闻言，十分高兴，笑道："不过，朕尚有一诫言，你且谨记：日本虽与我大清修好，然其倭寇本性不改，你传授医道之时，还需小心保守一些方是。"柯夫人应一声是。乾隆又道："此次太安堂遭灾皆因一部《太安堂秘笈》引起，柯黄氏，太安堂真的有这部秘笈吗？"柯夫人回道："回皇上，确有《太安堂秘笈》一事。"乾隆笑道："马常毁了太安堂尚未找到秘笈所在，你将其放置在何处？"柯夫人道："回皇上，这部秘笈一直放在太医院，马常又如何能找到？"

柯夫人此言一出，众臣哗然。乾隆道："你太安堂的秘笈又怎能藏在了太医院？"柯夫人道："民女所说，并无谎言。太安堂医术出自太医院，其医病秘笈不在太医院，又能在何处？"乾隆笑道："柯黄氏委实聪明！好了，朕就当秘笈在太医院好了，秘笈一事朕不会再问起。"又道："柯黄氏此次进京治愈了令妃之病，可谓劳苦功高，朕要重重赏你。潮州知府胡恂曾送你'圣母送子'牌匾，朕今日就封了你'送子圣母'称号，且赏银千两，锦缎一百匹，玉如意一对，青花瓷器若干。"

柯夫人连忙谢恩，只听乾隆道："柯黄氏，明日你即可回乡与家人团聚，回去之后，你要好好劝慰陈编修老年丧女之痛。"柯夫人道："民女柯黄氏遵旨！"乾隆见再无别事，便退了朝，不在话下。

且说次日，后宫妃嫔听闻柯夫人要走，纷纷前来相送，令妃另行赏了许多物品，秦答应等也赏了许多，皆不在话下。且说几辆车马拉了赏赐，黄成勇又奉旨差了许多军兵相护，刚至城门口，就见一辆马车如风一般疾驰而来，马上之人高声叫道："柯大夫且慢走！"

欲知来者何人，且看下回分解！

第四十八回　哭旧主丫鬟撞棺　思爱女编修成疾

诗曰：

已枯断竹钧私被，既没贤公帝念深。

仆木偃禾如不起，至今谁识大忠心。

话说柯夫人刚刚行至城门口，忽见身后一辆马车如风一般而来，马上之人高声叫道："柯大夫且慢走！"柯夫人闻言，遂令车马停下，往后仔细观瞧，见来者乃传旨太监李玉。

只见李玉从车上跳下，走至柯夫人车轿前，行礼道："恭喜柯大夫，皇上又有重礼相赐。"说着，从车上取来一块镶金字匾额，柯夫人见上面镶的乃是"太安堂"三字。

李玉道："此乃皇上御笔亲书。"

柯夫人不明端底，悄声问李玉，李玉笑道："因马常将前朝明皇所书的匾额砸了，皇上甚觉愧疚，如今亲自书了金匾于你，权作补过。"

柯夫人闻言，珠泪横流，跪下三呼万岁，谢过龙恩。一旁的小迷糊与文慧二人将金匾接过，柯夫人便与李玉作别，众人复又上路，暂时按下不表。

且说柯仁轩回到潮州府，惊闻娘子因误言身亡，顿时肝肠寸断，伤心不已。又与岳父、岳母见过，当下悲痛之情自不必细说。须臾，胡知府并张工部，及潮州首富刘塘等人到了，见翁婿伤心如此，众人好一番劝慰方止。只听张工部对陈编修道："如今令婿平安而归，当择日扶令嫒灵柩回井里村方是。"陈编修点头称是。

且说又过了两日，柯仁轩扶了灵柩，将娘子棺木运抵府中，老管家柯耀武远远地迎着，待到府前，但见门首两旁狮子苔封，大门兽环尘闭，只闻鸟雀声闹，不见车马喧器。当下，柯耀武开了大门，众人将少夫人灵柩抬进，在东院寻了空房，设了灵堂，每日焚香烧纸自不在话下。

　　且说柯仁轩原本应雪了冤屈高兴方是，只因爱妻因他而死，心中甚是难过，每每昏沉欲睡，如行尸走肉一般。索英与张无敌二人见了，心中好不难受，却又无可奈何，只得每每跟了少主人，形影不离，以防他一时糊涂，寻了短见。是日，郑虎过来悼念师妹，上香礼毕，因想着曾深恋于她，如今却是阴阳两隔，不禁落下泪来。柯仁轩见郑虎如此，一时感伤，也是两泪交流。二人正自流泪，忽听院外车马声喧，老管家来报，说是府里逃往孙七家中的小少爷等人已经回府。

　　正说着，众人已是到了灵堂，呼啦啦跪下一片，哭声震耳。少夫人身前的贴身小丫头翠儿，更是哭得死去活来，忽一口气短，竟自昏了过去，众人忙止了悲声，过来施救，掐人中，抹胸口，只忙了好一会儿，翠儿方一口气出来，缓缓睁了双眼，见到小姐灵柩，复又哭将起来。只听翠儿哭道："想昔日，是小姐您教翠儿习字；想昔日，是小姐您教翠儿描红；想昔日，是小姐您对翠儿知冷知热。而如今您竟这般丢下翠儿去了。"

　　翠儿一面哭，一面说，只说得众人甚是难过，便也跟着哭泣。忽听翠儿道："小姐，如今您在那边孤独清冷，待翠儿过去与你做伴罢。"言毕，猛地站起，一头撞向小姐棺木，顿时血流于地。待众人醒悟之时，只见翠儿已是倒地身亡。柯仁轩见了，忙上前将其扶起，垂泪道："翠儿，小姐已去，你又何必痴情如此？"众人皆十分心痛。当下，寻了上等棺木，将翠儿殓了，与少夫人并棺而放。

　　又过了几日，胡知府坐了轿子过来，柯耀武将其引入上房，柯仁轩过来见了。只听胡知府道："目下，皇上已从内务府拨了二百万两银子，以修复太安堂，明日本府便差了人来动工，望柯公子早些做了准备。"柯仁轩先是谢了皇恩，又谢过胡知府。胡知府道："此次皇恩浩荡，也算是对太安堂的些许安慰，望柯公子节哀方是。"又道："令堂大人已离了京城，不日便可回府。"柯仁轩道："府台大人辛苦，仁轩定不会负了皇恩，也不会负了府台大人的一片心意，早日振作起来，良药济世。"胡知府道："柯公子果然是高风亮节之人。本府因另有公务在身，明日再来府上打扰。"言罢，与柯仁轩辞别，柯仁轩直把胡知府送出府外，见轿子远去方回。

　　次日，胡知府果然领了数十工匠，亲任监工，修复太安堂。约过了一月有余，太安堂恢复如初。胡知府领了柯仁轩四处查看，柯仁轩见太安堂恢复了原貌，甚是感激，连忙谢过胡知府。胡知府道："若是老夫人见了，说是中意了，本府方能如释重负。"胡知府话音刚落，就见老管家一路跑过来，说是老夫人回来了。柯仁轩问老夫人现在何处，老管家说人与皇上恩赐的物品皆在东院，胡知府与柯仁轩听了，忙至东院来见。至到了东院，果见老夫人在东院中站着，府上的小子们正在卸马车的物品，一群官兵也在一旁帮忙。府里的丫头及老夫人的女弟子们正围着老夫人说话，老夫人的左手牵着孙儿柯春强的手儿，见到胡知府过来，柯夫人忙将柯春强交与一个婆子，自己过来与胡知府见了。胡知府道："老夫人一路车马劳顿，甚是辛苦。"柯夫人道："与府台大人相比，民女怎敢乱言辛苦？"又道："府台大人亲自监工，修复太安堂，老身在此谢过了。"说着，便要下跪相谢，唬得胡知府连忙用手止住道："老夫人若是如此，真是羞死本府了。"又道："适才与令郎察看修复之处，正言不知老夫人是否满意，偏你就回来了。"柯夫人笑道："府台大人亲自监工，岂有不满意之理？"说着，便与胡知府并柯仁轩等人往西府院而来，见各处修复一新，并无缺憾之处，遂引胡知府到后院上房坐了。

小丫头摆上工夫茶，胡知府喝了一口道："太安堂如今虽已修复，然只有一样，本府却是修不来的，还望老夫人见谅则个。"柯夫人听了，笑道："府台大人所言，老身知道是哪一样，大人不必挂怀，老身自会处置。"胡知府疑惑道："不知柯夫人如何处置？"柯夫人道："既然大人想知道，老身便也就不再相瞒。"遂将皇上亲笔御书之事说了。胡知府听了道："皇恩浩荡，老夫人真乃洪福齐天也！"柯夫人正要回话，忽听院中一片喧嚣之声，正自疑惑，老管家柯耀武来回，说是张工部夫妇、刘塘夫妇并与亲家翁陈老编修夫妇来了，柯夫人听罢，忙降阶相迎。进到房中，张工部、刘塘、陈编修与胡知府见过，那元氏、岳氏见了柯夫人，执手嘘寒问暖。陈夫人过来，拉了柯夫人的手，未语已是泪先流，元氏与岳氏见了，赶忙过来相劝，不在话下。

且说众人落座，问起柯夫人在京医治令妃情形，柯夫人便简略地说了。陈夫人道："本是好好儿的事儿，却竟生出这般事端，还可怜了我那女儿。"说着，便又流出两行珠泪来。众人又忙安慰，陈夫人这才稍安。陈编修道："此次还牵连张工部与胡知府二位大人受累，心中甚是过意不去。"张工部道："陈大人此话言重了，太安堂平素恩泽四方，而今遇了难，我等又岂能袖手旁观。只是我等人轻言微，未能化险为夷。"胡知府亦道："万分惭愧，陈大人就不要再提及此事了。"张工部道："承蒙皇上圣恩，太安堂已经冤雪，奸贼也已被割下首级示众，少夫人在天之灵应该可以安息了。如今老夫人已经回乡，应考虑少夫人入土为安之事。"柯夫人道："张大人所言极是，今日亲家翁及几位好友都在，我也正好想请教一下大家的意思。"张工部道："以老夫之见，少夫人的丧事应办得隆重些为好。一来可以慰藉少夫人在天之灵，二来也告示天下之人，太安堂人皆为重情重义之人！"众人闻言，皆道张工部所言有理。柯夫人道："张大人所言极是，老身想等办完了少夫人与翠儿的后事，太安堂就重新开张。"胡知府道："应该选个良辰吉日，隆隆重重地开张，到时我等皆来贺喜。"柯夫人道："就遵胡大人的意思办。"

商议已定，柯夫人吩咐备薄酒，招待众人，众人执意不肯，又叙谈了一会儿，便皆告辞，坐了轿子去了。

待众人一走，柯夫人吩咐请来裁缝，把宫里赏赐的绸缎取出，选了两样，给少夫人主仆做了两套上等的衣料。柯夫人道："少夫人虽出自名门，却素来节俭持家，如今去了，却是不要亏待了她。"待衣服做好，开棺给少夫人主仆换上，柯夫人见少夫人面色安详，如同睡去了一般。想到少夫人昔日的好，如今分手只数日，虽相见却是阴阳两隔，想到此，不禁两泪交流，文慧与楚青等人忙过来相劝。须臾，柯夫人心情稍复，令人盖了棺木，独自回到房中休息不提。

次日，请了开元镇国禅寺心隐长老前来做法事，待做完三日法事，便要为少夫人主仆下葬。且说少夫人主仆出殡那日，甚是隆重，方圆百里的百姓皆来送行，望着小少爷柯春强，头戴白布，随棺趋步而行，众人无不落泪。这正是：

> 送葬万人皆惨淡，反虞驷马亦悲鸣。
> 琴书剑佩谁收拾，三岁遗孤新学行。

且说办完少夫人主仆丧事，陈编修因思女心切，一病不起。是日，柯夫人携了柯仁轩父子一同前来探视。但见老编修眼窝深陷，脸颊瘦削，已是苍老了许多。见到外孙柯春强，伸出手来，握住小春强的手，不禁老泪纵横。柯夫人一旁好生安慰。

恰此时，有门子来报，说张工部夫妇及林小姐来了，陈夫人忙出来相迎，还未出门，张工部一家已是走进门来。张工部夫妇先过来与大家见过了，林小姐又过来见了。柯仁轩见林小姐今日着装与往日不同，但见她：上身着葱绿色缎窄袄，外罩鹅黄色夹衫，头发拢起，斜插盘凤玉钗，未施脂粉，却透一身香气。小春强是识得林小姐且二人关系极好的，走过去拽住林小姐的衣袖，仰首只管拿眼睛看着她。林小姐因见到小春强，忽然想起少夫人来，不禁红了眼睛，急忙拿衣袖去拭。陈编修侧靠床首，见此情形也想起自己女儿来，一时老泪纵横，众人见了无不伤心。陈夫人忙取了手帕过去为陈编修拭泪，众人一旁相劝了好一会儿，陈编修方止。

张工部道："老夫膝下虽只此一女，却视作掌上明珠。然陈大人与我曾同朝为官，且还乡一处，情如兄弟。若陈大人不嫌弃，就让小女认陈大人为义父如何？"陈编修夫妇闻言既喜且惊，陈编修忙道："这怎可使得？令媛天生丽质，人见人爱。而老夫乃迂腐不可雕琢之人，若是认作老夫为义父，岂不污了令媛之名？"话音未了，只见林小姐扑通一声跪倒床前道："义父在上，请受小女一拜。"陈编修见了直喜得笑逐颜开，欠起身来，伸出双手去扶，口里道："女儿快快起来！"众人见了，也是十分欢喜。林小姐起来，又拜了陈夫人。

只听柯夫人喜道："如今皆为一家之人了，实在是欢喜至极。"

当下陈夫人叫过府中下人过来与干小姐相认，又吩咐下人摆了酒席庆贺。陈编修忽觉身子骨好了许多，走下床亲自相陪，不在话下。

且说过了年，择了吉日，太安堂复又开张。是日，迎来送往，宾朋满座，好不热闹。但见官轿云集，富人车马骤聚，百姓往来如梭。这正是：

> 九天阊阖开宫殿，万国衣冠拜冕旒。

忽见三匹快马疾驰而来，待到近前，三人滚鞍下马，众人见此三人皆道姑打扮，柯仁轩连忙迎上前去。只听柯仁轩道："无极道长辛苦了。"又对其余二人笑道："柳小姐，蓉儿，我们又见面了。"

来者正是无极道长与柳小姐主仆二人。

　　原来，柯仁轩早将他与柳小姐主仆二人在玄真道观相见一事与阿妈说了。柯夫人听了道："或许这便是缘分吧，待太安堂开张那日你差人将她主仆请了来，住些时日。若她委实看破红尘，皈依神主，便随她去吧。若她只是一时无处可去，暂寄居道观，便留下她，不要让她受了委屈。"柯仁轩遂依言差人去请了柳小姐主仆并无极道长。

　　且说柯仁轩将三人迎进府内，与阿妈见了。柯夫人先是谢了无极道长，又拉住柳小姐的手，见她眉清目秀，宛若天人，甚是喜欢，叫过柔玉，领了柳小姐主仆四处走走。那柔玉见柳小姐虽是道姑打扮，却是人物整齐，难掩风流气质，便十分欢喜，遂领了她二人径往西院。刚行几步，就见两乘轿子直接从府外抬了进来，轿子一落，轿门打开，柔玉心中一喜，因她见从轿中下来的竟是林小姐一家人。柔玉对柳小姐道："你二人在此稍等我片刻，我去叫过一个故人来。"言罢，跑过几步，一把拉了林小姐便走。林小姐笑道："你个疯姐姐，如何这般模样，竟唬了我一跳。今日客人多如星辰，你就不怕他们见了笑话吗？"柔玉笑道："随他人笑了去，我便不怕，只给你介绍个友人，管叫你喜欢。"说着，将林小姐拉到柳小姐面前道："这个是我阿哥的师妹柳小姐。"又一指林小姐道："此位便是我的故交林小姐。"

　　柳小姐与林小姐见了，二人心中都甚是喜欢对方，林小姐早就知道柳小姐乃神医之女。当下，四人结伴同行，四处玩耍，不在话下。

　　且说柯夫人领了无极道长过去与心隐长老并胡知府等人见了，胡知府见时辰已到，一声吩咐，顿时只听鞭炮齐鸣，鼓乐喧闹。胡知府与张工部、陈编修揭下府外门首大红绸布，露出当今圣上亲笔"太安堂"三个金字，众人争相一睹皇上墨宝。此时，只听胡知府道："太安堂承蒙圣恩，今日换了匾额，乃圣上御笔亲题。太安堂如今有了当今圣上墨香的沐浴，定会医术簇新，春开百花！"众人听了，皆道："太安堂前程无量！"

　　众人正自品说，忽闻鼓乐喧天，却见一群狮队跳跃而来，"狮子郎"头戴大头佛面具，身穿长袍，腰束彩带，手握葵扇，在前相引。但见群狮忽而跳起，忽而睡地翻滚，忽而搔头，忽而抖毛，情态各异，憨笑可掬。有诗曰：

　　　　西凉伎，假面胡人假狮子。

　　　　刻木为头丝作尾，金镀眼睛银贴齿。

奋迅毛衣摆双耳，如从流沙来万里。

群狮狂舞，直把众人看得拼命鼓掌。

柯夫人走近柯仁轩问道："此狮群从何而来？"

柯仁轩道："孩儿并不知晓。"

于是叫过老管家柯耀武相问，柯耀武亦不知情。忽听柯仁轩笑道："我知道是何人将狮群引入了。"柯夫人问是何人，柯仁轩笑道："此为佛山大头狮，定是方世玉所为。"

狮群舞了一阵，鼓点渐落，狮群伺机而歇。忽鼓点又起，狮群再舞，只是更加精彩了。舞了一通，止了鼓点，舞狮之人皆从狮壳里露出真容，领头的正是方世玉与洪熙官。

方世玉与洪熙官二人上前给柯夫人施礼贺喜，又见过胡知府、张工部与陈编修等人。柯夫人十分欢喜，将众人领进西后院上房，摆酒相待。酒过三巡，菜过五味，只听胡知府道："老夫人治愈令妃娘娘之病，又得皇上信任，如今可是名扬四海，只怕这太安堂已有太小之嫌，日后难容太多'香客'，还望老夫人早做扩建府第准备则个。"

柯夫人闻言笑道："多谢府台大人关心。不瞒各位，老身正思量着将东院房盘出去。"

众人闻言，大惊，问其故。柯夫人便将欲去长白山种人参之事说了。柯夫人道："此去长白山，路途遥远，所种之参皆费银两，且此参非一年半载便可种出，需一大批银两方可。而我太安堂收支甚微，很难维系这笔费用，老身也是情非得已。"众人听了，皆道："老夫人，此事万万使不得，东院乃太安堂世代祖屋，岂可轻易盘出？"胡知府道："虽皇恩浩荡，但也不应卖出祖屋，还望老夫人三思。"话音未了，只听刘塘笑道："老夫人何必为区区银两发愁，刘某定当助你一臂之力，所需银两皆由我出便可。"

众人闻听此言，皆鼓掌笑道："这下好了，怎么竟生生地把他给忘记了。"柯夫人笑道："素日劳烦刘先生的事那么多，如今又怎好再劳驾？"只听胡知府笑道："老夫人就别再与他客气，都是横竖许多年的交情了，他也是信得过太安堂的。"刘塘笑道："胡大人所言极是。"柯夫人笑道："既如此，老身就此谢过了。"又对柯仁轩道："还不快些以酒相谢？"柯仁轩便捧酒敬了一杯，刘塘正要放下酒杯，忽见楚青、文慧、孙七、索英、张无敌、阿宾等人呼啦啦全端了酒过来相敬，刘塘笑道："我岂有这等酒量？这酒是再也喝不得的了。"张工部笑道："刘兄，这酒你是无论如何也要喝的，别枉了这些年轻人的一片敬重之心。"刘塘听了，只笑，却是再也不肯喝酒的。胡知府笑道："如今这酒儿尽让你一人喝了去，我等看着心痛不已，你却还要如此坐着，不肯赏光儿，又是何道理？"刘塘听了，无奈，只得一口气吃下十几杯酒去。众人敬罢酒，只听柯夫人道："既然得刘先生相助，如今我倒有个想法，还请各位给个主意。"众人听了，问是怎样的一个想法。柯夫人道："再过些时日便是玉井公诞辰两百周年，昔日玉井公为拯救百姓疾苦，悬壶济世，广收门徒。今日我亦效仿玉井公，欲将东院府第用来办了学馆，广招弟子，将太安堂医术传承天下，以报皇恩浩荡与百姓的爱戴！"

众人听了，皆鼓掌称好。胡知府斟了酒过来，笑道："柯夫人高风亮节，乃百姓之福也，实在可敬。此杯酒，你无论如何也得赏个脸儿。"言毕，先兀自将酒饮了。众人见了，也纷纷过来敬酒，一时间甚是热闹。

这边闹得正欢，忽见老管家柯耀武走过来，对柯夫人轻声道："老夫人，有一个客人拎了贺礼来见你。"柯夫人道："来者都是客，好生招待便是。"老管家道："只是这个客人与众不同，他说一定要见到你。"柯夫人听了，问道："此人现在何处？"老管家道："在前院的左厢房中。"柯夫人道："将其带到这边来吧。"老管家应一声，去了。时辰不大，客人带到，只见他确实与众不同，见了柯夫人，纳头便拜。众人见了，皆疑惑不解。

欲知来者何人，且看下回分解！

第四十九回　追穷源柳暗花明　结连理愁多喜少

诗曰：

曾经沧海难为水，除却巫山不是云。

取次花丛懒回顾，半缘修道半缘君。

话说那客人见了老夫人纳头便拜，众人见他身着和服，当下甚是不解。柯夫人见了，心中已是明白，知他乃高桥之后，名曰太郎。只听太郎道："太郎见过老夫人。"柯夫人道："太郎，你是高桥之后？"太郎道："老夫人所言极是，在下正是奉了先祖遗言，此次不远千里前来太安堂拜师学医。"说着，就将高桥临终遗书双手呈上。

此时，众人心下方解。柯夫人看罢遗书，心中甚是感动，问道："你先祖既有遗书在前，为何他后人今日方来？"太郎道："只因日本国年年动荡不安，后人们无法成行，因此搁置了这许多年。"柯夫人将遗书交还太郎，又吩咐起来说话，并令柯仁轩敬酒为他接风不在话下。

用罢饭，便各自去了。柯夫人回到书房，吩咐莲花去将小姐柔玉叫了来。因林小姐已与父母一道回了家去，只剩柳小姐主仆与她相伴，时三人相谈甚欢，柔玉闻阿妈唤她，便辞了柳小姐主仆径往阿妈书房而来。进到书房，问阿妈所唤何事，柯夫人道："柳小姐主仆乃你哥哥恩人，你须好生相待，不可伤了她二人。"柔玉听了，笑道："何须阿妈吩咐，女儿早知这个理儿。且她二人贤淑端庄，实令人可爱，我岂有欺负她二人之理？"柯夫人笑道："我儿既知此理，我便可放心矣。"又唤来管家，安排柳小姐主仆与柔玉同住一处。

又过了两日，聚集合府上下人等，因说起去长白山之事。柯夫人问众人道："此去长白山路途遥遥，且那人参精儿也非一日可寻得，今日且差了几人先期去寻，待寻了人参精儿，再议种养之事，如何？"

众人听了，皆说有理。于是，柯夫人又问何人愿去，众人皆说愿去。柯夫人笑道："哪有都去的理?"于是，便点兵遣将起来。孙七、索英、张无敌、小迷糊四人被点了去，当下四人十分欢喜，柯夫人又仔仔细细吩咐一番。次日，四人携了盘缠银两，跃马扬鞭直奔长白山，按下不表。

如今且说柯夫人令府中下人将东院府第收拾干净，再修整一番，于玉井公诞辰之日开馆纳徒，又邀来胡知府、张工部、陈编修、刘塘等官场与地方名流，四方百姓也前来祝贺。一时间，人头攒动，车马声喧，轿起轿落，好不热闹。至于柯夫人如何收徒，此处不再详述，只道太安堂自此以后，前来医病，或是拜师学医，或是仰慕柯夫人母子前来一见的，终日人来人往。

且说是日，太安堂来了一位患者，柯仁轩见此人年约五旬，体格健壮，身着布衣，一副庄稼人打扮。此人自称姓董，名然，因患痔疮，折磨日久，如今正值春日劳作时节，却不能操锄荷担，实在难过至极。柯仁轩听了，又查看了其难言之处，见病势委实厉害，若是用药，恐一时难以见效，便施一指禅为其医治。遂取了孔最穴，发力拇指，轻轻点按。如此连治三日，虽已见好，却是又发。这日，董然又来，柯仁轩正自发愁，不知因何会如此反复，恰被柳小姐撞见，柳小姐见他眉心锁紧，便问其故，柯仁轩便如此这般地说了。柳小姐闻言，因笑道："这有何难，今日我且为他开了方子，可保永不复发。"柯仁轩听了，笑道："既有如此好方，仁轩当请教了。"柳小姐也不回话，当下，笔蘸浓墨，挥笔写了。柯仁轩见方子上写的是：

> 全虫二钱，天虫二钱，生鸡蛋十五个。全虫、天虫瓦上焙黄，研成粉末，将鸡蛋破一小孔，分匀装入，封好蒸熟，每晚睡前空腹食一个便可，连服十五日。

那董然依方做了，却是好了，再无复发。

柯仁轩甚是觉奇，忙问其故，柳小姐说道："此为无极道长所传，乃道家秘方，本不轻易示人，如今既解了你的忧，又何必问其故。"言罢，拂袖而去。柯仁轩只得作罢，却将那方子收了个妥当不在话下。

转瞬，五年匆匆而过。

是日，柯仁轩正打东院往西院而来，恰于桥上偶遇柳小姐。柯仁轩笑道：

"今日你我桥上相遇，只可惜少了一样。"柳小姐因问是少了哪一样。柯仁轩道："只少了一个湖。"柳小姐闻言，顿时明白，笑骂道："你竟敢如此戏弄我，即使有了湖，又能怎样？我不是那湖中的白蛇，你也不是那温柔体贴的许仙。"柯仁轩笑道："这倒也是，且你我的脚下也不是那断桥。"二人正自笑说，就见柔玉陪了阿妈过来，柯仁轩与柳小姐忙上前请安。柯夫人笑道："柔玉四处儿寻柳丫头，原来却在此处儿。"一旁的柔玉用衣袖掩了口，吃吃地偷笑。柳小姐忙问找她何事，柔玉道："明日儿林小姐要来，想与你商量做些什么样的诗儿。四处寻你不着，不曾想竟在此处私会。"说着，又笑。柯夫人喝住道："怎可如此无礼，像个没教养的野丫头似的。"柯仁轩一旁笑道："妹妹既是寻柳小姐，因何是与阿妈一起来的？"柔玉道："适才巧遇的。"说着，走过来拉住柳小姐的手便走。柯夫人笑骂道："真真儿是个疯丫头。"柯仁轩见妹妹与柳小姐走了，方问起阿妈因何到东面府院来。柯夫人道："是老管家的一个表亲来了。"柯仁轩笑道："既是老管家武叔的表亲来了，为何他不去见？"柯夫人笑道："说是有要紧的事儿找我。"柯仁轩道："既是有要紧的事儿，阿妈还是快些去吧，免得耽搁了。"

于是，母子二人各自去了。且说柯夫人径自来到东面府院，老管家迎着，带至后院上房，见一个年约四旬的婆子正坐着在吃工夫茶，那婆子见柯耀武与柯夫人进来，连忙站起来给柯夫人请安。柯夫人笑着请她重新入座，那婆子万万不肯，见柯夫人一旁坐了，这才坐了下来。

柯耀武一旁笑着对柯夫人道："老夫人，这便是我与您说过的我远房表妹的二姑，姓汪，婆家乃澄海那边的唐家，人都管她叫唐汪氏，人品是极好的。"柯夫人笑道："不知汪家妹子今日所来何事？"唐汪氏笑道："前几日回娘家省亲，闲话时方知柯少爷自少奶奶去后，如今房室还空着。敢情我婆家那边有个亲戚的女儿年方十九，尚待字闺中，模样儿倒也齐整，若是配少爷，倒也是天设地造的一双，就是家境略稍寒酸，不知柯夫人意下如何？"柯夫人笑道："多谢汪家妹子关心，此事倒让我这个为娘的惭愧起来。想我那可怜的儿媳妇儿，只一晃的工夫便已是去了许多年了，如今思来，却宛若梦中一般。"又道："只要少爷他满意，我们倒是不会在乎对方有多富，有多穷。至于她有多少房，多少地儿，皆于我柯家无关。"唐汪氏听了，笑道："老夫人的话是极中听的，只是这件事老夫人还应该多拿些主意的为好。"柯夫人道：

"汪家妹子不妨先自回去，待我与我儿商量定了，再传信与你不迟。"唐汪氏道："老夫人所言极是，还望早些回信儿。"言罢，起身告辞，老管家送到府外不在话下。

且说柯夫人回到西府院自己的书房中，吩咐下人唤过柯仁轩，把唐汪氏的话如此这般地说了。柯仁轩听了，忙道："阿妈，此事万万使不得。"柯夫人道："少夫人惠兰已去这许多年，又因何使不得？"柯仁轩道："只因儿的心里便只有她一人，再也容不得第二人。"柯夫人只当柯仁轩是拿话挡她，今日见柯仁轩与柳小姐独处一处，又知柳小姐往日因他而离家出走，如今惠兰已去，对他二人理应有个交代，便试探道："人死不能复生，如今她在天上见你整日孤单如此，岂不难过？今日唐汪氏之言倒也罢了，若是我儿心中另有他人，说出来，阿妈定为你做主。"柯仁轩听了，仍道心中再无他人。柯夫人只道柯仁轩不好意思说出，便不再相逼。待柯仁轩走后，柯夫人心道："今日多亏了那汪家妹子提醒我，我儿早该续弦，不能再受这般苦。明日待我见过陈老编修，再做安排。"想到此，当下心安，去做别事，不在话下。

且说次日，老管家柯耀武早早为柯夫人备了轿子，来到潮州城中的陈府。陈编修夫妇二人闻说柯夫人来了，急忙出来相迎，至上房中泡了上等的工夫茶，又吩咐下人唤来柯春强与奶奶相见。原来柯春强自阿妈去后，便被接来陈府，由陈编修亲自授课。柯春强天性聪明，加之陈编修视他为掌上明珠，好生调教，如今功课出色，所作文章被城中读书人传看，皆赞叹不已。

话说柯春强见过祖母，行了礼，又去了书房。这边只听陈编修道："亲家母今日来得正好，正打算差了人去请了你过来，谁知你便不请自来了。"言毕，朗声大笑。柯夫人笑道："不知亲家翁请我有何要紧事儿。"陈编修道："确有要紧事儿要与你商量。"柯夫人道："愿闻其详。"只听陈编修道："想我儿惠兰已去多年，仁轩却也重情，始终未娶，确实难得。然，若是一直如此，却也使不得，不如早些找个好女孩娶了，也好了却两家人的心事。"柯夫人听了，笑道："亲家翁是明事理之人，今日我也正是为此事而来。只不知亲家翁心中可有中意的女子？"陈编修手捋长髯得意道："这个自然有，说出来，保证亲家母一万个满意，再无挑剔可言！"柯夫人笑道："只不知道是何家府上的千金？"陈编修笑道："自然是我的女儿。"见柯夫人一脸疑惑之色，又笑道："老朽虽生不出第二个女儿，但第二个女儿却是有的。难道亲家母忘记了张工部之女林小姐早认我为义父之事？"柯夫人听了，忽然顿悟。又听陈编修道："林小姐虽只是老夫义女，这许多年来，却如同亲生的一般，时常过来请安，且与春强相处甚密。你说这样的儿媳妇你哪里去寻？"柯夫人笑道："只怕是亲家翁的一厢情愿，张大人又如何舍得？"陈编修笑道："亲家母只管放心，那张大人也早有此意，只是顾忌惹我伤心，才不肯说破。前几日因我提起，方才说出。"

柯夫人闻言，一时语塞，本意来与亲家翁商议柯仁轩与柳小姐的事，如今却又多出个林小姐来。那林小姐天资聪慧，人又标致，不知有多少王亲贵族想与之结亲。可眼下，若是依了亲家翁，岂不是要负了柳小姐？心里这么想，嘴里却道："还是亲家翁想得周全。不过，此事还须与仁轩商议一番方是。"陈编修道："父母之命，媒妁之言，自古皆如此，难道他还能不同意？依老夫之见，此事就这么定了，择良辰吉日将事儿办了，也省了你我两家的心。"陈夫人也一旁劝说，说择个良辰将事儿办了。柯夫人听了，只得满口应承下来，然后借口家中有事，乘了轿子回府。进了书房，唤来柯仁轩，将去陈府的事儿一五一十地说了。柯仁轩听了，道："阿妈，此事如何使得？"柯夫人道："如何使不得？"柯仁轩道："就算我不负惠兰，柳小姐那边又做何样的处理？"柯夫人道："此事却是难两全，也只得委屈柳小姐了。"柯仁轩还欲再言，只听柯夫人道："儿啊，柳小姐虽有恩于你，然，张、陈两家岂是有恩二字便可了结的？若是你真的对惠兰好，就娶了林小姐吧。如今你岳丈只拿她做亲生的女儿一般，若是你负了他，岂不是负了惠兰？惠兰在天之灵又岂能安生？"柯仁轩听了，知道阿妈此回是当真了，先是只管低头沉默不言语，而后却将心中话儿道出。原来，柯仁轩自少夫人含冤而去，心下难过，如今只想振作精神，练就本事，悬壶济世，也好安慰少夫人在天之灵。柯夫人听了，心下甚是安慰，道："我儿所言极是，然，男大当婚，女大当嫁，却也是人生大事，望我儿不可逆之。"又道："过几日，回了亲家翁，便将此事儿办了。柳小姐那边我也自会给她一个交代，认她做义女，再给她找个好人家嫁了，绝不会委屈和亏待了她。"柯仁轩见阿妈如此坚持，便道："孩儿遵从阿妈的安排便是。不过，阿妈得答应孩儿一个请求。"柯夫人问是何请求，柯仁轩道："容孩儿三载一心向医。"柯夫人听了，沉思片晌道："就依了你，三载之后，一切得听从阿妈安排。"柯仁轩颔首应允。

柯夫人母子适才一番对话不想竟被蓉儿听了去。原来今日林小姐来，大家聚齐了，在柔玉的房中和诗作词儿，玩了一会儿，柳小姐便一副十分倦了的样子。柔玉见了，笑道："只几个女孩子家，却是没劲儿，不如唤了我哥哥来，也好凑个兴儿。"几个女孩子听了，顿时来了精神，柳小姐便吩咐蓉儿去寻柯仁轩，蓉儿答应一声出来，正自走到柯夫人窗外，却是将这些话儿听得个真切明白，不禁心下十分难过，返身便往回走。走到门口，听见里面的几个姑娘正在作诗，又不想进去搅了她们的兴，便索性在阶沿上寻了个地方坐了。

且说屋内的几人又和了一会儿诗，仍未见柯仁轩来，也不见蓉儿回来，正要差人出去寻他二人，只听文慧道："坐在房中作诗，不如去后花园赏花吟诗。"林小姐与柔玉等人连声说这个主意好，于是，从房中出来，却一眼看见蓉儿正坐在阶沿上独自垂泪，柳小姐等人忙过去问发生了何事，蓉儿只是不说。柳小姐笑道："真是小孩子脾气。"又对其他人道："不如你们几个先行，我一会儿便到。"众人忙道快些来，便径往后花园去了，不在话下。

见众人去了，柳小姐又问蓉儿发生了何事，蓉儿听问，一头扑到柳小姐怀中，哭道："小姐，你好命苦啊！"柳小姐笑道："傻丫头，好端端的，竟说起胡话。"说着，便用手帕去给蓉儿拭泪。蓉儿道："我没有胡说。"接着便把适才听到的话如此这般地说了一番，直说得柳小姐的心里阵阵发凉，手一软，手帕落在地上，被风儿一吹，直直地飞到了厢房前才肯落下来。恰柯仁轩来寻柳小姐她们，见有手帕落在地上，便俯身拾起。走了几步，见蓉儿与柳小姐在一块儿，便笑着走过来，道："怎么只有你二人？"柳小姐冷笑道："柯公子的眼里恐怕只见得他人，却是断然容不得我二人的。"柯仁轩笑道："柳小姐言重了，我并无别意，因只见到你二人，便问起他人来。"柳小姐道："别称呼我柳小姐，只管称呼我的道号便是。"柯仁轩还欲再言，蓉儿一旁看见柯仁轩手里握着小姐的手帕，上前一把夺过，冷笑道："心里想着别人，手里却握着我家小姐的手帕，真不害羞！"柯仁轩道："今日你二人却是怎么了？"柳小姐冷笑道："我二人只是暂居贵府的道姑，又敢怎么样？"又用手往后花园一指道："柯公子要找的人都在那儿，快些去吧，免得她人着急。"言罢，拉了蓉儿径往房中去了，只丢下柯仁轩呆了一会，然后往自己房中而去，不在话下。

且说柳小姐主仆二人回到房中，柳小姐道："如今柯府是再也待不得的了。"蓉儿道："小姐想怎样？"柳小姐道："还是去玄真观投了师父吧。"蓉儿道："小姐所言极是，只是这不明不白地走了，实在是委屈了自己，何不去与老夫人问个明白才走？"柳小姐冷笑道："事已至此，再去相问，只怕是自讨没趣儿，还不如趁她们去后花园的工夫，你我二人离开此处，也省了许多尴尬。"蓉儿道："既如此，便听了小姐你的。"说着，便收拾起行李来。须臾，二人收拾停当，背起行李往门外走。走几步，柳小姐停下来，回过头去望一眼熟悉的闺房，不禁流下几颗珠泪来。这正是：今日一朝别，不知几时聚。有诗曰：

> 人生若只如初见，何事秋风悲画扇。
> 等闲变却故人心，却道故人心易变。

蓉儿一旁见了，心疼道："小姐何必为他落泪，还是快些上路吧。"于是，主仆二人便往府外走，迎头正遇见老管家柯耀武，因笑问二人所去何处。柳小姐回说去看望师父，并说此事已经禀过老夫人。老管家听了，却以为真，说了几句路上当心的话，便任由她二人去了。

且说到了晚上吃饭之时，因不见了柳小姐主仆，柯夫人问众人，众人皆说不知。忙唤来老管家柯耀武，柯耀武听问柳小姐主仆的事，便将如何遇到柳小姐，柳小姐又是如何回答的事儿说了。柯夫人听了，心道："定是她二人听到了什么。也罢，等我儿完婚之后，再去道观将事儿说明，那柳小姐也不是不明事理的人儿。"想到此，对众人笑道："柳小姐自来到太安堂再也未回过玄真观，今日去看望她师父，也是个正理儿，待过些时日，再备了车轿将她二人接回便是。"众人都道老夫人想得极是周全，于是众人吃饭不在话下。

次日，张府来人接了林小姐去。这边刚走，陈府那边又差人来催问柯仁轩的婚事，柯夫人便修书一封，回了亲家翁，说明日便备上礼品，差媒人登门提亲，只是柯仁轩须修医三载方愿成婚，还望亲家翁体谅则个。送走陈府的差人，柯夫人叫过老管家柯耀武吩咐他备了许多礼品，又请来媒婆曹氏于次日一早前往张府提亲。张工部夫妇十分欢喜，当下报于小姐得知，林小姐听了，也十分欢喜，对父母亲道："一切皆听父母安排。"当下，款了媒婆及柯府所来之人，又换了二人生辰八字交由曹氏带回，柯夫人见了，甚是高兴不在话下。于是，请了卦师，寻了个迎娶的良辰吉日。

话说三载弹指一瞬，柯仁轩修医非浅，人皆称道。这日，亲家翁来太安堂与柯夫人商议婚仪之事，陈编修忽然问起柳小姐离府的事情，柯夫人便如实地说了。陈编修叹道："好一个重情重义的女子。"又道："当初老夫不知尚有这档子事，不然也不会固执地坚持要成全仁轩与林小姐。"柯夫人笑道："亲家翁何必自责，姻缘皆命中注定的事儿。"陈编修道："话虽如此说，终究觉得愧疚于她。亲家母，你说若是让她们来个二女侍一夫如何？"柯夫人连忙道："这怎可使得？若如此，不仅辱没了林小姐，也糟蹋了柳小姐。亲家翁，此事却是万万使不得的！"陈编修道："亲家母，凡事皆在人为，若是二位小姐没意见，你我又何必在意此事？"柯夫人正欲说话，忽见老管家过来，说玄真道观的无极真人来了。陈编修一旁听了，笑道："这正是说曹操，曹操便到了。亲家母，你且过去，将此事说与真人，或许会有转机。林小姐那边，我且回去与张大人商议。"说着，起身告辞，坐着轿子去了。

这边柯夫人吩咐老管家将无极道长带至书房，茶水、果子伺候，自己随后到书房来。走进书房，见无极道长正自品茶，柯夫人笑道："不知真人今日仙游到此，未能降阶远迎，还望见谅。"无极道长起身笑道："圣母终日繁忙，却能抽空见我，已是感激不尽。"柯夫人笑道："真人客套了，不知真人今日到府所为何事？"无极道长道："只是路过，前来拜会故人而已。"柯夫人笑道："多谢真人还挂念于我，委实感激。"

二人又叙了些别事，柯夫人忽然说起柳小姐主仆前些时日不知何故离府而去的事。无极道长笑道："此事皆为凡尘恼事所为。"遂将柳小姐主仆二人回去之后，如何将事情原委说于她的事一五一十地说了。柯夫人听了道："原来果真如此。"见无极道长疑惑不解，便将陈编修如何促成柯仁轩与林小姐婚事，之后柳小姐主仆如何离府的事儿如此这般地说了。无极道长道："无量天尊，敢情事出有因，也怨不得贵公子。回去之后，定将此事原委说与她听。"柯夫人道："今日亲家翁来，因问起此事，他听了柳小姐的事，很是感动，提及能否二女共侍一夫。正巧真人今日来了，还烦你相问此事。"无极道长笑道："定当效力，只是此事还须看他们缘分是否还在。"柯夫人听了，连忙谢过。又吃了会茶，无极道长起身相辞，柯夫人欲留其多住些时日，真人执意不肯，柯夫人没法，只得将其送至府外，不在话下。

且说无极道长回到观中，将柯夫人之言告于柳小姐，柳小姐听了道："原来是错怪柯夫人母子了。"无极道长又将一夫二女之事说了，问柳小姐意下如何。柳小姐凄然道："此话就如心儿掉在地上，沾了灰尘，拍不得也吹不得，只是心儿痛个不止。活在凡尘，为情所累，弟子真的无法再去承受，只希望跟着师父超度红尘，而不再眷念尘世。"无极道长听了，又好一番安慰，见她态度坚决，也只得作罢，遂给柯夫人书信一封，将此事与柯夫人说了。柯夫人接了书信，看罢，又将此事告于亲家翁，此事便也就作罢了。

长话短说，柯仁轩结婚那日，别有一番景致。柯府只拣了紧要的事张罗，省了许多环节。因柯夫人怕柯仁轩睹物伤心，又把新房换到别处，在西府院里寻了一处最好的房子，然后将张、陈两家送来的陪嫁先是放了进去。

迎娶那日，林小姐穿戴一新，被轿子抬到柯府，拜了堂。待入了洞房，只剩二人，揭了盖头，柯仁轩摆了工夫茶，夫妻二人对饮，又吃了些点心、果子。林小姐见柯仁轩举止态度冷淡，知他心中藏有心事，也不便说破，望望西窗月上，夫妻二人方宽衣解带，相拥而卧，不在话下。

欲知后事如何，且看下回分解！

第五十回　得家传人尊半仙　失宝贝却见神物

词曰：

云山有意，轩裳无计，被西风吹断功名泪。

去来兮，再休提！

青山尽解招人醉，得失到头皆物理。

得，他命里；失，咱命里。

话说柯仁轩梅开二度，次年诞下一子，取名柯春盛。又五年，长子柯春强取了秀才功名，亲朋祝贺自不必多叙。

且说这日吃罢晚饭，柯仁轩正欲回房，就见莲花来传他，说老夫人正在书房候着，有要紧事说。柯仁轩听了，忙随着莲花来到阿妈书房。推门而入，见阿妈正在品工夫茶，柯仁轩给阿妈请了安，然后立于一旁，等待阿妈吩咐。只听柯夫人道："你历经这许多年风雨，如今也已历练成熟，算是有掌故的人了。今日唤你过来，阿妈有一要紧的物件给你。"说着，取来一紫檀木匣儿，轻轻打开匣盖，双手将物件取出。柯仁轩见这些物件儿被一层黄绫绸布包着，只见柯夫人一层一层将黄绫绸布揭去，露出几本线装书来。那书的封面上，皆写着《太安堂秘笈》五个大字。

柯仁轩见了，惊道："阿妈，原来外间所传太安堂有秘笈一事却是为真。"柯夫人点了点头道："此秘笈乃太安堂几代传人心血所凝。"她用手一指后一部书道："此一部乃我所作，我已将这几十年的医病验方全写了进去。如今将这秘笈传于你，还望我儿小心学习收藏为妙。"言毕，复又将秘笈收入匣中，递于柯仁轩。柯仁轩双手接过，对阿妈道："孩儿将永远谨记阿妈教诲。"柯夫人望了他一眼，挥了挥手，柯仁轩知道阿妈的意思，便双手捧了秘笈，退出书房，回到自己房中。自此后，每每夜中发愤苦读不在话下。

话说这日，柯仁轩刚从书房出来，就见潮州分堂的阿朗跑来，一把拉了他便往外走。柯仁轩道："你这厮竟这般无礼！"阿朗道："救人要紧，哪里顾得了客套？"

两人走到府外，却见门外有两匹马儿，二人翻身上马，直奔潮州府。进了城门，阿朗并未向分堂走，却是将柯仁轩引向一座府宅门前。柯仁轩见那宅院宽大，不似普通百姓人家，只见门首悬着"乔府"二字。此时乔府早有人在门外候着，柯仁轩二人滚鞍下马，乔府下人过来将马儿牵到一旁，另有门人引着二人往府里走。穿过一座庭院，进到后院，早有门子报到后院，乔老爷降阶相迎，进到上房，下人摆了工夫茶。只听乔老爷叹道："柯公子日理万机，今日有劳柯公子远来，实在是有愧于心。"柯仁轩道："乔员外何出此言？悬壶济世乃我本分，请老员外不要挂在心上。"又道："因来时匆忙，也未顾及问是何人有恙。"阿朗一旁道："乃乔府的公子。"柯仁轩又问是何样病。乔老爷便如此这般地说了。

话说乔家公子，名唤乔方，年方二十五岁，嗜赌成性，一日竟将城外千亩良田输去。乔老爷一气之下，令下人责打乔方五十板子，因那日又值下雨，乔老爷又责令乔方跪于院中忏悔，至傍晚方允许回屋。次日，乔方感身体不适，乔母令下人请了先生来看。那先生诊了脉，说公子乃受了寒，又因受了责打，如今身子虚弱，需要大补才是。于是，开了些大补之药，且每日都有人参三钱。谁知这药吃了不少，非但未好，却是身子骨越来越差。后来又请了别的先生来看，开的也都是些补药，及至今日请来阿朗，却是不肯开药，说是只有请来柯夫人或是柯公子这病须得好。

乔老爷正自说着，忽闻厢房里传来哭声，一个下人匆忙进来，说是公子不好了，乔老爷及柯仁轩、阿朗忙过去相看。

此时，乔方正躺在床上，丫鬟婆子围了一屋，乔母坐在床头，正双手掩面失声痛哭。见柯仁轩等人进来，丫鬟婆子忙闪于一旁。柯仁轩走近床边，见乔公子双眼紧闭，身体发硬，如同僵尸一般。

乔老爷先是骂了夫人一句，又令小丫头端了凳子过来给柯仁轩坐了，柯仁轩探出手来，诊了脉，又用手按了按乔公子的身子，见他浑身上下遍布痰核。诊罢，笑道："令贵子无恙，并无生命之忧。"乔母听了，忙拭去泪水，问此话是否当真，柯仁轩笑道："医病之人此能戏言？"乔老爷道："若是柯公子能医好犬子，老夫定重金相谢。"

言毕，遂领柯仁轩重又回到上房，令人取来纸墨笔砚，柯仁轩笔走龙蛇，开了方子，令阿朗去取药，又在阿朗耳前轻语几声，阿朗听了点头。须臾，阿朗将药取来，柯仁轩让乔府的人将药煮了，稍顷，药好，柯仁轩又在药汤里撒了些粉儿，然后让乔府下人端与乔公子服下。

服完药，柯仁轩起身辞别。乔老爷有些放心不过，柯仁轩笑道："令郎三日后必好！"言罢，辞别，上马自去了。

三日后，乔公子果真好了，乔老爷也不失言，备了千两银票前来相谢。乔老爷喜道："柯公子真乃半仙也，犬子果真被你妙手回了春，老夫今日前来相谢。"言罢，双手将银票奉上。柯仁轩将银票接了，笑道："乔老爷真是大度之人。不过，这银子我是万万不敢收的。"说着，将银票退了回去。乔老爷惊道："难道这银两不够吗？柯公子你尽管说，老夫定当奉上。"柯仁轩听了，哈哈笑道："乔员外，你误会了，我为令郎医病，何须这许多银子？你只需付我五两纹银便可。"乔老爷听了，又是一惊。只听柯仁轩道："我所开的不过是些平常的清火之方，所用药物乃莱菔子是也。所以乔员外无须付我许多银两。"

乔老爷听了，连道柯仁轩真乃神医也，定要将千两银票奉送，柯仁轩执意不肯，乔老爷无奈只好收回。又讨问柯仁轩那小小的莱菔子何以能治愈如此大病，柯仁轩道："令郎因误服人参，一身的痰邪，如今服了莱菔子，痰邪渐消，只是还须半载，令郎全身的痰核方能尽消。"

乔老爷闻听此言，佩服不已。见柯仁轩不肯收他所送银票，便起身辞别，坐了轿子去了。乔老爷自回去之后，逢人便说柯仁轩有半仙之能，自此，柯仁轩便有了"柯半仙"的雅号。

且说是年的八月十五节，吃罢晚餐，柯夫人合了府上的女孩儿们一道，坐到后花园里食饼赏月。

此时正值月满花香，只听柯夫人笑道："今晚花好月圆，如此雅境，岂能少了诗儿，你们何不吟上几首听听。"

少夫人林小姐笑道："老夫人所言极是，大家快快吟上几句来，不要扫了兴儿。"

柔玉笑道："嫂子文才堪比班昭、文姬，若要吟诗诵词，嫂子应为人先方是。"

林小姐冷笑道："你真真儿的会说话儿，净设了套儿给我钻，我哪里有你说的那么有才华？这里的人随便挑了一个，也不知比我强了多少去。再则说，无论论年龄还是论辈分，也不该排到我先做诗儿。"

众人闻言，皆笑。只听楚青笑道："少夫人虽言之有理，却又有几分推诿之嫌。少夫人也不想想，你乃柯府的少夫人，论尊卑，你可是在老夫人之下，我等之上。你说这个诗应该由谁先吟呢，难不成要老夫人先吟不成？"

柯夫人听了，笑道："苓儿今晚可是秀才遇到猴儿这个兵，有理说不清了，你就先吟一个吧。"

众人闻言，皆嬉笑鼓掌。林小姐只好先吟了一首，只听她吟道：

> 千国同一月，万户共此时。
>
> 仰首广寒宫，谁道侬不痴？

楚青等人听了，拍掌叫道："好你一个侬不痴！"又道："是否是想少爷了，若是想了，差人去请了过来。"

林小姐笑骂道："都好个嚼舌子的，这不过是即情吟诗罢了，便又要生出许多舌头来。"又道："下一个该谁来？"

文慧等人道："自然是大小姐来吟。"

柔玉笑道："我来就我来，有什么好怕的？"言毕吟道：

> 十轮霜影转庭梧，此夕羁人独向隅。
>
> 未必素娥无怅恨，玉蟾清冷桂花孤。

众人听了不依，说大小姐这是耍赖，本是作诗，怎么成了吟古人的诗了。柔玉笑道："阿妈本就是说让我等吟诗的，又没有说让我等作诗，怎么偏说我是耍赖了？"

馨怡冷笑道："本来就是耍赖，还要如此强夺理儿。"

文慧用衣袖掩了口笑道："大小姐此诗虽不是己作，但确实是一首好诗。"又道："难不成你们没有听出'未必素娥无怅恨，玉蟾清冷桂花孤'的意思吗？"

楚青道："没有听出来。此二句又做何解？"

林小姐笑道："原来大小姐是'人在曹营，心在汉'了。"

此语一出，众人哄然大笑。羞得柔玉跺脚大叫道："你们这些嚼舌子的小蹄子，看我不把你们的舌头割下来！"又对柯夫人道："阿妈，你看她们个个都编排我。"

柯夫人笑道："难得姐妹们在一起说笑儿，你偏又急了。"又对大家道："你们接着吟吧。"

于是，文慧、馨怡、楚青、春红并莲花等小丫头子们也都一一地吟了，最后，柯夫人也吟了一首。望望圆月渐斜，众人这才各自散了。

次日一早，众人方自起床，医馆里忽来了一位病人。只见此人年约四旬，络腮胡须，一身粗布衣裳，但见他双手捂腹，一面呼痛，一面高声叫道："半仙救我！"恰被高桥太郎在医馆内听见，忙过来相看，一番望闻问切，却寻不着病因。见病人呼痛得厉害，忙差人叫来柯仁轩。

且说柯仁轩忙着赶过来，却也查不出是何原因，便问他近日吃了何样食物。络腮胡回说，因在外做长工，前些日子因要家去，东家好酒好菜款待一番，途中口渴，见路旁有一水田，便俯身捧水止渴。昨日因是八月十五中秋节，便又与家人欢饮了几杯，睡到半夜，这肚子便疼痛难忍起来。

柯仁轩听了，心中已是有数，令太郎取来清水一碗，又放入蓝靛于水中，让络腮胡将碗中水喝了。须臾，络腮胡腹痛更加厉害起来，太郎急忙带其入厕，竟泻下水蛭无数。

太郎见了，吃惊非浅，急忙来问少爷。柯仁轩听了，笑道："其前些时日路途饮水，误吞水蛭在腹，遂成胀痛之疾。今日于水中放了蓝靛，水蛭皆毙了命矣。"

二人正自说话，忽见小丫头莲花来传，说是老夫人有请少爷去后院上房说话，柯仁轩忙随莲花去了。待进到上房见老夫人正独自品茶，柯仁轩上前请了安，老夫人示意柯仁轩一旁坐了。柯仁轩因问阿妈所传何事，老夫人听了，笑道："昨夜后花园赏月，你妹妹柔玉因吟出'未必素娥无怅恨，玉蟾清冷桂花孤'一句诗来，丫头们便都取笑于她，虽是戏言，柔儿确是已经长大，须得考虑她的终身大事了。"柯仁轩道："阿妈所言极是。非只妹妹，文慧、楚青她们也都是大姑娘了，阿妈也须上心着想才是。"柯夫人笑道："这些女孩儿都是打小跟着我，我一直拿她们当嫡亲的看待，又岂能不放在心上？"又道："毕竟你是做哥哥的，平日里也须上些心，也好为她们找个好人家嫁了，也了了一桩心事。"柯仁轩笑道："谁说我没有上心呢，文慧、馨怡、楚青这三人我一直挂在心上，倒也为她们想好了归宿。只是妹妹乃阿妈的掌上明珠，哪里敢擅自做主。"柯夫人听了，笑问道："不知你为文慧她三人想的是何好归宿？"柯仁轩笑道："难道阿妈忘记长白山尚有三人未曾娶亲吗？"柯夫人听了，笑道："这倒真是个好归宿，等他们从长白山回来，我便替他们做主。"又道："眼下只剩下你妹妹一人了。"

话音刚落，忽听门外有笑声，只见林小姐走进来，笑道："妹妹的终身大事，我倒是替她想好了一家。"

柯夫人笑道："说来听听，看看究竟是哪一家？"

林小姐笑道："此人乃是刘塘的族侄，名唤刘春，家境虽不富裕，却是诗书门第，其父乃举子出身，早年放过一任知县的，后因得罪权贵，辞归乡里，如今一家人靠着几亩薄田为生。不知这样家境之人，老夫人满意否？"

柯夫人道："老身倒是听说过其父的为人，素性耿介，落落寡合，为官之时，一心为民，确有不错的口碑。能与这样的人结为亲家，确是一桩好姻缘。"

林小姐笑道："老夫人您同意了？"

柯夫人道："只怕是单相思而已，却不知人家是什么意思呢？"

林小姐笑道："老夫人过虑了，像我们这样的人家，难道还怕他不同意了去？"

柯夫人道："别人倒也不会说什么，只是这刘知县的禀性却非同常人可比。"

林小姐听了，笑道："实不相瞒，提亲之事乃我两个阿爸的主意。那刘知县一听是与太安堂的柯家结亲，却是十分的欢喜，前两日还去我阿爸家里催问此事呢。"

柯夫人闻言，笑道："原来是两个亲家翁的主意，真是辛苦他二人了。"

柯仁轩一旁听了，问林小姐道："此事我却为何从未听你说起过？"

林小姐冷笑道："你又何时问起过大小姐的婚事？今日倒说起这样的话来，真枉了你做哥哥的一片心。"

柯仁轩听了，知道理亏，便不再说话。只听老夫人道："不知刘公子人品如何？"

　　林小姐道："我倒是见过刘公子的，前些年他去过我家中，请教过我阿爸读书，人长得眉清目秀，气宇轩昂。我阿爸说他读书是极用心的，先前曾进过秀才的。"

　　柯夫人听了，十分欢喜，吩咐柯仁轩速速回了两个亲家的话，就说此事定了。柯仁轩听了，遂依言做了。过了两日，刘家备了厚礼登门提亲，柯夫人甚是高兴，盛情款待来人，并交换了双方的生辰八字，不在话下。

　　且说柯仁轩那日因多喝了些酒，便独自睡到了书房中，睡至半夜，口渴，便翻身起床，燃亮灯烛，出来寻水喝，及至重新回到书房时，却见房中有人影晃动，原以为是自己出来寻水，惊醒了哪个小丫头进来，也未放在心上。柯仁轩径往里走，人影忽然惊慌起来，竟越窗而逃。柯仁轩直吓得出了身冷汗，急忙走进相看，却是不见了放在枕下的《太安堂秘笈》，知是适才进了贼人，忙越窗来追，哪里还能见到贼人的影子。

　　于是，柯仁轩急忙叫醒老管家等人，拎了灯笼四下查看，却是仍未寻到贼人。渐渐天明，柯夫人等也都起了床，柯仁轩先是给阿妈请了安，又说起昨晚之事，说贼人将秘笈给盗了。柯夫人听了，吃惊非小，忙问追到贼人没有，柯仁轩回话并未追到。柯夫人听了，急令合府上下于后院中听话，须臾合府人都到了。柯夫人问道："高桥太郎到了吗？"下人回说未见其人，又差人四下去寻，也未见到人影。只听柯夫人冷笑道："此贼人便是他无疑了！"言毕，起身，吩咐备了轿子，直奔潮州府衙告官。胡知府不敢怠慢，吩咐画了高桥太郎头像四处张贴寻拿。

　　转瞬三日过去，寻拿太郎未果，却是闹得满城风雨，人尽皆知，《太安堂秘笈》被日本倭寇所盗，个个顿足惋惜。

　　且说这日，柯夫人收到孙七写来的家书，言说已经寻到百年人参，问几时派人去。看了家书，柯夫人将柯仁轩唤到后院上房，言及此事，说将亲身前往，希望早日种出园参，也好报答圣恩。只听柯仁轩道："还是让孩儿去吧，这一路千山万水，路途遥远，孩儿途中也正好可以寻寻那无情无义的高桥太郎。"柯夫人听其言之有理，遂吩咐备了盘缠银两，择日径往长白山而去。

　　欲知秘笈命运如何，且看下回分解！

第五十一回　哀国弱志士远渡　叹家破黎民卖女

诗曰：

草合离宫转夕晖，孤云飘泊复何依！

山河风景元无异，城郭人民半已非。

满地芦花和我老，旧家燕子傍谁飞？

从今别却江南路，化作啼鹃带血归。

话说柯仁轩单枪匹马直奔长白山而去，一路风餐露宿，不敢丝毫怠慢，只怕难以追上高桥太郎。渐渐长白山在望，却仍不见高桥太郎身影，遂弃了寻他之念，快马加鞭去了长白山。见了小迷糊与孙七等人，大家相聚甚欢不在话下。

且说几人将这人参神物种活，过了几年收获甚丰，柯仁轩又命其名曰"太安堂参"，一面差了人送了些去京师交与柯国栋面圣，一面又将余下"太安堂参"尽数装车，几人往潮州府太安堂赶。回到家中，合府上下不胜欢喜，老夫人更是高兴，亲自做媒，将楚青许与张无敌，文慧许与索英，只是馨怡本为富家千金不敢屈身小迷糊，老夫人遂将贴身小丫头莲花许了他，那小迷糊自是十分高兴。于是，择了吉日，拜了天地，皆大欢喜。

人常云：乐极生悲。太安堂也应了此句话儿。

话说这日，柯夫人起床后忽感不适，只觉天旋地转，忙伸手扶住墙壁，小丫头莲花见了，急忙上前来扶。菱花端了椅子过来，柯夫人坐了，定了定神，柯夫人仍不见好，吩咐两个小丫头搀扶着又去内室躺下。及至中午时分，忽然重了，竟闭目不睁，口不能言。府里一时乱了分寸，个个都慌了。

柯仁轩为阿妈切了脉，开了方子，丫头小子们忙着煮了药汤来给柯夫人服下。傍晚时分，柯夫人忽然睁开了双眼，口亦能言，合府上下皆一片欢喜，唯柯仁轩强装笑颜。

柯夫人对柯仁轩道："轩儿，阿妈有些话要交代于你。"

柯仁轩道："阿妈身体有恙，待过几日，身子好了些再说也不晚。"

柯夫人强作欢颜道："适才做了一个梦，竟梦见了你阿爸，想必你阿妈离去之日不久矣。有些话儿还是早些交代的好。"

柯仁轩握住阿妈的手，直责备阿妈乱说，说阿妈乃观音菩萨转世，寿命长着呢。柯夫人听了，未加理会，只管交代道："太安堂日后全仗我儿，望我儿不负祖上，务必将太安堂发扬光大，勿因事难而不为。"

柯仁轩连忙应着。

柯夫人道："广纳门徒，授出你平生所学，让太安堂医术扎根民间。"柯夫人喘了一口气，又道："《太安堂秘笈》乃各代传人所写，皆为精华，切记传承。"

柯仁轩道："儿子定当谨记。"

柯夫人道："还有一事需交代于你，秉德济世乃我堂训之言，一定要行善积德，造福乡民。"

柯夫人交代完毕，闭目养神，众人见状，皆小心退出房外。

又过了几日，柯仁轩虽努力调治，但柯夫人还是驾鹤西去。一时间天悲人恸，万物皆哀，自不待多言。

且说办罢柯夫人丧事，一日忽接嘉庆帝圣旨，盛赞太安堂种植神物成功，并予以嘉奖。自此，太安堂又因了"太安堂参"而名扬四海，一时间成为街首巷尾百姓的谈资。只听有人道："若是太安堂那秘笈不被倭人所盗，今日却是如虎插翼矣！"却也有人道："鱼与熊掌焉能全得？"如此云云，一时间《太安堂秘笈》又成了人们谈论的话题。

写到此处，列位看官不禁疑窦丛生，《太安堂秘笈》命运究竟如何，此秘笈可是太安堂镇堂之宝，岂可如此轻写淡描，不了了之？列位看官莫急，如今写书之人便放下柯仁轩如何使得太安堂更加繁盛不提，却是专写那秘笈的去处。

此事便从百年后写起。且说百年之后，大清国已被广东人氏孙文推倒，已改国号为民国。话说民国初始，军阀割据，战争不绝，民不聊生，百年老字号的太安堂却也不能独善其身。这正是：

风云常变换，岁月尽沉浮。

话说一日夜间，太安堂的柯老爷子站在院中，仰首夜观天象，忽见紫微星暗淡，不觉惊恐，知天下将要更加混乱。不禁心下思忖："不如先将五子中的老二与老三送去南洋谋个未来。至于剩下三子，只有看时局，再相时而为。"

且说这日，太安堂第十代传人柯廷儒刚刚送走胞弟老二与老三两人远去东南亚谋生。因孙七、索英与张无敌后人如今皆在南洋生活，写了书信来，说国内动荡不安，太安堂不如早些关了，移去东南亚，也好使得门风继续光大传承。然柯廷儒是万万难舍祖业，漂泊异乡的。只老二与老三两人血气方刚，志向远大，是定去不可的。柯廷儒乃开明之人，且老爷子甚是支持，遂不加阻拦，由他二人去了，如今家中只剩老四与小五兄弟两个相伴自己。

柯廷儒，字子芳，年约三旬开外，身长七尺，貌似潘安，风度翩翩，一表人才，虽饱读诗书，却志在从医，被乡里称作神医，乃兄弟五人中的老大。

话说柯廷儒回来途经开元镇国禅寺，见寺内香客如云，遂长叹一声："如今国内战乱，百姓苦不堪言，也只能寄希望于那不能开言说话的泥菩萨了。"正自思着，恰惠能长老外出，惠能因见柯廷儒从寺门外经过，便笑着道："阿弥陀佛，柯施主今日又去何处救世了？"柯廷儒回礼道："长老说笑了，只有长老寺中才有救世菩萨，我焉有救世之能？"惠能道："如今泥菩萨皆是难自保过河，又岂能顾得了他人？"柯廷儒闻言，望了一眼往来的香客，便不再接话。于是，二人又说了一会儿别话，便各自散了。

柯廷儒回到家中，先是给年迈双亲请了安，然后回到书房中。刚坐下，小丫头春儿过来，替大少爷摆了工夫茶，柯廷儒品了一杯，觉得茶香润口，便知此茶为新茶，便问春儿茶从何来。春儿回说是四少爷适才被人请医时带回来的，正说着，就听门外有人敲门，接着便听见有人进门道："大哥是几时回来的？"

说话之人正是柯廷儒四弟柯廷山。

柯廷山年方二十，身长七尺，方面阔口，身穿一件白色对襟短褂，腰扎英雄结，脚蹬一双圆口纳底黑布鞋，煞是精神。

柯廷儒见四弟这一身装扮，知他是习武刚回，遂笑道："刚刚坐定。"又道："谢谢你的好茶。"

柯廷山笑道："大哥客气。"又问道："二哥与三哥路上可好？"

柯廷儒道："一切平安。"

柯廷山听了道："这就好。"

两人正说着，忽见小五闯进门来，见着大哥与四哥笑道："二位哥哥出去也不带上小弟。"说着，走近书案，端起一杯茶便吃，吃罢，连声道："好茶！好茶！"

柯廷儒道："小五，你不在先生家中听课，因何回到家中？"

小五，官名柯廷凯，年方一十五岁，眼下正师从潮州名儒朱子进读"子曰"。小五听大哥如此一问，生气道："为何只许二哥、三哥与四哥进洋学堂，却让我去读四书与五经？大清都被推翻好多年了，难不成还让我去中举人与进士不成？"

柯廷儒与柯廷山兄弟闻言，却是笑了。

柯廷儒笑道："哪个让你去中什么举人与进士了？"

小五听了，笑道："这就对了，既然没指望我去做举人老爷，那我因何就不能缺课回来呢？"

柯廷儒与柯廷山听了，又笑。

柯廷儒笑道："小五，你太鬼了，竟然套了我的话。"

小五笑道："大哥，昨日因小方子给我送衣服时说起二哥与三哥要去南洋，因太思念你们才回来，本想着能送上二哥与三哥一程，不曾想却未赶上。"言罢，竟流下泪来。柯廷儒与柯廷山听了，心内发酸，忙过来安慰。

柯廷儒与柯廷山兄弟两人正自安慰小五，就见家人小方子进来，说老爷与老夫人都在上房等着，唤三位少爷过去用餐。三人听了遂来到上房，见阿爸与阿妈果真已在等着，便走到餐桌前各自坐了，须臾，下人们摆上饭菜，一家人用了，不在话下。

且说吃了饭，小丫头春儿捧了盐水过来供老爷与老夫人漱口，漱罢口，老爷将三兄弟唤至跟前，只听老爷道："你兄弟五人，如今老二与老三去了南洋，却也是无奈之举，他二人本也是有志之人，但愿他二人能闯出一番天地来。"停了停又对柯廷儒道："你是你们兄弟之中对医药最有天分的一个，你打出世起，春盛公是最疼爱你的，他说太安堂第十代传人非你莫属。如今看来，他老人家是有先见之明的，你且勿负了他老人家的期望。"柯廷儒答应一声是，就听老爷又对柯廷山与小五两兄弟道："我最担心的是你两个，如今乃动荡岁月，你二人须学些本事，也可将来安身立命。"柯廷山笑道："阿爸，您忘了中国有一句古话叫做'乱世出英雄'，如今您看孩儿有一身的武功，正是派上用场的时候。"老爷听了，把手中的拐杖用力一顿道："说的竟是浑话。我太安堂柯家乃秉德济世之家，岂是那整日里喊杀喊打的暴徒？乱世出英豪，哼，董卓与吴三桂都是乱世英豪，可他俩哪一个有好下场？"

柯廷儒见老爷动了气，连忙道："阿爸教训的是，孩儿们定遵阿爸的教诲，将太安堂发扬光大。"老爷喘了口气，望着柯廷儒道："不仅仅是传承的问题，还有你的终身大事也该好好考虑了。看看你们一个个也都老大不小的了，却是挑三拣四，东家不成、西家不就的，如今太安堂不再是明清时代的太安堂了，那时的太安堂承蒙皇恩浩荡，子孙皆受庇荫，而如今却是时局不稳。听说国民党正在围剿苏区的共产党，仗打得很激烈。你们须早些成家，也好使太安堂将来有秉承和发扬光大的人。"

柯廷儒又连忙回说是。老爷听了，气稍顺，正欲再说什么，只见管家柯保走进来，恭顺道："老爷，县上保安大队的佟大队长来了，说要见您。"老爷道："是来看病吗？"柯保回说不是。老爷忽然想起道："就是那个佟大麻子？不是看病，他来做什么，如今披了身虎皮，便认为自己是山中之王了。"一转脸，对柯廷儒道："子芳，你去会会他，看他有何要紧事儿。"

柯廷儒答应一声，走出上房，来至前院，就见十几个身着黑色保安制服，背着长枪的人列站两旁，中间一人短小身材，满脸麻子，身着保安黑色制服，一把二十响斜背身前，双手背后，正自来回踱步。一见柯廷儒过来，连忙赔了笑脸，迎上前道："柯大公子，佟某上门讨扰了，还望见谅！"柯廷儒双手抱拳，笑道："原来是佟大队长，廷儒有失远迎，还望恕罪。"说着，将佟大麻子迎入前院侧房，二人坐了，有小丫头泡了工夫茶摆上来。佟大麻子品了一口茶，开口道："柯大公子医务繁忙，佟某也就直来直去，不绕道道儿。因保安大队军饷吃紧，今日前来贵府讨些帮助。"柯廷儒闻言，冷笑道："佟大队长一向是无事不登门，原来今日登门是为筹措军饷之事。不瞒佟大队长，今日的太安堂已不是往日的太安堂了，你适才在府上也都看见了，如今的太安堂是门可罗雀，府上连吃饭尚且都有问题，哪里还有闲钱帮助你佟大队长？"

佟大麻子听了，哈哈笑道："俗话说，瘦死的骆驼比马大，太安堂就算是随便拿出两支人参来，也够兄弟们吃上一月半月的。"

柯廷儒笑道："佟大队长见笑了，如今这兵荒马乱的，哪个还敢去长白山弄那神物？如今太安堂别说人参，就是普通的药材都快断货了。不瞒你说，潮州城里我太安堂的分号因无钱经营，也早已闭门谢市了。"

佟大麻子又品了一口茶，冷笑道："兄弟的意思是不打算给佟某这个面子？"

柯廷儒正要回他，就见一个传令兵进来，附在佟大麻子的耳朵上说了几句什么。佟大麻子立刻站起身来，对柯廷儒道："军饷的事，过两日再来和兄弟你商量。如今我军务繁忙，得回去处理，改日再登门打搅。"言毕，领着一帮保安兵大踏步地去了。

柯廷儒见佟大麻子走远，遂往后院上房，将事情如此这般地告诉阿爸。老爷听了，冷笑道："有钱也不会做出助纣为虐的事来！"又对管家道："备轿，我要去会会县长大人。太安堂无论怎样衰弱，也决不允许让人任意欺负！"须臾，管家备好了轿子，老爷乘了轿子去见县长不提。

如今且说佟大麻子因何急急而去，此事还得从头说起。

距离潮州城五里处有一教书的先生，此人姓范名东阳，家中只有一妻一女相陪生活，因先父在时留有良田数十亩，日子倒也过得殷实。范先生早年在京城读书时，是一爱国青年，参加过"五四"运动。其父怕其在外招惹祸端，一纸电文将其唤回，并令其与马氏结为夫妇，从此在家安心教书。妻子马氏倒也聪慧贤淑，对范先生十分温柔体贴，日子过得很是安逸。

不久，马氏生下一女，取名范晴。范晴五岁那年，爷爷仙逝。十五岁那年，其父范先生因资助农民运动，被县警察大队拿了口实，投入大牢。时督办此案的乃警察大队副大队长佟大麻子，即如今的保安大队长。佟大麻子早就垂涎范家那数十亩良田，如今来了机会，他又岂可放过，遂对马氏道，若是范家肯将良田送他，他定保范先生平安无事。那马氏也是救夫心切，一时糊涂，中了圈套，便在佟大麻子的契约上按了手印。

话说那佟大麻子得了良田，心中甚是欢喜，却把范先生之事抛在九霄云外，那范先生因在牢中经不起酷刑拷打，命丧黄泉。闻听此讯，马氏一时气恼，竟一病不起。女儿范晴变卖家产为母医病，虽多方医治，终不见效。

眼见着母亲一天病似一天，范晴心如刀绞，此时已无家产可卖，范晴便背着母亲，到了潮州城插标卖身，一时间引得众人驻足围观。说来也巧，那日佟大麻子出来闲逛，拨开人群，见面前卖身的女孩年约二八，风姿绰约，颇有几分姿色，心中不由欢喜，掏出几个大洋抛到范晴面前，便上前欲拉其与己一同回家。那范晴仔细一瞧，面前这个要买自己之人不是别人，正是自己的仇人，不由怒从心起，狠狠瞪了佟大麻子一眼，起身便走。佟大麻子不知端的，一时间竟如果了一般，待清醒过来，范晴早已走远，哪里还能见到人影。

这佟大麻子不肯死心，派了人四处去寻，今日他到太安堂时，恰有人来报，说那女孩已经寻到，那佟大麻子听了欢喜不尽，这才离了太安堂，匆匆而去。

且说佟大麻子领着保安队员赶到范家，见到范姑娘不由心花怒放，说只要范晴跟他走，不但保她荣华富贵，还会请来名医为她母亲医病。那范晴也是烈性女子，听了这话，操起一把菜刀便要与佟大麻子拼命。可怜一个弱女子，又怎能敌过一群恶狼，眼见着范晴就要被这群畜生挟持而去，恰众乡邻赶到，佟大麻子怕一时惹起众愤，丢下范晴，领了保安队员仓皇而去。

见恶狼已走，范晴失声痛哭。邻居秦大妈将其抱于怀中，抹泪道："这世道还有王法吗?"一旁的张大爷恨道："穷人的日子苦啊。"又道："晴儿阿妈的病不如请太安堂的柯廷儒来医，或许还有希望。"一听此话，秦大妈欢喜道："怎么竟将此人给忘了呢，若是请了他来，定能妙手回春。"于是，唤过一个小子来，嘱他速去太安堂请柯廷儒。那小子领命，撒开两腿，如飞一般去了。

过了几个时辰的工夫，柯廷儒匆匆而来，秦大妈将其领入内室。柯廷儒见马氏躺在床上，因室内光线昏暗，范晴燃了灯烛来照。柯廷儒见马氏面色黧黑不泽，环唇尤甚。此时，秦大妈搬来一把凳子放在床前，柯廷儒坐了，伸出手指，仔细把了会儿脉。因又问起马氏饮食如何，范晴替母回道："自阿爸去后，阿妈整日忧愤，不思茶饭。"

切罢脉，柯廷儒已是心中有数。马氏整日忧愤，饮食不节，气耗而不足，阴气上溢于阳中，故脸现黑色状，又因脾气通于口，其华在唇，今水反侮土，故黑色见于唇。此病乃阳气不足所致，遂开下一方：

葛根一钱五分，升麻、防风各一钱，白芷一钱，黄芪八分，人
参七分，甘草四分，芍药、苍术各三分，以姜、枣煎。

开好方药，柯廷儒又掏出几枚银元交与范晴，嘱她速去抓药为母喂服。
范晴手捧银元，两泪交流，双膝一软，便要下跪叩头谢恩，柯廷儒连忙将其
扶起。一旁的秦大妈见了，也是泪流满面，连声道："柯先生真是好人啊。"
柯廷儒见已无别事，遂告辞而去。

回到家中，见院中停着轿子，知阿爸已回，便唤过小丫头春儿，问小五
现在何处。春儿回道："五少爷已回朱先生那里。"柯廷儒听了，心下安慰，
又问四少爷去了何处，春儿道："适才有几个公子来见四少爷，这会儿恐是在
四少爷书房里。"柯廷儒听了，没有言语，径往父母房中去请安。路过四弟书
房，果然听见里面有说话声，只听四弟高声道："眼下国家贫弱，官匪勾结，
民不聊生，眼下正是你我大展抱负，为国为民奋斗的好时光！"

柯廷儒不知他们谈的是什么话题，也未加理会，径往东府院父母房中请
安去了。

又过了些时日，因老爷造访过县长大人，佟大麻子再也未敢上门捣乱提
捐款的事，日子倒也过得平静。只有一件事让老爷十分气愤，也令柯廷儒很
是吃惊，四少爷柯廷山竟丢下一封书信，不辞而别了。老爷问柯廷儒，四少
爷究竟会去了何处，柯廷儒回说不知道。老爷生气道："如今这兵荒马乱的，
他却四处乱闯，心里还有父母吗?!"

正自气恼着，就见管家柯保进来，说外面来了一位女子，执意要见大少
爷。柯廷儒听了，不知是何样的女子要找他，正在胡思乱想，就听老爷道：
"还不快些出去？真是个个都没有了规矩。"

柯廷儒听出阿爸这是抱怨的意思，连忙应一声，便往外走，刚走到西府
院后院，果见有一个女孩儿站在那里东张西望，见到柯廷儒过来，连忙迎上
前来。

欲知来者何人，且看下回分解！

第五十二回　施奇方尚书还魂　秉医德闺秀钟情

诗曰：

橘花开处杏阴青，百草吹香觉地灵。

贫士愿留赊药券，故人思绪卫生经。

玄霜玉臼晴犹湿，华月丹房夜不扃。

尚书苦吟仍病酒，奇方挥就护修龄。

话说柯廷儒见一女子迎了过来，未等看仔细此人是谁，就见那女子双膝一软跪了下来，口中道："多谢先生救母之恩。"柯廷儒连忙上前扶起，这才看清面前的女子不是别人，正是范晴。

原来范晴之母马氏吃了柯廷儒的方子，如今已是身体大好，范晴今日是为报恩而来。只听范晴道："恩公救母之恩，小女子无以为报，只愿在贵府终生为奴。"柯廷儒道："小妹言重了，治病救人那是在下的天职，你若如此乱说岂不让天下人耻笑？"范晴顿足道："哪一个乱说了？我说的句句是真！"

范晴是性情中女子，定要以进府为奴做报答不可，弄得柯廷儒哭笑不得。正不知如何是好，老爷拄了拐杖，在小丫头的搀扶下走了过来，见两人如此，问了个明白。老爷笑道："范小姐，你若执意这样做，不但坏了犬子的名声，也毁了太安堂的名誉，你不但报不了恩，还会落个以怨报德的坏名声。"范晴闻言，不由又滚出几颗珠泪来，道："那就让小女子来世衔草相还吧。"言罢，转身便走。柯廷儒正要去追，忽见一乘轿子落在院中，柯保领着一个穿着齐整的小子跑过来。柯保先是见过老爷，然后对柯廷儒道："大少爷，城里状元府的王尚书差了人来请医。"言罢，又唤过状元府的小子向柯廷儒说了尚书病状。那小子只知他家老爷乃心痛病，常常会叫痛不止，其余的则一无所知。

于是，柯廷儒上了状元府带来的轿子，轿夫一路疾走，在状元府门前落轿。柯廷儒走出轿子，见状元府虽改了朝代，却主人未换，府第依旧威严如

初。状元府曾一度人去楼空，想当年，身为钦差大人的马常便在此住过。而
如今，大清已亡，当年状元的后人王尚书作为大清遗臣，遂回乡隐居自保，
出巨银将祖宅修缮一番，将昔年的状元府装扮得如同皇宫一般，过起了逍遥
自在的日子。

　　且说状元府的小子在前引路，柯廷儒随后跟行，不知过了多少堂，穿了
多少院，最后在一座房前停下，那小子先是进去报信，须臾，与管家一道出
来，将柯廷儒引进上房内室。进入房中，但见室内站满了妻妾与丫头婆子，
见柯廷儒进来，室内中人忙闪开一条道，此时柯廷儒方看清靠南的一张大床
上躺着一位老者，只见他须发皆白，满脸憔悴，只一双眼睛仍透出锐利的光。

　　此人便是前清遗臣王尚书。

　　话说这王尚书为官之时，虽不能称其为清官，但为人还算谦和，自回乡
后不问时事，只管吃喝玩乐，日子倒也过得风声水起，十分快活。只一件，
便是时时心肌绞痛，苦不堪言。今日因去后花园赏景，一时兴起，便要与众
位姨娘对诗。姨娘们为了争宠，便也使出浑身解数，只听王尚书出题道：

　　　　燕莺树上鸣春早。

一旁的夏姨娘接道：

　　　　桃李花间醉蝶欢。

王尚书听了，欢喜不尽，又出题道：

　　　　劫来春色撩诗饮。

只听王姨娘接道：

　　　　借得柳风伴赋飞。

王尚书闻言，连赞对得好。赞罢，又出一联：

　　一曲相思弹清泪。

　　只听凤姨娘对道：

　　　　三杯浊酒叹平生。

　　王尚书听了，连连摇头，说此对不妥。
　　王姨娘接道：

　　　　三杯美酒叹平生。

　　王尚书依旧摇头，称不妥。
　　这时，夏姨娘一旁接道：

　　　　三杯寂寞若愁情。

　　王尚书听了，连连鼓掌，口称妙对，只因这一时激动，那心病儿又犯了，众人忙将其扶入内室，在床上躺下，又叫来郎中，郎中却也无计可施，只给了几片止痛的药便算了事，只苦了王尚书，一时竟痛晕了过去，唬得众人不知所措。还是管家清醒，一边令人抢救，一边急急差了人来太安堂请医。
　　且说众人见柯廷儒进来，早有小丫头端了一把椅子过来，放在王尚书床前，柯廷儒坐了，夏姨娘又挽起王尚书的衣袖，柯廷儒伸出手指为他切脉。切罢脉，柯廷儒又问起详情，此时，王尚书已是痛不能言，夏姨娘一旁替他说了。柯廷儒听了，心中有数，知王尚书因一时激动，触发心肌缺血而心绞痛。若治此病并不难，只须洋金花、人参、肉桂、附子、鹿茸、冰片、麝香、三七与蟾酥这九味药配方便可，方中附子、鹿茸温补心肾之阳、散寒止痛、强心救逆为主药；人参大补元气、益气复脉，肉桂温补元阳为辅药；洋金花大毒，强心止痛，三七活血通脉，麝香辛香开窍为佐药；冰片辛香助药力直达病所为使药。全方合用，共奏温补心肾，强心复脉之功。而此方早已配制成丸药，名曰"心宝丸"。

柯廷儒取出几粒心宝丸，吩咐小丫头给王尚书服了。须臾，王尚书疼痛已无，十分欢喜，翻身起床，连声道："神药！神药也！"言毕，走到柯廷儒身前，连声道谢，又拉柯廷儒上房叙话。

两人相叙了一会，王尚书吩咐管家呈上谢银，那管家应一声，不多时捧来谢银。柯廷儒见有金条两根，另有玛瑙与珍玩数个，柯廷儒笑道："不过区区几粒丸药而已，又怎能得老先生如此厚谢？"王尚书笑道："太上老君的不老仙丹若是能送老夫一粒，我愿奉上全部家财，可惜，我即使再有钱也弄不来啊。柯公子的心宝丸虽不是什么不老仙丹，却也是万金难买，老夫这点谢银又算得了什么。"柯廷儒笑道："尚书大人所言极是。然，话虽如此说，但晚辈绝不能因大人您有万贯家财便可以不顾礼义道德而妄收。"王尚书听了，哈哈笑道："柯公子，老夫早已不是什么尚书大人了，如今已是民国，不兴再叫什么大人了。若柯公子看得起老夫，就叫老夫王伯吧。"柯廷儒笑道："大人年长，晚辈称您王伯理该如此。"王尚书道："这就对了，既然你称我王伯，这个酬金你就该收下，若不然，岂不是有不听长辈之言的嫌疑？"柯廷儒笑道："多谢王伯，但晚辈实不能收，还望王伯见谅。"言罢，起身告辞。王尚书哪里肯依，定要柯廷儒将酬金收下，柯廷儒见推辞不下，抽身便往外走，走不几步，却与一人撞了个满怀。只听对方娇叱道："哪里来的野小子，竟如此鲁莽？"柯廷儒忙闪过一旁，定睛一看，原来却是个富家千金，但见她：头戴白色宽边帽，上身着玉色湖绉滚宽边的袖子短、袖口大的时新衬衫，下身系了一条白色的宽裙。再看她美目如画，清雅脱俗，若如出水芙蓉一般。她的身后跟着两个手提皮箱的小子。

且说柯廷儒正自打量对方，就见那女子柳眉一扬，正要发作，恰王尚书追出，一见此景，忙道："多儿，不可无礼。"说着，走过来责备道："多儿，怎可对柯公子如此无礼？他可是你阿爸的救命恩人！"那女子听了，不解道："什么救命恩人？"王尚书道："这位可是太安堂大名鼎鼎的柯公子，若不是他及时赶来医好你阿爸的心病，恐怕这会儿你已经见不着你阿爸了。"说着，又向柯廷儒介绍小女。

原来此位富家千金乃王尚书的掌上明珠，名唤多多。王尚书有五子，皆在香港，只有一女，刚从法兰西留学回来，这会儿刚进家门，不想与柯廷儒撞了个满怀。多多自小受宠，脾气娇纵，因适才一撞，一时收不住性子，竟暴发了出来。

此时，多多早已没有了脾气，又见柯廷儒一表人才，且是柯氏后裔，阿爸的救命恩人，不由后悔起来，连忙道歉。王尚书因又问起适才因何事不快，柯廷儒忙如此这般地说了。王尚书听了，遂向女儿说了柯廷儒只因不收重礼酬谢方忙忙而出，以至如此。多多听了，更觉惭愧，对柯廷儒更加敬佩。王尚书又留请柯廷儒吃酒，为女儿接风。柯廷儒推辞道："本应给小姐接风，只因家中事忙，须及时回去，还望小姐见谅。"

王尚书见留他不住，只得吩咐下人送柯廷儒回府。

又过了些时日，这日太安堂送来一位女病人，此妇年约三旬，长相穿着不俗，但见她：上身穿着大红衫子，葱白线镶滚，下身穿的是雪青闪蓝如意小脚裤子。身旁两个小丫头搀扶着从马车上走下来，柯廷儒识得她，她乃前清潮州府首富刘塘的后人，刘中先的二姨太，名唤三娘。如今刘家已不似往日有钱，而是卖了宅子搬到城外，靠几处田产过活。但比起平民百姓，却仍是阔绰有余。

却说刘中先二十岁时娶妻姚氏，生下一男一女，如今皆已成人。四十五岁那年因酷爱潮剧，并喜欢上潮剧名旦三娘，遂纳为妾。那三娘自嫁入刘家，过的是锦衣玉食的日子。三娘有一嗜好，独爱食螃蟹，一日三餐，却是不腻。

一日三娘偶得风热之疾，且齿间长出肿胀痈肉，那痈肉越长越大，以至三娘口不能闭，水米不进，痛苦得只求一死。初始，刘中先不以为意，就近寻了医生家中来治，却是毫不见效，只得备了车马来太安堂寻医。

话说柯廷儒见三娘有病如此，遂取了生地黄汁一碗，猪牙皂角数挺，放于火上烤热，将汁敷于痈肉上，但见那痈肉即刻消缩。

治罢，忽闻门外有鼓掌之声，柯廷儒向门外一望，见鼓掌之人乃一妙龄女子。见她发髻高挽，身穿一袭红色旗袍，柯廷儒识得她，此人正是王尚书之女多多。送走姚氏，柯廷儒将多多引入书房，又唤来小丫头摆上工夫茶。

二人坐定，柯廷儒笑问多多打从何来。多多笑回，因那日多有得罪，今日特登门道歉，不巧正遇上柯廷儒妙手巧医。多多笑道："柯大公子医术堪比扁鹊，实在令人佩服。"柯廷儒道："雕虫小技，让王小姐见笑了。"多多笑道："敢问大公子有弟子几人？"柯廷儒笑道："依我的本领何来弟子，再说如今民不聊生，有谁还愿去学医？"多多道："柯公子所言差矣。我在法兰西时曾看见有中国医生给人治病，深受外国朋友的喜爱，如今看到你的医术更加神奇，所以想请你教教我，可以吗？"柯廷儒心道："一个养尊处优的大小姐不过是无聊时寻个趣罢了，又如何能静心学医？且哄哄她，过些时日，她自己便会淡了，那时自然也就不会再提学医的事了。"想到此，遂笑道："若王小姐感兴趣，欢迎您常来太安堂做客。"王小姐听了，问道："如此说来，柯公子是同意我的请求了？"柯廷儒笑而不答，王小姐乐得一下子从椅子上跳了起来。柯廷儒见状，心道："一个大家闺秀竟如此举动，也不怕失了礼节？"又道："王小姐是留过洋的，思想开放罢了。"正自思着，就见多多双手作揖道："师父在上，受徒儿一拜！"柯廷儒见了，一时哭笑不得，笑道："先别急着拜师父，这拜师可是有讲究的。"多多道："这个我自然是知道的，来时我就已经备好了礼物。"柯廷儒笑道："王小姐误会了，我所说的讲究并非什么礼物，而是要看你是否有学医的天分及学医的耐心。"多多急忙道："这个我自然是有的。"说着，又要来拜。柯廷儒笑道："慢着，有没有，不是小姐你自个儿说了算的，这得慢慢看的。"

多多一听，顿时泄了气，一下子坐到椅子上，有气无力地道："好吧。"忽又自我安慰似的道："真金自有发亮之时。"言毕，双眼只管望着书房的墙壁，这一看不要紧，竟又一下子兴奋起来，因那墙上挂着一支竹箫。只听多多道："柯公子喜欢吹箫？"柯廷儒听问，方把眼睛望向墙壁，笑道："无聊时消遣一下而已。"多多道："此时正是无聊之时，大公子就来上一曲吧。"柯廷儒知不好驳她，便摘下竹箫，只把那《阳关三叠》吹了一叠：

> 清和节当春，渭城朝雨浥轻尘，客舍青青柳色新。
> 劝君更进一杯酒，西出阳关无故人！
> 霜夜与霜晨。遄行，遄行，长途越渡关津，惆怅役此身。
> 历苦辛，历苦辛，历历苦辛，宜自珍，宜自珍。

一曲吹罢，多多喜得直拍手儿，这真是：

> 潮州有才子，恨恨未曾识。
>
> 平处起苍凉，清风夜鸣笛。

只听多多笑道："柯公子真是多才多艺之人。"正要再说什么，忽见小丫头凤儿走进来，说老爷与老夫人传大少爷。柯廷儒听了，站起身，正要向多多说他去去便回的话，话未出，却见多多站起来道："我来时阿爸就交代过要去拜见伯父与伯母，我还带了礼物来，适才却是全然忘记了，这会儿方想起。"说着，冲着外面喊："王三，马六！"就听外面有人应。多多又道："你二人将礼物带了，一起去拜见老爷与老夫人！"外面的人又答应了一声。

于是，小丫头在前引路，多多与柯廷儒紧随其后，王三与马六捧了礼物在后跟着。进到老爷房中，柯廷儒先是过去请了安，又把多多介绍给双亲。老爷与老夫人见多多天资丽质，且是名门之后，心中甚是欢喜，老夫人拉了多多的手坐到自己的身边，家长里短的问了一番。多多都一一作答了。待老夫人问过话，多多让两位下人将礼物呈上，老爷、老夫人及柯廷儒见尽是贵重之物，不想收，却又怕驳了尚书的面子，只得叫过管家收了。

又说了一会儿话，多多道："早听说过太安堂，只是不曾亲眼见过，今日一见，果是气派。"老爷笑道："历尽风雨这许多年，哪里还能称得上气派？如今只不过是剩下一副骨架罢了。待会儿让小丫头们领着大小姐随处转转，只不要让此处的凄凉伤感到小姐就好。"多多听了，很是欢喜，笑道："老伯说哪里的话，多多高兴还来不及，又何谈什么凄凉啊，伤感啊的。"又道："小丫头们就不用麻烦了，还是烦公子一回吧。"言罢，只将两眼望着柯廷儒看。未等柯廷儒回话，老爷与老夫人连声道："如此甚好。子芳就领王小姐四处转转吧。"柯廷儒应一声，便与多多一道走了出来。

且说柯廷儒先是领着多多在东府园里走了一遭，又领着她在西府园里走了一回，最后又带她往后花园里去。此时正值春日，各种花儿争相竞开，别有一番景致，正应了那首诗儿：

> 应怜屐齿印苍苔，小扣柴扉久不开。
>
> 春色满园关不住，一枝红杏出墙来。

　　花儿开得簇艳，多多看得兴奋，不知不觉，太阳渐渐西沉，从后花园出来，就见王三与马六在外候着，说时辰不早了，请大小姐速速家去。多多虽意犹未尽，却也无奈，遂对柯廷儒笑道："公子适才所奏《阳关三叠》，犹在耳际，'劝君更进一杯酒，西出阳关无故人'。如今却是无酒，就烦柯公子送我出府外如何？"言毕，往前便走，柯廷儒随后相送。

　　王三与马六已在府外备好马车，柯廷儒见那马车是极好的洋车。多多上了车，冲着柯廷儒挥了挥手，王三一挥马鞭，那马儿腾起四蹄，只一溜烟儿地去了。

　　欲知后事如何，且看下回分解！

第五十三回　张汉洋夜半惊梦　柯廷儒黎明妙诊

诗曰：

世上何来鬼与神，烧香礼拜自欺人。

劝君莫做亏心事，半夜叩门心不惊。

如今且说一人，此人不是别人，乃是身集广东党政军大权于一身的张汉洋，人称"南霸天"的便是此人。

张汉洋乃广东湛江人氏，早年秘密加入同盟会，辛亥革命成功后，入黄埔军校。从军后，从排长累升至团长，现为赣粤闽湘边区"剿匪"总司令，兼任江西"剿共"南路总司令。

话说张汉洋近日因屡屡有红军高级将领通过他的防区进入永定苏区，或是再由苏区经过他的防区进入香港，张汉洋十分苦恼，遂令各地贴出告示，凡是举报出地下党者，一律重赏。重金之下必有勇夫，不几日，潮州上报，说近日潮州警察大队于汕头破获一起地下党大案，张汉洋闻之，不胜欢喜，副官吉越道："司令何不亲临，也好鼓舞士气。"张汉洋欣然接受，却又问指挥部设在何处更为妥当。吉越回说潮州应为首选之地，张汉洋听了，觉得十分有理，遂将司令部设于潮州城内，因佟大麻子破案有功，张汉洋又亲命其为特务队队长。为获得更为有价值情报，张汉洋又亲往汕头，审讯抓获的地下党。

被抓获的两名地下党中，一人姓白，单字名玲，是个年约二十四五的女人，其娘家乃潮州城人，后嫁入汕头镇邦街姓金的夫家，三年前其夫跟随红军参加了革命，家中只留下她与四岁的儿子相依为命，后加入共产党，成为一名地下党联络员。另一人姓章，名化腾，年约四旬，名义上为汕头一乡村教员，其实为地下党一名负责人。

二人被捕，纯属偶然。

　　白玲有一破落户哥哥，名唤白喜子，此人不务正业，整日儿提笼架鸟，四处招惹是非，人又称他为白爷。这白喜子还有一喜好，就是嗜赌如命。一日，白喜子遛完鸟，又到三江斋耍钱，不多一会儿便将袋中几个子儿输了个精光，为捞回本儿，白喜子便向庄家借钱。庄家乃是潮州城中的名角儿，人称周三爷，此人心狠手辣，阴险狡诈。

　　周三爷一听白喜子向他借钱翻本，先是喝了一口工夫茶，然后把头向太师椅背上一靠，哈哈笑道："白爷向我错钱，我周某不是不想借。只是，你也不想想，你若赢了便罢，若是输了，你又拿什么来还我？几年前，你家中尚有一漂亮妹子，如今却是嫁作人妇，早已是人老珠黄，不值钱喽！"言罢，又是一阵哈哈大笑。

　　这周三爷本是戏弄之言，不想这白喜子听了，忽然眼前一亮。白喜子为何这般状况，因他前几日去得妹子家中，不想竟发现她家中藏有红军伤病员。如今城中到处贴着举报共党的告示，自己的妹子即使不是共党，也定与共党有关，若是将此情报告诉警察大队，岂不是要发一笔大财？想到此，白喜子一阵窃喜，出了三江斋径往警察大队而去。

　　佟大麻子得到这一情报，遂领着一帮人马直奔汕头镇邦街，恰那日章化腾与联络员白玲接头，不幸双双被抓住，只是并未见到什么受伤的红军。

　　且说张汉洋将他的司令部搬至潮州城，又马不停蹄地来到汕头，要亲审白玲与章化腾。

　　然而，张汉洋在白玲那儿什么也没有问出来，虽然白玲受了许多酷刑，但她只字未吐。只是面对酷刑，章化腾选择了变节，叛变了革命。他供出了许多地下革命者，这让张汉洋欢喜不已。章化腾还交代了一个十分有价值的情报，中共交通局派专职交通员从上海运送电台配件到了汕头。

　　张汉洋闻言，喜不自胜，当即令佟大麻子与章化腾率领特务队前去抓捕。二人领命，不在话下。

　　且说章化腾所提供的这条线索确实为真，只因党中央为解决中央红军急需的无线电通讯器材，中央交通局才派了专职交通员熊华携了器材来到汕头，然后设法进入苏区。

　　话说镇邦街七号的"中法药房"乃是我党的秘密交通站。是夜，熊华环视左右，见并无可疑之人，然后拎着箱子，大摇大摆走进药房，账房先生老陈正在拨弄着算盘，见有人进来，抬眼盯视了对方一眼。熊华上前用暗语与老陈接上了头，只听老陈低声道："汕头近日风声很紧，我已为你找了个安全的地方。"言毕，领着熊华来到"南京旅店"。

老陈并不知晓，此时的南京旅店并不安全，因佟大麻子与章化腾的大肆搜捕，已经有人叛变投敌，出卖了他们。就在熊华与老陈走进旅店的那一刹那，特务们已经注意到了他二人。老陈乃老地下交通员，经验丰富，就在他踏进旅店的那一刻，他已敏捷地嗅到了紧张的气味。

打开房门，安顿好熊华，老陈转身欲走，又觉得不放心，就在这时，他听到了门外的脚步声。只听老陈道："不好，情况有变。老熊你快些走，我掩护！"不容熊华争辩，老陈举起身旁的一把椅子砸向窗户，又用力一推熊华道："快走！"此时，熊华也听到了门外的吵嚷声与踹门声，熊华来不及多想，只说了声多保重，拎着箱子，转身跳了出去。就在他双脚落地的一刹那，他听到了身后的枪声，熊华回身望去，眼睛里却是热泪交流。

老陈被捕了，但他什么也没说，佟大麻子使尽了酷刑，也没能从老陈嘴里得到一个字。佟大麻子无奈，只得如实上报张汉洋。

张汉洋恼羞成怒，指示将狱中的白玲与老陈等共产党人全部杀害。那日凌晨，汕头的郊外响起一阵激昂的"打倒国民党反动派！中国共产党万岁！"的口号声，接着，是一阵枪声。待枪声散尽，一个孩子在哭喊着妈妈，那是白玲四岁的儿子，行刑时，他被敌人一道从监狱里带到了郊外的刑场。

孩子的哭声刺破了天穹，也深深刺痛着每一个革命者的心。

汕头地下党组织决定，清除章化腾这个无耻叛徒。执行此次任务的则是执行特殊任务的"短枪护送队"。

短枪队一直战斗在上海—香港—汕头—大埔—青溪—永定进入苏区的交通线上，专门负责护送中共高层领导人。短枪队员个个皆神枪手，百步穿杨，且人人身怀绝技。"大个李"练的是朱家拳，拳法精湛，以一敌十；"小刀张"使得一手飞刀，能一刀毙命；"飞毛腿"铁彪，有日行八百、夜行千里之能。短枪队共计八人，队长乃巾帼英雄，名唤大凤。但见她双颊晕红，肤色白腻，一双丹凤眼灿然晶亮，容色清丽，气质高雅。她上身着一件白色小领口双排扣对襟衫，下身穿一条白色灯笼裤，两支二十响盒子炮斜挎双肩，一条宽牛皮带横扎腰际，一条乌黑的大辫子垂在脑后，真个是飒爽英姿，巾帼不让须眉。有诗赞曰：

> 施氏山前旧有人，吴王宫殿几重新。
> 年来绿树村边月，夜半清溪梦里身。
> 衰草尽随眉黛落，飞花长逐杜鹃声。
> 西家女侠今何在？白芷轻萝谢四邻。

且说大凤接到暗杀章化腾的指令，便精心布置起来。因章化腾素喜潮剧，与看家花旦名角小百灵打得火热，常去小百灵家过夜，且今日又是小百灵生日，章化腾今晚必去。大凤认为若在此处设伏，定能打章化腾一个措手不及。

是夜，短枪队化装成卖瓜子香烟的各式人等，不露声色地潜伏到小百灵家附近路口。正值华灯初上，因小百灵家就在剧院附近，剧院中的鼓乐之声不绝于耳。约摸过了一个时辰，小百灵挎了个精致小包从剧院中出来，队员们见了，知她已没了戏份，换了装欲回家中，便随后跟至小百灵家楼下，见小百灵开了门走进去。又过了两个时辰，仍不见章化腾过来，众人皆十分着急，不知何故。

大凤亦十分着急，正欲派飞毛腿铁彪前去汕头衙门打探，恰在这时，就听剧院门前传来一阵激烈枪声。

须臾，枪声散去，有队员来报，说章化腾在剧院门前遭到不明身份人袭击。队员们听了，皆大吃一惊。暗杀章化腾，只有短枪队接到这个指令，如今怎么又冒出一支人马暗杀于他？众人皆觉蹊跷，百思不得其解。

书中交代，暗杀章化腾之人，不是别人，而是佟大麻子。因那日佟大麻子与章化腾同去剧院观戏，二人不觉同时喜欢上小百灵，并大献殷勤。小百灵见章化腾一表人才，心下欢喜，欣然接受，从此对佟大麻子不再理睬。那佟大麻子心下十分窝火，唤来康秃子等几个心腹秘密商量除去章化腾，一报夺爱之仇，那康秃子几个会意，遂于章化腾给小百灵过生日之时，暗设埋伏，痛下杀手。不料，那章化腾自叛变后，因怕地下党报复，日日如惊弓之鸟，来时，他让手下穿了自己衣服坐在副座，自己则坐在后座中间。康秃子几个一阵扫射，只把副座上的替身打了个穿心透，而章化腾却逃过一劫。章化腾当下急令司机，调转车头急回汕头警察署，惶惶如丧家之犬。

且说大凤见行动因节外生枝而落空，只得领着队员撤回。次日，大凤得到消息，方知昨日因章、佟二人内讧，使得行动落空。大凤这边明白了是怎么一回事儿，只可怜了章化腾却不知晓真相，一心只以为是地下党所为，上报到张汉洋那儿也是如此说。张汉洋也是信以为真，为防意外，安排章化腾住在警察署内，夜晚不得私自外出，这下又苦了章化腾，不能随便去和小百灵私会了。

又过了几日，那章化腾难耐相思之苦，遂差了心腹秘密接小百灵到警察署来。大凤获悉，便又想出个除去章化腾的主意来。

这日，章化腾又差手下开了车去接小百灵，车刚到小百灵楼下，就被短枪队员们拿下。大凤戴上墨镜，充作小百灵，其他队员则坐到后坐和后备厢中，压着章化腾的司机，顺利将车开到警察署内，又令司机带路直奔章化腾的房间而来。司机上前叫了门，章化腾听出是司机的声音，遂开了门，刚说了句"小宝贝儿"，就见黑洞洞的枪口顶在了脑门上，只吓得再也说不出话儿来。

队员们将房门掩上，大凤摘了墨镜，双眼逼视着章化腾，冷声笑道："章化腾，没想到警察署这个堡垒也保不了你的性命吧？"章化腾颤声问道："你，你们是谁？"大凤冷笑道："取你性命的阎王。"言罢，将手中二十响一抬，冷声道："今日我代表党和人民处决你这个叛徒，为死去的战友们报仇！"话音未落，抬手一枪，这个可耻的叛徒顿时见了阎王。

队员们从章化腾的房间出来，掏出枪来，一阵狂放，枪声在寂静的夜空格外清脆。放完枪，几个人又坐上来时的车子，大摇大摆地开了出去。

话说章化腾被汕头中共地下党秘密处决，惊动了张汉洋。那晚他就住在汕头伪政府大院里，当晚，张汉洋睡得正酣，被副官叫醒，将章化腾被暗杀一事告之。张汉洋闻言大惊，正要发作，办公室电话铃响，副官吉越接起，是张汉洋夫人华姑从潮州打来的电话，说三子病重，请张汉洋速回。张汉洋听吉越如此一说，把章化腾一事抛于脑后，率了警卫，又令特务队连夜一道返回潮州城。

张汉洋回到寓所，见过夫人华姑，便急急到房中卧室看生病的三子。张家三少爷年仅三岁，此时正躺在床上，体如一支反张弓，四肢尽冷。张汉洋忙问三子何病，为何不请医生。华姑垂泪道："医生倒是请了好几拨，却是个个束手无策。"张汉洋道："是何病让医生们皆束手无策？"华姑道："医生们皆说是惊风，像三子此种病状却是少见。"张汉洋闻言，长叹一声道："此为老天报应！"一旁的吉越听了，忙上前低声道："司令何出此言？三少爷生病如此，乃人之常情，世上哪有不生灾害病之人？"又问华姑道："不知夫人是否请过太安堂的人来医？"只此一问，张汉洋与华姑二人眼前顿时一亮。只听华姑惊喜道："还是吉副官提醒的是，我怎么竟把太安堂给忘记了。"张汉洋道："夫人先别自责，还是差人快些请了太安堂的人来才是。"华姑连连称是。吉越道："司令，卑职这就去请。"张汉洋连连点头。

话说吉越驾着张汉洋的专用汽车，一路狂开，因吉越曾路过太安堂，识得路径，只消片刻的工夫便到了太安堂前。

吉越上前叫门，管家柯保开门将其迎入，吉越说明原委，柯保听了，不敢耽误，忙领着吉越来到柯廷儒门前，叫开房门。吉越一说，柯廷儒忙收拾齐整，坐上汽车直奔潮州城开去。

待到得张汉洋寓所，东方曙色初开。

此时，张汉洋夫妇正等得心急，一见吉越领着位年轻英俊的后生进来，便知是太安堂人。双方见过，张汉洋夫妇知这位英俊的后生乃太安堂第十代传人柯廷儒，心下顿时稍安。

且说柯廷儒给张家三少诊了脉，确定其为惊风之病无疑，当即开下一方：

> 赤足全蜈蚣一条，蝎梢、乳香、白花蛇肉、朱砂、南星白僵蚕各半两，麝香三钱，凡八味，砂、乳、麝别研，蛇酒浸，去皮骨取净，南星煨熟，蚕生用，与蜈蚣、蝎五者为末，别研三者，各匀，酒糊为丸，捏作饼子。

处方开罢，交与副官去办，约摸一盏茶的工夫，副官进来将饼儿呈上，柯廷儒接过，亲手给张家三少爷喂下。自中午时分，已是喂下两饼，再看张家三少爷，早已是醒转过来，连连喊饿，直喜得华姑两泪交流。

见爱子已被柯廷儒妙手回春，张汉洋甚是高兴，当下吩咐摆上酒菜款待，席间，张汉洋连称柯廷儒好医术。只听张汉洋道："太安堂果真名不虚传，张某有一事相求，还望柯公子能够答应。"柯廷儒道："不知张司令所言何事？"
张汉洋道："目下，国家乃乱世之秋，正是用人之际，柯公子医术如此了得，
何不留下报效国家。张某人愿鼎力扶助于你，保你荣华富贵。"柯廷儒听了，
冷笑道："多谢司令的美意。国家兴亡，匹夫有责，只是在下家中尚有年迈父
母要养，兄弟们又年幼，实在难以抽身，待他日兄弟们成人，在下定鞍前马
后为司令效力。"

张汉洋闻言，知柯廷儒是有意婉言相拒，心下不快，正要再规劝几句，
只听一旁的夫人道："柯公子欲在父母跟前敬孝，此心实在难得，真不愧是礼
仪人家。跟着司令是报效国家，在家悬壶济世同是报效国家，所以司令又何
必强求？"夫人华姑一向温恭尔雅，聪明俊俏，深谋远虑，深得张汉洋的敬重
和喜爱，既然夫人如此说了，张汉洋也不便再说什么，遂笑道："人各有志，
既然柯公子主意已定，张某也就不再强求。"

吃罢饭，又摆上工夫茶吃了。柯廷儒起身告辞，这时副官吉越捧来重金
相谢，柯廷儒笑道："司令太抬爱在下了，区区一副方子，何须如此重金？"
张汉洋不依，定要柯廷儒收下。只听张汉洋道："柯公子救了犬子一命，这点
谢银又算得了什么？"柯廷儒道："司令既然如此，那在下就收下了。适才司
令尚言，国家正值多难之秋，那在下就将这银两献出奉献给国家吧。"张汉洋
听了，十分感动道："若柯公子今后遇到什么困难，尽管来找张某，张某定竭
力相助。"柯廷儒道："多谢司令关怀，在下在此谢过了！"言罢，告辞而去。
因吉越有事，临时找来一勤务兵开车送柯廷儒回去。

且说勤务兵开了车直奔太安堂而去，正驶到半道，忽见一辆马车横于道
上，勤务兵下车查看，刚走到马车跟前，马车上突然跳下几个彪形大汉来，
未等勤务兵弄明白是怎么回事儿，一人上前，只一掌，那勤务兵顿时晕了过
去。另两人则迅速跑到汽车旁，拉开车门来架柯廷儒，柯廷儒心中暗道不好，
正要出手反抗，只觉腰部一动，知是枪管顶在了自己的腰上。只听一人道：
"柯大少爷，请别难为我们，我们也只是奉命行事而已。"言罢，二人架着柯
廷儒便往马车上去了。

欲知何人绑架柯廷儒，柯廷儒性命如何，且看下回分解！

第五十四回　镇邦夜幕书传奇　红军歼匪救郎中

诗曰：

黑云压城城欲摧，甲光向日金鳞开。

角声满天秋色里，塞上燕脂凝夜紫。

半卷红旗临易水，霜重鼓寒声不起。

报君黄金台上意，提携玉龙为君死。

话说柯廷儒从张汉洋寓所回来，半道上遭人绑架，几名彪形大汉蒙住柯廷儒眼睛，然后反绑了双手，塞上马车，赶车之人扬起马鞭，一声脆响，那两匹马儿一溜烟儿地便跑得没了个踪影。

待马车停下，有人将柯廷儒从车上扶下来，柯廷儒因眼睛被黑布蒙着，也不知自己身在何处，任由他人扶着往前走。柯廷儒只觉路面高高低低，崎岖不平，且不停地上石阶，凭感觉，柯廷儒知道这应是到了山区。

须臾，柯廷儒只觉一阵阴风扑面，有人给他解去眼睛上的黑布，柯廷儒迷起眼睛细瞧，人竟在一处偌大的山洞里。待眼睛适应了暗光，柯廷儒才看清了，这是一处足能容下千人的山洞，一口大锅里盛着油，因被火点着，油锅里的火舔着蓝色的火苗，整个山洞里的亮光，便是来自这口油锅。往前看，只见大殿之上有一虎皮交椅，交椅上端坐一人，此人年约五旬，光脑袋，鹰嘴鼻，下颌一撮山羊胡须。此人的左右各自端坐着四人，个个剽悍非常。再往近处看，则是一群手持钢刀与快枪之人，分左右排开。柯廷儒见了，不由心中倒吸一口冷气，知道是遇到了土匪无疑。

只听虎皮交椅上的光头一声冷笑，大声问道："来者可是太安堂的大少爷柯廷儒吗？"

柯廷儒冷笑道："是您老人家把在下劫持到这儿的，难道还不知道我是谁吗？！"

光头笑道："柯大少爷误会，只因你乃名人之后，像我这样的山夫莽汉委实难请，不得已才出此下策，还望多多原谅！"

柯廷儒冷笑道："还未请教您老人家尊姓大名，将我劫持到贵地又是何居心？"

光头听了，哈哈大笑道："柯大少爷果真是快人快语，那我也就明人不做暗事。在下姓谭，名夫，人称'谭三炮'的便是。今日请来柯大少爷，只想借《太安堂秘笈》一看。"

柯廷儒闻听此言，不由大吃一惊，因他深知谭三炮的为人。这谭三炮早年曾当过兵，官至连长，因与团长争风吃醋，一枪打死团座，拉起部下便到了阴那山占山为王。谭三炮心狠手辣，不到一年，周边山头的大大小小土匪，要不被其剿灭，要不被其收编，队伍曾一度多达上千之众。这伙土匪，扰乱乡里，烧杀抢掳，无恶不作，老百姓恨不得饮其血、食其肉。因民愤极大，张汉洋曾派重兵围剿谭三炮，大伤其元气，如今谭三炮也只是一伙残匪流寇。

柯廷儒冷冷一笑，讥讽道："原来是谭大当家的，失敬，失敬。谭大当家的一向做的是杀人越货的勾当，如今要看起《太安堂秘笈》来了，难道谭大当家的是要从此金盆洗手，悬壶济世吗？"

柯廷儒此言一此，只把谭三炮气得脸色骤变，他身旁的那八人本是他的"八大金刚"，一听此言，齐声怒道："休得无礼！"谭三炮不愧是见过世面的老土匪，很快便镇定如初，哈哈笑道："《太安堂秘笈》乃绝世之宝，在下不过是想见识见识，增加些阅历罢了。"

柯廷儒听了，冷笑道："难得谭大当家的有如此心境，只可惜啊，《太安堂秘笈》早在大清国的时候，便就被东洋人高桥太郎盗走。我想谭大当家的应该早有耳闻，不知为何今又提起？"

谭三炮冷哼一声，阴笑道："秘笈失踪一事，在下确有耳闻。不过，在下就没有相信过，秘笈丢了，可太安堂的医术却一直是那么神奇，你让我怎能相信？不过，丢也罢，未丢也罢，今日请来柯大少爷，我便可知道那传说是否为真，老太爷总不会拿大少爷的性命开玩笑吧？"言毕，一招手，唤过瘦得像竹竿一般的师爷过来，让他写封书信给太安堂的老太爷，拿秘笈来换人。那师爷眯缝着一对小眼睛，透过镜片盯了柯廷儒一会儿，拿起笔来，蘸了墨汁，一挥而就。写罢，唤过一喽啰，令他速去交与太安堂。那小喽啰受命而去，只听谭三炮哈哈笑道："来啊，将柯大少爷请到里面，好生看着。等秘笈一到，你我兄弟就可发笔大财了！"又吩咐大摆宴席，好生庆祝。此言一出，众匪齐声欢呼，不在话下。

且说那小喽啰骑了快马，一路扬鞭快跑，等到得太安堂门前，恰遇管家柯保，那喽啰骑马站在门前高喊："太安堂管事的何在？"柯保听了，连忙上前问详情。那小喽啰把书信丢与柯保道："只管将这书信交与你们家老太爷便是！"言罢，一抖马缰，拨转马头，再将马鞭儿一扬，那马儿便快速地去了。

这边柯保不知何事，忙忙持了书信，跑到东府院，直奔后院上房。此时，老太爷正在独自品工夫茶，见柯保慌慌忙忙闯进来，急问何事。柯保道："适才有人送来书信一封，要交与老太爷。"说着，忙将书信呈上。老太爷接了书信，打开，不看便罢，只这一看，顿时慌了，不由得手脚颤抖起来。柯保一旁见了，忙问出了何事，老太爷便将书信交与柯保看了，柯保看罢，也大吃一惊，忙道："秘笈已经丢失多年，如今谭三炮又为何要拿大少爷来换秘笈，这可如何是好？"老太爷道："土匪一向不讲江湖规矩和道义，他说有，便有，别人也无可奈何。"柯保道："大少爷之事，又如何了结？"老太爷道："如今只能求助一人了。"柯保道："老太爷的意思是求助张司令？"老太爷道："不错。大少爷是为他家少爷治病时遭到绑架的，张司令无论如何都不能袖手旁观的。"柯保道："老太爷，此事还须再加斟酌。您老细想，那谭三炮本是与张司令结下深仇大恨的，如今张司令若是派兵前去，且不说谭三炮会因仇恨张司令对大少爷下毒手，就是双方打起来，这枪炮可是不长眼睛的，对大少爷来说也是极为不利的。"老太爷听了，认为有理，如何救大少爷，两人一时却都没了主意。

按下这边老太爷与管家两人因救大少爷一时没了主意不提，如今且说汕头海平路发生了一件惊险之事。

话说因老陈在镇邦街七号的"中法药房"被捕牺牲，中共地下党怕联络站已经暴露，遂停用此交通联络站，正式启用海平路98号的华富电料行为秘密交通中转站，中共党组织派小陈与老顾同志负责此中转站的工作。

是夜，华灯初上，汕头城区甚是热闹，华富电料行刚刚送走一拨客人。以店伙计身份作为掩护的小陈先是焦急地向外张望了两眼，未见有人来，又返回店内。而以账房先生身份作为掩护的老顾，则一边拨弄算盘核对着财目，一边拿眼光扫视着门外。二人之所以如此焦急，是因为接到上级指示，今日将有中共的交通员前来与他们联络。

就在小陈与老顾二人焦急之时，打门外进来两人，走在最前面的身着长衫，年约三旬，浓眉大眼，气宇轩昂，看上去乃老板模样。紧随其后的则是一位二十出头，中等身材，短打扮，头戴鸭舌帽的年轻伙计。二人进到店中，伙计小陈连忙上前搭讪，顾先生也停下手中拨弄的算盘。此时，小陈与老顾心中十分欢喜，因为中共的交通员终于来了，那个戴鸭舌帽的年轻人就是他们等待已久的、被人称作"中共四大交通"的萧鹏飞同志。

萧鹏飞，广东中山人，人称小广东，曾是上海中共特科三科打狗队队员，又是中共的交通联络员，小陈与老顾是识得他的。如今战友虽重逢，却不能热情拥抱，只能假装生意上的买卖关系。萧鹏飞与小陈假装谈了几句生意上的事，然后走到柜台前，压低嗓门向老顾介绍同来的老板模样的人道："这位是军委的徐山同志，今晚要在汕头过夜，你负责旅店的安排，并派人秘密保护。"老顾欣喜地冲徐山点了点头，正要说话，忽然从门外闯进一个人来，老顾识得来人，来人不是别人，而是国民党驻汕头最高军政长官、独立第二师师长刘敬廷的小舅子。此人姓汤名帅，好赌博，因工作需要，老顾结识了汤帅，并经常打得火热。老顾见汤帅进来，赶紧将话题岔开，一抱双拳，冲汤帅笑道："大帅光临敝店，有失远迎，还望海涵！"老顾一向称呼汤帅的名字中的最后一个字，唤他大帅，汤帅听着舒服，也不反驳。只听汤帅笑道："顾老板，好久不见，今晚正好有两个朋友过来，特过来邀请老兄过去凑个热闹。"老顾闻言，知是汤帅请他过去搓麻将，可眼下他的任务是尽快安排军委的同志就住，并派人保护首长的安全。目下，汕头每日盘查甚严，如果不答应汤帅，其必会不肯罢休，若是让汤帅纠缠太久，定会生乱。想到此，只听老顾笑道："敢情大帅还没忘记小弟，只是大帅亲自来请小弟，让小弟十分惶恐。"汤帅听了，哈哈笑道："顾老板说哪里的话，你我兄弟情深，何必说这样客气的话。"老顾笑道："只是小弟正在和远道而来的周老板在谈一桩买卖，一会儿就好，大帅先行自回，小弟一会儿便到，决不会扫大帅的雅兴。"

此时，中央军委的徐山同志与交通员萧鹏飞正由小陈陪着，假装在看货，汤帅看了他们一眼，哈哈笑道："好，好，那我就先行回去，等候顾老板大驾光临了。"言罢，又是一阵哈哈大笑，转身便往外走。老顾从柜台后面出来，亲自送出门去，见汤帅走远，方转身回来。

老顾回到店中，走到徐山面前，小声道："首长，近日汕头查夜甚严，几乎是通宵查房，住到旅店里太危险，要不住到别处？"徐山听了，舒展开那双浓眉，笑道："越是危险的地方，才是越安全的地方。"老顾听了，一下子犹豫起来。他把目光望向萧鹏飞，萧鹏飞冲他点点头，笑道："就这么办吧。"老顾又小声问道："要大一点的旅店，还是小一点的旅店？"萧鹏飞笑道："当然是越大越好。"一旁的小陈道："我去安排。"

徐山与萧鹏飞被安排住进金陵旅社，此旅店乃汕头最大的旅店。

且说金陵旅社地处繁华闹市，商客云集，徐山与萧鹏飞等人走进来时，但见各色旅客歇住此处，中共汕头地下党的护送短枪队队员也乔装打扮进入旅店。拐过一个楼梯口，萧鹏飞忽然停步不前，他的目光落在墙壁上的一个玻璃相框上，里面的一张照片引起了他的注意。

那幅照片是汕头各界欢迎黄埔学生军大会的合影，而徐山也在其中。

徐山也注意到了这幅照片，他与萧鹏飞对视一眼，交换了一下眼色，两人迅速向楼下走。这家旅社是不能再住的了，必须换一家。

几个人走到旅社门口，萧鹏飞看了老顾一眼，此时的老顾很是惭愧，他在心里暗自埋怨着自己的粗心，差一点为首长的安全酿成大祸。不过，此时不是检讨的时候，而是如何安排好首长起居的问题。老顾突然想起汤帅来，心中不由一阵窃喜。

那汤帅的姐夫独立第二师师长刘敬廷于棉安街开了一家小旅店，店儿虽不大，却是世外桃源，无论是警察、特务队还是地痞流氓，无人敢到此处来查夜或是闹事，而负责此店的不是别人，正是今晚前来邀他搓麻的汤帅。想到此，遂将此事小声说于萧鹏飞与徐山，二人听了，点头同意。

一行人于是来到棉安街刘敬廷开的小旅店。老顾先是去见了汤帅，汤帅见了老顾自然十分欢喜，老顾道："因与徐老板多谈了一会生意来晚了，还望大帅见谅。"汤帅笑道："哪里的话，都是兄弟，能来我就开心。"言罢，又把他的两个朋友介绍给老顾，那两人也都是汕头面子上的人物，老顾与他二人见了。又对汤帅道："因徐老板晚间回去不便，我便将他与下人一同带了来，晚上就住大帅店中如何？"汤帅哈哈笑道："够朋友，居然还给我带了生意来。

我高兴还来不及，哪有不允之理？"又道："既是顾兄生意上的朋友，那也是我的朋友，要不把他叫来一起玩两把？"老顾笑道："兄弟，我早就问过了。只是这徐老板只懂生意，不通牌局，大帅就不要难为他了。"汤帅听了，笑道："那好，就我们兄弟几个好好玩它个通宵！"言罢，唤过店伙计去给徐老板几人安排床铺不在话下。

一宿无话。是夜，徐山安心地睡了一个痛快觉，次日起来，老顾早已安排好短枪队员一路护送前往闽西永定。

话说一行人昼伏夜行，翻山越岭，绕开地方反动民团的封锁，这日来到阴那山下。

阴那山山顶五峰并列，突起于梅江平原之上，山势雄奇，峰峦叠翠，本是游山玩水的好去处，只是山上常年土匪出没，如今却成了无人问津之地。

此时，一行人又饥又累，恰不远处有一村落，村落的上空飘着袅袅炊烟。短枪队队长大凤见了，心中甚是欢喜，正要安排队员保护好首长安全，自己则与队员小刀张一道前去村庄向老乡讨些米饭充饥，忽见一群百姓模样的人手中持了大刀，或是肩上扛着长枪向村庄而去。大凤心中一紧，土匪又下山祸害百姓了。果然不错，等土匪进了村子，只听村中哭喊之声四起，须臾，那群土匪从村子里走出，只见他们抬着嗷嗷大叫的仔猪，手里拎着扑飞着翅膀的母鸡，嬉笑着往山上而去。

队员们见了，个个咬牙切齿，恨不能将这帮禽兽生吞活剥了，小刀张拔出枪来就要冲过去，被大凤一把拉住。只听大凤低声喝道："且耐过这一时，莫要逞一时之勇，引来民团。等送走首长，再收拾他们不晚！"小刀张只把脚儿一跺，却也无可奈何。

又是夜色笼山，一行人强忍愤怒，又开始了护送首长的任务。话说半夜时分，闽西永定那边早有人前来接应，汕头护送队顺利完成任务，徐山、萧鹏飞与队员们一一握手告别。萧鹏山握住大凤的手，沉声道："伺机拔掉阴那山这颗毒瘤！"大凤坚定地回道："是！"

且说护卫队回到阴那山，找来一老乡领路，直奔匪巢而来。走不多远，就见一匪哨端了枪来回走动，大个李一个箭步穿过，只将那匪哨脖颈儿轻轻一拧，便解决了。众人正要向前，忽从一树丛后跳出一个匪哨来，只见那匪哨将枪栓儿一拉，厉声喊道："谁？"一旁的小刀张见了，只将手腕儿一抖，一把尖刀飞了出去，正中那匪哨咽喉之处，那匪哨身子只晃了几晃，将手中的枪儿一丢，便呜呼哀哉了。

众人见状，齐齐向前，待走至山洞口，只见此中哨兵个个怀中抱枪，东倒西歪地倒在一旁。众人正惊疑间，只闻一阵酒气扑鼻，忽想起傍晚之时土匪抢劫之事，明白定是土匪们吃酒大醉如此。队员们兴奋不已，冲进洞中，只见里面灯火通明，土匪们东倒西歪睡倒一地。这真是未费一枪一弹，竟将横行乡里的土匪全歼。

只见大凤随手拎起一个土匪来，问道："你们大当家的在何处？"那土匪勉强将眼睛睁开一道缝儿，将手往旁边一指，又将眼儿闭上了。领路的老乡识得谭三炮，过来一瞧，那谭三炮果然怀抱酒坛睡在地上，几个队员上前将其绑了。大凤一个巴掌拍在那土匪的脸上，又问道："洞中还有何人？"那土匪因吃了这一掌，脸上生痛，遂将眼儿挣开，正要破口大骂，见几只枪口正对着他，吓得顿时酒儿醒了，哆嗦着道："好汉爷饶命！"大凤冷笑道："快说，洞中还有何人？"那土匪颤声道："都在这儿了。"言罢，又赶紧补了一句道："里面还关着一个郎中。"

大凤闻听此言，忙率了一名队员往里走，走到里面，透过光亮，果见里面绑着一人，忙上前将绳儿解了。待那人站起，大凤就着亮光，又细细打量一番，忽然喜道："恩公，原来是你！"

欲知后事如何，且看下回分解！

第五十五回　闻枪声队员得救　展计谋药材运出

诗曰：

静观陌上起轻尘，翠柏青松恰可吟。

举世尽嫌良马瘦，唯君不弃卧龙贫。

千金未必能移性，一诺从来许献身。

莫道书生无感激，寸心还是报恩人。

话说大凤一见那郎中，顿时惊讶得叫了一声恩公原来是你。此处不用写书人明说，列位看官也知晓那郎中是谁，郎中正是柯廷儒。只是奇怪的是，为何大凤称柯廷儒为恩公。

书中交代，这大凤非为别人，乃范晴是也。范晴当年因要报答柯廷儒救母之恩，要到太安堂为奴，柯廷儒哪里肯依，范晴无奈，只得返家。岂料在返家途中，被佟大麻子派来守候的两个手下掳至佟府，那佟大麻子欢喜不尽，当下备了请柬请来亲朋好友，大办喜筵，范晴被人强按着与佟大麻子拜了天地。当晚，喝得酩酊大醉的佟大麻子进入洞房，要强行与范晴行房，那范晴早有准备，被送入洞房之时，乘身边的丫头、婆子们不备，悄悄取来一枚绣花针握于手中。那佟大麻子哪里知晓，只一心欲要寻欢，范晴遂将那绣花针刺过去，正中佟大麻子胸口，那佟大麻子一时痛不过，只管咧嘴大叫。此时，门外那些看守范晴的打手们见佟大麻子进了洞房，知他风流快活去了，便自行散去，到院中喝酒去了。因门外划拳行令之声不绝于耳，佟大麻子的叫声并未引起别人注意。范晴见并未有人进来，遂壮了胆子，开了房门，只管逃路去了。

范晴不敢回家，一路跌跌撞撞径往东而去。也不知跑了多少路，忽然只觉双腿一软，倒在路边，恰此时，有一女尼打此路过，见此情形，便上前将其扶起，问其缘由。范晴见女尼问她，一时委屈，两泪交流，遂将事情如此这般地说了。女尼听了，觉得范晴十分可怜，又见她有家不能回，便将其带回庵中。那女尼本是世外武林高手，因见范晴聪明伶俐，又纳范晴为徒，教其习武，范晴深得其真传。转瞬，一年过去，一日师父外出化斋，却是一去无回。范晴无奈，只得下山另寻出路，却巧遇短枪队，从此走上了革命的道路。因嫌弃自己名字中的"晴"并未让她看到过晴天，便从此将名儿改为大凤，希望自己跟着共产党能像凤凰一样让自己永远美丽幸福。

且说大凤认出柯廷儒，而此时柯廷儒也认出了大凤，只是眼前的大凤更加挺拔，飒爽英姿。柯廷儒喜道："你是范晴?"大凤点头道："是我，不过，我现在将名儿改了，叫大凤。"柯廷儒笑道："这名儿好听。"又问大凤因何会来救他，大凤道："我还想问你因何在此呢?"又道："一言难尽，还是路上说吧。"恰在这时，大个李跑过来问那些土匪如何处置。大凤道："罪大恶极的就地处决，其余人等皆为胁迫之徒，放了吧。告诉他们，若日后再敢做欺负百姓之事，定当不饶!"大个李应声而去，须臾，洞外响过几声枪声。大凤与柯廷儒等人走出洞外，大凤又令队员一把火将匪巢烧了。

众人走下山时，正值东方破晓，大凤双拳一抱，对柯廷儒道："柯公子，恕不能远送，还望公子多多保重。"柯廷儒惊道："你们要去哪里?"大凤笑道："只能告诉你，我们是有纪律的，不能对外乱说。柯公子乃深明大义之人，应该理会我这番话的意思，也希望柯公子不要把今天发生的事对任何人说起。"柯廷儒道："凤姑娘的话，柯某自会牢记于心。"大凤回道："各自珍重!"

言罢，各自踏上归途。

如今单表柯廷儒回到太安堂，举家见到大少爷平安回来，皆不胜欢喜，小五跑过来，一把抓住大哥的衣袖，开言细问端底："大哥，快说你是如何从土匪那儿脱身的?"众人也如此相问。柯廷儒笑道："福人自有天佑，谭三炮把我抓到阴那山上不久，昨日一群天兵天将忽然从天而下，将谭三炮一伙土匪全给灭了!"小五听了，忙问道："大哥，那天兵天将都长何模样?"柯廷儒道："个个身长丈二，身披金盔金甲，威风凛凛，说话声若铜钟。"小五又问道："面相如何?"柯廷儒回道："眉似卧蝉，眼如铜铃，鼻若悬胆。"小五听了，惊道："此真乃神人也!"老爷一旁道："天神佑护你的。"又吩咐管家柯保，备了酒席请来亲友祝贺不在话下。

话说这日，柯廷儒正在书房独自倚窗出神儿，小五闯了进来。只听小五道："大哥，又在想那天上的神仙吗？"柯廷儒回转身来，见是五弟，反问道："五弟，你因何又未去读书？"小五笑道："早将那'子曰'背得滚瓜烂熟了，我写的文章老师很是赞赏，说若是大清尚在，我定能将状元收入囊中。"柯廷儒笑道："好吧，我承认你确有此能。现在请你告诉我，你说这些潜台词有何用意？"小五笑道："那状元还是留给大哥你吧，你永远都知道我要说什么。好吧，那我就告诉你，我要向你学医。"柯廷儒道："是阿爸和阿妈的意思吗？"小五道："是我自己决定的，他们都支持我。"

柯廷儒复将目光望向窗外，正要说什么，就见管家柯保搀扶着一人向书房走将过来，待走近，柯廷儒心中一惊，因柯保所搀之人他是识得的，此人便是短枪队的飞毛腿铁彪。柯廷儒见状，连忙迎了出去。见了铁彪，一抱拳道："铁大侠患了何疾？"铁彪未出口，只听柯保道："这位义士患的是红伤，适才进来时说是你的朋友，执意要见你。"柯廷儒听了，忙命柯保将铁彪扶进书房仔细查看伤势。

铁彪左腿中了一弹。柯廷儒看罢，吩咐小五道："小五，速去取来麻药与器具于我。"小五应一声便出，须臾回来，将器具与麻药交与大哥。铁彪急道："柯少爷休要为我疗伤，救我们队长要紧！"柯廷儒忙道："大凤她怎么了？"铁彪道："她伤势很重，望柯少爷速去！"柯廷儒道："先将你腿中弹头取出，我立去不晚！"

言罢，不容分说，先是给铁彪上了麻药，接着为他取出弹头，再上了药，用纱布缠好，吁出一口气道："还好子弹未伤及筋骨，只须养息几日便好。"只听铁彪道："队长她在潮州城里周家胡同，王氏染坊，望大少爷速去！"柯廷儒听了，对柯保道："好生照顾铁义士。"又吩咐小五道："小五，备马车！"小五应一声，速去备好了马车，柯廷儒带了药，兄弟二人坐上马车，一挥手中马鞭，直奔潮州城而来。

且说兄弟二人进了潮州城，只见军警遍布，四处盘查甚严。二人寻到周家胡同，果然见到王氏染坊，兄弟二人将车停于一旁，叫开房门，只见院中晾晒的染布如蛛网一般。开门的是一个年约四旬的妇人，那妇人将柯廷儒兄弟二人仔细打量一番，笑问道："敢问二位先生是买布呢，还是染布呢？"柯廷儒望门外张望一眼，小声道："还是进房中相叙吧。"那妇人警觉地点了下头，将大门复又关上，领兄弟二人进了上房。只听柯廷儒急道："大嫂，敢问大凤现在何处？"那妇人听了，装着糊涂笑道："原来客官要的是印凤的染布啊。不过，货要贵些。"柯廷儒急道："大嫂，您误会了，我说的是大凤，不是什么布。"又道："我乃太安堂的柯廷儒，适才一位义士前去请我来的，说大凤伤得严重。"那位妇人仍装着不解道："原来是太安堂的柯少爷，既是有人去请你来，为何不见请你的人呢？"未等柯廷儒回话，只听一旁的小五道："那位义士腿上中了一枪，此时正在我家休养。"

柯廷儒见那妇人仍不信他兄弟二人，着急道："大嫂，要是再不救大凤，只怕她伤势会更加严重。"

此语一出，那妇人眉宇间犹疑了一下，正要回话，就见打门外跳进来一个小姑娘，那小姑娘在妇人的耳边小声叽咕了几句，只见妇人顿时舒展眉头，对柯廷儒道："柯少爷请随我来。"

妇人将兄弟二人带进后院，打开一间暗室的门，随她走了进去。妇人燃亮灯烛，柯廷儒见大凤脸色苍白地躺在一张小床上，连忙上前查看大凤伤势，此时，大凤已是昏迷，只见她右肩中了一枪，枪伤已是感染化脓，情势十分危急。只听柯廷儒对妇人道："烦大嫂烧来开水一用。"言罢，先是上了麻药，接着取出器具小心划开大凤伤处，取了弹头。恰此时，那位妇人送来开水，柯廷儒仔细洗了伤口，上了药。柯廷儒对妇人道："大凤伤势严重，须接回太安堂小心用药方可。"妇人道："此时城中盘查甚严，柯少爷又如何能将她带出城去？"柯廷儒道："救命要紧！不过大嫂放心，一路之上，我定会小心护送。"妇人听了，仍是犹豫不决，恰在此时，大凤醒来，叫了一声柯少爷，又昏迷了过去。柯廷儒对妇人道："大嫂请相信我，我定当竭力相救凤姑娘。"妇人见并无他法，只得应允。柯廷儒遂双手捧了大凤，放进马车里，又令小五坐在旁边看护，自己驾了马车直奔城门而来。

待到了城门口，只见军警较之来时更多，盘查得更加仔细。马车徐徐向前，一警察示意马车停下，正要上前盘查，忽见一小头目叫道："哟，这不是柯大少爷吗？"柯廷儒虽不识得他，却仍是笑道："正是在下，今天因何如此盘查？"那小头目笑道："柯大少爷您是不知道，我们这是奉上级指示，正在抓共匪。"柯廷儒笑道："原来如此，那在下定当鼎力配合，兄弟就过来搜查吧，完事后我还得赶回去给人医病。"那小头目听了，笑道："柯大少爷笑话了，您怎能通匪？"又对那警察道："还不快给柯大少爷放行！"柯廷儒正要言谢，忽听旁边过来一人，冷声道："且慢，不知柯大少爷这么急着赶回去要救何人啊？"柯廷儒闻言，循声望去，说话之人不是别人，正是佟大麻子。

只见佟大麻子腰中别了两把二十响盒子炮，领了十几个便衣特务过来。柯廷儒见了，一抱拳道："佟大队长，别来无恙！"佟大麻子阴声笑道："托柯大少爷的福，佟某好得很！"言罢，就过来开马车的门，把头往里探。小五在马车里面听得仔细，此时见佟大麻子开了车门，只管拿眼望里面看，遂装着刚刚睡醒的样子，把双脚伸出被外，一脚踢在佟大麻子的胸口上。佟大麻子痛得嗷的叫了一声，拔出枪来，正要发作，就听柯廷儒道："佟大队长这是怎么了，我家五弟正在里面睡觉，难道是你要搜的什么赤匪不成？"佟大麻子暴跳道："什么你家五弟，分明就是共党。下来，要不我可就不客气了！"小五在里面听得明白，只将头探出车门外道："什么狗在此汪汪，害得你家五爷不能入睡！"佟大麻子识得小五，见果是小五，一时发作不得。恰在此时，一辆军车停下，从车里下来一人，冲柯廷儒道："柯大少爷怎会在此？"柯廷儒认出说话之人，此人乃张汉洋的副官吉越。柯廷儒笑道："这潮州城吉副官来得，我为何就来不得？"吉越笑道："那是。因好久未见柯大少爷，一时激动，竟乱说如此，望柯大少爷别见怪。"又对佟大麻子道："佟大队长难道不知道柯大少爷是张司令的朋友？竟敢如此对柯大少爷无礼，还不快些向柯大少爷请罪！"那佟大麻子本在气头之人，如今被吉越一盆冷水泼下来，早已没了火气，只得收了枪，冲柯廷儒一抱拳道："适才兄弟鲁莽，多有得罪，还望大少爷多多恕罪！"柯廷儒冷笑道："佟大队长一向威风八面，岂是我柯某人敢得罪的。"只一语，直羞得佟大麻子满面通红，连声道不敢。柯廷儒知道马车里尚有他们通缉之人，此时不便久留，遂向吉越一抱拳道："吉副官告辞了，后会有期！"吉越也是双手抱拳道："后会有期！"两边军警闪出一条道来，柯廷儒一挥马鞭，马车瞬间离了潮州城，直奔太安堂而来。

回到太安堂，将大凤安置于翠雨轩，让两个小丫头好生看护，柯廷儒每日过来几回查看伤势，并小心上药。过了两日，大凤终于醒了过来，见柯廷儒坐在自己床边，好生奇道："柯少爷，你怎会在此？"一旁的小丫头道："你病得厉害，是我们家少爷救的你。"大凤这才如梦初醒一般道："我想起来了。"说着，便要坐起来说话，却被柯廷儒按住。大凤道："铁彪现在哪里？"话音刚落，就见铁彪从外走进。铁彪道："队长，我在这里。"大凤道："你没事吧？"铁彪笑道："一点轻伤而已。"又道："多亏了柯少爷。"大凤对柯廷儒道："柯少爷，真不知如何感谢你才好。"柯廷儒笑道："凤姑娘见外了，若不是你们在阴那山出手相助，我柯廷儒现在还不知怎样了。"大凤道："那次救你纯属巧合，事前也不知你被绑架。"柯廷儒道："不管怎样，是你们把我救了，这点却是真的。所以你们如今也不用谢我，我们打平了。"

柯廷儒此言一出，大凤与铁彪二人皆笑。只听柯廷儒道："你与铁兄弟二人因何受伤，我问铁兄弟，他却不肯说。"

大凤见柯廷儒如此相问，犹豫了一下，柯廷儒见状，知她用意，将两个小丫头打发了出去。只听大凤道："柯少爷乃聪明绝顶之人，想我与铁彪二人身份，你应是晓得的。近日，因白军围剿苏区根据地甚紧，我军浴血奋战，伤亡很大，急需药材。我们在汕头与潮州两地弄了一批药材，因叛徒出卖，汕头的那些药材遭到敌人的破坏，我与铁彪奉命赶到潮州城，想将剩下的这批药材弄出去，没想到刚一进城，就遭到了敌人的大肆搜捕。我肩上中了一枪，铁彪将我背到一个老乡家里，在她家里躲了一天，见我伤势严重，铁彪说他要来太安堂请你过去。不过，后来我昏了过去，后来所发生的事我就不知道了。"铁彪道："那日我从老乡家里出来，刚走到城门口，就被敌人认了出来，我拼死反击，硬是冲了出来，只是左腿被敌人的子弹咬了一口。"

柯廷儒明白了事情的来龙去脉，轻声道："我这里尚有一些治外伤的药，只是量不大，我尽可送与你们。"大凤听了，喜道："多谢柯少爷，只是我们用量大，眼下最为要紧的事儿，便是如何能将这批药儿从潮州城里运出来，送到苏区去。"柯廷儒道："凤姑娘与铁兄弟都有伤在身，眼下最为要紧的事是养伤，待伤好了，再做定夺。"大凤道："话儿虽如此，此事未能办好，我二人又怎能安心在此养伤？"柯廷儒欲再好言安慰，恰柯保来报，说吉副官开着车子到了太安堂，现安置于前院上房茶水伺候着。柯廷儒问柯保，吉越所来何事，柯保回说，张司令的夫人身体有恙，特来请大少爷前去医治。柯廷儒便告辞大凤，随着管家往前院的上房而来，进了门，果见吉副官正独自品茶，二人相见，互道几句寒暄，吉副官说明来意，柯廷儒便坐上吉副官的车子，直奔潮州城给张夫人医病不在话下。

　　且说柯廷儒回来时又是乘了吉越的汽车，待柯廷儒去见大凤时，笑道："我有了将你们的药品运出潮州城的主意。"大凤与铁彪忙问详情，柯廷儒道："我在潮州城里有一个药材客户商，与我关系甚好，明日你们只需将药品放于他药材店中，我便能将药品顺利带出。"大凤与铁彪二人听了甚是欢喜，铁彪于是连夜设法与短枪队及地下党组织取得联系。

　　次日，柯廷儒吩咐管家备了马车，又叫来五弟，兄弟二人进到潮州城张司令临时府邸。原来，柯廷儒昨日被吉副官请来给陈夫人医病，今日又来给张夫人复诊，待复诊罢，柯廷儒又开了一副方子，嘱咐吉副官拿药。待出来时，柯廷儒兄弟二人上了马车，走不多远，马车忽然坏了，兄弟二人下来查看。恰在此时，吉副官拿药回来，见状忙问端底。小五道："马车坏了。"吉副官道："那我用车送二位回去，一会儿让下人们帮你们修理马车，修好后，再给送到府上去，如何？"小五听了，连忙住了手，兴奋道："太好了！"柯廷儒笑道："不麻烦吉副官了，一会儿我们还要到一家药材店往回拉些药回去，你用车送不方便。"吉越道："柯大少爷见外了，这有何不方便的，我保证你有多少药都能给你送回去。"言罢，唤过一个门口哨兵，嘱他将药拿进去，然后对柯廷儒兄弟二人道："上车！"兄弟二人见吉副官如此诚意，便上了车，直来到那家药材店门前停下。吉副官坐在车上，柯廷儒兄弟二人跳下车，见药材门外已经有小伙计在那儿迎着，便和小伙计打了声招呼，进到店中和店老板寒暄几句，便命店中的几位伙计将药材全部搬上卡车。一切停当，兄弟二人复又上车，车到城门口时，那些盘查的军警们因见是吉副官驾的车，只管急急放行，哪里有人敢上前盘问。

　　长话短说，药运回后，柯廷儒送走吉副官，唤过柯保，嘱他领了下人将药搬到药王阁，然后自己径往翠雨轩而来。大凤此时正在惦念药材之事，忽见柯廷儒进来，且满面春风，知事已成。只听柯廷儒道："凤姑娘不必再为药材之事担心，此时，那药已在我太安堂。"大凤很是高兴，连声道谢。柯廷儒又查看大凤的伤势，二人便坐下闲谈些别事，不在话下。

　　是夜，铁彪与短枪队员来取药材，临走之时与队长大凤道别，大凤十分不舍，执意要随着队员一道离去，柯廷儒哪里肯依，铁彪等人见状，也是相劝。大凤道："那就再用些时日的药再回吧。"于是，众人告别不提。

　　话说这日，柯廷儒正与大凤在后花园习武，因大凤此时枪伤已是大好，柯廷儒为帮她恢复，便领她来后花园习剑。大凤因为右肩受伤，只能用左手使剑。但见她：剑如白蛇吐信，嘶嘶破风；又如游龙穿梭，行走四身。时而轻盈如燕，点剑而起；时而骤如闪电，落叶纷崩。真是：一道银光园中起，万里已吞匈虏血。

大凤的剑正耍到兴处，忽然右肩负痛，急住了剑，将剑杵于地面，险些跌倒。柯廷儒见了，连忙上前来扶，正要问她是何情形，忽听有人鼓掌道："好剑！好一幅英雄美女练剑图！"

柯廷儒与大凤听了，连忙循声望去，不由大吃一惊！

欲知来者何人，且看下回分解！

第五十六回　交通员临危托物　十传人受命联络

诗曰：

赞贞怀武鸷，转斗历炎凉。

诚感泉源异，犹珍士庶康。

临危见勇略，对寇逞威强。

终始心无改，苍凉尚举觞。

话说大凤因右肩负痛，险些跌倒，柯廷儒连忙上前扶住，恰在此时有人鼓掌叫好，二人循声望去，见是一位穿着白洋纱旗袍，滚一道窄窄蓝边的妙龄女子。大凤不认识此女子，而柯廷儒却是识得她的，此鼓掌叫好之人正是多多。

书中交代，因多多那日离开太安堂回到家中，王尚书见女儿整日在外疯跑，怕有失门风，坏了家规，便不许女儿再四处走动，那多多在法国读过书，是见过世面之人，哪里受得住这陈规陋俗的约束，依旧每日驾了洋马车在城中胡乱闲逛。一日，正逛得兴起，恰被市长大人的公子瞧见，公子姓乔名远，人称乔公子。乔公子从日本读书回来，闲着无聊，便领了两个家奴出来胡乱走动，不巧正遇见多多驾着洋车路过。乔公子乃阅色无数之人，今日一见多多，顿觉春风扑面，遂问家奴，此女子何人。家奴如实相告，乔公子心猿意马，次日登门拜见王尚书，王尚书见乔公子一表人才，且又是市长公子，心下十分欢喜。隔了几日，乔公子又来，伺机讨多多欢心，不曾想多多压根就不拿正眼瞧他。可乔公子不死心，整日拎了礼物来王府，缠着多多不放。

这日，多多闲暇无事，正放了留声机听《阳关三叠》，自那日听了柯廷儒吹奏《阳关三叠》后，多多便每日放了此曲来听，每每听了，仿觉柯廷儒就在身边。且说多多正听得入神，乔公子推门而入，笑道："王小姐不愧是名门闺秀，竟有如此雅兴。"言毕，竟凑到跟前来。多多本来就烦他，如今见他来了，一时没了兴趣，随手关了唱机。乔公子却不识趣，认为多多故意关了唱机，欲与他闲话，却不料，多多摔门而出，唤王三牵来洋车，一纵身上了车，一抖手中缰绳，徐徐驶出府外，再一扬长鞭，马儿奋蹄前行，不多时便出了城门，直奔井里村太安堂而来，直把乔公子傻傻地丢在房中不在话下。

且说柯廷儒见是多多，当下笑道："王小姐是几时来的？"多多手握马鞭，不回柯廷儒的问话，只管大大咧咧往旁边椅子上一坐，笑道："打搅了二位，还望二位继续，也好让本大小姐一饱眼福。"大凤不识得多多，以为柯廷儒素性风流，招来富家千金，遂从柯廷儒怀中负气挣出，提了剑，径往花园外而去。柯廷儒知是大凤误会，忙追过去解释，大凤哪里肯听，理也不理地去了。这边，多多见状，笑道："不知适才那位小姐是何许人也？"柯廷儒道："是我表妹，只因平时姑父母娇惯才如此，还望王小姐见谅。"多多听了，哈哈笑道："原来是表小姐，今日一时唐突，惹她生气，真是惭愧。"柯廷儒道："哪里，哪里，都是表妹一时任性才至如此。"多多站起身，一晃手中的马鞭，笑道："我这就去给表小姐道歉去。"说着，便往外走，柯廷儒随后跟着。

二人出了后花园，多多道："不知表小姐住于何处？"柯廷儒道："住在翠雨轩。"说着，在前引路，二人走到大凤门前，正要抬手叩门，那门儿忽地开了，只见大凤笑盈盈地站于门前，二人见了，竟如坠雾里一般。

大凤为何转变如此？书中交代，大凤回到房中，觉得眼中湿润，用手一摸，竟是泪珠儿，不由心下一惊，原来自己竟爱上了柯廷儒。大凤暗自责备自己，怎能有如此儿女私情？适才园中，竟一时失态，忘了自己身份，若是因此引得他人生疑，传扬出去，惹起祸端，岂不要抱恨终生？想到此，遂拭了泪，恰在这时，就听门外有脚步声，知是他二人来了，未等叩门，便将门儿开了。门一开，果是他二人，便笑道："适才一时失态，见笑了，还望二位多多原谅。"

此语一出，多多笑道："表小姐言重了，该说原谅的应该是我。"大凤听多多如此称呼，知是柯廷儒在为自己掩护身份，心里甚是感激，望了柯廷儒一眼，于是，招呼二人进屋叙礼送座，柯廷儒将多多介绍给大凤。小丫头鹃儿摆上工夫茶，多多端起一杯，连声道："好香！"及至喝下，又道："好茶！"柯廷儒道："王小姐出身名门贵族，什么样的茶没见过，今日却捧这淡茶的场。"多多笑道："大少爷此话差矣，此茶因在表小姐房中品茗，这茶自然是再香不过的，若是在那粗俗之人房中来吃，即使是再好的茶，也吃不出个味儿来。"柯廷儒听了，连忙鼓掌称妙。大凤听二人对话，笑道："你二人演起双簧来，倒是绝配的一对。"多多因听大凤说她与柯廷儒是绝配的一对儿，心下十分受用。多多笑道："表小姐一表人才，若只看你外貌倒是像一个教书的先生，没想到却是个出手不凡的巾帼英雄。"大凤道："王小姐太抬爱我了，我哪里能称得上什么巾帼英雄，只是和大表哥学了个一招两式练练身罢了。若是只看外表，王小姐你身着旗袍，模样儿又收拾得如此齐整，一看便是大家闺秀。然而你挥舞马鞭，驾车驰骋，与那卫国英豪梁红玉又有何异？"大凤此语，只说得多多与柯廷儒大笑不已。

三人正说着，小丫头又端来果子与点心，说是老夫人交代的，三人便又说笑一回，吃了些点心。多多知道自己今日是负气而出，若不早些回去，不知会将双亲急成啥样，遂起身告辞，大凤只将其送出门外，多多拉住大凤的手道："今日来的匆忙，下次来时定带些礼物送与表小姐。"大凤笑道："王小姐客气了，你我何须这些客套礼节。"多多辞别大凤，柯廷儒直将其送至府外，多多上了马车，走不几步，忽然停下，对柯廷儒道："过些时日再来听你吹曲儿。"见柯廷儒允了，十分高兴，一抖缰绳，再一挥马鞭，洋车很快便没了踪影。

且说柯廷儒送走多多，回到翠雨轩来见大凤，因问她肩上伤势，大凤回他好多了，明日便可重回短枪护送队，柯廷儒听了，心下十分不舍，却又不知如何启齿。两个人又说了会话，柯廷儒起身告辞，刚到门口，大凤唤住他，正要回身，大凤从身后将他紧紧抱住，待柯廷儒回转身来，见大凤泪眼蒙眬，十分动情，便也不能自已，将大凤拥在怀中。须臾，二人稍事冷静，柯廷儒为大凤拭了泪水，二人又坐下喝了些工夫茶，柯廷儒道："我知你归心似箭，留你不住。"说着，从自己脖颈上解下一块美玉来，起身走到大凤身边，为她戴上，柯廷儒道："此为镇国禅寺高僧所开光之物，戴在身上，能佑你逢凶化吉。"大凤两眼含情，复又将头埋在柯廷儒怀中。

一宿无话，次日，大凤别了柯廷儒，复又踏上革命征途。柯廷儒驾着马车，只将大凤送了一程又一程，直到短枪队员来接，方依依惜别。

且说自大凤走后，柯廷儒朝思暮想，有诗为证：

清风冷月两依依，梦断蓝桥情却迷。

戴月披星路宛转，不知何处是佳期。

过了几日，多多果真又驾了洋马车来，还带了许多好东西过来。柯廷儒将她迎入书房，多多挑出几件上好的衣服，还有一瓶法国香水，说是送给表小姐的。柯廷儒回说表小姐因家中有事，早两日回去了，王小姐所送礼物他代为收下了。多多因见大凤不在，便又要柯廷儒吹《阳关三叠》给她听，柯廷儒正思念大凤，心绪不佳，如今听多多要听他吹曲，正好借机消愁，便取了箫来，吹了一曲。多多听得很是入迷，连连鼓掌。

多多正要缠着再吹一曲，忽然小五进来，说外面送来一位病人，病情古怪，很是难医，要柯廷儒速去看看。柯廷儒听了，起身告辞，直奔回春阁。多多见柯廷儒去了，顿时没了心情，一个人在太安堂转了一圈，便驾了洋车回去了。

这日，暮色四合，东方月上。忽闻有叩门之声，管家柯保急急开了门，果见门外立着一人。借着月色，柯保见此人身高七尺，年约四旬，白色对襟短褂，黑色小脚裤，小口布鞋，肩上斜背一鼓鼓囊囊的布袋。此人见到柯保开了门，鞠一躬道："老先生，我要见柯大少爷。"柯保问道："你是看病吗？"那人道："是。"柯保忙叫那人进门，复又将门关上，对那人道："先生在此候着，大少爷正在书房里与五少爷一块儿看书，我这就给您叫去。"那人听了，道："不用了，我还是与你一块儿去见吧。"柯保道："大少爷一向是在回春阁给病人医病的，而不是在书房给人医病。"那人笑道："老先生只管将我带去书房，保管大少爷不会责备于你。"柯保见他执意如此，只得领了他来书房见柯廷儒。

二人走到书房门外，只见房门开着，书房内灯烛高照，柯廷儒正在给五弟讲解医理。

柯保站在门外，轻声道："大少爷，有人过来请你医病。"

声音虽然不大，兄弟二人还是听得明白，只听柯廷儒道："我这就过来。"柯保道："病人就在此处。"柯廷儒道："请他进来吧。"柯保应一声，将那人领入房中。

柯廷儒见进来之人面色憔悴，汗透衣衫，忙问何病，那人望了柯保一眼，柯保乃一明白之人，忙借故离去。只见那人从怀中掏出一块美玉递与柯廷儒道："大少爷识得此物吧？"柯廷儒见了，大吃一惊，这块美玉正是他送与大凤的定情之物。不由心中暗道："为何会在此人手中，难道大凤她？"想到此，忙问道："此玉怎会在你手中？大凤她怎么样了？"那人听问，便将事情如此这般地说了。

原来，此人乃是汕头地下党的交通员，姓彭，因苏区从反围剿中缴获大量的黄金与白银，要送到香港上海交通站兑换后用来购买无线电器材、军用望远镜和贵重药品等苏区紧缺物资，汕头地下交通站为了防止路上发生遗失，遂将这些黄金融化成金条，然后放入布袋中，刚刚出来，交通站就被军警围了起来。老彭机智地躲过敌人的封锁，一路翻山越岭，刚到潮州境界，忽遇民团与佟大麻子的便衣特务队，正自危急之时，大凤领着短枪队过来相救。一阵激战，寡不敌众，大凤摘下佩玉递与老彭，告诉他这条交通线已被叛徒出卖，不能再用，让他将金条先存放到太安堂，以后再做打算。

柯廷儒兄弟二人听了，惊诧不已。柯廷儒忙问道："大凤她现在怎样？"老彭道："是她与短枪队的人掩护的我，她现在如何，我也不知情。"说着，从身上解下布袋，打开来，柯廷儒与小五见里面果是黄灿灿的金条。老彭道："大少爷这些就拜托您了。"柯廷儒道："承蒙信任，柯某决不辱使命！"言罢，将金条收好。老彭道："告辞了，后会有期！"言毕，正欲离去，忽听柯廷儒道："先生且留步。"老彭不知所为何事，急忙收住脚。只听柯廷儒对小五道："五弟取药来，给先生医病。"老彭讶然道："给我医病？"柯廷儒道："彭先生请将上衣解开。"老彭解了上衣，果见他肩上皮肤已经化脓成疮，血水早已渗透衣衫。二人正说着，小五已将药取来，原来小五一听大哥让他取药，不由得打量了一下老彭，机敏的小五已猜到老彭是何病了。柯廷儒道："此为长期摩擦皮肤所致。"言罢，便为老彭清理伤口，并上了药。收拾停当，老彭感激万分，柯廷儒亲自将其送至府外，望着其背影消失在茫茫夜色之中。

是夜，柯廷儒彻夜难眠，大凤生死难测，这让柯廷儒焦心不已。这正是：天涯海角有穷时，只有担心无尽处。

又过了些时日，仍不见有人来取金条，柯廷儒更加惶恐不安。转瞬到了冬日，这日，柯廷儒正在回春阁和五弟二人与人医病，就见管家柯保闯了进来，说吉副官来请医。话音未落，吉越已是到了房内，见了柯廷儒不由分说便要拉他上车，柯廷儒道："且再容我一小会儿。"言罢，为房内病人开了药方，又叫上五弟，兄弟二人上了吉越的车，疾驰而去。

一路无话，且说车子开进潮州城内，并未去张汉洋的司令部，而是在一所宅院前停了下来。吉越跳下车来，柯廷儒兄弟也下了车，不知就里，随着吉越往里走。

绕过一道屏风，穿过一座圆门，三人来到后院，只见门前站着几个戴着墨镜，腰间插着盒子炮的彪形大汉，这些人见了吉越，极礼貌地鞠躬行礼。待进了房中，又见一些达官、绅士站于房中。只听有人道："佟大队长为党国建了奇勋啊！"有人接道："可不是。潮汕两地的地下党闹得那么凶，结果连同那个什么短枪队一道还不是灭在了佟大队长的手里，还有那个什么交通线，如今只能是导火线，再也无人敢踏上半步了。"此人话音一落，引来屋内的人一阵哄堂大笑。另有人道："没想到佟大队长刚立奇功就得了如此重病，真是可惜可叹。"

柯廷儒闻听此言，心中一阵痛如刀绞。他此时方知原来是叫过来给佟大麻子医病。书中交代，吉越请来柯廷儒兄弟二人果真是给佟大麻子医病，那佟大麻子自上次与短枪队一阵激战，回来之后就病下了，且诸药难治，久医不愈。因佟大麻子此次为破坏地下交通线有功，深得张汉洋的赏识，为了表示对他的关怀，特差副官吉越前往太安堂请来柯廷儒。

此时，吉越方向柯廷儒兄弟道出实情，说是为佟大麻子医病。房内的人见吉副官领了两位郎中进来，纷纷让出一条道来，三人走进内室，只见内室中有一大床，佟大麻子盖着被子躺在床上，只露出一副头脸来，床边站着两个小丫头伺候着。

柯廷儒走近床前，见佟大麻子头面肿如芦瓢，目不能开，喘息不定。又查：舌干口燥，咽喉不利。遂坐于床沿，为其切脉，切罢，知其病乃为大头伤寒也。此病确实难医，实为绝症。

柯廷儒忽然想到古人用过的一副天方，眼下也只有此方或许能让佟大麻子捡回一条狗命来。正想到此，忽见佟大麻子双唇蠕动，一个小丫头将耳朵贴将过去。听罢，小丫头连忙跑出房去，须臾，进来一便衣特务。那特务照样将耳朵贴到佟大麻子嘴边，只听那便衣道："那个共党的交通员真是一个死硬分子，虽然我们用尽酷刑，但他就是不招。还有那几个女共党，也个个都是硬骨头。"便衣说了几句，又停下来，继续听佟大麻子说话。听了一阵，那便衣又道："前几日，抓到的这些共党都已经被处决了，队长您就放宽心吧。"

鸟之将死，其鸣也哀；人之将死，其言也善。

柯廷儒只觉一阵乱箭穿心，佟大麻子都到这个分儿上了还想着害人，柯廷儒恨不得上前扼住其咽喉，让其永不能开言祸民。正自想着，就听吉越一旁道："柯大少爷，还烦你为佟大队长开副方子来。"柯廷儒心道："此种人还医他做甚，今日我不为他医，也算是为民除害。"却又一想："太安堂一向秉德济世，医生只能医病，焉能杀人？"

想到此，柯廷儒眼中含泪，对五弟道："小五，取笔来记方子！"小五听了，连忙取出笔墨，只待大哥说出方药。只听柯廷儒道：

芩、连各半两酒炒，人参、陈皮、甘草、元参各二钱，连翘、板蓝根、马勃、鼠黏子各一钱，白僵蚕炒、升麻各七分，柴胡五分，桔梗三分，为细末，半用汤调，时时服之。

言罢，小五已将药方写下，交与适才那位特务，兄弟二人抽身便往外走，吉越紧随其后，出了宅子，吉越欲要开了车送兄弟二人回去。柯廷儒道："因我兄弟二人还有些别事，就不劳吉副官了。"言毕，兀自往前便走，五弟紧随其后。吉越因不知柯廷儒心情，见他如此坚决，也只得作罢，任由他兄弟二人去了。

且说兄弟二人在街中走着，但见街景萧条，行人稀少，只有那乞讨之人或蜷缩街角，或伸手行讨。

此时，只听小五道："大哥，我早已饿了，找个馆子吃些饭吧。"柯廷儒道："前面拐角处便有一家。"于是，又向前走了约百米之远，果见一饭馆，兄弟二人走进，柯廷儒叫了几个菜，正待要吃，就见几个衣衫褴褛、蓬头垢面的孩子拥过来，盯着柯廷儒兄弟二人道："大哥可怜可怜吧，我们都有几天未吃饭了。"其中最小的一个，约摸五六岁左右，竟然哭将起来。跑堂的伙计见了，连忙过来驱赶，柯廷儒掏出一枚银元交与伙计道："再添些饭菜来，今天这顿饭我请了。"那伙计见了银元，顿时笑逐颜开，忙去添饭菜不在话下。

　　且说柯廷儒抬眼向外张望，忽然瞧见一女子，那女子极像大凤，柯廷儒不及细想，对正在吃饭的五弟道："小五快随我来！"小五不知就里，急忙随着大哥便往外走。柯廷儒箭步如飞，只几步便追了上去，再一看，那女子只是背影像大凤而已，柯廷儒见了，甚是失落。这正是：

　　　　怕相思，已相思，轮到相思没处辞，眉间露一丝。

　　就在柯廷儒失望至极之时，忽听身后传来一串马铃之声，接着只听有人道："柯大少爷，我四处寻你不着，原来你兄弟二人却在此处！"
　　欲知说话者为何人，且看下回分解！

第五十七回　订婚约千金赴港　试真假倭人探底

词曰：

世情薄，人情恶，雨送黄昏花易落。

晓风干，泪痕残，

欲笺心事，独语斜阑。

难！难！难！

人成各，今非昨，病魂尝似秋千索。

角声寒，夜阑珊，

怕人寻问，咽泪装欢。

瞒！瞒！瞒！

　　话说柯廷儒正自失落，忽听身后传来马铃之声，接着便有人道："柯大少爷，我四处寻你不着，原来你兄弟二人却在此处！"兄弟二人听了，忙回身去看，原来却是多多。

　　柯廷儒见是多多驾车而来，顿时欣喜道："王小姐是来送我兄弟二人回去吗？"又对五弟道："小五，上车！"

　　兄弟二人上了多多的洋马车，多多道："我有要紧事儿告诉你！"柯廷儒道："送我回太安堂再说不晚！"多多不再言语，一挥手中马鞭，那马儿疾跑如飞。

　　一路无话，车到太安堂门前停下，只见柯保在门外迎着，说老爷与老夫人在东府院上房候着大少爷有话儿说。

　　柯廷儒笑道："今日是怎么了，都赶着有话儿要对我说。"多多道："我和你一道去吧，正好给二老请个安。"

　　于是二人来到东府院后院上房，二老见多多来了，十分欢喜，一旁的小丫头连忙端了椅子，老夫人笑道："王小姐今日怎么得空儿了？"多多笑道："一直惦念二老，只是一时抽身不得，今日正好大少爷请了我来，这就过来给二老请安。"

二老一听多多此言，很是欣喜，二老忙道："那王小姐就在此多住几日。"柯廷儒一旁听了，心中觉得好笑，又不便揭了她的底，只得一旁笑着看他们说话。只听多多道："我这边还有要紧话儿对大少爷说，就不打搅二老了。"说着，起身拉着柯廷儒便要往外走。柯廷儒道："王小姐且留步，二老还有话儿说。"只听老爷笑道："你们去吧，我这儿没有什么要说的了。"柯廷儒见阿爸没有玩笑的意思，这才和多多一道往外走。

二人一路往西府院而来，跨过圆门，柯廷儒见四下无人，对多多道："王小姐风风火火地，不知是什么要紧的话儿要说。"多多道："日本人快打到潮州来了！"柯廷儒冷笑道："原来就是这事儿。这有什么了不起的，玉井公当年还赤手对搏倭寇，难道如今的政府还怕了他们不成？"多多冷笑道："柯大少爷还在做梦，你还能指望那些人抗日？实话告诉你，再过些日子，他们就要撤了。"柯廷儒吃惊道："你是如何得知他们要撤了？今儿个我去潮州城医病，还是吉副官开车来接的我。"多多冷笑道："是市长的公子亲口说的，难道还会有假？"又道："你只看到一个吉副官，再过些日子，恐怕你恐难再见到他。"

柯廷儒听了，只把拳头握紧，咬牙切齿道："他们的枪只会用来对付共产党，却保护不了潮州的百姓！"多多道："他们就是这副德性，气也没用，你还是早做准备。我们家准备去香港，要不你们和我们一道儿去，那边的住宿我来帮你安排，怎么样？"柯廷儒道："多谢王小姐的美意，不过，此事我尚需与二老商量，估计他们会和我的想法一致，不会离开故土的。"

多多正欲争执，忽见一个小丫头过来，笑道："大少爷，老爷与老夫人请王小姐过去用餐。"

于是，二人又回去，果见酒菜已摆上，小五正陪着二老在说话。见柯廷儒与王小姐回来，老夫人高兴道："如今兵荒马乱的，只略备了些酒菜招待王小姐，还望王小姐见谅。"多多笑道："老夫人客气了，不过，适才老夫人说到兵荒马乱这个词儿，我倒是有件要紧的话儿说。"柯廷儒知她要说什么，便赶紧将话儿岔开道："王小姐还是先用餐，待吃过饭再说不晚。"老爷听了，笑道："对，儒儿说得对，再要紧的话儿也没有吃饭要紧。"多多只得将话儿吞回去，于是坐下用餐不在话下。

须臾，用罢餐，小丫头又摆上工夫茶来吃。老夫人笑问道："适才王小姐不知有何要紧话儿要说，愿闻其详。"

多多听问，遂将对柯廷儒说的话儿又说了一遍。老夫人听了，惊道："还有这档子事儿？不是说张司令的指挥部都在潮州城里吗，这会子怎么说撤就撤了呢？"老爷责备夫人道："真是妇人之见，人家指挥部设在潮州城里是为了对付共产党，你还以为是为了对付日本人？"老夫人道："倭寇实在可恨，总想着祸害中国的百姓。"老爷道："可恨却不可怕，他们哪一回真正讨过便宜？所以王小姐的美意我们领了，我们就在这儿，看看他小日本能奈我何？"

柯廷儒把脸望向多多，多多见他一脸的得意之色，故作没见到，欲要再劝柯家二老，柯廷儒一旁见了，忙过来拉住多多的手，笑道："王小姐，我们外面玩耍去。"多多本不愿去，怎奈柯廷儒腕力太大，只得和二老匆匆打了个招呼便随柯廷儒去了。

这边二老见大少爷与王小姐二人去了，不由相视一笑，柯老爷笑道："王小姐乃名人之后，富家千金，倒是与儒儿十分般配。"老夫人笑道："我也有此想，老爷你看，不如请了媒婆去状元府提亲，如何？"老爷笑道："夫人和我想法相同，我看就这么定了。"一旁的小五听了，诧异道："阿爸与阿妈为何不与大哥商量便就做此决定？"老爷道："自古婚事，哪一个不是父母之命，媒妁之言？"小五听了，心中暗道："坏了，我大哥的心里想的可是凤姑娘，如今又冒出一个王小姐来，这可如何是好？"又道："凤姑娘如今是生死不明，如果成全了他与王小姐却也是美事一桩。"想到此，便不再言语。

话说过了两日，柯老爷果然请了媒婆，备了厚礼，前去状元府提亲。王尚书一早正在上房里品工夫茶，心里却在合计如何将家眷及财物运去香港。恰在此时，管家王恒来报，说是有媒婆携了礼品给大小姐提亲来了。王尚书听了，顿时一愣，心道："如今兵荒马乱的，是何人还有此闲心上门来提亲？难不成是乔公子？不对，乔公子早已逃去了香港，那会是谁呢？"王尚书犹疑了下，问管家道："问过来提亲的是哪一家了吗？"管家回道："问过了，说是太安堂的，是给太安堂的大少爷柯廷儒提的亲。"王尚书闻听此言，忙道："快唤过老夫人过来。"管家听了，应了一声，须臾，将王夫人叫了过来。王夫人笑道："老爷，你说太安堂真有意思，早不提亲，晚不提亲，偏偏要在我们赶去香港这个节骨眼儿上来提亲。你说这门亲事到底应还是不应？"王尚书笑道："若是换作别人，老夫哪里有这份闲工夫和他扯这个事情？只是太安堂德高仁和，倒是一桩不错的好姻缘。只是这个节骨眼儿上确实难做定论。"王夫人笑道："这有何难，多儿也是受过西洋教育之人，不妨唤她过来，让她自己拿个主意便是。"王尚书道："夫人言之有理。"于是，唤过多多，将事儿如此这般一说，问多多有何意思。多多听了，心中甚是欢喜，当下道："父母一向教导孩儿要遵守礼法，今日孩儿便听从父母安排便是。"王尚书听了，有意逗趣女儿道："柯廷儒确实是个不错的人，只是，如今我们都要逃往香港，哪里还有闲心办这门子亲事？所以，我想先回了柯家，以后在香港找一个上流身份人家却也不难。"多多听了，急道："阿爸此言差矣，既然说柯廷儒乃德馨双兼之人，又何须去香港再寻他人？不如答应了便是。"

王尚书闻言大笑，王夫人也笑。

只听王夫人笑道："既然多儿答了，那就答应了人家吧。"又道："只是如今时间匆匆，只能暂订下亲事了。"

王尚书道："如今倭人逞凶，不如劝太安堂一道去香港避避风浪，日后也好成全两个孩子的婚事。"

多多道："只是他们太固执，坚持不肯离开故土。"

王尚书道："有骨气，我虽为前清遗臣却没有这般节操。"

王尚书吩咐摆了酒宴，款待柯家所请的媒婆，收了礼品，应了亲事。媒婆欢喜自不待多言。吃了饭，媒婆带了王小姐生辰八字，回到太安堂，柯老爷夫妇接了王小姐生辰八字也是十分欢喜。只是柯廷儒愁眉不展，日日惦记大凤，有心不愿接受王家婚事，却又违拗父母之命不得，只得每日对天空自长叹。这正是：

> 多情只有春庭月，犹为离人照落花。

话说多多举家迁居香港，一晃已是数月。不久，汕头、潮州先后沦陷，日军占领潮州城，屠杀无辜群众不可胜数，血债累累，潮州百姓犹如羊入狼群，惶惶不可终日。而柯廷儒则与五弟整日忙于救治因被日军轰炸而受伤的百姓，太安堂也因日机的轰炸，破损严重。这正是：

　　　　无骨埋乡井，逢人问死生。

有诗叹曰：

　　　　浮尸频碍楫，残骷乱铺摊。
　　　　腥血围厉犬，腐饥饱露玃。

　　且说这日，兄弟二人正在救治受伤百姓，医馆里来了一老一少两人，老的年约五旬，精瘦矮小。少的年约二十七八岁，西装革履，油头粉面。那老者虽精瘦矮小，却是腹大如鼓，且不时发出鸣声，引来许多患者好奇围观。那老者端坐一旁，始终面带笑容，不发一言。

　　只听那年轻人道："先生，我家叔公常常腹胀，且会发出响声，虽久治未果，还望先生能妙手回春。"

　　柯廷儒只把那老者上下打量一番，也未加望闻问切，只对小五道："五弟，且去弄些老鼠的盗土来。"小五应一声去了，须臾捧了盗土过来，众人皆十分惊奇。只听柯廷儒道："取土二钱，麝香汤调。"小五又应一声，须臾端了药汤过来，递与那老者服了。不多时，只听老者腹中一阵作响，顿时腹消鸣失，众人见了，只管叫奇。老者起身，给柯廷儒深深一揖，那年轻人更是感激不迭，连连称赞太安堂医术高明。

　　且说这二人千恩万谢地去了，柯廷儒兄弟二人继续医治患者不提。

　　次日，太安堂门前忽然来了一辆卡车，从卡车上跳下十几个手持长枪的日本兵，领队的则是一头戴战斗帽的翻译官。只见那翻译官领着日军直奔回春阁，此时，柯廷儒与小五兄弟二人正在为患者医病，忽见闯进一队日本兵，十分诧异，屋内的病人更是个个惊恐。那翻译官走到柯廷儒身前，鞠一躬道："柯先生，鄙人姓乔，乃日本驻潮州司令部的翻译，昨日我们见过。"柯廷儒上下打量他一番，认出此人正是昨日陪老者看病的年轻人。柯廷儒冷笑道："不知乔翻译今日来此又有何贵干？"乔翻译忙道："柯先生昨日医好特高课课长宫本的病，为表谢意，特备薄酒，请柯先生务必赏光。"柯廷儒冷笑道：

"我每日医务繁忙，恕难从命，乔翻译自回吧。"乔翻译听了，对柯廷儒道："柯先生，对不起，在下失礼了。"言罢，只把手向日本兵们一挥，日本兵不容分说，上前架起柯廷儒便向门外走。小五一旁见了，急忙过来阻拦。然，依他之力，岂能拦住，眼睁睁地见大哥被日本兵架上卡车，扬长而去。

一路无话，且说柯廷儒被请进特高课，宫本课长满面春风，降阶相迎。宫本道："柯先生不吝赴宴，宫本荣幸之至。"柯廷儒冷笑道："异邦的无理待客之道果然不同凡响，柯某今日领教了！"宫本笑道："有怠慢之处，还望柯先生见谅！"又把手一挥，道："柯先生，请！"

走进室内，但见一室异邦风情，榻榻米、小矮桌、几盆盛开的菊花，菊花旁斜挂着一把不和谐的日制军刀，恍若误入异国他乡。

宫本与柯廷儒围桌盘腿而坐，乔翻译则在门口听差。只见宫本把手一拍，进来一位身着和服的日本女子，那女子手捧茶具，躬身而入，宫本又一挥手，那女子又躬身退出，宫本亲自斟茶，笑道："潮汕一向以善喝工夫茶而闻名天下，今日我便以此作为待客之道，在柯先生面前班门弄斧了。"

柯廷儒并未去喝宫本斟的蹩脚工夫茶，只是冷冷地望着他，宫本见状，笑道："柯先生不必拘谨，你不仅是我大日本帝国的朋友，还是我宫本的救命恩人。按照你们中国人的说法，叫做受人点水之恩，当涌泉相报。所以，你不必拘泥。"柯廷儒冷笑道："敢问宫本先生，我几时成了魔鬼的朋友了？至于医好你的病，那是医生的天职所在，请你不必挂怀。"宫本听了，哈哈笑道："中日两国一向睦邻友好，如今我们又推行大东亚共荣圈，柯先生怎么能不是我们大日本帝国的朋友呢？"柯廷儒冷笑道："你们侵占中国的领土，屠杀我同胞，这也算是睦邻友好？你们的飞机炸毁我太安堂，这就是朋友所为？"宫本听了，尴尬地笑道："柯先生一定是误会了。不过，我想误会一定会消除的。"

乔翻译站在门口，室内二人的对话，他听得清楚，怕二人再舌枪唇剑，忙一拍手，有下人进来收了茶具。乔翻译又一拍手，又有人端了酒菜摆上，乔翻译过来帮忙斟了酒。斟罢，只把手一拍，顿时只闻歌音袅袅，一群歌伎翩翩而出，只把那和服舞得孔雀开屏一般。

宫本端起酒来道："柯先生，这第一杯酒我先干为敬。"言罢，将酒儿喝了。乔翻译忙又斟上。宫本将酒端起道："这第二杯酒为了我们的友谊干杯！"

柯廷儒冷笑道："宫本先生，我一向滴酒不沾，请原谅。"宫本道："是这样，真是遗憾。"遂将手中的酒儿放下，笑道："没事儿，这并不会影响我们的友谊。"又道："你们太安堂的医术确实很高，在日本的时候，就听说太安堂医术很厉害，如今总算见识了。不瞒你说，我这病在日本都没能医好，可你却轻易地就将我这病医好了，实在是厉害。敢问柯先生，为何我这病只须用老鼠盗的土就能医好？"柯廷儒听了，哈哈笑道："这叫对症下药，阁下侵占我领土，好比老鼠盗人之物，当然就用鼠土来医。"宫本听了，虽心下十分气恼，却假装糊涂的样子笑道："柯先生说得高深莫测，非老夫能懂。"又道："柯先生若为我大日本帝国效力，我决不会亏待你。"柯廷儒冷笑道："柯某不才，不敢妄为人用。"宫本哈哈笑道："中国人有句话叫做识时务者为俊杰，柯先生乃出身名门旺族，不会不知道这个道理吧。"又一指乔翻译道："乔君乃潮州乔市长的公子，如今投了我大日本帝国，尽享荣华富贵。"

书中交代，这乔翻译果真是乔市长的公子，潮汕沦陷前，他并未随父逃走，而是投奔了其留学日本时的老师，现为宫本课长的翻译。

柯廷儒冷笑道："中国还有一句话叫做物以类聚，人以群分，柯某与阁下不是同一类人，还请原谅。"

宫本闻言，又是尴尬一笑道："既然柯先生无心效力我们大日本帝国，看在你是我救命恩人的分上，我也不便强留。不过，我有一个要求，还望柯先生能够应允才是。"

柯廷儒冷笑道："不知宫本先生有何要求？"

宫本道："《太安堂秘笈》乃医术绝学，望柯先生能为大东亚共荣做出贡献，将秘笈借给我们大日本帝国一用，共同来繁荣医学。"

柯廷儒听了，哈哈笑道："宫本先生，此言差矣。真正称得上医术绝学的应该是中国的《黄帝内经》，而这部绝学据我所知，很早就已传到贵国。而鄙人的祖传秘笈也早在清国之时就被贵国所派的医学特使窃走，怎么如今又来向我太安堂索取秘笈？"

宫本道："柯先生说笑了，秘笈不在我们大日本帝国，而是在你们太安堂。我现在就介绍个人给你认识一下，相信柯先生见了，一定会对他感兴趣。"言罢，将双掌一拍，走进一个人来。

欲知来者又是何人，且看下回分解！

第五十八回　贪瑰宝日寇逞凶　念旧恩井一剖腹

诗曰：

潮州夜静炮声稀，韩水尸横月色凄。

万壑千峰皆死灭，但闻江上乳婴啼。

话说宫本一拍双掌唤进一个人来，柯廷儒见此人身着军装，中等身材，小眼睛，八字眉。只见此人走进，给宫本鞠了一躬，便立定不动了。

宫本对柯廷儒道："柯先生，这位是高桥井一君，与阁下有着千丝万缕的关系，阁下对高桥家族应该不陌生吧？"又对高桥井一道："高桥君还不快见过柯先生。"一旁的高桥闻言，忙对柯廷儒道："井一仰慕太安堂已久，日后还望柯先生多多关照！"言毕，又是深深一躬。

只听宫本笑道："二位既然已经认识，那么《太安堂秘笈》的归宿也应该水落石出了吧。"宫本又对高桥井一道："高桥君，柯先生一直说秘笈乃是被你的曾祖父所盗，且秘笈现存高桥家族中，请问此事属实吗？"

高桥井一闻言，又对柯廷儒深鞠一躬道："我为我的祖上做出如此荒唐的事向柯先生道歉，只是，当年我的曾祖父带回家的秘笈是假的，而真秘笈还在太安堂。所以，说秘笈在我们高桥家族中，这个说法是不公平的。"

写到此处，列位看官对秘笈去处或许看出些眉目，高桥井一之言究竟是否可信，此处必须得给一个交代，也好以慰看官所悬之心。

话说柯仁轩因从母亲手中接过秘笈，且不久又有高桥太郎来投奔太安堂学医。一日，柯仁轩等人闲来吃酒，酒热耳酣之际，因说起秘笈一事，众人皆感叹秘笈给患者带来福音，却让太安堂蒙受太多不白之冤。吃罢酒，已是玉兔登枝之时，因柯仁轩素有夜晚读书的习惯，此时，他离了众人，借着酒力，独自往书房去。远远地，就见有一人也往书房而来，初时，柯仁轩以为是掌灯的小丫头，并未在意，正自想着，忽见小丫头提了灯笼过来，正与先前那人打了个照面，那人见有人过来，遂将身形一矮，双脚一提，上了房。柯仁轩见状，酒劲儿顿时醒了，问了声谁，那人听了，脚下生风，跑得更欢，柯仁轩遂亦上房来追。那人脚下好功夫，如同狸猫一般敏捷。两人穿房越脊，从西府院直到东府院，再从东府院追到村外，在一片小林里，那人忽而不见了身影，任凭柯仁轩如何搜寻，再也找他不着，柯仁轩只得悻悻而回。

次日，柯仁轩便将昨夜情形说与阿妈听，柯夫人听了，冷笑道："此人定是奔那秘笈而来，日后须多加提防。"柯仁轩应一声，从阿妈房中退出，转过一个回廊，正遇见高桥太郎。太郎见了柯仁轩先是一个鞠躬，柯仁轩因问他去何处，太郎回说来寻管家。柯仁轩告诉太郎，管家在东府院，太郎听了遂辞了柯仁轩往东府院去。柯仁轩望着太郎的背影，忽心儿一惊，因他见太郎鞋底儿沾着两片树叶，而那树叶正是村外小树林中的枯叶。

原来这高桥太郎竟是为秘笈而来。

柯仁轩心中暗道："家贼难防，不如施个计谋将其打发了罢。"那日，遂将几本自己素日写的或抄写他人的诗词加了一个写有《太安堂秘笈》的封面，故意放在书桌之上，并假借醉酒引太郎来偷。那高桥太郎哪知究竟，一见机会难得，岂肯放过，轻轻推门而入，也不细看，匆匆将秘笈收入怀中，先是回到自己房里，觉得再留在太安堂定会被查出，于是，急急背了行李，也不敢到马厩中牵马，只施展脚下轻功而去。

一夜急行，待天明时，高桥太郎已跑出潮州地界，于是放下心来，想去城中找个地方打打尖，歇歇脚，却见四处都是捉拿自己的画像，吓得高桥太郎沿途不敢入城，只能夜行昼伏，择山道而行，惶惶如丧家之犬。一年后，高桥太郎回到日本国，受到家族众星捧月般的礼遇。待净了身，除去烂衫，换上和服，焚了香，拜了祖宗牌位，再取出秘笈，合族人齐齐拜了，高桥太郎这才将秘笈打开与族人共赏。这秘笈不打开便罢，只这一打开，全傻了眼儿，只见页页诗行，本本诗情拂面，哪里有什么医案，哪里有什么医方绝技？

高桥太郎顿时只觉眼前一黑，一股鲜血喷涌而出，便不醒人世。待高桥太郎醒来，已是半月后的事儿了，但他从此痴痴呆呆，口中只念叨着《太安堂秘笈》几字，高桥太郎疯了。这正是：

为人还需走正道，莫要偷鸡反蚀米。

高桥这边历尽艰辛却换来天下人斥骂，而太安堂这边，因柯仁轩施计，换来几代人太平。只是未想到，今日倭寇来犯，旧事重提，那失踪了多年秘笈的秘密却因了高桥井一打开了窗子，忽的一下明朗了起来。

只听柯廷儒冷笑一声道："真是贼寇本性不改，过去了这许多年，你们仍旧惦记着。"

宫本道："柯先生此言差矣，医学无界，我们大日本帝国只不过是想借阅而已，柯先生又何须把话说得这般难听。"又一指高桥井一道："高桥君乃是大日本帝国医学院的高材生，毕业后为报效天皇陛下参了军，如今又奉军部之命前来取《太安堂秘笈》，还望柯先生能从大东亚共荣这个大局出发，把秘笈交出来，我们大日本帝国是不会亏待你的。"

柯廷儒冷冷一笑道："如果我说不呢？"

宫本笑道："因高桥太郎取秘笈不成反而遭疯，人都说他是犯了秘笈的魔咒，所以我们是不会强取的。但我相信，柯先生您会自动将秘笈奉献给我们大日本帝国的。这一点，我非常自信。"

柯廷儒冷笑道："那就叫你的自信给阁下带来好运吧。"言罢，站起身来便往外走。一旁的乔翻译见了，连忙过来阻拦。只听宫本道："乔君，不可无礼，柯先生是我们的朋友，怎可如此无礼？"乔翻译听了，十分不解，却也只得住了手，任柯廷儒扬长而去。

见柯廷儒已走远，乔翻译这才壮了胆子，问宫本道："太君，您怎可就如此轻易地将他放了？"宫本笑道："中国的孙子兵法曰：三十六计走为上计。太安堂乃名门望族，若是强迫于他，岂不让人耻笑我们大日本帝国无待客之道？我让他走，是为了更好地得，请相信我，我会让他主动将秘笈送到我们的手上。"又对井一道："高桥君，用不了几日，我就会让你实现祖辈们的梦想，让你手捧秘笈而欣喜不已。到时，你要更好地效忠天皇陛下，为我们大日本帝国的圣战而努力吧！"

高桥井一双脚一碰，立身道："嗨！"

且说柯廷儒回到太安堂，合府上下正自为他着急，如今见柯廷儒平安而回，方舒了气。小五走到大哥身前，拉住他的手，问道："大哥，那帮强盗没把你怎么样吧？"柯廷儒笑道："你看我有事吗？"小五上上下下把大哥打量一番，果见大哥无事，这才笑道："大哥，你知道我们多担心你吗？"柯廷儒用手拍了拍小五的肩道："没事，你看我这不是好好地回来了吗。"老爷与老夫人一旁看了，老爷道："能从狼窝里平安回来就好，去后院上房里说吧，都立在这前院里做甚？"又吩咐小丫头和吴妈道："做些酒菜，给大少爷压压惊。"小丫头与吴妈应了一声去了，不在话下。

且说老爷、老夫人与柯廷儒兄弟二人回到上房，柯廷儒这才将宫本逼要秘笈的事儿说了。老爷听了，道："山雨欲来风满楼，我已经料到，他们是冲着秘笈的事儿来的，什么赴宴席？那是酒无好酒，宴无好宴，是鸿门宴而已。"老夫人道："如今该如何处置？"老爷道："秘笈乃祖宗所留，是万不能与倭寇的，即使他们将我们家人一个不留地杀了，也决不能将秘笈给他们！"老夫人道："要不我们去香港投奔亲家，或者去南洋找老二与老三他们去？"老爷冷笑道："真是妇人之见，如今已被狼盯着，你又能去哪里？"小五一旁插话道："阿爸、阿妈休要担心，有我与大哥在，谁也欺负不了你们！"

一家人正说着，酒菜已是端了上来。柯廷儒因在宫本那儿滴水未沾，目下已是饥饿难忍，只管低头吃饭，将先前的事儿尽将丢在脑后。吃罢饭，柯廷儒对二老道："秘笈之事，二老不用操心，一切皆由我来担当。"小丫头过来，收了碗盘，又摆了工夫茶来吃，此时天色已晚，各院已燃亮了门前大红灯笼，柯廷儒兄弟这才给二老请了安，各自回房休息不在话下。

一宿无话，次日，有亲朋上门来看望，见柯廷儒平安，皆大欢喜。

又是几日过去，未见任何风吹草动，柯府上下便都放下心来。是日，待红日渐渐西沉，炊烟散尽，百姓劳作归房，忽听炮声隆隆，四野村庄火起。老家人柯保正在院外看着几个家人扫地，那些家人们忽然见到这阵势，吓得连忙往门里跑，柯保虽见过日本鬼子的飞机轰炸，却也未见到如此的炮击，便也匆匆跑进府里，随手关了大门。

老爷与老夫人及柯廷儒也都听见了，正要往府外来，却见柯保跑过来，柯保将所见情形如此这般地与众人说了。老爷叹道："定是我们的军队与日本人干上了。"柯廷儒摇头道："不像，哪有专门炮击民房的？"老爷道："日本人什么事做不出来？他们杀了多少中国老百姓，怕连他们自己也数不过来了。”

几个人正自说着，就见府中的一个小子跌跌撞撞地跑过来，柯保见了，斥道：“跑什么，老爷与老夫人都在这里，你一点儿规矩都不懂！”那小子管不了老管家的训，只连声道：“了不得了，了不得了。适才有人拼命叩门，我一开门，你猜怎么着，全是用担架抬过来的，血肉模糊的，说是被日本鬼子的大炮炸的。都在嚷嚷着，让大少爷快些去救命呢！”

柯廷儒听了，忙叫了声小五，便往前院赶，小五也急急地在后跟着，再后面就是管家与那小子。老夫人吓得一个劲儿地念阿弥陀佛，说这个世道究竟怎么了。老爷一顿手中的拐杖，恨恨地骂了句：“倭寇全是作孽！”骂完了，与老夫人一道去了东府院不提。

且说柯廷儒兄弟二人赶到回春阁，但见前院担架遍地，哀嚎、呻吟之声不绝于耳。一见柯廷儒兄弟来了，那些抬担架的人连忙上前，哭救道：“大少爷，快些救命啊！”柯廷儒见担架上的人个个血肉模糊，其状不忍目睹，遂对小五道：“五弟，准备救人！”小五一旁应了一声，便过来帮忙。

此时，天色昏暗，回春阁内外燃亮数支灯烛，更有人亮起了数盏火把，直将回春阁内外照得如同白昼一般。

手术、上药、包扎，一阵忙碌，直至精疲力竭，方发现只救治了一半。兄弟二人不敢懈怠，继续救人。

此时月明星稀，炮声渐去。兄弟二人也不言语，只一个眼神，便有了会意，只一个手势，便有了明白，直到曙色将开，这些伤员方一一治罢。待安顿好这些伤者，兄弟二人已是体不能支，一觉醒来，已是次日的下午。

柯廷儒起来，胡乱吃些东西，唤过管家，问那些伤者都怎么样了。柯保回说皆已无恙，只是有些重的还在太安堂，须大少爷接着医治，而其他轻伤者皆已抬回家中静养。柯廷儒听了，又问外面情形，柯保只回说了四个字，惨不忍睹。柯廷儒听了，没有再问，独自向府外走。走了几里地，但见遍地新坟，坟坟有人哭嚎。这真是，阴间又多了许多冤魂，人间又多了些许仇恨与凄凉。

柯廷儒见了，心如刀绞一般，如此惨状，怎不叫人落泪？古诗云：

　　步出城西门，高坟何累累。

年深坟土裂，白骨委蒿莱。

坟傍哭者谁，云是白骨儿。

生既为死泣，死亦待生悲。

哀哉亿千劫，无有泪绝时。

　　伤感了一会，柯廷儒不忍再看，便转身回走。回到府中，恰遇小五，只听小五道："大哥你又去了何处？"见大哥不回答，又道："适才我又过去给那些重伤者送了些药过去。"柯廷儒拍了拍五弟的肩，道："五弟，你辛苦了。不过，你也要注意休息。"小五笑道："不累！只是医馆中的消炎药及纱布不多了。"柯廷儒道："那些消炎药不要指望着去弄西药，日本人是不会把这类药卖给我们的，我们得多弄些药草才是。"又道："纱布的事就交给管家去处理吧。"小五应了一声是，忽见小丫头芸儿过来，说老爷与老夫人候着二位少爷过去吃饭。柯廷儒听了，便与五弟一道儿去吃饭不在话下。

　　寂静了一段时日，见日军再无炮击，柯廷儒一颗悬着的心方放松了下来。是夜，吃罢晚饭，正要去书房，忽听外面地动山摇，柯廷儒的心忽地一下窜到了嗓子眼儿，只见柯保跌跌撞撞地跑过来，颤声道："大少爷，日本人又在打炮了，周遭的村庄都起了火了！"柯廷儒听了，对柯保道："快些叫五少爷去回春阁。"柯保应一声，忙不迭地去了。

　　见柯保走远，柯廷儒不敢怠慢，也往回春阁跑，果不其然，刚至回春阁，就见有人抬了伤者来医，且个个是哭天叫地的喊救命。一如那日，柯廷儒与五弟又开始了救治伤者，只是今日伤者分外多，到次日中午，还有伤者往这里送。忽然只听小五叫道："大哥，药没了，纱布也没了！"柯廷儒听了，头也未抬，只轻声道："唤柯保来。"须臾，柯保跑过来，柯廷儒道："速去买些草药与纱布来。"柯保道："大少爷，府里早没有了银两，这些药还是向人家药材行赊欠来的。"柯廷儒听了，心下一紧，因他不知如今战乱，来医病之人多数没钱给医药费，府里早已是入不敷出。柯廷儒问小五道："外面还有多少人没有救治？"小五回道："满满一院子。"柯廷儒又对柯保道："以太安堂与药材行多年的关系，你还可以再去赊欠一些药过来。"柯保连忙应着，却不肯迈步。柯廷儒疑道："你怎么还不快去？"柯保道："大少爷，老奴说句不该说的话，如果一直这样下去，太安堂即使家底再大，也撑不起啊。"柯廷儒道：

"如今顾不了这许多，还是救人要紧。"小五一旁听了，忙将大哥拉过一边道："大哥，要不动用一下那个钱吧，反正他们也早已没人来联系了。"柯廷儒知道五弟说的是共产党地下交通员放在这儿的黄金，柯廷儒心中暗道："此乃共产党人用命所换，我焉有动用之理？共产党人拿太安堂如此信任，我又焉能做那不诚信之人？"想到此，对小五道："五弟，日后莫再说此浑话！"小五听了，知劝大哥不得，只得作罢。

恰在这时，只听院外车声隆隆，须臾，只见无数日军手持钢枪，亮着刺刀，闯了进来，为首的正是宫本。他的身后跟着乔翻译、高桥井一，另一人却是让柯廷儒吃惊不浅的佟大麻子。

只听宫本冷笑道："柯先生如此繁忙，宫本来得真不是时候，打扰您了，还望海涵。"

柯廷儒亦冷笑道："他们已经被畜生咬过一次，希望阁下莫要再来伤害他们。"

宫本尴尬一笑，还未出声，只听佟大麻子道："柯大少爷，你怎可和太君如此说话？"

柯廷儒道："佟大队长不是国民政府的人吗？这会儿怎么又成了日本人的狗了？"

佟大麻子道："柯大少爷，告诉你，我如今是皇军的特务队队长。你别以为你救过我，就可以如此放肆。"

小五一旁冲佟大麻子吐了口唾沫道："狗！鬼子的狗！"

佟大麻子听了，气急败坏，掏出枪来，指着小五喝道："你再敢胡说，休怪我不客气！"

宫本一旁喝住佟大麻子道："佟君，你怎能对我大日本帝国的朋友如此无礼！"佟大麻子听见宫本训斥，只得悻悻地收了枪，立于一旁，不敢再言语。

宫本对柯廷儒笑道："柯先生，我送给你的礼物还满意吧，如果你肯把秘笈献给我们大日本帝国，我会送给你药，救治这些人。如果你不同意的话，我会继续送给你更多的礼物。柯先生是个聪明的人，望你三思。"

柯廷儒听了，顿时大悟，原来这些竟是宫本的计谋。真是无耻至极！柯廷儒只觉血往上涌，怒发冲冠，正要大骂宫本无耻，只听身后有人道："儒儿，为了父老乡亲，就把祖宗留下的宝贝给这些个畜生吧。"柯廷儒回过身去，只见阿爸和阿妈被两个小丫头搀扶着，不知何时站在了自己身后。柯廷儒道："阿爸，这可是老祖宗留下的，怎么能送于倭人？"柯廷儒一言既出，小五与柯保等人也道："祖宗所留，岂能送给倭人？"只听老爷道："祖宗留下秘笈，是想让子孙后代能禀德济世，而如今为了这些乡亲们免遭涂炭，也是秉德济世，祖宗们是不会怪罪你们的。"

宫本听不明白，一旁的乔翻译向他说了，宫本面露笑容，对老爷道："还是柯老先生高风亮节，宫本在此谢过了。"老爷子横了他一眼，只对柯廷儒道："儒儿，听阿爸之言，快些让这些畜生离开，你也好救治这些受伤的乡亲。"

柯廷儒强忍愤怒与悲伤，对宫本道："好，我把秘笈送你，但你须保证拿出药来救治伤者，并保证永不伤害他们。"

宫本把手向后一挥，过来几名军士，那几名军士手中皆捧了药箱。宫本道："打开。"几名军士依言做了。宫本又对柯廷儒笑道："请柯先生验货。"柯廷儒走上前去，见全是稀缺的药品"盘尼西林"，遂道："请稍等我一会儿。"言罢，便径往后院而去。过了一会儿，只见柯廷儒手捧红木箱，蹒跚而来，到了近前，把红木箱往地上一放道："宫本先生请吧。"宫本对高桥井一道："高桥君，你的愿望实现了，快些看看你的礼物吧。"高桥井一将红木箱打开，取出秘笈，一一验看，只见他满脸兴奋之色，冲宫本点头道："太好了，正是此秘笈！"高桥井一又对柯廷儒道："柯先生，我有一个愿望，希望你能帮助我实现。"柯廷儒冷笑道："你们这些倭人真是贪得无厌，还有什么，快些说。"高桥井一道："我们高桥家族一直感谢并崇拜太安堂，我可以到柯氏家庙里拜拜玉井公与柯黄氏妈的牌位吗？"柯廷儒冷笑道："高桥先生，请收起你的假惺惺吧，他们不希望见到你，快些带着你们想要的东西走，不要耽误了我救人！"

高桥知道，此时的柯氏家族对他充满了仇恨，因为他抢走了他们世代相传的宝贝，如今无论他说什么，都无法让柯氏家族释怀，只得说了声对不起，然后捧起秘笈与宫本等人走了。

见日本人走了，柯廷儒与五弟又开始了救人，直到傍晚时分方罢。然后洗漱，吃饭，待吃罢饭，一言不发，独自往书房去，众人知他疲劳且心中难过，也不便多劝，任他去了。

且说柯廷儒闷坐书房，心如潮涌，竟落下泪来。此时，天色已晚，小丫头进来，燃亮灯烛，并摆了工夫茶上来。柯廷儒喝了两杯工夫茶，然后坐下来想秘笈的事，想一阵，难过一阵，不知不觉，已交二更。柯廷儒双手托腮，两眼微合，只觉神思恍惚，宛若魂灵出体，但见玉井公手捧秘笈，推门而入。柯廷儒就觉一阵欣喜若狂，猛然惊醒，却只见眼前一片烛光，哪里有玉井公身影？柯廷儒知是南柯一梦，不由又是一阵心伤。

柯廷儒正自伤心，忽听门响，举目一望，不由大吃一惊，只见高桥井一手捧红色箱子正站在门口。柯廷儒揉了揉眼，以为又是在梦中，只听高桥井一道："柯先生，今日的事很抱歉，我把秘笈给你送了回来。"柯廷儒听了，哪里肯相信，猛然站起，上前一把抓住高桥井一的手，高桥只觉手腕一阵酸痛，不由叫道："柯先生，你弄痛我了。"柯廷儒忽然觉得自己失态，连忙松了手，惊奇地问道："高桥君，你这是做什么？"高桥道："我物归原主来了。柯先生，你查看一下，有没有完璧归赵？"言罢，只把红木箱往书桌上一放，让柯廷儒查看。柯廷儒见此情形，一时呆若木鸡一般。

须臾，回过神来，连忙打开箱子来看，见秘笈完好无损，便问高桥井一究竟是怎么一回事儿。高桥井一便如此这般地说了。

原来宫本等人拿到秘笈后，回到潮州城特务课，大设宴席，并邀请潮州城警备司令官前来参加，庆祝《太安堂秘笈》收归大日本帝国所有。庆祝罢，便差了护卫带了秘笈悄然出城，欲送往国内，满洲那边也已准备前来接应。不曾想，几人刚出城不久，便遭到一股武装分子的袭击，几名护卫当场毙命，而高桥却幸存并逃了出来。高桥一边狂奔，一边心下十分欢喜，以为捡了条命儿。一不留神，脚下一滑，摔倒在地，正欲爬起，就听头顶之上传来厉喝之声："大胆贼子，不思报恩，反劫他人之宝，今日若将宝物归还太安堂便就罢了，如若不然，便超度你入十八层地狱！"高桥抬头看时，只惊得魂飞魄散，原来却是观音菩萨现身。

高桥叩头如捣蒜，诺诺连声，保证立刻归还。那观音听了，方踏祥云而去。

柯廷儒道："高桥君，你为何要这么做？"

高桥井一未道实情，只回道："既是为高桥太郎赎罪，也是为大日本帝国的野蛮行径赎罪。佛曰：仇恨永远不能化解仇恨，只有爱才能够彻底化解仇恨。所以，我把它送回来了，希望太安堂不要再仇恨我们高桥家族。"

柯廷儒紧握高桥井一的手道："我们永远是朋友。"

高桥井一道："太安堂有恩于高桥家族，也有恩于日本帝国的人民，我很想拜拜柯氏家庙的列位传人。"

柯廷儒道："可以，明天我就带你过去。"

高桥井一道："现在可以吗？因为我等不到明天，我得离开这里，潮州警备司令部与特高课的人见不到我，会四处找我的。"

柯廷儒沉思一想，高桥井一之言不无道理，便备了香烛，带了高桥井一到家庙里拜了各代传人牌位不在话下。且说高桥井一拜完传人，离开柯府，径往湖南方向而去，不巧路上正遇宫本，高桥见了，知难逃丢失秘笈之责，遂拼命奔逃，躲于一大山破庙之中，宫本调来日军四下合围，高桥井一见冲出无望，遂拔刀剖腹自尽而亡。这正是：

宁以义死，不苟幸生。

且说宫本见高桥井一已死，秘笈不知所踪，却也无可奈何。

欲知后事如何，且看下回分解！

第五十九回　援东江倩影重现　闯虎穴佳人遇险

诗曰：

十年离乱后，长大一相逢。

问姓惊初见，称名忆旧容。

别来沧海事，语罢暮天钟。

明日巴陵道，秋山又几重。

话说柯廷儒如今见秘笈失而复得，不胜欢喜，一夜无眠，至次日天明，先是去给二老请了安，接着把昨夜所发生情形一五一十地告诉了双亲。柯老爷与老夫人听了，好一阵感慨。恰在这时，小五进来，说是回春阁里来了位病情很怪的人，要大哥速去医治。柯廷儒听了，不敢怠慢，辞了二老，便与五弟一块儿去了回春阁不在话下。

转瞬，又是一年夏季。是夜，雷声从天空滚滚而过，霎时，风起雨落。柯廷儒坐在书房之中，听雨打帘窗，虫鸣蛙鼓。不知何因，忽又想起大凤来，心中顿时飘雨，竟与窗外遥相呼应。这正是：

君回相聚短，今又各一方。

夜夜盼归期，念君忆复返。

不怨相思苦，只恨相逢难。

日日心牵挂，望君回乡缘。

柯廷儒思念正苦，忽闻有叩门之声，连忙起身，将书房的门儿开了。这门儿一开，柯廷儒顿时如同傻了一般，这是为何？因为站在柯廷儒面前的不是别人，而是四弟柯廷山。

"四弟，真的是你？"

柯廷儒一把抓住四弟柯廷山的手，站在柯廷儒身后的小五道："大哥，这就是四哥，你怎么不认识他了？"

但见柯廷山面色黝黑，双颊微瘦，身着白色对襟上衣，一条宽皮带扎于腰际，插着两支二十响驳壳枪，可谓威风凛凛，煞是精神。

柯廷儒笑道："真的快认不出了。"又道："快些进来。"

兄弟三人落座，柯廷儒拨亮灯烛，重新将四弟打量一番，问道："四弟，你这些年都去了哪里？你几日回来的，有见过阿爸与阿妈吗？"

柯廷山笑道："刚刚回来，已经见过双亲。至于这些年，我去了哪里，一会儿再详说。我先介绍几个朋友给大哥你认识一下。"言罢，冲小五一使眼色，小五起身便往外走。

须臾，小五回来，冲柯廷儒道："大哥，你看都是谁来了？"柯廷儒闻言，闪目向门口观瞧，顿时惊喜道："大凤，你还活着？"

来者正是大凤，只听大凤道："当然还活着，革命尚未成功，又怎敢不活着？"只这一语，将所有人都逗乐了。大凤走进房来，往身后道："同志们，都进来吧。"又对柯廷儒道："大少爷，你看，他们都活着，而且都活得好好的。"

柯廷儒见随后进房的有大个李、小刀张、飞毛腿铁彪及彭交通等人。柯廷儒见了，十分欢喜，笑道："原来你们果真都活得好好的。"又抓住彭交通的手道："老彭，你总算回来了，我可以完璧归赵了。"说着，便去取来老彭当年所留的金条。众人见了，感慨不已。只听大凤道："这些黄金，你都还留着？"柯廷儒道："当然得留着，这些可是你们用生命换回来的。"老彭等人听了，顿时只觉热血沸腾，大凤道："太安堂不似从前了，这些年来也不容易，小鬼子两次炮击村庄，你们用了很多药品来救治乡亲，真不知你是怎么克服这些困难的？"老彭也道："大少爷，你误会了，此次回来我们并不是来取这些金条的，我们是另有任务。"

柯廷儒扫视众人一眼，吩咐各自就坐，又让小五摆来工夫茶吃。待吃了两杯工夫茶，柯廷儒方才问四弟道："四弟，现在你总可以告诉我，你离开家后去了哪里吧？"柯廷山听大哥问，便如此这般地说了。

原来，柯廷山自那日离开家后，便与先前的几位朋友决定去报考黄埔军校。然，天不遂人愿，几个人颠沛流离，历尽千辛，刚走至惠州地界，最终却因路费用尽，只得客居一小旅店里，当初那份报效国家的激情也随之消失殆尽。一次，张汉洋的军队打从小旅店路过，其中两人随着队伍去了，另有两人因小店遭到一股土匪的打劫，便萌发了加入土匪的想法，最终只剩下柯廷山一人。

柯廷山离开那家小旅店，沿途以看病为生，一日，正自为一农夫看病，却进来两人请他进山医病。柯廷山不知究竟，便随那两人进了大山，等到了地方，方知这是一支抗日的红军游击队。而柯廷山要医治的，便是那些受伤的红军游击队战士。医好队员们的伤后，柯廷山便也从此留在了东江抗日游击队，并成为了一名战斗大英雄。

柯廷儒听罢，激动地笑道："四弟，你走对了路，大哥为你感到骄傲！"小五一旁道："四哥，我也要加入你们的抗日队伍！"柯廷山对五弟道："其实，你早就加入了抗日队伍。"小五疑惑道："我？四哥，你又逗我，我什么时候有加入抗日队伍？"柯廷山笑道："你与大哥一道，救过红军战士；你与大哥一道，护送过抗日的药品；你与大哥一道，救治过那些被日本鬼子炮击的乡亲。你说，你不是早就加入了抗日队伍了吗？"小五惊道："这些也算啊？"

屋内的人哄然大笑。

大凤笑道："这些当然算，你早已是一名英勇的抗日战士了！"小五听了，不好意思地笑了。

柯廷儒问大凤道："凤姑娘，早些年听人说，你们被民团和佟大麻子的特务队消灭了，并且听说兄弟们也都牺牲了。说说你们当年是怎么样脱险的，如今又怎么和我四弟他们在一块儿了？"

大凤听问，笑道："那都是国民党的造谣，当年那次战斗虽然惨烈，但我们还是顺利完成了任务，并全部退了出来。由于潮汕一带的交通站被敌人破坏得厉害，奉上级指示，我们短枪护送队便进入到东江加入了抗日游击纵队。"

柯廷儒听了，喜道："原来他们说的那些皆为假话，害得我们一直难过不已。"又问道："凤姑娘，你们此次回来有什么需要我帮忙的吗？"

大凤道："当然有。我们此次回来，就是想从城里弄一批药品到山里，主要还是得靠大少爷你啊。"

柯廷儒听大凤如此说，心下犹疑道："以前尚仗着张司令那层关系，如今却是日本人把持着潮州城，且佟大麻子那厮还认得大凤他们。此事委实难办。"大凤见柯廷儒沉默不语，知他有难处，便问其故。柯廷儒便如实地说了，大凤等人听了，认为确实难办。如今日本人将消炎及外伤药控制得极严，没有日本警备司令的批准，任何药房不得对外有卖。

忽听小五道："上次日本人为交换秘笈，给了些救治的药，目前尚余留一些。"柯廷儒道："不过是杯水车薪，焉能担重任？"

众人一时沉默。

只听柯廷儒道："兄弟们皆已累了，不如先去休息，明日再议良策如何？"

大凤与柯廷山等人认为有理，于是唤过老管家柯保，为一行人准备房间休息不在话下。

且说次日，风停雨住，天空放晴，吃罢早饭，众人齐聚翠雨轩议事。议论半日，仍无好法儿，直把众人急得心如火烤一般，不知如何是好。恰在这时，在外放哨的小五敲门而入，叫出大哥柯廷儒，轻声道："适才老管家保叔来说，府里来了位重要的客人。"柯廷儒忙问是谁。小五笑道："乃未过门的大嫂是也。"柯廷儒听了，心中暗道："她不是在香港吗，此刻为着何事回来了？"又问小五，人现在何处，小五回说正在东府院陪双亲说话，保叔来传二老的话，要柯廷儒速去相见。

柯廷儒素知多多的性格，若是去的晚了，一会儿定会闯到这儿来，那岂不要将游击队的人给暴露了？想到此，遂对小五道："你先进屋告诉你四哥他们，说我有事先耽误一会，然后你出来看着，不许任何人进去。"言罢，便向东府院而去。

且说柯廷儒来到东府院后院上房，老远就听见多多的说笑声，走进房去，见多多正陪着双亲说话。多多见柯廷儒进来，忙离座过来，上下打量着柯廷儒问道："廷儒，你还好吗？"柯廷儒笑道："原来是王大小姐回来了，你是几时回来的？"多多道："一回潮州就赶过来了。"

老夫人见两个人站在那儿说话，就道："大小姐，你二人坐过来说话。"二人听了，便坐到老夫人身边。老夫人又吩咐小丫头春儿道："将昨儿个别人送的西瓜弄些给大小姐尝尝鲜儿。"春儿答应一声，不多时便托了个盘子过来，里面盛了几瓣红瓤的西瓜。老夫人笑道："大小姐远道回来看我们，却只能招待些不像样的水果，还请大小姐多多见谅。"多多听了，笑道："老夫人怎可当我的面说着见外的话？难道我是外人不成？"老夫人笑道："你看我是老糊涂了。好，好，好，不说了，大小姐快些吃瓜吧。"

多多先是净了手，然后拿起一瓣来，轻轻送到嘴边，咬了一口，细细品尝，惊叫道："太甜了，好吃，真是好吃！"一边说，一边随手拿起一瓣，递到柯廷儒手里道："廷儒，你也快些尝尝。"柯廷儒因急着翠雨轩那边的事，哪里有闲心耗在这里，便搪塞道："昨日已是吃过了的，确实好吃，你就多吃些。"说着，站起来道："适才回春阁有病人来，我得赶过去看看。"言罢，便往外走，只将多多一时呆在了那儿。

且说柯廷儒回到翠雨轩，不见外面有小五的身影，便直接往里走，而室内却也是空无一人，不由得大吃一惊。正自惊疑，忽听身后有人道："大少爷，我在这儿。"柯廷儒急忙回过身去，见说话的正是大凤。于是问道："你们都去了哪里，怎么不在这儿等我？"大凤笑道："不知你几时能回，大家一时也没有个好主意，廷山与五少爷便将大伙儿带去了另外的地方。"柯廷儒听了，这才放下心来。正要再说话，忽听身后有人诧道："好你个柯廷儒，借故去医病儿，却跑到这儿与表小姐私会来了！"柯廷儒与大凤听了，皆吓了一跳，忙去看说话之人，原来却是大小姐多多。

柯廷儒知道多多误会了他们，忙解释道："什么私会来了？王大小姐，你误会了！"多多抢道："我分明看到的事，你还要狡辩？"又道："我千里迢迢赶来，还不是担心你？可你竟如此忘恩负义。"

大凤一旁如坠云雾一般，不知就里，这王大小姐怎么如此大胆地管起大少爷来了？正自疑惑，四少爷与五少爷来了。小五见状，知道误会了，忙上前来劝，对多多道："大嫂，事情不是你想的那么复杂。"又用手一指柯廷山道："凤姐儿是与我四哥一同回来办要紧事的。"多多虽不识得柯廷山，却是听说过的，如今见四哥在面前，便不好再发作。柯廷山也从未见过王大小姐，至于她与大哥订婚的事，他也不知道。如今两人在这儿一吵，柯廷山也是迷惑不解。只有小五明白是发生了什么事儿，遂将四哥与大凤拉到一旁，如此这般地轻声说了。当下两人立时明白，只是大凤听了，心中甚是难过，自己的心上人如今却成了别人的郎君。又一想，这也不能怪柯廷儒，那时事情复杂，他又哪里能知道自己还活在人世，如此一想，倒也释怀了。

这时，只听柯廷儒对多多道："大小姐，如今我有要紧事儿要与四弟及凤姑娘他们商议，一会儿再去找你如何？"多多冷笑道："难道我是外人不成，为何说事儿却要背着我？"柯廷儒知道此时难以与她解释，一时竟不知如何是好。柯廷山见状，连忙上前，笑道："大嫂，怎能把你当外人？只是眼下确有要紧的事儿商量，且这事儿十分的危险，不想把大嫂你拖进来，大哥这也是为你着想，还望大嫂多多体谅。"

多多闻言，一时更加着急起来，急道："患难见真情，难道有危险的事儿我便要退却吗？"

柯廷儒等人听了，相互对视一眼，如今事情紧急，不可耽误，也只得如此了。于是，柯廷山等人来到柯廷儒的书房，大个李等人果然都在里面，大凤把多多引见给其他人认识，便纷纷落座，话题又落到如何买药一事上。柯廷儒道："小鬼子炮轰村庄那会儿，管家尚能从城中的药材行里买到药，后来听药材行里的掌柜说，那是宫本特许的。而今管控得甚严，只怕难以买到。要不明日，我且进得城去试试如何？"

柯廷山道："我们要的量大，药材行的掌柜怕是没这个胆量把药卖给我们。"

坐在一旁的多多听了，明白大伙儿商量是什么事儿了。多多道："城中的乔翻译曾是我的故交，且追求过我，明日我去城中找他，或许有些希望。"柯廷山听了，忙道："不行，此事儿危险，万万不能牵连于你。"多多站起身道："这说的是什么话儿？我多多也是中国人，我和小鬼子也有不共戴天之仇。"说到此处，竟泣不成声，两泪交流，唬得众人连忙上前相劝，又问出了何事。多多拭了一把泪，这才道出原委。原来，多多当年举家迁居香港，途中遇到日机空袭，父母遇难，她只与几个姨娘到得香港。说到此处，又痛哭起来，众人安慰好一会儿方止。

只听柯廷山道："我倒想出一条妙计。"众人忙问何计。柯廷山道："大嫂明日只管找乔翻译买药，那乔翻译见了金条自然会动心，据我所知，那乔翻译是个极具贪心，且又胆小怕事之人，拿到金条后，他必会跑到宫本那儿邀功请赏，来个两边通吃。如此以来，我们就有机可乘。"

众人闻言，皆不解。柯廷山便如此这般地把详情说了，众人听了，皆说此计甚妙。于是，分工行动起来。

且说次日一早，多多进到潮州城中，正要寻个路人打探去警备司令部的路怎么走，恰在此时，一辆三轮摩托车从身旁驶过，只见那辆三轮摩托驶出好一段路去，又突然掉过头来，将车停在多多身前。只听驾车人道："哟，这不是王大小姐吗？是哪阵风把你吹回来了？"多多见此人留着中分头，戴着墨镜，上身着黄军装，脚蹬一双马靴。多多打量此人片刻，一时竟没认出来。只见那人摘下墨镜，冷笑道："王大小姐不会这么快就把鄙人给忘记了吧？"那人一除下墨镜，多多顿时认了出来，正是自己要找的乔翻译。遂笑道："乔公子如今这番打扮，我哪里认得出？"乔翻译道："王大小姐说的此话，是好还是坏呢？"多多道："自然是好话，你以前一向文质彬彬，如今却是十分的威武，倒也像个男子汉了。"乔翻译道："听上去还是坏话。什么叫像男子汉，我本来就是个顶天立地的男儿。"多多冷笑道："没想到我一进城就能遇到你，正好有件事儿，能否麻烦你这顶天立地的汉子帮我办下。"乔翻译笑道："这叫缘分，说吧，什么事？一定为你办到。"多多冷笑道："那先谢了，不过，此地不是说话之地，难道乔公子就愿意在这儿和我说话？"乔翻译闻言，忙赔礼道："因见到你太高兴了，不想竟把这事儿给忘记了。快上车，带你找个好地儿说话去。"

多多坐上摩托车，乔翻译把车开到一家酒楼前停下，二人便往里走，那店小二见是乔翻译来了，忙不迭地过来打招呼："乔翻译大驾光临，楼上请！"说着，领二人到了楼上，进了一间雅间，摆了工夫茶上来，又问要吃什么。乔翻译要了几道菜，店小二便去了。

乔翻译给多多斟了茶，问多多现在香港可好，又问来此要办何事。多多胡乱搪塞了家里的事，接着道："此次回乡是受友人相托买些药品的。"说着，将药单递与乔翻译。乔翻译接过看了，吓得一吐舌头道："我的天，这么多的禁药，足够杀一百回头的了。"又道："王大小姐为何人所买？"多多冷笑道："买卖上的事，乔公子应该明白，不该问的自然是不会告诉你的。"乔翻译道："那我还是不问了，这事我是帮不了的。"多多听罢，一阵大笑，笑罢，冷言道："适才有人还自夸是顶天立地的男子汉，只一会儿，这男子汉便不见了。"言毕，从包中掏出几根金条来，又道："有它，自然会有顶天立地的男子汉帮忙。"说着，站起身来，对乔翻译道："后会有期！"

且说那乔翻译看见金条，早已直了眼睛，一见多多站起要走，连忙起身按住多多道："我的大小姐，你别忙着走啊，我们还可以坐下来商量吗？"多多故意激他道："乔大公子又办不了的事，还商量它做什么？与其坐在这儿耽误工夫，还不如我快些找能人去将这事儿办了。"乔翻译见她如此固执，便急道："我的姑奶奶，这事儿我办了还不成？"多多冷笑道："你适才不是说此事你办不成吗？"乔翻译道："能成，能成。"见乔翻译如此说，多多方顺势坐下，从包里掏出几根金条道："此为订钱，事后必有重金相谢。"乔翻译连忙将金条儿收了，然后轻声道："我只管帮你将药买了，出城的事我可帮不了。"多多道："成交，你几日能交货？"乔翻译道："后天我将药用车送到城东的小庙里，你尽管来取货便是。"多多道："好，一言为定！"话音刚落，店小二端了酒菜进来，二人喝酒吃菜自然不在话下。

饭罢，二人走出酒楼，乔翻译执意要送王小姐回府，多多却是不肯，说是好久未回，正好一路看看新鲜。乔翻译知她性情，不好相逼，只得作罢。放下多多这边不提，却说乔翻译坐上三轮摩托车，用手摸摸袋中的金条，心中好不得意，正好可以去逛逛窑子，找个姐儿寻个乐。于是便把车往西街开，开了一半，又一寻思："不行，此桩买卖，若是被宫本知道，那可是要掉脑袋的。"如此一想，顿时酒醒了大半，心道："买此药之人必为反日分子，若是将此事儿报告给宫本，那可是大功一件，到时宫本不但不会杀我，还会重重有赏，这可是两边都赚钱的好事儿。"想到此，掉转车头，直奔特高课而来。

此时，宫本正自为搜集地下抗日者信息的事而烦恼，乔翻译走进，将今日除收金条的事儿外，全说给了宫本。宫本听了，兴奋不已，连忙唤来佟大麻子领人速去状元府。

欲知多多性命如何？且看下回分解！

第六十回　子芳详记秘笈方　道人细说太安堂

诗曰：

雄心枉赋国已亡，杏林春暖话沧桑。

士无奇节名难著，地有忠魂草也香。

风雨湖山犹感慨，往来樵牧亦凄凉。

喜迎日寇驱除时，涕泗交流慨而慷。

话说宫本听了乔翻译的汇报，甚是欢喜，即刻唤来佟大麻子，令他带了特务队的人去状元府将王小姐盯牢了，若没有命令不得擅自行动。佟大麻子忙一哈腰，说了声是，便匆匆去了。

且说转瞬到了交货时间，这日，多多从状元府出来，拦了一辆黄包车，匆匆往城东的小庙走去，负责监视的特务队一见多多出来，便慌忙跑去向宫本报告。那宫本听了，心里一阵得意，连忙给警备司令部打电话，要求将守门的皇协军调过来，连同警备司令部的日军一同围剿共产党游击队。又令特务队负责接管皇协军守卫城门。

话分两头，先表乔翻译这边。乔翻译装了一卡车的药品，刚刚驶出不远，就见一辆卡车迎面驶来，乔翻译赶忙急刹车，他打开车门刚骂了句找死，便觉脑门被一支硬邦邦的枪管顶住了，吓得连忙收了口，哆嗦着问道："敢问好汉爷是哪条道上的，有话好商量。"只听对方道："乔翻译，别来无恙啊。"乔翻译听这声音甚是熟悉，大了胆子，斜着眼睛去看，又是吓了一跳，哆嗦着道："大小姐，你不是去了小庙了吗？"

只听多多冷笑道："这叫魔高一尺，道高一丈。"

写到此处，列位看官不禁要问，究竟是何端的，怎么又出来个多多？看官莫急，且听写书之人慢慢向你道来。不错，说话者正是多多，王大小姐。

原来，此为柯廷山妙计的一部分。去小庙的乃是大凤，她着了王大小姐的衣服，来了个狸猫换太子，敌人哪里知道，只道是多多联系地下党游击队要去接货了，便急急调军队去了。而真的多多因会驾车，被柯廷山另做了安排。

此时，拿枪顶着乔翻译头的乃是柯廷山。只听柯廷山冷笑道："放老实点。"又让多多绑了乔翻译双手，将其塞到副座上，让多多持了枪看管，自己则跳到后箱上检查所装的药品。须臾，柯廷山过来，坐到驾位前，而多多则上了另一辆卡车，只听柯廷山道："大嫂，只需将车开到庙中小院便可，然后快速从后门出来。切记，切记。"多多戴上墨镜，又将乔翻译的军帽戴在头上，冲柯廷山打了个手势，便忽地一声将车开了出去。

且说宫本领了日军与皇协军大队人马直扑城东小庙，埋伏好，只等地下党来接货。先是见多多走了进去，紧接着，又有几个穿着便衣的男子跟着走了进去。宫本见了，心中一阵高兴，正要率部冲进，就见乔翻译开了卡车过来，未待车停稳，那宫本便急不可待地令人围了上来。

此时，多多见敌人围了上来，顾不上柯廷山交代的话，脸上现过一阵冷笑，将车头掉转过来，冲着宫本开了过去，随即将卡车上的炸药引爆。

一声巨响，浓烟冲起，火光映天。

可叹多多，王小姐，名门闺秀，一代女侠，巾帼英雄，为国杀敌，粉身碎骨，洒尽热血，惊天地，泣鬼神。这正是：

潮汕巾帼女富雄，石柱犹存良玉踪。

后人有诗赞曰：

四海咸歌王小姐，万民齐赞女英雄。
青春换得江山壮，碧血写出忠烈名。

再看敌人的惨状，那可是狼哭鬼嚎，尸横遍地。

如今再说柯廷山开着装满药品的卡车向城门驶去，此时，守卫城门的乃是佟大麻子和他的特务队。那佟大麻子见有卡车驶来，连忙命令停车检查，柯廷山听见，刹住车，将枪顶在乔翻译的腰际，低声道："告诉他们，是宫本令你出城的。"那乔翻译哪里敢不听，只把脑袋探出窗外道："佟大队长，是兄弟我，是宫本太君命令兄弟我出城的。"这乔翻译一向刁钻狡猾，他一边说，一边挤眉弄眼，佟大麻子见了，好生奇怪，甚是不解。乔翻译见佟大麻子不理解，顿时急得汗如雨下，佟大麻子见了，顿时明白过来，急忙下令特务队速关城门。说时迟那时快，就见柯廷儒与几名游击队员冲过来，几枪将关城门的特务撂倒，佟大麻子一见这阵势，连忙命令特务队开枪反击。一时间，枪声大作。

恰在这时，只见几辆三轮摩托车飞来，车上之人皆是东江纵队的游击战士。原来，他们与大凤一道诱骗鬼子后，迅速从后门出来，跨上摩托车直奔城门来援助柯廷山他们。

但见大个李、小刀张与铁彪等人待车到近前，一个飞身冲到敌阵，大个李一伸手将一名特务手中的枪夺下，抬手一枪，那特务顿时一命呜呼，再一抬脚将另一特务踢倒于地，顺手一枪，结果了汉奸狗命。小刀张也不示弱，手儿一扬，如天女散花一般，几个特务纷纷中刀，当场毙命。铁彪枪法极准，打得特务们东躲西藏，无心恋战。

一阵激战，特务们已成丧家之犬。只听大凤道："上车！"众人纷纷跳上车，柯廷儒坐到大凤的车上，问道："王小姐怎么还未到？"大凤这才想起多多来，因听到爆炸声时，她以为多多早已撤离，这会儿见多多未到，却也慌了，忙对铁彪道："铁彪，你速去接援王小姐，其他人快些出城！"铁彪领命，撒开双腿便往城东跑。其余的人则紧跟卡车往城门口冲。就在这时，柯廷儒见佟大麻子从一具特务的尸体下探出头来，把枪对准了大凤。说时迟，那时快，柯廷儒一把将大凤抱住，佟大麻子的枪响了，正中柯廷儒右胸。大凤闻得枪声，回过头去，见佟大麻子正欲举枪再射，顿时怒火烧胸，一枪将其击毙，这个作恶多端的家伙，两眼一翻，见了阎王。大个李、小刀张等队员更是怒发冲冠，一鼓作气将守城的特务全部消灭。

闲话休谈，一路无话。且说柯廷山等人护送药品，押着乔翻译直奔游击区而去，大凤将柯廷儒送到太安堂。闻得柯廷儒负伤，全府上下齐齐赶到回春阁。此时，柯廷儒血透衣衫，已是昏迷。小五见大哥如此，伤心不已，急忙给大哥取出弹头，消了炎，然后包扎好。待傍晚时分，柯廷儒方醒过来。合府上下，见柯廷儒醒了，悬着的心方才放下。

此时铁彪已回，将在城东看到情景一五一十告诉了大凤。大凤听了，眼含泪水，心中难过至极，吩咐铁彪，不要将实情告之柯府人，只道王小姐已随队员去了游击区，铁彪答应不在话下。

且说大凤见柯廷儒已脱离危险，心中甚是欢喜，转瞬却又有了一丝凄婉之情。因她即刻便要离开，奔赴战场，不知几时方能相见。这正是：

  风雨中春秋几度，重相逢须待何时？

大凤与飞毛腿铁彪离开太安堂，重赴抗日战场。

数月后，柯廷儒伤势痊愈。是日，柯廷儒正在后花园舞剑，忽见老管家跑来说是有人来医馆看病。柯廷儒听了，忙收剑，急步来到回春阁。却见一小子，年约二十开外，面黄肌瘦，穿着寒酸，见到柯廷儒进来，便将病情如此这般地说了。

原来却是暴起呕吐下利，初起时所下带有稀粪，继则下利清稀，如米泔水，不甚臭秽，腹痛，胸膈痞闷，四肢清冷。

柯廷儒听了，忙查舌苔，但见舌苔白腻。又切其脉，觉其脉象濡弱。柯廷儒顿时心中有数，此人所患之病，乃为霍乱。

遂开下一方：

  藿香，紫苏，白芷，桔梗，茯苓各三钱；半夏，厚朴各四钱；甘草二钱。

方子刚开罢，又进来一人，病情如前者。柯廷儒正欲开方，就见忽拉拉又来了多人，只瞬间的工夫便将回春阁爆满。且病情如出一辙。

待柯廷儒医完病人，唤老管家柯保速叫来五少爷，老管家不敢怠慢，急忙将五少爷叫过来。只听小五道："大哥唤我何事？"柯廷儒道："你速与保叔多备治疗霍乱药材，潮州不日将霍乱横行。"

小五与柯保听了，十分吃惊，忙问何故。柯廷儒便将今日医病之事说了。小五道："大哥，此或许为一时巧合，只是这几人赶到一块儿了。"柯保也随声附和。柯廷儒道："此绝非偶合，速去备药方为上策。"小五与柯保二人见大少爷如此肯定，不敢怠慢，应一声去了。

又过二日，又有患者来。柯廷儒见那病人，面色苍白，眼眶凹陷，指腹皱瘪，手足厥冷，头面出汗，筋脉挛急。且吐泻不止，吐泻如米泔汁。柯廷儒切其脉，脉沉微细。再观其舌，舌质淡，苔白。

此为霍乱重症。

柯廷儒所开之方为：

　　熟附子四钱，太安堂参三钱（另煎兑入），炒白术三钱，炮姜炭
二钱，炙甘草二钱。

小五见方子上有太安堂参，惊道："大哥，此为贵重之药，他们哪里有钱来付？"柯廷儒道："五弟，救人要紧，快去吧。"小五只得应了一声，取药不提。次日，轻、重病人骤增。

柯廷儒最担心的事儿发生了。

民国三十二年，潮州大旱，霍乱流行，百姓病死或饿死者无数。

柯廷儒与小五兄弟二人每日奔波各处，救治患者。一日救治患者回来途中，柯廷儒只觉胸中一阵难受，嘴巴一张，一口鲜血喷出。小五见了，问大哥是何原因，柯廷儒笑道："没事儿，别作理会。"其实，柯廷儒因连日劳累，旧伤复发，只是强忍着未说而已。

柯廷儒话音刚落，只觉一阵头晕目眩，险些摔倒，小五连忙扶住，搀扶着大哥回到太安堂。是夜，柯廷儒不仅吐血，且呕吐下泄不止。小五一番诊断，吓了一跳，知大哥不仅旧伤复发，且染上了霍乱，遂开药医治。

半月过去，柯廷儒病情不见好转。柯廷儒知去时无多，遂嘱家人，将自己抬到书房之中，每日著写《太安堂秘笈》。

这日傍晚，小五端了药过来给大哥服了，又让小丫头春儿煮了药与米汤过来喝。一会儿，老爷与老夫人也过来看大儿子的病情。柯廷儒笑着安慰二老一番，两位老人见长子如此病体，心下难过，嘱其多多休息，柯廷儒答应着。二老见无别事，告辞去了。柯廷儒见双亲走了，便又伏案疾笔奋书，写至半夜，就觉胸中难受不堪，忽然一股鲜血从口中喷出，正洒在秘笈上，宛若一轮夕阳般鲜红。

柯廷儒去了，出殡那日，送葬者无数，悲痛之声此起彼伏，感天动地。

不久，柯廷儒的坟前来了两位身着军装的人。

一个是柯廷山，另一个则是大凤。

站在柯廷儒的坟前，大凤两泪交流，轻声道："廷儒，你怎可将我大凤丢下。小日本就快投降了，你应该看到革命胜利的那一天！"然而，柯廷儒再也听不到大凤说话，他们从此只是一对阴阳两隔之人了。正应了古人的那句诗儿：

> 十年生死两茫茫，不思量，自难忘。千里孤坟，无处话凄凉。

书中交代，不久柯廷山因在伏击日军的战斗中牺牲，只可怜偌大的太安堂只剩下小五柯廷凯一人支撑。此为后话，按下不表。

两年后。

一日，开元镇国禅寺高僧法空长老云游蓬莱，路遇吕洞宾与韩湘子，因问起太安堂一事。法空问道："昔日天帝遣药王星下界医治众生，后遗秘笈而升天。其传人借其秘笈悬壶济世，普度众生，百姓皆得其福。而如今太安堂一片萧条，其后人又如此不得志，何也？难道天帝要收回昔年之命不成？"

吕洞宾笑道："非也。此皆为命运所弄。"

法空道："愿闻其详。"

吕洞宾道："太安堂命运紧系国运，而国运气数浩大，且带轮回，此乃天道不可逆也。"

法空顿悟道："此便为国盛则太安堂盛，国弱则太安堂弱，此非良药能医也，一切皆看命运轮回的造化了。"

吕洞宾师徒听了，笑而不语。

法空忽然担心问道："国运何时复兴，请赐其详。"

吕洞宾笑道："个体生命有限，群体生命却无限，太安堂虽为小群体，其'秉德济世，为而不争'的堂训继续传承于世，且被世人珍爱拥护。融入大群体和谐天地人，对其子孙后代与群体生命有着不可估量的生命力，国运复兴自有期。"

法空顿悟，笑道："太安堂生命力又融入国家群体生命之浩大文化能海洋，此文化能海洋正是千载以来，生者与死者共同创造与积累的一个取之不尽、用之不竭、与天地共存的宝库，此便又成了太安堂精神永恒不灭之机理。"

吕洞宾笑道："然也。此便为二者互为依存是也。尔又何须顾虑国运会久衰不起。"

法空又问复兴太安堂者为哪一代传人。一旁的韩湘子笑道："此为天机不可泄露也。"言罢，吕洞宾师徒二人哈哈大笑，腾云驾雾而去。

法空长老见状，也只得如此，毕竟太安堂日后有望，倒也很是欣慰。于是，游山玩水去了，不在话下。

欲知太安堂后事究竟如何，是否能如吕洞宾之言，且看下回分解！

图书在版编目（CIP）数据

太安堂演义.上 / 卞正锋 著.-- 北京 ：作家出版社，2013.11
ISBN 978-7-5063-7171-1

Ⅰ．①太… Ⅱ．①卞… Ⅲ．①章回小说 – 中国 – 当代
Ⅳ．①I247.4

中国版本图书馆CIP数据核字（2013）第265145号

太安堂演义.上

作　　者：卞正锋
责任编辑：罗静文　张　平
装帧设计：丁奔亮
责任印制：李卫东　李大庆
出版发行：作家出版社
社　　址：北京农展馆南里10号　　　　邮　　编：100125
电话传真：86-10-65930756（出版发行部）
　　　　　86-10-65004079（总编室）
　　　　　86-10-65015116（邮购部）
E-mail:zuojia@zuojia.net.cn
http://www.haozuojia.com（作家在线）
印　　刷：北京明月印务有限责任公司
成品尺寸：170×240
字　　数：480千
印　　张：31.25
版　　次：2013年11月第1版
印　　次：2013年11月第1次印刷
ISBN 978-7-5063-7171-1
定　　价：39.00元